花城
年选系列

2023 中国中篇小说年选

两次别离

谢有顺

编选

SPM
南方传媒 | 花城出版社

中国·广州

图书在版编目（ＣＩＰ）数据

两次别离 ： 2023中国中篇小说年选 ／ 谢有顺编选.
-- 广州 ： 花城出版社，2024.2
（花城年选系列）
ISBN 978-7-5749-0208-4

Ⅰ．①两… Ⅱ．①谢… Ⅲ．①中篇小说－小说集－中
国－当代 Ⅳ．①I247.5

中国国家版本馆CIP数据核字(2024)第009585号

出 版 人：张　懿
责任编辑：欧阳蘅　李珊珊
责任校对：李道学
技术编辑：凌春梅
封面设计：张年乔

书　　名 两次别离：2023中国中篇小说年选
　　　　　LIANGCI BIELI：2023 ZHONGGUO ZHONGPIAN XIAOSHUO NIANXUAN
出版发行 花城出版社
　　　　　（广州市环市东路水荫路11号）
经　　销 全国新华书店
印　　刷 深圳市福圣印刷有限公司
　　　　　（深圳市龙华区龙华街道龙苑大道联华工业区）
开　　本 787毫米×1092毫米　16开
印　　张 23.25　1插页
字　　数 450,000字
版　　次 2024年2月第1版　2024年2月第1次印刷
定　　价 68.00元

如发现印装质量问题，请直接与印刷厂联系调换。
购书热线：020－37604658　37602954
花城出版社网站：http://www.fcph.com.cn

目　录

序

文学写作中的南与北

谢有顺

关于"新南方写作"的命名与讨论有两三年了。先后几次与此主题相关的会议，都有人对这一命名提出质疑，认为它的指向与边界并不清晰。有人说它不是江南，是南方以南；它不是岭南，还包括了珠江流域的其他地方；它甚至不是指某个地方性区域，而更多的是被阐释为一种南方精神的写作自觉。它到底是一种怎样的写作景观，没有人能完全说清楚。但并不能由此否认这种讨论的学术意义。任何的命名都是跟在写作实践后面的，它肯定无法全面解释那些正在兴起的写作新质，挂一漏万在所难免。从文学史的角度看，所有关于文学流派和文学思潮的命名都是不太严谨的，普遍带有随意性和即时性，写作瞬息万变，不可能等一切都看明白了、想清楚了再来发声。一种粗疏的概括也是概括，一种不全面的分析也是分析。文学批评本身是一种价值判断，而且是一种当下进行时的价值判断，它的生命力正在于不断地去发现、比较、梳理，去芜存菁。不敢判断，是一个批评家缺乏基本的艺术勇气和艺术感知力的表现。

任何的学术命名都是双刃剑。一方面，命名有利于归类、总结、提出问题；另一方面，命名本身所难以避免的漏洞和局限，最终都会因为定义的不准确而导致边界不断被突破，命名慢慢地就会失去原有的意义。不断有成名的作家否认自己是"先锋作家"，也不断有著名诗人否认自己的写作是"口语写作"。为何他们在成名之初被批评家归类到这个写作群体里来研究时不拒绝或否认？因为那个时候的他需要命名和群体来助力他的写作，此一时彼一时，作家成熟之后，都想自成一体、自行一路。昆虫或小鸟才成群结队，大动物都是独居和独行的。有这样的想法可以理解。拒绝被命名似无必要，但一直在一种命名里写作也是可疑的。

而我想说的是，哪怕是不成熟、不严谨的命名，一旦被广泛认可和讨论之后，也会显示出它自有的敏锐性和合理性，或许，对一种写作新质的发现和张

1

扬，这本身就是一种可贵的批评先觉。当年论到"朦胧诗"，首先举证的代表性诗人是北岛、顾城和舒婷；论到"寻根文学"，首先想到的代表性作家是韩少功、贾平凹、王安忆；论到"先锋小说"，首先列举的代表性作家是余华、苏童、格非……现在回过头来看，这些写作流派当中，仍是当初列举的这几个人成就最高。这看似偶然，其实也有其合理性。文学写作所能攀援的高度，主要是由天赋、才华决定的，一个作家能在同代人当中最早被关注并写出重要作品，这并不是偶然的。批评家当时或许是凭直觉做出的命名和归类，背后却暗含了某种合理性基础。因此，今天也不必过度纠结于"新南方写作"的命名可能存在的漏洞和争议，甚至把"新南方写作"与"新东北文学"联系起来讨论也不必感到讶异，它不过表达了有些作家和批评家想重建一种文学秩序的渴望，这既是对文学现状的一种隐忍反抗，也是对新的写作群体的一种潜在期许。

事实上，文化和文学上的南北之分从来就有。不能因为写作是个体的精神创造，而否认地方、环境和教育对一个人的影响。地方性从来都是一个作家风格化的重要标识。美国作家威廉·福克纳刚开始写作不久，就遇到了自己敬仰的作家舍伍德·安德森，安德森告诉福克纳，必须要有一个地方作为开始的起点，然后学着写，并且说，你是一个乡下小伙子，你所知道的一切也就是密西西比州的那一小块地方。这话完全点亮了福克纳，他说自己一辈子都在写"那块邮票般大小的故乡"，这个小地方既是"约克纳帕塔法县"，也是福克纳在文字里创造的世界。好的写作者，往往都是某个地方的创世者，且能有力地写出这个地方的灵魂。马尔克斯说福克纳的书有"摄人心魄的简单和美"，跟福克纳这种清晰的地方性想象不无关系。经常有研究者举证凤凰之于沈从文、高密东北乡之于莫言、商州之于贾平凹、阿坝之于阿来等人的写作意义，也是旨在强调地方对一个作家风格的塑造，意义重大。波兰诗人切斯瓦夫·米沃什有一句名言，他在回忆录中说："我到过许多城市，许多国家，但没有养成世界主义的习惯，相反，我保持着一个小地方人的谨慎。"[1] 这种"小地方人的谨慎"，保存着对土地和成长记忆的忠诚，这并非无关紧要的写作经验，它接通的正是写作至为重要的血肉根基。修辞立其诚，无"诚"，就无艺术站立的地方。

当然，地理意义上的地方性并不会直接生成文学意义上的地方风格，一种写作精神的养成，是地方经验、个体意识和文学想象共同合力的结果。

有地方，就有南北。地理变，人在变，文化也变，文学自然也会有不同的面貌。中国古人把天、地、人三位合起来讲，是极具现实感的一种察人、察世的方

---

① 转引自西川：《米沃什的另一个欧洲》，见切斯瓦夫·米沃什：《米沃什词典》，西川、北塔译，生活·读书·新知三联书店 2004 年版。

式。钱穆说，历史总是在特定的舞台上演出的，文学也是如此。《汉书·地理志》根据《诗经》十五国风来讲各地的文化传统，十五国风所写的，多是中国北部黄河流域，后来中国的疆土不断扩展，由黄河流域向长江流域发展，中国才有南北之分。后来出现的庄子、老子是淮河流域的人，楚辞是出现在汉水流域，这些在当时的古人看来，已属于南方了。可见南北之分，一直都在变化的。三国时北方是魏，南方是蜀和吴；五胡乱华之后，许多人从北向南迁移，南方日渐成为新的重要疆域。历史上，每一次大的人员和地理变动，都伴随着文化的新生，地理的扩展背后也是文化的碰撞、融合和创造。照钱穆的研究，安史之乱后，南方的重要性日益提高，自五代十国迄宋代，南方的重要性甚至超过了北方。"唐以前中国文化主要代表在北方，唐以后中国文化的主要代表则转移到南方了[1]。"在钱穆看来，"天代表共通性，地则代表了个别性。人处于共通的天之下，但必经由个别的地，而后再能回复到共通的天，此为人类历史演变一共同的大进程"。[2] 人由个别性回归到共通性，而不是个别性胜过共通性，这正是中西文化的相异之处。"中国之伟大，正在其五千年来之历史进展，不仅是地区推扩，同时是历史疆域文化疆域也随而推扩了。……中国历史文化传统之伟大，乃在不断推扩之下，而仍保留着各地区的分别性。长江流域不同于黄河流域，甚至广东不同于广西，福建又不同于广东。中国民族乃是在众多复杂的各地居民之上，有一相同的历史大传统。上天生人，本是相同的，但人的历史却为地理区域所划分了。只有中国，能由分别性汇归到共通性，又在共通性下，保留着分别性。天、地、人三位一体，能在文化历史上表现出此项奇迹来的，则只有中国了。"[3] 随着中国历史上几次大规模的南迁，南方的重要性越发凸显，几次大移民，都是由北向南，由黄河流域到江淮和长江流域，之后越过南岭进入珠江流域。岭南在唐代之前，在朝廷任高位的，只有张九龄一人，之后出了个慧能。除了这两人，唐以前的岭南，文化上不显眼，文化名人很少；福建也是，第一次有人考取进士是在中唐时期了，直到出现朱熹——朱熹长期讲学闽北，可算是闽人了，他的影响，不亚于慧能。有慧能和朱熹，说唐以后，文化上的贡献南方大过北方，似乎也说得通。而到近代的岭南，有孙中山、康有为、梁启超诸人，领一时之风骚，可以说，那个时候的中国是南方人的。这和古代中国形成了鲜明的对比。

南方渐成新精神、新文化的策源地，也被看成是民族发展的希望所系。先是有梁启超的人才地理论，说北宋以前，人才主要以黄河流域为中心，以出军事人

---

① 钱穆：《中国历史研究法》，生活·读书·新知三联书店 2013 年版，第 117 页。
② 同上书，第 112 页。
③ 同上书，第 115 页。

物为主；清中叶以前，人才主要以扬子江流域为中心，以出文化教育类人物为主；到了鸦片战争之后，即近代以来，人才是以珠江流域为中心，以出实业人物为主。确实，近代以来的很多实业，都是在广东率先创办的，改革开放以来的很多大企业也是从广东起步的。这种概括当然不一定科学，但确能从一个侧面说出人才与地理之间的关系。高原适合于畜牧，平原适合于农业，滨海、河渠适合于商业，所谓苦寒之地的人比较会打仗，温热之地的人比较重文化，这些大的概括并不是全无道理。

一个地方会产生一种性格、一种学养的人，会形成一种文风和文脉，都是有一定理据的。朱谦之在 1932 年发表《南方的文化运动》一文，曾坚决地说："中华民族复兴的惟一希望，据我观察，只有南方，只在南方，即珠江流域。"[①] 而陈寅恪在 1933 年 12 月读了岑仲勉的论著后，在复陈垣的信中说："此君想是粤人，中国将来恐只有南学，江淮已无足言，更不论黄河流域矣。"[②] 但说"将来恐只有南学"的陈寅恪，也曾感叹岭南虽出学者，却非治学之人的宜居地；傅斯年也持此论，他觉得在广州难以研究学问，不仅书籍不多，平时更是没有什么可在一起商量学问的同道。他们之所以一度推崇南方，是想归纳出一些南学和北学的精神异同，因为清代以来的学者，论学时常常重视地理与流派的关系。其实南北的异同，岂是三言两语说得清楚的，光地理上的划分，是以籍贯分，还是以居住地分，民国以来就多有争议。当时有人说北方之学新而空，南方之学旧而实，这些都是简陋的看法，包括文学上的京派海派之争，也是忽略了南北在近代以来的频密交流，再想把它们截然区分，已无可能。尤其大量南人北上，更是从根本上改变了中国的学风、文风。鲁迅也作有《北人与南人》一文，大谈"北人的优点是厚重，南人的优点是机灵"，但他最终是希望南人和北人都正视自己的缺点，互相师法，并称"这是中国人的一种小小的自新之路"[③]。

只是，所谓的"南学"并未真正出现，相反，就居住地划分而言，岭南在学术上、文学上的几次勃兴，都和北人（粤人眼中的北人或北学都不是严格意义上的"北"）南下有关，包括这次"新南方写作"的命名，也是由居于北地的杨庆祥等人最早提出，而参与讨论或被引为实证的作家，不少也是南人北住或北人南住的。可见，在今天这个文化共享的时代，任何以地域性为边界的讨论都是有局限性的，尤其是文学，南方与北方，东方与西方，早已融会一起了，每个作家所

<hr />

① 朱谦之：《文化哲学》，黄夏年主编：《朱谦之文集》（第六卷），福建教育出版社 2002 年版，第 392 页。

② 陈智超编注：《陈垣来往书信集》，上海古籍出版社 1990 年版，第 377 页。

③ 鲁迅此文最初发表于 1934 年 2 月 4 日的《申报·自由谈》。

阅读的书目中，其作者都分布于全球各大区域，若论每个人所受的艺术影响，精神同道给予的启发肯定比地方性经验更为重要。一个阿根廷作家或美国作家可以从精神根底上影响一个中国作家的写作，这个影响普遍超过故土记忆或成长经验对他的影响，这也表明，在一个经验日益贫乏的时代，精神上的个性才是最珍贵、最能吸引人的。

文学最终必然走向南方与北方的融合汇通。既然是文学，就不会是南方与北方的对垒，更不会是南北对立的战役，正如在文学中讨论女性主义，总有很多不合身的地方，原因也是在于文学永远不会是男女对垒的战争。文学是模糊的、暧昧的、柔软的、待解的，是不断的敞开，是持续的探索，是对一切可能性的想象。文学更多的是发现、容纳和照亮。从这个意义上说，文学是超性别、超地域的。它是对一种精神想象、灵魂演出的实证，而不是对地方性知识的单一讲述。它永远不会机械地归属于南方或北方。

文学的物质外壳或许是经验的、实有的，但由实向虚一直是写作的终极路径，文学的尽头，站立的只会是游走于虚实之间的灵魂，其他的，多半都会退隐成灵魂的背景。英国作家弗吉尼亚·伍尔芙有个著名论断，伟大的灵魂都是雌雄同体的。她说在我们每个人的心灵中，都有两种主宰力量，一种是男性因素，另一种是女性因素，正常而舒适的生存状态，是这两种因素和谐相处，精神融洽。或许，可以据此引申，最好的写作都是南北同体的，是南方与北方融合汇通之后的精神景观。

南北同体一说，并非毫无根据。在文学史上，南人写北或北人写南，都有过不少灿烂的篇章，我读这些作品而有的美妙感觉，远远超过了读南人写南、北人写北的那些时刻。鲁迅是一个很好的例子。他是南方人，但他笔下的意象却少有南方那种密集、精致、细小、世故，而多是北方的苍茫、雄浑、野性。他在《故乡》开篇写"苍黄的天底下，远近横着几个萧索的荒村，没有一些活气"；在《秋夜》里写"奇怪而高的天空"；他写乌鸦"铁铸一般站着"；写枯草"支支直立，有如铜丝"；尤其是《野草》里写的花、草、虫、鸟，这些弱小事物普遍被严寒压抑着——这些意象和感觉，都像是从北方的灵魂里长出来的。张爱玲也是南方人，多写南方生活，但从灵魂的质地上讲，同样更接近北方。研究者常说她的小说底色是苍凉的，这就不同于南人写南的凄凉感。阿城曾说，"苍"是近于无色的黑，北方的狼，整天跑来跑去，却常常在苍茫时分独自伫立良久，之后只身离开。这是对张爱玲小说极好的注释。而我们熟悉的梁启超说的"十年饮冰，难凉热血"，也像是南人所说的一句北方豪语。这样的文学例证还有很多。

因此，写作之道，不仅要超越功利，也要超越南北，拘泥于地方，或抑彼扬己，都会失了文学应有的广阔视野。尤其身处南方的人，本就远离文化中心，再偏守于一隅，很容易坐失文化发展的良机。以学术为例，岭南出过很多学者，但大家普遍觉得岭南养不住学问，原因就是忽略了文化对流的重要作用。粤籍学人成为北学的标志性人物的，仅文学史写作领域，就有杨义、洪子诚、温儒敏、陈平原等人，而当年陈垣等人有大的成就，也是得力于北人对他的赏识和影响。可见每一个重要的文化个体，都有南北汇通的品质。由此，我想起陈垣当年对那些褒陈澧贬崔述的人所说的："师法相承各主张，谁非谁是费评量，岂因东塾讥东壁，遂信南强胜北强。"① 抄录这几句话，权作文学写作中南北之论的参考吧。

---

① 陈智超编注：《陈垣来往书信集》，上海古籍出版社 1990 年版，第 621–622 页。

九重葛

1

　　她是个闲不下来的人。她不停地擦拭房间里的物件，每一件东西都纤尘不染。她不停地拖地，木地板已经有了明显的深浅不一的凸凹。她一遍遍地重新摆放柜子里外的器具，那些器具本身已经排列整齐，如同久经训练的列兵一样。清洗床单和每天换下来的衣服。她一个人的家，衣服洗了又洗，床单至少得用够一个礼拜吧。每天分配给清洗卫生洁具的时间更长，这是一项比较复杂的系统工程，频繁地更换一次性手套，使用三种工具：擦洗坐垫的一次性消毒湿巾，彻底清洗马桶内侧的洁厕灵和软毛刷，擦洗马桶外侧的一次性小毛巾。

　　她一个人的家，这些能令她身体处于活动姿态的活儿实在少得可怜。

　　还能干些什么呢？

　　干完这些事情，她换掉工作时的全套衣服，扔进专用的小洗衣机里，打开淋浴器清洗自己，然后换上干净的衣服。

　　她不睡懒觉，六点半准点起床。早餐很简单，牛奶加速食麦片，一个鸡蛋，一片加热的面包片蘸蜂蜜。

　　差不多上午八点钟的样子，她便做完了所有要做的工作。

　　余下的一天要干什么呢？

　　不知道从哪天起，她开始不喜欢看电视。她觉得电视开着像是和许多人共处一室，一点隐私都没有，那些人那些事儿，会让她心烦意乱。她会随意翻看一本书，但只能看三四页。现在的书往往字号太小，她不允许眼睛太吃力。她闭上眼睛呼唤小度："小度小度，放一首《蓝色天际》。"小度说："好的主人，现在为您播放班得瑞的《蓝色天际》。"音乐响起，她有片刻的松弛，像踩着沙滩慢慢沉浸到海水里，边听边在屋子里走来走去。音乐声慢慢淡下去，她像从潮水里抽离出来，焦虑开始袭扰她。

她的一天很难熬！

她的一年很难熬！

她今年才五十二岁，做了一辈子小公务员。两年前她以心脏早搏的理由申请病退，获准。她不知道自己还能活多少年。如果是秋天，如果是阴天下雨的日子，她愈加发愁，余生该如何度过？她恨不得吃一种药，睡上一觉，十年二十年就过去了——但未必是死，未必是自杀。即使她对再也醒不过来也毫无畏惧——她真的试过两次。第一次一次吃了十片艾司唑仑片，除了有点困意，其他基本没什么反应。她给自己加了十片，一次二十片，虽然睡过去了，但不到两个小时就醒了过来，再也没有一点困意。后来她看手机新闻里说，一个想自杀的人，吃了一百片舒乐安定，睡了两觉，起来没有任何事。事后还特意给药厂写了感谢信。后来她想，一个人要真的想睡过去，至少得吃一千片。那一段她像得了强迫症似的四处求人，真的弄到了十瓶。她看宝似的看着那些贴着蓝色商标的小白瓶子，不知道自己究竟要干什么。

我只想睡过去，可能并不想自杀啊！

她是独生女，父母都是解放战争时期的干部。母亲四十多岁才生了她，父亲比母亲更老。等到她也四十多岁的时候，父母已经先后不在了。他们都是年龄大了，无疾而终。

慢慢地，她成了个孤儿。尽管她受过完备的大学教育，喜欢读文史哲书籍，这丝毫不影响她成为一个孤儿——虽然从法律上讲她已经超龄，但她执意这么认为，而同时也觉得这个想法并不违法。

父母是老死的，虽然她伤心了好一阵子，但是她接受。她只是常常心神不宁，不知从哪一天开始，她不能让自己闲下来，闲下来就会变得很沮丧，心情受潮似的湿答答的。每天早晨起床情绪就很低落。她穿着旧而宽大的袍子，站在二十五楼的窗前往地上张望。远远近近的道路上，车流涌动，争先恐后，像一群蚂蚁。这样的情景周而复始。她觉得生命毫无意义。

每天她至少要洗两次澡。晚上清洗干净自己，坐在干爽而舒适的床上，冥想一会儿。其实除了忧愁本身，她并没有什么值得忧愁的事情。活着也还好。既然活着还好，她又因此而恐惧：人会不会睡着了就再也不会醒来？毕竟，她还是有些事情在心里搁着。

她是这个城市的原住民。父母给她留下的，加上她自己的，共有四套房产，都是在最好的地段。在一座特大城市里，每个月收到的租赁费就是个大数额。卡上每个月增长的数额令她不开心，多金于她而言也是个不小的压力。

病退前，她总觉得身体不适。查来查去，身体真的没什么器质性病变。来得多了，后来医生还是给她开了一种药，她看了说明书：主治抑郁症。治疗伴有或不伴有广场恐惧症的惊恐障碍。她有点生气，我好好的一个人，怎么会有抑郁症？医生好言相劝，说如果没有这种病，吃了并不会有什么副作用。她出于好奇，实在忍不住取出一片药片，把它分成两半，然后再把其中的半片分成两半。医生让我吃一片，我吃四分之一片，也可能会有传说中飘飘欲仙的吸毒的感觉？她吃了四分之一片，然后索性又吃了另外四分之一片。她看着剩下的半片在她眼里慢慢模糊，困意快速袭来。那天晚上她睡得很安稳，真的安稳。早上醒来她没再起来看楼下的蚂蚁，而是坐在床上哭了。我？患抑郁症了？

但她拒绝继续服用那种药物，她认定自己没病。

也就是三两年的工夫，她懒得再去逛商场；偶尔去一次也只是胡乱地看看，她什么都不买。那些很正式或者适合聚会时的正装、礼服，她完全没有兴趣。

她没有场合。

她吃得不多，口味淡到可以白灼青菜不放盐。她的食物链也仅仅满足活着的最低需要。

如果不是疫情管控，她每天都会在附近的紫金山公园走走路。一位女大夫告诉她，你身体很好，瞧你苗条而匀称的身形，说明你的身体没有什么器质性问题，加强锻炼会更好呢。她喜欢听这话，也喜欢放大它。我就说嘛，我没什么病！她相信这个女大夫的话，强迫自己喜欢公园和太阳。太阳光里，她的心真的就明朗起来。太阳补足了她的钙，太阳会把她照射出一身微汗。她想着这种温暖和照耀，心里就有了一点快乐了。她张开手站在太阳光里，觉得自己就是一株禾苗，一棵占地不大的树。

疫情管控之前她家里来过一个男人，他们是在公园里认识的。男人不知道是怎么知道她的住址的，这让她很恼火。他捧着一盆开得正盛的九重葛，郑重得有点不合时宜地说道："我自己培育的，已经长了三年零五十七天了。你看，牌子上写的有幼苗的日期。"然后又补充道，"它特别好养，很泼皮。"这是一株木本植物，树干有人的大拇指粗，巨大的树冠把那人的上半个身子和头脸都遮住了，他在树的缝隙里和她说话。那么老大的一个盆子，得有二十多斤吧？他一直抱在胸前，像抱着圣物。她终于不忍心地说："你放地上吧！就搁在门口那儿。"

他说："早晨收拾园子，看它开得正好，想着送来给你做个伴儿。红红绿绿的，养眼。"他支叉着手，神情试图说服她，我该给你搬进屋子里找个地方安置好。

她看懂了他的心思，说："不，就放门口边上。我说不准会花粉过敏。"

僵持了老大一会儿，气氛非常尴尬。她就那么堵在门口。他抱着花，手上沾满了泥土，头上的热气把几缕头发都汗湿了。后来他坚持不住了，终于把花靠着门口的墙边放下。她看了看他，犹豫了一下说："你别动，我拿水给你。"

她提出一大桶"农夫山泉"，她平时做饭用的水。另一只手拿了肥皂。她指了一个地方，就给他在步梯口冲手。水顺着楼梯缓缓地跨着台阶，弯弯曲曲地不知道要流到几楼去了。她前后让他打了三次肥皂，嘴里不停地说着："手心、手背、手指间……"一桶水终于洗完了，她说，"你别动。"

她反身回屋子里拿出一条半干的毛巾递给他，让他浑身上下都抽打一遍。一切似乎可以结束了。可他眼睛看着那盆娇艳的花，并没有要离开的意思。她几乎是被逼无奈地取来一双鞋套，给人开了半扇门。人是进来了，她却堵在玄关处，拿一桶消毒喷雾，把他上下喷了个遍。然后指着卫生间说："你去洗手吧。"

那人宽厚地笑了，再去洗手间用肥皂仔细洗了手。等他出来，发现沙发上特意铺了一块干净的罩布。他知道那是他的特定位置，便轻手轻脚地走过去，乖乖地坐下了。她端了一杯白开水给他。他又笑了，说："这杯子……不是一次性的，可以用吗？"

她说："没关系，你用完我会消毒。"

那天那个男人在女人家里坐了十来分钟，喝了一杯水，几乎没怎么说话。他自己着急走是因为内急，女人的卫生间他是不敢奢望使用的。

过了几天，女人突然打电话给他。他们互留电话号码已经差不多半年了，一次都没用过。女人在电话里说："若是方便，可否再劳烦你一次，把花给我搬到客厅窗下的台子上。"

他记起，她家的客厅是落地窗，窗台很宽。设计师说不定就是留着给人养花用的。

2

女人姓万，单名一个水字。她父亲姓万，母亲姓水。她叫万水。小时候躺在妈妈的怀里撒娇："你和爸爸走过千山万水。我要是有个哥哥就好了，可以叫万山。"

不过是一句娇昵的话，可母亲的神色却立刻黯淡了。吓得她从此再不敢浑说。

万水每天上午都准点在公园散步。她练过芭蕾，学过游泳，对文学还多有喜爱，自认为年轻时还算个文青。即使现在她也气质出众。她头发剪得很短，身材偏瘦，脊背挺得倍儿直，走路像风一样快。很多初识她的人都忍不住会问："你当过兵吧?"她咧嘴笑了,笑起来模样还是很耐看的。她说:"我爸妈都是军人出身,我也是在大院里长大的。他们打小就对我军事化管理呢。"

"大院"这个词儿,有一股神秘的横劲儿,可于她而言,不过是外强中干。其实没人知道她要用多大的毅力才能在这里快速走动。她恐惧着,焦虑着,不能停下来,停下来仿佛会死。她不怕死,可又不想死。这让她很纠结。可这种纠结同样又让她觉得自己有问题:不怕死又不想死,不正是军人的特质吗?不怕死才能勇敢地上战场,不想死才能凯旋。你纠结什么呢?

她散步的时间点常常会遇见一个和她岁数差不多的男人。男人的衣着基本上算是体面的,中等偏上的个头,微胖。和她不一样,他总是悠闲地踱着步子,不是八字步,他走路的模样倒像是个学者。万水从他身边走过,目不斜视,从不看他一眼。有一天她发现男人的速度也快起来,在距她五步左右远的地方跟着,她走了三圈都没甩掉他。到了第四圈,她回头挑衅地看着他,目光凶狠地问道:"你想干什么?"她看看天上的太阳,差不多十点半钟。这个时间,是一天中最安全的时段。

男人冲她一笑,是那种善良温厚的笑。他说:"你调动了我的积极性。跟着你的步子走,人会变得很起劲。"

她很久没看见这么纯粹温厚的笑容了。她还看到他干净的手和修剪整齐的指甲。嗯,还行。她在心里暗暗说。虽然这个"还行"不知道是指男人还是他的跟随,反正她居然默许了。打那天开始,他们就变成了两个人一起走。没人会关注到他们,别人也许会想,不过是一对平常的夫妻。

大概一个多月后,她突然缺席了。男人算着,快半个月了呢。

她终于出现的时候,好像大病初愈般的虚弱让男人吓了一跳。她面孔显得虚白,走路的速度显然有些慢了。走了一会儿,她出汗了。她冲他不自然地笑了一下,寻了个向阳的椅子坐下来。男人又走了一圈才过来。两个人坐在同一张长椅上,中间隔了很远的距离。她主动说:"病了,急性阑尾炎。小手术,还是挺竭力的。"

这是他们第一次正常说话。男人说:"我就说是病了,否则你这样严谨的作风,不会无端缺席的。"看她不说话,然后又道,"人不服老不行。身边一定多留几个人的电话,否则遇着什么事求救都困难。"

他的语气带着诚恳的关心,一点虚头巴脑的东西都没有,仿佛这一阵子他是挂牵她的。万水心里有一点感动。她说:"你呢,怎么也总是一个人?"她是个不习惯打听别人隐私的人,从不。问了有些后悔,脸上现出愧色。

男人反问道:"你呢?"

万水说:"我是个独身主义者。"她不知为什么隐瞒了之前的婚史。她曾经结过婚，勉强过了两年。头一年也还好，第二年他生病了，胃食管反流。这种病怎么说呢，说不严重也不算严重，不影响上班，也不影响社交；说严重也算严重，睡觉都得在身下垫一个三四十度的支架，半躺半坐着睡。每天晚上想抚慰他一下都得爬到他那斜坡上去。细心照顾他一年多，不但没有好转，反而更加严重。床前百日无孝子，夫妻也不行，何况她是一个超级洁癖者。这一年多下来，什么情啊爱啊性啊，磨得比纸片都薄。后来丈夫被姐姐邀请去美国治疗。他们也都想松口气，很快他就过去了。他适应那边的环境，医疗也很有成效，一来二去就移民了。丈夫也诚心邀请她一起过去。那时她的父母都还健在，她拒绝了。

再过一年，丈夫提出离婚，说这样长期分居对两个人都不公平。她反而松了一口气，像卸下了一副盔甲，感受到异乎寻常的自在。她买了一个四寸的小蛋糕，点上蜡烛，悄悄庆贺了一下。一别两宽，各自安好。从此她再不肯走进婚姻了，她喜欢一个人过日子，任何时候去看爸爸妈妈都不用顾忌其他人的感受了。爸爸妈妈一如既往，像疼惜一个小娃娃一样爱她。她在他们身边的幸福横无际涯，不需要揣测彼此的心思，不需要顾忌彼此情绪好坏。父母全心全意地陪伴着她，一直到他们一个个撒手。

她变成了一个纯粹的自我，越来越自由，也越来越自闭。上班的时候还好，每天能说上几句话，全是工作上的事情。后来退了休，便几乎与世隔绝了。她没有男朋友，女朋友都没有。

男人说："独自习惯了，一个人挺好。自在。"男人又说，"我老伴走了。"他迟疑了一下还是说了出来，"是那种不好的病。两个儿子都在美国，念书念的年份长了，就入了籍。我去住过一段时间，原本是要长期住在儿子们身边的。可他们都忙得聊个天的工夫都没有，一个星期陪我吃顿饭就不错了。我每天一个人闲逛，逛着逛着就又逛回来了。还是国内舒服，亲戚朋友都在。"

"你会做饭吗？"

"我儿子给我请了个阿姨，一天做两顿饭。"

万水发现，她不太抵触这个男人。

两个人说了一阵子，到了饭点，就各自散了。等再见了，就觉得自在了许多。走路却依然是一前一后，几乎不说话。一个走累了，老地方坐下来。另一个也坐下来。一切都是自然而然。有一次，男人介绍自己说："我是个搞林业的，大小也算个专家，刚退休。单位返聘，我儿子不让。可总这样闲着也不是个事儿，正琢磨着找块地自己种点啥。"

对于这么庞大的话题，万水没有准备，或许是没有如此大的精力讨论，便随口说道："我是个耗日子的人。"

男人说："我家的阿姨今天休息，中午我可以请你吃饭吗？"

万水怔了一下，随即羞红了脸，她说："我从不在外面吃饭，我——"

男人说："我明白了，你爱干净。"他没用洁癖这个词儿，觉得这样不尊重人。然后他掏出手机找出自己的二维码，站起来远远地伸向她，"都认识这么久了，我们加个微信吧。"

她也立即拿出手机，朝他笑了一下。男人明白，她是想弥补她的歉意。

男人加了她的微信，说："你的名字叫万水，可真好听。你的朋友圈怎么什么都没有？"

万水说："你叫张佑安。你妈一定只你这么一个儿子，要诸神护佑你平安。"

张佑安笑道："如她所愿。"

"哎，你的朋友圈简直就是个植物园。"

那阵子万水的心情好了许多，手术后的身体也在慢慢恢复。本来嘛，阑尾炎微创就是个小手术。晚上她躺在床上，会翻一翻张佑安的朋友圈，了解一点花草的知识，木本植物和草本植物的养护方法等。但他们彼此没有联系过。

张佑安有好一阵子不上公园来了，也没和万水打个招呼。万水自然是不会问的。她在他的朋友圈上看到，他在黄河滩上租了几十亩地，还建了一座小木屋。有一张照片是他赤着脚在泥土里栽种什么。想必这就是他踅摸的一块地了。

那时候麦子刚刚收完。后来又下了一场千年不遇的暴雨，这个干旱的北方城市竟然淹死了不少人。地上都是大水袭击过后留下的创伤，她觉得遍地都是细菌。万水的心情突然又低落下来，她不再出去走路，一个人关在屋子里也要不停地洗手。再后来，疫情复起，城市静默，楼下的街道空空荡荡，她再也看不到成群结队的"蚂蚁"。不过，并不是因为这个，屋子外的一切和她似乎都没有关系，即使不静默她也不到任何地方去。她只在夜深人静的时候出去倒一次垃圾。她干任何事情都是静悄悄的，邻居们以为她来去无踪。她的家是一座空屋。

后来她连朋友圈也不看了。窗台上的那盆九重葛懒于浇水，竟然越开越盛，艳得让人心惊肉跳。那花团锦簇的热闹繁华，仿佛是她的一团幽梦，被悬置在一个肉眼可见的世界。

原来姹紫嫣红开遍，似这般……奈何天……她索性关了屋子里所有的灯，在灯火璀璨的夜色里，分不清什么是什么。

3

万水每天只等夜深人静，已经听不到一点声音的时候才悄然打开房门。她戴着一个黑白格的洗澡用的塑料浴帽、N95 口罩，裙子外面套了紫色的雨衣，脚上也是绿色的半长筒胶鞋。垃圾袋套了三层，她唯恐在电梯里留下垃圾的味道。其实电梯里是充满异味的，尽管排风扇一直在吹。所以，倒垃圾对她是一种巨大的挑战。她不想被人发现，只是轻轻的一声门响，楼梯间的感应灯就亮了。她看见了一个奇迹，原来放那盆九重葛的地方，并排放着两个墨绿色的方形塑料盘子，一盘是清水养的韭黄，另一盘是泥土养的芫荽。一黄一绿，在静夜的灯光照耀下煞是好看。黄色的像小鹅苗的毛，绿色的像海底史前植物。她看了再看，竟然一片残叶都没有，旺生生地鲜嫩着。

她丢完垃圾回来，那两盘东西仍然还在原地待着。她弯下腰又去看，第一次不嫌弃地嗅了嗅韭黄和芫荽的清香。恋恋不舍地关上了房门。她重新洗了手脚，躺到床上，准备关机睡觉时却发现有一条未看的微信消息。她吓了一跳，她的手机从来不曾接到过微信。她颤抖着打开，原来是张佑安两个小时之前发来的：
"万水女士您好，这是我种植的两盘盆栽，没有使用化肥和农药。知道你忌讳外面的细菌，特意清洁后，委托小区的门卫师傅给你送至家门口。长期居家，叶绿素少不得，希望你尝尝我的劳动成果。如果你实在担心，就放在窗台上权且作为风景观赏吧。"

两个小时前？他怎么不敲门呢？估计是发了微信我没回，害怕打扰我。可是，我很少看手机呢！她想回复一下，可老半天不知道该说什么。后来下床拿了干净抹布，打开门去，仔细擦拭了已经很干净的塑料托盘。托盘很轻，也很精致，可见他的用心。她小心地把它们放在窗台上，收拾干净重新躺在床上。百度了一下，韭黄可以用剪刀剪下来食用，留下根部，每天换清水，仍然可以生长。至于芫荽，她知道的，小时候妈妈在院子里种过。只掐苗尖，不伤着根它就有重新生长的能力。她那天抱着手机就睡着了，嘴里一夜都含着芫荽的清香。第二天醒来，她发现昨晚没服用安定。难道这两种植物有助眠的作用？

她解冻了一条冰箱里为封控备着的黄河鲤鱼，去了鱼皮，只取两边鱼脊上的精肉。用刀背拍碎收在玻璃碗里，放一点生抽和料酒腌着。然后和了一团小麦精粉饧着。最后拿剪刀小心翼翼地剪了一把韭黄，摘了一撮芫荽叶子。

万水把鱼骨头放在清水里炖上，盘一棵小葱放进汤里，再放几片姜，两勺白胡椒。水滚开后改成小火，慢慢熬，像熬着自己的日子。

韭黄细细地切了，放入腌好的鱼肉里拌匀，淋一点小磨芝麻香油。面饧好了，拿出来揉了，揪成小面团，一个一个地擀成圆圆的饺子皮。包饺子要快，好把韭黄的清香锁进面皮里。氤氲的水汽里，妈妈笑吟吟地说着话儿：妞妞，擀皮要让小擀杖摇着面饼自己转圈，中间厚四圈薄，这样包的时候可以用力装一兜菜，馅大皮薄。那时，她也就是十二三岁的光景……她一瞬间真的看见了妈妈，幸福得眼泪都滚出来了。

一群白鹅似的饺子煮好了。先给妈四只，再给爸六只，爸吃得比妈多。她自己盛了总有十几只，一口气吃完才品出鲜味来。鱼汤已经熬得浓浓的，她捻一撮子芫荽放在空碗里，然后加入沸汤，一口一口地慢慢品。妈在叮嘱，妞妞，好好儿活着，如今日子多好啊，想都想不到的好啊！妈妈行军打仗那会儿啊，饿得地里的生土豆带着泥挖出来，来不及擦干净就往嘴里送。困急了几个人就拿绳子一个一个捆成一串，走着路就能睡一觉。妈这一辈子啊，啥安眠药都没吃过。饿了张口就吃；困了倒头就睡。那时候，爸常常批评妈，好好个孩子，怎么就给惯成个豌豆公主了？

她吃饱喝足了，太阳正好照进屋子里，她就在西窗下的餐桌上盹住了。妈和爸好久没唠叨过她了。

她被秋后的太阳晒得暖暖的，有一种死而复生般的庆幸。

本来想给张佑安回复个微信，后来想想，还是给他打了电话。她在电话里说，韭黄馅的饺子太鲜了，好久没这样吃，撑着了呢！那声音她自己都有点吃惊，竟有点撒娇的意味。可不，中午盹着那会儿，跟着妈妈包饺子，也就是撒娇的年纪嘛！她到这会儿还没从那梦里回过神来。

张佑安说："终于敢和我聊天了，不怕电话里传过去病菌吗？"

万水在这边也笑了："我待会儿打完了，会用酒精棉片给手机消毒呢。"

又一天，到了晚上七八点钟，万水又想着打个电话过去。正迟疑着，张佑安却打了过来。她内心禁不住一阵欢喜。接了电话唠唠叨叨说了许多废话，看了什么书，吃了什么饭；九重葛生命力可真顽强，试验了一回，一个礼拜没给喝水，人家越发开得烈火红颜。絮叨完了自己，然后终于问道："你呢，你一天都干些什么呢？"

张佑安说："我在黄河滩上培育苗木呢！连口罩都不用戴，一面坡下就我一个人。"

"一个人好！"她向往地说。

张佑安说："我种了三十棵本地老玉米，快长熟了，到时候新鲜玉米可以烤了吃。不过，你在家里可烤不了。"

万水说："怎么烤不了？我有电烤箱啊。"

"用烤箱烤？"张佑安想了一下，"对对对，用烤箱是一样的。"

"我明白了，还是炭火烤的好吃。"万水脆生生地笑道，"我倒像是争吃一样，好馋的嘴。"

后来就分不出谁给谁打了。她似乎也不在意这个了。开始聊半个小时，慢慢变成一个小时，后来时间刻度就消失了，有时竟然聊到深夜。前三皇，后五帝；山之南，海之北。反正，一个小小的话头，就会放大成一个话题。

4

张佑安的老家是农村的。他爹要强，也是个能人。烧砖烤瓦、养兔子编筐，反正是个"闲不住"。他家住在黄河边，蒲草苇子铺天盖地地疯长，人家晒太阳唠嗑的工夫，他就能织一张蒲席，趁天黑偷偷拿集市上换两块钱。张佑安上面是三个姐姐，他爹让四个孩子都上学。张佑安念高中那会儿，恢复了高考制度，他的三个姐姐先后考上了学。后来改革开放了，他爹承包了村里的砖窑。他爹不让他管家里事儿，摁住他的头一心只读圣贤书。果不其然，张佑安成了县里的状元，上了北京林业大学。

有一拉溜儿四个大学生——那年头考上个中专也叫大学生，其实他三个姐姐都是中专生——撑着，他爹的胆子更壮了。一口窑变成六口窑，后来摇身一变又成了砖瓦厂。土地承包后，各家的地各家种，粮食亩产一下子翻了几倍。村后的张存有家种了苹果，一年收成抵三年粮食。大家都改种果树，因为离城市近，很快都赚了钱。张存有家盖了四间瓦房，用的都是他家的材料。村后的张大嘴经常往城里跑，房子晚盖了两年，从城里拉回了预制板，盖成了平房。张佑安他爹背着手转悠了两圈，给自己的砖瓦厂增加了预制板业务，他家头一个住上了三层小楼。村里家家都学样，砖和预制板生产多少都不够卖。一时之间，张老板成了闻名遐迩的人物。

有人通过张佑安的姐姐，给他介绍了一个对象。是乡干部家的闺女，在县里念中专。他姐说长得好看，又是她们单位一个小领导亲自介绍的，也算知根知底。找个干部家的闺女，还有自家闺女政审，他爹当然喜欢得不行，假期便让俩人见了面。银盆样的一张大白脸，喜眉笑眼。有那么厚实的家庭背景和超强的女性特征，从未谈过恋爱的张佑安哪还有还手之力？一下子便被弄晕了，好似任她宰割的羔羊。见了没两次，女孩就主动跟他亲嘴。她比他懂的还多，拉了他的手从衣服领子塞到两个大奶子上。后来也是她先脱了衣裳。事情一下子就完了，他惭愧得不行，有些不知所措。姑娘安慰说，不碍事，慢慢就好了。

俩人行的好事儿，都被张佑安他娘在窗子外头偷听到了。这也是他们那里的风俗。待他们出了门，他娘就挤进屋子里看。床上脏污了一片，却没见红，登时就愣了。当即就去找媒人。媒人说，生米已经做成熟饭不啥都晚了，你儿子一个大学生，把人家动了，咋还敢说反悔？他娘一路哭着回来，把儿子拉到自己房里斥责了半天。张佑安完全不懂这些事情，改天再去审那姑娘。姑娘说是之前定过亲的，谈了三年，后来她考上学了，那对象没考上就散了。再问，说是在学校还谈过一个，谈了两年，那个人考研考走了，就和她分了。她话说得云淡风轻，他却听得电闪雷鸣,死的心都有。事已至此,别无良策,便咬牙切齿地追问致命问题:都跟人家上过床吗?他闭着眼睛,只想听到否定的回答。哪怕是假话,也好让他遮遮脸。可人家愣是承认了,理由还很充分。那时候太小,不懂事。不过原本也是想着一起过日子的。张佑安读了那么多书,思政课还是优秀,知道这事儿是豆腐掉到灰堆里,吹不得也打不得,心里别扭得像吃了半只苍蝇。

人家姑娘偏就大大方方地住在他家不走了。白天他还气着恼着,晚上看见她白花花的身子,恨着却忍不住发了狠劲用力。他心里五味杂陈,可这事儿只能砸在自己手里,爹不知晓,娘不敢说,一张又瘦又小的窄脸越发枯黄。好不容易熬到假期过完该回学校去了,这姑娘却说怀上了,让他问他爹怎么办。他这才如梦初醒,知道行敦伦之事还会有后果。但踟蹰再三,还是不肯告诉爹。人家姑娘不管不顾,把这事儿大剌剌地跟他爹说了。直把他爹欢喜得不要不要的,说舍得六门窑不要,也得保住孙子。儿子还差一年毕业,就先上车后买票,那张纸等毕了业再说。办酒席的时候,张佑安托词学校通知紧急返校,便连夜溜之大吉了。他爹安排吹吹打打,待了十几桌客。媳妇自知理亏,压着不让娘家找碴。事儿办得倒也圆满。

张佑安大学还未毕业,大儿子就出生了。他爹看着大胖孙子高兴得合不拢嘴,让他姐姐立马给他写信报告这个天大的好消息。张佑安拆开信看了,恨不得一头栽倒在地死了。但事已至此,当了爹的他,毕业志愿只好填上自己的老家,毕业分到县林业局。媳妇在乡医院当护士,他一两个月都不回来一次。媳妇催着领证,他说孩子都出来了,领不领证有啥意义?凑合过行了。

张佑安总不回来,不是个办法。她娘就出招,给闺女找了个偏方。让她去城里找他。他刚到一个新单位,媳妇来了也不敢声张,媳妇倒也贤惠人,买个炒锅,在屋子里弄个小电炉,又是菜又是酒伺候着。两个人挤在单人宿舍的一张小床上,一来二去就又怀上了。那时候计划生育正严格,媳妇东躲西藏,到七个半月上就打了催产素生了一个男娃,孩子放在媳妇姐家养着。张佑安只能认了,把柄攥在人家手里,计划生育超生,她一告一个准。后来是他自己托关系把她调进城里,单位给了两间公房,算是团聚了。可是两夫妻脾气不对付,吵吵闹闹地没有消停过。那媳妇有两个大胖小子垫着,感觉自己翻了身,吵起架来从来不让他。张佑安被逼无奈,复习一年又考回学校读硕士去了,硕士读完又接着读博,假期都不回来。学校都不知道他是结了婚的,介绍对象的还真不少,他都一一回绝了。有一个女同学是真的喜欢他,他也喜欢她,不明不白地和人家暧昧了两年。那女同学认了真,死活要跟他结婚。他眼看躲不过去,才说了家中的事。女生哭着说她不在乎。他也想说不在乎。可儿子都那么大了,你不在乎?爹在乎,娘在乎,全村子几千口子人在乎!女生一把鼻涕一把泪哭了几次,到底没把长城哭倒，一气之下赌气嫁给了别人。

他博士毕业选择回到省林业研究所。媳妇一直在县上，想吵也够不着。两个儿子在父母的吵闹声里长大，学习倒是争气。老大大学毕业后考到美国留学，后来指点着弟弟也走了同样的路。五年前，媳妇患卵巢癌，一直瞒着丈夫。其实是她自己放任，错过了最佳治疗时机，以至于不治。

讲完自己的故事，张佑安说："我的半辈子就是这样过来的。仔细想想我也挺对不住她的，一是自己年轻时不懂事，不该那么冲动。二是之前的事，我也过于计较，儿子都那么大了。"

万水说："是啊，你的确不应该。过去的事，毕竟是你孩子的母亲。"

张佑安长长地叹了口气，然后伤感地说："她拖了两年，我尽心尽力地伺候了两年。她眼看自己快不行了，哭着对我说，自己年轻时不懂事，有今天这个结果，都是因为自己作孽太多。我堵住她的嘴，说自己更不懂事，等她病好了就好好跟她过日子。后来她还是走了，临了拉住我的手说，你伺候我两年，我这辈子就满足了！"

这话让万水在电话这边哭得抽抽噎噎，不知道哭的是他的妻子还是他。

"你想过再找个伴吗？"这话搁过去，打死她也不会问的。

"想过，想尝尝爱情的滋味。但都这岁数了，哪里偏就有合适的？"

她的声音突然冷静下来："也是，婚姻其实挺怕人的，过得不好，还不如一个人来得轻松。"

他问她："那你呢？"

她说："我其实结过婚。我那点事儿，淡得跟白开水一样。父亲战友的孩子，到了结婚年龄，双方父母一指派，就结了。我们俩很友好，像亲兄妹一样。可是亲兄妹也吵架，我们俩比亲兄妹还好，架都没吵过。后来他移民了，我不愿意去，就离了。反正就这些，说是结过婚，其实跟没结过婚一样。过了两年，分开时才明白自己是结了婚的。"

"那后来怎么就一直没找呢？"

"我恐婚，对所有男人都抵触。我和前夫分开时，觉得一下子就放松了。我们俩在一起时，我每天呼吸都是紧张的。医生说，这是我结婚两年一直没怀孕的原因。现在想想男女那些事，我还是会紧张。我觉得跟谁过都过不好。我生不了孩子，何苦祸害人家。"

5

万水说："我是在部队大院出生的。后来我父亲认命，他老了，跑不动了，

12

主动要求回到家乡工作。父亲回到地方上，当过连片地区半个省的副书记。"

张佑安说："万水，真看不出，你还是个高干子弟。"

"高干子弟？"万水笑笑，不置可否。

"你看我像什么子弟？"张佑安逗他。

"你吗？"万水煞有介事地说道，"往大里说，像是农民企业家的子弟；往小里说，像是砖厂老板的儿子。"

张佑安笑得喷饭。

万水也开心地笑了，她说："我们这样聊着，让我忘掉了时间。这封控的日子我简直数着秒熬日子，有个人聊天真好，我给你行个军礼，感谢老张同志！"

张佑安说："该谢你才对。埋在我心底半辈子的秘密都吐给你了。也算是自我救赎吧！"

万水说："老张，你想过自杀吗？"

"没有。从来没有。"张佑安郑重起来，"为什么要自杀呢？只要活着，总有一天能把心底的秘密与人分享。之前不说，只是没遇到过合适的人。要是什么不说就死了，那不等于我白活了一生？"

万水说："我倒是想过许多遍，但就是没有自杀的理由。如果有，那唯一的理由就是活着没意思。我父母都活到八九十岁，一天天地为活着而活着。他们只有我一个女儿，我又没给他们生个后代。你说，他们的内心该如何孤独？"

张佑安说："那是你替他们孤独，你怎么知道他们内心想些什么？他们身经百战、枪林弹雨都过来了。生死置之度外后地活着，那心胸和境界不是我们普通人所能够理解的，否则怎么能活那么大岁数？现在的人太脆弱了，都是享福享多了。"

"你这是在批评我矫情。"她嗔道，"你整天这么乐呵，是真的快乐吗？"

"快乐有多解，我忙碌，怎么样都是一天。"张佑安的情绪突然高涨起来，"我忙得很呢！伺候土地，兹事体大。我租了六十亩河滩地圃育苗木，一个人，干一天活，吃点土里长出来的新鲜东西，倒头就睡，那才是天人合一！哪还有心思想什么死不死的！"

"哎，说说你的小木屋呗，那里都有什么？"

"有一间厨房，是我用来做饭的地方。有一间客厅，其实是我吃饭喝茶的地方，我还真没接待过客人。还有一间卧室，卧室里有个卫生间，是我如厕洗澡的地方。虽然我委身土地，可是一天必须洗两次澡。我在泥地里干一天活，不洗澡可不行，我也努力做个爱干净的人。"

万水说："不许嘲笑我！"

"我的卧室里有一张大床。人老了，劳累一天，喜欢睡得舒展一点。我躺下，就像一个大字。万籁俱寂，我觉得全世界都是我的。"

万水心里想，要是每天白天晒晒太阳，晚上躺下就能睡着，她的世界可能也会好一点。她说："这日子，真让人羡慕嫉妒恨呢！你像个古代的隐士一样，过着陶渊明的日子，你是自己的王。"

张佑安说："每个人都是自己的王，看你选择怎样统治自己了。"

万水笑道："哲学家！你和第欧根尼只差一个木桶了。"

"黄河滩里遍地都是黄土，你可有勇气来参观一下？"

"当然可以！我有帽子口罩，有雨衣，有胶鞋。我不是每天都去公园走路吗？"

6

封控的日子大街上寂静无声，只有一城的灯光在闪烁。万水也不想再让自己的日子那么清冷孤寂，她打开所有的灯，一个房间一个房间察看自己所拥有的，一时之间竟觉得它们都是那么中用和可爱。然后，她关了灯，坐在洁净、干爽、温软的床上，开着窗帘，看外面的七彩流光。如果世界末日就是这样多好，她的床就是方舟。她被光托着飘着，飘到哪里是哪里，她不管不顾了。

上帝给她打开了另外一扇窗，她的世界再也不是封闭的了。关了灯，她每天和一个人悄悄说话。他在说："我和那个女同学说了家里娶妻的事情，她说她不在乎。她长得不十分漂亮，可是她眼睛是亮的。有学养有教养的女人，眼睛里都有神采，她们能把握自己的命运，因此活得自信。我们俩在一个小西餐厅里坐着，外面下着大雪，玻璃窗里看着，灯光里的雪花和枯枝上的树挂像是油画。开始喝的是咖啡，后来换了茶，再后来换了一瓶红酒。女同学点的，为了不让她喝多，我自己却喝多了。女同学把我领到她的宿舍，她脱了衣服钻到被子里。我坐在小沙发上。我很困，我喝了红酒容易犯困。后来她光着脚下来，把我拉到床上去了。我穿着外套和她并排躺着，开始是装睡，后来就真的睡着了，一直睡到天亮。或许离天亮还有一小会儿，我起来悄悄地走了。我知道她醒着，可她没说话。"

"哎哟，穿着衣服？穿着满是病菌的衣服躺进别人的被窝，天呀，她怎么肯？"

"我太困了。"

"那，你一定也是爱着人家的，对吧？"

"不能说是爱吧，是有好感。"

"我喜欢简单明快的女人。"他补充道。

"也许你自己不知道，也许你是被自己的妻子孩子所羁绊。我觉得你一定是爱她的，否则，你不会跟她回宿舍。"

"我喝醉了。"

"还不敢承认。"

"一定爱过！"

"真没想过。"

"好吧，你说有就有。"他想很快结束这个话题，"你不高兴了？"

她突然羞愧起来，着急辩解，"我哪有不高兴？你胡说八道什么，我怎么会为不相干的人和事不高兴？"她嗔怪道。

"看看，我就知道你不高兴了！好吧，既然不相干，往后就不说了。噢，对了，我种的麻叶海棠开花了。花是一串一串的大红，叶子阔大，叶子上的麻点都是漂亮的。哪一天我送一盆给你好不好？"

"我喜欢玻璃海棠，肥厚的叶子跟翡翠一样，花是正红。它是最干净的植物。我还喜欢栀子和茉莉，它们的漂亮就是干干净净的那种。"

"那这两天我想办法送一盆给你。不过，我悄悄放你门口，在你那儿洗手消毒太麻烦了。"

她恼起来，"哼，你想说什么。与你那衣服不脱就可以让进被窝的女同学比起来，我确实有毛病对吧。"她竟然真有点生气起来。

"你这人，我们不是聊海棠花吗？"

"海棠花我也不要了，我又不请你喝酒，喝酒的人，醉了醒了，她们才关心海棠花，关心绿肥红瘦啥的。"

"你这人，我不说你非让我说，亏你还是学哲学的，当你能正视自己历史的时候，你就差不多忘掉它了。"

"可是，我不能正视。因为我没读过博士，我只是一个学过几年哲学的女人，又枯燥又乏味。眼睛里面又没光。"

"我都放下三十一年了，你只是听听就放不下了。"

"还说不上心，连三十一年都记得这么清楚？"

"我投降，你可别生气。你想听点什么咱们就说什么。"

"你这是在责怪我吗？哎呀呀，我真的是多事了，对不起对不起，此处应该有道歉。"她脸红了，突然清醒自己在无意识间又犯了个大错误。

"我是个好人。"他在电话那端憨厚地嘿嘿笑道，"只是证明自己是好人不容易。"

那天晚上挂了电话，她真的有些惭愧，自己是不是强迫症又犯了，人家的事情和自己有什么关系？她后悔不迭，心里躁得慌。忙不迭起来关了所有的灯，吃了一片安定，等到十二点还没睡意。后来觉得不睡一会儿明天会撑不住，又起来吃了一片，开着喜马拉雅听《道德经》，不知道什么时候睡着的。梦里梦外的一时清醒一时糊涂，手机里的声音响了一夜，她也懒得关。

第二天她觉得自己清醒了很多，对昨晚的表现愈发羞愧。我这是怎么了？要干吗啊？把好好的聊天给搅黄了。尽管如此，她也没好意思叨扰人家。到了晚上八九点钟，张佑安却打过来了。她接了，心里竟是欢喜的。

到底有昨晚小小的不快在那儿垫着，两人开始说话都小心翼翼，像避着地雷似的。她少说多听。他也是尽找那些远离现实的话题说给她，讲了一晚上的花木知识。"我育了一亩合欢苗，落叶乔木，喜欢温暖湿润和阳光充足的环境。叶子细细碎碎的，花丝一团一团的粉红，是最适合栽种在行人道路上的观赏植物。"

她听着，一下子回到了五六岁的光景。她家院子里有一排巨大的合欢树，树龄得有四五十岁吧，树冠郁郁葱葱，满院子都披着浓荫，显得阴郁而神秘。粉红的花朵不管不顾地盛开，从春天一直开到夏天。她和妈妈展一张竹凉席，她躺着，妈妈坐着。妈妈得摇着蒲扇替她打蚊子呢。

她说："绒花树。"

妈妈说："那叫合欢。"

她说："不，就是绒花树！"

树上的绒花指不定什么时间啪地掉下来一朵，用手拈了，凉凉的绒绒的，不香，却有股子清甜。她顽皮，捡一朵放在额头上，再捡一朵放在鼻子上。后来她睡着了，被妈妈抱进屋子里去了。

早晨醒来，她一骨碌爬起来去看。哇，席子变成一幅画了。再看地上，到处都是花团儿。工人要过来扫院子，她拦住不让。爸爸笑哈哈地说："留着，让她玩吧！"到了中午放学回来，发现花全蔫了。她站在树下伤心了半天。那时她很奇怪，那树怎么那么大的力气，每天落每天开，好像无穷无尽。

听着想着，她的眼睛湿润了。她说："你弄个梅园呗，腊月里开。我妈妈喜欢蜡梅，她总是说：'蜡梅不是梅，一花香十里。'"她没有告诉他，她生在腊月。保姆说："这孩子生下来身上带香，冷香。"妈妈说："一定是墙角边的梅花开了。"

张佑安说："我就说给你弄几盆梅，还怕你嫌它清冷。"

7

张佑安没有等到梅花开，他大儿子要在圣诞节举行婚礼，邀他去美国。他走得很匆忙，晚间好不容易抢到一张机票，第二天早上就出发去上海转机。他只好在电话上给万水告别。

张佑安出境的时候还顺利，但回来却很麻烦。很难弄到一张机票不说，即使能够回来，也要经过多重隔离。儿子劝他道："爸，你反正在哪儿都是一个人，就在美国过年吧！你烧一手好菜，也让中国文化在这里发扬光大。"他想想也是，儿子这理由他还真不好拒绝，就让他的学生雇了两个人，帮他把苗圃照顾好。

他住在美国东部，时间刚好和这里错十二个小时。再加之休息时间的错位，两个人倒是不常打电话，只是不定期地发发邮件，或者在微信上留言。张佑安有时会发一些他用手机拍的图片。万水醒来打开电脑，屏幕上全是风景。你还别说，摄影技术一流。她常常这样夸他。他说，不是我照相水平高，而是这里风景太好了，随手一拍就是屏保。有时候她会连续几天收不到消息，原来是他到拉斯维加斯去看红石峡。后期发来的图片上，他看上去精神抖擞，大红的羽绒服，蓝色的风雪帽，像个小伙子一样提劲。

万水的生活又恢复了过去的样子。有天她不知道想起了什么，又站在二十五楼的窗前往下张望。她又看到了过去的景象，远远近近的道路上车流涌动，像一群蚂蚁。解封了，大街上又开始车水马龙。好像疫情没有发生，好像没有下过一场大雨。消失的人永远消失了，也不知是谁和谁，反正她所熟悉的人都好好地活着。万水不再去紫金山公园，她听说那个园子的一堵墙塌下来，砸死了一个避雨的人。也有人反驳道，哪有啊，墙都好好待着呢。其实是她自己不想去了，一个人挺没意思。她连走路也不想继续了，偶尔穿着厚厚的旧长羽绒服出门，戴了帽子口罩，围了围巾。帽子和围巾也是旧的，尽管洗得很干净，但还是灰扑扑的，旧得不合时宜。她走在大路上，看那些年轻女人穿着裙子和长靴子，中间露着一截子光腿，外面白色的羽绒服在阳光下十分耀眼。女孩子们的绒线帽也是时尚的，她们戴给欣赏她们的人看。没人欣赏万水，她戴给谁看？她因此懒得买新衣服。

有一天，张佑安发了他在费城的照片。有一张是他和一个很洋派的中年女人，微胖的，圆脸圆眼睛，满脸的喜庆。她没问是谁。张佑安主动解释道："我工作时的同事，中间移民了。她和我大儿子相识，是儿子帮我约的。"

万水没头没脑地说了一句，"祝福你们！"

张佑安说："这祝福个什么，只是同事。约了出来一起旅行，她刚好也没来过费城。"

万水说："这才更值得祝福。"

张佑安也没再解释。这让万水心里多少有点失落。她想，也许他想的是，随她怎么想去！他与万水，也并没有需要解释的理由。

一天三餐，万水很认真地吃饭，保证足够的营养。她想让自己胖一点，可却越来越瘦。后来张佑安让她发一张照片，她犹豫了很久，才站在九重葛前自拍了一张，还有点逆光。张佑安看后说道："万水，你是属合欢科的，你适合阳光充足的环境。你还是出去走路吧！"

万水不知道自己哪来的一股子劲儿，第二天竟然买了一张机票飞三亚去了。这是她第一次独自出来旅行。那时候父母在，他们一起去过北京，去过杭州，也去过四川和东北。后来和前夫还一起去过一趟云南。说不上有多喜欢，至少宾馆的卫生问题就让她头疼不已。她更愿意待在自己家里。

万水住进了亚特兰蒂斯大酒店。她舍得花钱，只是没处花去。她不知道腊月的三亚竟如夏天一般，带的衣服还是厚了。反正也没带几件，满箱子塞的都是床单毛巾，拖鞋牙刷，便携式烧水壶什么的。她基本不用宾馆的东西，嫌脏。她在酒店大堂买了两身素色的单衣，穿上倒是出人意料地放松。她去吃自助餐，有白粥和海鲜粥，有白灼虾和芥蓝菜心，竟然吃得很好。她本来想要波塞冬海底套房，可一问两个月前都被订空了。只好挑了一套最好的海景房。折腾一天累了，窗户都没关，便在海风里沉沉地睡去。

第二天她只是在附近的沙滩上走一走，然后躺在伞下的椅子上吹吹海风。第三天她买了裙式的游泳衣，竟然下到水里漂了好长一段时间。小时候她在少年宫受过专业游泳训练，只是后来再没派上过用场。她虽然瘦了点，但是属于那种小骨架，身体哪都饱鼓鼓的，穿上游泳衣倒是年轻了不少。她的肌肤太需要滋润了，她白，泡一泡竟然泛着瓷白的光亮。

她一直以为旅行是可怕的，一个人的旅行更可怕。现在她觉得很好。

她不再想胖和瘦的问题，几乎是忘记了。这里没有一个人是她认识的，怎么自在怎么来。没人注意她，她也不注意别人。她松弛下来，竟是胖了几斤。

有一次，她游泳游累了，就铺了浴巾在伞下迷糊一会儿。睁开眼，她发现另外一张椅子上躺着一个四十多岁的男子，那男子正看向她。她以为自己会尖叫，但是却发现内心没有一点儿慌张。男子冲她点点头，她也冲他点了点头。后来游泳又碰到过一次，竟然互相还打了招呼。再后来，在餐厅吃饭遇着了，男子自然地坐在她边上，她也没有拒绝。她已经能自在地在人群中生活，这令她满意。此后的几天，她与这个男子又碰到过几次。她不反感，这是一个温文尔雅的男人。她记得他们也说过几句话。有次他对她说："你长期在三亚休息，倒不如去租一间公寓酒店，会节省很多费用。"她只是笑了一下，那笑容里有不置可否，也有感谢他关心的成分。还有一次他说："你喜欢这里，为什么不买一个小套房呢？现在高端楼盘很多。"她仍然是笑笑，不置可否。因为从内心里，她不知道该怎么回答。思考这样的问题太累了。他就又说道："你是一个很特别的女人。你看上去很朴素，但你的朴素是尊贵的。你很谦和，你的谦和却让人难以接近。"她的脸色立马就变了，她不喜欢人家这样评价她，即使恭维也不行。不过后来她想，这也许不是恭维，甚至连评价都算不上吧？人家说得没错，无非是客观描述了她。于是她又笑了，觉得因为互相理解而近了一些。她明显地感觉到，这个人在有意靠近她。也很有可能完全不是那么回事儿，是她自己过于警惕。但无论如何，对于她这种习惯身心都包裹得严严实实的女人，不可能发生邂逅的故事。

万水在三亚一直待到过完春节。她竟然想，就这样待下去好了，她不想再回她北方的家了。家很舒适，但她只是一个舒适的孤儿。

在她长大的城市，她是一个孤儿！

8

到二十五岁上，万水还没有恋爱过。妈妈说："孩子，你得成个家，我和你爸也没有别的亲人。可我们俩结婚生了你，我们仨就有了一个家。"妈妈再说，"爸爸妈妈都老了，我们迟早有一天会走的。我们想看到你的孩子，你的家。"

万水二十五岁时被爸爸嫁掉了。二十五岁，是一个不大不小的年龄，刚刚适合结婚。丈夫和她一样，也是个大院子弟，所以他们的生活习惯很容易适应。他们俩原来就认识，只是从来没有来往过。他们谁都没觉得这样有什么不对。尤其是对于万水而言，结婚的意义无非就是换一张床睡。丈夫不在或者有应酬，她还是回到妈妈这里休息。妈妈说："结了婚在一起生活，比谈恋爱更容易产生感情。"妈妈说得没错，她和爸爸就是如此。

结了婚之后她仍然不太爱讲话。丈夫是个活跃的人，他家有五个兄弟姊妹，姐姐和弟弟常常会到他们家里来，打牌，摸麻将，聊天，一起包饺子，他们把大家庭延展了过来。而万水没有过这样的经历，怎么样都融不进去。她插不上嘴，也不会打牌，就躲到厨房里去帮阿姨做做饭，找一些活来干。几次三番，那姊弟几个就把她忘了似的，好像她是这个家里的客人。

万水和丈夫的夫妻生活也不是很和谐，她总是说疼。男女之间相交，应该是欢愉的。可是她总是疼，让他也出现了心理障碍。他把这事儿悄悄告诉了姐姐。姐姐是医生，医生对待病人的方式总是很直接。在他们眼里，没有人这个总体概念，只是一个个器官而已。他们再来家，姐姐在餐桌上像摆冷盘一样把这个问题摆了出来："水儿，你该去看看妇科大夫。你们这个年龄，夫妻生活应该是特别和谐的。"姐姐十三岁特招进部队，十六岁就在野战医院手术室备皮，什么没经见过？她说出来的话本来没什么，可万水听着却是硬邦邦的有点伤人。万水看了丈夫一眼，羞愧得无地自容。这种事情怎好给别人讲。而且，姐姐即使是知道了，不该私下里跟她说吗？哪能在大庭广众之下公开夫妻的性生活呢？

19

万水不肯再和丈夫行夫妻之事，她碰都不想再让他碰。他们本来是在一个被窝里睡的，但她给自己另弄了一条被子。丈夫人真的特别好，他不强迫她。两个人生活得很不错，只是回避着不谈那件事。慢慢地，他的兄弟姊妹们不再来他们的家里聚了，丈夫也常常不回来吃晚饭。他本来不喝酒，可最近常常会带回来酒味。他们的衣服是阿姨负责清洗，万水也不是个有心眼的人，可她偏巧在丈夫的白衬衣上看见了口红印子。万水从不吵闹，有事就憋在心里，她借口两个人睡在一起相互影响，直接搬到客房里去了。丈夫是个敞亮人，什么事都快言快语说出来。可对万水这样没有缺点的女人，他一点办法都没有。口红是趴他肩上看牌的妹妹给弄上去的，他希望万水能和他吵一架。但是万水连吵架都不肯。两家是世交，两亲家处得特别好，离婚也是没有理由的。那个年代，不会有人因为夫妻生活不和谐离婚。

万水的丈夫变得和万水一样不爱讲话，跟他的姐弟在一起也不快乐了。他瘦得很厉害，吃不进东西，整夜睡不着。小两口到医院检查了身体，他好好的，没什么问题。可长期失眠也不是事儿。姐姐带着弟弟去看了精神科，医生说他患了严重的抑郁症。那时不叫抑郁症，只是说他精神方面出了问题。姐姐对万水说："怎么会呢？他这么快乐的一个人。"她并没有责备万水的意思，甚至还有点歉意。可万水听了，觉得责任完全在自己，因此心里更加惶惑了。

如果不是丈夫的身体出了问题，万水还没有"妻子"的意识。她那么爱干净的一个人，现在对一个病人一点都不嫌弃，努力尽一个妻子的责任。她每天把自己打理得很干净，把丈夫也打理得很干净。遵照医嘱，每天牵着他的手到公园里散步。他不说话，万水就刻意找些话题给他说。她给他讲刚从书里看到的故事，她正在看马尔克斯《霍乱时期的爱情》，每天看一章，然后再慢慢讲给他听。"弱者永远无法进入爱情的王国，因为那是一个严酷的、吝啬的国度。女人只会对意志坚强的男人俯首称臣，因为只有这样的男人才能带给她们安全感，以面对生活的挑战。"她想与丈夫一起，与书里的男女主人公共情。他听她讲故事的时候紧紧握着她的手，亲切地目视着自己的妻子。她娴静、温和，她讲述的时候是最美丽的。他越来越依赖她。他的面色红润起来，吃很多饭，重新长出来的头发茂密得像五月的青草地。但一个新的问题出现了，万水发现丈夫越来越喜欢把自己关在洗手间里。她待他出来进去查看，一股新鲜的精液味道，新婚第一夜她就闻到这种味道。万水脸红了，她把自己的被褥搬回他们的婚床上，头一回主动要求丈夫做那件事情。可是丈夫不行了，他们无论如何努力，他一次都不能正常勃起。他哭了，像个孩子一样，他说："水儿，我对不起你。"万水呆呆地看着他，不知道该如何安慰。但更想不到的是，他的精神压力太大，很快就发现了第二种病，反流性食管炎。

妈妈开始日日盼着万水赶紧生个孩子，后来却怕她生出孩子来了，女婿有那种精神疾病，会不会遗传？

丈夫后来被二姐接到了美国，他在那里恢复得很不错。他在美国和妻子之间首鼠两端。他舍不得美国，在这里他作为一个完整的男人满血复活。他也真心舍不得万水，他病了那么久，她都那么耐心陪伴他。他和姐姐都诚心说服她过去。万水拒绝了，她舍不得爸爸妈妈。

万水的丈夫在美国结识了一个热情似火的美国女孩，他们在一起一个月后，那个女孩就怀孕了。他告诉万水。万水没有伤心，她为他感到高兴。接下来，离婚就是题中应有之义了，不管谁提出来都一样。万水直接在他寄来的申请书上签了字。离婚于她而言，是一种救赎，也是一种解脱。

妈妈再托人给万水介绍对象，她都一味拒绝，只说不合适。一直到死，妈妈都觉得放不下女儿，妈妈临去的时候，紧紧拉住女儿的手不舍地说："妞妞，妈妈走了你就成了一个孤儿。"她觉得妈妈说得对，不管她长多大，只要没有爸妈，她就是个孤儿。

妈妈心有不甘地闭上了眼睛。

除了爸爸妈妈，万水的心平和而宽厚。她不爱谁，也不恨谁。

9

万水关闭了微信，手机也调成飞行模式。只要她不找别人，没人会找她。至于张佑安，她不想让他知道她去三亚的事情。这是个人的隐私，干吗要让别人知道？

在美国的张佑安，也正在一场别人设计的激流里漂流。他没有反抗，只有顺流而下。两个儿子很想让父亲找个伴儿，他们认为父亲的前同事不错，开朗、活泼、快乐。同事在国内时叫赵明兰，在美国都称呼她兰。儿子们给父亲规划了旅游计划，他们请兰做父亲的导游。兰很愉快地接受了。兰出国差不多二十年了，行为方式很美国化。刚一出发她就提出："我们订一个房间如何？这样可以为你儿子节省费用。"说完大笑。张佑安也笑，他说："我自己可以支付费用。"

在费城的那一天，他们预订的旅馆可能搞错了，只给了他们一个双人间。兰笑着说道："这是命运的安排，没有办法。"张佑安也没过多说什么，反正入乡随俗就行了。人家说在美国，一男一女住一起正常，两个男人住一起才不正常呢。他索性就正常一次。简单地洗漱了，早早躺在自己的那张床上睡了。半夜里兰钻进了他的被窝。张佑安礼貌地抱了她一下，她赖着不走，张佑安只好下床睡到另一张床上去了。他自嘲道："老了。过去有力无心，现在有心无力了！"

兰说："安，你是介意我在国内的事情吗？"

"国内的事情？"张佑安像是很吃惊，"我不知道你国内有什么事情，你知道我的，从来不爱听人讲闲话。"

兰说："我出国是因为出轨，丈夫和我离婚而走的。当时闹得很厉害。"

张佑安说："哦。谁没年轻过，都几十年前的事情了，还提那干吗！"

兰叹口气说："我是个冲动型的人，一高兴就忍不住放纵自己。"说完，她像是什么都不曾发生，很快睡着了。她大概是太累，偶尔会发出一阵轻微的鼾声。张佑安心里怦怦跳动，兰要是再过来，他也许就控制不住了。他的下面硬挺挺地立着，他和妻子半辈子不和顺，自己都忘了这儿的功用。

兰过去的事儿他如何能不知？她业务能力很强，人缘也不错，热情，直爽，就是作风问题上屡犯错误。她和助理出去考察，一路上快活得形同夫妻，但是考察结束，她就坚决不肯继续了。她是有夫之妇，好像这是她回来之后才想起的。那助理还是个小伙子，爱喝酒，喝醉了就对她纠缠不休。后来单位把助理调到别的地方去了。丈夫原谅了她。中间她给他生了一对龙凤胎，儿女双全。丈夫是个好人，从不提起过去的事儿，对她一如既往的好。孩子们上了小学，她竟然又和一个林业技术员好上了。她总是利用工作理由往山上跑，他们在林地的大树下疯狂做爱。她主动告诉了丈夫。她不想离婚。其实丈夫也不想离，他们从感情到肉体都很和谐。但这事儿毕竟纸里包不住火，丈夫家里的人接受不了，他们觉得出过两次这样的事，再过下去太丢脸了。婚终于还是离了，儿子给了丈夫，她带着女儿去了美国。

第二天起了床，兰像没事人一样。她依然简单、快乐，甚至在早餐时还取笑他："安，中国人吃肉太少，又不喝牛奶，哪还有爬高上低的能力？"说着，又往张佑安的盘子里放了几片培根。

那是一次愉快的旅行，和兰这样的女人在一起，很难不被她的快乐点燃。儿子们期待着二人有个结果，但兰笑着告诉他们："你父亲不行，他不能满足我。"两个儿子也被她逗得哈哈大笑。他们想不到父亲一点都不介意，"这有什么？你母亲活着时我就不行，好多年喽！"

张佑安的相机里存了许多他和兰的合影，有时候她张开双臂搂着他，有时她踮起脚尖亲吻他的脸。这个女人，和她在一起随时都得接受被她抱一下亲一下，比握次手都随意。

张佑安在美国变得年轻了。兰说得没错，吃肉喝奶确实比吃面条喝粥更让人健壮。他想把这里发生的一切告诉万水，可是他打不通她的电话。他往她的信箱里发了许多照片，还给她写长邮件，讲兰的故事，包括他和兰的那个夜晚。

在邮件里，张佑安告诉万水，美国人大多不戴口罩。兰和她的女儿女婿都感染了新冠，不过，很快就好了。他没有，他的体魄是强健的。他劝万水，人一定要多运动，要晒太阳，要接受风。

张佑安几次提出来想回国。他惦记他的苗圃，春天来了，各种苗木都要发芽，他担心雇用的工人不知道怎么照顾它们。他打电话让学生们去看过几次。他们要他放心。他每次咨询落地政策，都说国内为保证不被外来人员感染，各种隔离措施相当到位，回来大概要隔离三四十天。他想，别说四十天，就是八十天他也无所谓。他只是担心万水的洁癖，估计一年之内她都不肯见他。他理解她，一个人孤独惯了，好像生活在真空里。他真心地同情起她来。

张佑安在儿子的家里被关得很无聊，他试着把上学时的那点英语捡起来。不久他能半看半猜地读英文报纸了，一个人出门也对付得来。他在商场给万水选一条围巾，开始挑了蓝的和白的，觉得万水肤白，哪一条都合适。想一想，突然就换成了洋红的，他觉得这个女人太需要颜色了。他想着她会拒绝收他的礼物，但先买了再说，毕竟这是一份心意。路过一个书店，他进去看了看，一本英文版蕾秋·乔伊斯的小说《一个人的朝圣》吸引住了他。书薄薄的、纸质柔软，拿在手中极其舒适。一个人，八十七天走了六百多英里。有关爱的回归、自我价值发现、自我救赎以及万物之美。从主人公迈开脚步的那一刻起，与他六百多英里旅程并行的，是他穿越时光隧道的另一场旅行。他被简介吸引住了，多少年不看小说了。过去他开始读英文报纸只是为了学习英语。

张佑安开始读这部小说，他一边看一边查阅英语词典，深深地被书中的故事吸引住了。虽然过去他英文不差，但毕竟几十年不碰它了，开始一天只能看几页，后来速度变得快了一些。他感动着，忍不住写信给万水分享。到后来他每看一段就翻译成中文讲给她听。哈罗德走了八十七天，他分享了一个月零一天。他突然决定要回去，便在网上订了机票。也许隔离会很痛苦，可总比不上六百二十七英里更艰难。

张佑安要回国去了，而且说走就走，一天都不能等。儿子很奇怪，回到国内也是一个人，为什么这么着急呢？

大儿媳妇是个美国白人，她问："安，你在国内是不是有个心爱的人，她在等你吗？"

张佑安哈哈笑道："我有个苗圃，有几万棵心爱的树在等我。"

张佑安的英语口语比较难懂，儿媳妇问："几万个情人？"

儿子笑得眼泪都出来了："爸爸的情人，几万个，能装满一块巨大的土地。"

10

万水从三亚回来了，走的时候她克服万重困难，回来的时候也是如此。她上了家里的电梯，整个电梯都是抖的。满脑子只想着一个词，孤儿、孤儿、孤儿……

电梯门打开了，她过桥一样地跨出来，看到了门口放着两盆波光潋滟的玻璃海棠，花开得红艳艳的。打开门锁，天啊！那盆被她遗忘了的九重葛还旺生生地开着。这世上还有生命力如此旺盛的植物？难怪树能活上几千年。她走的时候在花盆下边放了一桶水，把一截用棉线包裹的橡皮管子插在花土里，管子的另一头放在水桶里。她那时只是试着安慰一下这株植物，让它知道，它没有被抛弃。现在桶里只剩下不多的一点水，可那根管子是潮湿的。九重葛，多么聪明的九重葛！它有九次重生的能耐吗？

万水第一次没有顾得上给自己消毒，她用沾着泥土的手打开了电脑。

哈罗德、奎妮，还有几乎被人忽略的哈罗德的妻子莫琳。

他在一个酒厂干了四十年微不足道的工作，他缺乏理想，没有信念，他给不了妻子和儿子想要的。没有亲近的人，没有朋友，他似乎就应当这样过完此后的生活，直至结束生命。

一个永远弯着腰活着的人。

人最深的孤独，是不被人理解。

奎妮只是哈罗德曾经的一个同事，算不上是朋友。哈罗德想不明白，奎妮为什么要写信给他？他甚至不知道该如何给她回信。她得了癌症，她就要死去了。

孤独——孤独——孤独——

奎妮是勇敢的，她给他，一个旧年还算熟悉的同事，写了一封信。否则她在这个世界上就是一个彻底被人遗忘的人。

在给奎妮邮寄回信的路上，他突然决定，"我要一直走下去，走路去看她！"

他有了平生第一个信念："只要我走下去，奎妮就会活着。"

行走是艰难的，伴随着身体的疼痛，他想起生命中一些更疼痛的过往：

母亲离开他时，是那样的毅然决然；

酗酒的父亲把一个个女人带回家过夜，他是多么孤独而又无助；

儿子每一次犯病，他都束手无策地望着，他竟然没有想过给他一个拥抱或者一句安慰；

儿子离世后，妻子住进客房。他没有试着挽留她，没有做过哪怕一点点感情的修复。

一个人，八十七天，六百二十七英里的路程，注定是一场孤独的旅程。可正是这份孤独，让他经历蜕变，实现了自我救赎。

万水的父亲去世十多年后，母亲也因多器官衰竭离开了她。她的世界从此孤独到绝望，她不信任任何人，更不相信爱情。她无数次地想到死，可又心有不甘地活着。她嫉妒别人的快乐，全世界的人都比她幸福。母亲刚去世那会儿，不停地有人给她介绍对象。有一个条件很不错的领导干部，丧偶。那个人对她很有好感。谁对她没有好感呢？一个洁净安详的女人，家世好，受过完备的大学教育。他们交往过一段时间，一起散步，一起吃饭。那人还邀请过她去家里度周末。家是阔大的、华丽的，温暖、舒适，阳光普照每一个角落。家里用着干净利索的阿姨。唯一的女儿在首都有一份令人羡慕的工作，她的丈夫和孩子也都体面。

一切皆好。她丝毫没有抗拒地接受着。有好几次，男人拥抱了她，她很顺从地让他接触她的身体。愉悦地，温暖地。万水有了一个亲人般的被珍惜的感觉，但她没有把她的感觉表达给他，她只是不擅长。有两回，男人要留她在家中过夜。他热切地、孩子一样地望着她的眼睛。"留下来，我们在一起。"

她迟疑地说："我们，再等等，会准备好的。"她微笑着，带着少女般的羞涩。

她准备好了，她喜欢这个兄长一样的男人。她没有兄长，兄长大概就是他这样的。

一切和顺，似乎一切顺理成章。

从春天开始。夏天就要过完了，那个人约了她去一个她喜欢的西餐厅吃饭。她去了，刻意穿了他喜欢的碎花连衣裙，漂亮、年轻、知性、优雅。

那个已经非常熟悉了的男人，依然用欣赏的目光打量她。他为她点了全熟的牛排，他自己则是七分熟。吃完了牛排，让服务员撤了盘子，换上热腾腾的咖啡。她的习惯，咖啡和茶一定得是热烫的。话虽然不多，但交流却是和悦的，他对她总是那样，带着些关怀和疼爱。她习惯了这份温暖。

男人突然说道："小水，我吧，对你的感觉是很好的。但是我也不能太自私。"

万水轻言慢语地笑着说："不，你不自私，你比我好很多。"

男人说："万水，我一直觉得，你对我似乎不完全满意的，至少你很犹豫。"

万水心里怔了一下，随后又笑道："我做得不够好，请你原谅。"她甚至有点撒娇地看着他。我还是满意的，很久没有得到这样被人爱护的满足了。他比她大六七岁，她那时才四十几岁。但是万水没把这句话说出来。

男人说："小水，有人又给我介绍了一个女人，她很主动，我们一共见了两次面。小水，你对我应该有所了解，我不是个花心的人。她很主动，两次都是她主动约的我。我就是想征求一下你的意见。"

"征求我的意见?"万水犹如万箭穿心,她用力地抓住桌子才不让他看出什么来,"她肯定各方面都比我好。"说完她就觉出自己有点失言,她用力地掐了一下自己。

"不,她和你不是一般的差距,她就是个普通的女人。她男人出车祸去世了,她带着一个女儿过,比你还要大几岁。可是她……"

万水没听到他在说什么,她庆幸自己在悬崖边没有掉下去。"抱歉,我去趟洗手间。"

万水在洗手间抱着马桶把中午吃的所有东西,所有的,吐了个干净。她出来的时候照照镜子,看不出有任何异样。

男人说:"小水,你没事吧。"

万水仍然是她惯常的微笑:"没事儿。"

男人说:"小水,哪怕你心里有一点爱我,都不会这样无动于衷。你真的让我恨。你为什么不哭?为什么不骂我?我在你心里一点分量都没有吗?"男人的眼泪出来了。

万水说:"祝福你们!"

她拒绝男人送她回家,很友好地和他道别。回到家关上房门,她撕心裂肺地哭了一场,就像妈妈死去时一般。

她再一次被亲人抛弃了!

晚上,男人给她打过一个电话,他问她:"我是不是可以去你那里看看你?"

万水说:"不。我一个人挺好的。"

男人说:"我的手机不关机,你随时可以打我电话。"

万水一个都没打过。

11

这是一个晴朗的早晨,春光灿烂。张佑安大清早接到万水的电话,她对他说:"可以给我发个位置吗?我想去看看你的苗圃。"

张佑安说:"你确定我不用去接你?"

万水说:"我确定!"

万水把柜子里的衣服全翻出来了,每一件都是旧的,每一件都不能与这个春天相配。但是她顾不上太多,在旧的衬衣衬裤外面,套上了一件洗得发白的蓝帆布连衣裙,她第一次结婚时穿过的。戴了宽檐的灰色帽子,穿了半高筒的胶鞋。

一小时后,她被出租车送到了张佑安的小木屋。

张佑安打量着她，打趣说："要不是你提前打了电话，我还以为是夏洛蒂的简·爱穿越回来了。"

　　万水说："没有办法，我只有这些旧衣服，我就是一个陈旧的人。"她闭上眼睛低头嗅着木屋的栅栏上爬着的南瓜花，淘气地说，"太阳每天都是新的。花每天都是新的。只有人是旧的——"

　　话还没说完，她的身后环过一股身体的热气。她猛地睁开眼睛，脖子上多了一条热烈的洋红围巾。她眼睛里漫出泪水，她说："你别再让我哭了，我昨晚已经哭了一夜。"

　　张佑安说："对不起对不起！简小姐，赶紧进屋参观一下。"

　　小木屋里弥漫着浓郁的松香。他看到万水眼睛里的疑惑，便解释道："芬兰原装进口的原木。订购后，人家派工人负责组装。"

　　万水里里外外看了一遍，低头对床上的被褥嗅了一下，说："刚换的。"

　　张佑安开心地笑了，说："您是本小屋接待的第一位女贵宾。接到你的电话，我快速换洗整理，不是怕被你嫌弃嘛！只是这原木，不能使用消毒喷剂。不然屋子就会失去木头的香味。"

　　万水端起桌子上的一杯白开水，不凉不热，温度刚刚好。她一口气喝了下去。张佑安说："我第一次遇到一个这样的女士，喝水一点声音都没有。"

　　万水说："你没见识的还多着呢！"

　　张佑安说："你不嫌弃我的杯子吗？也不问问消过毒没有。"

　　万水说："早看过了，厨房里有消毒柜，杯子上指头印都没有一个。"

　　"哦。还有我的手呢，需要消毒吗？"

　　"我看见了，门口的吧台上有酒精棉片。"

　　"你可以参观我的苗圃了吗？"他做了个请的姿势。

　　她挠挠头，做了个不好意思的表情。"不瞒阁下，我从昨晚下飞机，还没给自己洗个澡呢。你的卫生间可以借我用一下吗？"

　　张佑安笑道："浴者有其水，耕者有其田。我先去地里干活去了。这个房间只归你一人所独有。"

　　万水洗了个透水澡。这个张佑安可真是个细心的人，毛巾拖鞋都是一次性的。她在卧室里擦干净自己，仍旧穿上自己的衬衣裤。

　　张还没回来，这是个真正的绅士，他给她留下充裕的时间。但是困意袭来，她整整二十几个小时不曾合眼了。她躺到床上，钻进了被窝。在进入梦乡的一瞬间，她对自己说："真不可思议！"

　　她重新睁开眼睛的时候，天地全是黑的，什么都看不见。黄河岸边是没有灯光的，夜黑得彻底。她大声地说："有人吗，我这是在什么地方？"

外面的灯啪的一下亮了，有人说："我在客厅里！"

她套上外衣走出去："我这是怎么了？因为醉氧而昏倒？"

张佑安说："简小姐，你不是昏倒，是昏睡。你一口气睡了十几个小时，你把天地都睡昏了。"

"天，你该喊醒我啊！我要是一直这样睡，你就一直等着？"

"那还用说！"他指了一下旁边的餐桌，"我煮了鸡蛋秋葵汤，里面的叶子都是园子里的青菜，你能放心吃一点吗？"

"天，我快饿死了，你给我毒药我也吃。"

"毒药有。后悔药没有。"他说着去给她盛饭。

他看着她吃了一小碗大小米两掺的二米饭，喝了一大碗浓菜汤。然后任由她去洗碗，仔细放进消毒柜里摆好。

他说："是我走还是我送你走？"

她不回答，却问道："你的小木屋真是个睡觉的好地方。你肯卖给我吗？"

他嘿嘿嘿地笑了，"可以卖，不过得连人一起买喽。"

然后他正了色又说："我走了你一个人会害怕吗？"

她说："当然会！"

他走到她跟前，带点坏笑地说："我陪你，你不更害怕吗？"

她笑着捶打他："我怕什么，你和几个女人睡一屋都坐怀不乱，我有什么怕的。"

张佑安拉着她的手打开了卧室的灯，做了个请的姿势。万水也眨眨眼睛做了个谁怕谁的鬼脸。她在卧室的门口呆住了，房间的木墙上挂满了应季的时尚衣服，还有帽子围巾。床前的柜子上放着乳白色的短靴子。崭新的，内敛而清新的颜色。

她喃喃地说："天！刚才你可是看见我向南瓜花祈祷了，这是它给我变出来的？"

"那可不！没有南瓜花我哪有恁大本事？看吧，南瓜花显灵了。"他拉开衣柜的抽屉，里面有换洗的内衣和睡衣。他说："你一直睡，我只好帮你洗干净晒干了。"他张着手，很被动的样子。

他们躺进了一个被子里。一个男人和一个女人。

男人没有坐怀不乱。女人也没有感觉到疼痛。屋外是黄澄澄的土地，沿着土地往前走，就是奔腾不息的黄河。

万水在他们最欢愉的一刻问道："我不是一个孤儿了?！"

她的语气分明是笃定的，自己已经给出了答案。

（原载《十月》2023 年第 2 期）

敦煌七窟

邱华栋

第一窟: 第275窟, 一个沙门

第275窟是一座纵长方形的洞窟，盝形顶，这是屋顶的一种样式，就是中间凹进去、有四个正脊围成的平顶。进去之后我颇感意外，因这个洞窟的正面没有开佛龛，而是直接塑造了一尊交脚而坐的大型弥勒佛像彩塑，高3米多，靠近弥勒佛像的时候，会为佛像的高大感到震撼。

这是北凉时期开凿的洞窟，有一种浑朴大气的感觉。只见眼前的这尊弥勒佛交脚而坐的彩色塑像，面相敦厚圆实，神情是庄严的，没有明显的微笑，而是有某种凝视的禅定。佛像头戴三面宝冠，宝冠的正面又雕出一尊化佛。

仔细看这尊佛像的面部，鼻梁高隆，目光向下凝视，眼珠凸出。这样的面相带有印度佛教塑像的某种特点，只不过已经有些西域化了。佛像交脚坐在双狮子座上。在座位两边，各塑了一头狮子，约1米高，并不威猛，倒像是两只大狗。在佛像的背后是倒三角形的靠背，上面有圆形连珠图案。佛像的脖子上戴着璎珞，靛蓝色，稍显褪色，上身似乎是半裸的，可以看到肩膀上披着一件薄薄的巾帛，腰间穿一件羊肠裙，三角形但是圆弧线下垂，盖住了小腹部。左手向下伸出，手掌向上，施与愿印，右手向前推出，手掌应该是张开的，施无畏印，但现在佛像的右手掌已经缺失。

在这个洞窟的南北两侧，也就是佛像的左右两边的洞壁上侧，各开了一排小佛龛。靠里面的各有两个阙形龛，靠外面各有一个圆拱形龛，叫双树龛。在阙形龛内，塑造了交脚菩萨像，和洞内的佛主尊像是一样的，同样是肩披薄薄的帛纱，头戴三面宝冠，与大像呼应。不同的是，这四个阙形龛内塑造的四尊交脚菩萨雕像的手势有些变化，有的是施无畏印和与愿印，有的做转法轮印，有的则双手交叉叠在胸前。

在两边各一个圆拱形双树龛内，塑造的是思惟菩萨像。两尊思惟菩萨像的动作相呼应，北侧双树龛内的思惟菩萨塑像，右手支着下巴，右肘支靠在右膝上，右腿又支在左腿膝盖之上，左手在抚摸着右脚。南侧双树龛内的思惟菩萨像就像是镜子里的映像那样，和北侧的思惟菩萨像的动作完全相反，对应起来。这些交脚菩萨像，实际上塑造的是西方净土世界兜率天宫里的弥勒形象。说明在北凉时期，河西地区战乱频繁，作为未来佛的弥勒佛信仰的现实需要而大为流行。

在洞窟的南北两壁的小佛龛下的洞壁上，都绘有壁画。北壁画的是五铺佛本生故事，也就是释迦牟尼前世为求得正果而忍辱负重、牺牲自我的五个故事。这五个佛本生故事有《毗楞竭梨王身钉千钉本生》，说的是古代印度有一个叫毗楞竭梨的王，为了能听到上等佛法，做出有求必应的承诺。于是，一个叫劳度叉的婆罗门前来应征，说他能出上等佛法偈语，但要求毗楞竭梨王甘愿忍受在他身上钉一千颗钉子的故事。画面上，毗楞竭梨王交脚坐在中间，旁边是劳度叉左手扶着钉子，右手挥动锤子，正在往他身上钉钉子。毗楞竭梨王身上有一些绿色的斑点，是已经钉进去的锥形钉子的印痕。王的左边，画有一个人在掩面而哭。

第二个本生故事，是《虔阇尼婆梨王剜身燃千灯本生》。简言之，讲述虔阇尼婆梨王为了能听到真言妙法，忍受劳度叉在身上剜了一千个洞，点燃一千盏灯的故事。

第三个本生故事，是《尸毗王本生割肉贸鸽本生》。讲的是尸毗王为了拯救一只被鹰所追杀的鸽子，甘愿割掉自己身上的肉来喂食老鹰，换取鸽子生命的故事。

第四个本生故事，是《月光王施头本生》。讲述古印度有个月光王乐善好施，有个叫劳度叉的婆罗门前去索要月光王的头，月光王告诉劳度叉，他已经布施了999颗头颅了，现在是第1000颗，就让劳度叉把他的头砍掉拿走。

第五个本生故事，是《快目王施眼本生》。讲述快目王将自己拥有的一双能看到四十里之外的明亮眼睛，施与一个瞎眼婆罗门的故事。

只有舍生取义，才能获得笃信佛法的圆满，是这五铺佛本生故事壁画要表达的内容。画在北壁上的五个佛本生故事，表达的是大乘佛教的"六度"思想，这六度分别是布施、持戒、忍辱、精进、禅定和智慧。

在这个洞窟的南壁，画的是佛传故事，也就是释迦牟尼一生的故事壁画。释迦牟尼的含义，指的是释迦族中的圣人。在南壁，现在可见三幅佛传故事壁画，表现的是出家之前的悉达多太子在结婚之后不喜欢游玩，仍想出家为僧。国王就十分焦急，和大臣商议，让太子出去到城外转一转，散散心。结果，就有了悉达多出游四门的故事。他从城的东、西、南、北四个门分别出去一趟，在东门外见到了老人，在南门外见到病人，在西门外见到死人，出了北门，见到了一个僧人。由此，悉达多太子感悟到，人生在世，生老病死是不可避免的，必须要出家为僧，寻求佛法真谛，才能求得解脱。于是，悉达多太子舍弃世间的一切牵挂，最终夜半出城，云游出家。

南壁的壁画因岁月漫漶，导致南壁壁画缺失一组，但悉达多出游四门的故事，应该就是南壁壁画要表现的内容。在画面上，可见绘画风格稍显简约，浑朴生动。

她还在那儿，她还没有走。我不会见她，我也不想见她了。

什么是牵挂？这就是，我心里有她，这一点是确定的。这也就是我走进这个洞窟的时候能感受到的我的心像。可我出家了，我不再是一个俗世的人，我要忘记她。可这谈何容易？她就是那么一路打听着跟过来的。我说，洞窟你不能进，你进了佛祖会生我的气。可能我说这个话的时候太过肃然，她感到害怕，但她就在洞窟外面徘徊，走过来走过去。虽然我没有朝外面看一眼，可是我知道她就在外面，就在等着我出去，和她一起回去。

我不可能回去了。我一路走来，到达沙洲，从沙洲过来是骑着一头驴。后来，驴腿瘸了，不能走了，我就徒步。我走啊走，走到三危山的对面，那个时候是傍晚，太阳刚刚落山，我忽然看到了神奇的一幕。

在三危山那锯齿状的山体映衬下，晚霞的千万道金光在山间闪耀，就像是佛陀的光芒化为灿烂的云霞从山的背后放射出来。那个瞬间，我彻底被震撼了。我感觉到这里是神圣之地，是奇妙之所，是我可以忘却尘世烦恼，斩断情丝之处。那万道霞光，难道不是指引我在这里停下来的智慧之光吗？难道不是沐浴我的启示之光吗？

我不由自主地跪下来，我默默祈祷，双手合十，对着三危山的万道金光诵念经文。等到金光消失，我看到三危山的山体变得黢黑，金光隐去，我的内心已被点亮。这时，我看到，在我的眼前出现了一片河谷地带。一片树林横亘在山崖前。我身边，有几座和尚的葬塔，塔尖伸向天空。

我快步向山崖那边走去，我隐约看见那边有些什么动静。有一条浅河，在一片赭红色的山崖前流过，一排大叶杨树长得很整齐，叶子哗啦啦作响，似乎在欢迎我的到来。我看到，在眼前的红色山崖上，已经有几十个禅修洞窟被开造出来。我走到山崖之下，眼前的红土石崖上，可见有很多洞窟，也许不很多，起码已经有几十座。那都是一些向佛之人，请工匠在这里开凿的。我不知道他们是不是和我一样，看到了三危山晚霞消失之前的金光四射。我快步朝洞窟走去，我发现有的洞窟开凿得很高，需要借助木梯爬上去。那些洞窟里，可能有人，但他们不会出来，他们在里面坐禅，进行着禅修。

我走进了一个洞窟。我必须按照天意对我的指引，随意走进一个洞窟。我不知道这是谁修建的，供养人是谁。洞窟里面没有人，我一眼就看到在这长方形的洞窟之内，有一座佛像迎面坐在那里，交脚而坐。佛像好像在招呼我，进来，进来吧，你进来了，就忘却烦恼丝了。你进来就能斩断烦恼丝了，进来吧。

洞窟里的光线十分昏暗。此时，已经是傍晚，太阳疾速地跌落到三危山北面之后，大地变得晦暗，天地之间升腾起一阵寒凉。我能感觉到这种寒意，不禁搂住了我的肩膀，我走进洞窟，内心里顿时感到了安详。借助一点不知道从哪里映射的微暗光影，或者就是我的眼睛在起作用，我看到在这个不大的洞窟里，两壁都有佛龛，也都有菩萨雕像。在洞窟的四壁，包括我头顶的天井，不过那不是天井，叫藻井，是覆斗形的，都画着壁画。

是谁在这座洞窟里塑了佛像，在四壁上画下了佛本生和佛传故事壁画？是谁，在这人迹罕至的山崖上，开凿了这些洞窟？又是谁，引导我走进这洞窟？我不知道，我内心里有着千般的感慨和万般的疑惑，都要在这里化解了。我放下背囊，感到又冷又饿，我要休息了，现在，这里是我的洞窟，我必须要休息了，我躺下来，这是夏季，可晚上依旧是寒凉的。

远处传来了一阵阵的狼嚎。狼嚎的声音凄厉而悠远，不知道这只狼在召唤着什么，也许是在召唤同伴，它发现这里有了人，正在洞窟里。可我不怕狼，我的背囊里有利刃，我不怕坏人，也不怕野兽。我只要在洞窟里，就有佛祖保佑我，我看到了佛光万道，我躺在洞窟里，我累了，我走了那么远的路来到这里，是为了把我内心里与尘世的一切因缘都了断，无牵无挂也无碍，就这么才是最好。

那时我还是一个少年，在凉州，我家是大家族，田产、畜产都有很多，且几代人都和河西地区的其他大家族有联姻。可到了我这一代，我们家就我一个男丁独苗。我有两个姐姐，两个妹妹，我父亲娶了两个小妾，生下来的都是女儿。我妈妈去世很早，我的家族对我这根独苗倍加宠爱。

有一天，我在门口和一些富家子弟玩耍。那时，我们这班富家少爷都算是些纨绔子弟，喜欢在街上遛鸟斗狗，起哄架秧子，呼啸而来，呼啸而去。很多人对我们侧目而视，赶紧躲避开，也并不搭理我们。我们倒都是一起上学堂，可凉州大儒讲的那些说教，真是让人感觉要喷饭吐血。因我们生来都是衔着金钥匙的，对这类书中自有黄金屋、书中自有颜如玉的屁话并不在意，更不用说好好读书了。

说的还是那一天，我们这些半大的小子在凉州城的街上玩耍，手里拿着各种玩意儿，牵着大狗、拎着鸟笼子的都有。拐过街角，看到几个乞丐躺在那里要饭。他们看到我们来了，装瘸装傻的、装眼瞎的，都立时好了，啥病都没有了，站起来就跑，我们就在后面追，拿起土坷垃扔过去，砸这些臭烘烘的要饭的。

接着，远远地，一个游方僧人身穿黄色袈裟走过来，右手里拄着一根拐，左手里托着一个钵。见到我们并不躲避，一看就知道是外面来的。我们中有一个小子装作不留意，手一松，一只搬来牵着的大狗就带着绳子冲了出去。

俗话说，狗仗人势，狗眼看人低。这只大狗欺负人欺负惯了，汪汪叫着就向那个游方老僧人冲过去。眼看着就要一口咬住僧人的大腿把他扑倒，想不到说时迟那时快，只见老僧人一低身子，手里的拐杖就横扫过去，只听一声惨叫，原来是大狗的腾空扑过去，却在半空中被拐杖砸中右腿，倒地之后就呜呜叫着，翻滚着，狗腿已被打断了。

纨绔子弟们一看这老僧人身手不凡，把狗腿打断了，一下子不知道说什么好。有的小子嘴里就开始不干不净的，老秃驴你找死啊，你在凉州还敢造次！把我的狗腿打断了，你得赔，你得赔！我看你这秃驴还能走出凉州的城门不！话是这么说，可都不敢上前，气势似乎没有那么雄壮。毕竟是狗先扑人的。

老和尚不搭理我们，起身兀自往城门外走。我站在那里没有动，我忽然感觉有点灵异，似乎我在哪里见过这个和尚。我们中间的小子一看和尚要走，七八个人一下子冲过去，挥拳就打，打算来一个群殴老和尚。就在这时，我看到老和尚在凉州城大街上，在众目睽睽之下，眼睛都不往后面看，一伏身，连着一个、两个、三个扫堂腿，就把七八个少年全部打倒，小子们在地上滚作一团，浑身都是灰，哎呀哦，啊呦哎，叫个不停。

老僧人手里的钵还托着，神情镇定，他走过来，定神看着站立不动的我：少年，你叫什么？

我说，我叫令狐安。

他笑了，令狐家的，好啊。我是乐僔和尚，从敦煌来。他走过来，用手摸了摸我的脑壳，手感很重。我看你骨骼清奇，目光灼灼，很有些慧根。你跟他们这帮混账小子不一样。你会继承我的衣钵，今后你会出家为僧。等到有人找你，让你来敦煌千佛石窟找我，那就是我的圆寂之时，也是你的出家之时了，你要记住啊。

乐僔和尚朝我微微一笑，我正在疑惑之际，只见他转身就走，在傍晚的霞光中，蹭蹭蹭蹭，步法很快，向西门疾走。我望着他的背影，恰巧看到西门外的晚霞铺在他身上，就像是他在放射着满身金光，一下子就看不见他了。

那天，其他的事情我都记不得了，我只记得这个乐僔和尚和我说的话。

又过了几年，我年满十八岁，家里给我定了一门亲，是凉州大家族赵家的女儿赵娉婷。赵家从长安迁来，祖上在汉代就是官宦家族，从南阳迁到长安，又从长安迁到凉州。我们是门当户对，珠联璧合。赵家小娘子赵娉婷刚满十六岁，长得煞是好看。我们本来就认识，她是家里的独女，有两个哥哥两个弟弟，刚好和我家相反，她是赵家的掌上明珠。经过说媒的撮合，我们就正式订婚了。

在凉州，大家族之间订婚是一件大事。令狐家族和赵氏家族举行了一场欢宴。一时之间，两家大宅子都是张灯结彩，在凉州也传为美谈。我和赵娉婷属于青梅竹马，她长得实在太漂亮，有两句诗可以形容她的容貌："名花夺于颊红，初月偷于眉细。"赵娉婷的美丽，比绽放的鲜花还要娇嫩，比初升的月亮还要皎洁。所以，这一次的订婚宴十分隆重，两家大宅里都是热闹非凡，订婚仪式很隆重，令狐家、赵家的几代人物全部出场，大摆宴席。

这天中午，日头正在头顶，夏天里，凉州天气炎热，不时有飞鸟热得受不了，从空中坠地。这让人感觉到有些奇怪。正午十分，正是订婚宴开餐的时间，礼宾司仪在举行过订婚仪式之后，高声宣布：诸位宾客，开宴！于是，一阵爆竹声声，炸得欢天喜地，锣鼓唢呐响起来，我和赵娉婷双双走过来，在众人瞩目之下互相施礼，然后拜见双方父母，各位亲友，转了一圈，正要坐定下来吃饭。我冷不丁看见从宅子门外，走进来一个身穿黄色袈裟的年轻和尚，手里托着一个钵。有人拦着他，他格挡开，二话不说，径直走到我跟前：令狐公子，师父乐傅和尚派我来，让我把钵交给你，此时，他已在千佛洞圆寂了。他把手里的钵递给我，我犹豫着接过来之后，这个年轻和尚转身就走，一下就消失在门口了。

我手里举着那个我曾经见过的钵，一刹那我已明白，我要出家了。

我不想再详细叙述我是如何摆脱家庭的羁绊，来到这里的。起先，当我在订婚欢宴的第二天，手里托着那个钵，到我的父母面前说，我要出家为僧的时候，他们都惊呆了。然后，我又去告诉赵家这个事。小娘子赵娉婷她一下子愣住了，她完全想不到我会有这么一个想法和举动，她不理解，感到受到了羞辱，当天就想投井而死，被父母亲拦住，一下子卧床不起。

我被父亲母亲看住，锁在宅子里，不让出来，我就绝食。几天之后，还是那帮小时候的玩伴帮了我。他们了解我，一旦我做了决定，是不会改变的。入夜，他们翻墙进入我家，打开窗户，用绳索将我拉出去，然后搭人梯让我翻越了令狐家高大宅子的院墙。

我是半夜逾城而去。半夜逃出家庭，我到哪里落脚呢？我手里托着钵，那是乐傅法师给我留下来的。我就先到凉州仙岩寺落发为僧，成为沙门比丘。我的家人听说后，派人围住仙岩寺，让僧人把我交出来。我攀上树逃到了后山。而后，我独自上路，历经数十天的波折，才来到敦煌千佛洞，来到这个洞窟中。

如此说来，我是响应了乐僔和尚的召唤，来到了三危山下的敦煌莫高乡。

一大早我醒来，感到身体僵直，饥饿困乏，就走出洞窟。我看到有些游方僧人和禅修僧人，在这片红石崖下，远远近近地走动。我一边吃着干饼，一边攀缘到红石崖顶，但见崖顶的西面是无尽的沙丘。我转身，看到此刻的朝霞正把三危山映照得一片金光。这又是一片佛光胜境的景象，我心潮澎湃，我似乎看到乐僔法师年轻时来到这里，也和我一样看到了这万道金光，决心在这里开凿石窟，修成正果的那个时刻。我的心顿时宁静了。

后来，我在崖外的寺庙挂单后，每日都到洞窟中苦修坐禅。给我钵、给我传递消息的那个年轻的僧人，我再也没有见过。我在千佛洞找他，没有见到他。修禅十分艰苦，在这片山崖的北区，一些修禅的和尚开凿了不少生活窟，平时，他们就住在那边。我和他们住在一起。没有人去问别人的事情，也没有人问我。每日，天亮之后，我们纷纷从生活窟走出来，前往南区的禅修库。

在山崖上，更多的洞窟正在被开凿。有的洞窟的开凿需要好多年，供养人也有很多。有各种各样的供养人，有穷苦的，卑贱的，也有平常人家和富裕户，还有达官贵人做供养人。供养人都要从沙洲雇佣开凿石窟的人。在莫高乡，人渐渐多了起来。他们知道我是乐僔和尚生前点化的人，对我另眼相看。乐僔和尚在这里有石窟的开创之功。可到底哪一个石窟是他最先开凿的，没有人说得清楚。也有人告诉我，在我经常进行禅修的、有交脚菩萨坐在西壁的这个洞窟，就是乐僔最早开凿的。只不过这几十年，从前秦到北凉，有很多人在最早开凿出的洞窟上继续凿进，画壁画，做彩塑，已经不是原先那些石窟了。

在这个洞窟中，我在北壁下面的禅龛坐禅。每天都是如此。这个洞窟里的佛传壁画，仿佛画的就是我的生平，可那是释迦牟尼的生平啊。我经历了佛祖曾经经历的那些场景，一直到夜半逾城，我去仙岩寺出家为止。其实，我很早就意识到，生、老、病、死，是人活在世界上的终极面对。我有很多问题在脑海里翻转。每天坐禅，我和壁画上的佛传故事对话。我想到乐僔和尚点化我，在我十三岁的时候，我已经在思考死亡。在我的身边，死亡在大家族里经常发生，人人在长大，变老，不可逆转。在凉州，死亡对于一些人来说是解脱，也是人们日常生活具有仪式感的日子，而出生的新生命也不断在家族中发生。人为何而生？每个阶段，又怎么变老的？人生有什么意义？人之为人何为人？老之将至人有什么意义？死亡是寂灭，是完全没有吗？生命最终的归宿就是死，那么，转世又是怎么回事？来世呢？这是不是骗人的把戏呢。人不过横竖就是一辈子，是不是就像佛陀的涅槃，真能够达到不生不灭？

我发现我的母亲在千佛洞这边徘徊。她由几个凉州的家族男丁陪伴，前来找我了。他们一个洞窟一个洞窟地寻找我。我起先躲开了，可我最终和母亲相遇了。

我双手合十，站在宕泉河边的白杨树下，低头不说话。

母亲由两个族人男丁搀扶着，她发髻高高，衣着华美，可她的表情很悲戚。儿子，自你出家后，你父亲已经一病不起了。我终于在这里找到了你。你就非要出家吗？你跟我回去。小娘子赵娉婷都快哭瞎了眼睛。你回去，你还俗还来得及，你是我令狐家的一根独苗。你太狠心了！

我双手合十，低眉顺眼，内心里的滔天巨浪，正在吞没我。我赶紧从她身边跑开。我要消失在北区那些洞口很低矮的生活窟，进去就藏起来，不让他们再找到我。

我躲在一个很低矮的生活窟里，我在里面坐禅，三天不吃不喝。我不能再让我母亲看到我。另外，我要斩断和她、和生我的这个女人的联系。六根不清净，要斩断人间的亲情与恩情。我哭了，我的泪水像是念珠一样滚动，在我的胸膛、在我的手臂上、在我的手掌上。我伸出手接住我的眼泪，这些眼泪都化成了晶莹的水晶珠子。我拿一根线把它们都穿起来，我把这些晶莹的眼泪变成的珠子串成了佛珠项链，我戴在我的胸前，感觉很冰凉。泪水流干，我的心变得坚硬。等到我再走出去的时候，我知道我母亲已经走了。

我站在红石崖边最高的地方，眺望凉州的方向。那里是生我之处，我母亲也在那个方向上消失，我再看一眼，然后，我就会忘记我的来处。

我必须在洞窟中艰苦修行。这是我的命运，乐僔法师生前做了那么多，我又能做些什么？我问我自己，我达到自身的圆满，修成我自己的罗汉果，是不是都很艰难？我又找到这个交脚佛像所在的洞窟，我最喜欢这个洞窟的壁画。佛传壁画，还有五铺佛本生故事壁画，这些壁画，都是留给我的启示。

我母亲走了之后，又过去了大半年。开春了，一切都在萌发着生机。戒、定、慧，我也在每日精进。

有一天，我正在坐禅，忽然听到洞口传来一阵呼哧呼哧的喘气声，一个人爬了进来。我定睛观瞧，这个人掀开头上的一顶草帽，我一看，竟然是个女人，她是赵娉婷。我实在太诧异了，我站了起来，走过去：你怎么来了？那么远的路，你一个人来的？你是怎么爬上来的？

我看着她，她把自己打扮成一个男人。掀去帽子，露出秀发，摘掉遮在口鼻处的罩巾，她比我记忆中的赵娉婷要成熟了，她长大了。她还是那么美丽、那么动人，让我情不自禁想到有一个族人写她的诗：名花夺于颊红，初月偷于眉细。现在，她的脸庞更加圆润，她看着我，分明在笑，又在哭。她激动万分，一下子扑过来，就在这洞窟中的方寸之地，她抱住了我。她的脸和我的脸如此靠近，她的眼睛和我的眼睛里的目光都像箭一样射进了对方的心灵深处。什么都不用说，我就知道，这个女人内心的火焰足以把我烧成灰烬。赵娉婷她吹气如兰，赵娉婷她身上的香粉气息吹进了我的鼻息，赵娉婷的头发在我的脖颈间轻拂，她热烈地亲吻我，把脸拱在我的耳朵边，此时此刻我方寸大乱，我怎么能把持得住？

我就是你的女人，你要跟我回去。我死也要把你带回去。你赶不走我。她说。她的眼睛里都是火。

我不知道说什么好，我的身体已经发生变化，我沸腾着，此刻，她就像是一条蛇，盘踞在我的身体上。在这个禅窟，还能发生这样的事情，简直让我匪夷所思。我压抑住情欲，我知道我的修为还远远不够，我推开她，我要破戒了，在这么下去，谁人能把持得住呢？我的怀里坐着一个本来就曾属于我的、饱满的、活生生的女人，她眼睛里春水荡漾，明眸善睐，她一往情深地看着我，我怎么办呢？哎呀，我怎么办呢？

我口中不停地念佛，请求佛祖加持。我必须要稳定住心神。我不看她，我坐下来，我奋力摆脱她，坐进我的禅窟。这可能又是佛祖在考验我的。我双手合十，禅龛很小，她进不来。但她就坐在我对面用手摸我。我口诵戒律，闭上眼睛，赶紧稳定心神。她说她的话，有的话飘进了我的耳朵，断断续续的。她来这里，几百里的路，有族中的男人陪同，她就有了安全的保障。关键是得让她回去，她要死了这条心，既然我出家了，我就是出家人。

我是僧人，我不能和你回去。赵娉婷显得并不急躁，她可能已经经受了我离开家庭出家后的所有的打击和折磨，早就变得成熟了。她脱掉外衣，露出粉衣，就想让我破戒，我也差点破戒。啊，今天，我无论如何不能破戒，在这个洞窟里，我们俩一个男人，一个女人，我们相对而坐，我们是佛前的童男童女，我们一起禅修吧。

我已经打定主意，无论她说什么，我都不再开口，也不再看着她。我的目光不能和她那热切的目光相遇。

一天过去了。她出去了，然后她又回来，带进来吃的，素食锦，放进我的钵内。还有热水。只要有水，我可以不吃饭，三天不出去。可我无法把她强行推出去。好吧，既然你来了，你就是佛祖的试金石，你来了，赵娉婷，我和你这一世有一个未了的因缘，那么，也许是我前世欠你的。我只能修成我的罗汉果，来世再报答你。赵娉婷，你娉娉婷婷，你婀娜多姿，你香气逼人，你眼波如流，你浑身发热，你青春活泼。很好，这就是你的生命应该有的样子，可我不能和你回去了，我已经出家为僧。我在这里修行，我就是佛祖面前的坐禅人。你愿意在这里，我赶不走你，你愿意待着，你就待着吧。

过了一天又一天，我考验着我自己。她和我说什么话，她如何拥抱我，如何在我的肩头因哭泣和困倦而睡着了，我都不是无动于衷可我表现得无动于衷。我是不是佛前的阿难？我不知道交脚佛像怎么看我？佛像的眼珠子突出，多少有些呆板。佛祖啊你是怎么想的？你这泥塑凡胎，真的有灵性吗？洞窟里那几铺佛本生故事，就像是一幕幕的场景，在我的眼前流过。我不愿意去重复那些佛祖前世的故事。那可能也是我的故事。佛祖释迦牟尼降魔成道的故事正在发生。佛祖面对魔女的诱惑时做了什么？在《普曜经》中，魔女有三十二种绮言作姿，诱惑佛陀：

一曰张眉弄睛，二曰举衣而进，三曰言口并笑，四曰展转相调，五曰现相恋慕，六曰更相观视，七曰姿弄唇口，八曰视瞻不端，九曰婪媟细视，十曰互相礼拜，十一曰以手覆面，十二曰迭相捻握，十三曰正住佯听，十四曰在前跳蹀，十五曰现其髀脚，十六曰露其手臂，十七曰作凫雁鸳鸯哀鸾之声，十八曰现若照镜……

啊，我渐渐地能够直视赵娉婷的眼睛了。这么多天过去，现在，我确实能够直视她的眼睛。她有三十二种绮言作姿，都施展了。她看着我，我看着她，我的眼睛里不再有情绪，清澈见底，我不摇头，也不点头，我不肯定，也不否定。我禅定。我看着她，她看着我。她会觉得我陌生吗？她只有觉得我是陌生人，她才能离开。

我不再走出洞窟了。任凭她怎么说，想怎么做，我都不再走出去了。外面那大千世界，早就化作我内心里的净土。我不再出去，她看我，我看她，没问题。任凭她怎么对待我，我就是不说话，我修行。她感觉我变成了木头人？她哭了，又笑了，摇晃我的身体，我也跟着摇晃，可我的心意十分坚定，越来越坚定，我不会走出去。有一次她走了，我渐渐入定。我看到了更多的画面，可能是饥饿的原因，我看到了西方净土极乐世界的更多画面，口诵《阿弥陀经》：

极乐国土，有七宝池，八功德水充满其中。池底纯以金沙布地。四边阶道，金、银、琉璃、玻璃合成。上有楼阁，亦以金、银、琉璃、玻璃、砗磲、赤珠、玛瑙而严饰之。池中莲华，大如车轮，青色青光，黄色黄光，赤色赤光，白色白光，微妙香洁。

彼佛国土，常作天乐，黄金为地，昼夜六时，雨天曼陀罗华。其土众生，常以清旦，各以衣裓盛众妙华，供养他方十万亿佛，即以食时，还到本国，饭食经行。

38

不知道过了多少天，她又进来，她步履很轻，带来一些鲜花和水果。那是幻象，也许是。她来到我坐禅的小龛前，惊讶地看着我．她伸出手触碰我，我不知不觉，是的，真是这样的，我变成了一具石头坐禅者。可我的灵魂心意都还在这石头身躯里，人已经无法动弹。她推我，摸我，她哭，她笑．我都了解这一切，我看到这一切。

是的，我已坐化为石头禅者，在我坐禅小龛中看着她．我能听见她的呼喊，能感受到她的深情，她的眼泪，她的心灵的形状。可我已经变为石头禅者。她慢慢安定下来，她凝视我，仿佛要把我刻进她的记忆之碑。她触碰到我的眼泪做成的那串佛珠，一瞬间，在我的右手腕上散落下来。她一颗颗地捡起来，聚拢起来，收入一个香囊里。她想了想，把我眼前的钵拿起来，揣在怀里。然后，她离开了。

她走出去的时候，身影在洞口挡住了阳光，洞窟内暗了一下。接着，她出去了，外面是光明世界。而洞窟之内，复归为一片永远的寂静。

第二窟： 第285窟， 一个凶徒

这个洞窟内因有大统四年、五年（公元538、539）的榜题，可以判定为西魏时期所开凿，也是敦煌莫高窟中有纪年题记的早期洞窟。

这是一个禅窟。禅窟，就是佛教徒用于修禅、坐禅的洞窟。一进来就能感觉到，在这个洞窟内，有一种凝思的氛围。洞窟的主室正面，也就是西面，开有三个佛龛。洞顶为方形的覆斗形华盖式藻井顶，藻井周围绘有垂幔和流苏，向四披过渡。四披有飞禽走兽和佛教图案组成的天象图，构成了洞窟覆斗形顶那十分繁复华美的图案。你如果仔细看，在覆斗顶的东披，绘有伏羲和女娲的形象，其他很多鸟兽飞仙等，带有中国神仙想象和佛教的融合。南披和北披则绘有东王公和西王母的形象，令人仰头观瞻的时候，心里顿生敬畏和向往。流线形飞动的大鸟和尾翼十分飘逸，并且有奇幻的感觉，看上去有些稍许头晕目眩。

在正面的三个佛龛中，最中间的是大佛龛，塑造了一尊端坐的佛像。佛像后面的两侧壁画，画的是印度密宗的帝释天等形象，下面还画了四大护法天王像。在大佛像左右的小佛龛中，各有一尊禅僧像盘腿而坐，似乎是结跏趺坐。这是依照现实中的僧人形象塑造的，禅僧坐像神情舒朗，眉毛宛如柳叶上扬，嘴角上翘，似笑非笑，显示出禅定的内心，一片清净的沉静与一心向佛的安详。

在南北洞壁，各开了四个小禅窟，一共八个。每个禅窟，或者叫禅室仅仅容得下一个人坐禅，说明这是一个典型的禅窟。在洞窟的北壁上，画有八铺壁画，都是说法图，也就是弘扬佛法时，为不识字的人讲说佛法的看图说话。八铺说法图的下面，每一铺下都是一组供养人的画像，并带有题记。上面说到大统四年、五年的墨书题记，就是写在这里的。

第一铺说法图是常见的二佛并坐图，也就是释迦牟尼和多宝佛并坐说法的壁画。其余的说法图，全都画的是一佛二菩萨的标准配置。

在洞窟的南壁上段，画的是莫高窟的第一幅五百强盗成佛的因缘故事。此后，其他洞窟所画的五百强盗成佛图，都比这个洞窟要晚。所谓因缘故事，一般就是讲述释迦牟尼佛度化众生的故事。强盗成佛这样的故事是怎么样的呢？话说，在古印度迦陀国，有五百个强盗聚集在一起，他们经常拦路抢劫，滥杀无辜，阻断和邻国的交通要道。后来，国王派兵前来围剿这五百强盗，把他们抓到后，处以酷刑，剜眼、割鼻、剁手、削耳，还把他们放逐到荒野上，让这些强盗自生自灭。

五百强盗在荒野上痛苦哀号，佛听见了，从天而降，给他们讲说佛法。这些强盗听了佛法之后醒悟过来，产生了悔意，并皈依佛法。佛就往他们身上撒神奇的药粉，他们的伤口全部愈合，器官都长好了，眼睛也复明了。他们放下屠刀，立地成佛。

在南壁上，整个因缘故事是以长卷的方式来展开。从左到右，依次画出强盗和国王派出的身披锁子甲、骑马奔跑的官军作战，战败后强盗被捕，然后被施以酷刑，强盗们哀号受刑之后，被流放在山林中，然后是佛祖现身说法，五百强盗听讲佛讲说佛法，而后皈依的场景。这个绘画长卷，显示了无名画家那卓尔不群的表现力。不仅画面上的人物动作感生动，角色鲜明，画面上的人物无论是强盗还是官军，无论佛陀还是鸟兽，都处在更为宏大的场景之下，那就是对自然的描绘。城池、高屋、山峦、河流、树木、水池，都成为画面上栩栩如生的背景。在释迦牟尼佛说法的时候，但见在山丘环绕之下，还有鸭子、鹭鸶等水禽水鸟在水波荡漾的池子中游动。狐狸、山鹿等动物隐现在山林里，翠竹掩映着佛陀的身后，带有着青绿山水风景画的悠然和生动。

洞窟南壁的下端，画的是宾头卢度化跋提长者及其姊妹因缘故事，和佛度恶牛因缘故事。这两个因缘故事画在莫高窟所有洞窟的壁画中，仅存在于这一处。宾头卢度化因缘，说的是一位叫跋提的长者皈依佛法后，他姐姐还是不信佛。佛祖派宾头卢前去度化跋提的姐姐。宾头卢就以各种方法来感化跋提的姐姐信佛，最终使她皈依佛门。在这铺因缘壁画中，只画了宾头卢倒悬空中、跋提给众人施饼的场面来表现这个因缘故事，构图比较简单。

佛度恶牛因缘，简单说，就是佛在通过有五百头恶牛的沼泽地时，降伏了领头的一头恶牛的攻击，并为恶牛说法，恶牛死后转世到忉利天宫，得了须陀还果。五百个放牛人也皈依佛陀，成为比丘，最后得到了阿罗汉果，都修成了正果。

这个洞窟内，供和尚坐禅的小禅室，画了沙弥守戒自杀因缘故事壁画。这个因缘故事说的是古代印度有一个安陀国的长者，把儿子送到一位高僧那里受戒为小沙弥。后来，小沙弥去一个人家化缘，得到那家女儿的爱慕。女子百般引逗，沙弥守戒，坚决拒绝了少女的示爱。最后无法拒绝，引颈自杀。后来，国王知道了这件事，火化了小沙弥的遗骸，起建一座塔，进行纪念和供养。

我杀了好几个人。我是一个凶徒，有人追我，但我逃走了。我要逃得远远的，可这天地玄黄，到处都是人，我能逃到哪里去呢？那就向西！向人迹罕至的地方逃。

我觉得这是一个很聪明的主意。要是在人烟稠密的地方待着，就会很容易被抓到，我就一路向西逃。可有一句话叫作法网恢恢，说的是佛法无边，有罪是逃不脱的，罪孽一旦生成，我心里很是焦躁不安，备受煎熬。我逃啊逃，白天在脸上抹一些泥灰，晚上在脸上抹一些炭灰，这样在白天里我的脸看不清，晚上我的脸看不见，就没有人认出我了。

出姑臧城的时候，我看到城门边贴着我的画像，我已经作为通缉对象，正被官家追捕。我脸上有泥灰，还戴着一顶草帽。我把草帽的帽檐往下面一拉，半张脸隐藏在草帽的影子里，就这么想着蒙混过关。我这么做是作茧自缚，欲盖弥彰，果然，守卫城门的人一把就把我抓住，我心里一惊，右手一惊按住我腰间的短刀。我的帽子被抬高了，守卫看着我的脸：叫花子，你的脸太脏了，真臭，滚吧！他很嫌弃我，就松开了我。

我身上是很臭，那是我杀了人之后在逃跑路上掉在泔水池子里的原因，我半边身子都是臭的。守卫没有认出我，我出了城门。其实，我瞥了一眼贴在城墙门边上我的画像，不知道是哪个笨蛋画的，日奶奶的，画得一点都不像我，我一阵庆幸，赶紧逃走了。

我其实最喜欢的就是画画。在我家边上有一座庙，我在庙里玩耍，有两个画工往庙里的墙上画菩萨罗汉，进来个人，说画工画得不好，他想试试。

那个人就是老赵。我是一个闲汉，对很多事情都很好奇，有时候顺手牵羊，偷点香客的东西。当时，我看到这个人戴着一顶草帽，帽檐压得很低，他看着庙里请来的两个穿着青色衣服的画匠在画菩萨。庙里的方丈也在那里，站在地上看着画稿的模板，在那里指手画脚，对他们画的东西很不满意。

我溜达来溜达去，没有找到下手的机会。这一天是阴天，庙里的香客少，我什么都没有踅摸到。我感觉那个戴草帽的男人看了半个时辰，他掀开草帽的帽檐，对骂骂咧咧、十分不满意的方丈说：方丈大人，我学过一点绘画，我给您画两笔试试。

方丈同意了，把两个画工赶走，让这个人上场。这人就掀掉草帽，露出扎了发髻的脑袋。他拿着画笔，上了架子。我这个闲汉也走过来看他画壁画。

只一个上午，他画出来的一幅观音菩萨像那个美丽逼真，哎呀哦，所有的人都惊呆了，这观音微微低着眼睑，似乎略带一点温柔的羞涩，峨冠博带，身上珠宝翡翠什么都有，雪白的肌肤——没错，在墙上，能看出观音像那雪白的肌肤在薄薄的轻纱之下若隐若现。我就继续蹲在那里，看这个人画画。他站在高高的木架子上，往墙上画那些菩萨罗汉五台山。眼看着一片青绿山水中出现了佛像、菩萨、金刚力士，还有五台山道场，清晰可见，蔚为壮观。

方丈对他十分满意，就让他留在庙里画壁画。我溜达过来，有时候，他让我给他当帮手，递递颜料盘子，或把画笔蘸湿了递给他。后来，他站在木架子上把四壁画完。其实，主要是东西两壁，南北屋墙的中间开了门，供人们进进出出，南门北门边都是罗汉像，那是塑像，背景简单画一些就好了。

画藻井的时候，他在木架子上搭了一块横着的木板，他躺在木板上，仰脸画那佛国胜境，嘴里还在哼着佛曲。佛曲在他嘴里是一副懒洋洋、要死不活的那种腔调。我觉得他好像不是一个信佛的人，他画这些纯粹是为了谋生。因为庙里方丈看他画得好，就给他加了钱，让他来画这佛国胜境图。只听说他姓赵，他不说他的身世，好像是从外地逃来的。这是庙里的和尚告诉我的。

我就跟老赵学画画。他教了我几个月，我很聪明，很快掌握了绘画敷彩技法。有一天晚上，闲聊的时候，老赵说，你知道我为什么来到这个地方的？

我说，师父，我不知道。你来姑臧，是为了混口饭吃吧？

他把门关好。徒弟，我看你人很聪明，我就和你说实话。我在南方，曾遇到一个游方僧人。这和尚告诉我，他在这个寺庙里待过，被方丈夺走了他手里的两尊金佛，方丈还把他赶走了，他愤愤不平。这个游方僧人继续云游，不知道去哪里了。可他说的话，竟然在我的心里生根发芽了。我就很想到这座寺庙里，找找金佛。

我的眼睛亮了。我觉得赵师父把我当他的贴心人了。我说，师父，您找到金佛没有？

他抓住我的肩膀，看着我：徒弟啊，你会不会帮我一个忙呢？

我说，当然啊，师父，您比我爹对于我还重要，我当然万死不辞。

他点了点头，好，我告诉你，这几个月我都在寺庙里找金佛，琢磨方丈会把金佛藏在哪里。我终于找到了！就在方丈室里屋的地下室里，有一道地门诗歌暗门，打开来进去之后，我不仅见到两尊金佛，一大一小，还有一些金元宝和银元宝，都是方丈藏起来的不义之财。

我感觉赵师父想干这一件大事。我的心狂跳起来。没有人听到金佛金元宝不兴奋的，我也一样。我兴奋地说，师父，你说话，你说咋样就咋样！我一定跟着您干到底。

徒弟，你跟我一起，把方丈室内的地下暗室的金佛和元宝偷出来，然后，我们师徒二人远走高飞，怎么样？

听到远走高飞，我浑身冒汗，师父，怎么干？偷了金佛，我们去哪里躲避呢？

赵师父说，怎么偷，我告诉你。怎么逃，我也告诉你。那就是，向西走，我们去敦煌郡，然后再到于阗去。总之，跑得越远越好，只要我们手里有金佛和元宝，走到哪里都不怕。

我下了决心，说：好，师父，那我就跟定你了。你说怎么办，就怎么办。

当天晚上，按照赵师父的计划，我跑到方丈屋子里，来了一个调虎离山。我着急慌忙地找到方丈说：方丈大人，不好了！弥勒殿那边佛像身上，盘着一条大蛇，太吓人了！

方丈一听，说，那我去看一看，你来带路。他就跟着我，来到了弥勒殿。赵师父就趁着这个机会溜进方丈室，伺机下手盗取金佛和元宝。

我带着方丈来到弥勒殿，却没有看到蛇。本来我在弥勒佛像身上放了一条菜花蛇，可眼下不见了。我在柱子和烛台周围找了半天，也没有看到。看来这条蛇很不配合，提前溜了。我很心虚：方丈，真有一条大蛇，可它现在跑掉了，刚才我在这里打坐，真的看见了。

方丈有点不高兴，他忽然感觉到有点不对劲，他是一个很灵的大胖子，他觉得我在调虎离山，就说：那你跟我走，到方丈室，我给你说说佛法。

我心里很忐忑地跟着他回到了方丈室。进门后走进里屋，他就发现地上一面毯子掀开了一角，一道掀门就在眼前，暗室就在下面。他很生气，打开这个木盖掀门，下面出现了台阶。他走进去之后就很快上来了，说：你这个贼人！你里应外合，把我寺的金佛和元宝都偷走了！

我百口莫辩，我知道赵师父肯定偷走了金佛和元宝，然后逃走了。我被方丈骂得狗血喷头，他大声责骂我，问我谁是同谋犯？看我不吱声，威胁着要把我交给官府，对我处以凌迟。

我吓坏了，情急之下，我抓起供桌上的一尊铜制佛像，猛地砸到他的脑袋上。我一不做二不休，砸了五六下，就把他砸死了。我杀了方丈，怎么办呢？我想了想，就把他推到那个暗室里面，重新盖上木盖门，挪过来地毯，方丈室里屋恢复了原貌。

我的心怦怦跳，我觉得物品上当了。那个赵师傅也可能欺骗了我，眼下他拿了金佛和元宝，一定跑掉了，撇下我来顶罪。他本来就是这么设计的。

现在，我变成了杀死方丈的罪人。真是一念之间，我就成了杀人犯，这可怎么得了？我一定要找到赵师父，他跑到哪里了呢？我忽然想到，赵师父说过，他有一个相好的女子，就在姑臧的南城，那是一个漂亮的寡妇，开了一间布匹店。他兴许躲到那里去了，我要去找找。

我揣着一把利刃，绑腿上也绑了一把尖刀。我收拾停当，就去那个布匹店找他。我找到了那家店铺，可店铺的门关着，没有开店。难道他们跑了？我围着屋子转了一圈，从后墙翻进她家的院子，看到后屋门也紧闭着。当时，已是傍晚时分，天色昏暗，我听到屋子里似乎有什么声音和响动，我就蹲在外面偷听。

果然，赵师父和他的相好、那个布匹店寡妇在屋子里正淫乐呢。哎呦，一阵阵快活的女子浪声传出来，搞得我脸热心跳。这两个狗男女！等着我宰了你们。过了一会儿，我听到他们消停了，然后在说话，说的都是未来的打算。

他们说话的大意，就是要连夜收拾好，就往敦煌走。赵师父还嘲笑我，说我就是一个笨蛋，估计已经让方丈当贼抓起来了。我听到这里，气得冒烟。老赵和小寡妇就要逍遥法外，远走高飞了。可他们想不到，我都听到了。我在屋外是恶向胆边生，我是一个泼皮，可是我并不想杀人，结果今天我失手一下子把方丈打死，根源还在赵师父这里。想到这里，我怒火万丈，拔出短刀，推开门冲了进去。

油灯光影的晃动中，只见赵师父和小寡妇这两个狗男女光着身子，正打算起身穿衣服，我大喊一声，姓赵的，你把我害惨了！他们猝不及防，惊慌失措。我冲过去就是一顿猛刺，我学过一些拳脚，我知道人体哪个部位容易受到伤害。我的刀刺出去，扎在这对狗男女的身上，寡妇的尖叫声十分恐怖，赵师父闷声不响倒下了。我欣快无比，我感觉到杀掉仇敌后的那种快意恩仇。

他们倒下去不吱声了。我停下手，把他们翻过来，仔细察看，这两人都被我杀死了。

我转身看到了在床头柜上放着的包袱。我打开，里面有两尊金佛，一大一小，还有一些金元宝和银元宝。我想，我必须要冷静地想一想，我应该去哪里。我去水盆边洗着血手，脱掉血衣，换上小寡妇给老赵准备好的干净衣服，把金佛重新包好，放在我的包袱中。我翻遍了寡妇的屋子，找到一些碎银子，也都拿上，然后趁着夜幕，我向西边逃去。

从姑臧到甘州，从甘州到肃州，从肃州到敦煌，这一路我走走停停，十分辛苦。我在逃亡的半道上，买了一头驴代步。我逃到甘州，驴累坏了，我就把黑驴卖给一家餐馆，又买了一匹枣红色走马，继续逃往肃州。到达肃州，枣红色走马也累坏了，我又买了一匹白马。在肃州的一座寺院门外，我买了几卷佛经抄本带上，装成礼佛之人，继续往敦煌逃窜。

我到达敦煌，在城内四下溜达，我感觉这里的人十分警觉。或者是我自己做贼心虚，总觉得有人在观察我。我很小心，时刻惦记着我那装着金佛和元宝的包袱，每到一个地方，就小心地先把包袱藏好。可能在敦煌，本地人就是喜欢观察来这里的外来人。这里的外来人很多，在东西大道之上，敦煌刚好是一个驿站之城。东来西往、南来北往的人多，驿站也很多。在驿站客的房间里，有小柜子柜门可以上锁，我就把包袱放进去，先用铜锁锁起来。

我在敦煌住了几天。有一天，我碰到一个豪门大族出行的人马车队。这个豪门是敦煌的大族，他们要去敦煌莫高窟千佛洞，供养自家的家族功德窟，礼佛诵经。我站在客栈门口，看到这家豪强大族前去千佛洞礼佛的队伍络绎不绝，前面有开路的马队旌旗招展，吆喝着闪开！闪开！接着是盖着帘子的豪华马车五六辆奔驰而过，里面肯定坐着女眷，车身彩绘雕饰，车辖辘高大无比，马车手威风凛凛，一副牛哄哄的样子。这马车善于走过流沙路，车身装饰有流苏，骑在马上的男子有好几十人，前呼后拥，浩浩荡荡。

我听说，在敦煌东南方五十里的一面红石崖上，已经开有洞窟几百座。在那里，开窟人、画匠、泥塑匠、礼佛人、游方僧人、坐禅修禅僧人有很多，是一个人既清静又热闹的地方。我觉得那里可能是我最好的藏身之所。我想，在敦煌城内容易被官府追捕，就决定去敦煌千佛洞看看。一来，我可以在那里找个洞窟，当个画工画壁画，挣点饭钱，我带的碎银子花得差不多了快没钱了；二来，跻身于五方杂处之地，没有人会关注我，我可以好好想想下一步该怎么办，我是继续向西走到于阗呢，还是就地找个营生隐居起来。

我就骑着我的白马，驮着几卷佛经，装扮成一个礼佛之人，前往莫高窟千佛洞。

我到了千佛洞，这里果然十分热闹。虽然处在鸣沙山的窥伺之下，红色崖壁之上，洞窟很多。开窟人、画匠、修禅僧人来来往往，少说有几百人在一个狭小的地方走动。崖壁上开好的洞窟就像是黑洞洞的眼睛，凝视着东边的三危山逶迤而去。三危山和鸣沙山之间，有一道白杨树林和一片平缓的坡地。

骑在马上，我眺望着这片香火繁盛之地，我的心忽然变得安详了，杀了人的那种罪恶感减轻了一些。我长长地叹了一口气，希望能变成一个正常人，有一个正常的结局。回想起来，我不是非要杀人，可我就是很倒霉，一下杀了三个人。

这个下午，我策马来到洞窟前，一个一个洞窟探望。见到洞窟里有人坐禅或者在画壁画，我就和他们打打招呼。崖壁边搭着好多脚手架，一些开窟人正在开新洞窟。有不少僧人出没于洞窟之间。洞窟高高低低、错落有致地分布在红色崖壁上，进进出出很多人，这里看来正是我躲避的合适之地。

我把白马系在洞窟前的一棵杨树上。那里有一些拴马桩，有不少骡马拴在那里。我找了一个二层的洞窟，攀缘进去。一走进去，就感到光线暗了下来。这个洞窟是一座方形窟，不知道是谁开凿的功德窟，完成没几年，里面的壁画十分鲜艳，主龛的佛像端坐在那里，这是一座禅修窟，在南北两壁的下端开了一些禅修的小龛，小龛中的坐禅禅师像也都栩栩如生。下午的阳光已经西移，反射进洞内的光线很清淡，显得朦胧一片。很奇怪，进入这个洞窟之后，我忽然感到格外地安详。我把身上背着的装有金佛和元宝的包袱和几卷佛经，小心翼翼地放到主佛龛佛像的脚下。抬起头，我看到佛陀像在对我微笑。是的，佛像在对我微笑，我也朝佛像微笑。

我在主室铺开带来的铺盖，躺下来，感觉很疲乏，一下子睡着了。

我不知道自己睡了多久，我做了很多梦。在梦中，都是各种人要来抢我带的金佛和元宝的情节。总之，我睡得并不踏实，醒来后我发现天已经黑下来，我就点燃蜡烛，赶紧看我的那个装有金佛的包袱。它还在佛像的脚下，安然无恙，我放下心来。

我举着蜡烛，仔细察看这个禅窟的佛像和壁画。佛像塑造得很简洁，面目慈祥。壁画却华丽万端。因我跟着赵师父画了大半年的壁画，对很多佛传故事、因缘故事、经变故事画比较熟悉，举着蜡烛仔细观瞧，这时，我看到了洞窟里的《五百强盗成佛因缘》长卷故事壁画。

这个五百强盗皈依佛祖的因缘，说的是在古印度迦陀国，有五百个强盗啸聚山林，他们经常拦路抢劫，滥杀无辜，阻断交通。后来，国王派兵围剿，把他们抓到以后处以酷刑，剜眼、割鼻、剁手、削耳，还把他们放逐到荒野上，让这些强盗自生自灭。

我看到眼前的壁画中，表现出五百强盗在荒野上的树林里痛苦哀号的情景，佛听见了，从天而降，给他们讲说佛法。这些强盗听了佛法，醒悟过来，产生了悔意，最后全都皈依佛法。佛就往他们身上撒神奇的药粉，他们的伤口愈合，眼睛也复明了，放下屠刀，立地成佛。

因缘故事以长卷的方式展开在南壁上。从左到右，依次画出强盗和国王派出的身披锁子甲、骑马奔跑的官军作战，战败后被捕然后被施以酷刑，强盗们受刑后被流放在山林中，佛陀现身说法，五百强盗皈依的场景。这个绘画长卷，让我看得心惊肉跳，大汗淋漓。我忽然有一种醍醐灌顶的感觉，我作为一个杀人逃犯，真是鬼使神差，跑到了这个洞窟里，在这样一个晚上，看到这样一铺因缘故事壁画，这难道不是天意吗？

我吓出了一身冷汗，赶紧把蜡烛放到主龛上，面对着交脚佛像，跪了下来，大声祷告起来。我开始向佛祖倾诉自己的罪过。佛陀啊，我杀了人，而且不止杀了一个，杀了三个！我是杀人后的逃亡者，逃到了这里，鬼使神差，进了这个洞窟，看到了这一铺壁画。在佛祖的面前，我要忏悔……

我就一五一十，向佛像诉说，我是怎么杀了方丈，我手里的铜佛像砸到方丈的后脑壳和太阳穴上的时候，就像是砸在我自己的脑壳上和太阳穴上一样痛苦。实际上我根本就不想杀他，可我下手了，这是为什么？佛祖啊请告诉我。我感觉受了赵师父的欺骗，他把我推到了绝境，于是我去找他，他害了我，我听到他和姘妇小寡妇嘲笑我的话语，我又恶向胆边生，起了杀心。佛祖啊，我不想杀人，可我怎么又起了杀心？我用刀把姓赵的和那个寡妇杀了，我是不是犯了滔天大罪？我当然犯了大罪，杀了这两个人，我就一下杀了三个人。佛祖啊，我是杀人的罪人，现在我在你的面前跪着，我痛哭流涕，我要忏悔。我可能受到了金佛和金元宝的诱惑，金子放出的金光早就腐蚀了我的了灵魂，我的贪婪让我最终背负了杀人的罪孽，我向杀人的深渊越走越深，不能自拔，我怎么办呢，佛祖啊，我现在就在你的面前，我不知道前路如何走，我不知道，我是要生，还是要灭……

我汗流浃背，我絮絮叨叨说了半天。我看到那尊端坐的佛像在冲我微笑。在烛光的影子中，佛祖是不是对我有所点化呢？就在这时，我听到在我的身后传出一个声音：

真是佛法无边，回头是岸！你这个罪人，果真前来忏悔了。

我吓坏了，转身一看，借着烛光，我看到北壁东端的坐禅佛龛中，有一个坐禅像正在说话。

我惊呆了，浑身毛骨悚然。我问，你是谁？

我是敦煌净土寺的不空和尚。我在这里坐禅，就是为了等你来的。

我举着蜡烛冲到他跟前，看到一个和尚坐在禅窟里。不仔细看，还真以为是一尊泥塑或者石像呢，怪不得我方才进洞的时候没有发现他，他简直就是一尊坐禅像。刚才，他听到了我所有的忏悔，他现在是知情人，这个不空和尚，我应该怎么对付他？我内心的恶在翻腾，杀人的欲望蒸腾而起。我要杀了他，杀掉这个知情人！这样就没有人知道我是杀人的凶徒了。我拔出短刀，恶狠狠地说，你听到我刚才所说的一切了？

当然，我全都听到了。佛法无边，回头是岸，我劝你放下屠刀，收起杀心。

胡说！我十分恼怒，我看他真不想活了。他那么矮小，坐在禅窟里，就是一个小个子，我一下就能扭断他的脖子。我转身取来绳索，冲过去一把揪住他，把他从坐禅窟中拉出来，三下两下就把他捆起来。

他被我五花大绑捆好了。我喘着气，在想怎么处置他。他本来是低着头的，这时，面朝我，大笑，说：凶徒，你这样做，没用的，你捆不住我的。我有缩骨术。说完，他肩头耸动，左右一晃，缩成更小的身子，一下子从绳索中解脱出来，站了起来。

我惊呆了。缩骨术！这个僧人有点神奇。可我的杀心并未消泯。我大怒，我说，我要杀了你！我取出匕首向他刺去，他一闪，就躲开了，面露微笑。我再刺，他跳开，十分灵活。几次躲避之后，他说，凶徒啊，你内心的恶还没有散去。这样，我站好了，你来刺我吧！我就是来度化你的。凶徒，你刺不死我，我叫不空，你知道我为什么叫不空吗？是因为我已经内空如洞，没有血肉，你刺我，我的身体不会有一滴血流出来。你来刺吧！

我冲过去，猛地把手里的短刀扎进他的胸膛，然后我大步退回去。我举着蜡烛看着他，不空面带微笑，胸前的短刀刀柄兀自在颤抖。他用手缓缓拔掉短刃，说：你看，我的身体上没有伤口，没有一滴血流出来。你忏悔吧！凶徒，罪人，皈依佛祖吧！

我又去抓他，他一闪身，跳到主龛的龛台上，坐在佛像边上，开始大声念经，声如洪钟，要度化我。一听到他念经的声音，我就开始头疼了，我抱着脑袋，这个不空，果然是空空如也，分明刺中了身体却不流血，这到底是怎么回事？我的脑子里一片混乱。烛光掩映中，主龛台上，我的包袱里面的金佛和金元宝熠熠闪光。我的眼睛里都是金子的光芒，我眼神凶恶，我看着他，我一定要杀了他。

他一手施无畏印，一手施与愿印，大声说：凶徒，你知道吗，佛法无边不是无妄之语。就是佛法无边，让你把金佛送回到敦煌千佛洞来的。我告诉你，你的赵师父在南方见到的那个游方僧人，法名法乘，当年就是从敦煌净土寺中偷了金佛两尊后逃走的。他逃到姑臧的莲台寺挂单，被方丈发现他有金佛，威逼之下，他把偷来的金佛交给方丈，方丈将他驱赶，并将金佛藏于暗室。

法乘去了南方，当了游方僧人，因赵师父帮助了他，他就告诉赵师父这个秘密。赵师父随即起了贪心，他杀了法乘，之后去姑臧莲台寺寻找金佛。他果然发现了方丈的暗室，然后设计让你帮忙偷窃金佛。却未料到，一步错步步错，你杀了方丈，之后你又杀了他和一个寡妇。你就一路逃向敦煌。在这里，你在佛祖面前，把金佛拿了出来。

法网恢恢，疏而不漏。前不久，我在敦煌净土寺中，接到从南方送来的法乘的骨灰。当晚，我做了一个梦，梦见法乘有遗言对我说，要我在某天的某时某刻，在这个洞窟里，坐等一个人，他会前来物归原主，把金佛送回来。就在昨天，我按照法乘梦中告诉我的时间在这里坐禅。你果然出现了，还送来了金佛，而这金佛本来就是我净土寺的原物。你说，这是不是佛法无边，你是不是应该放下屠刀，回头是岸？

我惊呆了，双目有撕裂感，我崩溃了。我跪倒在地。天哪，果真如此啊。就是这样的，我相信他说的话。法网恢恢按照佛祖旨意，我把金佛重新送回来了。我磕头如捣蒜，我说，不空法师，度我！我应该怎么办？不空法师，救我！

不空和尚跳下龛台，走到我身边，双手合十，俯身对我说：你现在就跟我去敦煌，前去官府自首，言明你犯下的杀人罪行。之后，我会让你剃度出家，皈依佛门，这样你会被免去死罪，因你把净土寺丢失的镇寺之宝金佛两尊，都送回来了。现在，你在佛祖面前大声忏悔，求得安宁吧！

我点了点头。在这个洞窟中，我经历了一番痛彻心扉的洗心革面的历程，这就是我的命运，我必须皈依佛门。我向佛像磕了几个头，然后跟在不空和尚的身后，走出了洞窟。

第三窟： 第296窟， 一个女子

这座洞窟开凿于北周时期，石窟造型为殿堂窟。从心理感受上说，这个洞窟的主室空间比较方正。窟顶呈倒斗形，顶部含藻井的壁画缤纷灿烂，绘制了西天繁华世界。在屋顶绘制藻井图案，来自木建筑防火理念，绘制的水生植物如莲花、水藻，象征着能够防止火灾。藻井边上，艺术家绘制了垂幔和流苏，使窟顶显得华贵，就像是中国古代帝王常用的华盖一般。把佛龛之上的洞窟顶绘制成华盖，以示对佛的最高敬仰。

正壁也就是西壁的佛龛是这座洞窟的中心。佛龛内塑有一佛二弟子彩塑。二弟子不用说，就是迦叶和阿难。而在龛外还有台子，龛的左右两边各塑造了一身身形妙曼的菩萨像。

洞窟顶部，画有两铺壁画。一铺是报恩经变画《善事太子入海求珠》，说的是古印度波罗奈国有两个王子，一个叫善事太子，一个叫恶事太子。善事太子到处做善事，把国家的国库都花空虚之后，善事太子去向海底龙王寻找宝珠。他和恶事太子辞别国王和王后，前去寻宝珠。在海上，他们的船遇到了金山银山，结果恶事太子太过贪婪，装了很多金银财宝，船翻了。善事太子没有取金山银山，而是专心寻求宝珠，他得到了宝珠。后来，在一个荒岛上他与恶事太子相遇，救了恶事太子。恶事太子看到他得到了龙宫的宝珠，十分嫉恨，就趁机把善事太子的眼睛刺瞎，夺走了他手里的宝珠，回国对父王说，善事太子死了。善事太子流浪到利师跋国，后来遇到牧牛人赶着一群牛，一只牛王用舌头将他眼睛里的刺舔出来。牧牛人又给他一把琴，善事太子就在街上靠弹琴卖艺为生。利师跋国的一个公主听到琴声，喜欢上他，非要嫁给他。他们结婚后，善事太子的眼睛立刻重放光明。后来，他历经千难万险回到自己的国家，父王发现善事太子活着，就把恶事太子关起来惩罚。恶事太子有悔意，十分惭愧，交出了宝珠，善事太子供奉宝珠，国家逐渐国泰民安。这个报恩经变画，说的是善恶之间的争斗，最终善占了上风，得到了所有的好报。

另外一幅是因缘故事《微妙比丘尼因缘》。话说古印度的舍卫国国王十分暴虐，放醉象踩踏人民，一些贵妇很害怕，纷纷出家为尼，但耐不住寺院寂寞，求教于一个叫微妙的比丘尼。微妙就讲了自己的前世今生的故事。她曾出身婆罗门高种姓家族，嫁给门当户对的英俊青年为妻。先生了一个大儿子，又怀上了一个孩子。她第二次怀孕后，回娘家生孩子，路上遇到毒蛇袭击，咬死了她丈夫。微妙怀抱新生儿继续赶路，过河时先后失去两个孩子。回到娘家才听说，家里着火，父母亲都被烧死了，家也没有了。后来，微妙又嫁人了，但新丈夫虐待她，差点杀了她，她出走了，遇到一个丧妻的富家子弟，结婚后，过得美满，可没多久，这个丈夫也得病去世，按照习俗，她必须要陪着丈夫一起下葬。晚上，盗墓贼盗墓，把她挖出来，她活了。可盗贼首领见她美貌，占有了她。没几天，盗贼被抓，贼首被处死，微妙再次被同葬于墓穴中。这天晚上，恰巧有群狼觅食，掘开坟墓，微妙再次逃出生天。她不知道自己前生作了什么孽，竟然遭到这么多次的打击。经过佛的点化，明白她前世作了孽，就决心皈依佛门，出家修行，得到了罗汉果。

在南北两边的洞壁，上部的壁画是千佛，下壁分别绘制了因缘故事《五百强盗成佛》和报恩经变《须阇提本生》故事。五百强盗成佛的故事大家都比较熟悉，《须阇提本生》故事，说的是古印度的波罗奈国大臣罗睺谋反，杀了国王篡夺王位，又追杀三个小国的国王，杀了两个。最小的国王善住听到夜叉报信，和王后、太子须阇提一起出城逃难。逃难途中路途艰险，饥饿难耐，没有一点食物了。善住王想杀了妻子吃肉，太子须阇提苦苦哀求，不要杀母后，他就割下自己身上的肉，供父王善住和母亲食用，他们得以延续生命。须阇提王子割肉救父母，感动了帝释天，他使用神力使须阇提的身体得到恢复。最后，邻国发兵，帮助善住王夺回了王位，杀了罗睺，平定了叛乱。后来，太子须阇提继承了王位。

在这个洞窟中，描绘须阇提报恩经变画，采取了独特的横卷连环画的方式构图。画面上有夜叉报信、善住王出逃、误入歧途、善住王杀妻、须阇提王子献肉、邻国营救、复国战斗等场面，一一连续画出，强调了报恩经变的主题。

我是一个女子，我向哪里逃呢？我想死，可我要找一个能自杀的好地方。我觉得自己的命运太悲惨了。我从沙洲逃了出来。死是容易的，可活着却那么艰难。在那个夜晚，我一筹莫展，站在星空之下，陷入了思索。那是最艰难的时刻，因为就在街边，有一口水井，井口很小，能容下一个人的身体，我只要往里面一跳，一切都结束了。

我实在受不了了，可死在眼前这街坊吃水的水井里，就会在很长时间里，把这口水井给废了。人们会说，这口水井里面死了一个女子，她那发臭的身子污染了井水，井水再也不是洁净的，井水再也不能饮用了，井就废了。即使我的尸体被打捞出来，井也废了。

我不能对不起这口井。我不能死在这口洁净的水井里。

我想到，我曾听到一些男人说，沙洲向西走几十里有个莫高乡，莫高乡再向西走一点，就是莫高窟。在莫高窟有很多洞窟，是王公贵族开的家族窟和平民百姓开的功德窟，也有很多是修禅出家的人，开的禅窟。很多香客都向往那里，他们南来北往，来到沙洲的一个目的地，就是去敦煌莫高窟朝拜礼佛。

来来往往的人都经过敦煌，特别是旅店里的男人，很多都是过路的商人。他们行脚到此，在旅店里歇息，也在这里寻个乐子，把大把的钱抛洒在沙洲城内，只有店家和支持店主的官吏赚得盆满钵满的，他们日日笑逐颜开。

他们心黑手狠，我被卖到沙洲之后，就受尽男人的欺凌。我心已死，我的身体却还活着，我要把我自己杀死，我要死在哪里呢？想来想去，我还是去莫高窟吧。既然那么多的人提到莫高窟，眼睛里闪烁着光芒，我就去莫高窟，在千佛洞的山崖上，随便找一个没有人看见的洞窟，死在里面，在佛像和菩萨像面前，超度我自己升天，我在佛陀像面前寂灭，是我想到的最好的办法。

我就向莫高窟这边走来。我的包袱里面准备了一些男人穿的衣衫，那是一些不起眼的破衣烂衫，我穿上敞衣，系上腰带，戴上草帽，就像是一个男子少年，每天低头走路，没有人发现我是一个女子。普天之下，一个女子走在大街上是让人觉得很奇怪的事情。我就挑偏道走，尽量远离那些闲汉和顽皮子弟。在旅里，见的男人多了，我知道哪些人是好人，哪些人不怎么样，哪些人完全是坏人。

我要到莫高窟千佛洞去，我要到那里，在菩萨面前好好倾诉一番，说说理，讲讲我的身世。我真是欲哭无泪，不知道上天为什么这么惩罚我，让我生不如死。身在沙洲落脚地，每天都要在店里干活，还要应付一些臭男人。店主的威逼之下我还要去赔笑。喝醉的客人对我不满意就会大发雷霆，出手打我。

男人们穿着衣服的时候还是一个人，可脱掉衣服就是野兽和动物，猪狗不如的东西就那么一个个扑过来，嘴里喷着臭气。给我的钱，我也从来没看见，全都流进黑心店家的雕花木箱子里了。那些男人蹂躏我清洁的身体，他们的面目可憎，他们强人所难，他们在我的伤口上撒盐，每次有男人玷污我，那个时候我最想干的一件事，就是趁机在他的脖子上猛地割上一刀，把他给杀了。他们那时并无防备，正缓缓沉入倦怠中，只要我拿出暗藏的一把匕首在他的颈项边一割，鲜

51

血就像泉水一样会喷出来，这个男人就完蛋了。

可我也不能杀人。我宁愿自杀。他们来沙洲也是为了讨生活，歇脚之后继续远行。除了有点钱仗势欺人、欺凌女人，他们没有到犯死罪的地步。除非有人打我，我才能竭力反抗。他们不知道我内心里想的是，逃离人间的苦海，寻找到安身安魂之所。我是一个女子，我就这么一路来到了莫高窟千佛洞。

我跌跌撞撞地爬进一个洞窟，我看到了佛像和菩萨像，还看到有很多壁画在洞壁的四周。我渐渐适应了洞窟里的光线，四下观瞧。我觉得在这样的荒凉寂寞之地，在这样一个寂寥的洞窟里自杀，是最好的。

我仰脸看着洞窟主龛的佛祖和菩萨像，不敢接近。我怕佛祖会制止我的想法。我仰脸看头顶的壁画。就在洞壁的西侧，一直延伸到北壁，我看到一组很长的壁画。大约有两人身长那么长，齐腿那么宽的壁画延展开来。我觉得这壁画的内容似乎在那里见过。我仔细看那些画面，忽然想起来，就在沙洲的大乘寺，我曾听到一个比丘尼讲经说法，那一天，我从客店院里溜出来，在大乘寺里碰到那个尼姑正在俗讲，就说到了这个故事。

这是印度的一个叫微妙的女尼的故事。我顺着画面看，那两个身长的壁画，一共有二十四幅，每一幅边上还有榜牌题记。故事情节画面是上下交错延伸讲述的。我就这么一幅幅地上下交错着细细地看，我看到：

第一幅图，一个女人正把一根针刺入一个婴儿的后囟门。

第二幅图，画的是婴儿的小母亲在质问这个女人为什么这样做，女人在指着天，发誓她什么都没有做。

第三幅图，有两个院子显示门当户对，一个婆罗门小伙子，和微妙结婚的场景。

第四幅图，画的是微妙告诉丈夫自己怀孕，即将生产，应该回娘家去。

第五幅图，他们这对年轻的夫妇在回女方家路上，大儿子在丈夫的肩膀上扛着。

第六幅图，画了一棵树，夜晚他们在树下休息，一条毒蛇咬了丈夫，毒死了他。

第七幅图，微妙在尖叫，她痛苦地哀号，丈夫身体僵硬，已经死去。

第八幅图，微妙把大儿子扛在肩上，怀里抱着一个婴儿在路上。渡河时大儿子被水冲走，小儿子在对岸被狼叼走吃了。

第九幅图，微妙在回娘家路上遇到一个男人，他是父亲的老友，告诉她她家里着火了，父母双亡，家也被烧毁。

第十幅图，画的是这个父亲的朋友收留下微妙。

第十一幅图，画了一个年轻的男子来向微妙求婚，微妙答应了。

第十二幅图，画的是他们结婚后，男子在外面喝醉后回来砸门。

第十三幅图，年轻的丈夫借着酒劲，殴打因怀孕躺在床上的微妙。

第十四幅图，画的是癫狂的丈夫逼着微妙吃掉她流产后经过烹煮的婴儿尸体。

第十五幅图，微妙痛苦万状，她离开了这个充满家暴的家。

第十六幅图，画的是微妙逃到波罗奈国，在树下休息时，遇到一个丧妻的年轻人，两人在墓园里悲戚站立。

第十七幅图，画的是微妙与这个丧失妻子的男子结婚。

第十八幅图，画的是这个男子不久死去，因波罗奈国的法令，微妙必须随夫殉葬。

第十九幅图，画的是一伙盗墓贼在盗挖新坟，挖出了还活着的微妙。

第二十幅图，画的是盗墓贼首领看上微妙了，强令她和他结婚。

第二十一幅图，盗贼被抓，首领被判死刑，即将被行刑。

第二十二幅图，画的是按照波罗奈国的法令，微妙必须殉葬盗贼的首领。

第二十三幅图，画了一群豺狼在刨坟，挖出了尚且活着的微妙，她又重见天日。

第二十四幅图，释迦牟尼佛走向微妙，让弟子阿难给她赤裸的身体披上袈裟，带她去瞿昙弥那里剃度出家，皈依佛门。

我就这么在上上下下地看，越看，就越难过，越看就越伤心。联想到我自己经历的一切，和这个叫微妙的尼姑悲惨的经历有些相似。我的泪水一下子涌出来，我受不了了，我太难受了。我跌跌撞撞，沿着北壁仰头看着这幅壁画长卷，就像是在诉说着我的身世一样，我的泪眼模糊，然后，我在佛像面前跌倒。

我祷告，我双手合十，期盼佛祖度化我，就像佛祖曾经向女子微妙走过去、度化她一样。让她得安宁。可我仰脸盼望奇迹，奇迹没有发生。在我的面前，那尊佛像安然端坐，并不理会我。那么迦叶，阿难，你们是佛陀的弟子，你们能否给我接引？我大声呼喊，可迦叶和阿难也不说话。我又看到龛外的两尊菩萨，面容那么和善美好，菩萨啊，你们能接引我，让我皈依净土世界吗？

奇迹没有发生。在这个洞窟里，无论我怎么嘶喊，洞壁像是能吸收一切声音，最后都是一片沉默。我受了太多苦，我没法再活了。既然佛祖都不能度化我，不接受我的皈依，那我只有结束自己的生命，死在佛祖像的面前。

我拿出了匕首，我试着割腕。可钻心的疼痛让我无法下刀。我又取出了绳子，把绳子系在佛祖的脖子上。我要吊死在佛的前面。我把绳圈套在脖子上，爬上龛台，我把脖子伸到绳圈中，脑袋在绳圈里面了，我能闻到佛像身上彩塑的气息。我就要死在佛的面前了。也许你们这些泥胎彩塑，都是骗人的。可我还是要死在这里，我有多么绝望啊。

我双脚往龛下一跳，就挂在了高大的佛像身上。顷刻之间，我感到绳索紧紧地勒在我的脖子上，仿佛有人在用力拉紧绳索．是佛像在勒我的脖子吗？不，不是的，不能怪佛像，是我自己挂在佛像的身上。此刻我无法呼吸，我的舌头伸出来，我想抬起双臂，可我抬不起来了，我感到有一阵黑暗的东西涌上来，像是一股黑水，正在吞没我，要把我淹没。很快，我眼前变黑了，这下好了，这样我就看不到自己的死相，我就要死去，不管是下地狱还是在炼狱里，都比这人间要好很多。我的大脑里一片空白，可有一点欣悦，我终于能够自主决定自己的命运，我舌头伸出，想呼喊，可发不出一点声音．我那么美丽，我的死相肯定很难看．我要死了，我就要死了……

在我的耳朵里，响起了一声呼喊。有扑通声。我掉在了地上。我昏迷过去了。等到我醒来，我躺在一个穿着白布衫的男子的怀里，他长得就像是佛陀像边上的弟子阿难。

他正瞪着大眼睛，诧异地看着我。

我的喉咙里有火，我嘶哑的嗓音说：你，你是阿难吗？

他笑了，我不是阿难，我姓张。

我问：那我不是已经死了吗？难道，我还，没有死？你不是阿难，你是谁，你给我滚开！我扑打他，他赶紧把我放开。我担心他是一个坏人，就继续推搡他。

他一边向洞口退去，一边说，你不要在这里自杀。他的表情显得有些痛楚，又有些气恼。你想死，也别吊死在我雕塑的佛像上啊。找地方也不找个好地方。死在这洞窟里，人家还怎么拜佛呢？

我赶他走，他丢下一个装胡饼的布袋子和水，就离开了。

晚上，洞窟里非常寒凉。我觉得很不舒服，浑身在颤抖。忽然，夜晚的洞窟口，出现了一双闪亮的眼睛，一阵臊臭袭来。一只胡狼爬进洞窟，龇牙咧嘴向我冲来。它扑过来一口咬住我的腿，我一下子镇定下来，也不甘示弱，手里的短刀挥动着，割到它的脖子上。它本来十分凶狠，被我几下割到脖子，血喷了出来，呜呜叫着，不久就死了。我也又累又怕，昏睡过去。

第二天一早，那个小伙子出现在洞窟口。他走进来，看到洞壁里的胡狼尸体。

喂，这条胡狼是你杀的？

我点点头。你不要靠近我。他笑起来，真像阿难的塑像。

你这个女人，真是的，我早就发现你不对劲儿了。我又不会害你。我在旁边开凿石窟呢。这个石窟是我们去年开凿完工的。他递给我一个羊皮袋子。

　　我咳嗽着，一边喝着他递给我的羊皮袋里的热水。等我完全醒转过来，我明白这个男人是个好人。我说我从沙洲来。他告诉我，他从瓜州来，瓜州和沙洲相隔不远。他是一个石匠和泥塑匠，有人聘请他在这里开凿洞窟，他在这里干了好几年了。他说，昨天一早，他就看到我从沙洲通往这里的大路上过来，我披着一件又脏又破的灰色大袍子，骑着一头老驴，背着包袱。

　　我看你行踪诡异，来到这千佛洞洞窟跟前，下了驴背，把驴往树上一拴，就仰脸找洞窟，走路也跌跌撞撞的，不知道你是什么人。我站在洞壁上开窟，能看见你的一举一动。我就对你产生了疑心，注意观察，看你进了哪个洞窟。等到你进入洞窟，我就悄悄走过来，爬上来，贴在洞壁门外，听你在里面干什么。然后，我就听到你的说话声，哭声，祷告声，祈求声，希望佛祖点化的嘶喊。我在洞外听得锥心，你在洞内哭得伤心，然后，你就上吊了。再然后，我赶紧进来，其实就是那么一阵子，你两眼翻白舌头吐出来，就要死了，我用刀子割断勒在你脖子上的绳索，你掉落在地上，我把你抱着，摇晃你，你慢慢醒转过来。

　　原来是这样。我惊异又愤恨，我说：你为什么要救我？我就是想死的。

　　他看着我，淳朴地一笑：女子啊！好死不如赖活，你和自己有多大的仇怨啊。活着多好啊。

　　可我没有活路了，我呜呜哭了起来。我还是想死。

　　他笑起来，你看，其实是佛祖显灵让我来救你的。你死了一次，死不了。

　　我说，我还是想死。

　　他看着我觉得我太奇怪。我越看他，觉得他的眉目之间就像是佛陀的弟子阿难，俊秀，聪颖，略带羞涩。好死不如赖活，你是怎么了？他指着壁画，你想到那画上微妙尼姑的故事，联想到你自己了？你父母双亡？你死了丈夫？改嫁遭受暴力？孩子没了？你又被转卖？然后你逃脱又被抓回去？你又逃，又落入贼寇之手，受到凌辱？然后又逃脱，差点让野兽吃掉？

　　他一边说，我一边点头。我不想再回忆我经历的所有惨状。从 16 岁开始到现在，10 年过去了，我就在炼狱中穿行。我泪如泉涌。

　　他沉默了。他说，然后，你跑到这里自杀，佛陀派我救了你。他微微一笑，算了不说了。我今天还有很多活要干，我在那边开凿一个洞窟。你在这里先待着，不要轻举妄动了。佛陀已经在保佑你，不让你轻生，你就不要往那方面想，你现在想的，就是如何活着。你叫什么？

　　我？小名梅娘。大名叫贺梅朵。

　　我叫张护。好了，我先走了。说罢，他起身，丢下食物袋，然后敏捷地从洞口翻身而出。

后来，他给我带来褥子、厚草垫席子和水罐、肉干、瓜果、胡饼等。还给我带来外面的消息。没有人前来跟踪抓捕我，仇家、买家、官府和贼人，都没有来找我。我本来就是孤苦伶仃的一个女子，在这个世界上，我无依无靠。我说，我在这个洞窟里安静地礼佛吧，把洞窟里的壁画一幅一幅地看下去，看到心里去。

张护告诉我，他是瓜州人，我说我是酒泉郡的人。不幸被卖到沙洲。他是一个善人，把我藏在这个洞窟里，不让我出去。他还比我小一岁，未曾娶妻。因家里穷，他有两个弟弟，父母双亡，全靠他在这里当窑工，塑泥塑开窟挣钱。供养人出钱，雇佣他干活。

过了几天，我告诉他，我想出洞窟，去他开凿的地方给他帮忙。

他想了想说，好，你穿上那件灰色的袍子，这样就没人看得出来你是男人还是女人，你给我当个递东递西的小工吧。

我跟着他走出洞窟。开凿石窟的场面十分热闹。在鸣沙山边的崖壁上，有好几个洞窟在开凿。一副热火朝天的景象。人们搭着架子，凿洞挖土，簸箕和木桶装满渣土和石头，在上下运递。还要防止大风把崖顶的沙子吹刮下来。沙子在大风中四处飞扬，就像是沙海掀起了大浪一样，扑面而来，谁人都看不见。洞窟外面，听见叮当作响，凿洞、运土、挖土，几十个人在附近的崖壁上忙活，场面壮观。

我能做些什么呢？也就是递些东西，在地上看着运来的材料。后来，我觉得还是给他们做饭比较适合我，我就找到一个底下的坐禅洞窟，这样的洞窟没有壁画，也没有别的东西，能烧火做饭。我还能打柴火。跑远一点，在宕泉河边的杨树林里，捡到很多枯树枝，还有一些红柳枝条，饱含干燥的油脂，都能取来作为柴火。我烙饼、做馍、炖菜、蒸饭。我给这些辛苦的男人做饭。吃饭的时候，他们是分班的，一拨拨来吃。

有人问张护，这人是谁啊？一看她就是一个女人。在这里开窟，是不能让女人做的。

张护就说，哎，她是我姐姐张梅朵。对吧，姐，你可不要乱跑，这里有狼有野兽，有时候还有乱兵走过，很容易把你劫掠走。

果然有一天，乱兵就来了。他们骑着马，像是远处的一股强风刮过来，有一百多人，风驰电掣地骑着马扑过来。不知道他们是哪里来的，手里拿着长刀，冲到千佛洞崖壁跟前。开窟人赶紧躲避起来。他们就一个窟一个窟地找，主要是抢东西。

有一个坐禅的老人不愿意把一件棉衣给乱兵，那个乱兵就用刀刺死了老人。

我很害怕，躲到北区生活窟一个很小的瘗窟里。瘗窟很低矮，只能爬着进去，里面还有一具僧人的尸骨，我是爬进去之后才看到的。他已经变成了森然的白骨，牙齿是白色的，闪着死亡的光芒，头骨两眼处是两个空洞，蚰蜒在爬进爬出，十分吓人。

我已经死过一回，我不怕死，也不怕骨骸。我就躺在瘗窟里面，用这具尸骨挡着我。有乱兵的脚步声传过来，他低下头，向这个瘗窟里看。从外面看，里面是黑乎乎的。他拿着手里的长刀捅进来，在瘗窟中来回扫了几下，把那具僧人的骸骨打散了，头骨骨碌碌滚了出去。那人吓了一跳，骂骂咧咧地站起来，走了。

乱兵在这里搜刮了一个下午，他们抢夺开窟人的粮食储备，用开窟人的工具埋锅造饭，还宰杀了羊，大吃一顿之后，骑上马席卷而去。

傍晚，这里一片安静。我爬出洞窟，看到残阳血红，映红了对面的三危山。夕阳就要坠落到天边，而洞窟这边好久都没有动静。那些开窟人和修禅的僧人呢？那些画工和雕塑匠人呢？那些放羊的放牛的寺院常住，也就是寺院的奴仆呢？都看不见了。

我想到阿难，不，我想到了张护。他护佑了我，可他在哪里？我担心起来，我一个窟一个窟地找。在崖壁下，看到了几具蜷曲着身体的尸体。那是乱兵杀死的人。有些开窟人出来了，表情茫然。有僧人出现了，从躲避的地方，表情依然是平静的，就像是一阵强风刮过去，世界总会恢复平静。

我找啊，找啊找，没有看到张护。更多的开窟人出来了。他们收拾被乱兵搞乱的一切，他们继续搭起开窟的架子，准备接着干。可没有张护的影子。

我的心揪起来。我继续寻找，跌跌撞撞地走进一个大型窟，看到里面有佛陀和菩萨像，我走进去，在佛像前祷告，大声祈愿张护能够安全。

我正在祈愿，忽然听到噗嗤一声笑。我抬头一看，正面主龛上，是阿难的尊像在冲我笑。原来，张护把自己装束打扮成阿难的塑像，正站在佛龛上佛陀像的边上。他这是故意调笑我，还是乔装成阿难躲避那些乱兵的劫掠呢？

我又羞又怒，爬起来就跑出了洞窟。我回到那个我曾经自杀的洞窟。这个洞窟在高处，我躲在里面比较安全。我喝水吃饼，今天乱兵带来的惊吓总算是过去了，我困了，躺在草席上睡着了。

晚上，这里还有狼嚎。我住在二层的洞窟中，即使有佛祖像、弟子像和菩萨像保佑我，我也感到害怕。我心里渐渐对张护产生了好感。这些天，他那如同阿难一样纯朴、俊朗的笑容总是在我的眼前晃动，我内心里荡漾着热情，这是对他的热情。这对于我这样一个心死过、身也死过的女人来说，并不轻易。

我爬出洞窟，走到崖壁下面。我要去找张护。今晚的月亮特别好，把远处的三危山涂抹得发亮，不再是黑黢黢的影子。白杨树林唰唰响着，鸣沙山那边传来野狼群对月的号叫，声音凄凉而忧伤。在月牙泉边，肯定有野狐狸在喝水。虫子都在鸣叫，蛾子在飞动，附近是生灵的世界。我沿着洞壁走，也能听到开窟人在一些窑洞里说话，他们点着油灯和蜡火，能隐约看到一些光亮。

我来到北区，找到张护的那个生活窟，我走进去，看到洞壁上有一盏灯，把洞窟照耀。他躺在长形的台子上，盖着被褥在睡觉，我凑近他，看到他那俊美的脸庞，有着阿难的明朗和清秀。他正在熟睡，我就掀开被褥，钻进去，盖好。我躺在了他的身边，他的臂弯下。

后来，我们早晚都在一起，在一个生活窟里出出进进了。别的开窟人问张护，喂，她到底是你的姐姐还是你的女人啊？张护羞涩地笑一笑，是我的姐姐，也是我的女人呀。

我也笑而不答。他继续带着开窟人在开窟。那个洞窟要在月底完工，供养人是沙洲的一个大户家族，这个家族出了官吏、军将、商贾和高僧，因此这个洞窟是一座大型功德窟。洞窟开凿出来，画师和塑像匠人紧接着进驻，在洞窟顶画藻井，在四披画壁画，同时在四壁也开小龛，画壁画塑像。在主龛塑佛像，照例要塑一佛二弟子二菩萨像。整个洞窟的修造完成，张护都是一个领工匠作，他要对洞窟的完工负责。

有时候，我们还会在我去自杀的那个洞窟里待着，现在，我再看《微妙比丘尼经变》壁画，心里的感受就不一样了。微妙比丘尼的故事，已经是别人的故事了。我的故事已经有了不同，因为，我遇到了张护，我的阿难。

我携着他的胳膊，他给我讲解开凿这个洞窟时，他的一些工作。我就问他，也许我的前世修得了福报，所以，我今世才遇到了你。这是佛陀的度化。

他看着我，笑得依旧那么的明亮，就像是阿难的笑。他说，其实，我根本就不相信什么前世和来世。我们就只有这一辈子，梅朵。我就相信现世报，你的现世太苦了，我也是，我生来就是苦命人，我们两个苦命人在一起，就能好一点。

我有些惊讶，你是个开窟的大匠作，你竟然并不虔信？

张护的眼睛里都是悲戚。我家一辈子都是务农的穷苦人。你看，在瓜州，沙洲，在甘州肃州、凉州，在整个河西，除了那十几家大户和几十座寺院有大量田产物产外，其他都是穷苦人。穷苦人吃不上饭，可能会造反。平时安慰自己，就是来佛龛面前祈求佛祖保佑。这壁画，塑像都是我找人画的，哪里有什么神迹。我开的窟，我组织画工和塑像匠人做的这些事，我怎能不知道。人就是这一辈子，死了，就什么都没有了。这些都是安慰我们的，更多的就是一种美好的安

58

慰，安慰我们自己，前世有孽缘，今世遭罪受，来世有福报，这不是自我安慰又是什么？这么多的壁画上，我当然最喜欢弥勒佛，希望弥勒下世，普度众生。但弥勒佛在哪里呢？我不知道，我只知道我遇见了你，梅朵。我们都是苦命人，我们要回到故乡去……

我们都沉默了。壁画是安静的，佛像也都是安静的。他们都是人画的，人塑的，他们此刻是安静的，我多少明白了。

秋天里的一天，天气寒凉。我跟着张护回到瓜州去。在那里，我要和他过生活，生儿育女。他是我的阿难，我的张护。我们离开了千佛洞的崖壁，走啊走，走到了高处，我们回头望去，看到那面红色崖壁上的洞窟越来越多，就像是一双双张望着远方的眼睛，寄托着人们的祈愿。

我也信张护说的话，我们只有现世这一辈子。回头看，千佛洞已经变得遥远。我的故乡我不想回去，张护的故乡就是我的故乡。我要跟他走，无论他在哪里，我就去到哪里，他就是我的阿难，我的故乡。

第四窟： 第420窟， 一个士兵

这是一座开于隋朝的方形殿堂窟，覆斗形窟顶。进来之后感到有容乃大，别有洞天。正面洞壁开了一个双层的大佛龛，龛内塑造了一佛二弟子四菩萨像，其中最外层的两尊菩萨彩塑站在大龛的最外边，这就使得整个主龛里的佛、弟子、菩萨像分配得十分均匀，很有层次感。主龛的佛陀像结跏趺坐，身披袈裟，包着肩膀，眉毛细长，面带微笑，神态慈祥，佛像右手施无畏印，左手施与愿印。

佛祖释迦牟尼像两侧是弟子塑像，迦叶的塑像满脸皱纹，面目低垂，眉头紧锁，胸肋部肋骨根根突出，十分清晰，呈现出迦叶的苦行所经历的沧桑。阿难的塑像是青春活泼，天真可爱，神情恭敬。但因颜料变色，阿难身上的皮肤变成了黑色。主龛南北各两身菩萨塑像神情安宁，塑造精美，似乎能看到皮肤的光洁质感，身体动作协调，有着黄金比例分割的体型，健康饱满，很有朝气。四身菩萨的面相是男相，南侧的菩萨塑像可以见到小胡子。菩萨像右手举起，似乎在拂动柳树枝条，左手提着净水瓶，神情亲切动人。

值得一提的是，主龛的龛楣上的图案盘绕飞旋，是忍冬花的图案抽象之后的组合，并带有莲花的形状，隐约可见那小小的莲花上还有伎乐在演奏，很有跃动感。这是位于正西的洞壁所开主龛的基本面貌。进了这个洞窟，就能感受到隋朝的某种大气爽朗和欢乐祥和。

在这个石窟的南北壁上，各开了一龛，佛龛的大小只比主龛略小一点，南北龛相互对应，龛内都塑造了一佛二菩萨。佛像也是结跏趺坐，右手施无畏印，左手施与愿印。南北两龛的佛像和主龛的佛像大小相当，也都有头光和背光。不过，南北壁的两个佛龛的外侧洞壁上，绘制了令人目眩的千佛像。曼陀罗的形状中，千佛一层层排列起来，上下一共有二十三层之多，繁复、华美，令人震撼。这么看来，这座隋代开凿的洞窟是三龛三佛的形式，体现出佛的过去世、现在世和未来世的理念。

特别值得重视的是这座洞窟的覆斗形洞顶壁画的内容。仰脸仔细观瞧，主龛佛像南北洞壁的上端，覆斗顶下端，能看到维摩诘经变画。北侧画面中，居士维摩诘坐在殿堂的中央，正在和隔着主龛的南侧画面中的、以智慧著称的文殊菩萨辩论。在维摩诘和文殊菩萨像的座台边上，围了不少有头光的菩萨和佛门弟子。

覆斗形的窟顶的壁画内容，是法华经变画，以长卷的方式结构。《法华经》是魏晋隋唐十分流行的佛经，鸠摩罗什翻译的版本很受欢迎。他创造出一种前所未有的佛经汉语，至今也是一个语言奇迹。在法华经变壁画中，强调的就是大乘佛教教理，众生可以通过自我的修炼找到不二法门，通过自身觉悟而立地成佛。

《法华经》之所以流行甚广，就是因为倡导人人只要口诵《法华经》，不断书写《法华经》就能成佛。这给很多信众提供了方便法门，因此极受欢迎。特别是，观音菩萨就是在《法华经》中出现的，这个救苦救难、大慈大悲的菩萨，在任何人诵读《法华经》的时候，都能解脱困境，得到救援和救赎。因此，观音菩萨信仰随着《法华经》的流布，成为中国佛教中传播最广泛的佛理佛法。

在这个洞窟覆斗顶的法华经变壁画中，《法华经》中的序品、方便品、见宝塔品、化城喻品、观世音菩萨普门品等是主要的表现内容。比如，在东披的一铺壁画中，可见观音救难的场景：一条河流蜿蜒而来，河中两人遇难。河边的观音菩萨正在向河里伸手，作法救援，溺水的人因此得到解救。还有一个画面，是大海中远行的人乘坐小船出海，在遇到大风浪时，也得到观音菩萨的解救。

仰脸观瞧，法华经变壁画的绚丽和繁复在头顶旋转，口诵观音菩萨，即刻就能在这个洞窟内得到救赎。

我叫张君义，我是敦煌莫高乡人。我小时候，经常在莫高窟千佛洞下的河边放羊，就看到很多开窟人、画匠、塑像匠人在这里忙忙碌碌，还有南来北往的僧人出入其间。现在，我是一个料作匠，会给他们帮工，出力送料。和他们接触，特别是和一些僧人接触，我也多少懂了一些佛理。有僧人在沙洲寺庙里讲经说法，我去沙洲办事，也去听听。

每年里有一天，沙洲民众都要在莫高窟千佛洞举办燃灯节。这一天，沙洲、瓜州、甚至从很远的地方赶来的人，一群群骑马赶车来到莫高窟，搭建棚子住下，在这里礼佛燃灯，祈福祝贺。那几天，沙洲莫高乡人白天在这里赶集，吃的用的，什么东西都有的卖。晚上，莫高窟的每一个洞窟里都点燃了油灯和蜡烛。站在远处的高地上，背靠三危山，可以看到西边莫高窟的洞壁上，窟窟有灯火，洞洞有人声。僧人们吃斋念佛，俗人们虔诚礼佛，达官贵人们来来往往，千车万马奔腾，在他们的功德窟或者功德寺中，献上自己的供奉。

我也混迹其间。我特别喜欢一些洞窟里画的救世佛陀和菩萨画像。很多佛传故事、佛本生故事壁画，还有很多与河西地区有关的史实传说，都被画工画在莫高窟的洞壁上。我喜欢那些天王和力士像，看到那些孔武有力的塑像，我想到的就是除暴安良，扶危济困，做一个好男儿。

我受雇作为护卫，护送礼佛的索姓大户人家女眷回沙洲府邸，抽空在沙洲一所寺庙听俗讲。有个从长安来的僧人，讲说了现下的局势。

话说景龙二年（708）十二月，西突厥中的一部突骑施部的首领娑葛，因不满大唐朝廷要恢复十姓可汗阿史那氏在西突厥部中的统治地位，反叛大唐。他们出动骑兵，杀气腾腾，袭扰安西四镇，经过几番征战，突骑施娑葛所部兵分四路，在天山南道攻城略地，四下奔窜，攻下了安西都护府所在的龟兹城。如果他们全面侵占安西四镇，势必会继续东进，劫掠沙洲等河西地区。大唐安西大都护郭元振请发河西地区募兵火速增援，准备收复安西都护府所在的龟兹。大唐朝廷决定从河西地区征募兵马，远赴西域龟兹，奔袭突骑施。

很快，征募战士的消息就在沙洲传开，我回家后和父母亲商量，决定参加大唐军。父母亲已经年迈，我的哥哥也已去世，他们不想看到我这个现存的唯一的儿子上战场，君义儿啊，不要报名了，我们老了，不能再受到你抛家远行的打击。可我的心意已决，大丈夫只有上战场为国杀敌，才是正途。我安慰父母，并获得了他们的同意。

报名之后，未出发远行之前，我带着一个姑娘来到敦煌莫高窟，来到我喜欢的这个洞窟，向三世佛塑像敬香礼佛。在这座洞窟内，我们看到三世佛全都面目慈祥，似乎在看着我们微笑，带给我莫大的安慰。我还那么年轻，就要上战场了，这一次的告别，不知道几个月或者一两年之后能不能安全回来，人在沙场之上，一切都是不确定的。洞窟内的三世佛和众菩萨像，都看着我。我和她默默祷告，发誓一定要从西域战场返回故乡。即使我战死沙场，我的头颅和骨骸也要还乡。

唐中宗景龙三年春，沙洲募兵集合整训一个月后，紧急出发。在募兵将领的带领下，我们的队伍出发后，历经风沙，穿越戈壁，很快到达西州府高昌城。

在高昌，我们休整了一番，这天晚上，我看到了高昌的月亮。我十分痴迷于观赏月亮。在敦煌莫高乡，很多个晚上，我都喜欢坐在高高的三危山前的一片石头山崖上，沐浴皎洁的月光，仰望吴刚伐树的月亮。因为，我的心里有一个嫦娥姑娘，那个姑娘的名字叫阴月娘，她也是莫高乡人，不到十八岁，长着一张满月般皎洁的脸。我们还是一个村的，房前屋后两户人家，我们张家和她家阴家是邻居。

我们从小在一起长大。到了能嫁人的年龄，有人从凉州前来说亲，可她不愿意嫁到遥远的凉州去，威胁说要去沙洲的女尼寺院出家。她的父母亲只好作罢。我比她年长两岁，我在敦煌莫高窟做供料匠作，我知道她在等着我赚够了彩礼，向她父母提亲。我和她私下有个约定，就是不要嫁到凉州去，我们过两年要结婚成家。

可我报名参加征伐西域龟兹的募兵队伍了。这个消息我第一时间告诉她。她的表情立即黯淡了，眼泪就像是晶莹的玉珠簌簌地落下来。知道这一切已无法改变，她抬起头，说，君义哥，你去吧，你会活着回来娶我的。明天我们一起去莫高窟，在洞窟里的三世佛前起誓，我阴月娘一定要和你在一起。我们前世可能就是夫妻，这一世是邻居，一起长大，那么来世也会是夫妻。

在高昌城外，骏马嘶鸣，更多的部队在会合。我站在帐外，仰头看着皎洁的月亮，想到了阴月娘。她在莫高乡等着我，我会安全返回来。我要回乡，迎娶属于我的月娘，我心潮澎湃，勇气满怀。在高昌，我在军中听到了更多的消息。突骑施反叛军攻下安西大都护府所在的龟兹城之后，安西四镇已在突骑施所部突厥人的控制之下。大唐安西四镇之一的碎叶城守将周以悌，率兵从突骑施叛军的以西发起攻击，取得了初步胜利。朝廷任命周以悌为左屯卫将军，代替郭元振担任安西四镇经略使，从碎叶向东，一路杀来。

我被编入四镇经略使的前军队伍，由云麾将军薛思楚率领，从北面出击，向南攻打突骑施部。我们星夜出发，军容齐整，火速前往龟兹，救援焉耆。在夜晚，行军队伍鸦雀无声，夜鸟的啼鸣宣告了我们的行踪，刀枪剑戟的磕碰声十分清脆。

景龙三年的五月六日后，我们的前军队伍火速行军，翻越雀立塔格山后进入安西，开始一路向西进军，路上发生了几场遭遇战，我们迅速击败来犯之敌。敌人因是呼啸而来的骑兵队伍，人数不多，丢盔弃甲之后再度逃窜。

我们再向南行军，沿着龟兹河行进。突骑施四路人马在沿途很多地方都驻扎，游牧部落一向是逐水草而居，我们的前军队伍所到之处，敌人应声而逃。从五月到十月，在几个月的时间里，我们先后攻破连山阵、临崖阵、白寺城阵、仏陁阵、河曲阵、故城阵、临桥阵。发生在上面这些地方的一场场战斗，一个个地名在我眼前，在我耳朵里闪过，那每一场仗我都打过了。谁见过真正的战场杀敌？恐怕不多。在战场上见过血肉横飞、死尸遍野场面的人，最不希望自己也成为一具战场上的尸体，所以，老兵是最可贵的。

我心里有一个姑娘，她就是阴月娘。我常常在战斗结束之后，休整的时候，会在心里给她说一说战场上的情形。月娘，我们刚刚结束了一场和突骑施骑兵作战的战斗。你肯定不会想到，在战场上，几百几千人突然冲杀在一起，那种场面十分紧张，人马嘶喊，刀枪辉耀，分头滚滚，战场上瞬息万变。我是不怕死的，不怕异族人那狰狞的面孔和野蛮的吼叫，我最受不了的就是血腥味，是人的血流出来的那种颜色和气味。月娘，你肯定没有闻到过，不然，你就不是月娘姑娘了。

月娘，我们在西域广大的地域，是怎么打仗的呢？不久前结束的一场战斗，一开始，山坡上旌旗招展，山坡里伏兵暗藏。我们大唐军募兵队伍的弓箭手，骑兵，短刀队，长枪队和专门对付骑兵的陌刀队，各司其阵。大战一触即发。我屏住了呼吸。月娘啊，要是你第一次参加这样的战斗，你也会紧张万分。大唐将领威风凛凛，他们知道这是一场恶战。等到突骑施的兵马进入到山谷的口袋里来，战鼓擂动了。战鼓的声音非常沉闷，从山顶传来，就像是大地在怒吼一样。

我握紧了手中的武器。紧接着，弓箭手向冲杀过来的突骑施步兵放出第一拨箭。如雨的响箭嗖嗖越过天空，我仰脸观瞧，就像是天空中飞过了一大群蝗虫，迅疾地落向了冲过来的敌人阵营。从远处看，这一阵箭雨迟滞了敌人进攻的势头。但没多久，那些家伙又重新列阵，继续呀呀叫着前进，手里的盾牌也发挥了作用。他们喊着号子，跟着节奏，数千人马在前面，都是步兵，并没有见到骑兵。我们的步兵从斜刺里列阵冲锋，短刀队和短刀队拼杀在一起。接着，彼此的兵士在广阔的旷野上缠斗在一起，已经看不到分别了。

大唐将军令旗挥舞，长枪队出击，将突骑施军枪挑刀砍，砍瓜切菜，战在一起。在这时，大地在擂动，突骑施的庞大骑兵军开始从左侧进击。我心情紧张，手持陌刀，站在陌刀阵中。陌刀，是长柄长刀，刀柄有半只手臂那么长，刀身有一丈长，刀刃非常锋利。陌刀阵是大唐军专门对付游牧民族的骑兵冲锋的。只见突骑施的骑兵从左侧冲击交战的步兵，这是他们预先设计好的阵法。唐军统帅在高坡上挥动令旗，鼓声节奏变了，大地上响起了响雷，天空中乌云滚滚，预示这一场战斗绝对是你死我活，我们的陌刀队列阵前行。

敌人的骑兵队伍非常庞大，就像是黑色的飞蛾一样席卷而来，又像是一股黑色的水流冲荡过来，一下子就把唐军的步兵短刀队冲垮了。突骑施的骑兵冲到眼前，我们陌刀阵紧急迎战，本来是方形的队列，突骑施的骑兵像洪水一样冲过来，陌刀队统领发出号令，列阵！列阵！我们立即散开队形，形成了一道道波浪一样的长列，半蹲身子，将陌刀拖在草地上。等到最前列的突骑施骑兵冲到跟前，我们手中的陌刀横着劈空而起，我仰头观瞧，但见陌刀那长长的刀身，一下子就把突骑施骑兵的马腿砍断了。我们手里的陌刀寒光闪闪，带着唰唰的风声，在晴朗的天空下，放射着死亡的寒光，手起刀落，将突骑施的骑兵全部斩杀为哀号着的步兵，掉落马下。

月娘啊，此刻，只听见刀和刀相撞的声音，陌刀砍杀突骑施骑兵的身体的那种刺啦声，血肉横飞是我的眼睛里真实的景象，血液喷出来溅在我的脸上，热乎乎的腥气弥漫开来。我身边的一个个唐军战士英勇无畏，他们手里的陌刀砍向马腿，马咴咴叫着摔倒在地，陌刀再砍向落地的突骑施骑兵的脑袋。我无法再去回忆那一场战斗的所有细节了。月娘啊，太令人恐怖了。战斗结束，唐军和突骑施军各有损伤，我们兵强马壮，突骑施少数败军逃遁，唐军也死伤惨重，但我们守住了阵营，这一仗，使突骑施的部队无法进一步前进。这场战斗结束，我也昏迷了，我闻到了浓烈的血腥味，砍杀那么多的突骑施兵士，我感觉到血腥味冲昏了我的大脑，一阵恶心，我就呕吐了。我瞬间倒地不起，就像是死了一样。后来，我咱们的同乡募兵索飒，把我唤醒。我因这次作战有功，杀敌较多，得到功勋而被升为骁骑尉。

这年的六月四日至二十五日，命令我们的队伍从安西向东，前去救援焉耆的唐军。之后，我们再回到渠犁，向西肃清围困安西城的突骑施军马。我们接连破了城北阵、城西莲花寺东涧阵等战阵，取得打败突骑施兵马的胜利。但突骑施这一次准备了预备队，第一拨骑兵被斩杀于马下后，他们的后续骑兵开始冲锋。

我奋勇冲在前面，在我身后，沙洲募兵紧紧跟随。一个突骑施骑兵冲过来和我缠斗，我手里的陌刀被他隔开，他手里的弯刀非常锋利，直接削掉了我的陌刀刀柄。我砍断了他骑着的马的马腿，然后，我和他战在一起。他身材高大，身穿铠甲，眼睛里露着凶光，嘴边两撇胡子。他手挥长刀，我用短刀和他格斗。就在一瞬间，我忽然感觉，从五月战斗到十月，打了那么多的仗，这一仗，我可能要死了。啊，月娘啊，那种预感是那么强烈，我就要死在这一场战斗中了！果不其然，他反手一挥，我来不及躲避，他的长刀一下子削掉了我的头顶盖。

我感觉脑袋顶部一凉，我心想，坏了，这家伙把我的脑壳给削掉了。我顿时觉得凉冷，冷飕飕的感觉，接着是我的血喷出来，我能看到我的天灵盖的一部分连着长发带着头皮，一下子滚落在地。他很高兴，此刻，他斩杀了一名唐军的骁骑尉，可以得到突骑施可汗的赏赐。可是，他高兴得太早了，那一瞬间，我右手的短刀也刺入了他的左肋。这个突骑施贼兵大叫一声，疼得脸部都扭曲了，他手里的刀又向下一挥，将我握着短刀扎入他左肋的手上的五根指头，咔嚓一下横生生切断。我都能听到那一声清脆的咔嚓声响。啊啊，我拼尽了最后一点力气，左手又把他的长刀横推过去，让他握着的刀切向了他自己的大腿。他惨叫一声，再次挥手砍断了我的左手腕。然后，他挥刀砍中我的脖子，将我的脖子砍断，我的头飞向了半空。

我眼前一白，太阳在我的眼睑上闪烁，我没有头的身躯失去了指挥，向前一扑，倒在地上。我的脑袋在空中翻滚着，看到了战场上的一切，掉落下来，骨碌碌滚在一边，我的眼睛还睁着，看到最后一幕，他也倒下来了。

我死了。月娘，我清楚地感觉到我死了。我的头骨的四分之一，连带着头皮和头发，被这个突骑施骑兵砍了下来，他还把我握着唐刀的右手也砍下来，把我的左手腕砍断。但我刺中他左肋骨的刀扎中了他的心脏，他也死了。他身材高大，尸体比我要重一倍。

我的眼睛还没有合上。这时，我能听到大唐军和突骑施贼兵战在一起的喊杀声。更多的援军赶到，弓箭手、长枪手上阵，对突骑施骑兵进行围剿猎杀。这一仗打了整整一个上午，到了下午，突骑施贼兵已被大唐军彻底击溃，几千多人被斩杀。

我的募兵兄弟在死伤遍地的战场上救助伤者，查验死去的战士。我听到了我的沙洲同乡索飒的声音。他脸上都是血迹，但那血迹不是他的，是敌人的。他头发散乱开来，身上的铠甲上也都是敌人的血。他到处找我，他在呼喊我的名字：君义，君义！你在哪里？君义！

我想回答他，可我发不出声音。真的，月娘啊，我的眼睛睁着，可我的大半个脑壳斜躺在地上，我的眼睛是上下竖着的，我看到他了，我大声喊，索飒，我在这里！我在这里！可我发不出声音，索飒听不见。我这才知道，其实我只是有一点大脑的意识。我的脑壳都被削去了，脑浆都流出来了，我的脖子被砍断，可我还有一点意识。那就是，索飒啊，我想说，你要把我带回故乡，带回沙洲敦煌莫高乡，那是我们的故乡。在莫高乡，有最美丽的姑娘阴月娘，大脸盘子姑娘，我们青梅竹马，我们私定终身，她还在等着我呢。

我忽然感到哀伤，我发现了一个事实，那就是，我再也不可能迎娶阴月娘了。她和我在那座洞窟里的三世佛的塑像前发誓，要嫁给我，可这一次我已经洒下热血，抛却头颅，战死在沙场。就在我十分难过，觉得索飒不可能发现我的时候，他看到了我的脑袋和我盯着他的眼睛。君义！他大叫一声跑过来，把我的大半个脑壳捧起来仔细端详。我想挤出一丝微笑，可我知道那是徒劳的。我看到他流出了眼泪，我看到他的手哆嗦着，把我的头装在一个布袋子里。然后，他肯定在四周寻找我的肢体，他一定看到了我的左手腕骨和右手的几根手指。他都把它们装进袋子里，和我的头颅放在一起。

我欣慰地想，索飒啊，谢谢你。你找到了我的头颅，我在袋子里翻滚着，我能听到索飒的哭泣声。此刻，在鸣金收兵，到处都是大唐军士兵集合的声音。我的同乡索飒提着布袋，我听到他割下了那个刚才杀死我的突骑施兵的脑袋，提着那个人的头，前去向大唐将领申领战功。我的削去头顶的头颅由索飒装殓在袋子里，连同我的手指。

我长长地松了一口气，安心了。因为我的头颅一定能回到故乡，沙洲敦煌莫高乡。

后来，云麾将军薛思楚亲自在我的记功文书上署名签字。我们打败了突骑施的大军，突骑施部死伤大部，元气大伤，于唐睿宗太极一年（712）七月向大唐投降。

我终于回到故乡沙洲莫高乡了。我的头颅和左右手的骨殖，被装殓到一个匣子里，由索飒亲自送到我的故乡，交给了我父母亲，连同我的军功证明等几件告身文书一起，都装在匣子里。阴月娘哭得不成样子，她要求看看我的头颅，要再看我一眼。

啊，我的头被拿出来的时候，我也看到她了。她那满月一样皎洁的脸是那么的圆满。不要紧，月娘，你不要哭泣。毕竟，我张君义回来了。她哭着哭着晕倒了。后来，索飒和阴月娘还有我的父母亲一起，把我的头颅匣子放在那座洞窟的三世佛塑像前，安魂、礼佛、焚香、祈祷，然后，把我瘗葬在莫高窟的一处瘗窟中，我就这样终于回到了莫高乡的莫高窟。

我在瘗窟中一直安睡着。就这样一下子过了一千多年，我的平静再次被打破。公元1921年，一群白俄士兵在敦煌莫高窟留驻，他们军纪败坏，在莫高窟的很多洞窟中肆意毁坏佛像，寻找宝物。他们还挖掘一些瘗窟，想找到值钱的陪葬品，结果，把盛装我的头颅和手指骨的盒子挖出来，带到南区洞窟前打开一看，里面是一个小麻袋子，打开麻袋，是我的头颅骨和手指骨，吓了一跳，就把袋子扔到了洞窟前的沙堆。风吹沙落，这些白俄兵后来也走了。我就在沙堆里渐渐被沙子覆盖，慢慢陷下去，直到沙子把装着我头颅骨的袋子埋在沙堆里。

我的本家、画家张大千来到莫高窟，是在1941年的夏天。他留着长长的胡须，在莫高窟面对着千年留下的历史遗迹和文化宝库，十分激动和震撼。他奔走着给洞窟编号，临摹洞窟壁画，泼墨挥毫，到处打点相关的官员和小鬼。

有一天，他在清理莫高窟一个洞口的积沙时，忽然发现了沙堆中有一个袋子。他紧张起来，小心翼翼地把袋子挖出来。袋子系着绳索。他打开来，里面滚出来一颗残缺了头顶骨的头颅骨。他吓得大叫了起来，定了定神，才仔细观瞧。

我就是在这一刻，再次重见天日的。是的，我是大唐军骁骑尉张君义，我死了，可现在我重返人间，看到了眼前的二十世纪。我右手的残存的手指骨和左手腕骨和我的头颅骨一起重现人间。右手是我手握唐刀的手，左手是我手持盾牌的手。我凭借这双手，曾在安西四镇奋勇杀敌、保家卫国、守护边疆。我看到了我的本家张大千，这个美髯公还从我的头颅骨边翻检到几张文书。那是我的功勋证明和身份证明。我大声呼喊，张先生，你念啊，你念一念，你就知道我是谁了！

张大千果然读了起来。他手里拿着的是《景云二年张君义告身》，这是我的身份证明，还有《景龙三年九月典洪壁牒为张君义立功第壹等准给公验事》《景龙某年典洪壁牒为张君义立功第二等准给公验事》两件公验，这是我的军功证明书。还有一件《唐景龙某年典张旦牒为从张君义等乘驿马事》，是我需要马匹的借据。张大千的声音颤抖着，他念道：

> 唐景龙三年九月：敕四镇经略使前军牒张君义
> 五月六日破连山阵……同日……破临崖阵
> 同日破白寺城阵……
> 九日破（）坎阵……同日破幺麽城阵
> 十一日破河曲（）阵……十二日破……
> 十三日破故城阵 同日破临桥阵……
> 牒：得牒称……突骑施背（）围绕
> 安西……命张君义等从……散府镇……获得凶丑……等城
> 杀获逻斯蔑首
> ……功第壹等，于后恐无凭证，请给公验，故牒
> ……景龙三年九月五日典洪壁牒
> ……检校副使云麾将军开国男薛思楚

张大千一边念，我一边回忆起我所经历的那大大小小的战斗。那一场场美好而残酷的仗，我都打完了，我倍感欣慰。张大千仔细辨认着，几件文书在岁月的漫漶之下，缺字看不清的有很多。可我听到他念到了一个接一个的"破阵"，就感到特别自豪。破阵破阵，英勇冲锋，奋勇杀敌，我以我血洒沙场，留名西域为大唐。

张君义等二百六十三人加勋敕文，这份漫漶的告身文书上，写明了我战死的情况。这是我的军功证明，也是我身死还乡的告慰信。后来，张大千把关于我的四件文书据为己有。某年他在日本旅行时，把三件文书卖给了日本天理图书馆。再后来，张大千私藏的我的这份告身文书，辗转出现在香港拍卖会上，中央文化部派人在 1962 年 12 月从香港买回来，1963 年 8 月拨付敦煌研究院收藏。我的头

骨和手骨，后来妥善保存在敦煌研究院里。

我一直在回想着我所经历的那些峥嵘岁月，征战西域、保家卫国，我报名参加大唐募兵的那一刻就想到我可能会在战场上死去。一次次的战斗中，我都把生死置之度外。因我心中有莫高乡莫高窟，还有一个姑娘，她在故乡把我盼望，她脸如月亮，她的名字叫阴月娘。

战士不仅战死在沙场，战士最后也回到了故乡。

第五窟： 第158窟， 一个商人

这是一个大型的涅槃窟，俗称睡佛洞，开凿于中唐时期。从窟形上来看，是一座盝顶横长方形洞窟，就像是一具巨大的棺木空间。进入洞窟，可见在西洞壁，也就是直面入口的洞窟后半部分，建有高一米左右的佛坛高台，台上横卧着释迦牟尼佛的巨型涅槃像。涅槃，是佛教徒所追求的至高境界。涅槃之后的佛教徒肉体消失，寂灭，因此也摆脱了生老病死与六道轮回之苦，进入不生不灭的境界。

洞窟内的塑像和壁画表现的，是释迦牟八十岁涅槃时的情景。只见释迦牟尼像直体躺在佛坛上，身体微倾向东，呈四十五度斜角面朝上。涅槃尊像有十五米点八长，体型巨大，给人以强烈震撼。佛像面容安详，双眼紧闭，头枕在枕头上，右手枕在头下，已进入沉睡。佛像塑造得十分生动，涅槃是佛祖去世的状态，宛如一位贵妇在熟睡，依稀可见佛像的嘴角露出一丝微笑，十分淡然，不仔细看察觉不到。涅槃像的面庞圆满，线条流畅和谐。身上穿的袈裟呈现波浪纹路，和身体线条的自然起伏相搭配，很有韵律感。虽然是涅槃像，但却塑造得十分自然，在静默中呈现永恒的沉睡。在洞窟内的南北两端，各塑有一身体型不大的佛像，南端是一尊站立佛像，北端是一尊坐立佛像，代表过去世佛和未来世佛。

这尊释迦牟尼涅槃像可以说是敦煌莫高窟的雕塑杰作和大佛像精品，与窟形相似的第148窟内的涅槃大佛像互相映衬，甚至雕塑得更好。可见在古代，无名雕塑家在对佛像的比例、细节的把握上出神入化。特别是佛像脚部，脚面平伸，十根脚趾平行，历历在目。

由于这个洞窟是佛祖涅槃窟，在洞窟内的南北和涅槃像身后的西壁上都画有壁画。这些壁画的内容，也都与佛祖涅槃相关，是涅槃经变的内容呈现。洞窟北壁，画了十多个各国国王和王子举哀图。壁画颜色虽已失真，但人物身上的衣服还留有黄、褐、黑、白、绿等颜色。其中，还有一位是由两位宫女搀扶着的中原汉族帝王像，眉毛弯曲，头戴旒冕，正在痛哭，显示十分哀痛，不过动作举止比较端庄。

迦毗罗等八国国王闻讯带领臣属，到达拘尸那城，为释迦牟尼涅槃举哀。各个国家的国王和王子的装束衣着打扮异彩纷呈，可以看出不少是从西域地区来的，面目和汉族不同，他们的哀痛表情十分夸张，动作幅度也比较大。有的用刀刺胸，有的割鼻。还有的割面，这叫作以刀剺面，是西域自古以来少数民族在逝者面前表达忠诚和哀痛的仪式。这些举哀的各国国王和王子群像生动非凡，面部表情各异，体现出他们听闻释迦牟尼涅槃之后的哀伤，有互相拥抱安慰的，脸部扭曲，表现出内心里比较激烈的精神状态，富有感染力，是这个洞窟里最动人的壁画。

在佛祖涅槃像身后，画有两排人物。前面一排是菩萨像，菩萨群像一个个排列开来，表情平缓安静，似乎早就知道佛祖涅槃这一天的到来。因菩萨对涅槃的理解已经到达超凡境界，并不为之所动。北侧洞壁画有四大天王和天龙八部等部众，一起前往释迦牟尼涅槃之所，也就是拘尸那城去供养的画面。其中，还可以见到智慧居士维摩诘前来举哀。维摩诘画像在这铺壁画中十分突出，他扎着头巾，白发飘然，胡须下垂，内心沉痛。

在北壁上部，绘有飞天一组，个个手持七宝璎珞，在祥云中向下降落。仔细观察，可见飞天的表情沉郁悲伤，眉头紧皱，并不欢乐，与其他洞窟的欢乐飞天大为不同。

在洞壁的南壁上，可见释迦牟尼的十大弟子举哀图。其中，迦叶和阿难的表现十分扎眼。迦叶闻讯从修行处耆阇崛山赶来，风尘仆仆，万分悲痛，见到佛祖涅槃，双手上举，正号啕大哭。身旁有两个弟子扶着他，以免他摔倒。阿难跪在地上，神情哀婉动人，一手撑着地面，一手还在耳边做聆听状，仿佛释迦牟尼还没有涅槃，还在讲经说法，而他正在谛听。众弟子身姿各异，虽然画面上的人物不算很多，却体现出释迦牟尼的弟子们在一种对涅槃的深刻理解中的自持和无法控制的悲伤，并以丰富的表情和身体动作，作为呈现。

我就要死了，我能感觉到我的身体发给我的指令。一个人要是快死了，他的身体会告诉他。我就是这样的。不瞒你说，我不想死，我活得很带劲，我活得很好，我家丁兴旺，我财富满屋，可我现在要死了，我得了重病。一个对医治我感到棘手的郎中告诉我，你要去敦煌，到莫高窟千佛洞，去洞窟里礼佛，去参拜释迦牟尼涅槃像。你去问一问佛祖，你的一生到底有什么罪孽，有什么功德，你有什么遗憾也要告诉佛祖，你可以问他，你还能活多长时间。

那佛祖会告诉我我还能活多长时间吗？

大夫说，会的。佛祖什么都知道，不过佛祖可能会以启示的方式告诉你，需要你自己去参透。于是，我就来了。一个将死的人来到莫高窟，就是因为我还没有参透生死，我必须要找到最后的机会参透生死。未知生，焉知死？这是孔夫子说的话。我早就听说过。我是奔走在东西大道上的一个商人。我是中原汉人，我本来也不信佛，直到我的商队有一次被劫匪抢劫之后，我才开始相信因缘。

那是十多年前的事情了。我的商队从洛阳出发之后，抵达敦煌，然后以货易货之后再前往于阗。这一段路上是比较艰险的。从敦煌向于阗走，路途遥远，要经过沙漠戈壁，沿途是高峻的大山。沿着巍巍大山的山脚下走，可能会遇到从山上下来的西羌或者吐蕃人抢劫我们，继续往前走，还有活动在楼兰和鄯善的璨微部族，经常袭扰商队。

璨微部族的人留长发，梳辫子，骑在马上呼啸而来，呼啸而去，抢了东西杀了人就跑，根本就不和你说理。不像吐蕃人的众云和炎摩多部族，如果他们拦截商队，不杀人，只是抢东西，把商队包围起来，问清楚我们带的是什么东西，挑着拿走。这简直就是仁义之师了。他们没兴趣的或者不喜欢的东西也不会要。所以，我的商队在路上被抢劫是经常发生的。

那一年，我的商队在鄯善沙地被璨微部族包围了。他们有上千人，呼啸而来，千马奔腾，令人畏惧。他们斩杀商队的人毫不手软。杀完了，还要一个个检查是不是都杀死了。然后再把东西都抢走。我躺在一个比较肥胖的同伴尸体下面装死，手里紧紧抓着在敦煌寺院里得到的一个铜制菩萨像。我对那个菩萨像说，要是我活下来，我就供奉你，我就是你这个菩萨保佑的，我不再信仰金钱和财富，而是要信奉救苦救难的佛陀和菩萨了。

一个璨微部族的匪徒走过来，翻看商队人的尸首。他在胖子的尸身上又狠狠扎了一刀，刀尖透过胖子的肋骨，扎到了我的大腿上，我一声不吭，却感觉万箭攒心地疼。是菩萨保佑我，没有被他识破并补刀。

后来，璨微部族的匪徒走了。我的大腿失血过多，经过治疗，我保住了性命，但成了一个瘸子。整个商队六十个人，就我一个人活下来。这就是我们商队往来在丝绸之路上的艰难。肯定是菩萨保佑我，从那之后，我经常布施寺庙，作为供养人，我在敦煌的东大寺，出钱给佛陀像重修了金身，又请画工和雕塑师在墙壁上重画菩萨像和西方净土世界壁画。

我发现自己的身体不行了，是在去年。我总是感觉没力气，不想吃饭。人吃不下饭就是疾病缠身的征兆。你想想，人连饭都吃不下，那还能做什么？我变得越来越瘦，感觉肚子里有一个肿块变得越来越大。我吃进去的好东西，好像都被这个肿块给吸收了。看病的游方老郎中说，你得了大病，赶紧去敦煌问问佛祖吧，你到底还能活多久，兴许佛陀能救你。

在这个洞窟里，我看到释迦牟尼涅槃像是那么的安详。就像是熟睡过去一样，佛祖熟睡过去就是涅槃，这样的熟睡，也会很快来到我的身上。佛祖是不寂不灭，我死去确实人死灯灭，我的财富，我的妻儿怎么办？我很焦虑。

我在佛祖涅槃像前跪下，一一祷告。诉说我的忧虑和困惑。我闭目坐禅，渐渐进入到入定的感觉。隐约间，听到有一个声音，从我身体的右侧传来：我是未来佛，我给你说实话，施主啊，你还有一个月的阳寿了，你要把一切后事都处理好。

听到这个声音，我吓坏了，我真的在这个涅槃窟得到了我的大限时间，一个月！天哪，我只能活一个月了。我向身体右侧望去，看到有一尊小一些的未来佛坐在那里看着我。难道是这尊佛像告诉我的？我扑过去望着佛像，可未来佛的坐像不再显灵。我心乱如麻，知道了这个大限之后，非常痛苦和悲伤。人都是要死的，可死到临头，死亡摊到我的头上，我还是很不服气，很不情愿，想不通。我九死一生，妻妾好几位，她们生下六个孩子，都活得好好的。我赚的钱都带回去养活我的妻儿家小，我的腿虽然瘸了，可我给佛陀敬献的供养，算下来也不少，不知道佛祖释迦牟尼能否接收到？为什么我还要受到死亡的惩罚呢？

我不想死，真的不想死，佛祖啊，能不能再给我三年的时间？不不，一年的时间？让我完成我的一些愿望。我趴在那里，对着佛祖涅槃像大声说。我只要一年阳寿，就可以死去，佛祖啊，我不想死，求求佛祖保佑，我不想死！

佛祖涅槃像躺在这个洞窟里，巨大的身体没有动静。下午的阳光无法照射进来，洞窟里光线昏暗，涅槃像安静地睡在那里不出声。涅槃，是佛祖不生不灭的永恒状态。可对于人，对于我这样一个普通人，我能获得涅槃吗？这是我的疑问。我可能得不到涅槃，人死灯灭，才是最真实的情况。人有九种横死，也就是死于非命的九种情况，比如生病得不到医治，火灾中被烧死、水灾被溺死等等。死就是灭，就是空无，就是什么都没有了。

我太痛苦了，佛祖啊，你说说看，我这样一个荣华富贵、妻妾成群、子孙满堂的、什么都有的人，怎么能够说死就要死呢？我就这么得了重病，不得不死呢？在洞窟中，我对着释迦牟尼涅槃像说了很多很多，我累了，趴在地上睡着了。

睡着之后，我就开始做梦。我的第一个梦，是我带领这商队在山脚下的道路上前行。似乎眼前的所有风景，我都是熟悉的。我正带领我的商队行走在从于阗到敦煌的路上。这时，我的探马从前面跑来告诉我，璨微部落的人前来打劫啦！他们有上千骑兵，正从那边的雅丹地带席卷而来！

情况紧急。这些璨微人除了抢劫，还要杀人。要是我的商队人马都落到他们的手里，就要全军覆没。情急之下，我念着阿弥陀佛，手里紧握着我在于阗一所寺院里求得的菩萨玉牌，祈祷佛祖保佑。我突然想到，就在我们右侧的一处山峦，有很多山洞，我们可以去那边躲藏。我赶紧带领商队上山。

走了几里路，忽然，我看到，在眼前，是的，在我的记忆里，本来有山洞的地方，出现了一座依据险要地势建造的城堡。城堡不大，恰恰能够容纳我们这六十人的商队。我觉得奇怪，怎么在这个时候、在这个地方，会出现一座易守难攻、依山而建的城堡呢？可它分明就是一座城堡啊！我们快马加鞭，商队的人全部进入城堡。

城堡内没有人，仿佛就是为我们商队能够躲藏在这里而建的。我们刚刚关闭城堡的城门，加固城门后，站在城堡的城墙上，就看到远处就像是一阵黑风席卷一样，奔腾而起一阵黑云，璨微人上千的强盗都骑着马，火速而来，转眼之间就来到了城堡的跟前。他们用石头砸城门，我们从城墙上往下扔石头砸他们。他们向上射箭，我们躲在城垛后，没有一个人受伤。

我不经意地发现，在我身边站着一个胖子，啊，他是我商队的人，不是已经死了吗？我记得，璨微人杀了他，还刺穿他的肋骨扎到我的大腿上，怎么现下还活着？我仔细观瞧我身边的人，我记得所有人都被璨微人杀死了，怎能躲在这个城堡之内呢？我十分疑惑。

我们在城堡内坚守了三天，璨微人使用各种办法，都无法攻破城堡，而我们带的食品足够我们吃几个月的。城堡背靠悬崖，进深还有山洞，里面有滴水洞，可以提供淡水。第四天早晨，我起来之后发现，璨微人强盗已经走了。

我们在城堡中又待了三天，并派出探子四下观瞧。那些打劫的璨微人真的退到鄯善去了，我们这才从城堡上下来，继续向敦煌进发。

我一下子醒过来，摇了摇脑袋，发现我还在洞窟里，面对着巨大的横卧着的佛祖涅槃像。我刚才做了一个有城堡的梦，这是不是化城喻品在我梦中的象征呢？我的商队六十个人，全都活着，并没有被璨微人强盗杀死。佛祖啊，这到底是一个梦，还是真实的呢？我很疑惑，我又困又累，接着我又睡着了。

我做了第二个梦。有一天，我骑马在路上行走，身后是我的几个伙计，赶着拉满了香料的马车。我们走过一个村镇。在穿越这个村镇的时候，我看到一个男人拉一辆板车在走。板车上躺着一个少年，约莫十岁多一点，他奄奄一息，显然是病了。

我们就停下来，问那个拉板车的男人。这个孩子是你的儿子吗？他怎么了？

男人听下来，看着骑在高头大马之上的我，说，老爷，是我的儿子，他快要死了，我刚从郎中那里出来，大夫说他的病很严重，只能回家去等死。再说了，我也没有钱给他看病。

孩子睁大眼睛看着我，目光清澈。这是一个好孩子，我问他，孩子，你有什么愿望吗？

孩子看着我，老爷，我就有一个愿望。我希望我的病能治好，我能长大成人，跟着商队四海为家。

我对孩子父亲说，这孩子治的钱我出。走，你们跟我走，找最好的郎中给他看病。孩子的父亲就跟着我，去敦煌找郎中看病。我前后请了好几位郎中给孩子看病，用了好多种药，还做了手术，之后把孩子救活了。孩子父亲对我千恩万谢，我说，救人一命，胜造七级浮屠。这是我愿意的。然后一下子，似乎时间就过去了好多年，这个孩子长大了，果然成了从康国到长安路上奔走的一名商人，经常和我的商队擦身而过。他记得我的恩情，总是带给我最新的货品。然后我又醒了，我还在这个洞窟里，我的面前，依旧是横卧着的，安详地涅槃的佛祖像。

我已经有些分不清我做的是梦，还是我的人生中真实经历的事情。我后来又做了几个梦，梦见的都是我人生的缺憾，或者迟疑的时候。比如，我本应该救助一个深陷妓院的凉州女子出火坑，可我没有出手相救，但在梦中，我出手相救了，她逃离了火坑。还有一个商人同道，被官人陷害，我出手相救，他获得了自由。原来，我这一生干了这么多的好事，我救苦、救难、救死，我挣了很多的钱都花在别人身上，我做尽了好事，可是，我依旧得了重病，要死在这里了，这是怎么回事？

我醒了。我在这个洞窟里做的梦太多了。只要我一睡着，我就会做梦。我很疑惑，我大声说，佛祖啊，你涅槃了，可是我还没有死去，我在你的面前不断做梦，分不清是真的还是假的。佛祖能给我什么启示吗？

你说的，我都听到了，让我来告诉你吧。一个声音在这时响起来。声音来自佛祖涅槃像的脚部位置，也就是洞窟的北壁。

我吓了一跳，以为遇到鬼了。在这个涅槃窟中，怎么还有另外一个人？我进来时看仔细了，什么人都没有，就只有我一个人。在这座洞窟的南壁和北壁，各有一身佛像，南壁是站立的过去佛，北壁是坐在那里的未来佛。然后，就是这一身佛祖涅槃像，躺在佛坛上。这个洞窟里，除了佛像就是壁画，连一只老鼠都不会有的，怎么会有人发出人声呢？

我爬起来，缓缓向北壁走过去。啊，真是有一个人，他个子不高，就像是一尊佛像，坐在佛祖涅槃塑像的脚侧的那尊未来佛坐像的边上。造未来佛坐像边还有一个小台子，有个人盘腿坐在那里。他和那尊未来佛塑像几乎是浑然一体，怪不得我没有看到他。我手里拎着一盏马灯，凑近他。我看仔细了，这真是一个人，拄着拐杖，双腿有些萎缩，坐在一个垫子上。一只眼睛似乎瞎了，另一只眼睛是好的，正在眨巴着，看着我。

73

你是谁？我的声音因恐惧而颤抖，你在这里干什么？

我？我是一个捕梦人，也是巫医。我专门捕捉别人的梦，也给人看病。我是一个半瞎子，佛祖给了我捕捉别人的梦的能力后，就让我一只眼瞎了，另一只眼是蒙眬的，让我失去了辨别这个世界的能力。

我听到这个半瞎子这么说，嘎嘎笑了起来。这也太荒唐了，还有什么捕梦人！骗子！我忽然又打了一个激灵，我刚才在这里做了那么多的梦，难道都被他捕捉到了？我就问他，瞎子，你说说，你捕捉我的梦了吗？

瞎子眨巴着白眼，他说，我当然捕捉到了。然后，他一一告诉我，我刚才做的是什么梦。他一边说，我一边是汗流浃背。他说得一点没错，和我做的梦严丝合缝。我所有的梦，都被他捕捉到了。

半瞎子说，你看，我说对了吧？我真是一个捕梦人。昨天，我还在这附近的莫高乡流浪，在外面睡着了，我就捕捉到我自己的一个梦。这个梦告诉我，我要在这座涅槃窟里，等待一个人来。这人快要死了，他要在佛祖涅槃像前倾诉自己的一生，然后他就能安心地死去，而治病的药，只有你能给他。于是，我就在这里等待着。结果，你来了，你说了那么多，你又睡着了，你就做了很多梦。全被我捉到了，你的这些梦，也都由我把它们变成了现实。你的梦不再是梦了，而是实现的事情了。

我惊呆了。我刚才是做了好多梦，都被他抓到了，而且，都被他实现为现实？这有点太迷幻了吧。我问，我商队的六十个同伴，都还活着？他确切地告诉我，都活着。他们依旧走在丝绸之路上。我问，那个少年没有死，那个妓女被我相救跳出了火坑？被官人陷害的商人摆脱了厄运，而我梦中救助的每个人最终都实现了圆满？

他说，是的，都实现了圆满。这个你不必担心了。半瞎子递给我一个袋子，你把这里面的丸药每天吞一颗下去，你的病就能控制住，你还能多活一年，就像你自己希望的那样。

我一阵狂喜，啊！我在佛祖面前祈祷的话灵验了，我果然能再活一年。我接过布袋，取出了药丸，吞下去一颗。药丸非常暖热，在我腹内升腾起一种热气和生机。我感觉好多了。我说，捕梦人，巫医，半瞎子，我吃了你的药，能多活一年。那你说，我接下来应该怎么做？

他说，我有一匹老马，拴在洞窟外边的白杨树上。我的眼睛半瞎了，你可以带我去沙洲，帮助我实现我的三个梦。

我问，你的梦？你有什么梦想呢？

半瞎子巫医笑了起来，我的梦啊，就是我梦想用一个富人的钱，来帮助那些真正需要金钱帮助的人。在沙洲，是您挣钱的地方，也应该是你散去金钱的地方。我们走吧。

我就跟他一起走出这座涅槃窟，果然，有一匹马拴在洞窟前的白杨树林边。是一匹黑色的走马。他骑上去，我牵着马，向沙洲而去。

我们来到了沙洲，这里都是我熟悉的街道，官衙，寺院，集市，客店。我在净土寺边，找到我曾经住过的一个客栈。我说，捕梦人，你说，我应该怎么做呢？

他说，你贴出一个告示，说你能扶危济困，看看有没有人前来找你。

我就在客栈的门边，贴出了这样一张告示。果然来了很多求助的人，以病人为主。我就像是药师佛一样，扶危济困，看来要从病人入手，人活在世，生老病死，病是最折磨人的。药师佛发下十二大愿，十二药叉神将是药师佛的护卫，在经变画中是十二盏灯轮在旋转。药师佛能治病救人，凡是无救、无归、无医、无药、无亲、无家的五无之人，只要是供养药师佛，就能得救。这不过是一个说法，现在，在沙洲，药师佛变身为我了。

很多有病的人需要帮助，我就拿出钱来帮助他们。结果，满城的病人都得到了救治，我的美名传遍沙洲。沙洲就像是化成喻品中的佛所化出的城市，成为人们生活的美妙之地。就这样，几个月的时间，我把钱都花了，仗义疏财，给人治病。我没有分文了，可是我满心欢喜，感觉身体无恙。

捕梦人半瞎子巫医说，我还有一个梦，希望你帮助我实现。

我说，我没有钱了，不知道能不能帮助你实现你的梦想。

他说，你能实现的，只要你愿意花时间陪伴我。我的梦，就是我想去看看大海。我从来都是只听说过大海，没有见过大海。我见过沙海，却不能想象出大海里都是水的样子。你见过大海吗？

我说，我当然见过大海，我做生意，去过辽东，见过那里的波涛汹涌的大海，就像是沙海一样，只不过所有的沙子都是水，那就是大海。

他说，太棒了！我希望你帮助我实现这个梦。你只需要当我的向导和马夫，拉着缰绳牵好马，就能圆满我的梦。

好像只是说话之间，我和半瞎子巫医一起来到了东海边。见到真正的大海，我这个在沙海戈壁间来回走动的商人还是十分激动。半瞎子用他那只蒙眬的眼睛贪婪地看着大海，在马上惊叹：大海是活的，比沙海要活跃很多。水是丰沛的，无穷无尽的水在涌动。原来这个世界上真的有大海，有无穷无尽的水！

然后，捕梦人巫医对我说，谢谢你，帮助包括我在内的这么多人实现了梦想。你也能获得你希望的涅槃，就像是佛祖释迦牟尼的涅槃，不生不灭。

捕梦人巫医说完这番话，他手里牵着的老马不见了，他睁开了那只紧闭着的瞎眼，他成了一个双眼闪光的、重新看见光明的人。他说，我们不再互相需要了，我们的梦都实现了。你散尽了金钱，做尽了好事，你救苦救难救生救死，然后，你帮助我看到了大海。我们的梦做完了。然后，他就消失在一片光晕中。

我醒了，却发现我还在这座佛祖涅槃窟中。我仔细回忆发生的一切，却发现，我其实还是在做梦。我站起来，在这个洞窟中细细察看，没有别的人。那个半瞎子捕梦人巫医，是我梦中出现的。在他刚才出现的地方，只有那一座未来佛的坐像，在释迦牟尼涅槃像脚边坐着一动不动。我确信，我是在梦中梦到了那个捕梦人，我做了梦中之梦。在梦中，我实际上回忆了我在前段时间里做的事情。那就是，我真的在沙洲把我的钱散尽，用来扶危济困，用来治病救人，就像是药师佛那样。我满足了很多人的愿望，使他们得到了安慰。

至于看到大海，那不过是一个真正的梦。到目前为止，即将死去的我，还没有见过大海。我梦见我去过辽东海边，而刚才的梦中，我见到的还是大海的幻象，是我梦中想象的大海。

我拿着马灯，仔细观看这座洞窟里的壁画，看到的最为生动的画面，就是佛陀涅槃后弟子们的举哀像，真是画得太好了。只见迦叶伤心欲绝，双手上举，扑向了涅槃的佛陀，被几个同门弟子搀扶着，表情都是痛苦扭曲的。阿难一只手放在耳朵边，似乎还想听到释迦牟尼的讲经说法，可他永远听不到了。在这尊巨大的涅槃像的脚部也就是北壁上，画的是各国国王和王子举哀图，各国国王以刀刺面、刺胸、割耳，痛哭流涕。我反复观看壁画，重温了一遍又一遍，对佛祖涅槃有了理解。

然后，我面对佛祖涅槃像，在洞窟的中间铺好垫褥，躺了下来。我感到我的大限就要来临了。在这个洞窟中，最好的归宿也是我选择的，那就是，在这里死去，朝向涅槃，朝向肉体的寂灭和精神的不寂不灭。

我躺下来，和佛祖涅槃像是一个姿势。我已经了无遗憾，散尽家财，留得美名在人间，我也没有了牵挂。我躺下了，闭上眼睛。我不知道还会不会做梦，还会不会梦到那个捕梦人半瞎子巫医，我渐渐入定，进入到一片黑暗中，向着净土之地缓缓而行。黑暗的大地上，我一个人在踽踽独行。也许，我还会在一朵莲花中，重新化生。

第六窟： 第98窟， 一个国王

第98窟是曹氏归义军时期、也就是五代时期所开凿的洞窟，是曹议金的功德窟，后人也称作"大王窟"。曹议金，是继张议潮赶走吐蕃在河西的势力、成为首任归义军节度使之后，又一位颇有作为的河西归义军统帅。张氏归义军政权在河西地区掌权60多年，之后出现内部纷争，归义军的权力落在曹氏手中。张议潮和曹议金家族执掌河西归义军政权，前后历时近200年，保持了河西地区对中原王朝的归附关系。

进入这个洞窟，可以看到洞窟进深比较长，是敦煌莫高窟中少见的大型石窟，进深长达15米，洞窟的高度有20米。洞窟是方形覆斗形殿堂窟。所谓殿堂窟，就是进来之后，洞窟中心有殿堂般的空间。在这个洞窟的中心有一个佛坛，原有的佛像彩塑今已不存。

佛坛背面有与窟顶相接的背屏，特别值得一说的是，这个洞窟顶的四个角，都凿有浅龛，在浅龛中绘制了四大天王壁画。天王们双眼圆睁，宛如两丸白水银中养着两丸黑水银，怒目圆睁，从洞顶的四角看下来，令人震撼。因这个洞窟的开凿年代属于五代战乱时期，四方并不安宁，所以洞窟的四大天王壁画像，象征着四大天王镇守四方，祈求四方边境都安宁。洞窟中有大量的经变壁画，一共绘制了11种经变图，规模空前。在南北壁和西壁的下端，以屏风画的方式，根据《贤愚经》的内容，绘制了多达42扇屏风画的贤愚经变图。这个经变画在以前的洞窟中并不常见。

最为重要的是，这个洞窟中供养人画像非常多，身形高大到令人惊叹的地步。而且，供养人群像中出现的人物也十分重要，显示敦煌河西地区与于阗、回鹘的历史紧密相关。

在甬道的南壁，是供养人、曹氏归义军节度使曹议金的画像。排在首位的曹议金的供养人像，高达2.42米，比常人要高出一大截。画面上，曹议金头戴展角幞头，面目舒展，高拔伟岸。他的三个儿子曹元德、曹元深、曹元忠的供养像分列其后。

在东壁门北边，绘制了曹氏家族女眷的供养像，依次排列开来，由大到小，有甘州回鹘可汗之女李氏、索勋之女索氏和广平宋氏这三位，她们都是归义军节度使曹议金的夫人。这三位曹议金的夫人衣着打扮各有不同，是一大亮点。比如，回鹘公主身形最高，头戴凤冠宛如仙桃，两鬓包面，面庞圆润，皮肤白皙，额头贴了花钿，身穿拖地红袍，脖颈上有一圈瑟瑟珠饰，显得华贵端庄。这三位夫人供养像的后面，排列的是曹议金的女儿和儿媳妇的供养人像。

在北壁，绘制的是归义军节度使张议潮和他的女婿索勋等人的供养人像。张氏和曹氏以及索氏都是敦煌的大姓家族，彼此联姻，形成了政治、经济和血缘的深厚联系。特别是曹议金曹氏政权先后与甘州回鹘、于阗国联姻，通过政治外交手段，维护了河西地区的安定。

在东壁门南和南壁的下部，绘有于阗国王及王后曹氏的供养像。这是整座石窟的最大亮点。于阗国王、王后的供养人像信息量极大。在他们身后，还绘制有曹氏女眷供养像。于阗国王李圣天的供养人像，高达2.82米，在这个洞窟中最为高大显眼。他面容俊朗，庄严亲切，身穿衮服，阔袖长襟，衣襟右衽，头戴冕旒，身后若隐若现两条飘带。他右手拈着一朵莲花，左手手持香炉，身体趋前。在他衮服的左胸上部的圆环图案中，有鸟的形象，下有龙的图案。

特别是，在他头戴的冕旒之上，还绘有一顶圆形伞盖，伞盖的两边有两个身缠飘带的小人，正在奋力拽拉着伞盖，使得伞盖平伸如华盖。小人十分生动，就像是文艺复兴绘画中的两个小天使，在莫高窟的壁画中十分罕见。在于阗国王供养人像边，还有竖排一行字：大朝大宝于阗国大圣大明天子。可以确认，他是于阗国王李圣天、也就是尉迟散跋婆的供养人像。

在他身后，是李圣天王后曹氏的供养人像。她是曹议金的女儿、后来的于阗国王尉迟苏罗的母亲曹氏的画像。她头戴凤冠，装饰有步摇，穿回鹘风格的翻领大袖大袍，身披罗巾。在她身后的排列的其他女眷供养像，有穿回鹘装的女子，也有穿汉服的，姿态各异，花枝招展，妩媚非凡，个个都是端庄秀丽，落落大方。

直到现在，我依然记得很清楚，我年幼时在敦煌生活的那些日子。

我起初是从德太子，名叫尉迟苏罗。我来自于阗国，我的父亲是于阗国王，他被晋朝皇帝册封为大宝于阗国王。他叫尉迟散跋婆，因心向中原，还有一个汉名叫李圣天。在敦煌，服侍我的有一大堆人，敦煌的节度使曹议金是我的外公，我母亲是他的女儿，所以，我在敦煌是住在我母亲的娘家里。这让我的父王李圣天感到安心和放心。我在敦煌受教育，和曹氏宗亲的孩子们一起读书，玩耍。我的几个表兄弟和我的年纪都差不多，他们住在城内，那一片住宅挨着节度使的府邸，就是曹氏宗亲的大宅子，一片片连起来十分壮观。

那是无忧无虑的童年，那是最美好的时光。在敦煌的太子庄，有我的很多亲戚，他们早就安排好了一切，为了让我能在这里舒舒服服地待下来。太子庄在敦煌的郊外，出了城，没走多远，就能看到，在一片白杨树和柳树的掩映之下，一个汉式高门大户的屋顶突兀而起，周边有围墙，围起后，里面就是一座庄园。庄园里还有一个小型花园，这是孩子们和女眷们玩乐的乐园。还有谷仓，储物仓，以及供主人居住的大宅。

无论日升日落，无论花开花谢，我都不用理会，我在这个院子里的生活，是我童年的全部记忆。我和我的两个弟弟在这里生活，那些亲戚们在太子庄内外走来走去。我怎么来到敦煌的？啊，此时，我想到了母后在于阗刚刚生下我，身体就不好，无法每天照看我。我得了一种奇怪的伤寒病，高烧、腹痛，浑身有玫瑰色的疹子，那时我才几个月大。母后担心我会早夭，就让奶妈员娘和婢娘祐定两个汉族女人把我带回敦煌。

见到还在襁褓中的外孙来到敦煌，外公曹议金非常喜欢我，一方面让人建造太子宅，又在敦煌郊区建太子庄园，另外又从凉州请来名医，给我救治。幸亏我小时候在敦煌生活了几年，不然我就会早夭了。我的伤寒病在敦煌治好了。可能敦煌的气候更适合我，一直长到三岁，我又被员娘和祐定这两个侍女带回于阗。

就这样，我的童年和少年时期，不断在于阗和敦煌之间游走。后来，我这个从德太子的两个弟弟接连出生，他们是从连和琼原。从德、从连和琼原，我们三个兄弟的少年时期，都在敦煌娘家生活，在敦煌接受教育。敦煌的大儒很有名，他们从汉武帝时期就从中原来到敦煌，有的是避祸，有的是迁徙，有的是流放而来，却都很有学问。加之敦煌佛寺林立，高僧大德云集，我和两个弟弟从儒家教育和佛学修养上都得到了学习。

我就这样慢慢长大，却不知父亲已经有隐忧。真是少年不识愁滋味啊！

敦煌，这个名字由来已久。可能是大月氏人在这里盘踞时起的名字，属于音译，到了后汉时期被人附会为敦者大也，煌者盛也。我喜欢敦煌，这里的地势是西南高，东北低，有河流从城外流过，灌溉了大片农田。早在一千年前，汉武帝设置河西四郡，敦煌就是四郡之一。千年的经营，大批中原豪族士人迁居到敦煌，相互联姻，并与中原政权息息相关。敦煌也是向西前往西域诸国、向南抵达吐蕃、向东通达中原、向北前去匈奴之地的一个要塞和枢纽之城，好几万人生活在这里，敦煌因此无比重要。

我这次来，是故地重游。我和我的两个弟弟年幼的时候都在这里生活过，后来，我们又回到了于阗。大约在我三十岁的时候，我们又一次来到敦煌，非常开心。我少年时期的玩伴都长大了，我母亲的曹姓氏族是大家族，是敦煌望族，宗亲亲眷很多。可我是于阗国的太子，他们也不敢和我亲近，只有一些长辈和我的表兄弟，因为是一起长大的，就没有什么亲疏之分，见面就很高兴。

当时，我父王李圣天在位四十多年，他是一位有所作为的于阗国王。我也三十岁了，来到敦煌，一是看望我的母后娘家的亲眷，和曹氏宗亲叙旧，二是我要随着于阗使者一起前往中原，去朝拜大宋朝廷。在中原，大宋政权建立，于阗国得到消息，立即派遣我这个太子率团前去朝贺，并带去了玉团等礼物。

回忆起来，那些年，从于阗西边传来了莎车国已经被黑衣大石人占领的消息，这些人身穿黑色的衣服，缠着头，手里拿着弯刀，见人杀人，见佛杀佛。从西边莎车国传来的消息，战事吃紧，我父王说，于阗必须要做好两手准备，如果我从中原大宋朝拜，能搬来大宋的强大援兵，就再好不过了。即使他们不发援兵，我去此行能代表于阗，与大宋建立良好关系，也是万全之策。

我可以感觉到我父王内心的焦虑感。面对西边而来的黑衣大石的势力东侵，他多年与他们缠斗，对政治、军事的走势判断得很准。他一直在培养我，他说他死后，就是我继承于阗国的王位，一定要交好敦煌。朝拜中原。抵御西边的敌人。父王当政四十多年来，一直是风调雨顺，国泰民安。那么我呢？我会不会面临一个风雨飘摇的世界，我会不会在战端陡起的世界中丧失所有？

这是我当时对我自己的提问。我要当心啊，我虽然才三十岁，可我却不能像我的两个弟弟那样，只知道整天傻吃傻玩的。在敦煌，他们太开心了，见到了太多的朋友和亲戚，长辈和同辈，还有同辈生下的下一代的孩子们。可他们俩不知道，这世间的繁华说去就去，说没有就没了。这世间的幻景是转瞬即逝的。只有佛陀知道，父王和我心里也清楚。如果我不好好把握，无论是于阗，还是敦煌，这些小国很容易在更大的势力面前灰飞烟灭。

我记得，那一次我前往中原朝贺之前，在曹氏宗亲的带领下，我和两个弟弟曾经专程去敦煌西边的莫高窟，在曹氏家窟功德窟去朝拜供奉，焚香礼佛。那是一次声势浩大、车马浩荡的礼佛活动，一幕幕在莫高窟曹氏功德窟内焚香礼佛的场景，历历在目。

时隔很多年后，现在，我又来到了莫高窟。可是，很奇怪，我感到我很轻，身体极其轻盈。我为什么这么轻？我转身看我自己，我却看不到。

这就更奇怪了，难道我是一阵风？难道我是透明的？我很困惑。不过，我的这个困惑我自己很快有了答案，那就是，我现在已经变为了尉迟苏罗的亡魂，我真是一股透明的风，打着旋来到了莫高窟。

现在，我来到石窟里。在这个进深比较长的曹氏功德窟中，我一眼就看到两尊高大的供养人像。他们都是我认得的，是我最亲的人，最前面的画像，是我的父王、于阗王尉迟散跋婆，他还有一个与中原汉地打交道时的名字：李圣天。大唐是李姓王朝，我父亲叫李圣天，有心向中原的意思，他也是这么做的。可那时候，大唐已经灭亡，对河西地区失去了控制。

我靠近我父王的供养人画像，感到无比亲切，也感到有些陌生。其实，在于阗国，他平时不是这么穿戴的，在壁画上，他的供养人像的穿戴完全是中原帝王的装束。冕旒，衮服，龙袍，头顶还有华盖。这样的打扮，我父亲是否曾经有过？在我的记忆里是没有的。不过没有关系，这是绘制壁画的画师对我父亲的想象。这也很好，这也没有什么，我父亲也可以这样穿戴，因为他也姓李，汉名叫李圣天。画面上，父王的表情十分亲切，面额饱满亲切，生动得就像是他还在世那样，我情不自禁打着旋，在洞窟的洞壁之间来回奔窜。

我冷静下来，抑制住思念父王和母后的激动心情，重新安稳下来，不再旋转，不再像一阵风刮过洞壁上的壁画。我想起来，父王在去世之前，拉着我的手，对我说的一番话，那就是，和敦煌的曹氏亲家绝不能疏远，对西边侵扰的敌人决不能手软。父王叮嘱我，他死后，我继位为于阗王，要做的第一件事，就是继续交好敦煌曹氏归义军政权，建立更紧密的联盟关系，携手对抗来自西边的敌人。西边的敌人势力强大，他们手持弯刀，一路杀来。他们在疏勒和莎车那边攻城略地，不过，疏勒人还在抵抗着他们。他们侵占疏勒后，就会来攻打于阗，所以要做好准备。

此时此刻我想到这些，不禁潸然泪下。可我是透明的，我的眼泪如风，也是看不见的。我抚摸着洞壁上父王和母后那高大的供养人画像，栩栩如生，他们和我说话的语气，他们的步态、表情都是历历在目，让我泪奔，让我在洞窟中无法自持。

我知道，在大唐安史之乱后，河西地区也陷入混乱，吐蕃人乘虚而入，控制了敦煌和河西地区长达数十年。一直到张议潮起兵赶走了吐蕃的敦煌节儿，建立归义军政权为止。节儿是吐蕃人在敦煌设立的类似刺史的官吏。吐蕃人还把敦煌的州、镇等十三乡，全都变成了落后的部落制。后来，张议潮派多路人马，绕过甘州回鹘政权控制地区，前往长安，送去河西地图和人民籍册，要求归附大唐。

大唐朝廷接到地图民籍书册之后喜出望外，将张议潮任命为河西归义军节度使，正式成为大唐王朝的藩镇。但经过安史之乱后，大唐朝廷对地方的藩镇势力十分警惕，疑心很大。一方面，对张议潮河西归义军心向大唐十分赞赏，另外，又十分警惕戒备。大唐朝廷下诏，把张议潮的兄长扣在长安作为人质，后来又把张议潮也调到长安去养老送终。后来继任的张淮深久久没有被大唐任命为河西节度使，因而受到敦煌大族的猜忌，最终被人暗害。张氏、索氏、李氏等敦煌大族陷入权力纷争和恶斗当中，敦煌河西地区日趋衰落，张氏归义军政权岌岌可危。

就在这个时候，是我的外祖父曹议金力挽狂澜。他出现在敦煌的历史上，从此留下英名，就像我的父亲在于阗留下英名一样。我是无法和父亲相比的，我继位的时候三十出头，感觉自己很没有经验，我父亲却老辣沉着，他在位时间长，很善于处理各种复杂问题。父王即位于阗国王的第二十二年，他原先的于阗王后去世，他就向敦煌归义军节度使曹议金派去使者，请求联姻。曹议金把长女嫁给了李圣天，就是我的母亲曹氏。

在这个洞窟里，就在父王李圣天的画像后面，站立着的，就是我的母亲。旁边的题记写道："大朝大于阗国大政大明天册全封至孝皇帝天皇后曹氏一心供养。"

看到这一行题记，我的泪眼模糊，我哪里知道，父王去世后，于阗国的命运就要交给我，我就要面对复杂的局面，要和来自大石的黑汗王国对战。我并不怕

81

打仗，我凡事学着父亲就好了。父王即位于阗国的国王长达五十四年，真正做到了国泰民安。那不是吹的，又有几个国王能在位五十年以上呢？我的父王做到了。天下君王，短命的太多了，大部分死于非命。所以，我父王是仁者寿。

我记得，在我继位前两年，那一次，父王专门派我们三兄弟来到敦煌，联络曹氏宗亲。我们在敦煌太子宅和太子庄两边居住，十分惬意。那一次在敦煌，我们三兄弟做了很多法事活动。我们的母后身体不很好，在于阗修养，常常不怎么出门。很多于阗的大型国事活动，她也不参加。我就很担心，母亲病恹恹的，怎么办呢？我们兄弟三人在莫高窟为母亲祈福，做佛事活动。

就是在那一年，我在敦煌的太子庄里，花了好几个晚上，一笔一笔地写了十页贝叶经，这是我虔诚祈祷父王母后福寿安康的发愿文。我是用于阗语写的，我就着蜡烛光，在晚上默默祷念着，亲自写下了发愿文。后来，我带着弟弟来到莫高窟的曹氏功德窟里，将这篇发愿文在释迦牟尼佛像前，一字字念诵，敬献给佛陀，求佛保佑我们的父王母后安康吉祥。我记得，我用于阗文写下的发愿文原件，留在了敦煌净土寺。由我自己译成汉文，让人抄录下来，再到莫高窟念诵，敬献给曹氏功德窟中的佛祖。下面是我的发愿文：

> 一切恭敬，敬礼一切诸佛并诸菩萨、八圣贤、佛说真谛及常住三宝。
>
> 叹佛亿万功德，不能一一称颂，谨默诵在心，并数万次匍匐礼拜。
>
> 伏愿诸佛慈悲于我从德太子，佑我得真悟真识。
>
> 从无始时来，因痴而生身至今日，由身舌心三行，由不崇敬信徒，由众多烦扰而有无数行为，今并一切忏悔；因嗔、染痴而对母、对父、对诸师乃至对三宝造罪得罪，无量无间，无论记忆与否，今并发露，许我忏悔。
>
> 至心发愿，愿借菩萨善戒力而脱我虚妄，并借菩萨五力导我以正。
>
> 至心发愿，愿借三宝，脱离生死轮回，并借六波罗密多而得识十地，得脱五毒。
>
> 至心发愿，向有生各界宣扬佛法，以此功德普及一切众生，庇佑疾苦，并成佛道，并愿自身敬信佛法无碍，恒到涅槃，如佛所行。
>
> 愿生而为男，有德有勇，有智有慧，孔武健壮，盛福大贵，肢躯为金刚身，神威无敌。
>
> 我至亲至善之父，王中之王、圣君功德无量。伏愿其命居三聚而宝位恒昌。
>
> 我至亲至善之母、大汉皇后，予我此生性命。伏愿其命居三聚而坚远永隆。
>
> 又愿诸王子、小娘子身体安康，已躬永寿。诸臣仆效力至忠，亦愿其灾

病俱消，福庆相资，永不分袂。

又愿自身我从德太子灾祛蕐除，瘰疾不作，破诸烦恼，永泰增寿。

愿我诸世皆识前生，愿我拯救诸界众生皆得涅槃。

愿我亲见诸佛，永无疾苦，愿我因虔敬而往生极乐世界。

从德太子一切恭敬，敬礼佛法，命人写讫。

我那篇发愿文诵读时的声音还在耳边，可如今，所有相关的人都去世了，都不在这个世界上了。我现在明白，我是一个游魂，是一股透明的风。我来到莫高窟，是想追寻我们的足迹，找到那些消逝的身影。

那一年，我和两个弟弟从连和琼原一起在敦煌礼佛、祈福之后，他们俩继续在敦煌居留，我带着于阗使者和敦煌归义军使者，前往大宋都城。我们去往大宋的使团，赶着朝贡的骏马几百匹、骆驼数十头，还有于阗玉石五百块、琥珀五百斤。因要路过甘州，甘州回鹘也派出使团，和我们一起结伴而行，前往大宋，他们带的贡品和我们的相当。

我们浩浩荡荡前往大宋都城。抵达后，在汴梁开封都城，我们的使团受到大宋太祖赵匡胤的亲切召见。他对我们礼数有加，并给我们赏赐了很多丝绸绵帛、金银铜器等厚礼。

这次出使，我饱览了中原壮丽的山河和秀美的风光。特别是，中原汉地物产丰富，人民壮美豪迈，大宋都城华丽壮观，是一座比于阗和敦煌都要大得多的城市。我向太祖皇帝禀报了于阗国愿和大宋长久交好纳贡的心愿。而心向中原，是于阗国的基本策略。我知道，在我父王李圣天迎娶我母亲曹氏之后，我出生才两三岁，父王就派遣了于阗使马继荣，携带于阗玉石，还有白毡布、牦牛尾、红盐、郁金、硇砂、大鹏砂、玉装鞍鞯、手刃等很多礼物前往中原朝贡交好。特别是，使团赶着马车，载着一些巨大的于阗玉团，重达百斤以上，有墨玉有白玉，都是于阗上好的玉石，是中原朝廷特别喜欢的礼物。

那时，中原还是后晋皇帝在位，他特封我父王李圣天为"大宝于阗国王"。这也是父王供养人像边，有题记"大朝大宝于阗国大圣大明天子"字样的来源，是我父王最喜欢的尊称。

就在我从大宋回到于阗的第二年，父王就病故了。仓促之间，于阗国王的王位由我继位，我不再是尉迟苏罗太子了，即位为于阗国王。我心里有些忐忑。此时，疏勒已经被大石黑汗兵马占领，战事陡起，他们一路向东杀来。

我即位后，首要任务就是安定内政外交。我必须和黑汗王大石军奋勇作战。他们并不信仰佛教，也不信仰祆教也就是拜火教，他们对于阗觊觎已久，在我父王的对抗之下，曾经长久地在疏勒止步不前。听到我即位的消息，以为我年轻可欺，他们向于阗发起进攻。我披挂上阵，决定亲征，带领于阗精兵数千人，前往疏勒。在要道摆开口袋阵，和黑汗的军马对阵厮杀。

那些年，我主要的精力就在和黑汗军打仗。他们袭扰于阗，不仅仅是袭扰西来商路上的客商，而是对所有和于阗有关的人都进行打击。商队看不到了，于阗的经济出现问题。我还记得，我们和黑汗王军队作战的情形。虽然我心里紧张，可在战场上，是狭路相逢勇者胜。祈祷佛祖的保佑是当然的，黑汗军也在战前祈祷他们的保护神。

一阵乌云在天上移过来，一阵黑风刮起之后，我们的士兵就厮杀在一起。

那是一场残酷的战斗。黑汗王的黑衣军手持弯刀，还有三头巨大的战象，由领军将领乘坐，吹响了进军号角。巨大的战象冲过来，气势很足。我们的于阗兵没有见过战象，起初都很害怕。战象体型庞大，怒吼着，声震雷宇，在前进中战象那巨大的脚蹄翻飞，踩踏着战车和兵卒，就像是踩烂一枚水果一样轻而易举。在战象的背上，黑汗王将领挥动亮闪闪的弯刀，指挥兵马前进，黑汉军簇拥着几头战象，杀气腾腾，向于阗军的军阵而来。

于阗军的骑兵、步兵、弓箭手，还有埋伏在两侧的骑兵冲锋队，按照我的部署，分拨次应敌。敌人的兵锋可以让开，然后我们从两侧进行攻击。

黑云笼罩之下，大地一片晦暗。只听见刀剑的碰击声，人马嘶喊声，利刃刺入人的身体发出的号叫声，响彻云霄。这样的战斗是残酷的，血流成河的，也是佛祖不愿意看到的。可于阗没有别的选择，要么灭国，要么存活。于阗兵在我的指挥下，有勇有谋，分多次冲击，佯装退却，然后再次返身迎击。

这场战斗打了整整两天，近万名黑汗王的军队被我们杀死杀伤，少数黑汗王的军士逃走。我的于阗兵还俘获了一头战象。这头战象腿部中箭，跪地不起，身上的彩色方台脱落，方台上坐着的黑汗王副将跌落下来，被于阗兵捉住后杀死。

这场仗于阗大获全胜。我很高兴，脸上的风尘中带着血腥。我能闻到那沙场上无数死去的兵士的血流出来滋润土地的气味。这使我内心复杂，我想到佛祖像的慈悲面容。可是，有时候，世间的战争是必须发生的，世间的苦难是我们必须承受的。

这是在于阗天尊四年，也是大宋开宝三年（970）。我决定把战胜黑汗王的消息传递给敦煌时任归义军沙洲节度使曹元忠。在信中，我告诉他，我出征疏勒获得大胜，打败了黑汗王朝的军队，俘获了一头战象，还俘虏了很多敌人的士兵，想把俘获的战象，进贡于大宋皇帝，希望获得他在敦煌的接应。

曹元忠是我的舅舅，我们亲密无间。等到俘获的那头战象的腿伤愈合之后，我让人把巨大的战象装上马车，经敦煌，送往中原大宋的都城开封汴梁。我能猜想，我的使团到达敦煌后，曹氏归义军节度使，我的舅舅曹元忠如何的惊讶和欣喜。我在于阗抵挡黑汗王朝的攻击，就为敦煌守住了西南方面的大门。我听说，战象在敦煌展览了几个月，之后，到开宝四年，我派于阗大僧吉祥率领使团，携我的于阗国国书继续东行，向大宋进贡战象。吉祥使团带了不少贡品，除了这头战象，还有玉团、白毡、马匹等很多礼物。

现在，我在这个曹氏功德窟内，看到敦煌的张氏、曹氏两族几代人，都绘制在这个洞窟的壁上列队供养。前面有张议潮、张淮深、索勋等人的供养像，接着，是曹议金的高大的供养像，这显示了曹氏归义军和张议潮开创的敦煌归义军的继承关系。曹议金的三个儿子，也就是我的三个舅舅曹元德、曹元深、曹元忠，以及第三代曹氏归义军首领曹延恭、曹延禄等的画像历历在目。在洞壁的另外一侧，是敦煌归义军的主要将领、押衙等，第四组人物，则是敦煌的高僧大德，僧界代表人物，很多人，我就不认识了。

我是一股风，在这个洞窟中盘旋。我是怎么来到敦煌莫高窟的呢？我感到疑惑，聚精会神想着我的来路。啊，我想起来了，在于阗国王的王位上，我一共在位十年。我的性格不像我父王那样豁达开朗，我总是有些忧心忡忡。可我预感到西来的黑汗王的势力凶狠，他们对于阗的威胁并不容易解除。与他们作战，虽然我打了一场场的胜仗，还俘获了他们的战象，进贡给了大宋朝廷，获得了大宋的嘉奖，但我所面对的真正威胁并没有结束。我积劳成疾，在位十年之后，就去世了，我被葬在于阗王城西南边于阗国王家寺院后的陵墓中。可能是思念敦煌太久，很多年过去，我的儿子、于阗国王尉迟达摩也已死去，他之后的于阗国王尉迟僧伽罗也不久去世了。最后，是于阗国也不在了。于阗最终被黑汗王朝所击破而灭国。

于阗国自此消失了。地下的我知道大地之上的震动。这些我看不到，但风会说话，风来到地下，在墓穴中告诉了我。我的肉身腐朽，已不存在了，身形不再具体，可我渐渐变得透明，变成了无形的风。我似乎听到敦煌在召唤我，敦煌是我的儿时记忆，是我少年的欢乐，是我青年的欣喜。有一天，我忽然就飘出了陵墓，看到的是大地完全改换了模样，于阗国已不再是佛国，一弯新月在于阗上空升起。

我就这样以一股透明的风的形态，来到了敦煌，在我儿时生活过的地方盘旋良久，寻找记忆中的蛛丝马迹。可才过了几十年，太子宅里住进了新人，不再是敦煌太子和公主在敦煌的暂居之所。太子庄也破败了，成了一个养马场。我倍感神伤。

我又来到敦煌莫高窟。我看到，一阵阵大风把沙子从远处的鸣沙山刮过来，在莫高窟的山崖上形成了一道道沙的瀑布。空气里弥漫着沙尘,十分呛人。我在曹氏功德窟内待了一阵子,心心念念想了这么多,泪水也变成了无形的珠子四下撒播。我忽然想到,我要去找到另一个洞窟,我记得很清楚,在我小时候跟随我外公来到莫高窟上香礼佛时,由画工端详着我,把我画在洞窟的供养人群像中的。可那个洞窟在哪里呢?

我飞在莫高窟的半空,寻找着那一次我随着外祖父、归义军节度使曹议金前来敦煌的记忆。是的,当时,在一个洞窟内,外祖父带着小小的我礼佛上香,祈祷于阗国和敦煌归义军万民有福,国泰民安。那个洞窟,在哪里呢?里面的洞壁上,由我小时候的画像。

我找啊找,一个个洞窟外面,都是流沙,流沙将洞窟口变成了沙帘,我的视线受到了阻碍。好在我是透明的,我很轻盈,没有人能够看见我,我却能看他们所有人。我没有语声,却有自己的记忆。

我找到了。这个洞窟是覆斗形洞窟,洞顶绘制有藻井,四披绘制的是千佛。正西的洞壁没有开龛,沿着从南到西再到北壁,在墙脚凿出了马蹄形的佛床,塑有彩塑的三世佛像,最中间的释迦牟尼佛像坐在须弥座上,结跏趺坐,另有二弟子迦叶和阿难的塑像,还有两尊菩萨像左右胁侍。在洞窟的南北两壁,还塑有一佛二菩萨,这个洞窟一共有十一身塑像。此时,我一下想起来了,所有的记忆都复活了。就在这个东窟的甬道南壁,左手,第一身供养像就是我的外公曹议金,在他身后,画了一个童子像。那个童子就是我。在童子像的身后,画的是一个持弓箭的侍从。在北壁相对应的地方,画的是我的舅舅、归义军节度使曹元德,他身后也画了一个童子像,和一个持弓箭的侍从。

在我外公身后的童子供养像边上有一则题记,我扑过去辨认,我认出来了,那几个字是:戊戌年五月十五日从德太子。

我找到了。我叹了一口气,又略略有些兴奋,我扑过去,一下子附着在洞壁上那幅童子像身上,我成了有形的从德太子。不过,那时候我刚刚四岁,我还很小,不知道未来的世界那么广阔,不知道我还成了于阗国王。我回到了童年时代,在洞窟里,你要是仔细看,我会向你眨眼睛,可你再定睛一看,我就会一动不动。

第七窟: 第17窟, 一个学者

我到敦煌是来看望我的同学赵娉婷的,她在敦煌研究院工作。自从前年我们在工艺美院研究生毕业后,她就跑到敦煌,在研究院里当了一名壁画研究者,宁愿过着远离尘嚣的生活,整天和莫高窟的洞窟里那千年前绘制的壁画打交道,让我很吃惊，也很佩服。

她来到莫高窟，源于我们毕业之前的一次社会实践。美院的毕业社会实践走的路线非常漫长，这样的社会实践，纵横万里之遥，时间跨度在半年以上。我们从北京出发，先到新疆南疆，从于阗再一路向西，靠近阿富汗，考察犍陀罗文明的遗迹，再向北，到达克孜尔石窟群，然后就往东走，经过吐鲁番的交河和高昌遗址，再进入敦煌。在敦煌莫高窟，我们都惊呆了，历时一千六百多年的营建所留下的文化遗产无比丰厚。那时，我就感觉赵娉婷看敦煌壁画时，眼睛放着光芒。

后来，我们去河西走廊附近的炳灵寺石窟，去麦积山石窟，去山西大同的云冈石窟和河南洛阳的龙门石窟，再去四川的一些石窟，继续向东，一直到达山东青州，寻访汉、唐时代的西来东传的文明轨迹。这样的社会实践，走了大半个中国，行程万里，历时数月，真是让学子们开眼。然后就是毕业，然后就是我们的各奔东西。我留在北京艺术研究院专心研究雕塑，赵娉婷西行，到达了敦煌。

这次我来敦煌莫高窟，是在十月国庆节假期之后的某一天。在这个季节里，敦煌的天气已经十分寒凉，秋衣秋裤穿在身，早晚还要披上一件大衣。此时，大部分游客更喜欢到南方阳光明媚的海边游玩，敦煌呈现出喧嚷过后的一种清静。在敦煌市内，看不到更多的外地人，都是本地人在活动。

我在敦煌市区周围，寻找着一千多年前粟特人在这里的聚集区和生活区的遗迹。这需要依靠史料的指引，也要依靠当地朋友的引导。让我感到失望的是，汉唐时期在敦煌的粟特人聚集区，如今是一点影子都没有了。我在甘肃省博物馆看到一些出土文物，特别是粟特人的石棺围屏，令人惊叹，可敦煌的粟特人遗存极其少见。

莫高窟的秋天是绝对的清静。早晨起来，就能看到大地之上一片白色的寒霜。干燥的空气里，初升的太阳迅速把大地温暖，寒露逐渐消失。在赵娉婷的引导下，我在莫高窟的身后西边崖壁上高地，从远处观察莫高窟周边的所在。在莫高窟对面，三危山逶迤而去，在莫高窟的东边，大体是东北到西南走向，显得谦逊低矮，并不高大。公元 366 年，一位法名乐僔的和尚来到这里，从三危山映衬的霞光万道看到了佛光胜境，内心里顿生敬畏和喜悦，于是在崖壁上开凿了第一个坐禅洞窟，莫高窟由此开端。

如今，大部分游客来到敦煌，要先在敦煌文化中心看电视片，就能领略很多洞窟里的壁画和雕塑的美，这样就能防止更多人在洞窟里哈出二氧化碳，毁坏那些千年多以前绘制雕塑的珍贵壁画和雕塑。这是敦煌研究院的一大功绩，在研究、保护、利用、开发等方面实现了艰难的平衡。

我算是一位专业的雕塑研究者，在敦煌市和敦煌研究院也有一些朋友，除了关心粟特人遗迹，我来到敦煌还有一个目的，就是想去莫高窟第16窟、17窟实地探访。我告诉赵娉婷，让她带着我，给我一个下午的时间，专心在洞窟里坐禅。我的这个请求经过了院长特许，因我是雕塑研究学者，又是赵娉婷的同学，她答应带着我去探访第17窟。想到这一点，我就感到十分兴奋。我们在莫高窟的会面十分亲切。两年过去了，细高挑的赵娉婷还是那么的清秀美丽，目光中含着执着和单纯。我其实暗自喜欢着这个女孩，但一直没有说出口，想来一切都是缘分，强求也是不行的。一晃两年过去了，天各一方，我还惦念着她。

她说，你这次来，应该好好看看敦煌彩塑，可你偏偏对藏经洞感兴趣，你是咋想的？

我笑着说，娉婷，我在北京天天研究雕塑，都嫌烦。所以，我特别想看看藏经洞。

她说，两年前的那次社会实践，咱们没有去过藏经洞。一般人不知道，第17窟就是著名的藏经洞，它是第16窟的甬道北洞壁上开凿出的一座小型影窟，是16窟这个大洞窟派生出来的小洞窟。

我说，对呢，听说，17窟藏经洞，是道士王圆箓在1900年左右发现的。他雇人在清理16窟的甬道积沙时，雇工发现北洞壁上似乎有缝隙，赶紧呼唤王圆箓，于是发现了17窟，也就是藏经洞。

嗯，是这样。王圆箓那时住在莫高窟的下寺里，敦煌有上、中、下三个寺庙，上寺和中寺住着喇嘛。他一个道士，住在下寺，看守着洞窟。一个道士看守一个佛教圣地，实在有点奇怪，后来到敦煌研究院，我才明白，这个王圆箓道士实际上是个流浪汉，他以道士的身份住在莫高窟比较便利，后来就由假变真了。

这个王圆箓，是个罪人啊。他发现藏经洞之后，里面的几万件文书宝贝都流出去了。

赵娉婷说，没那么简单。王圆箓也干了很多好事，只是他的认知有限，有局限。他发愿整修残破的莫高窟，筹集了很多钱款。那是在清末民初，天下大乱，敦煌又在西北偏僻之地，他打开藏经洞，里面堆着的一摞摞纸本、绢本经卷，肯定让他惊呆了。王道士并不知道这些经卷的来由和真实价值。后来，前来敦煌考察探险的斯坦因和伯希和从王道士手里连骗带买，弄走了藏经洞内发现的约五万卷文书的一多半，也是事实。王圆箓卖了很多经卷，可他得到的银子，都拿去维护洞窟了。尽管他对有些塑像的翻新，实际上搞了破坏，可他发愿整修莫高窟的本心是好的。

娉婷，我明白啦。你先带我看看在莫高窟最早开凿的洞窟吧。

她笑了：吴刚，你就是喜欢最早的，最早的不一定是最好的。那我们就到北凉早期开的洞窟，第268洞窟去看看。

我走进去，感到洞窟里比较寒凉。这268窟是一个长方形洞窟，进去之后，借助上午的阳光，可以看到洞窟正面西壁上，开有一座圆券形的佛龛，在佛龛里塑造了一尊交脚佛像。这座长方形的洞窟进深只有几米，算是一座小型洞窟。在南北两侧的洞壁上，各开了两个对称的小龛窟，南壁的两个编号为267和269，北壁的两个小龛窟，编号为270和271。整个莫高窟一共编号有492座洞窟，这个洞窟就占了5个编号，算是很特殊的。

凑近仔细观察，这南北四个小龛，并不高大，容积很小，小到仅仅能容下一个人盘腿坐在里面。显然，这四个小龛窟，就是供僧人专门坐禅用的。赵娉婷告诉我，也有学者推测，这个洞窟就是乐僔和尚当年用过的禅窟。我说，我并不相信这一说法。

上午的时间里，我们都是在北凉和北魏时期开凿的洞窟间参访。我试图寻找到早期洞窟的那种风韵，那是北朝时期简朴、生动、大气的美学特征，这只有实地勘察，才能得到确认。

中午吃了饭，没有休息，我就很着急地让赵娉婷带着我，前去探访藏经洞所在的第16窟、17窟。这是晚唐时期著名高僧洪䛒法师所开凿的一个功德窟，是一个中型石窟，进去之后，我感觉进深还比较长，是一个有容乃大的洞窟。主室在最里面，是方形的，西壁设有佛坛，塑造了一组佛像雕塑，一佛二弟子二菩萨。我手里拿着斯坦因当年在这个洞窟里所拍的照片，进行比较后发现，一百多年前，斯坦因在这个洞窟里拍摄的佛像和我眼前的佛像完全不一样，不是五尊，而是有九尊之多，是一佛、二弟子、四菩萨、两天王。

娉婷说：原先的佛像都损毁了，现在的五尊彩塑是后来重塑的。

我看到，在主佛像的背后，是圆券形的北屏，与洞窟顶部连接。佛坛前还有一个供上香的台子。覆斗形的洞窟顶部和四壁都绘有壁画。娉婷说，你看这些壁画，不是原作，都是后来画的。这是第16窟的情况。这时，我才返身去找藏经洞。在甬道北面的洞壁上，有一扇网格铁门，门前有半圆形的四级台阶，门右侧有一个牌子上写着017。这是这个洞窟的编号。也就是说，从这里进去，就是著名的藏经洞。

我的心在颤抖，有点紧张。赵娉婷带我走进了藏经洞。首先映入我眼帘的，是洪䛒法师的坐禅塑像。17窟是洪䛒法师的影窟，影窟的意思，就是纪念洪䛒所开凿的专属洞窟。只见洪䛒和尚的坐禅像，以真人大小比例塑造，他的塑像端坐在台地上。洪䛒塑像神态慈祥庄严，眼望前方，身披袈裟，一看就是一位得道的高僧大德。

在藏经洞没有发现之前，是洪䛒法师的塑像一直看守着眼前的五万卷的敦煌文书吗？

不是，赵娉婷说，洪䂮的塑像在这个藏经洞封闭的时候，就搬到364窟去了。他的塑像重新搬回来，是在上世纪六十年代。

我注意到，在洪䂮和尚塑像背后的洞壁上，绘有两棵枝繁叶茂的菩提树。菩提树的叶子是青绿色的，树干和枝叶枝蔓横生，树上还有紫藤垂下。在左右两棵树旁，分别站着一位梳着双髻的近侍女和一位比丘尼。近侍女穿着圆领长衫，有腰带，右手持着一杆顶端弯曲下垂的长杖，左手拿着一块布巾。她身旁的那棵树上挂着一个布挎包。洪䂮坐像左侧的比丘尼画像，则是双手持着一柄长杆纨扇，身穿红色交领袈裟。她身边的树上挂着一个红色有菱形图案的陶水罐。我走近了仔细看，壁画上的近侍女和比丘尼完全是唐代风格的女相，脸部饱满生动，神态安详，姿容整洁，表情很纯净。

赵娉婷笑了：唐代的女子很美好呀。尼姑也美丽呢。

我说，没有你清秀呢。我拿出常书鸿的《敦煌，敦煌》一书，给她念到这一段：

> 1954年10月25日，是千佛洞有史以来空前的一个值得纪念的日子，这天晚上，新安装的电机开始发电……我听得轰鸣声，急忙从下寺跑出来，一下子冲进第16窟甬道中的第17窟那个有名的藏经洞中去。……我要亲眼看看，在强烈的灯光下这座半个世纪以来历经劫难的石室纤毫毕露、空无所有的现实情况。我对北壁上那两幅唐代供养仕女像审视良久。她们从这个石窟创建时起，就寸步不离地看守着石窟中的一切，她们是藏经洞惨痛历史的唯一见证人。现在，在明亮的灯光下，我看见她们正在向我露出动人的微笑，这是多么令人动心的幸福微笑啊！……

赵娉婷说，常先生写得很有趣，你再仔细看看，她们在冲你微笑呢。

我凑近洞壁上近侍女和比丘尼的画像，仔细观瞧，并没有看到她们的表情带有微笑。我说，这一定是常书鸿当年的幻觉吧！难道在这个洞窟中，能产生奇妙的幻觉？

赵娉婷说：你不是想在藏经洞中打坐坐禅吗，这是你来莫高窟的一个心愿，现在，就是实现的时候。她带着一个圆垫子，递给我说，你就在这里和法䂮和尚聊聊天吧。我就先不陪你了，等会儿我来接你。然后，她就走出了洞窟。

现在，藏经洞里重归寂静。我把垫子放在洞窟里的地上，盘腿坐下来，闭上眼睛。在这个法䂮和尚修禅的洞窟里，此刻，像是时间停止了，凝固了，非常安静，安静得能听见我自己的心跳。我深思缥缈，我内视自我，能够看到我周身的小宇宙在旋转。是的，有时候人自己就是整个宇宙。我的宇宙慢慢变成小一号的银河在旋转，巨大的银色旋臂带着无数恒星和行星在转动，我要寻找到我自己的家园，地球。我看到它是那么孤独在群星中间，我凝视地球，放大地球的表面，山河渐渐呈现了走向。我瞩目于中国所在的欧亚大陆，随着地球的转动，我找到了河西地区，在祁连山的北面，河西四郡星罗棋布。我找到了敦煌市，三危山，莫高窟，我放大我的视力，我看到了九层楼，也就是第96窟，然后，我渐渐看到了第16窟的门，我走进来，洞窟内一片阴凉。我在甬道右侧看到了第17窟的台阶，我走进来，看到了法喜和尚塑像，朦胧中感觉到有一点微风拂面。

我睁开眼睛，恍惚间看到法喜和尚正在对我微笑。是的，他正在看着我，周身有一种银光，让我感到微微的炫目。法喜确实在我的对面安详地看着我。这难道是量子纠缠或者是多维空间里的复活？

施主，从哪里来？他发问道，声音像是透过了一层水那样带着波纹的颤动。

北京。洪喜法师，我是个研究雕塑的学者，这次来，就是为了看看你。

谢施主。我早就预料到你会来看我，因为，我看到了太多的事情，见到了太多的人。我也想告诉你我所见，所想。他的声音依旧像是从很深的洞里发出的。

我摸了摸我的脉搏，还在跳。这不是做梦。但我依旧觉得诧异：洪喜法师，我知道您是唐代河西地区的都僧统，掌管河西的佛教事务，您权力很大啊。

法喜笑了，没有什么权力，只有一颗向佛之心。现在，被你们这些后人编号的、外面这第16洞窟，上面的二层、三层还有365窟、366两个洞窟，都是我在大唐大中五年，也就是公元851年开始修建的，前后建了十多年的时间。依着山崖还构建了三层木构窟檐，费了我好大的劲。

我感到很惊奇，啊，洪喜大师，这个一层的16窟、17窟，二层的365窟，号称七佛堂，三层的第366窟，都是您的功德窟？

嗯，都是我在当年所建的功德窟。那时候，这个洞窟叫作吴和尚窟，因为我姓吴。这组洞窟在当时算是规模宏大。你知道的，年轻人，大唐在安史之乱后江河日下，更需要弘大佛法，重振盛唐风貌。施主，我知道你是带着疑问而来。你问我，我是有问必答。

我忽然兴奋起来，这真是千载难逢的好机会。好啊，洪喜法师，那我就问第一个问题，王道士王圆箓是不是千古罪人？

法喜微微颔首，说道：这个王圆箓发现藏经洞的时间，是光绪二十六年间，也就是1900年的5月26日。王道士祖籍湖北麻城，实际上是从陕西来到这里的行乞人。为了谋生，就自称道士，住在莫高窟的下寺里，发愿一心向佛，并开始清理洞窟内外的流沙积土。他打开了这个洞窟之后，看到了从地上一直堆到窟顶的一卷卷的佛经写本文书，摆得整整齐齐，就知道找到宝贝了。

我问：法晉法师，是谁把这些经卷文书放到这个影窟里的？又是什么时候放进来的？有人说，是僧人为了防止西夏人到敦煌来烧掠经卷，才搜集起来放在这里的，是吗？

法晉侧脸微笑着看着我，嗯，也是，也不是。你自己看。法晉和尚的右手轻轻一挥，我看见，在17窟外出现了一些人影，都是僧人，抱着、背着经卷、经文和各类文书，不断地进进出出这个影窟。他们就像是幻影所造就，没有实体，我和法晉和尚都能清晰地看到他们进来，把大量的经卷搬运进来，很多次，很多天。当然，我所看见的就是一会儿工夫。这是时间的快放，是法晉法师的法力，让我看到了很多无名僧人把经卷搬进来的过程。这都是发生在法晉和尚圆寂之后的事情。僧人把17窟洞门用土坯封起来，砌好墙、画上壁画之后，就走了。

法晉说：你看，其实，在僧人们看来，这些经卷是历代积累，不能毁弃，佛门子弟敬惜字纸，不会让这些经卷和各类俗世文书随便丢在外面，就要放起来。也就是一个平常动作。西夏人当时占领敦煌，外面的局势不稳定，也是一个原因吧。

法晉和尚把手又一挥，我看到，在对面墙壁上，就像放电影一样，出现了日本敦煌学家藤枝晃在1969年出版的《敦煌写本概述》里的一段话：

> 这些写本为什么被弃置？藏经洞又为何封闭？伯希和认为，敦煌封藏这些写本，是由于十一世纪西夏人的入侵。斯坦因却持不同观点，他把藏经洞描写为"神圣废弃物的存放处"。比较而言，斯坦因先生的观点更合理一些，因为我们找不到理由要对西夏人隐藏佛典饰物的原因，因为西夏人大概在来到敦煌以前以皈依佛教了。从大部分的卷轴、绘画、织锦的保存状态较差的情况来看，它一定在洞中堆积很长时间了，因为这些写本过于神圣，不能随便抛弃或挪作他用，所以只能这样收藏。十一世纪早期，当对这座三层建筑后面的主窟（16窟）进行修复时，洞内的这一大堆数量太多的写本无法迁移到他处保藏，便将藏经洞（17窟）门垒墙封住并且在外面建造一条漂亮的通往主室的甬道。另外，必须指出的是，写本中的藏文本在数量上远远超过了那些汉文本，在当时不具有任何实用价值。

我点了点头，说，这些敦煌文书对于今天的人们来说，实在太珍贵了，现在已经发展成为一门显学，国际敦煌学。法师，请您接着说说王圆箓王道士的所作所为。

王道士发现我这个影窟之后，他曾拿着部分经卷、文书和绢画之类，去找当时的县令、省学政等人，希望引起他们的重视。可没有人重视这些宝贝，他就把这个洞窟安上木门，拿铁锁一锁，不让一般人进来。有人听说了，就来找他，他就卖给他们一点绢画或经卷，得来的钱加上他自己化缘的钱，在1906年这一年，全部拿来重修了我的三个功德窟，也就是16窟、365窟、366窟的窟前木檐，并请当时姓郭的知县写了一个《重修千佛洞三层楼功德碑记》。你说这个王道士，他是不是有些功德呢?

我点了点头，说：可他后来把藏经洞里的五万卷经卷的几乎一半，卖给了英国考古学家斯坦因和法国探险家伯希和。

法瞀的目光这时穿越了我的头顶，说，施主，你看。法瞀的手一挥，我看到，王道士的幻影出现了。没有声音，只有图像，是银色的，边缘有光。只见他身形消瘦，穿着一件松垮垮的道袍，袖子老长，遮住了手臂。头戴一顶圆道士帽，一副落魄道人的样子。但王道士的眼神十分狡黠，眼珠子转来转去。只见他穿梭在莫高窟的各处，和各种人周旋，指挥工匠和雇工清理各个洞窟积沙，怀着好心，却把一些雕像和壁画在修复中搞得更加庸俗。他一副到处奔忙的样子。时空压缩的幻影展示中，可以看到，王圆箓尽管见识不高，在狡狯的表象之下，实际上有些愚蠢。可他发愿一心向佛，一直到死，都为莫高窟的清理和整修奔忙。

这个王道士，他以各种方式募集到银元二十多万，全都用来整修莫高窟了，没有贪污挥霍吃喝玩乐。他还雄心勃勃，发愿整修九层楼，参与了"太清宫""古汉桥"的修建，修葺了很多洞窟里的佛像，功未成而死于1931年。他的是非功过，就任人评说了。

我感到了汗颜，我问，洪瞀法师，你能让我看到斯坦因和伯希和的身影吗？法师法力无边，我真是佩服啊。

洪瞀法师微微一笑，右手施无畏印，左手做了一个与愿指，法瞀和尚是要让我如愿了。我果然看见了斯坦因的身影。只见他头戴英式圆顶毡帽，身穿英式猎装，左胸口袋处还露出了手绢的白色一角。他脚蹬皮靴，腰扎皮带，风尘仆仆却精神矍铄，还有一个穿布衣的汉人在他身后，我知道，那个汉人是斯坦因在喀什雇佣的翻译和助手，名叫蒋孝琬，平时叫蒋师爷，由王道士带着他们俩，三人前后脚走进了藏经洞，就从我的面前和法瞀和尚的身边熟视无睹地擦身而过。

我吓了一跳，赶紧站起来。可他的银色影子与我穿透而过，并不影响我的存在。我明白那是时空幻影，是法瞀和尚召唤来的斯坦因的身影。斯坦因的表情当时是惊呆了。王道士在他身边喋喋不休，不知道在说什么。斯坦因翻检着堆积如山的经卷，一边看着，一边掩饰着内心的激动不安。停了一会儿，他可能觉得这藏经洞内光线太暗，又十分逼仄，就让王道士把经卷拿出去，在16窟的主室里。他们走出去了。王道士进来抱了不少经卷出去，放在16窟的主室地上。

斯坦因和蒋师爷两个人在那里仔细翻看，小心翼翼对对待这千年以前的经卷。他们说什么我听不见，一切影像开始快进。斯坦因需要蒋师爷给他翻译。蒋师爷对斯坦因言听计从，即使在斯坦因把那29箱敦煌文书和绢画丝织物运走之后，还派他专门潜入敦煌，又从王道士手中买下来230捆的敦煌文书。忽然，我看见，斯坦因把从王道士手里得到的藏经洞的写本二十四箱、绢画和一些丝织品五箱，装进马车里，运走了。

我对法晋和尚说：斯坦因取走的这些敦煌宝物，经过了一年多的路途颠簸，1909年被运到英国伦敦，由大英博物馆收藏。痛心啊。

法晋说，星移斗转，我说过我见了一千多年里太多的事情。你知道，斯坦因是如何得到了王道士的信任的？这个王道士最崇拜的人是玄奘法师。斯坦因得知他的喜好后，不经意地告诉王道士说，他也崇拜玄奘，他就像玄奘一样，从印度天竺那边，踩着玄奘的脚印一路来到了莫高窟，而他取走的这些经卷就是天意，印度现在需要这些已经没有的经卷。这一下子打动了王道士，才有了斯坦因获得这么多敦煌文书的结果。因为，王道士最喜欢的故事就是《西游记》里的情节。

我恍然大悟，原来如此啊。

法晋的手又一挥，这时，我看到了又有一个人来了。他骑在一头驴身上，带着几个人。他是法国探险家、汉学家伯希和。他的长处是和王道士用汉语交流，一点问题都没有，他的汉语说得棒极了。伯希和是一位十分严谨的学者，我看到他风尘仆仆的身影在莫高窟的旧影中浮现。他浑身都是灰尘，他对敦煌的洞窟进行了编号，还进行了拍照和测量，对洞窟里的各种题记，全都进行详细抄录。然后，云游数日的王道士回到了敦煌，他和伯希和见面了。伯希和绝口不提斯坦因，他只是以他的汉语取得和王道士的绝佳的交流效果。

伯希和说，他肯定要给王道士一笔钱来帮助他清理整修洞窟，他被王道士感动了，王道士也被他说动了，直到把伯希和也引进了藏经洞。我看到，在藏经洞里，面对那靠墙堆积的古代文书，伯希和的表情是僵硬的，那是他完全被震撼的效果。他压抑住内心的激动，花了三个星期的时间，以每天一千卷的速度，耐心而快速地把藏经洞里所有的当时所存的文书、绢画等物品，全都翻了一遍，挑选出6000多件上乘的写本和丝绢，以500两银子的价格，从王圆箓王道士的手中得到了它们。

在时间的深处，我看到了伯希和心满意足离开敦煌的身影。我感到我已经升到高处，不再在藏经洞内盘腿而坐，而是出了藏经洞，在莫高窟的崖壁前，获得了一个全景式的视角。如何形容我此刻获得的那种时空视觉呢？就像是在同一时刻，所有的空间和时间都压缩了，折叠了，共时空出现了很多人物，是的，这些人物都是在20世纪出现在敦煌的著名的或杰出的人物，继斯坦因之后，他们在法晋的法力下，在我如同上帝的视角之下，全方位、共时空折叠的方式，一瞬间全部显现。这对于我来说，有着科幻世界的那种魔幻感。

怎么说呢？比如说，我看到了那些接踵而至，来到莫高窟的人。继英国人斯坦因、法国人伯希和之后，日本人吉川小一郎和橘瑞超、俄国人鄂登堡率领的俄国探险队十多人、美国人华尔纳等欧美日探险家和学者，也都纷纷出现在敦煌莫高窟。他们几乎在同一时空在进行着同样的工作：在莫高窟爬上爬下，在一个个洞窟中进进出出，他们中间有的人给洞窟编号，有的在拍照，有的在剥下壁画，特别是美国人华尔纳的盗剥壁画手法十分粗暴野蛮。他在320窟、321窟、323窟、329窟、335窟等几座洞窟中，一共剥离了唐代壁画26铺，那些精美绝伦的壁画，被他装进12个特制的木箱子，运回美国，路途中还弄坏了一箱。第二年，华尔纳带了五个人又从美国来到莫高窟，打算将第285窟的全部壁画剥下来，偷运到美国，这一次因北大学者陈万里等人的阻拦，最终没有成功。

至此，从斯坦因开始到华尔纳终止，近二十年的时间里，这些欧、美、日的探险家、考古学家在敦煌藏经洞和其他洞窟内对壁画、雕塑等文物的盗取活动宣告结束。但敦煌宝物已经流散到世界各地的博物馆和大学等研究机构，引发了世界学术界对敦煌莫高窟的极大关注。在他们之后，我看到，画家张大千的身影出现在敦煌。在敦煌按照他的眼光，对敦煌洞窟进行了全面探查，并进行了更为细致的编号。在编号过程中，他对敦煌壁画进行了大量的临摹，一共临摹了200多幅精美的敦煌壁画。我看到了张大千的身影在敦煌莫高窟出出进进，我说，法晋和尚，张大千对莫高窟的编号和临摹等工作，有没有破坏敦煌壁画呢？

法晋笑而不答。他只说，张大千啊，如果没有他大张旗鼓地来到敦煌，在敦煌待下来好几年里进行编号、临摹，办画展，让社会各界关注莫高窟，敦煌莫高窟在当时的社会就不会受到很大的关注。他后来办的画展引发巨大轰动，客观上促进了敦煌艺术研究所在1944年的宣告成立。

说到这里，法晋不用挥手，我就看到了留法归来的常书鸿，作为第一任敦煌艺术研究所所长的影子。接着，岁月荏苒，由黑白渐渐变成彩色，后来，研究所变成了敦煌研究院，院长是段文杰，然后是樊锦诗，王旭东……他们带着更多的艺术家在莫高窟做着整理、保护莫高窟的工作。黯淡的画面也渐渐变得明亮。所有的时间和空间集合起来，重叠起来，一一演示给我看。

我说，法晋大师，经历一千多年的风云岁月，你还有什么要说的，你是感到遗憾、痛苦，还是对敦煌的未来更有信心了？

法晋笑而不答。但我感觉到他的目光早已穿透了未来的岁月。他的目光里有担忧、游移，也有欣悦和满足，有沉痛纠结，也有狂喜和宁静。未来的时间和空间我现在看不到，法晋能够看到，可他不给我说结果。

他挥了挥手，说，施主，时间到了，你也该回去休息了。

然后，他端坐在远处形同一尊雕塑，不再说话。

我在藏经洞的坐禅中忽然醒转了。刚才的一切幻影全部消失，我眼前是洞窟内的无边的寂静。我无法确认刚才我所看到的一切，我刚才坐禅时看到的、听到的是不是都是我的幻觉。我也不知道，是不是我眼前的法晉和尚的塑像显灵，是他让我看到了这一切。在藏经洞里，我睁大眼睛看去，法晉和尚的塑像依然端坐在那里。他一言不发，表情肃穆，这的确是一尊塑像，而不是一个活人。

我缓缓地站起来，活动了一下有些僵硬的腿，拿起坐垫，走了出去。在走出洞口的瞬间，我又回望了一下第17窟，我依稀看到法晉法师端坐的影子似乎在延伸出来，向我告别。我双手合十，以示敬意，然后，我走出了第16窟。

不远处，我看到身穿红衣的赵娉婷站在那里等我。看到我出来走向她，她很惊讶地对我说：你知道你在藏经洞里待了多久吗？

我说，我不知道。她说，整整一个下午。是不是洞中已千年，洞外才半天？走吧，我们赶紧回研究院，晚上院长要和我们一起吃工作餐，他是洞窟艺术史专家，想和你聊聊雕塑呢。

我跟着她走着，我在想，要不要告诉她，我刚才在藏经洞里与法晉和尚说话间所经见的一切。也许，她会觉得我出现了幻觉幻听幻视。

我张开嘴，说出口的却是：娉婷，我这次来，其实是想告诉你，我想到敦煌研究院来，和你一起工作。

我终于说出了口。这句话我压抑了好久，在毕业之后，我一直想对她说。现在，我终于说出来了。她看着我，表情非常生动，她感动了，微笑了，她既不点头，也不摇头。慢慢的，她伸出手，轻轻拉住我，说：好啊，其实，我一直在等着你来。我们走吧。

这时，我们已经走到莫高窟外面的一片旷野之地。我忽然看到，就在我的眼前，三危山被晚霞点燃了，我和赵娉婷手拉手，正在晚霞中奔走。我惊呆了，此刻的三危山映衬着霞光万道，就像是一片金光闪闪的净土胜境展现在我们的面前。我确信看到了乐僔和尚当年看到的万丈金光，大地一片金黄，三危山就像是遥远的三尊大佛，过去、现在、未来，都在闪闪发光。此刻，天地之间似乎有某种启示在宣谕，而解读它的人即将诞生，就是我和赵娉婷。我们手拉手，受到某种召唤，将在敦煌度过这一生。

（刊发于十月杂志 2023 年第三期）

邱华栋，1969年生于新疆昌吉，祖籍河南西峡。16岁开始发表作品，毕业于武汉大学中文系。曾任《中华工商时报》文化版主编、《青年文学》主编、《人民文学》副主编、鲁迅文学院常务副院长。文学博士，研究员，现任十四届全国政协常委，中国作协书记处书记，主席团委员。

主要作品有非虚构《北京传》《红楼梦版本图说》，长篇小说12部：《夜晚的诺言》《白昼的躁动》《正午的供词》《花儿与黎明》《教授的黄昏》《单筒望远镜》《骑飞鱼的人》《贾奈达之城》《时间的囚徒》《长生》等。另外还创作有中短篇小说200多篇。共出版单行本60多种，1000多万字。多部作品被翻译成日、韩、俄、英、德、意大利、法文和越南文出版。

落日珊瑚

孙　频

1

漂泊多年，我终于还是回到了这海陆交界的地方。

这里就像时空里镶嵌着的隐秘时空，被大陆所放逐，又被海洋放逐，放逐到最深的梦境里，放逐到人世之外，神秘、辽阔、永恒。那些大大小小的船，和我离开之前没有任何区别，静静地泊在海面上，准确地说，是沉积在那里，如时光深处的静物，岩层中的化石。这些年里，无论我漂泊在何处，这些船的影子一直都陪伴着我，从未曾离开过，以至于变成了一种可怖的安宁，一种强大的心物沉积。

在城市里漂泊的时候，我总是告诉别人，我家门口就是太平洋。话语之间有一种海客谈瀛洲的虚渺，别人只当是吹嘘，并不去当真，而事实上，眼前这道海峡确实是太平洋身上的一个小小肢体，说它的大名叫太平洋其实并不为过。

但海峡毕竟是海峡，它有它自己的计时方法，既不同于大陆，也不同于大洋，它以季风、潮汐、大雾、漂流瓶、海底植物的生长律令、船员的生死荣辱、船的更新换代为时间刻度，来计算只属于自己的时间。从海峡坐船前往大洋深处的时候，时间的密度会发生变化和折射，大洋深处的时间更古老更蛮荒，前往那里的人们会产生南柯一梦的幻觉，觉得自己只不过去了几天时间，却不料，人世间已沧海桑田，物是人非。

我坐在港口的防波堤上，回想起这道海峡的种种过往。大概是我七八岁的时候，寂静的木瓜镇忽然一夜之间就热闹了起来，很多人从北方从南方从西北从西南，从飘着大雪的东北，从小桥流水的江南，从塞外的戈壁滩，从大陆的任何一个可能的方位涌来，涌向木瓜镇的古港。因为在那一年，海南变成了经济特区，而这道海峡是大陆通往海南岛的唯一要道。那锈迹斑斑的古港自从郑和下西洋之后就再没见过这么多人，竟一时之间吓呆了。它当然不知道，木瓜镇上的渔民们也不知道，那是轰轰烈烈的十万人才下海南开始了。

这些人坐了几天几夜的绿皮火车，再坐汽车，再坐三轮车、拖拉机，甚至步行，千里迢迢来到了木瓜镇，背着被褥脸盆，浑身散发着难闻的气味，只为了能从这里坐船过海峡，去那个新鲜的海岛上创业，期望能淘到第一桶金。当时过海是必须要有边防证的，没有边防证的人只好在镇上没日没夜地等待发证，填表格的时候，因为没桌子，大片大片的人就趴在地上写，或趴在别人的背上写。我记得那时候，办边防证的队伍每天都要排几公里长，镇上的一家招待所和几家旅店早已爆满。晚上，那些外地人有的爬到树上，有的爬到屋顶上，更多的就直接在马路上铺开被褥睡觉，那些住满了人的大榕树看上去弥漫着一股妖气，好像结满了人形的果实。很多年后，每当我回想起当年，仍然觉得那情形悲壮到了惨烈的地步。

一时间，镇上的渔民们连鱼都不打了，渔船拴在码头，不许它们动，也不许它们出海，它们被囚禁在了浅滩上。下了船的渔民开始赚这些外地人的钱，卖开水，卖鸡蛋，卖甘蔗，卖包子，卖盒饭，无论卖什么都能在最短的时间内迅速卖光，一个鸡蛋涨到了十块钱，还是会被飞快地抢光。最后，感到恐慌的已经不止是那些外地人，连镇上的人们也开始感到恐慌了，他们觉得整个大陆都在向着这个海边小镇奔袭而来，如巨兽一般，要把小镇上一切能吃的东西，鸡鸭鹅鱼椰子木瓜芒果波罗蜜，甚至连同整个木瓜镇都吞下去。

为了赚钱，镇上有些渔民甚至开始骗外地人偷渡过海，说不用边防证，两百块钱包送到海南岛。半夜，几个外地人上了当地人的一条小木船，准备偷渡到海南岛去。外地人和船没有交情，看不出船的痛苦，也听不懂船的语言，乖乖交钱上了船。渔民在漆黑的海面上划了半天，到达了一块陆地，在黑暗中告诉那些外地人，落船莫，到海南啊（下船吧，到海南岛了）。外地人以为自己历经千辛万苦终于到达海南岛了，终于可以在这里淘金了，等天亮之后，他们走不出多远就会发现，自己其实就在离古港不远的白沙湾。昨晚，他们只是沿海岸线兜了一个圈，之后又被船送回了木瓜镇。

就连那些真的过海峡到了海南岛的外地人，有很多后来又返回了木瓜镇，有的乘船，有的乘潮汐，有的像人鱼一样横渡海峡。用镇上人的话说，"穿着长衫长裤去，穿裤规中回（穿着短裤回）"。那时候，站在木瓜镇古港的码头，时不时会看到被潮汐送过来的外地人的尸体。海上的浮尸远远就能被看到，因为它们身上都带着一种不祥的寂静，过于驯顺地被潮汐牵着走。这些外地人或死于自杀，或死于谋杀，或死于械斗，或死于饥饿，他们中的一部分，渡过海峡才没几天，就被潮汐又送回了大陆，只是，这次连船都不用坐了。

几年后，我见到了第二拨拥到木瓜镇要过海的人流，是九十年代的温州炒房团，他们拥向海南岛是为了囤积楼房。那时候，栖息在海峡上的船族已经完全被人类所驯化，繁衍出几大船家族，船队如驼队一般终日往返于海峡两岸。他们把温州炒房团驮向海岛，却也并不是空船而返，他们从海岛驮向大陆的是汽车，准确地说，是走私汽车。这些走私车漂过海峡后，将从木瓜镇再流向大陆深处。那个时候，算是木瓜镇最富有魔幻色彩的时候了，就像童话里的那些被施了魔法的孩子，一觉醒来，发现自己鼻子变长或者长出了翅膀，竟变得连自己都不认识自己了。一度，我走在镇上的时候总怀疑这并不是木瓜镇，而是一个我从未来过的陌生地方。那时候，镇上的每一个角落里都停放着走私车，包括沙滩上，包括天后宫对面的戏台上都是汽车，那可是给神唱戏的地方啊。后来实在没地方放了，人们就把菠萝地铲平，于是菠萝地里不再长菠萝，而是长满了汽车。那些汽车一度入侵并吞噬了整个小镇，成了木瓜镇上新的殖民者。

又过了几年，木瓜镇出现了第三拨过海峡的人流，是一些要去海南旅游度假的东北人。那时候，海南岛刚刚打出了旅游生态岛的旗号，东北人便闻讯从遥远的最北方赶来，从木瓜镇坐船过海峡，成群结队地在海南旅游或买房。用木瓜镇的话说，"海南岛的每个石礁上都最少有沙（三）个东北尼婆人（大妈）坐过"。那时候，海峡的船族里又添新丁，火车轮渡开始过海了。听说连火车都能过海峡了，我连忙跑到港口去看，眼看着长长的绿色火车真的爬到了船上，然后被船带向了木瓜镇对面的海岛，我仍然觉得这并不真实，倒像是船在表演一个大型魔术。连船都会变魔术了，何况是人。我目送着轮渡缓缓离开古港，驮着火车横渡海峡，心里最同情的不是负重的船，而是火车里装着的那些人，过海时他们是不能下火车的，火车又被装在船舱里，感觉他们就像打包被送往海岛的礼物，外面裹了一层又一层的盒子。盒子拆到最后，海岛才发现，原来里面包裹着的，是一个个带着雪花味道的北方人。

又过了几年，我考上了大学，离开海峡，去珠三角上大学去了。毕业以后我先后在广州和深圳待了几年，后来又去北京工作了几年。作为一个从大陆最南端出发的人，我发现，无论自己朝着哪个方向走，其实都是在向北走，而我遇到的每一个人在我眼里都是北方人，我成了这世界上最孤独的一种南方人，我和我海边的家乡人构成了大陆上最隐秘最边缘的部落之一，那是被人类和文明遗忘的地方，据说精灵特别喜欢这样的地方。因为这种地方类似于昼与夜之间，类似于年与年在除夕之夜的偷换，类似于清醒与睡梦的交界线，魔幻与真实的过渡地带。

在城市里待了十二年之后，某一天，我终于做出决定，离开城市，回到南方之南，回到海陆交界之处。当时兴起了一波新的回乡潮，我也算是受了这种潮流的影响，但更主要的原因是在城市里一直看不到扎根的希望。从农村和小镇出来的青年，通过考上大学的方式留在了城市，期望以此来改变命运，却在城市里打拼数年之后，迫于现实压力不得不再次返回家乡。人们从农村拥向城市，本是追逐现代文明而去，却始终无法真正进入城市。当我为自己在狭窄阳台上养了一盆花而得意的时候，忽然想起了故乡遍地的奇花异草，不禁一阵悲从中来。后来我渐渐想明白了，与其在城市里栖息于这样可怜的田园假想，还不如去往文明的边缘地带，因为那些边缘地带倒还存在着一些真正的乌托邦。

我的家乡就是这样一个边缘得不能再边缘的地方，大陆的最南端，海洋和陆地各占一半，那里栖息着无数植物精灵和众多神灵。只要有一条船，便可以从家门口一直到达美洲大陆，还可以穿过赤道去往澳大利亚，甚至可以绕地球一圈之后又回到家门口。有时候，越是边缘地带，越是有着一种近于魔幻的四通八达。

作为一个从城市返乡的人，刚回来还有点不适应，一看见母亲烧咸鱼就提醒她，少吃咸鱼，咸鱼会致癌的。母亲白我一眼，说，给鲁加羊牯（给你杀只公羊）？然后继续烧自己的咸鱼。显然，她对我这种无业游民的状态并不满意。我也自觉脸上无光，没有衣锦还乡不说，年纪也一把了，三十几岁的人了，确实得赶紧找个事情做做，但到底该做什么呢？一时也没有任何头绪，只好成天在镇上瞎溜达。

2

溜达了几天，发现木瓜镇还是有了一些变化。镇上有三个村庄，水井村、甜烧村、那佬村，早已连成一片，不分彼此，从前都是低矮的红砖房或珊瑚屋，如今，那佬村忽然冒出了几栋小洋楼，有的二层，有的三层，居然还有一栋四层的小洋楼鹤立鸡群。

那佬村的这些小洋楼鹤立鸡群，难免被另外两个村庄眼红，所以镇上开始出现攀比的趋势。很多人都出去打工了，赚了钱好回来盖小洋楼。依然出海的渔民则天天给妈祖烧香，盼着能打到黄花鱼，卖给温州的商人们，据说温州人买了也不吃，而是把金灿灿的黄花鱼供起来，可以保佑他们生意兴隆。那些没有力气再出海的渔民则开始日日夜夜打私彩，晚上梦到了几个数字，第二天就买这几个数字的私彩，他们会把一天当中遇到的所有事情都破译为一串数字密码，并认为是来自神的暗示。但几年下来，镇上只有一个人靠私彩发了财，从此什么都不干了，只是专心花钱，很快也就败光了。

镇上还出现了几座高楼，是专门卖给北方人的海景房。因为琼州海峡两岸的气候差不多，北岸的房价却比南岸低了一截，所以有些北方人会选择在木瓜镇买房来过冬。一到冬天，镇上就会出现一些零零星星的北方老人，但木瓜镇毕竟是个小镇，所以多数北方人只是从木瓜镇路过一下，然后从港口坐船去海南岛，据说在三亚，东北人已经完全把当地人覆盖掉了，而东北口音则淹没了当地的黎话，成功地晋级为三亚第一方言。当地人对这些北方人多有排斥，这是一种本能的对外来人的警惕，我对他们倒十分友好，因为我认为自己好歹也是个从文明社会返回来的人，正是这种返乡者的身份让我变得对外地人宽容，并自觉与当地纯土著拉开了距离。

木瓜镇还有一个变化，居然出现了一家珊瑚民宿，并且是我舅舅开的。以前镇上只有几家破破烂烂的小旅店，还有一家港口开的招待所，也是灰头土脸的，忽然出现了民宿这种又时髦又文艺的事物，让我觉得很是意外，同时又感到高兴，看来连大陆的最边缘也躲不开现代文明的进程。

舅舅的珊瑚民宿在水井村。在木瓜镇的几个村子里，水井村是最穷的，靠海最近，海边长有珊瑚礁，村人们自古就地取材，所以水井村的老房子基本都是用珊瑚石砌成的。在村人眼里，这些珊瑚礁与石头没有任何区别，只是要比石头轻，而且用珊瑚砌屋不需要任何黏合剂，雨水一淋，珊瑚石自然会黏在一起，坚固轻巧且会呼吸，住在里面十分凉快。镇上自从兴起建小洋楼的风尚之后，一家攀比一家，珊瑚屋早已被视为贫穷的象征，只有最穷的人家才会至今还住在珊瑚屋里。舅舅曾经是个渔民，靠打鱼为生，自从他的独子打鱼淹死在海里之后，他就再没有下海打过鱼，又没有什么经济来源，买了两年私彩没中奖，反倒欠了一屁股债，简直是穷困潦倒，于是老婆也跑了，只剩下他和我老外婆相依为命。后来听说他终日躺在吊床里睡觉，只在退潮时候去赶赶海，捡点虾蟹贝壳。不料过了几年，舅舅却忽然开起了镇上第一家珊瑚民宿，我决定去看外婆的时候也看看那民宿。

当年母亲从水井村嫁到了隔壁的甜烧村，甜烧村的得名是因为村里自古酿一种叫甜烧的米酒，每年给妈祖过年例的时候，家家户户都要酿酒，空气里弥漫着浓烈的酒香，整个村庄都像浸泡在了酒坛子里，村人进进出出都是一种微醺的状态，自带一种酒神式的狂欢。无论是甜烧村的米酒，还是水井村的珊瑚屋，几百年原封不动地保存下来，本身就起到了一种屏障的作用，把两个小渔村罩起来，隔于世外，村人们在其中怡然自得，不知有汉，无论魏晋，所以村里的老人们都很长寿，一百多岁的老人就有十几个，甚至还有一百三十岁的，这些老人已经老得不大像人类了，终日赤着足，基本上每天只吃番薯粥。常年只吃一种食物会让人变得安详洁净，更像植物。老人们大部分时间枯坐在家门口或躺在吊床上，偶尔也看电视，但因为听不懂普通话和白话，所以，除了雷剧，几乎所有的电视节目对于他们来说都是天书。他们无非就是数数电视机里一共有几个小人儿而已。

我给九十二岁的外婆带了一坛甜烧酒，因为外婆是个老酒鬼，顿顿得喝酒，一大清早起来，第一件事就是抱着酒坛子先喝两口，这一天才算正式开始了。就着咸鱼要喝酒，就着番薯粥也要喝酒，有时候一天就能喝掉二斤酒，把家里的酒都喝光了，她就跑到镇上的小饭馆里赊酒喝，喝多了之后，摇摇晃晃地走到海边，躺在沙滩上就睡着了，幸好在涨潮之前被人捡到送回来了。扎着两只小辫的外婆已不大认识人，四肢干枯如树枝，满是褶皱的皮肤也与树皮类似，随便往哪里一坐，简直就是个树人。她却认得酒，一见酒坛子，高兴得手舞足蹈，一抱过酒坛子死活不肯再撒手，生怕别人抢了去。但我很欣赏外婆如此嗜酒，人一辈子若连一丁点痴好都没有，也没什么意思。

我打量了一下舅舅家的院子，那几间珊瑚屋基本还是原来的样子，只把门窗重新油漆了一下，漆成了海蓝色。珊瑚屋多是用杯形珊瑚、柱状珊瑚、蔷薇珊瑚、多星孔珊瑚、石芝珊瑚、西沙珊瑚、澄黄滨珊瑚、扁脑珊瑚砌成的，而像鹿角珊瑚、石叶珊瑚、足柄珊瑚、厚丝珊瑚、顶枝珊瑚、刺孔珊瑚则不大会被用来砌房子，因为太过细长。这些珊瑚活着的时候是五颜六色的，死后则统一变成了惨白色，散发着一种类似于白骨的气息，荒凉中渗着一丝阴森。

小的时候，我经常和小伙伴们在珊瑚礁里潜水，那是一个庞大而华丽的水下帝国，已经在水下隐居了几千万年之久，与陆地上那些人类的城邦相映成趣，只是比人类的城邦更为古老辉煌。无论是坚固的硬珊瑚，还是妖娆的软珊瑚，无论是纤细的佳丽鹿角珊瑚，还是笨重的罗素角蜂巢珊瑚，每一种珊瑚都有自己的仪态、目光和举止。它们是珊瑚虫的屋企和大厦，色彩极尽缤纷绚烂，甚至到了妖魅的地步，好像把世界上所有的颜色都捕捉到这里来了。如果隔着水面看下去，又会觉得是一个奇异的世界遗落在水底了，风枝摇曳，有一种古老渺茫的美好，同时还散发着一种隐隐的可怖。

在这些五彩斑斓的楼宇间，生活着各种鱼儿们，小汽车大的石斑鱼是这里的房客，海龟也是长租客，鲨鱼是经常出没的杀手，章鱼是顶级魔术师，极善伪装，智商远高于其他鱼类，灯眼鱼头顶开着绿色的头灯，儒艮是大象的海上近亲，成天在珊瑚礁里寻觅水草。这里还是小鱼们的托儿所，因为这里的生活太过于美好了，以至于当它们长大了还是不舍得搬走。珊瑚礁里的各种生物相互依存，有的几近于相依为命，比如海蛇喜欢保护幼小的鲹鱼，它就像一列海底的火车，走到哪，就把小鲹鱼载到哪儿。珍珠鱼对屋企的爱好十分古怪，它喜欢藏在海参的身体里，把海参当成自己的家，还喜欢呼朋引伴，把其他珍珠鱼叫去一起分享自己的家，而海参看上去也并没有什么意见，反正它肚子里能装下很多条鱼，也不知道珍珠鱼有没有在它肚子里置办几件家具。

但是珊瑚一旦白化，就是死亡的象征。所以，珊瑚的死亡分外触目惊心，那么绚烂美丽的色彩，会在一夜之间像烟花一般湮灭，只剩下一堆堆白骨。这些死亡的珊瑚石便成了渔民们盖房子的材料。我凑近了一看，尽管一百多年的时光过去了，墙上的珊瑚花纹还是十分清晰美丽，其中还夹杂着一些彩色的贝壳和海玻璃，在阳光下闪闪发光，我把一桶水浇到墙上，珊瑚像复活了一样，顿时便恢复了昔日在海底的光泽。住在这样的屋子里，就像住在活着的珊瑚礁里，屋外被茫茫大海所包围，这样一处古老安静的巢穴，倒像是不小心钻进了大海的心脏里。

小时候觉得这些珊瑚屋和那些用火山岩、红砖、蚝壳砌起来的房子没有任何区别，相反，正是穷人家才用珊瑚砌房子，省钱嘛。现在再看，忽然惊觉出其中的美丽与独特，这简直就是从大海走到陆地上的珊瑚雕塑。可是，初中毕业的舅舅如何忽然想出了这样的主意？

我在院子里四下看了看，院子里用蚝壳铺出了一条颇有情致的小径，小径两边浓荫匝地，花梨、山竹、龙眼、紫檀、木棉、凤凰、大叶榕，那棵大波罗蜜树还在，树干上挂着大大小小十几个波罗蜜，最大的一个波罗蜜如波罗蜜中的大象，正慵懒地躺在树根处晒太阳，喝醉的外婆枕在波罗蜜上睡着了，阳光从树叶间筛下来，温柔地盖在她身上。我看着她们，一个是最通人性的植物，一个是已经植物化的老人，都已经进入了精灵的范畴，属于同类，所以依偎在一起的时候，才会如此静谧美好吧。龙眼树下摆着一张花梨木桌和几把用荔枝木做的椅子，可以坐在这里喝茶。榕树下挂着几张吊床，轻飘飘地泊在风中，只要有吊床出现的地方，时间的熵就会发生变化，吊床周围的时间会变得缓慢宁静，还会隐身，会在时间当中隐藏起来，变成一个空缺，一个黑洞。所以人一旦躺在吊床上也会随之从时间中隐遁而去，吊床也算是一种小型的乌托邦，充满飘逸气质。

院子中间还多了一个小花园，里面种着龙船花、水石榕、红花檵木、宽叶十万错、叶下珠、罗勒、朱槿、夹竹桃、洋金风等植物，一只大坛子倒在地上，里面流出来的不是水，而是各种颜色的贝壳。墙角那棵被台风刮歪的椰子树还在，只是在树干上多了一副秋千，使这歪脖子老树竟生出了几分稚趣。墙上和门上爬满三角梅，花叶交错间隐隐露出一块木牌，上面写着"珊瑚民宿"四个字。

我坐在龙眼树下等了一会儿，舅舅从外面回来了，原来是出去买鱼了。一番寒暄过后，我问他，舅，你这民宿有人住吗？舅舅得意地点点头，前日有，差暗（昨天）有，京（今天）没有，天归无，暗谋（晚上）也会有。说罢动手烧水，给我泡了壶茶，我们坐在龙眼树下边说话边喝茶。他问我现在外面的钱好不好赚，然后，还不等我回答就说，鲁（你）在广州时，在村下事总唔忆着（想不起来），今旦（如今）回村来，钱无好赚喽，不然鲁回来做咪个（什么）？我忙替自己申辩，老给人打工也没什么意思，一辈子就是个打工仔，还是得自己创业。他大声呷了一口茶，抠着脚丫子说，瓦无共鲁讲得过（我说不过你），鲁今年岁啦？有三十五六岁啦哪嘛，家己（自己）也得找宁咪来做喽（找事情做），两条胛头（肩膀）抬一张嘴肯定是无得食喽，日后要讨娘的（娶老婆）。我硬着头皮说，我是打算回老家创业的，就是还没选好项目。舅舅放下光脚丫，给我添了点茶，笑眯眯地说，瓦（我）这珊瑚厝显（漂亮）吧，鲁读册（读书）多，得食（能干），来给瓦帮忙喽，听闻今旦开旅馆都要上网的，客来宿都要先在网上寻，今旦唔会上网无得食啊，舅翁老喽，又无得闲，尼母头壳傻掉，伊每日喈喈加酒（不停喝酒），瓦为伊煮糜，又得熬酒，无闲啊。

自从返乡后，我每天就这么晃来晃去的，本来已经觉得有些羞于见人了，而自己创业又谈何容易。听完舅舅这番话，我忽然想到，在海边做民宿倒也是件有意思的事情，在北京公司里上班的时候，有两个女同事一天到晚想着辞职去云南大理开个民宿，种上一院子的花草，铺上蜡染的桌布，慢慢把下半生过完，我现在在家门口就帮她们把这个愿望实现了。又想到舅舅年纪也大了，文化不高，又无儿无女光人一条，确实需要有人来帮他。我便不再犹豫，干脆答应下来。

舅舅看起来也很高兴，起身烧水续茶。我忽然又想起了什么，便随口问了舅舅一句，舅，这老房子放了这么多年，你原来不是都打算拆了盖新房吗？怎么忽然想起开珊瑚民宿了？他沏好茶，摆在我面前，然后轻飘飘地说了一句，一个艺术家帮瓦开的，伊讲，用珊瑚厝开旅馆喽。我惊讶地问，有个艺术家来过这里？那人呢？他朝着大海的方向指了指，眯起眼睛望着远处说，伊旧年从北片（北方）来，悬人（高个子），头毛（头发）长长，尼官显（长得很帅），伊后来棹船过海往海南岛去喽。

3

说是让我来帮忙，其实舅舅哗一下就把整个民宿都抛给了我，他自己乐得清闲。我开始打理珊瑚民宿，先在院子里挖了一个小池塘，种上睡莲和水蕉。一个池塘相当于是摆了一面镜子，把天空里不断变幻的光线和云影捕捉到了小小的院子里，同时还能产生镜像作用，让院子里折射出一种虚幻的层层叠叠的空间。我又把在海边捡到的一只破木船拖回来放在池塘边。船泊在海面上的时候，是这世上最宁静的一种生灵，那种宁静有一种强大的魔力，可以轻易传染给别的事与物，使一切都跟随着他，堕进一种坚固的宁静里。我还养了一只大黄猫，叫阿橘，民宿里要是没有猫，就像少了灵魂一样。阿橘十分喜欢外婆，大约是因为外婆总是赤脚走路，走路的时候没有一点声音，很像一只老猫，为此，阿橘把她当成了自己的同类。外婆睡在吊床上的时候，阿橘就睡在她怀里，外婆驼着背走路的时候，它就蹲在外婆的头上，好像外婆戴了一顶毛茸茸的虎头帽。外婆喝酒的时候给阿橘也喂一点，阿橘酒量不大，稍微喝一点就醉了，经常看见老鼠比它还大，吓得直往外婆怀里钻。外婆也喝醉了，丢了酒坛子，随便往哪棵树下一盘就睡着了，有时候会像个水手一样睡到破船里，还有时候她会像鸟一样爬到大树上去睡，阿橘就躺在她身上呼呼大睡。人、树、猫之间的界限已经变得很模糊了，或者说，这三者已经长在了一起，本身就是珊瑚民宿里一道奇异的景观。事实证明，我的想法是对的，来投宿的年轻人不仅喜欢阿橘，还喜欢老外婆，他们把外婆和猫当成了一体的，一老一少两只猫，或一老一少两个酒鬼。

来投宿的客人基本都是外地人，一部分是往返于大陆和海南岛之间的生意人，另一部分是专门跑到大陆最南端来旅游或过冬的北方人，有退休的老人，恋爱中的年轻人，还有跑过来寻找浪漫的中年人。我想起小时候在木瓜镇见过的那些外地人，那些排着长队等通行证的人们，打地铺睡在马路上的人们，准备去海南岛淘第一桶金的人们，路过木瓜镇准备去海南岛囤房的人们，前来过冬的人们，向往热带阳光的人们，到如今这些开着房车来旅游的外地人，我像见证了一部发生在木瓜镇上的小型的沧海桑田史。早在九十年代，木瓜镇的居民就开始赚外地人的钱，如今，在大海边开民宿，其实还是在赚这些外地人的钱。所以在我看来，木瓜镇对外地人的排斥实在没有道理，其实还是一种蛮荒的象征。

冬天到了，珊瑚民宿的生意骤然好了起来，因为一到冬天，北方人像候鸟一样又来到了大陆最南方。以至于我不得不从镇上雇了两个帮工，一个做清洁，一个做饭。我自己也慢慢喜欢上了这个工作，因为它不是纯商业的，还带有一种艺术性，不仅把自然家化，还把植物诗歌化，每日看着那些来来往往的外地人，又觉得这是一种天南海北的聚会，就是在这极南之地也不至于孤独了。到了过年前后，来住宿的人更是爆满，以至于提前一周都订不到房间。

一时间，水井村的村民们纷纷仿效，但凡家中有珊瑚老屋的，都拾掇成了民宿，起的名字五花八门，什么望海民宿、听涛民宿、南极民宿、椰风民宿。有一家本来已经把珊瑚老屋卖给别人了，一看这势头，反悔了，于是全家人出动，有的拎着刀，有的拿着斧头，有的扛着铁锹，浩浩荡荡地要把珊瑚老屋再要回来。村里有一家的儿子患上了一种奇怪的夜游症，完全把日夜颠倒，一到白天就睡觉，到了晚上，他开始变得清醒，开始四处漫游。他会在半夜的时候，一个人有条不紊地炒菜做饭，一个人看电视看书，一个人去海边钓鱼，或者穿戴整齐地在外游荡，偶尔在深夜碰到一个人，他还要彬彬有礼地向对方问候，把对方吓得不轻，以为遇到鬼。寂静的夜晚浩荡辽阔，他走到哪里都是一个人，好像地球上只剩下他一个人了。因为这种怪病，他连大学都没读完就退学了，回到家乡后也找不到事做，又因为他总是白天睡觉，村里人几乎都见不到他，偶尔晚上碰到他，又把他当成幽灵。

民宿热在木瓜镇兴起之后，男孩也提出想开民宿，但他家的珊瑚老屋早拆了，于是他的父母亲连忙贷款盖了座小洋楼做民宿。民宿建好后我还进去参观了一下，据说是木瓜镇最豪华最气派的民宿，客厅里摆着一架明亮的钢琴，投影仪正在墙上无声地放着黑白老电影。一到半夜，水井村的上空就飘荡起了钢琴声，优雅中掺杂着鬼气，是那夜游的男孩在弹琴，据说他弹钢琴的时候还穿着西服打着领结，简直有点德古拉伯爵的味道了。连这样一个幽灵般的男孩也开起了民宿，不得不说，民宿队伍可真够壮观的。

到后来，水井村几乎家家户户都开起了民宿，以至于村主任打算改一下村名，把水井村堂而皇之地改成珊瑚村。但因为舅舅的珊瑚民宿是最早开的，名气最大，所以，尽管哗啦啦冒出了一大片形形色色的民宿，但毕竟辈分有别，那些民宿更像是珊瑚民宿繁衍出来的子嗣，至于那些用新盖的小洋楼做的民宿，则像是混血的孙辈了。再加上舅舅的珊瑚民宿是带动全村致富的元老，所以它在它们面前还是有种不可侵犯的威仪感，好像是它们的族长。

自从我接手民宿，舅舅就懒得再管了，大约是他心里认为我比他读书多，自然比他能干。至于那个指点舅舅开民宿的艺术家，不知道后来有没有再经过琼州海峡，我心里有时候会想，他怎么也不回来看看，好歹也是自己的作品嘛。舅舅复归逍遥，乐得自在，每日为外婆煮饭酿酒，逗猫逗波罗蜜树，到黄昏的时候就去赶海，捡些虾蟹螺贝回来下酒。此外就是把自己兜在吊床里，像只钟摆一样慢慢晃悠，晃得久了，我觉得他就是时间，时间就是他，连钟表都省得看了。

外婆喝醉了会跑出去，随便找个缝隙，往里一扎就睡着了，有时候睡在珊瑚礁上，结果涨潮了，那珊瑚礁成了大海上一座小小的孤岛，岛上就霸着外婆一人，正从容酣睡，俨然是世外的岛主。有时候钻进大榕树的树洞里，榕树的胡须护佑着她，她像个小女孩躺在了自己祖父的怀里。有时候躺在释迦林里的青苔上，头顶挂着大大小小的青色佛头，竟有几分寺庙里才有的端凝与慈悲。舅舅一睁眼，发现外婆又不见了，赶紧出去四下里寻找，再把外婆捉回来，训斥几句，不过到下一次喝醉了，外婆又不知跑到哪里逍遥去了。舅舅说得对，光是照顾这嗜酒的老小孩，就需要一个专门的人力。

民宿越开越多，已经有点失控了，水井村几乎所有的房子都被改成了民宿，珊瑚民宿的生意到底还是受到了冲击。这一晚，舅舅从海边赶海回来，正蹲在水龙头下洗螺。我走过去，有些担忧地对他说，舅，今天又新开了两家民宿，就连甜烧村和那佬村都有人开始开民宿了，再这样下去，民宿开得太多了，只怕生意没法做啊。我觉得木瓜镇的人应该给你戴朵大红花，当初要不是你最早用珊瑚老屋开民宿，那些老屋还不都被拆了？对了，给你出主意的那个艺术家呢，他怎么也不回来看看？舅舅的脸忽然在黑暗中抬了起来，水龙头没关，还在哗哗流，他紧紧盯着我的脸，似乎有些紧张。我心里正有些奇怪，忽听他用普通话说，我第一次在海边见到这珊瑚屋的时候，就知道这是艺术品，是从大海里走出来的艺术品。

我吓了一大跳，几时舅舅也开始讲普通话了？我说，舅，你说什么？他仿佛怔了一下，有些如梦方醒的样子，复又低下头去，在水龙头下一遍一遍洗着螺。过了好半天才关了水龙头，指着屋里问了我一句，尼母加未（吃了没）？我说，外婆喝了酒，早睡下了。

此后又有几次听到舅舅讲普通话，每次都是毫无征兆的，忽然有一句奇怪的普通话从他嘴里蹦出来，而且说话的时候表情庄严，甚至有些高傲，全然不似舅舅平日里散淡的神情。但很快他又会回到雷话，而且，他似乎并不知道自己刚才到底讲了些什么。这一幕让我感觉有点似曾相识，是的，在年例上我见过类似的情形。年例的时候，诸神齐聚雷州半岛，康王、洗夫人、关帝、菩萨、雷神、北帝、南极、英武、伏波将军、白马、五海、天后、土地公，游神队伍好不热闹，每支游神队伍都会抬着一个被选中的僮，僮被神灵附身后，说话的语气语调甚至眼神都变了，仿佛真的有什么神住进了他身体里一样。我倒不信什么神灵附体，我猜测，那是因为一个普通人忽然被选中被赋予神格的时候，内心里会生出一种平日里绝没有的尊严感和高贵感，以至于动作和语气都会不由得模仿神的样子，类似于演员在追光灯下过于投入，而暂时变成了另外一个角色，其实都不过是因为入戏太深。那舅舅呢？他这种奇怪的附身又是从哪里来的？

一年之后，民宿风已经浩浩荡荡地席卷了整个木瓜镇，人们见了面的打招呼方式都变了，变成："鲁介（盖起）民宿无嘞？"有的民宿开不了几天就关门了，但第二天，又有新的民宿开张了。眼前这一幕与我小时候的那些记忆重叠在了一起，竟让我产生了恍惚感，一时难以分清此时和彼时。那时候，家家户户做饭、煮鸡蛋，甚至烧开水，就是为了卖给那些排队等通行证过海的外地人。还有那次，走私车像蝗虫一样席卷了整个小镇，家家户户在走私汽车，走私车侵占了所有的角落，包括菠萝地，包括戏台，最后实在没地方放了，以至于汽车差点上了房顶。

我冷冷地注视着那些像蘑菇一样长出来的大小民宿，心中又是得意又是厌恶。得意的是，它们都不过是珊瑚民宿的复制品，厌恶的是，大众的这种盲目跟风其实从没有变过。又想到小时候的那些风潮不管多么轰轰烈烈，都已随风而逝，明白眼下这股民宿风也迟早会变成云烟和记忆，心中不免又一阵伤感。

没什么客人的时候，我会去阿梁那里坐会儿。阿梁可算是木瓜镇上的异人与清流，他是我的发小，从未出过远门，一直不肯出去打工，几年前父母都已经相继去世了，一个姐姐嫁到了雷州，如今他孤人一条，就在海边挖了个水塘，把海水引进去，靠养点虾蟹为生，大概整个木瓜镇上比他更穷的人已经不多了。他在水塘边搭了两间棚屋看守虾蟹，一间用来睡觉，一间用来喝茶；水塘前面是一片红树林，红树林里有一座废弃的灯塔，是当年法国人在这里登陆后修建的，年深日久，灯塔上的每一块石头都被青苔锈蚀，被鬼魅般的红树根缠绕吞噬，周身已经变成了阴沉的绿色，看上去阴气森森的，据说那灯塔里还闹鬼，所以没有人敢接近那里，连小孩子们也不敢去那里玩耍。穿过红树林就是大海，海边有一片柔软的白色沙滩，退潮之后，经常有人在这里赶海，舅舅也常去那里赶海。人们去往沙滩的时候，都是绕着红树林的边缘走，没有人会走进红树林里。

我回乡之后，第一次去看他的时候，很是吃了一惊。他那两间棚屋都是用山林间砍下的树木和竹子搭建起来的，又因为这里的红土地过于肥沃，阳光又很凶猛，种棵茄子都能长成茄子树，就是把一根扁担插进土里都能立刻发芽，所以，他用来搭棚屋的那些树木，插进土里之后又复活了，纷纷抽出枝条长出新叶，这些郁郁葱葱的枝叶全都交缠拥抱在了一起，使得整间棚屋都变成了绿色的，猛一看，两间棚屋不像是搭建起来的，倒像是直接从地里长出来的，两棵房屋形状的巨大植物，活的，而且还在继续生长。走进屋里，都能听见那些树木呼吸和生长的声音，从这个角度来讲，这些树屋和那些珊瑚屋倒有些像近亲，都是会呼吸有灵魂的房屋，只不过一个来自陆地，一个来自海洋。

我第一次走进那树屋一看，好嘛，地上连层砖头都没铺，直接就是沙土，屋子中央盘着一张茶几，野趣横生，是用老荔枝树的树根做成的，周围几只凳子都是用荔枝树的树干做成的。在茶几下竟长出了一棵小榕树，为了能让这小榕树长大，他居然在茶几中间挖了一个洞，让榕树从洞里穿过，继续生长，估计过不久他还要在屋顶上挖一个洞，让这榕树穿过屋顶，好长成一棵大树，而这树屋则成了榕树的摇篮或者是螺壳，护佑了它的童年。靠墙的地方摆着一个博古架，是用船木和海上的浮木拼凑成的，虽然上了岸，但还是散发着一股浓烈的海腥味。架子上摆着大大小小几只坛子，都是放茶叶的，还像古人一样摆着几筒竹简，我打开一看，是他用毛笔在上面写的诗词，好一手书法，字体苍劲飘逸。我知道他从小就喜欢书法，没想到多年不见，他居然秘密地练成了民间书法家。我不由得惊叹道，你的书法居然写得这么好！阿梁半是羞涩半是得意地笑笑，写着玩的。

他和我讲的是普通话，可能因为我是从外面回来的，他觉得讲普通话更得体。虽然多年不见了，他见了我也并没有多寒暄，只是低着头不停地抽烟，甚至都很少抬头与我对视。印象中，阿梁从小就有些羞涩内向，话一直很少，但我能隐隐感觉到，他如今的这种羞涩和从前又是不同了，里面夹杂着一点疏离，还有一点别的东西，我想了半天，应该是不安。他在我面前有些不安。我想，原因只有一个，还是因为我是从外面回来的，我代表着他没有见过的那部分世界。

我发现墙上长着很多花，却又不见花盆，凑过去仔细一看，原来是在树身上挖出了一个个小洞，再把泥土和种子塞进去，于是那些树洞里便慢慢开出花来，最后织成一张花毯挂在墙上，更重要的是，这毯子也是活的，而且随时在变换颜色。我觉得自己好像走进了一个生物的身体里，内脏里，还能清晰听到它的心跳，这种感觉又是奇妙又是恐惧。阿梁走到我旁边说，这些花是夜香木兰和胭脂掌，花期很短，但它们开花的时候，就像放一场烟花，绚丽极了。这是金盏花，在白天经历了炎热之后，它会在夜间发光，满墙的金盏花都能把屋里照亮，连电灯都省了。这是水晶兰，它自身缺乏叶绿素，所以要从树木身上补充营养，你看它浑身上下都是透明的，像不像用水晶做成的？

我一看，树干上果然开出了一朵鬼魅般的白花，每一片花瓣都是近于透明的，好像一碰就会碎掉。我说，阿梁，你这日子过得赛神仙啊。阿梁又笑笑，然后从身上掏出烟盒，递给我一根，他自己也点了一根，我们之间的气氛不似刚才那么紧张了。抽了两口烟，他用近于炫耀的谦逊指着外面说，不能和你比，我没上过大学，什么都做不了，就只好养养螃蟹种种花喽。说罢又请我坐下喝茶，他沏好茶，倒了一杯递给我，我接过一看，发现这茶杯很特别，非常轻，但又不像塑料的，再仔细一看，里面居然还封存着一只虫子，琥珀一般，便问阿梁这是什么材质的杯子。他努力掩饰着得意，微微笑着说，橡胶杯，我自己做的，做了一套，其实很简单，就是把茶杯形状的黏土模具包在橡胶树上，等树脂变硬之后，再把黏土模具敲掉，一个茶杯就做好喽。

我大惊，连茶杯都是你自己做的？

他说，你应该这样讲，连茶杯都是植物送给我的；其实它们什么都肯送人的，只要是它们有的。走，出去看看我的其他伙伴。

出了树屋，走到水塘边我才发现，水塘边上种的全是花和树，这大概就是他所说的伙伴了。阿梁把裤脚高高挽起，赤着脚，边绕着水塘走边介绍说，这是桫椤，古老的蕨类植物；这是八角金盘，这是隐翼，这是青皮，都属于被子植物；这是龙舌兰，还没有开花，它在生命的头五年、十年，甚至五十年内都不会开花，最后开花的时候都是在夜里开放的，花朵高悬如照明灯，它把自己所有的食物和水分都供养了花，一旦开花，它就会死去，所以它一生只开一次花；这是红杉，最老的红杉能活到一万多岁，比人类长寿多了，仙人柱也算长寿，但只能活到七十多岁，我这棵仙人柱已经开过一次花了，它开花的时候特别像个贵族，优雅而专注，而且只开一夜，所以被称为黑夜王后，因为不会自体受精，所以，它会把自己的美发挥到极致，它开花的时候，整个夜空里飘荡着的全是它的花香，简直美得像一个传奇；这是膏香木，它的绰号叫女总督，因为它会把周围的水资源全都据为己有，而不愿与别的植物分享。

我说，那你还种它干什么？

阿梁笑眯眯地抽了一口烟，说，把女总督种在自己的水塘边，感觉很威风，可以帮我看守水塘哦。

我过去摸了摸女总督的叶子，阿梁立刻制止道，不要摸，你摸它们的叶子时，它们是能感觉到疼痛的，而且植物对创伤和疼痛还有长期记忆，还会把这记忆遗传给下一代，它们还能记住过去的事情，但总的来说，它们忘掉的东西比它们记住的东西要多得多，植物的智力毕竟有限。

我用嘲笑的口气问了一句，那植物会睡觉吗？

阿梁点点头，认真地说，当然，植物们看到天黑就知道要睡觉了，但第二天天亮的时候，它们又会醒过来，如果你把它的叶子摘光，它就会失明，就看不到光了，你猜植物失明了会怎样？人一旦失明了，听觉就会变得灵敏，而植物失明了会拼命生长，个头会比周围的兄弟姐妹高出一截，我猜测，这可能是植物天真的一种想象，它们根据自己当种子时候的童年记忆，认为只要拼命生长，就能钻出土壤看到阳光。

阿梁的说话方式让我暗暗有些惊讶，虽然我明白这其中略带有炫耀的成分，他在急于向我展示什么。阿梁一边往前走，一边兴致勃勃地说，你过来看，这边种的都是肉食植物，是一个家族。这是食鸟树，会把小鸟捉住并吃掉；这是瓶子草，会捕蚊子和苍蝇；这是狸藻，它会从水里捕鱼；这是圆叶茅膏菜，它的胃口比较大，也不挑食，它甚至可以把一个人吃下去。

我看着眼前的肉食植物，忍不住打了个寒战，同时也暗暗惊叹阿梁拥有的这个植物世界。但阿梁已经又走到我前面了，只听他说，这种植物你见过没？我连忙跑过去，只见是一棵不起眼的植物。阿梁已经看到我心里所想了，他笑着说，看着不起眼吧，这是著名的茄参，也就是曼德拉草，传说中一听到它的叫声人就会死掉，所以古代欧洲采摘茄参的时候还会举行一些专门的仪式，要用一柄剑围绕着茄参画三个圆环，眼望着东方割下茄参，然后大家围绕着茄参跳舞，并尽可能地和茄参讲一些关于快乐和爱情的话题。不过你放心，它其实并不会叫，它的魅力全在传说里，它算是植物界的巫师吧。

他又继续往前走，折下一段树枝递给我说，这是另一个家族了，这个家族贮藏着美味的牛奶和酒。你尝尝，这是牛奶树，其实它还有一个更好听的名字，叫木牛，我更喜欢这个名字，多可爱，它枝干和树叶里藏着的汁液和牛奶的味道几乎一模一样，真像一头木牛。

我把折断的树枝放进嘴里吮吸了一下，还真是牛奶的味道。我拍拍叶子，赞

111

叹道，好一头木牛。他又说，你看这里，这是阿福花，割开它的根块就能喝到美味的阿福花酒，它的根就是一只埋在地里的酒坛子；这是槭树，割开它的树皮能流出很甜美的糖浆，我割一点给你尝尝。

我又尝了一点，真有一种独特的甜味。我羡慕地说，植物什么都肯送给你啊，你看看，人家送给你屋子、杯子、桌椅，还送给你牛奶、糖浆和酒，就差来给你送面包了。他不动声色地指了指旁边一棵大树，说，谁说没有面包了，喏，这不是面包树吗？

我啧啧感叹，这下齐了，植物要能直接把衣服给你长出来，你就什么都不缺了。他一笑，指着不远处一棵棉花树说，听说棉花树在北方长得像草一样，绝不可能长成树，你去过北方，是不是真的？但它在我们这里却长成了树，棉花树上长出来的其实就是衣服，只是需要你自己织布罢了，树只是树，又不是商店。

他拉我进树屋，重新泡了一壶茶，刚才没顾上喝，现在喝了几口之后，便觉出茶有些苦涩，显然不是什么好茶，可见他的经济状况确实不是很好。人和植物共栖的空间虽然显得神奇浪漫，但却终究掩饰不住他经济上的拮据。母亲在数落我一直不结婚的时候，总会顺便提到阿梁，说我和阿梁成一路货色了。阿梁到现在都没有娶到老婆，母亲说他几年前谈过一个女朋友，在一起住了都有一年多了，那女的最后连个招呼都不打就跑了，大概是嫌他没钱。想到这里，我便小心翼翼地问了一句，阿梁，你这水塘养点虾蟹，收入怎么样？他啪一声，又点了一根烟，喷出一口青烟把自己藏在里面，我看不清他的表情，只听他故意用满不在乎的语气说，无所谓，我也不求什么，能挣点买烟买茶的小钱就够了。

我把半杯茶放在一边，不再喝了。他立刻敏感地朝那茶杯看了一眼，随即起身在架子上翻找着，一边嘴里说，差点忘了，我这儿还存着一盒好茶的，我给你找找。我忙制止，快不用找了不用找了，我不渴。他的手并没有停下，最终从罐子里掏出一小包装在塑料袋里的茶叶，沏上了，又连忙把我杯子里的半杯茶倒在地上，换上了新沏的茶。我有些不忍喝，只放在鼻子下闻了闻便赶紧说，好茶好茶。说完两个人竟同时沉默下来，满屋的花香更浓烈更拥挤了，竟似站了满满一屋子的花妖看着我们。

还是我先打破了沉默，我说，阿梁啊，你怎么不出去打工呢？你看镇上的年轻人基本上都去珠三角打工了。他老练地弹了弹烟灰，看着门外笑道，出去又怎样，你出去了还不是又回来了？我有些难堪，连忙辩解道，一个人出去看看外面的世界最后又回来了，和一个从来没有离开过这里的人，你觉得能一样吗？他轻轻呷了一口茶，又抽了一口烟，还是笑着说，我属于没有一技之长的人，也没有上过大学，出去也干不了什么，再说了，外面的世界到底什么样，和我并没有多少关系，为什么一定要挤到世界的中心去呢？待在属于自己的世界里有什么不好？

我半晌无语，勉强喝了一杯茶便告辞了。

4

第二次去找他的时候，我特意给他带了盒好茶叶，他没有推辞，用陶罐煮了水，沏好了茶，却只是给我倒茶，自己并不喝，只管一根接一根地抽烟。尽管木瓜镇上的民宿已经泛滥成灾，我还是决定游说阿梁开民宿，因为我想来想去，这是唯一能让他致富的办法。其中的原因，一半是出于发小之情，从小就一起光着屁股在海里游泳，不愿意看他就这么穷下去，连老婆也娶不到，虽然我自己也还是条光棍。另一半则应该是出于我心里那点固执的优越感，我想让他知道，一个出去又回来的人和一个从来没有离开过的人是不可能一样的。

喝了两杯茶之后，我开始游说他开民宿。我说，你看看，现在木瓜镇上家家户户都在开民宿，有珊瑚老屋的开，没有珊瑚老屋的也要开，连我舅那样的人都能开民宿，你还不能开？开民宿和开酒店不一样，就是讲究个特色，你看你这树屋多有特色哪，晚上连灯都不用点，那些北方人肯定喜欢你这里，因为他们没见过啊。你没去过北方所以不知道，北方有半年都看不到一点绿色的，一下雪，哪里都是白茫茫一片，所以北方人就喜欢看见绿色。你再这么盖上两间，盖大一点，再做两张床，给客人们住，我们这里最不缺的就是树木花草，材料遍地都是，都不用花什么本钱。你说你就这么散养一点虾和青蟹，又没什么技术含量，钱挣不到几个不说，还有半年是闲着的，多挣点钱总没有坏处，起码能改善一下生活吧。

他像没听见，只是坐在荔枝木上抽烟，嘴角还微微笑着，一副满不在乎的样子。我有些生气，在这木瓜镇，我舅舅毕竟是最早开民宿的，所以在木瓜镇的民宿里，舅舅的珊瑚民宿无疑是领袖，最起码也算个乡绅，我作为珊瑚民宿新的管理者，说话也还是有点分量的，居然被这般怠慢。

后来我又去游说过他两次，他都不置可否，只管坐在荔枝木上抽烟喝茶。那棵穿过茶几身体的榕树长得飞快，身手迅捷果断，像一种动物化了的植物，没几天就手脚并用地爬到了屋顶，阿梁只得在屋顶上又帮它挖了一个洞，那榕树立刻便从洞里探出头去四下张望。我一边围着那树啧啧称奇，一边想起了阿梁说过的话，植物身处黑暗中的时候，会根据自己的那点童年记忆，坚信只要拼命生长，就能钻出土壤看到阳光。这棵榕树大概也是靠着自己的童年记忆支撑着，柔软的身躯居然变成了一把宝剑，所向披靡，竟然穿过了茶几和屋顶。

热闹了一段时间之后，民宿之间逐渐开始出现分化，一部分民宿因为没有生意而关门了，幸存下来的民宿之间的竞争则更加激烈了。我不得不又在环境上花些脑筋，找人把屋里重新装修了一遍，把旧木床换成好玩的圆床，把床单被罩全部换新，以提高竞争力。忙过那阵子，终于得了些空闲，我便又晃过去找阿梁。

等到了水塘边，我发现那里又多出了两座花屋，两座屋子都是以桉树作骨架，因为桉树是速生树种，长得飞快，且树干笔直，最适合作骨架。其中一座，桉树骨架上又镶嵌了七里香、九里香、狗牙花、鸡蛋花、木兰花、六月雪、茉莉花等各种纯白色的花树，另一座则镶嵌了三角梅、朱槿、洋金凤、火焰花、刺桐、凤凰、红缨树、红花檵木等红色系的花树，热烈得让人睁不开眼睛，两座花屋看起来一红一白，交相辉映。阿梁走了过来，向我介绍他的新作，白色那座花屋起名为月光，因为七里香和九里香都是在夜间开花，在有月光的晚上，花香袭人，若是满月，这些白色的花朵因为吸足了月光，会变成银色，整座屋子看起来都有点琼楼玉宇的感觉了。红色那座起名为日及，因为朱槿的另外一个名字就叫日及，听起来要比朱槿更古雅。这样一白一红站在一起，月光才像日及在夜晚的影子，或者像日及落在水中的倒影，这么纯洁美好的倒影。世间万物都有自己的影子，云的影子是海上的帆船，星辰的影子是海里的鱼儿，繁华城市的影子是海底的珊瑚礁，房屋的影子是地下的坟墓，日及的影子是月光。

我半天说不出话来，只觉得眼前这个人和我小时候认识的那个阿梁到底是不同了，他更像阿梁留在这世界上的一个倒影，模糊、神秘，还带有几分鬼魅的色彩。小时候的阿梁很羞涩，话很少，偶尔说出一句来，也和别人不同，他还喜欢看书，从谁家借到一本书，就是不吃饭、不睡觉，也要以最快的速度看完。他还做过一件我们都望尘莫及的事情，主动问那佬村的一位老人学书法，那老人写得一手好字，在去世前教了他几年书法，他成了老人的关门弟子。如今，写得一手好书法的阿梁在这海边守着一个水塘度日，这让我心里多少有些不安。

再看他的树屋，那棵刺破屋顶的榕树在见到阳光之后，就像变魔术一样，从宝剑迅速变成了一把浓郁的树冠，看起来就像在树屋的身上长出了一只巨大的绿蘑菇。它甚至已经长出了气根，有一条气根一直拖到地上，又重新钻进了泥土里，于是，树屋以一种神奇的方式又返回了故乡，它其实已经变成了一个流动的环形，横跨在天地之间。再仔细一看，那条气根上还挂着一只旧毛绒玩具，一只脏兮兮的小猴子，见我看那只猴子，阿梁在我身后不紧不慢地说，这猴子是我捡来的，不过这道景致我也给它起了个名字，叫猴子捞月。

等到我下次再去的时候，发现水塘边又多出了两间小屋，一间是用竹篾作骨架，做成鸟笼状，又种了些攀爬类的植物攀附在竹架上，有紫藤、茑萝、山蒟、使君子、落葵，百香果和火龙果夹杂其中，同是攀爬者，百香果和火龙果的身姿却一者婀娜一者刚硬，掏出的果实也气质迥异，一者莹白如玉一者艳丽夺目，二者配合在一起竟似一种奇妙的舞蹈。另一间是用土坯搭起来的，以茅草作屋顶，但是土坯里埋有花籽，只要勤于浇水，那些花草便可发芽直至开花。我仔细辨认，都是些草药花，有罗勒、小叶冷水花、良姜、山香、五爪金龙、龙吐珠、春花、龙船花、红丝绒、夜香木兰，毛茸茸地覆盖了四面墙壁，有风吹过的时候，整座小屋摇曳生姿，药香清洌扑鼻，竟似一座药屋。

走进药屋，满屋的药香顿时让我觉得神清气爽，我忍不住赞叹道，阿梁，你都是怎么想出来的？阿梁站在我身后，并不说话，只是一边抽烟一边得意地欣赏着自己的作品。我心里忽然明白了，他其实是想向我证明点什么，证明这样的边缘之地恰恰最有精灵的气质，证明他这样一个从未出过远门的人其实并不比我差多少。

此后，一有机会，我就向那些来投宿的外地人推荐阿梁的树屋和花屋，并带他们过去参观。结果，这些外地人无不惊叹于阿梁那些奇妙的建筑，由植物，而且是活着的植物搭建而成的建筑，他们都能看到那些房屋在呼吸在生长在变换颜色。他们对阿梁本人也充满兴趣，一个皮肤黝黑打着赤脚的乡村野夫，竟有这样玲珑奇妙的心思，还能写一手飘逸的书法，这种奇特的组合让他们充满了猎奇的欲望，他们认为自己是遇到了藏匿在大陆边缘的逸人隐士。隐士的形象中本身就凝聚着一个诗意的乌托邦，甚至有些隐士隐居在峭壁的山洞里、古墓里、树洞里，他们以野果和野菜为生，像植物一样度过了漫漫时间，到最后，已经很难分清他们到底是人还是植物了。而阿梁正具备了这样的魅力，似一个隐士，又似一个孤独的浪漫主义英雄。一时间，凡来游玩的外地人必拥向阿梁的水塘边，争相要看看现形的隐士，要体验一下那些神奇的树屋和花屋。出现这样的盛况，是连我都没有想到的。

渐渐地，阿梁在外地人当中开始名声大噪，成为传奇人物，他那水塘边简直成了木瓜镇一个新的旅游景点。他显然也受到了鼓励，能忽然被这么多外地人关注，先不说挣不挣钱，光是被人瞩目，就已经是一件荣耀的事情了，说到底，人不就是为一点尊严活着？于是他又造出了两座神奇的屋子，一座建在水塘上，他在水塘里种上王莲，又在王莲巨大的叶子上用香蕉叶和散尾葵搭起一座凉棚，周围点缀着大大小小的睡莲，晚上月光铺满水面，银光粼粼中沉着一轮宝石般的明月，睡莲在夜色中闭拢的动作幽静美好，王莲似船舶，又似彼岸，隐藏在现实与梦幻的交界处。另一座屋子建在一棵巨大的榄仁树上，那棵老树身上本来就有一个树洞，他把那个树洞挖大，又在上面挖了个小一点的树洞，中间以楼梯相连，竟像是上下楼结构。

来木瓜镇旅游的外地人本来就有限，需要抢客人，而阿梁的崛起使珊瑚民宿一时风光不再，至于其他那些民宿，什么望海民宿、听涛民宿、南极民宿、椰风民宿，则更是黯淡。它们本来就不是独立的存在，是从珊瑚民宿身上繁衍出来或复制出来的，从这个意义上讲，珊瑚民宿和镜子有些类似，都具有一种复制功能，能复制出比自身大得多的世界，但这个世界毕竟是镜中之像，带有梦幻感，而且一碰即碎。而阿梁的树屋则不同，它们不是从珊瑚民宿身上复制出来的，它们是独自野生出来的，又与现实世界完全分离，仿佛真的得到了丛林中的那些木精灵的帮助，天生带有一种植物才有的魅气，气质则介于花园和坟墓之间，缤纷绚烂而又诡异莫测。

那个黄昏，我独自在木瓜镇转了两圈之后，终于承认了一个事实，在这里，我真正的对手其实不是别人，而是阿梁。

舅舅赶海回来了。他每天黄昏时分出门赶海，带着吃食和水，对于这一点，我是一直觉得有些奇怪，因为他可以在家里吃过晚饭再去赶海，但他偏要带到海边去吃，又觉得这不过是个人的习惯而已。外婆喝了酒，自己爬到吊床上睡着了，泊在晚风中的吊床安静极了，与挂在树上的波罗蜜和龙眼成了同一物种，都散发着果实质朴的清香，都透着收获渐近的安宁与餍足。舅舅把赶海得来的螺贝虾蟹在锅里焯了，又切了一碟腌木瓜，淋上酱油，然后拿出自己泡的牡山羊酒，光着膀子，开始一个人喝小酒。

我凑过去坐下，他说，鲁加。我便也喝了两杯，两杯酒下肚之后，我开始发牢骚，说最近生意不是很好，又和他说起了阿梁的那些树屋花屋。舅舅一边喝酒，一边用一只手在身上搓着泥条，搓长了就从身上摘下来，从容扔掉。半瓶酒喝下去了他才说，无用理，伊厶哇古（他们都不会长久的）。我心想，和你说也是白说。

第二天晚上，赶海归来的舅舅放下水桶和斗笠，并没有急着脱掉上半身的衣服，而是在灯光下呆立了一会儿，忽然，他转过身，神情异样地看着我，用普通话说了一句，食物是大地上长出来的诗。说完他便不再言语，脱掉上衣，蹲到水龙头下，又开始清洗他带回来的那点收成。我愣了半天才小心翼翼问了一句，舅，你刚才说什么？谁讲给你的？他抬起头，有些迷惑地看着我，说，做好加得嘞，鲁幼度（年轻），方法比瓦多喽。

我越发肯定，在那一个瞬间里，舅舅的精神一定是被什么占据了，也就是民间所谓的被什么附体了，其实不一定是鬼神，有时候，执念、渴望与恐惧本身就等同于鬼神。不过，他的话倒是提醒了我，食物是大地上长出来的诗。从当地美食入手。美食本身就是很重要的地域文化，当然可以变成旅游资源。

5

我开始搜肠刮肚地罗列当地的美食。这大陆最南端本身就具有岛屿的气质，如一只带锁的匣子，可以把一些东西封存几百年甚至几千年，依然完好无损。匣子里装着散发文身的古越人、侏罗纪时代留下的动物、恐龙吃过的植物、带着唐宋遗音的黎话、长满青苔的骑楼，还有一样很重要的东西，当地吃食。因为紧靠大海，所以吃食基本都是围绕着海洋来的，很多渔民一顿都离不了鱼，离了鱼简直会疯掉，没有鱼就是没有吃到饭。但吃鱼又讲究"逢春"，正月、二月、三月逢春的是马友、西刀、马鲛、黄花，四月、五月品味最高的是石斑。不同的鱼好吃的部位也不同，蒙鱼是鱼鼻好，鲳鱼和马友是鱼头好，黄花最好吃的部位是鱼鳔，西刀鱼至美的则是鱼卵。且鱼的美味与大小无关，有一种小鱼叫薄脊，用小火温油煎到鱼色金黄，既可下酒，也可送粥，美味异常。此外，像煎焖马友鱼、土煲槽白、酒焗土龙、清蒸白鲳都是当地人的挚爱，还有大名鼎鼎的白切鸡，过年例的时候每个村要摆出气势宏大的百鸡宴，每家要抬出一只大阉鸡，阉鸡嘴里还要叼一支火焰花。做白切鸡最重要的是材质，必须用放养的走地鸡，煮到七八成熟，全熟则会失掉筋骨，吃的时候还必须有专门的蘸料，即把砂姜和蒜切碎，拌上盐和香油。除了鱼，像白灼海虾、黑山羊煲、虾汁腌薯苗、生蚝炒蛋也都是当地人的日常吃食。至于汤，那就更是千奇百怪了，白螺冬瓜汤、鲨鱼皮炖汤、木棉大骨汤、木瓜海参汤、椰子鸡汤、黄皮排骨汤……

我又搜罗了一些地方小吃，比如腌粉，正宗的腌粉定要装在公鸡碗里，吃完再配一碗甜醋。比如打葱，就是把洗净的红葱放在案板上，然后抢起沉香木棍敲打红葱，多数东西是不能打的，一打就死，有个别却在敲打中被打成了美味，打毕，再淋上炮制的酱油。做打葱有一个秘诀，必须由半老徐娘操沉香棒，使出风骚女子和相好的调情时的分寸，娇嗔着假打，力度要恰如其分，轻了不够味，重了就变成了无趣。再就是鱼露，做鱼露要选青鳞鱼最肥的二月，用粗盐把鱼搓腌，放到瓦罐中，用黄泥密封，再埋到地下发酵，三个月后就成了鱼露。鱼露也像红酒一样讲究年份，七八年的鱼露，八三年的鱼露，只是卖不出红酒的价格。另外，还有像烤生蚝、炸沙虫、螃蜞汁、腌橄榄、树叶饼、罗勒饭、益智子馅的粽子都是特色小吃。我母亲做的罗勒饭特别好吃，因为除了罗勒的嫩叶，她还会在饭里加些别的，像鹌鹑蛋、咸肉、腊肠、叉烧、芸豆。

我把客人们的晚饭就安排在院子里，因为人在星空下就餐的时候，会觉得自己正处在人类世界和非人类世界之间，自己像中介一样把星空和大地连接在了一起。我在夜香木兰树下砌了一口土灶，土灶里塞的是荔枝木，因为荔枝木在燃烧的时候没有烟，还有一种特别的清香。灶上架着一口铁锅，我让客人们自己煮饭，用朱槿花、罗勒叶和鸡肉或鱼肉煮一锅米饭，做汤则更是简单到了原始的地步，又有点像带有艺术气质的游戏，可以把材料随意搭配组合，一种组合会发明一种独特的美味。而有些食材的组合简直是上天赐予人类的礼物，比如椰子和鸡，就是天生的绝配，杀几只青椰，把椰汁倒进锅里煮开，再把一只土鸡斩块扔进去，其他什么都不放，就成了清雅的椰子鸡。或是煮些海边捡来的虾蟹贝壳，再扔一把黄皮一块姜母（当地人对姜的尊称）进去，连盐都不放。有时候正在锅里煮羊骨的时候，树上的木兰花正好掉进了锅里，索性再从地上捡一些木兰花扔进锅里，一锅汤立刻变得花香四溢，连羊骨的膻味都被盖住了，落花的美丽与哀愁竟在瞬间转化成了一种可见的食物。

这样的吃食朴素明净，又因为有了植物的参与，简单的饭食变成了一种奇异的盛宴，好像人与植物共同围绕着一堆古老的篝火坐着，院子里的波罗蜜、杨桃、椰子、芒果、人面子、橄榄、朱槿、木兰，纷纷从树上跳下来，和人们一起坐到了篝火边。边缘之地的精灵们再次从丛林中走出来，加入了人类的生活。因为时空隐退，暂时脱离了社会属性，吃饭的人也感受到了某种稀有的轻松和愉悦，所以一时间珊瑚民宿又有了魅力，我心里很是得意。

镇上的那些民宿又赶紧仿效，纷纷在门口挂出各种特色菜，以招揽客人，却也只是依葫芦画瓢，做些简单的模仿，并没有在吃食上下功夫，所以并没有太多起色，如此一来二去，生意实在维持不下去了，于是又有一部分民宿不得不关门，另谋他路。我淡然看着那些惨遭淘汰的民宿。其实我早已料到，那些渔民最多跟风个几天，到最后还是得回到大海里打鱼去。我心里从来没有真正把他们当成过对手，真正让我从心里有些戒备和畏惧的，是阿梁。他那块水塘边的领地，即使一段时间我故意不过去，依然能感到它带着魅气正游荡在木瓜镇的上空。

这天，趁着有空闲，我决定再去阿梁的水塘边看看。一段时日没去，去了一看，只见水塘周围已经长出了一圈奇形怪状的树屋和花屋，有点像大雨过后忽然涌出来的毒蘑菇，色彩绚烂，千姿百态，带着致幻的魔力。猛地看到这些房子，简直感觉像闯进了童话世界里。走近才发现，在房前屋后，在那些大树的间隙里，还多了一些盆景，这些盆景多养在坛子里、破瓦罐里、咸菜缸里、木箱里、鱼筐里、老石臼里，估计都是他从海边或没人住的老屋里捡来的。这些盆景，个个身材矮小袖珍，却又都老态龙钟，像侏儒一般站在大树旁边，使这水塘边有了一种诙谐的戏剧感。那棵从树屋里长出来的榕树已经繁衍出众多气根，如吐丝结茧一般把整个树屋包裹了进去，看上去又温柔又阴森。果树们纷纷从襄中掏出了自己的果实，面包树和馒头果实现了把粮食长在树上的神话。波罗蜜和百香果成熟了会自己从树上跳下去，只是体积上的悬殊太大，一起往下跳的时候如同大象和蚂蚁在做比赛。荔枝刚刚谢幕，荔枝奴紧跟着就出场了，荔枝奴是龙眼的小名，因为它总是紧跟在荔枝的后面成熟，才得了这么个绰号。

我环顾着四周，忽然有一种感觉，这里越发像一个神秘的岛屿了，远离人类社会，正滋生和繁衍着它独立的生态和秩序，而阿梁就是这个岛上的岛主或国王。

正胡乱想着，忽听有人在我身后说，有段时间没见你来了，估计你是太忙了，正好，我最近在玩盆景，来看看吧。是阿梁的声音。我扭头一看，他倒没什么变化，依然赤着脚，头发乱蓬蓬的，嘴角叼着一根烟，很有兴致地向我介绍他那盆景作品。这些盆景基本上都是他从山上或树林里找来的老树根，有博兰、绿梅、香兰、九里香、金蛇、山石榴、红果、红牛、五色梅、东风橘、相思、金弹子、黑骨茶、雀梅、牡荆、石画、春花、黑檀、赤楠、两面针、铁包金等树种，造型上有的险峻，有的自在，有的真有"清泉石上流"的幽静，还有的无拘无束，如酒后行草，有一枝箣杜鹃的老枝上没有一片叶子，却轰然开出了一树粉色的杜鹃花，像一个头上插满鲜花的老人，散发着一种阴沉腐朽的烂漫。

我俯身朝那杜鹃观赏了半天，说，真不错，阿梁，你怎么忽然玩起盆景来了？阿梁一边抽烟，一边微微笑着说，盆景是植物家族里的宠物嘛，宠物是可以帮助人们分忧的。好玩是好玩，但有的时候，我又觉得它们很可怜，像中国古代那些缠足的女子们，为了一双小脚，受了很多苦，我想把它们从盆里赶出去，解放它们，让它们回到树林里生活，在树林里多自在哪，可是盆景盆景，已经离不了盆啦。不过养盆景的过程也很有趣，是一种家养的野趣，不是养小猫小狗的感觉，是养了一只小老虎或小狮子的感觉，你要不停地驯化它，还不能让它彻底没有了野性。但盆景也不是人人都能养得了的，你要养盆景，总要先懂些书法吧，总要会几笔水墨丹青吧，不懂书法和美术的人，估计养出的盆景也平庸。

我半天没说话，一方面是惊讶于阿梁逐渐显露出来的艺术天分，另一方面，我也听出了阿梁想告诉我什么，一个从未出过远门的人，未必比那些出去又回来的人差。没想到，看似与世无争的阿梁竟有着这般要强的心性。我有一种被挑衅了的感觉，便故意指着那些树屋问，听说现在来你这里的客人很多，但好像也没看见几个啊。阿梁笑着递给我一根烟，说，白天这么热，谁出门啊？他们一般都要到傍晚时分才来，来了不想走，就找间屋子住下，反正我这里随便住。我也笑了笑，抽了几口烟，用很不经意的语气问了一句，在你这里住一晚得多少钱？他摆摆手，无所谓地说，我没那么多要求，有点买烟买茶的钱就够了，就是白住也没关系，想住随便住。他说话的腔调让我忽然有些愤怒，我冷笑一声，说，原来木瓜镇只有你一个人是搞艺术的，我们其他人全是只知道挣钱的俗物。

阿梁拿起一把剪刀，一边修剪着手边的一盆博兰，一边云淡风轻地说，你说到艺术家，我还真见过一个艺术家，虽然我没出过远门，但别人可以过来啊，那是几年前了，有个艺术家就来过我们镇上，一住住了好几个月，那人个子高高的，长头发，有时候扎个辫子，他还来我这里喝过茶，说是喜欢这海边的珊瑚屋，想在镇上搞个珊瑚民宿，但后来这个人忽然就不见了。

不知为什么，听到这里，我心里莫名地咯噔了一下，我感觉这和舅舅说起的那个艺术家应该是同一个人。但我还是假装第一次听说这个人的样子，好奇地问，还有艺术家来我们这种偏僻的地方？他嘴角挂着一抹神秘的笑容，只是专心修剪博兰。见他不说话，我心里更加不安了，便又凑过去问道，那这人后来去哪儿了？是不是去海南了？很多人只是去海南的时候从这里经过一下，谁会在一个小镇上长待呢。

我盯着他那抹笑容，居然还挂在嘴角，分明带着示威的意思。修剪了半天，他收了剪刀，像个裁缝一样，左右打量着那棵博兰，好半天才说了一句，那谁知道呢，反正后来是不见了。

我们正说话的时候，拥进来一群人，有男有女，都是老年人，一看就是从北方过来旅游的退休老人。他们在北方的时候应该并不认识，但一到了这陌生的地方却忽然全成了兄弟姐妹，而且，他们好像连年龄也一并丢掉了，个个又蹦又跳又唱，甚至在地上打滚，好像逆着时光，不小心又回到了自己的童年。我想，原因可能是，这些用植物造成的房子与那些砖石水泥蚝壳甚至珊瑚造成的房子都不同，它们是活的，住在它们的身体里，本身就是一种童话。其实除了孩子，成年人甚至老人都是需要童话的。

回到珊瑚民宿，我呆坐了半日，心里很不是滋味。当初，是我帮着阿梁把客人们介绍过去的，可如今，我看着阿梁，就像看着自己亲手从瓶子里放出来的一个巨人，他正越长越大，越长越魔幻，我却无法再把他装回到瓶子里了。无论如何，我绝不能让自己比他差，不然我这么多年在城市里的打拼岂不是都成了云烟？连城市文明带给我的那点优越感也开始变得稀薄脆弱了，就好像，一觉醒来，发现自己其实一直就待在这个海边小镇上，从来没有离开过。

月亮升起来了，院子里的池水和树叶都闪着银光，外婆正坐在扑通树下吃饭喝酒。扑通是莲雾的小名，因为莲雾树喜欢长在水边，果实成熟的时候会掉进水里，发出扑通扑通的声音，所以当地人就叫它们扑通。外婆的晚饭就是一碗番薯粥，关键是喝酒，她开始是坐着喝，后来又爬到吊床上躺着喝，一边喝一边让我给她摇吊床，还真是会享受。摇着摇着她就睡着了，酒坛还抱在怀里，阿橘抱着外婆的头，也呼呼睡着了。它真是爱极了外婆的这颗头，一头乱蓬蓬的白发，不知道有什么好，但阿橘就是喜欢把外婆这头乱糟糟的白发当成它的窝，白天蹲在她头上，晚上再用花白的头发给自己铺一个舒服的猫窝，趁人不注意还偷喝一点外婆的酒。

　　我看着眼前这酣睡的一人一猫，静谧美好，人和猫都散发着淡淡的米酒香。我忽然想到，每个地方酿出的酒都有自己的灵魂，不同的水土养育出不同的酒香，清香型，浓香型，酱香型，只有甜烧村能酿出甜烧酒。酒可算是一个地方最古老最传统的文化了，木瓜镇的土著们多喜欢喝自己泡的药酒，五光十色的药酒本身就带有梦幻色彩，对于外地人来说，应该也是新奇而陌生的。

　　我尝试用甜烧村最古老的方法酿酒，在米粉里掺上各种草叶，加入葛汁使米粉发酵，再把米粉团成鸡蛋大小，放在草丛阴凉处静置一段时间做成草曲，再用这草曲和糯米酿成米酒。在从前，若是家中有女儿的，女儿才几岁大时就要为女儿酿一坛酒，在冬天水塘水浅的时候，把酒坛密封埋在水塘底，直到女儿即将出嫁时才挖出来，款待客人，这种酒称女儿酒，味道极好。有些水果也可以酿酒，比如用杨梅酿的梅香酎就十分珍贵，像杨桃、黄皮、木瓜、桑葚都可以酿果酒，甚至仙人掌的果实都可以酿酒，味道独特，且色泽呈玫瑰红，十分妩媚。

　　米酒酿好只能算半成品，还要在里面泡制各种水果花草飞禽走兽，从森林到海底，从地上跑的到天上飞的，无一不被我们当地人捉住再封到酒坛子里去。飞龙、老虎、黑熊、毒蛇、蜈蚣、野鸟、山羊、蟾蜍、蜜蜂、鲨鱼、鲎、海马、海参、海龟、龙虾、章鱼、五指毛桃、鸡血藤、木香子、海金沙、悬铃花、高良姜、相思子、青梅、苞萝、荔枝、五味子、木瓜、桑葚、杨桃。种类之齐全，使酒坛子里就能自成一个大世界。小时候，每次看见母亲泡酒的时候我都分外高兴，因为觉得带有游戏的性质。如今到了我手里，我不仅想让它像游戏，更想让这件事变得像魔法一般神奇。舅舅最爱喝的牡山羊酒是把老山羊和毛鸡放在一起泡成的酒。我做了各种尝试，把五指毛桃和朱槿泡在一起，把党参和龙吐珠泡在一起，把高良姜和土龙泡在一起。在做这些尝试的时候，感觉自己就像一个坐在地上搭积木的小孩子，所有的积木都摆在面前，可以随意搭建，城堡、大桥、飞船、花园，无所不至。后来我又想到，在这个过程中，我感到很愉悦，那么换了别人，和我的感受也差不多。于是，我决定把泡酒这件事情变成一种世外的游戏，那些来住宿的客人可以自己随心所欲地泡酒，就像随心所欲地搭一种成人积木。

　　一时间，院子里摆满了大大小小的酒坛子，最高兴的是外婆，好像每天都在过年例，趁我不注意就打开酒坛子偷喝两口，过一会儿再偷喝两口，恨不得能住进酒坛子里再不出来。阿橘跟外婆久了，酒瘾也越来越大，一天晚上它趴到坛子口偷酒喝，不小心掉进了坛子里。我把它从酒里拎出来一顿数落，你这是急着要泡猫酒是吧？

　　舅舅正坐在龙眼树下，就着生蚝喝他的牡山羊酒，见状便替阿橘解围，伊就是个猫喽，鲁无共伊讲得过，鲁过黎和瓦加两嘴酒（过来和我喝两杯酒）。正好投宿下来的一对小情侣去海边玩了，我便坐过去陪他喝酒。喝了几杯酒，便又发起牢骚，和他说起阿梁正在捣鼓盆景，我不甘心地说，这个阿梁的花样还真不少啊。他喝下去一口酒，满意地眯起了眼睛，搓了搓两只手，拿起一只生蚝撬开，一滋溜吸进了嘴里，只是细细品味，并不说话。

看着舅舅一副满足的样子，我简直有些恨铁不成钢，这时候我忽然想起那天阿梁说的话，便对舅舅说，舅，你提到过的那个艺术家，就是那个帮你开珊瑚民宿的艺术家，真的在镇上住了很久？舅舅撬生蚝的那只手忽然一抖，脸色也随之暗了一下，我怀疑是不是灯光让我产生了错觉，只见他放下生蚝，抹了抹嘴，说，唔记得，加酒啊。我端起酒杯，并没有喝下去，犹豫了片刻，还是追问了一句，舅，那人后来到底去哪儿了？舅舅忽然抬起头看了我一眼，这一眼直让我觉得脊背发凉，我本能地往后躲了躲，但他很快又低下了头，重新拿起一只蚝，一边撬，一边慢条斯理地说，海南喽，伊棹船往海南岛嘞。

但我心里到底是存了个疑惑，此后便有意无意地向村民们打听那个艺术家的消息。我发现，在小小的木瓜镇上，其实很多人都见过这个艺术家，奇怪的是，他们的口径居然很一致，都说后来不知道那人去了哪里。难道说，他忽然就从镇上消失了？难不成凭空飞走了？但后来一天，我在一个亲戚家里喝茶的时候，又意外地听到了另一个消息，那个艺术家在镇上的时候，曾和阿梁的女朋友好过，阿梁的女朋友喜欢上了那个外来的艺术家，为此要和阿梁分手。后来那艺术家忽然不见了，但阿梁女朋友也没有和阿梁再和好，据说她一个人跑到外地打工去了。

6

我又向阿梁的水塘边走去。这段时间没去，一来是因为要费尽心思地吸引客人，总想着如何在一堆民宿中出奇制胜，成为当之无愧的民宿领袖；二来是因为，我其实有点怕见到阿梁，从某种程度上讲，他已经不大像人类了，更接近于鬼魅或精灵。而他那个王国，那个水塘边的世界，更是散发着难以言说的气息，这种气息介于废墟、坟墓、荒野、花园、城市和乌托邦之间，在植物筑成的绚烂与缤纷中，总让人感觉其中还流淌着一丝恐怖的东西。

离水塘越来越近的时候，我竟然开始有点紧张，因为不知道自己又会看到什么。我便不停地提醒自己，不管阿梁又使出什么招数，都要有风度一点，有时候，厌恶的真实原因其实是嫉妒。

阿梁从不肯轻易离开他的领地，无论我什么时候来他都在，这么一想，越发觉出了他身上的植物属性，好像他是长在这里的。我远远就看到他正打着赤脚，蹲在地上摆弄一棵什么植物。为了掩饰自己的紧张，隔着老远，我就大声向他打招呼，阿梁，你又在忙什么？我最近都没空过来，一天到晚瞎忙，今天得闲，过来找你喝茶。阿梁没说话，也没抬头看我，好像没听见，等我走近了，他才伸出一个指头嘘了一声，小声说，它正在睡眠期间，不要吵。我笑道，植物也怕吵？他认真地说，当然，我刚刚给它做过嫁接手术，刚做完手术的病人不怕吵吗？

我看着眼前这棵植物，一时认不出来，便问他，这又是什么植物？他说，苹果树。我说，苹果树不是北方的树种吗？在这南方如何能成活？他退到旁边，点了一根烟，抽了两口，得意地说，这是我从网上买的树苗，正因为咱们这里没有苹果树，所以要给它做嫁接啊，让它能更好地在南方活下去。我说，嫁接完的苹果树能长出什么稀奇的苹果？就像早有准备一样，他立刻熟练地说，经过嫁接，苹果会出现很多神奇的变种呢，比如说，有一种苹果叫白色阿斯特拉肯，它在成熟时会变得透明，连里面的核都能看到，就像水晶苹果一样；有一种苹果叫明星苹果，会长出五个明显的棱角；黑苹果真的就是黑色的，好像巫婆给白雪公主准备的毒苹果。还有很多奇奇怪怪的苹果，比如，双生苹果结的果实是成对的，午餐苹果在刚刚结果的时候，几乎不长叶子，鸽子苹果只有四个种子室，而不像普通苹果那样有五个种子室。还有一种叫圣瓦雷瑞的苹果，又叫少女苹果，它没有雄蕊或花冠，果实的中央部分很狭窄，有五个种子室，由于没有雄蕊，所以必须经过人工授粉，在圣瓦雷瑞那个地方，少女们每年都去为苹果授粉，如果使用的花粉不同，造出的果实就不同，比如，草莓味的苹果，芒果味的苹果。所以少女们每年都会制造出属于她们自己的苹果，她们每个人的苹果都是独特的，一个苹果只属于一个少女。

我故作惊讶地说，难道你去过圣瓦雷瑞？他安静地注视着我的眼睛说，只有去过才能知道吗？我自觉无趣，便又转移话题，那你这苹果将来是什么味道的？他微笑着说，这是个秘密，不过，我已经给它想好了一个好听的名字，就叫，水边的阿狄丽娜。我说，好听。

他又带我去看一株白色的草莓，说，你看，我培育出的草莓新品种，它也有个好听的名字，叫卡洛琳娜。草莓旁边的那棵醋栗，也有名字，叫"河东狮吼"，因为自从用别的花粉给它授粉之后，它的果实越长越大，像巨人一般，所以不得不给它起了这样一个霸气的名字。听到这里，我忍不住插了一句嘴，发现没？你这里的植物好像都是女性啊。

他似乎愣了一下，并没有接我的话，而是继续向我展示他最近的实验，多少带一点炫耀的意味。他在波罗蜜树上嫁接了一枝榴莲的树枝，期待它长出榴莲波罗蜜，在青枣树上嫁接了一枝雪梨的树枝，想让它长出南北合璧的梨枣。蔷薇开满了粉色的花朵，只有一枝树枝上忽然开出了白色的蔷薇，他说他想办法让它返祖了，它的祖先正是这样纯白色的花朵，粉色是后来进化来的。他把蓝花水仙和白花水仙的球茎各切了一半，又合在一起，结果，这株水仙开出的花有两种颜色，有的蓝色，有的白色，有的一半蓝色一半白色。他用柠檬的花粉给娘柑受精，结果结出的娘柑带有柠檬的风味和颜色。他让同一棵李子树上结出了五颜六色的果实，亮黄、翠绿、雪白、青、蓝、紫、红、黑，简直热闹得像棵圣诞树。只见一棵人参果树上挂满了各种形状的人参，圆形、椭圆形、心形、肾形、圆柱形，居然还有手指形的人参果，着实把我吓了一跳。我叹道，是不是所有的植物都可以嫁接啊？他站在李子树下，仰头望着宝石般的李子，有些傲慢地说，你不懂，有些植物根本不能做嫁接，因为它们很讨厌刀子，比如天竺葵。

他继续往前走，我跟在他后面。很快，他又在一株不起眼的植物前停下，这植物的叶子多少有点像芋艿，他摸了摸这植物，笑着对我说，你摸摸看。我伸手一摸，又吓一跳，这植物居然有体温。阿梁介绍道，这是他种的一棵喜林芋，这种植物不但会制造热量，还会随着外界温度的变化调解自身的体温，它产生的热量和一只睡觉的猫产生的热量差不多，所以被称为长在枝头上的猫。

我忍不住又摸了摸喜林芋带体温的叶子，心想，原来这是一只被变成了植物的动物，就像青蛙王子一样，它其实是一只猫，只是中了巫婆的魔咒。正在我发呆的工夫，阿梁又在不远处招呼我，声音响亮，听上去愈发得意。我跑过去一看，倒吸了一口凉气，前方轰然站着一朵紫黑色的大花，绝对是花中巨人，看上去又彪悍又邪恶，这样的霸王花，只有恐龙才配和它生活在同一个时代，我们站在它面前就像小矮人，明显有错入时空的感觉。我说话都有点结巴了，阿梁，这，这又是什么花？阿梁抽着烟，欣赏着比房屋还要高的花朵，微微笑着说，这是我种的蒟蒻，当初还怕它活不了呢，如今终于开花了，正好请你一起赏花，有些花的盛开绝对可以算一件大事，从前的墨西哥，仙人柱开花都是要登报的。哦，你不要问我有没有去过墨西哥，去没去过并不重要，总之我就是知道。

他这点孩子气倒也不失可爱，我笑而不语，听他继续往下说，这种巨型花，霸气倒是霸气，不过授粉是个问题，花太大了，蜜蜂们累死也忙不过来，所以非洲的蒟蒻都是靠大象来传粉的。我由衷赞叹道，这花和大象倒是挺般配的。阿梁说，那是你不知道而已，其实古代的花都很大的，像远古时代的风信子、矢车菊、洋蓍草比这蒟蒻还要大，花里装几个人都不成问题，有些地方用来埋葬死人的棺材就是一整朵花。

我仰望着那朵巨型蒟蒻，心里又是快乐又是沮丧。快乐的是，来到阿梁这里真像来到一个魔幻的游乐场，植物和动物相互变形，侏罗纪时代和现在相互交错，一不小心就遇到了几百万年前的植物，面对这样古老的植物，真的应该向它们脱帽致敬；沮丧的是，阿梁摆弄这些植物几乎到了走火入魔的地步，已远离人境，而我只是个俗人，看来无论如何都不是他的对手了。只是，他这样千方百计地折腾，也并没有挣到几个钱，他的那些树屋花屋基本上都是让游人们白住白玩，他这里几乎要变成一个免费公园了。他图的又是什么？

等我回过神来，只见阿梁背对着我，又在认真欣赏着什么花。我战战兢兢地走过去一看，是一种造型很奇特的花，像极了一只彩色的鸟正停在枝头。我说，这又是什么花啊，倒好像是鸟变成的？阿梁温柔地端详着花瓣说，这叫鹤望兰，你看它多优雅啊，像不像一只鹤立在叶子上？我感叹道，这些花我以前连听说都没有听说过，阿梁你真厉害。他有点羞涩地笑了笑，说，和你不一样，我没出过远门，是没见过什么世面的人，但我信仰土地的力量，你种下去什么，就会收获什么，所以在种这棵鹤望兰的时候，我把一只死去的小鸟和它的种子埋在了一起，我相信，这样小鸟就能把自己的灵魂转移到花上。你看，正因为花有了鸟的灵魂，才能长得这般美丽。

我暗想，阿梁说的这些话看似平静，实则内里都较着劲，还是要和我一争高下。显然，就因为我是一个出去了又回来的人，而他从未离开过这里。

他伸手从竹篾上摘下一束干花，说，进去喝茶去，今天给你尝尝我新研制出的花草茶。只见他把腌橄榄、黄皮干、使君子、柑橘花苞、单枞茶、柠檬叶泡在了一起，在他泡茶的时候，我想起了今天来的另一个目的，便犹豫着问了一句，阿梁，你上次说的那个艺术家，就是那个在镇上住了好几个月的艺术家，你知道他最后去哪儿了吗？他把茶放到我面前，笑着说，你好像对这个人挺有兴趣嘛。我说，我舅舅开珊瑚民宿，最早就是他的主意，那珊瑚民宿也算他的作品吧，你说他为什么不回来再看看呢？也不知道这人后来到底去了哪里，镇上人都说不知道，只有我舅舅说他去了海南岛。

树屋里的光线被染成了绿色，有一种山洞里才有的幽静与阴凉。阿梁好像没听见我说的话，倒好茶之后，又拿出人面子做的蜜饯请我吃，我捏起一颗蜜饯，却没有送到嘴里，只是在手里把玩着，蜜饯已经腌得晶莹剔透，状如玻璃球。他也不说话，只是轻声喝茶，沉默了半天，我把那颗蜜饯放进嘴里，嚼碎了，慢慢咽了下去。做完这一系列无聊的动作，我这才抬起头看着阿梁的眼睛说，阿梁，其实你知道这人最后去了哪儿，是吗？

说这句话的时候，我那只握茶杯的手居然在微微发抖。阿梁也紧盯着我的眼睛，我迎着他的目光，只见他忽然又笑了，熟练地点上一根烟，说，你想听实话吗？我觉得这个艺术家还在我们镇上。我的手猛一抖，杯子里的茶几乎倒了出去，只见他抽了一大口烟，徐徐吐出去，然后淡淡地说，刚才不和你说了嘛，我信仰土地的力量，土地的神奇在于，埋进去什么就能长出什么，并且，所有长在土地里的植物都有它独特的气味，就连生活在土地上的人们也都是有气味的，因为人的根其实也在土地里，人和植物有很多相似的地方，只是植物不会走路，不会挪动地方。所以，只要一个人还生活在木瓜镇这块土地上，我就能闻到他的气味。这可能是因为我喜欢种花的缘故，我能轻易辨别出不同的花香，自然也能辨别出其他气味。

他顿了顿，又不紧不慢地补充了一句，在木瓜镇，我还能闻到那个艺术家的气味。

我呆呆看了他半晌才问出一句，你的意思是，他现在还在木瓜镇？他抽了一口烟，喷出几个烟圈，把自己藏在青烟后面，笑容越发诡异。我听见他说，那我就真不知道了。

7

回到珊瑚民宿的时候，夕阳已经入海，海天交界处燃烧着一大堆金红色的火烧云，半个天空被烧得通红，海水也被烧成了金色的岩浆，出海的渔船星星点点地缀在海面上，一艘汽艇快速从海面上滑过，身后拖着雪白的浪花，一个人蜻蜓一般轻盈立于船头。

舅舅提着水桶，带着吃食和水，正准备去海边，我便在他面前发了几句牢骚，说阿梁最近又培植出一些奇奇怪怪的植物，他那里简直已经成为一个旅游胜地了。说完这话，我意识到自己确实是在嫉妒阿梁了，忽然间又为自己感到羞愧，嫉妒本身就是一种无能的表现。但舅舅好像压根儿没听见我说的话，径直出了门，像往常一样朝海边走去。

我一边做晚饭一边琢磨着阿梁层出不穷的招数，我有一种感觉，他并不是简单地在种几棵花花草草，相反，我感觉他充满野心，他其实是在构造一座建筑，一座由植物筑成的奇特建筑，而且，他现在还在继续往高处建，像建塔一样，一层一层地往上垒。他的树屋、花屋、盆景、从实验中得来的异形植物、荒僻处的奇花异草、恐龙时代的孑遗物种，全是建这座塔的材料。这样一座塔，周身覆盖着珍奇繁复的植物，豪奢浪漫，简直有点近于巴洛克风格了，但如果他就这么一直建下去，一层一层地往上垒，像巴别塔一样垒到高耸入云的那天，恐怕又有点哥特式的阴森了。

不行，我不能就这么输给他，一个从文明社会返回的人输给一个从未出过远门的人？可是，接下来我又能做什么呢？一段时间的尝试之后，我已经发现，本地的美酒美食未必合北方人的口味，他们天然地对海鲜缺乏鉴赏力，一千块一斤的鱼和十块钱一斤的鱼对他们来说竟然没有多少区别，七成熟的白切鸡明明最是鲜美，但他们认为没煮熟，说是咬都咬不动，把当地最珍贵的牡山羊酒捧给他们，他们又惊骇地盯着瓶子里泡着的山鸡。他们更愿意吃面条，或吃那种巨大的馒头，里面还什么馅都没有。木瓜镇毕竟只是一个小镇，旅游配套设施很有限，若是打出坐船的招牌，恐怕坐一两次船也就没有兴趣了，若再遇上风浪晕船，恐怕一辈子都不想再坐船了。

因为住着一对北方来的老夫妻，又因为最近生意不景气，雇的那两个帮工也辞退了，我只得自己下厨做饭。一共做了三个菜，一个韭菜鲜蚝仔，一个香煎软唇，一个白灼海虾，煲了一个凉瓜排骨汤，又用朱槿花蒸了米饭。外婆的饭仍是一碗番薯粥，阿橘的饭则是几条小杂鱼，人和猫一起坐在波罗蜜树下，围着桌子吃饭喝酒。我认为民宿就应该这样，主人和客人一起吃饭，才有家的感觉。吃饭的时候，一只熟透的波罗蜜从树上落了下来，扑通一声砸在地上。那老太太吓了一跳，我说，阿姨别怕，波罗蜜就这样，有点人来疯，一看人多就想过来凑热闹。老太太是个退休老教师，她笑道，你们这里的植物都特别有意思，听说这镇上还有一个神奇的植物园，我们过来主要是想看看这个植物园，不知道好不好找。我一听就知道她说的是阿梁的水塘边，心里顿时很不是滋味。

直到晚上十一点多，舅舅才回来，他放下水桶，忽然站直，用普通话对我庄严地说，无形之物，镜花水月。我很是诧异，正想问问他说的到底是什么，他已经脱掉上衣，光着膀子，把头伸到水龙头下冲了冲，说了一句，做乜都半日啦，鲁还唔睡觉？我说，舅，你刚才说的是什么？他有点困惑地看着我，好像听不懂我的话，又指了指水桶，说，治个蟹去，京蟹多，瓦无掠得动。

我在厨房里一边蒸螃蟹一边想着舅舅的异样。有时候，当他从海边回来的时候，我感觉他好像不是去赶海了，而是刚从一重神秘的空间里出来，但这重神秘的空间能藏在哪儿呢？我想起了吊床，在吊床周围，时间的熵会发生变化，导致吊床周围的时间会变慢，所以躺在吊床里的人会感到一种奇异的闲适和轻盈。这重神秘的空间也应该是这样，应该就隐藏在周围，看似平常，实则是其内部时间的熵发生了变化，所以变成了三维空间之外的另一维。那舅舅能去哪儿呢？莫非他游到海底，那里有一个类似于龙宫一样的水下城邦？还是他偷偷钻进了一座巨大的珊瑚礁，那里有一个隐秘的山洞，有桌子有床有古老的秘密，桌子上还点着一根前人留下的蜡烛？再或者，难道海上有一座隐形的飞来岛，退潮时出现涨潮时消失，而舅舅每次都是乘着鳐鱼去往这座飞来岛了？

然后，连我自己都笑了，这些都不过是海上童话，事实上，我明白，舅舅只有两个地方可去，要么是白沙滩，要么是海边的红树林。沙滩是裸露的，人人可以去得，红树林则不同了，那片红树林里长着各种不同品种的红树，白骨壤、海柔、桐花、秋茄、海加丁、海榄等等，一些老红树已经有几百年了，光是错综复

127

杂的根须就能繁衍出一个庞大的家族，越是往红树林深处走，越是藤萝纠缠，蓊郁阴森。而且红树林一般都生长在海边的沼泽里或盐水滩中，水中生活着鱼虾蟹龟还有剧毒的水蛇，一般人没事不会进去玩。况且，那片红树林里还包裹着一座可怖的灯塔，估计当年法国人建那座灯塔的时候，周围的红树还很少，自从废弃之后，便慢慢被红树林包围和吞噬了，再加上闹鬼的传说，谁没事敢往那里去？忽然，我一怔，准备揭锅盖的那只手停在了半空中，这片几乎没有人敢进去的红树林，不正是一重被包裹在空间里的空间吗？匣子里套着匣子，一层一层静静地摆放在海边。

第二天，老夫妻退了房，打听了一下方向，便朝着阿梁的水塘边走去。我洗了床单被罩，晾在院子旁边的空地上，那里有几棵椰子树，树中间架着晾衣绳，还架着几张吊床。下午去收床单的时候，忽然起风了，白色的床单被风装得满满的，变成了一个大白胖子，我连抱都抱不住。站在这床单下，竟然生出一种错觉来，觉得自己正在船上，船帆已经扬起来了，船正被风推着往前走。风势小了，床单陡然瘦了下来，我刚想把它拽下来，风势再次变大，床单又一下被吹成了一只大白气球，气球向天上飞去，几乎把我一起拽向空中。我摸着那鼓鼓的气球，感觉自己摸到了风的形状。我又想到那些掠过树梢的风，吹落一地花瓣的风，摇响古塔上风铃的风，和吊床嬉戏玩耍的风，那摇曳的树枝，那满地的落花，其实都是风的形状。

我忽然想起昨晚，舅舅赶海回来对我说的那八个字，无形之物，镜花水月。风不就是无形之物吗？海边生活着形形色色的风，风是水上之灵，晨风、夜风、清风、煦风、微风、狂风、飓风、土台风、海龙卷，还有一些从远方迁徙而来的风，像季风、信风、反信风、超级台风。海龙卷是最有趣的，有时候成群出现，真有九龙戏水的壮观，有时候就孤零零一只，悬挂于海天之间，好像要把海水统统都吸到天上去。海龙卷会吸水，自然会把鱼虾一起吸入其中，大的海龙卷还会把小船也吸进去，仰头一看，海龙卷成了一只杵在天地间的透明鱼缸，里面有鱼有虾有海龟，还有大大小小的船，甚至还有渔民和水手。

风的同类还有云、虹和闪电。在海边看云起云落也绝对是一种享受，它们升起的地方不能用遥远来形容，而是一个属于出生前和死亡后的地方。被夕阳染红的大云恢宏壮丽，如一座远古的城堡屹立在海天交界处，里面住着国王、王后和骑士。没有落日的时候，云在海上嬉戏玩耍，无拘无束，时刻变幻着颜色和形状，有时候是动物园，各种动物奔跑在天空里，有时候又成了纺织厂，全世界的棉花都赶到这里来赴约。雨前的云会变成青色，所有的云糅到一起变成长长一条，长城一般伫立在海上，而暴雨前的积雨云则漆黑似铁，如深井倒悬在头顶，里面还蛰伏着幽灵一般的红色闪电，浓积云云底则往往携带着两条海龙卷。云实在属于这世上最自在之物。

不知道雷州半岛的得名是否与此地多雷有关，这里的雷也和别处不同，很多时候它们都没有声音，只有转瞬即逝的身形和光亮。入夜，海和天不再有边界，一起被装进了一只巨大的水晶瓶里，水晶瓶里有宝石般的星光，有银色的月光，还有神秘诡异的闪电。那些闪电多生活在遥远的海面上，有的像匕首一样锋利短促，闪着寒光。有的长得足以把整个夜空撕成两半。有的闪电躲在云层背后，在它亮起的那一瞬间里，云层变成了巨型的灯笼悬挂在夜空里，又飞快地熄灭下去。有的陡然从云层里钻出来，长满金色鳞片，亮着獠牙，如史前的怪兽。有时候你正在海边坐着，对着黢黑的海面发呆，对面的天幕忽然无声被闪电点亮了，如一出盛大辉煌的歌剧即将上演，而这种辉煌，居然只有你一个人看到了，这种孤独与荣耀，成了你和天地间的一个秘密。

这海天交界处也是彩虹经常出没的地方，雷雨之后必有彩虹降临，有时候即使没有雨只有雷和闪电，彩虹居然也会如约而来，好像它们之间有什么接头暗语似的。有时候来的还不止一道，会有两道彩虹同时来到，一高一低，一雌一雄。巨大的彩桥架在陆地与海洋之间，会让人觉得，只要走上那座桥，就能从海洋走到陆地，或者从陆地走到海洋。

我明白了，带着客人们去看云听风观虹，在一个过于现实和坚硬的世界中去寻找这些渺茫的无形之物，本身就是一件浪漫的事情。至于水月镜花，那些沉在水底的古城，亚特兰蒂斯、希拉克莱奥、帕夫洛彼特里、贝亚城，还有那些水底的沉船，水底的珊瑚礁帝国，不都是吗？我曾在潜水的时候遇见过一艘水底的沉船，因为是浅海，阳光充足，适合珊瑚生长，所以那沉船已经完全被珊瑚所覆盖了，甚至桅杆上都长满珊瑚，猛一看，那简直是一座长成了船形的巨大珊瑚礁，沉船腐朽的骸骨与五光十色的珊瑚长成了一体，好像那些珊瑚是从枯骨与尸骸上开出来的花，美艳而阴森。只要船行到准确的水域，海水也足够清澈，就能看到水下的珊瑚帝国甚至沉船的影子，其实一艘沉船也是一个水下帝国。

我忽然又想到，风云雷电其实并不是彻底的无形，在它们后面，还有更深的无形，就是那些在木瓜镇已经栖息了几百年的神和精灵。从来没有人真的看到过它们，但木瓜镇上的每一个人，无论男女老少，都相信它们的存在，所以它们的庙宇无处不在，有的恢宏壮观，有的小巧如火柴盒，它们的生日就是全镇人最盛大的节日，那些古老诡谲的仪式，游神、选僮、穿令、过火山，无一不是人神之间对话的奇特方式。而木瓜镇能繁衍出这么多的神，可能与它的偏远有关，极南之地，单纯朴素的人，地域的岛屿性，蛮荒与淳朴并存，这些正是神得以产生的条件，所以那些繁华的大城市里根本不可能产生神。而这些神秘的与信仰有关的仪式也是一种场所精神吧，对外地人尤其是城里人也应该是充满吸引力的。

以前怎么没想到呢？在一个万物并存的时空里，只要有适合的条件，万物皆可复活，皆可能拥有生命。我坐在海边的礁石上，看着已堕入黑暗的大海，心中涌起一种难言的喜悦，还有一种破解了谜题之后的轻松。解谜的过程有通灵之感，似在与天地对话，只是，这谜题，究竟从何而来？舅舅到底是从哪里拾得的呢？一定是有人告诉他的。举目望去，只有大海、天空、沙滩，还有旁边的红树林。我忍不住向那片红树林望了又望，那片神秘的树林在夜晚看上去黢黑如铁，而且密不透风。那里确实适合盛放秘密。

我在珊瑚民宿的门口挂了一块日历板，每天写上不同的内容，看云，听风，看珊瑚，看晚霞，观雷电，看沉船。但一段时间之后，我发现这一招只对年轻人有些吸引力，而来木瓜镇度假的北方人基本以退休老人为主。眼看收效甚微，我决定再去看看阿梁，说是去看，不如说，实在是好奇，想知道阿梁最近又使出了什么新招，有时候他的招数奇特幽僻又炫目，有点像武林秘籍中的独孤九剑或菩提刀法。我已经明白了一个事实，阿梁也绝不想输给我，那他又为何定要和我一争高下呢？我看他对挣钱其实并没有太多的兴趣，真的如他所说，有点买烟买茶的小钱就够了。那他又是为什么呢？也许是因为，他内心里从来就是高傲的，只是从前，连他自己都不确定自己是否可以高傲。我们俩之间的较量一步步发展到今天，其实与挣不挣钱已经没有多少关系了，而是事关尊严。

在去水塘的路上，我猜测着阿梁不知又培育出了什么新的植物品种，上次已经见过蒟蒻那样巨型的花，这次会不会看到比蒟蒻还要恐怖的花？就像花中恐龙？我又怕他那些嫁接和授粉的实验会导致植物基因突变，哪天忽然长出一株外星人一般的植物，那植物长着眼睛和嘴巴，甚至还能开口说话。

正胡思乱想着，已经快走到水塘边了。我远远就闻到了一股异香，正是从阿梁的水塘边散发出来的，我心里纳罕，这又是什么可怕的花朵，简直在十里之外就能闻到它的香味。后来仔细一闻，又觉得不像是花香，倒像是香料散发出的味道。我心里不由得一紧，阿梁果然又出新招了。这么想着便快步走到了水塘边，越往里走，香味越重，而且不是单调的香味，是那种混杂的复调的熙熙攘攘的香味，简直像走进了一大片旗袍女人中间，周围摩肩接踵的全是施了脂粉洒了香水的旗袍女人，连道路都被淹没了。

阿梁正蹲在花丛中收集花瓣，看见我来，很高兴的样子，起身一把拉住我，倒好像生怕我跑了，他拉着我就走，我心里不由得一阵恐慌，感觉他像只蜘蛛一样，在这里结了网专门等我。我们走到一棵古老的蜜香树前，那棵蜜香树很是粗大，两三个人都抱不过来，在木瓜镇，过节祭祀的香材多是从这样的老蜜香树上提取。我仰脸一看，树上居然搭了一座小屋。

阿梁说，你可算来了，我一直等你来呢，你来看，这棵蜜香树多神奇呀，它根茎和枝节的颜色各不相同，我发现它每个部位都可生出不同的香料，树心和树枝坚硬发黑的部位放到水中就会下沉，是沉香，如果是半沉不沉的，那就是鸡骨香，用它的树根可以制成黄熟香，树干可以制栈香，细枝可以制青桂香，用它那些又大又轻的根节可以制成马蹄香，用它的果实则制成鸡舌香。你看，为了和它匹配，我在树上搭了座香料屋，是用桂木和熏陆香搭起来的，有风吹过的时候，桂木就会飘出香气，屋顶是用紫藤和木香覆盖的，还有开花的丁香缠绕在紫藤上，木香闻起来像花蜜一样，紫藤的茎干放久了就是紫香，而丁香的花蕾是一种古老的香料，人睡在里面会觉得心旷神怡，连头痛脑热都治好了，我就想着等你过来了，赶紧让你上去感受一下。

望着树上那座香料屋，我心里不由得生出一股敬意，在这小镇上，阿梁才他妈是真正的艺术家，再这么和他比下去，我迟早要黔驴技穷，而他则像热带植物一样，在这红土地上越发生长得狂野妖娆，不可一世。我心里又是感动又是沮丧，想掉头回去，但阿梁哪里肯放我，他不由分说，拽着我的胳膊把我拖到树屋里，只见屋里新钉了几排架子，架子上摆满了瓶瓶罐罐。他打开一瓶，轻手轻脚取出一饼香，焚上了，微微把青烟往我鼻子底下扇了扇，得意地说，你来闻闻，这香味如何？这是我前几天刚制出来的香，叫熏华香，是把降真香的树枝切成薄片，放在坛子里，用蔷薇水浸泡，再把坛子放在炉上，用小火慢慢蒸干，就制成了熏华香，这种香味很是清扬。

怕我跑掉，他又把我摁在凳子上，打开那些瓶瓶罐罐一一向我介绍。这是荔枝香，是用荔枝的壳制成的合香，香气很是清新。这是孩儿香，专等蔷薇开花的时候，又碰巧下了雨，被雨水淋湿，花香滴到土上，再经过风干变成的土香就叫孩儿香。这个香叫瑞球香，是把白檀香、降香、马牙香、甘松、山奈、香白芷、云母石、小儿胎毛，研成细末，用白芨水调和制成。这个叫引路香，是把檀香、芸香、速香、黑香、大黄、甘松、炭末，放在一起研磨后用荔枝蜜调和。这个叫御衣香，把檀香切成片，用茶水煮过，沉香切片，用蜜水煮过，茅香用酒煮过，炒至黄色，再加入玫瑰花、木香花、茴香、丁香、白芷、藿香叶、橄榄油，一起研磨，制成香饼。这个是专门为女人们制作的香粉，叫八白香，是把白丁香、白僵蚕、白附子、白牵牛、白茯苓、白芨、白芷、白莲，一起研成粉末后再加入绿豆粉，用了可使女人们面色如玉。这是为女人们制作的唇膏，叫留兰香，是把鸡舌香、藿香、苜蓿、兰香四种香料，用棉纱包裹，放入酒中浸泡一夜，再把茶花油和猪胆放入坛中，倒入浸过香的酒，煮沸后加入浸过的香料，用文火一直煎煮到水干时分，再加入丹砂，就制成了这种留兰香，用了可以使女人们唇色红润。

他滔滔不绝地往下讲，那饼熏华香燃尽了，他又取出一饼香焚上，我分辨不出这是什么香，只觉得闻了以后有些微醺的感觉，整个人飘了起来，好像来到了一个陌生的时空里，在我的周围，飘摇着很多幽灵般的植物，我看不见它们，但是分明可以感觉到它们的存在。我忽然明白了，前几次来，我都是站在外部观看着那些植物，而这次，我是走进了它们的内部。阿梁这次不再是用种植、扦插、嫁接、授粉的方式，他舍弃了它们的形状、颜色、芬芳，改用招魂的方式把植物们的魂魄收集了起来，有些花魂放在一起时产生了奇妙的化学反应，有些花魂在经过了火烤和熏蒸的度化之后，转世投胎为另一种存在。这简直是与中世纪炼金术相似的巫术，他通过这种巫术，让植物从有形化为无形，同时却成为他那座巴别塔上最坚固最璀璨的材料。而他自己的格位，也从一个花匠、园艺师上升为巫师、魔术师。

阿梁又熏上了一炷卧香，请我品鉴这种香味如何，他自己则开始动手沏茶。看得出，他心情很好，只是在我面前强忍着，以示对我的尊重。我也不能让自己拔腿就跑，显得太没有风度了，我便干脆闭上眼睛，细细品起香来。只听阿梁在我耳边悠然说，香与花最是相配，对花焚香是这世上最美妙的事情，我一一试过了，木樨与龙脑香最匹配，茶？与沉水香最为匹配，郁金香与檀香最是匹配，兰花与四绝香最是匹配，含笑与麝香最是匹配，现在焚的就是四绝香，因为今日桌上摆的是兰花。我这才发现，桌上摆的果然是一盆兰花。

我心中感慨万千，都说把无形之物变成有形之物是件艰苦卓绝的事情，这种事情一般是由发明家和科学家来完成的，而事实上，世人不知，把有形之物化为无形之物也许更为卓绝。想到这里，我心里忽然猛地跳了一下，无形之物，我们都想到了无形之物，也就是说，阿梁的招数居然和我是同步的。我们貌似走在两条不同的路上，走着走着却发现，我们竟然是朝着同一方向而去的。

8

黄昏，舅舅带上吃食和水桶，照例出去赶海。我悄悄跟在了他后面。我想看看，舅舅到底在和什么人对话，难不成他真的是在和某种神灵对话？他并没有绕着红树林边缘向白沙滩走去，而是走到红树林边上的时候，他忽然停住了。他朝周围看了看，看可有人注意他，然后，趁着暮色，他倏地钻进了红树林。穿过红树林也可以到达白沙滩，但很少会有人这么走。我心里又是紧张又是兴奋，果然是那片红树林，一个岛屿中的岛屿，一个最适合盛放秘密的匣子。

我也跟着进了红树林，没走两步，水就淹到了小腿肚上，因为怕发出响动，我只好轻轻把一只脚拔出来，再缓缓把另一只脚踩进水里，舅舅走得也很艰难，所以他的背影还在树枝间依稀可见。红树林里的光线要比外面幽暗得多，红树的根盘根错节，几乎全都裸露在外面，就好像它们长了无数的脚，它们是可以走路的，能从村口一直走到白沙滩，最后织成了一张巨大的蛛网，要把所有的闯入者都网罗其中并消化掉。但红树林也是无数海边动植物赖以栖息的家园，所以，红树林不能碰，一碰就会像放烟花一样，惊起无数栖息在这里的水鸟。因为树和鸟都是红树林的肢体，二者相依为命。在我经过的地方，时不时会飞起一簇水鸟，防不胜防，幸而舅舅经过的地方也是如此，头顶不时升起鸟的烟花，所以他并没有多回头张望。

舅舅并没有横穿过红树林，当他走到红树林中央的那座灯塔前的时候，再次停住了，在红树林即将被夜色淹没的那一瞬间，我看到他从身上掏出一把钥匙，打开了灯塔下面那扇腐朽的门，然后，他推门进去了。黑暗开始降临，慢慢淹没了红树林，那座废弃的灯塔站在黑暗深处，静默不语，神秘极了。我开始往回返，我能看到的唯一光亮，是星光透过树枝落在水中的倒影，我每走一步，这倒影就会碎成一片，而在我经过的地方，银色的碎片又重新缝合于红树的脚下。

第二天上午，舅舅骑着摩托车，去县城采购东西去了。我安顿好外婆，塞给她一坛酒，让她慢慢喝去，自己则在身上带了一把钳子一把水果刀，再次走进了那片红树林。一直走到灯塔跟前我才看清楚，这座站在水中的灯塔，已经很难辨认出原来的材质，因为，整座灯塔都被绿色的植物所覆盖，靠近水面的地方还长出一层厚厚的生蚝，盔甲一般坚硬，猛一看，都不会以为这是座灯塔，倒更像是从阿梁那个魔幻乐园里跑出来的树屋。那些树屋，会吃会喝会呼吸，还会不停地长高，真跑出来也不算稀奇。我看到门上挂着一把生锈的铁锁，但毕竟已经腐朽，我用钳子使劲一钳，那锁就坏掉了。

我推门进去，一股潮湿浓重的霉味扑面而来，借着从窗洞透进来的光线，我看到，灯塔内的墙上长满了毛茸茸的青苔，还有蘑菇木耳类的菌子，摸上去冰凉滑腻，好像摸到了一只沉睡中的大型动物的皮毛，我不敢多加触碰，唯恐这大型动物会忽然睁开眼睛看到我。灯塔中央有一架螺旋形的梯子，也锈迹斑斑了，一直通往灯塔的顶部，上面应该是仓库或是守塔人住的寝室。我屏息听了片刻，听不到任何声音，犹豫一番之后，我最终还是下了决心，沿着楼梯盘旋而上，在楼梯的尽头，也就是在灯座的下面有间小屋，门也是锁着的。我趴在门上听了听，里面没有任何动静，我在用钳子钳掉锁的一瞬间，使劲踹开了门。

果然是守塔人的寝室。圆形的屋里有两扇窄小的窗户，光线能透进来，可以看到，屋里有一张窄窄的单人床，一只木箱子，一把破椅子，墙角有一堆修理灯塔的工具，早已锈迹斑斑，地上还摆着两只塑料桶，站在门口都能闻到桶里散发出的难闻气味。有一个人正在屋里很缓慢地转圈，听到踹门声，居然连头都没回一下，还在慢慢地挪动。只见这个人拖着一头长长的头发，可能是很久没有洗过了，头发锈在一起，像一团杂乱的水草，身上破败的衣服和墙上的青苔融为一

133

体，猛一看，竟以为他是这灯塔里长出来的一株人形植物。但我还是很快就明白了过来，悬人，头毛长长，尼官显，伊后来棹船过海往海南岛去了。他应该就是那个从木瓜镇忽然失踪的艺术家。

因为已经被舅舅在这里囚禁了两年，他说话有些说不利索，和我说话的时候也像是在自言自语，大概是因为，他在灯塔里的大部分时间都是靠自己和自己说话打发过来的。舅舅每天天黑前会来灯塔一趟，给他送吃的送水，给他倒便桶，但也很少和他说话，就是说也只说些关于珊瑚民宿的事，舅舅会让他帮他出主意。这也是舅舅当初把他囚禁起来的原因，他不想让他走，要他一直陪着他，可能因为他心里认定，只靠他自己，是根本无法把珊瑚民宿经营下去的，而这是留住艺术家的唯一办法。

奇怪的是，他并不和我说让我救他之类的话，而是像只钟表一样，围着圆形的房间，只是不停地转圈，一边转圈一边自言自语，珊瑚屋，珊瑚，来自大海的艺术品，从海洋走向陆地的艺术品，就是艺术，我第一眼看到珊瑚屋，就知道，它们，是艺术，艺术。

他说的是字正腔圆的普通话。我想起在那么几个瞬间，舅舅也会操起这样字正腔圆的普通话，神秘地、诡异地，对我说几句天书一般的呓语。我忽然明白了，那些话其实出自这位艺术家之口，而舅舅只是模仿。准确地说，那并不是一个真实的舅舅，而只是一个被他自己分裂出去的人格分身。因为恐惧，还因为仰慕，还有淳朴和野蛮搅在一起时发生的剧烈的化学反应，那个分裂出去的舅舅和眼前的艺术家会忽然重叠在一起，他们会在瞬间变成一个人，继而又很快分离。

我坐在椅子上，他则一刻不停地转圈，好像他变成了我的一颗卫星。可以想象，在长达两年的幽闭式的生活当中，他每天都是沿着这样的轨道在自转，显然，他已经演化出了某种接近于天体的气质，可以无限地这样运转下去。我问他，你在镇上一共待了多长时间？他一边自转一边用梦境般的语言说，那时候，我每天去看海，海龟从南太平洋赶来，鲸鱼从南极赶来，我在看鲸，鲸也在看我，水鸟从水下起飞，海豚在捕捉沙丁鱼，珊瑚比云霞更灿烂。我又问，除了我舅舅和我，这两年你还见过谁？他一边继续转动一边说，园艺艺术家，他的花园，种了很多很多花，珍奇的花，植物的艺术，大地上的艺术，有一棵丝兰开花了，它等待着访客的到来，然而没有，没有客人来访，一个植物里的作家，孤独的作家，孤独，没有一种艺术可以脱离孤独，那些花，颜色和香味在风中摇摆，植物的诗歌，花园是很快凋零的聚会，散了，都散了。

我一听就知道，他说的园艺艺术家是阿梁。难怪我和阿梁同时想到了无形之物，可见阿梁不仅知道艺术家被囚禁在这里，甚至还可能来灯塔看过他。这时候我忽然又想到，我之所以能在这里找到被囚禁的艺术家，根本原因还是在于阿梁，现在回头想想，他其实一直在给我一些暗示，正是有了这些暗示，我才跟着舅舅一路找到了这里。可是，他为什么要给我这些暗示呢？希望我找到这个艺术家？我又想起那天在亲戚家喝茶的时候，曾听亲戚说起过，阿梁的女朋友是因为喜欢上了那个艺术家，才要和阿梁分手的。如果真是这样的话，阿梁应该恨眼前这个人才对。于是我便又试探着问，你说的那个园艺艺术家是阿梁吧？听说他女朋友爱上你了，所以才要和阿梁分手，真有这回事吗？

他还在自己的轨道上旁若无人地转动着，但说话慢慢变得流利了些，可能还是因为平时根本没有和人说话的机会，所以在正式说话之前，必须得经过一定的演习和排练。只听他说，塔希提岛上的高更，他画的《塔希提岛上的牧歌》，画得多好，只有野蛮的地方才会有牧歌性，高更在塔希提岛上的情人叫泰阿曼娜，土著少女喜欢外来的艺术家，是因为她们喜欢外面的世界，但高更不会带着泰阿曼娜去巴黎，因为他知道，去了连原始美都毁灭了。

我叹息道，你们这些搞艺术的，原来你是木瓜镇上的高更啊。我听说，在你失踪之后，那女孩和阿梁也没能复合，而是独自出去打工了，她到底还是去了外面的世界，也不知道现在在哪里。

他的自转戛然停住，他微微侧过头，似乎朝我看了一眼，然后，自转再次继续。我猜测，他必须在这个熟悉的轨道上转动的时候，他说话和思考的能力才会恢复，一旦停住，他就会化为一棵人形的植物，与这灯塔的墙上、缝隙里长出来的苔藓和蘑菇没有两样。他又转了一圈之后，忽然说了几句很诡异的话，他带我来红树林，说去看一座老灯塔，法国人建的灯塔，我来了，从此以后我就失踪了，而那女孩比我失踪得更早，那一天，我在镇上到处看不到她的身影，我就知道她失踪了。

我愣住了，一阵阴凉的感觉嗖地蹿到了头顶，我问他，你在说什么？他很笨重很干枯地笑了一声，一边转动一边说，我进来灯塔多久了？我早已经忘记了时间，我在这里已经几百年了吧，这几百年里我一直在想一个问题，什么是失踪，失踪的人是介于活人和死人之间、神灵和鬼魂之间的一种人，有时候这个人其实已经死了，别人却还可以当他活着，无限地活着，比所有的活人活得都长久；有时候，这个人本来还活着，别人却都以为他已经死了，把他的遗像挂在墙上，从此以后他就只活在了墙上，把他写进书里，从此以后他就活在书里，而那个真实的他反倒变得像鬼魂。而且，失踪的人是可以变形的，你永远不知道他会变成什么。把我藏在红树林里，我就迟早会变成一棵红树，和这周围的树木没有任何区别；如果把我埋在泥土里，我可能就会变成一颗种子，这种子有一天要是发芽了，开花了，那朵花其实还是我，就算没有人能认出我来，那也还是我，这世上不会有干干净净的失踪，只有形式间的转化。

我猛地想到了阿梁种的那些妖魅奇异的花，还有那天在水塘边阿梁对我说过的话，我信仰土地的力量，你种下去什么，就会收获什么，所以在种这棵鹤望兰的时候，我把一只死去的小鸟和它的种子埋在了一起，这样小鸟就能把自己的灵魂转移到花上，可能因为花有了鸟的灵魂，才长得这般美丽。

我带着艺术家离开了灯塔，去县里帮他理了发，换了衣服，又把他送上了去海南的船上。两年前，他的目的地其实就是海南，只是路过木瓜镇的时候被珊瑚屋吸引，便多待了几个月，结果被舅舅囚禁在灯塔里。临上船前，我给了他一笔钱，恳求他不要报案。我说，我那舅舅年龄也大了，又无儿无女，也是个可怜人，他强制性地把你留在木瓜镇，其实也是出于对你的仰慕。仰慕的方式有很多种，这是最极端的一种，他心里自卑得很，不想让你走，想把你留下来。艺术家把钱收下，一只手捋了捋被海风吹起来的头发，张了几次嘴，似乎想对我说点什么，但最后一句话都没有说，便头也不回地上了船。

9

这个黄昏，我又来到了阿梁的水塘边。

远远就看见他正低头摆弄着什么植物，但我已经不再关心他又培育出了什么惊艳的品种。我在他身后默默站了许久都不知道该说什么，这时候阿梁一抬头，看见我站在后面，便笑着招呼道，快来看，你赶上了最隆重的花事，运气真好。我走上前去一看，是一株又像牡丹又像芍药的花，长着几个珊瑚红的花蕾，有一朵半开的花却是粉色的，还有一朵已经全开的居然是无瑕的象牙白。我说，这又是你的实验？他嘘了一声，指指花蕾，不再让我说话，我们便屏息观看着那几个花蕾。

只见其中一个最大的花蕾已经慢慢张开了，开放的过程宁静优美，像一种空寂缥缈的舞蹈，又像一个梦境忽然走出了黑暗，静静地站在你面前。但你知道，它仍然是个梦，并不是真实的存在。太阳已经开始西沉，天地间的光线变得低沉柔和，而这朵花竟像一只烛台一样，把周围一圈都照亮了。更神奇的是，它的颜色像用画笔渲染的一样，一直在变化，开到一半的时候，珊瑚红变成了粉色，再开又成了淡黄色，到最后完全盛开的时候居然蜕变成了纯洁的象牙白，纤尘不染。我有一种错觉，觉得自己正站在变幻着光线的晚霞面前，每一个瞬间都转瞬即逝，却又美得惊心动魄。半晌，我才问了一句，这叫什么花？阿梁的声音飘了过来，平静到了骄傲的地步，它叫落日珊瑚。

这朵花像一个巨大的黑洞，把一切都吸附进去了，晚霞、夕照、时光、珊瑚、民宿、艺术家、舅舅、梦幻、外婆、阿橘、海天线、梦与醒的交界线，全都吸进去了，几乎优美到了邪恶的地步。站在那朵花前，我忽然想流泪，那艺术家说得不错，阿梁是能称得上园艺艺术家的，他们其实是有惺惺相惜在里面的。

阿梁凝视着那落日珊瑚说，如果你经常看着花朵盛开再凋零，你就能感觉到，花朵会让时间加快转动，花朵周围的空间是弯曲的，是有弧度的，如果把一个人长期放在这个空间里，你会发现，他老得很快，比周围的人要快得多。

在那一瞬间，我有些想逃走，但还是忍住了。我望着海天交界处金红色的晚霞说，其实你早就知道那个艺术家被关在灯塔里，你让我找到他，只是为了让我把他救出来，对不对？

他也抬头看着晚霞，霞光铺满了整个大海，也落在了我们身上、脸上，像给我们镀上了一层古老的釉色。他嘴角还挂着那抹满不在乎的微笑，掏出一根烟来点上，一边抽烟一边看着霞光落满大海，久久不说话。我又说，你女朋友当年就是因为喜欢上他了才要和你分手的，你不恨他？一根烟抽完了，他把烟头掐灭，两只手插在裤兜里，平静地说，他可以去做我做不成的事情。

最后一块晚霞也燃尽了，烧红的天空和大海逐渐冷却，变成了灰烬一般的炭灰色，这炭灰色又迅速变成了深青色，然后是蓝黑色，再然后便是吞噬一切的乌黑色。璀璨的繁星从黑暗最深处涌起，然而海天已经连在了一起，所以很难分清楚那些星光到底是来自夜空还是大海深处。就在我们身边，我忽然发现，有些植物在黑暗中居然是会发光的，那些明明灭灭的花朵，像星辰一样围绕在我们身边。我想到了那只和望鹤兰埋在一起的小鸟，它给了望鹤兰一个灵魂，一个属于鸟的灵魂，所以望鹤兰看上去优雅极了。而在这些花朵的下面，在它们的根部，也许还埋藏着更多秘密，这些秘密赐予它们可怕的美丽甚至是魅气。我又想到，如果一个男人失去了心爱的姑娘，她却最终化作无数美丽的花朵盛开在他的身边，不管是白天还是晚上，也不管世事和光阴如何流转，那也算一种陪伴吧。

我终于下定了决心，我在黑暗中看着他的背影，低声说，你不怕有一天警察还是会找到你这里吗？他没有任何反应，没说话，甚至也没有扭脸看我一眼，只是静静地站在一棵仙人柱面前，那仙人柱在这个夜晚开花了，它的花到天亮就会凋谢，只开一夜，所以它几乎用尽了所有的力气。我也走到仙人柱旁边，摘下了一朵黄色的花朵，我以前不知道，仙人柱的花朵在晚上居然是会发光的，一种很柔和很静穆的光，像深海的夜光螺发出来的。我把它捧在手心里，它居然把我的手心照亮了，我又把这朵花举起来，它竟把我和阿梁的脸都照亮了。在照亮的那一瞬间，我对他说出了我最后想说的话，你还是要早些为自己做好打算的，究竟该何去何从。

阿梁忽然笑了，说，你晚上从没来过我这里吧，走，跟我看看夜晚的花园，其实比白天还要美丽。

于是，我们在夜色中开始游园，原来，在夜晚发光的植物不止有仙人柱花，还有九里香、黑色郁金香、欧洛佩、迷谷、荧光草、灯笼树、月亮树、蜡烛树，还有一棵夜光树，通体闪亮，那是真正的火树银花。我惊叹道，好神奇的树啊。阿梁说，它的根部有大量磷，磷从树的身体里跑出来，一碰到氧气，就能放出一种没有热度也不能燃烧的冷光，而且树越大，发出的光就越明亮。

又是一个关于根部的秘密。邪恶而温柔。

站在那棵亮晶晶的树下，我忽然有一种错觉，好像我和阿梁又回到了童年，我们正在元宵节的夜晚逛花灯。

从种种奇花异草中穿行而过的时候，我还发现，夜晚的花香竟然比白天还要浓烈幽深，走着走着，我感觉我们已经被花香托起来了，我们像羽毛一般飘浮在了夜空中。这时候，阿梁回过头来，庄重地对我说，阿胜，谢谢你，其实我早就想好了，我哪里都不去，就在这里种花种树，我还要种更多的花，比落日珊瑚还要美的花，然后，花又生花，树又生树，当这些花和树壮丽到一定程度的时候，那就是我该去的地方。

夜色中，我恍惚又看到了阿梁建造的那座巴别塔，那座活着的不停生长的塔。这些花草树木，这些树屋、花屋，还有他制作的那些香料，它们其实都不过是他手中的建筑材料，他用它们一层一层地往上垒，他自己也随之一层一层地往上爬，到最后，在塔到达了它所能到达的极限的时候，它会变成一个城邦，或者，一个王国。而就在那塔的最顶端，阿梁像个尊贵的国王一样，消隐于自己的王国当中。

（载《钟山》2023 年第 1 期）

去云那边

须一瓜

……当我撑大我那风造帐篷上的裂缝
直到宁静的江湖海洋，
仿佛是穿过我落下的一片片天空
都嵌上这些星星和月亮
我用燃烧的缎带缠裹太阳的宝座；
用珠光束腰环抱月亮
……
我是大地与水的女儿
也是天空的养子
我往来于海洋、陆地的一切孔隙——
我变化，但是不死
……

——雪莱《云》

一

　　一辆白色的 SUV 正准备下高速。它已经奔波了三个多小时。年轻的女人开着车，带着五岁的男孩。男孩一路在看云。在高速公路上，年轻的女人反对小男孩躺着看云，她要求他坐在配合安全带的专用儿童增高坐垫上，但是，小男孩一下子就放弃了。他还是躺着看车顶大天窗上的云，追云不便时，他就解开安全带，站起来。他只专注于云的变化，似乎在编导云的剧情。这趟行程，他只注意着天上的云变，路有多远，云的故事就有多远。因为小男孩一会儿坐直，一会儿躺下，一会儿系上安全带，一会儿放开，使女人不得不放慢速度。

女人不时瞟后视镜，并通过耳朵，去捕捉后座的动静。为此，她关掉了已经很低微儿童英语故事音响。除了云，小男孩对所有的人事，都心不在焉。三岁没有开过口，家里的老人根据经验，都怀疑他是哑巴，但后来证明医生判断没错，他会说话，只是不想说话。父亲平时忙，陪伴少，跟他说话，他以点头摇头回应。当爹的有一次大怒：不许摇头点头！眼睛看着我！用嘴说话！小男孩就吓得小便失禁了。对那些非要撬开他嘴巴的、动手动脚的热烈客人，小男孩眼神排斥，有一次竟然哭了，令家人客人都颇为难堪。总之，他能不开口就不开口，比如，给他食物，他张嘴，就表示接受，拒绝，就是走开。甚至要去洗手间拿遗忘的玩具，里面的人连问他要什么？他只踢门不作答；那些学龄前儿童视听教材，他一律视而不见、听而不闻。偶尔，小男孩发出清晰的单词，或回应了人，犹如钻石光芒，蓬荜生辉，这幸福地证明了他的听、说，都是正常的。但不能否认的事实是，他几个月的说话量，不及正常孩子的一天。他似乎活在自己的世界里。

有个懒惰的、嘴甜的保姆，被长期雇用了。因为，小男孩可以和她多说几句。而她能给小男孩指认各种云。他们一起去顶楼天台看云，遇上了好云，小男孩会容光满面地回来，又比又划，转达他刚刚经历的一场盛大相遇。比如，满天螺蛳云、排骨云、茶垄云、散掉的棉花云、老头撒尿云、老鼠偷油吃的云，还有树根云、吐血云、金片云、猪奶头云。这个准文盲保姆，用云的想象力，激荡了小男孩云世界的生机勃勃。

有时，保姆洗菜洗一半，或者拖地进行中，突然一声高喊——哇，看天！天烧起来啦——快看！

小男孩就连忙牵着她去阳台观赏，或者他们直接就奔向顶楼天台——他们家就在顶楼37－38错层里。一大一小都直奔顶楼大天台上看云。高天阔地，小男孩软软的头发，像丝绸旗帜一样飞舞。他会张开胳膊，像十字架一样，仰天旋转，然后拥抱自己的云想象。如果年轻女人不在顶楼他们家的有机菜地上劳作，保姆可能玩手机，她倒没那么喜欢云，但她从来没有忘记自己"读云者"的天职，她一边解读云彩，一下玩手机。公平地说，她对看云的孩子无限耐心。看到天空暗沉，云们归途隐匿，一大一小就心满意足地一起下天台回家。那时，可能洗一半的菜被外婆洗掉了，进行半吊子的清洁工作，因为碍手碍脚，被妈妈取代完结了。

旅途中，年轻的女人以不配高速路的速度行驶着，无数的车辆掠过这辆白色SUV。两个半小时的行程，他们已经走了三个多小时。因为车里的云孩子，女人只能以尽量平缓的速度来护佑后座上的看云人。孩子的父亲正在这两个半小时车程的锦天城开会，今天是丈夫的生日。女人决定给丈夫一个意外惊喜。她要带着孩子"从天而降"，给他特别的生日祝福。小男孩对这个建议无感，因为爸爸无论是否出差，都经常不在家。但是，他妈妈说，"哎呀，锦天就是出七彩祥云的地方啊"！

小男孩张大了眼睛，看妈妈。

"五颜六色！"妈妈加大诱惑力度，"满天！红的、绿的、黄的、湖蓝的、金棕的、蓝紫……"

"各种颜色？"小男孩归纳了一下。

"对啊，"妈妈说，"前几天电视新闻不都说了，锦天这个季节彩云最多。"

小男孩并没有看到电视，因为外婆大喊大叫的时候，新闻画面面都没有了。

妈妈继续煽动："所以要赶紧！到时我的手机还借你拍照。"

小男孩没有吭气。他把一本云童话绘本，放进妈妈小行李箱，又把一只麂皮象宝宝玩具，放进去。这是他出门必带的助眠玩具，他必须捻着象左耳朵的尖尖，才能入睡。女人暗暗得意。一路上，他男孩的自言自语表明了他妈妈的确拿捏准了他的小七寸。

小男孩说："棉花糖的云，都是加颜色变的。"

妈妈很聪明，说："那是假云嘛。真的云，什么颜色都是自己长的。电视上说了，只有特别的地形地貌，才会邀请到天上各种颜色的云——全世界只有锦天最多！"

"要它不来呢。"

"给电视台打电话呀。"

"怎么说？"

"你就说，喂，你们不是说，这几天都有彩云吗。"

男孩笑了，但他说："我不。"

车行了一两公里后，小男孩说："你打。"

年轻的女人愣了一下，反应过来，说："嗯，让爸爸打！他说，喂！我们全家来锦天过生日哪！说好的七彩祥云呢?！"

男孩无声地笑了。看起来很有信心。

二

出高速收费站，SUV 女司机把车靠边，接起一个重复打进的电话。后座上的小男孩，又解开了安全带。他手里有两张嘎嘎响的玻璃纸，一张香槟色，一张宝蓝色。他轮着透过玻璃纸看天。通话中，女人不断回头看后座的小男孩。她拿着电话，说了很多句话。语调亢奋利索，有点躁气，一听就是不耐烦废话的人，有时她会浮现屈尊俯就的谦逊笑容，因为过于亲切迷人而有点发假。女人说：

"还要 27 分钟。估计我会比导航再慢点。"

"孩子饿了，我会先带他吃点东西。"

"不不，不去酒店吃。给他惊喜！这饭点人多，万一被他看到就不好玩啦。"

"你把他房卡放总台，交代好就行。估计我们吃好进去你们要开会了。"

"知道。你发的流程我看了。下午我出去办点事，最晚五点到酒店给他庆生，不耽误他晚上八点的政府活动。"

"不用不用！他不吃蛋糕。小生日而已。谢谢谢谢。"

"不不！小事！就是买些有机菜种——我自己开车导航很方便。"

"五点散会前我会赶回。让他惊喜一下！不影响他的晚上活动。"

"保密啊！——这会让我们綦小朋友大开心的！"

"当然当然。你们綦总可能都忘了自己生日。对了，你房卡也留总台一张，到时我可能需要打理一下。"

<h1 style="text-align:center">三</h1>

龙帝温泉大酒店从空中鸟瞰，是个拉长的 S 形，尾稍犹如巨幅飘带，飘了七八百米，其实，它模仿的是巨龙飞天的造型。起降锦天的飞机，最容易看到的就是，巨龙在绿树掩映中腾起的龙脊摆动线条。说是龙脊，其实是平的。整个酒店不高，昂起的龙头才十多层，龙尾一层多高；"S"形的屋顶天台，就是斜上的平展龙脊，上面龙鳞半圆片式的扁平梯阶，缓缓升高，间或又穿插着一方方如茵绿草。龙脊中线，从龙头到龙尾巴都是艺术灯柱，仿佛是 S 形的龙脊在晶莹发光。夜色里，巨大的"龙脊飘带"上，银白的星光小灯，会在草地上满天星般闪烁，星星点点，如银河的人间倒影。所以，当地人不大叫它的学名龙帝温泉大酒店，而是"那个星光龙酒店"。

女人开进龙帝温泉大酒店差不多下午两点了。门童礼貌得不动声色地代为泊车。进了大堂，一手牵着孩子，单肩挂背着双肩包的女人，一眼看到了唐秘。唐秘却没有认出低扎马尾巴，穿着牛仔裤平底鞋的老板娘。看到笑着走向自己的女人，小秘书还算机灵，立刻春花绽放地迎了上去。"姐姐真是越来越漂亮了！比之前见的更年轻啦！我都没敢认呢！"两人都说了互相赞美的话。唐秘说，"我正要给綦总房间送资料，那都给姐姐吧。这是他房卡，918。来，电梯在那边。"唐秘说，"老板独自在九层。曹副和我们其他人，都住七层。"

唐秘为老板娘摁了电梯。

等候电梯的时候，唐秘压低嗓子说，"这次订晚了，没订到大床房，被綦总骂了。是我们秘书组的失误"。唐小姐做着鬼脸，从小包掏出了一个黑蓝色的丝绒小盒，掌心托着递给女人："祝他生日快乐。"女人把它推开。唐秘说，"不贵啊！只是小领带夹。弥补一下我们工作过失。祝老板生日开心。"女人竖起食指，嘘了一声，谨防泄密的样子。小男孩伸手抓过小盒子。女人不再反对。她接过秘书手里的材料，说："你开会去吧，我自己上去。"

女人上了九层。酒店龙飞的扭曲结构，她有点懵圈。一名保洁阿姨路过，鞠躬问候，说："星光自助餐厅往那边，出玻璃门下楼梯就是。"女人更为困惑，阅人无数的保洁不再掩饰轻慢："很多阿姨都会走错。小孩爸妈在里面是吗？我带你去。"

女人有点明白自己被误会为保姆了，她倒不生气，只亮了一下手里阿拉伯数字很大的房卡。保洁阿姨说："噢918。往那边。拐弯第一间。你碰一下门就开。"

女人不再看狗眼看人低的保洁员，径直往前走。

地毯很厚，小男孩跑向自动玻璃门，又跑下楼梯，他看到了自助餐厅。俩服务生想摸他的大脑袋，小男孩立刻原路回转。这些都没有被妈妈注意到。她站在918前。门把上，挂着"请勿打扰"的纸牌。女人滋地碰卡开门，就在门要自动关上前，小男孩进来。他没有注意到，他的妈妈站在玄关，呆若木鸡。单肩松垮挂着的背包，都忘了卸下。

这标房里的两张小床，已经被拼接成一张大床。綦总个子大，拼大床也可以理解，但是，女人看到了床前的两双凌乱的拖鞋，是酒店 logo 的缎面一次性拖鞋。是用过的拖鞋。珠粉缎面的是小码，深灰缎面的是男人大码。

女人蹲在地上，缓了缓困难的呼吸。她心跳如鼓击，口干舌燥。小男孩看到她在深呼吸，便自己爬到窗前的沙发上，他把深蓝色的小盒打开。拿出领带夹，研究了一下，还咬了一下，很快失去兴趣，他把它夹在小象宝宝的大耳朵上。然后去卫生间尿尿。

女人绕床而行，如她所愿，床头柜边，她看到了安全套盒。她不想碰它。男孩从卫生间出来，塞给妈妈一样东西。女人没有心思看，把小男孩的手推开。她被枕头上一根栗色的直长发吸引。小男孩把从卫生间里拿出的东西，再次夹到了小象宝宝耳朵上。一边一个，他觉得满意。

女人去了洗手间。洗手间乱堆的浴巾里，她再次看到了一根栗色直长发。女人感到自己上嘴唇异样。就像几只蚂蚁在爬。是，上嘴唇在发抖。她按住颤抖的上唇，但手指一拿开，它还是在微微颤抖。她想，它如果靠近键盘都能打出字来了。女人看向镜子里的自己，没有涂口红的嘴唇发灰，彻底的素颜，让这张情绪风暴中的脸，就像冰箱里的过了存放期的冻肉，红的发灰，白的也发灰。她本来有一头天然微卷的浓密长发，因为劳作不方便，习惯性随手一扎。头发被皮筋常年控制得紧贴头皮。她觉得自己就像一个出土的兵马俑，真丑啊。难怪，难怪那个该死的保洁员，态度轻慢。她就是当她是一个带孩子去餐厅与父母汇合的迷路保姆。

女人目露凶光地出卫生间。拎起背包，一把拉起沙发上的男孩，往门口走。小男孩不想走，女人粗暴地抱起他，男孩晃着双腿乱甩，以示反对。女人语气凶恶："要干什么你?!"小男孩沉默。女人大吼："说啊!"小男孩沉默。女人胸腔一阵爆痛，她觉得自己心脏要炸开，她甚至看到了自己破碎的心、心房血管滴血的筋筋吊吊。女人悲从中来。她狠狠摔下小男孩，死死瞪着他。男孩看着疯狂的女人，退着走到沙发那，拿起小象宝宝玩具，紧紧抱在怀里。眼睛里已经有了泪光。

女人心里一紧缩，扑了过去，搂紧孩子。

她是到总台，取车钥匙时，才忽然意识到儿子的象宝宝耳朵上的领带夹。她暗吃一惊：首饰盒子还在918沙发里。更重要的是，她注意到，小象另一只耳朵上的水钻发夹，当然是粉色拖鞋主人的。女人低声说："你是在卫生间拿到的吗?"小男孩没回答。她取下小象耳朵上的水钻发夹。

女人让门童看护一下儿子。她奔向电梯间，按了九楼。她再进了918房间。不知为什么，她的上嘴唇又开始颤抖，她一口咬住上唇，那个抖动便连到了心尖上。她把扔在沙发上的深蓝的首饰空盒拿起，把水钻发卡扔在洗手台边。出来，她又再房间四处巡看了一遍有没有落下的东西。然后，她退出了房间。她听到了电梯有人出来的声音，走廊空空无处藏身，丈夫回房间的可能性很小，但是，她还是做贼一样心虚紧张。厚地毯无声无息，她却感到有人在袅袅走近。她选择了面对915房，假装找房卡开门。一个苗条的女人走过她，她视线的余光里，看到了一袭珠灰泅紫的雪纺长裙。随后，身后有门禁滋地响了。她顿时浑身暴汗，上嘴唇不可控制地又抖动起来。她努力克制住回头看的念头，但终于，她还是侧脸猛地回瞟了一眼。走廊里已没有任何人了。一切又回到静谧无人的状态。珠灰泅紫的长裙进了哪个房间? 918? 她搜索视觉记忆的残余，觉得自己看到了那个女人进918房间的背影。棕栗色的直发被时尚发簪斜挽，垂落的发丝随意而风情。肩型有致，然后是——918门沉重而缓慢地闭拢。看错了吗? 一时之间，她膝盖僵硬、胸口虚空。不知道自己刚才那一眼是想象，是事实，还是整个这一切都是幻觉。她几乎哭出来。

保洁员大姐推着保洁车过来，还是之前那个。她和之前一样，有优越感的礼貌：

"需要我帮您开门吗?"

女人低吼："滚。"

四

今天，对这个人们叫他刘博的男人来说，是个非常可恶的日子。不止今天，这几天都是他妈可恶的日子。今天的肝火，是昨天的堆积，昨天的肝火，是前天的堆积，前天的肝火是大前天造的孽！他粗算了一下，已经近五十一个小时没睡觉了。肝火如野火，烧得他一直口腔溃疡牙龈出血。一个人，年近半百，又老又倔，他和世界就更加互不妥协了。这样的人，他不口腔溃疡谁溃疡呢，他悻悻地想。

人们尊称他刘博，那是对他学识的尊敬，实际上，很多人看他一个光头，心里就会怀疑他的学问。现在，他不仅光头，还加上三天没刮的灰黑胡子浓密拉碴，再加上一副被透明胶临时补救起来的眼镜，看起来社会评价更低。这眼镜是今天上午被一个浑蛋打飞的，还好他闪得快，不然以那个家伙的劲道，可能连眼镜一起打进刘博的眼窝里。更可恶的是那个老实伪善的年轻护士。那混蛋第一脚就把她踹翻了，当时她蹲在病床前为病孩脚腕处扎针。进针两次失败。小孩在哭叫。儿科病房，患儿鬼哭狼嚎是正常的音响。带着几名实习医生查房的刘博不以为然地荡进去，刚好遇见了劲爆瞬间。不是他一把推开了那个浑蛋爹，护士少不了挨第二脚。但是，年轻护士一骨碌爬起来，连滚带爬，就扑向病床给孩子拔针，她怕伤着孩子。那浑蛋妈趁机一巴掌扇在护士脸上，护士帽飞越病床。她不许护士再碰她儿子。刘博猛揪过那女人的马尾巴，一把提摔开她，自然是下了重手。在女人、孩子的尖叫鬼叫中，浑蛋男人一拳当头打来。刘博躲避，眼镜飞了。两个男学生扑上去死死拧住那爹浑蛋。

医务科过来处理了，后来，分管领导也来了。浑蛋夫妻拒不道歉，大喊大跳说："护士不会打针！医生很会打人！"刘博让学生报警，分管领导示意暂停，要他冷静；而那护士擦干眼泪就表态说她理解患儿家属的心情，她原谅了患儿父母。这弄得院领导比患儿家属还感动。院领导也希望人们叫刘博的那个男人，也能忍辱负重，跟患者家属道个歉。刘博一个转身，继续查房而去。学生们随之簇拥离去。

查完房，那个被人尊称为刘博的人，回到办公室。年轻护士进来，说，主任别生我的气。我知道您在帮我……刘博懒得说话，他摘下学生替他临时用透明胶带粘住的眼镜，在手里晃荡。护士低声地说，我就是觉得大局为重比较好。

刘博说，大局你跟院领导谈。

护士回避他嘲讽的恶毒眼神，眼看窗外，语调更加怯懦：……大家都知道，主任这几天连轴转，门诊、手术、代夜班，三四天都没睡觉……对不起，我真的没多想，就觉得……

刘博说，之前你护着患儿针头很善良；但之后，你装神弄鬼干什么！

护士泪光闪闪不承认。因为护士内心崇高坚定，眼泪又扑簌簌地，那个被人尊称为刘博的男人，不得不跟她多谈了一会。突然他想到自己又被损害了下班补睡时间，一下子怒向胆边生，以一声大吼"养痈为患！——不懂查字典去"！

他摔门而出。

这一天，是好天。蓝色的高空，卷云如丝，天边积云如砧，充满浪漫秘密。但对于刘博来说，这个倒霉日子，才刚刚拉开序幕。大前天，同寝室的大学好友从四川过来开个专科学术会，但这三天他们都还没见上面。第一天，他代二线医生值班，碰到一个笨蛋的住院医生，一夜不断求救，害他整夜"仰卧起坐"，根本睡不好；次日是他的门诊日，100多号病人，看得他滴水未沾、滴尿未撒，还被一小患者爷爷指责态度不好"脸色比鬼难看"；到院食堂才打了饭，城东儿童医院急呼他过去会诊。疑难杂症，总是这样。会诊结束后，他披星戴月回家，刚洗完澡，又被一个肠套叠的高危娃，紧急叫回医院实施急诊救命手术；手术到凌晨四点，回家再洗洗睡，已经快五点，两个半小时后，也就是第三天，是他自己的手术日，早上七点半到医院，一直忙到下半夜，完成了九台手术，最后一台手术结束于凌晨四点多。他到办公室拉开午休床，才休息了一会，床还没热，就听到走廊外面人声鼎沸。该死的马大哈助手竟然忘记告诉病人家属，手术顺利。为安全计，把小病人送入ICU观察。结果，傻等在手术室外的病人家属，在手术室外悬心到天亮。一询问，得知手术早已完成，又偷偷送去ICU，立刻举家暴怒了，而且觉得大事不好，医生刻意隐瞒什么。六七名家人，个个怒喊要投诉。那个叫刘博的倒霉蛋，自然没法睡了，只好起来安抚家属，汇报手术顺利的情况并致歉。然后，查房。本来查房流程结束，他就可以回家彻底睡大觉了，但是，最后的查房程序里，他的眼镜被人打飞了。而且，家长要投诉他"像黑社会老大一样，领着学生打人"。这事看起来尾巴长，院办让他先回去睡觉。

可是，老同学下午就要飞离锦天了，中午告别餐，他必须过去见见了。哪怕一刻钟也是礼貌的。他心里打算的是，半小时就回家睡觉。

五

那个被人尊称为刘博的光头男人，驱车往吃饭地"棕榈人家"而去。

医院过去有七八公里远，但从棕榈人家到他家，倒是很近，两公里不到。多年未见的上铺兄弟，小个子，宽肩膀，和过去一样，还是习惯含胸驼背，但却动辄发出声如洪钟的哈哈大笑声，睥睨生死得很。事实上，他也胆大。因此，他赢得了颠倒众生的班花的青睐。二十年过去了，他已是西南医界翘楚。一见面，大家就被光头的胶带破眼镜逗乐了。进出的服务生也忍不住偷笑。基本都是同行，天南地北各自医院都有同样的暴力故事，所以，说着说着，就骂着粗话一杯杯喝酒解闷。这个阶段，光头倒都没喝。两周前，他们院骨科医生，喝了两杯啤酒，被查酒驾刑拘了。交警副支队长的老婆，用的还是那医生接过的骨头，但都没用。光头男人也怕。但是，最后临别，他还是喝了一小口白的。因为老同学说自己和班花离婚了：婚姻就是一口锅——把两棵小白菜煮烂——老同学说的时候，高举酒杯，孤独求败、又难掩感伤惆怅。光头告诉他，今天是自己离婚冷静期的最后一天。话音未落，举桌喧腾：小白菜呀，锅里黄……

老同学拿起手机，模拟采访话筒，问他感言，光头男人说：如果不是冷静期，今天我没回去，她能打我二十个电话，并要求视频扫描。她觉得我能出轨全世界。所以——两棵小白菜都煮烂了……

举桌再次沸腾。老同学提议为婚姻之暖锅干杯。卫生局做东的同学给了光头男人一杯酒，"喝吧，我已帮你约了代驾。你注意电话"。于是，光头男安心又喝下了一杯。代驾来电说两分钟到，他又主动敬了大家一杯，然后和老同学拥别。

那个被人叫刘博的男人，独自下楼到门口。约好就到的代驾，却迟迟未到，再再催促，才明白那家伙，竟然听错，跑到了另一个区的连锁店；男人倦怠不堪，跌坐在店外石阶上。店女老板过来说，算了，拐个弯，都能看到你们小区的白蘑菇顶了。一站多路，我送你得了。他们才一上车，女老板没有放手刹就猛踩油门，"唔雾"的一声，把光头男人睡意吓没了，紧跟着是猛烈倒车，车撞到右侧棕榈树上。男人的头撞到副驾座窗框上。店女老板赶紧跳下车察看擦掉的红漆：不好意思不好意思！你以后别停这有树的位置，很多人……

疲惫极致的男人，懒得察看刮伤位置，他揉着被撞的头包，下车径直到驾驶门，一把拉门。女老板急敲他的车门：行不行啊。光头男人奄奄一息地挥手让她靠边。女老板贴心地喊，一杯啤酒也会抓啊……

男人白了她一眼。店女老板心领神会地说，也是，大中午的，路上应该没有交警。说着，她内疚地退开让路。头其实撞得很痛，能疼出眼泪的那种痛。而且，眼镜的鼻托位置，也更痛了。这个叫刘博的医生从后视镜里，看到了自己右边鼻梁有点透出紫青。我操！他恨恨地咒骂着。

已经能看到自家湖光小区前的公交站了，只要过这个十字路口，右转进辅道就直接开进茂盛夹竹桃夹道的小区地库口。但是，这个该死的红灯特别下流，区法院路的横向路早都没车了，它还红着，高峰期能让人排等三四个灯。这路口的红绿灯配时，绝对是不负责任的浑蛋配的。光头打过几个投诉电话，这么久了都没有改正。

刘博是没有那么容易到家的，之前说了，今天是他倒霉的日子，倒霉的高潮还没有开启。

六

法院路和主干道湖西一路是个大丁字路口。白色的 SUV 行使在丁字下竖位置的区法院路，它要右拐到横在路口前的大道，湖西一路。SUV 要右拐，无须看信号灯，只要没有直行车就行。当时，SUV 女司机眼睛里就是没有直行车的。她固然一肚子犹如乱坟岗，戳心堵肺地痛，以致她都忘了叮嘱小男孩系好安全带。但是，她的确是看到没有直行车，所以很自然地直接右拐。好像就是刚右转，身子还没有正过来，车子左后部就被什么重重地撞了，她听到男孩吃惊的叫声，与此同时，她也踩死了刹车。白色很稳地定住了，但只见车前路面，掉落了一地的车零碎，分尸式的痕迹绵延十几米，痕迹最前段，靠边停着一辆旧的暗红色的车。女人被吓到了，连忙出了驾驶室。

她的车，左后轮上，一块花盆大的凹陷，有撞痕漆裂纹，但白漆都基本还在。看一地的车灯、电线、塑料片、保险杆之类零碎，拉拉杂杂，显然，都是暗红色那辆破车的，它们把事故现场渲染得很吓人。女司机的心怦怦直跳。一辆黑车打着双闪停在撞击车两车间的路边，一个打深色领带的、白领模样的短眉细眼的男人，怒不可遏地出来。他直接对前车下来的光头男人发难："你他妈奔命啊！这么快的速度变道超车，你差点撞了我你知道吗！"

光头男人在巡看自己破红车的伤情。

SUV 的女司机看着一地狼藉十分心虚，说："我拐……真没看到你的车……我才……"

那个被人尊称刘博的光头男，烦躁挥手："拐弯让直行！你他妈的新手上路吗！"

"超速！"白领男说，"限速六十，他起码八十！我不是反应快，他得先和我撞！"

那个胶带粘连的破眼镜，都掩饰不了光头男人拧着眉头的凶狠眼神。

看红车的肢解似的惨状，SUV 女人还是惶恐，"……超速，那我们……各一半责任……"

白领男突然高叫起来："——还酒驾！！你报警！他全责！"

白领男手机一通拍照。女司机还是有点迟疑。白领男训斥："你也拍！正面、侧面，撞击点。包括两车的全景照！固定证据！"

光头男人用杀人的眼光阴沉地盯着白领男。

白领男蔑视地冷笑："——绝对酒驾！绝对超速！——危险驾驶罪！"

白领男塞给女司机一张名片："我为你作证。也可为你提供任何法律帮助。"

女人木然地接过名片，她的眼睛直勾勾看向自己的车边。不知何时自己下车的小男孩，摇摇晃晃地向她走来，他脸色发紫，两只小手抓着自己的脖子。女人丢了名片，尖叫一声，扑向孩子。光头男人注意了一会，也奔了过去。他推开女人，从背后抱住小男孩。他的两臂围过小男孩胸腹，使劲往上提，一下，一下，又一下，小男孩有时被他提离地面，但终于，小男孩"噗"地，吐出了一颗开心果仁。

女人一把抱住小男孩：急得乱摸他喉咙："还有没有?!"

小男孩在思考。重新恢复的呼吸，大概让他舒服。他仰头看着光头。

女人有点歇斯底里："说话呀！还有没有！"

光头男人："怎么可能。"

小男孩一脸新奇和疑惑，他指自己喉咙，对着光头男人说："一震，就吸进了……"

女人起身，把撞车男猛推一趔趄："都你撞的！"

女人蹲下上下摸索孩子，怕他还有受伤。果然，她发现孩子额头发际处有个发红的、微微鼓起的山核桃大小的包。女人按压着，小男孩躲闪，说："壳子……"

女人大惊："果壳？也呛进去啦?!"

光头男人；"怎么可能！"

男孩又摸自己的头。女人喊："很痛?!"

小男孩只摸不说话。他走两步，蹲下来看自己吐出来的开心果，又仰头看光头。

女人站起来，回走几步，捡起名片，然后掏手机。光头男人一看她按110，连忙把她按住：别。私了吧。我帮你修车。我的车损我也自己负责。

"——那小孩呢!!"女人杀气腾腾，和刚才的惶恐迟疑截然不同，她的面目变得十分凶悍。

男人深吸一口气，蹲下，仔细检查了一下男孩。男孩始终眼神清澈地看着他。想吐吗？男孩摇头。头晕吗？男孩用力摇头。男人站起来，说："他没事。"

"没事?!你说没事就没事?! ——去医院拍片！"

"他真没事。你相信我。"

"放屁！我信你一个酒鬼！"

"我告诉你！以我的酒量，两小杯只是消毒口腔！"

"酒气都喷我脸上了！你哈口气——鸟都掉下来！"

"你以为你是酒精检测仪啊！"男人被她骂得有点想笑。但他的心情背景太糟，依然铁青着脸。女司机环看四周，这才发现，刚才那个路见不平的白领男人突然不见了。黑车也开走了。女人再次掏出手机，又骂了一句粗话："行，浑蛋，就让警察测！"

"——好了好了！我他妈都赔你！我全责！我带小家伙去医院——检查检查检查！"男人怒气冲冲。

"去协和，要大医院！我必须五点前回到龙帝大酒店！"

"协和起码九公里，周六病人多，你回程来不及的。去儿童医院吧。三公里多。不信你自己你导航。"女人掏手机导航。男人说，"现在两点四十，这样好不好，你先回酒店休息。也让我休息半小时——我三天没睡——就半小时后！我去酒店接你们去医院。保证五点让你们回到酒店！我保证。"

女人怒眼圆睁："我他妈当女司机都弱智？——酒驾逃逸，罪加一等！"

光头男人咬紧牙关。他掏出驾照，给女人看。"我不逃。算我求你了，我真的五十小时没睡觉，现在，我头晕脑涨。"

女人劈手夺过驾照。"先去医院！人没事你就滚！"

男人咬牙切齿。他给车行朋友打了电话，把车钥匙交给路边银行里的保安岗。

光头男人上了她的车。他估计这辆该死的进口 SUV，够他赔一两万了。他的那辆黑色途锐，归即将离去的老婆。如果今天它们对撞，应该不会像红色的老车那么狼狈。但可能就他妈得要赔更多银子了。

七

这个别人叫他刘博的倒霉男人，他也没想到，去儿童医院的路，突然被修路围挡，车得绕行。女人猛摔拍打方向盘，摁出了七八拍的恐怖长喇叭音。工地上的工人，全部直身在看她。我操！光头男人狠狠拧住了她疯狂的手——全市禁鸣你不懂吗！

松手！女人左手突然有了一个黑色喷筒。它对准了光头。光头猜那是防狼喷雾，连忙松手：神经病！禁鸣多少年了，你他妈开惯了乡下土路吗！把交警按来了，就让交警给你儿子做体检吧！

女人反唇相讥："来呀，我看他是先测你、还是测我儿子。"

"行，你摁！什么颅脑血肿、颅底出血你耽误得起，你就继续摁！"

女人老实了。男人恶损了人，自己还是心肺闷痛。操他妈的，今天就是活见

150

鬼了！离家一步之遥，偏偏被一个神经病缠上。女人拉着黑脸按他指导的新路开，一脸是不信任的叵测，她提防着类似再遇围挡之类的阴谋，但她又不得不隐忍着，因为孩子在侧。小男孩在后排，则不时发出零碎的小声音。光头男人觉得，那也是一个小神经病。

开出龙帝温泉大酒店大门后，女人脑子还是一片空白。满腔油泼似的怒火，让她像一支开车的熊熊火炬。开始她只是模糊觉得，今晚绝不在酒店过了，太恶心！现在，她需要购买一批有机种子，尤其是儿子指定需要的紫色椰花菜。买了，她连夜回家，让他妈的生日快乐通通见鬼去吧！多一分钟她也呆不住了。回去她就着手离婚协议。但很快，她觉得不对。不战而败，凭什么？凭什么她要默默退开？她必须先复仇！复仇！必须狠狠地复仇。这是狗男女对她的家庭、她的生活最严重的侵犯。这个家，她付出了太多了！

得让小三死无葬身之地！得让浑蛋的背叛者无地自容！

五点会议之后，她必须赶回酒店，回到战场。开过第二个天桥，她就把车靠边了。她已经理清了思路。熄了火，她开始打电话。第一个电话，打给大綦的秘书小唐，先确认大綦晚上的政府分管人的会议，大概几点结束。唐秘说，綦总好像不太想参加了，说肠胃有点不舒服，想早点回房休息，让曹副去。看不到老板娘脸色的小秘书自作聪明地说，嘻嘻，说不定綦总想给自己过生日吧。女人也陪秘书大笑。第二个电话，她打给蛋糕店，定制了一个生日蛋糕。她加价，要求下午五点务必送到酒店总台。第三个电话又打给唐秘，说，如果晚上有空，多找几个小伙伴，来918吃蛋糕。不过，准确时间待定，只要确定人在酒店就可以。还有，最重要的——请大家一律严守秘密。

唐秘兴奋得嗷嗷叫。

计划严密，但没想到布置完才不久，就撞了车——这该死的酒驾！

绕路显然远了很多，女人不断因为路况，指桑骂槐地泄愤。光头也阴沉着臭脸，不时回击她咎由自取，是孩子不系安全带的反面教材。车里的愤懑对峙情绪，张力十足。直到后排的小男孩呼叫：一条！一条！一条！前排的两个大人都没有反应，小男孩拍了光头男人的椅背，想引起他的注意。光头男人潦草地转了转头。他明白小男孩是看到了辐辏云条。他刚才就看到了。那折扇骨一样的辐辏云，其实很淡。不是爱云人、不是专业观察者，很多人都会忽略。

显然，小男孩很想让陌生人关注到自己的发现。车到湖边。小男孩再次夸张惊呼：

线！云线！小男孩猛踢椅背。

光头男回了一句：那叫航迹云。飞机干的。

小男孩又踢了一脚椅背。光头男人说，是飞机尾气形成的凝结痕迹。不算云。

男孩眼睛闪闪发亮。很快地，他喊：这边——马！小马！

光头男偏头看了，说，那叫碎积云。

还有！大花菜云——妈妈要种紫色的花菜！

光头男人说，都谁教你——那叫高积云。它背着太阳的地方，都发暗。这些都是很普通的云。在云里，得分很低的。

小男孩完全兴奋了，他撅着屁股，半站着，要不扒在光头男的椅背上，要么反转身子看天窗，满天找宝一样指云。保姆解读的云，都被陌生而起了不起的名字改变了。那个被人叫刘博的光头男人，终于被童心点燃，也多少是想摆脱无聊，他不仅有问必答，后来还摇下车窗，伸臂竖起三个指头，用指测法，教男孩区别了一座云是层积云还是高积云。

越来越崇敬他的小男孩，要求停车。他要下车。女人的腮帮在连续鼓起，金鱼一样吐气。捉奸的核弹引爆在即，时间已经太紧了，可是，她也不明白，这个自闭症一样的孩子，莫名其妙地和这个面目可憎的光头男亲近。她不得不承认，孩子的这个状态是让她舒心的。

停车熄火，但她不下车。就在驾驶室，她看着一大一小两个男人，在湖边的草地上，伸长手臂，对着天上，竖起一根或三根手指，做着直臂测云动作。男人还两次蹲下来，调整小男孩胳膊伸直的角度。俩人重新上车，根据小男孩的邀请，光头男人也坐到了后座。当时，男人拉开副驾座门，小男孩说，爸爸，这！男人有点疑惑，看女人反应漠然，他认为孩子口齿不清。他改拉后排的车门。"妈妈，一个指头能挡住的，就是天上最高最高的云，叫——卷积云——"小男孩自豪地转头求证，光头说对。

小男孩的问题非常多，这样的讨好似的饶舌，让前面的女司机暗暗吃惊。光头对孩子的语气，越来越温和。女人不觉得是男人对付孩子有一套，而是觉得自己的孩子原来这么聪明讨人爱。男人声音高高低低，有的女人听不清楚。他似乎介绍了云的三大家族，描绘了低云族、中云族、高云族在天上的高度和变种。他还让小男孩知道了，雷暴云有多狂暴雄壮；为什么积雨云，又叫"云彩之王"；高层云为什么无聊得像塑料膜。

女人为了表示领情，参与话题说：没想到成年人也会对虚妄的东西感兴趣啊。

光头指着一片像风过沙漠涟漪般的云片，把男孩脑袋拨过去看：收集云彩，不是要抓住云，我们只是看它、爱它、记住它。这就足够了。云知道的。

男孩一直点头，还击鼓似的同步抖击小拳头。女人感到被男人排斥在话题之外。他还是对她窝火。女人觉得自己更恼火，但她为儿子的意外快乐而宽容，所以，她又厚着脸皮问了一句："你气象站的?"男人说，"我母亲曾是"。女人说，

"你在哪上班？"男人说，"……维修厂"。"修什么？""看人家需要吧。反正，钳子、夹子、刀子、电锯，锉刀、锤子，我都顺手。"

"所以，你的车可以自己修。"女人忍不住悻悻一句。

到了儿童医院急诊室，女人又怒火暗起。首先，急诊并不是你一挂号就给你急看，还得排队。候诊长椅，已经坐等了八九个人，还有流窜来去的人，不知是否也是候诊人；其次，总共就两个急诊医生。导医小姐说，一小学参加区运动会的小运动员的车被撞了，一下子送来六七个孩子。已经在调度加派医生。而两个值班急诊医生和护士们，在几个急救隔离间里奔忙对付，小学生的家长正陆续冲进来，大呼小叫，还有哭哭啼啼的；剩下一个轮转见习医生，满头大汗地接待普通急诊。只能排队干等。

女司机站起又坐下，坐下又跺脚。焦躁得不行。

喂，光头男人说，你看不出来吗，这么长时间了，他没呕吐，神志清楚——他没事！

"闭嘴！"女人说，"我同学，摩托车撞了，全身哪都不疼，他也感觉没事。回家到晚上才发现鼻子、耳朵，有一点出血。幸好他女朋友坚持去医院，结果，你猜怎么样？左颞骨右颧骨，血肿骨折骨裂，脑袋里被撞得像打散的蛋，差点完蛋——医学的事，你最好闭嘴！"

"行行。"男人站起来，"我去个洗手间。"

"你可别想溜！酒驾的人证、物证，我齐了！"

光头男人转身走。女人掏出他的驾证，又把那个路见不平的好心人名片仔细夹在里面。这时她才发现，名片上写的是律师。律师？这下子，女人心更安了。

八

人们尊称为刘博的光头倒不想溜，但是，他太想打个盹了。候诊时，那个精力旺盛的小破孩，根本不让他闭眼。他知道门诊二楼有个咖啡座，洗手间出来，他转上自动扶梯，但是，刚要出梯，就看见咖啡座玻璃墙里，有个熟悉同行的脸。他不想让人发现他麻烦缠身，只好又掉头而下扶梯。他郁闷烦躁至极。

回到急诊大厅，他座位边多了一对夫妻，妻子抱着一个五六岁男孩，看那腿脚，应该和这边爱云娃差不多大。光头一走近，就听到丈夫在低声斥责："我们小时候，谁蜜蜂螫了当回事！我告诉你，他是男人，你再这样宠他，就是废了他！"

光头这才注意到，那个手腕被蜂螫的男孩，手腕红肿，头脸圆胖。松弛无力的嘴巴张着，露出虫蛀的小门牙。爱云的小男孩，也是个方圆脸，眼睛旁的太阳穴特别饱满宽展，加上光洁的大额头，软软肉肉的有型下巴，看起来还真比一般孩子漂亮。一看光头回来，小男孩收回对那个男孩的傻看，马上挨在他身边，还掏出了两张玻璃纸。

用这个借口，他又开始和光头说起了云。男孩想用两张彩色玻璃纸，制造彩云。那个蜂蜇的男孩，目光疲软地看着他们。女司机在看手机，但心思都在儿子这边。

……

"我还见过这样的！"，小男孩把食指和拇指，弯成半个圆圈，"天上，就一个小门，姐姐说，是鸡笼门。因为，那么小，只有天上的鸡才能进出……"

光头男人比划了一个弯月手势，小男孩热切点头。男人心不在焉地哇呜了一声，"那是马蹄涡！非常非常稀罕的云。最多持续一分钟就蒸发了。看见它的人有好运！太厉害了你。"

"那它多少分？"

"四五十分吧。高分好云。不过我要看看书。记不住了。"男人说。他开始被身边的蜂蜇孩子分心。蜂蜇男孩闭着眼睛，他的头脸似乎肿了，但那对夫妻依然专注于指责对方。当妈的，不时直身看看就诊通知电子屏。他们一直在压抑性地攻击对方。压力足，但囿于环境所迫而缓慢释放，让孩子的父亲语气像说黑话："蜂来富！燕来贵！你的笨蛋儿子说不定就此转运聪明了！"孩子的母亲四两拨千斤："你经常被蜂蜇，是蜇出了科长还是局长？你爸连马蜂都蜇不死，怎么还是全村最穷的人？我们结婚他……"

那个做丈夫的腾地站起，急赤白脸，胳膊拧起又放下。他狠狠瞪了一眼正看着他的光头男和女司机，硬生生收了抡掌动作，然后，一折身怒出候诊大厅。被瞪视的路人甲和路人乙双方，第一次互相看了一眼。眼神都是默契的悻悻与无辜，不约而同，还各自耸了淡漠的肩。蜂蜇孩子的妈妈，把脸贴着疲倦昏沉的男孩，一边张望着就诊通知屏幕，一边掏出手机。她在电话里，不知对谁，开始历数丈夫的种种自私懒惰与不靠谱，声音越来越愤怒。

"那最最多分的云，怎样的？"小男孩说。

光头看着这个孩子，他不明白，他为什么不能安静一会呢。

男人仰头闭上眼睛。小男孩用力推他。男人说，

"开尔文—亥姆霍兹波，它就像一排排整齐的海浪，卷起的花边……"闭着眼睛的男人，听到了异常的吸气性喉鸣音。他睁眼看蜂蜇孩，并站了起来。那个年轻母亲还在失望控诉。蜂蜇孩子的脸，明显肿得厉害了。他额发湿透，面色青紫，呼吸有明显的喉鸣音。手腕伤口周围，出现了一大片明显的疹子。他妈妈在泪水中的通电中，已经谈到离婚事宜。

爱云小男孩坚持要牵光头的手，要他坐下。

光头男人漫应着："开尔文……也只有一两分钟，看到它的人，所向无敌……"

光头男人突然重拍患儿妈妈。一手抱孩子，一手拿手机通话的女人也跳起来。她也看到了自己孩子的异常。光头男人大步冲进了诊室。随即，那个见习医生跟了他出来。

"喉头水肿！"见习医生让孩子母亲抱娃进了抢救大厅，他要护士过来测孩子血压，并准备静脉输液。光头男人看着几近昏迷的男孩，语气粗暴："立刻！环甲膜穿刺！马上！"

见习医生显然不买光头的账，因为他自己看起来就是打架打输的急诊脸。但是，年轻医生又被光头的霸道气势镇住了。看孩子的样子，也的确像高危的喉头水肿。所以他一扭头，就向急救厅另一角落，高喊一个急诊医生的名字。光头厉声大喊：快！再慢，就来不及了！

一名护士奔回来，拿出环甲膜穿刺盒。但是，躺在急救台上的男孩，因为呼吸受阻，越来越挣扎。穿刺术变得非常困难。没有经验的见习医生无措地又想去搬老师救兵。光头忍无可忍，戴上手套就拿起穿刺器械，说，别动！就一下！我是医生！

孩子的环甲膜穿刺本来就很不容易，何况一个想摆脱窒息感的小孩。但光头男人出手利索准确。男孩气道通了。见习医差点跪了下来。是感激，是后怕，也是松弛。年轻的医生知道，若插管延迟，患者可能在半小时内病情恶化，而那时，无论环甲膜穿刺、还是气管插管、都更加困难。一句话，过敏性急性喉头水肿，一耽误就是致命的。

生死一线间。SUV女人感受到了紧张。她能在大门外，用隐约看到光头忙碌的上半身身影。她和拖油瓶，两次企图混进抢救内厅，都被护士赶出去。第二次又被赶出来的她，回座，翻出了扣留的光头驾照，没错，上面没有单位信息。名字叫刘旗云。照片上头发颇多，看起来还蛮讲道理的脸，和眼前的凶狠不耐烦的光头不太像。女人想了想，决定给那个路见不平的人，打个电话。

电话通了。先是一个女声，问明需求，说，请稍后。那个白领男的声音就出现了。没想到他第一句话是："女士，算了。冤家宜解不宜结。"女人说："我是外地人，马上离开锦天，还想雇请您处理善后呢，您这是……"

律师咳嗽了两声，说："直接说吧，这人不坏，他救过我儿子。手术到下半夜。完了还丢出红包。我认出他来了，所以，我走了。"

"他是医生？"

"对，非常有名的医生，只是老了很多，胡子都花白了——如果我没有认错

155

人的话，就是他。但不管怎样，冤家宜解不宜结，后退一步，天地两宽。就算是律师给你的人生忠告吧。"

"万一他不是呢？"女人说。

"那，"律师喘出一口叹气样粗气，"如果赔偿合理，你还是放他一马吧。总之，一个好医生，他也不知道会在哪里收获回报，甚至长得像他的人也跟着有福了——OK？"

九

离开医院的白色 SUV，往龙帝温泉大酒店而去。时间是下午四点二十一分。

在光头阴郁郑重的恐吓下，女司机终于放弃了等候。周六的确本来就病人多，再加上校车出事，各个检查收费环节，都一样排队。而且，那些随后闻讯赶来的出事孩子的爷爷奶奶、外公外婆、姑姑舅舅等，把候诊厅吵得像春运火车站。女司机烦躁不堪，她也明白五点钟，是不可能赶回酒店的。女人说："行。晚上八点后再来。"

光头男人拒绝再上车。女司机砸了两拳车喇叭。

"言而有信。你是男人吧。"

那个被人尊称为刘博的倒霉蛋说："你说呢——要体检吗？"

"上来！"女司机说，"没时间了。请——上车！"

光头男人不动，他坚持说女人八点的活动结束，他一定在儿童院恭候——虽然，男孩脑袋绝对没有问题——对此，他愿意打赌两万块。

女人喝令他上车。"信不信，我现在报警，警察还能测出你酒驾！"

男人转身而去。他在院大门外的流动商铺，买了一瓶矿泉水，大喝几口后，想想，他又买了两瓶。往 SUV 车走。

女司机说，你也知道法网难逃啊。风筝线拽在我手上呢。

光头男人说，我告诉你，驾照补办很简单，我徒弟一天就能搞定。至于酒驾，你他妈爱举报就举报吧。老子非常非常需要睡觉！如果杀了你才能让我睡一会儿，我可以切开你气管！他往副驾座重重扔下两瓶水，转身而去。

机动道上，SUV 白车发了一会呆，追了上去。她又狂按喇叭。光头男人一转身，小男孩立刻手舞足蹈，大喊：

——爸爸！来！

光头男人简直七窍生烟。那个额头宽广的小男孩，对他打出了马蹄涡云的手势。光头男人胸口温热，几个沉重的深呼吸，都没有化解掉那个暖和感。他还是走回了 SUV 白车。

156

我不是你爸爸！男人还是没好气。

女人咆哮：他也没当你是真爸爸！只是因为你救了他，他习惯把帮他的人都叫爸爸，他还叫过一个 15 岁的中学生爸爸——这是他的礼貌——你以为你是什么东西！

男人阴郁地：你说呢。

女司机口气忽然转暖：算你帮我一个忙吧。求你了。

男人虽然上车，但冷着脸。小男孩把他的手打开，把自己的小手，像豌豆粒一样放在他手心里，另一小手，示意大手掌把里面的手豌豆，豆荚一样包合起来。

女司机说，酒店的活动，也许少儿不宜，我需要你陪陪他。如果他耳朵、鼻子开始出血，你最知道怎么办。再说，善始善终，做人基本责任，对吧。

男人还是冷漠无言。一路无言地开了一会，小男孩趴在男人身上睡着了。沉默的行使，有令人厌烦的尴尬。女人打破尴尬，声调亲和得有点低三下四：

"喂，我是不是——很像保姆？"今天，这个"社会评价"是女人最大的心结。婚姻危亡时刻，它涉及自我否定的致命选项。但男人没有回应。女人难抑自卑与沮丧，但又想他可能是没有听清，正准备再说一遍。男人说："不像。"

"那你，第一眼觉得我像什么？"

男人："像被欠薪的保姆。"

女人抄起车门边的黑色喷雾。她以怒气掩饰失望，但也看到了男人隐约模糊的逗趣。

男人说，"彩跑喷筒。你下车的时候，我看了。"

女人音量猛提，看不出是玩笑还是真愤怒：我保姆?! 你他妈还像个人贩子！我今天才知道什么叫遇人不淑！

男人看不到司机突然发红的眼眶。他说，"是，我就是懒得拐神经病的人贩子。"

……

女司机又说，"你的破眼镜和紫鼻梁，怎么回事？"

"被人打了。"

"打输了？"

"对。我们没有正当防卫的资格。"

"明白了。是被人捉奸在床了。"

"恐怕比那更糟。"

女人语气再次低伏下来："谢谢你。我儿子今天说了比一年还多的话。"

男人没有回应。

157

女人："看得出来吗，他自闭。"

男人没有回应。

女人："你看不出来吗？"

女人在后视镜里，看到男人闭着眼但微微摇头。

女人："其实我非常苦恼。已经在约心理医生了。说先试一个疗程，五次一疗程。"

男人："他没自闭。"

女人："他爸说，他四个同学的孩子都自……"

男人："他没自闭！"

女人："专家说，现在有很多自闭症的孩子……"

男人："能目光对视，能食指指物，能正确表达，没有重复古怪动作——他很正常！"

女人："他这么看云，不古怪吗？"

男人："很多人爱云。我母亲去世的时候，正好看到窗外的虹彩云，她笑了，都忘了说遗言。"

女人："你妈是专业……"

男人高声："——他、不、自、闭！钱多你就约去。"

女人："……呃，还有，我儿子……"

男人："你他妈能不能让我打个小瞌睡？对，你不是欠薪保姆，你是他妈欠薪保姆中的女流氓！"

女人笑了。男人闭着眼，没有看见她的笑，而且她眼眶红了。

十

酒店大堂的世界各地时钟中，中国时间 16 时 41 分。女司机一路接了三个电话，可能怕光头再发火，她都是压低嗓子通话的，但光头还是听了大概。一是，那个行动要延期一刻钟左右，上个会议推迟了；二，有人送来的什么，女人让他交给门童，让门童放在总台；三，703 房可以休息。这些零碎的信息，让光头以为他可以到 703 休息一会。没想到，女人把他们领到大堂咖啡座，随之，服务员送来了糕点和咖啡。

女人说，我带他上去一下。你先吃点东西。

小男孩甩开了女人的手。他不走，不仅不走，还试图和光头男人挤坐一个沙发座。男人退到双人座上，男孩立刻也坐过去。女人看着光头。咖啡、曲奇饼干、坚果和布朗姆蛋糕。女人把咖啡杯推移到男人面前。男人无动于衷。

你喝点提神。我很快。她走了两步又回头，耳语般弯腰："天网恢恢。人贩子，我儿子信任你，我也想信任你。"

男人看着她，抄起精致的咖啡杯连托碟，重重墩放到了隔壁空桌，咖啡汁荡漾弹溅到乳白的桌面。这是直截了当的拒绝。他们互相瞪视着。

小男孩大口吃蛋糕，自己给牛奶加了很多糖。女人往电梯方向而去，还不断回头看。

光头男人从手包里拿出纸和笔，开始画云。小男孩果然上钩，要求自己画。他在自己的小双肩包里掏出了一本云绘本和一盒彩色蜡笔。男人去总台要了三张4A纸，和一条捆扎用的彩色纤维捆扎绳。男人说，我们说过的辐辏云，就是天街的那种，条条大路通罗马，对不对？看起来是连到天上车站的。天上的车站！你把它画出来，还有两张纸，你再画你看过的最喜欢的云。画满三张，我马上睡着，谁也不许讲话。你画得好，我就能梦见你画的云，只要我俩的脚用绳子连接好——不能断开，断开就不灵了——到时候我醒来就能告诉你，你画了什么云。小男孩兴奋得两手直压自己的脸颊。

光头男人终于让自己睡下了。他侧蜷在双人靠背沙发上。小男孩跪坐在他身边的单人沙发上。他够桌面吃力，不好作画，但是他自己调整为跪坐姿，并小心保持绳子的连接。他一点也不想吵醒光头。小男孩全神贯注，在和光头男人的梦云比赛。二十分钟左右，一个穿黑色西服的苗条挺拔的女人过来了。她是听到总台服务员的交头接耳，说一个模样有点吓人的光头男人，过来索要绳子，却把一个小孩和自己捆在一起了。总台的员工在讨论他是拐卖儿童的，还是脑子有问题。因为，真要有人偷小孩，绳子一剪就得。那他防的是小孩逃跑吗？不管怎样，在五星级酒店，这太怪异了。黑色西服是刚上任的高级行政主管，出于责任心，她还是过来看看。

男人在酣睡。皮鞋上的泥草蹭脏了浅色沙发。小男孩在画画。女主管一眼就认出了这个男人，尽管他侧脸灰暗、胡须拉碴，胶带缠住的眼镜更是邋遢狼狈。但女人为了确认没有认错人，特意绕着观察了两圈。然后，她轻轻在小男孩脑袋边耳语：

画得这么好呀。

小男孩置若罔闻，专注上色。

女主管说，他是谁？

小男孩依然在画。

女主管拿起了桌上的助眠小象。小男孩一把按住。

女主管：你要不要吃软心巧克力？

小男孩不睬。

女主管说，他是谁？

小男孩依然专注上色。

女主管厚着脸皮：哎哟，你是画前天来的七彩祥云？

男孩这才抬头看她，并点头。

女人微笑：他是谁？

爸爸。小男孩边画边说。女人发懵，以为自己听错了。她再问男孩他是谁，小男孩一把推开她。女主管回到总台，示意大家不要打扰咖啡座的人。她自己走出酒店大堂，就打了电话。

SUV女司机下楼了，她边走边接着电话，出了电梯她往咖啡座而来。时间是下午五点三十。

咖啡厅奶棕色的地毯完全吸音，光头男人在沙发上侧身蜷睡。女司机重新叫来热咖啡和糕点。服务生离去后，女人看了看时间。她没准备马上叫醒他。她拿起手机，为蜷睡的男人和作画的小孩拍了合照。相连的黄色纤维绳，得到了细节突出。女司机脸上浮起笑意。

男人微微睁眼，又闭上了。桌边的流光溢彩的身影，令他有点迷惑。揉了揉鼻根他坐直了，渴睡的眼睛还是非常生涩。揉捏鼻根动作，让受伤的鼻梁钝痛，他清醒了。戴上破眼镜，明白不是梦境：那个休闲邋遢的虎狼女司机，已经判若两人。她坐在他右侧、面对大堂的单人沙发上。女人的头发洗吹之后，干净轻盈、丰茂微卷；一身紧致、垂悬感的黑裙，被她的二郎腿，勾勒出漂亮的腰臀曲线。黑色的一圈高领下，是一片倒扇形的白皙裸露。没有任何首饰，也许自信，也许忘了戴。以光头的男人眼光，如果她再丰满一点，或者她曾经更丰腴，那个好时光的裸露，肯定更令人窒息。但显然，这女人不在乎，二郎腿上翘着的那条腿的脚尖，挂荡着考究的黑高跟鞋，那鞋没有穿进去，只是挂在脚尖，看起来会随时晃荡落地；她的锁骨和挺直的平整颈背，倒散发着决绝的美与果敢。说知性感，也行。光头男人伸了下懒腰，感觉自己就像走出了通宵鏖战的手术室，完成了一个复杂的高危手术，终于回到清新的满天星光下。这是他从深夜的手术室出来，经常有的莫名感恩的舒服感觉。

女人好像都是魔术师啊，到底有多少女人会这一来手：一放任，就鹰头雀脑；一收拾，就貌若天仙？男人费解。

但男人看到了她端咖啡的手。他几乎顿起反感。那双手没有美甲修饰。这个，光头从不在乎，他一向讨厌造作的夸张美甲，但他很在意洁净感。那只拿咖啡杯的手，无名指的甲缝里，有着明显的灰线。另一只放在手机上的手，食指和大拇指甲缝里，也一样有细细污线。男人恶心至极，转开视线。女人看起来在悠闲地喝咖啡，实际她的眼睛越过咖啡杯，一直盯着大堂里进来的人们。女人很敏感，她还是感受到了男人的反应，立刻把手机上的手，藏到桌下腿上。

光头男人站起来，女人不看他，但一把拽他坐下。他顺着她的视线看，大堂那边，一个高大的白衬衫男人走向总台，他取回了自己的房卡，面对着咖啡座而行。手搭棕色外套的白衬衫，身高体厚，器宇不凡。他一路低头看着手机，并不往咖啡座这边扫一眼；他身后几步远，又一个栗色斜发髻的紫灰长裙的女人跨进大堂。她双手拿着手机，边走边双手按键，似在回复着什么。从她的侧脸看，很春光感，十分甜蜜可人。

光头男人不明就里，他还是想离桌活动一下筋骨。女人却死死拽住他，一边在回应打进来的电话。男人嫌弃地看着她拽着他衣服的手，既厌恶那条指甲灰线，又忍不住被那些污线吸引，这让他情绪更加恶劣。他摔开女人的手。

"你的重要活动，就是鬼鬼祟祟喝咖啡吗！"

女人收起电话，看着男人。

她似乎也有点不知所措。她的眼神黯淡飘忽，有点像病房里濒临死亡的病孩眼睛，他们还不认识生，就要接受死亡了。它们困惑大于恐惧。那个人们尊称为刘博的男人，并不想回应这样莫名其妙的无助眼神，他转开眼睛。

女人开口了，嗓子很哑，就是突然近乎失声的沙哑了。她说："我在捉奸。"

男人心里一震，低头看她。女人幻灭感的涣散眼神，挫败而自卑，和她强劲高贵的黑裙气质，形成显著的反差，这不由令他恻隐。他又坐了下来。小男孩还在画云，那是创造者的心流状态了。女人深深垂下头，男人有点害怕女人哭泣，但只是数秒后，她一甩长发，又侧扬起了脸。这张脸是俊美光洁的。刚才被她的曼妙身形席卷的男人，这才注意到她额角宽广饱满又线条清晰的脸。小男孩很像她。原先秋茄子一样的嘴唇，因为车厘子色的哑光口红，涂得比丝绒黑玫瑰的花蕾还性感；之前，他也不记得女司机有什么眉毛，现在，他看到一对毛流感蓬勃的帅气眉毛；但随着脸一扬，这张脸又出现了倔强和不羁感，男人不由联想到了斗兽场。这是绝望的女战神。作为男人，他还隐约虚荣地觉得，她需要他。他回应了她。正是他的重新落座，完成了对她的支持和安慰。光头想，此刻，他就是她的强心针吧。

十一

女人手机信息提示音震了一下。她一看马上站了起来。随后，她嗅了嗅儿子的头，又意义不明地按拍了光头男人的肩，快步离开桌位。男人看了一眼总台的时间墙，总台的中国时间指向六点十四分。男人无聊地看着那个匆促的黑色背影拐进候梯通道。收回目光后，他又百无聊赖地直身，想看看小男孩的画作情况。小男孩立刻用手遮挡，并用助眠小象挡出隔离线，表示拒绝与加速。男人便重重后仰，闭着眼休息。

唐秘和三个小伙伴，和老板娘在等候电梯的大通道胜利会师了。有人提着总台取的漂亮蛋糕；有人捧着大束鲜花，有人拿着彩带喷筒。一行人兴奋得叽叽喳喳。这些干练的行政员、市场推广的灵巧人，激动亢奋中，没有忘记给老板娘以密集的、"惊为天人"级别的热烈夸赞。夸得女人忍不住一直偷瞄电梯镜子里的自己的样子。她并不喜欢这类富贵感的衣裙，但是，她确实看到自己的美。这是一个相当正面的激励。女人抿嘴看着摩拳擦掌的捉奸小分队。唐秘还神气活现地晃了晃手里的文件夹道具。用她的话说，一切精准到位！

一出九层电梯，一行人就互相竖嘘噤声食指，各自形状也鬼头鬼脑地发挥。其实，通道里的厚地毯完全吸音，但他们就像鬼魅一样，诡秘夸张地飘行到了918房门前。看年轻人狂喜亢奋的乐活表情，女人也有过闪念，是不是踩下急刹车，不要就这么让丑闻昭告天下，但是，年轻人眼神默契地互相最后确认"准备好了"的信号时，她也不由点了头。

唐秘镇定地敲了敲门。笃笃。里面鸦雀无声。

笃！笃！唐秘再次敲了门，这次敲门声更重了。

又隔了几秒钟，唐秘正要再次敲，里面传来含糊的男声："谁？"

这个声音，女人太熟了。她感到自己口干气短、脑门发凉。

唐秘语调沉稳：是我，綦总，小唐。

里面："什么事？"

唐秘说，"锦天政府办发来一份传真急件。曹副总请你签字。"

里面："什么内容？"

唐秘："不知道。可能跟晚上会谈有关。"

里面："我肠胃不适。晚上我不去。"

唐秘："曹副说得你签走个流程。"

又过了十来秒。

制造惊喜并期待惊喜效果的年轻人，简直快被他们预想的高潮憋疯了。他们彼此扭曲着身子，互相狰狞着鬼脸、故作僵直地摇摆长臂，缓释着临爆的压力。

门，终于开了，但是，开得很小，綦总伸手拿文件夹。

一束花重重压在他手上，门差点被推大，但高大的綦总控制住了。与此同时，楼道里爆发了突击式的恐怖欢腾，彩带乱喷，生日快乐的狂欢呼啸里，市场部的那个奔放女孩，把指头放嘴里，吹出了足球场上的那种尖利呼哨。綦总立刻拧起眉头，他借这个疯狂的呼哨，表达了不悦。其实，他一眼就看见了他的妻子。她笑盈盈的脸，莫名地令他极度愤怒。

没有惊喜。门里的男人，表情复杂。他对手下拱了拱手，脸色冷峻。但年轻人都以正常的想象力，把这个表情解读为"老板彻底反应不过来"，这个傻傻的小分队反而更亢奋了，他们试图奋勇进屋切蛋糕。綦总一声沉喝："谢了！我需要休息。敢把我从马桶上骗开门，也算是心意吧。谢谢大家。我发冷我在腹泻。"

女人把蛋糕交给唐秘，顺水推舟：綦总肠胃不行，你们就拿下去分了吃吧。

女人手上黑色的彩粉喷筒并没有交出。但突然的急刹车，让年轻人面面相觑。这么有趣的事，一下子就冷场了？是继续热心热闹走完庆生流程，还是包容理解老板病痛焦躁暂停？彷徨迟疑中，就是这个时间点，远边，电梯门开了，一个呼喊而近的嘹亮童声，在通道里云雀一样高叫。

女人急速挥手，示意年轻人快走。

十二

光头仰头靠在沙发上，消失的睡意再也蓄不回。他不时眯缝一眼专心作云画的小男孩，大部分时间就闭眼养神。他没有注意到，更想不到，那位黑西装主管，若无其事地再次无声地到他们桌子这边，掩饰着用手机给他和孩子都拍了照。

男人的电话响了。就在他低头掏手机的时候，女主管立刻转身离去。但光头还是大致辨认出她的背影来。来电是院办负责人。来电说："那个泼妇，被你揪头发的那位，说腰被你甩得让病床撞断骨头了，越来越痛，要求拍片。"

光头说："拍去！有问题，费用我出。没问题，她自理！"

院办说："孙院的意思，你休息好了还是马上进来。别让事情发酵。反正也是你的病人家属。就说点软话，哄哄绝对能摆平。"

光头说："让我道歉?!"

"不是，道歉的话，护士长和我们院办都说了一箩筐了。闹事的夫妻，还是怕你。"

"怕我?! 我他妈眼镜还没修呢！他们赔吗?!"

"院长的意思，大事化小小事化了。不然，他们乱发朋友圈、微信什么的，很损坏医院形——"

小男孩是突然站起来的，他手指着大玻璃墙外的天空，两眼发直，直瞪着外面的天空，口张舌结。光头男人被男孩的石化动作惊到，他嗯嗯回应着电话，顺势看向酒店外面。露天停车场那边的天空，已是一大片的粉绿深蓝与浅紫，如明丽的丝缎飘展在高空。他不是因为惊讶不再回应电话里的声音，而是小男孩拔腿就跑，而孩子忘了自己和光头脚上相连的连梦画绳，绳子一绊，小男孩一个狗啃屎跌了出去，男人也一个趔趄，手机摔飞了。

小家伙一骨碌起来，因为解不开绳子，像青蛙蹬腿一样，双腿乱蹬。光头男人赶紧按住他的腿，为他解绳。男孩急得捶地。"别急，"光头男人说，"它至少会持续二十分钟。"小男孩已经激动得面红耳赤，呼吸急促。他一摆脱绳子，就向电梯通道飞跑。这个不擅奔跑的男孩，跑姿有点跌跌撞撞。男人顾不得解开自己这头的绳子，从另一个桌子的沙发下捞出手机，也猛追。小男孩的奔跑已经无人关注，因为很多服务生和客人，都往大堂门口而去，客人们跑向停车场。在各色人等的大呼小叫、赞叹和跳跃中，人们纷纷掏手机对着天空拍照。

没错，虹彩云来了。

男人很怕小男孩跑丢，他边追边喊：你去哪？

幸好这个沉默是金的小家伙居然大声回应：918！

男人再次差点摔跤，他被遗留在脚的一段纤维绳绊倒，往前冲了好多步才平衡了身子。但他还是用另一个电梯追上了九楼。

小男孩冲向918房。

抱着大蛋糕、闹生日未遂的年轻人的讪讪队形，被一往无前的小男孩穿越而过。918门口，夫妻俩互相对视，男人的深沉冷峻，对抗着女人的莫测巧笑："我来得不是时候？"捉奸稳操胜券的女人，显然想做出一个温柔的眼风，但是，她的表情不够圆润。丈夫看穿了女人的心机与叵测的妩媚。他按抚着自己的腹部，一只手潦草拥抱了女人。

也许丈夫在等在闹生日的年轻人走得更远，也许妻子在等待小男孩走得更近。夫妻俩沉默而潦草拥抱着，间隙不是亲吻，是泰山压顶的对视。

这活火山一样的拥抱，同样被一往无前的小男孩夺门穿越。

小男孩冲进房间，一把拉开窗帘，同时踮脚跳叫；看——看！

夫妻俩呆怔的瞬间，临时监护人也随之闯进，他在小男孩开辟的通道里，直奔窗前。他帮助孩子彻底拉开了沉重的双层遮光大窗帘。

做丈夫的男人反应比妻子快，他一把搂转女人，把她连拥带推，搂送到窗边。此时，他们一家三口都站在了虹彩云的窗前。大衣柜在他们的身后。因为角度不理想，丈夫把妻子推向贴窗位置，他简直要抱起妻子，而不是矮小的儿子。而光头男人早已后退避让。他看到了大衣柜下露出的紫灰色长裙的一角。

光头踩上去一拧脚尖，裙子机灵地缩回衣柜。

酒店窗子只能推一条不大缝隙，但即使开窗有限、角度有限，窗框还是显示了云彩后半部的传奇异彩，它已经超尘拔俗、美轮美奂。小男孩发出原始人或者兽类的尖叫。那个做父亲的，脸贴着妻子，呼应儿子，也发出原始人一样的夸张号叫。

光头男人再次回头，衣柜内置灯亮着。他知道那个女人顺利逃亡了。

与此同时，小男孩突然急推父母，掉头就往房门口跑。光头迟疑了一下，他当然明白那对夫妻的斗兽场般的血腥对视。休战只为儿子的虹彩云。光头男人不得不重拾责任追了出去。小男孩一路直奔九楼转下半个楼梯的自助餐厅，来时他就看到餐厅另一头连接的千米大天台。那是天高地远的龙脊所在。而光头多次在那用餐，也在那银河星光长廊里散过步，他自然清楚。小男孩一往那个方向跑，他就明白了。

大地薄暮渐起，天上的云彩，却明丽如新日发轫。这一份与人类不般配的外世美丽，使天地都虚幻不真起来，而虹彩云是活体，它在呼吸、在舒展，它迤逦曼妙，令人呆怔。

只有心事如铁的人，才不会被它点燃。918室内。女人看到了大衣柜由亮转暗的灭灯一瞬。这明灭交接感转瞬即逝，就像不存在过。被武力搂抱着推向窗边的女人，其实第一眼就看到了午间合并的大双人床已一分为二，又恢复为原来的标房小双床。是的，那个一次性的拖鞋彻底消失了。女人看着虹彩云瑰丽奇幻，再看一脸发青的冷峻男人，她的大脑，有一种类似缺氧性困顿：他们身手真快啊。半分钟不到。

门虚掩着，但楼道悄无声息。男人过去把门开得更大，碰死。

门开再大有用吗，谁能跑得掉？女人嘴角一直保留着舾人的甜蜜，男人看透了这份舾人的笑意而进入更严密的防卫模式。七彩祥云在天，窗里的人，只感到看不见的剑影刀光。女人端详着丈夫：理亏而不妥协的气盛，说明了什么，说明了女人价值已经损耗到不值得维护了，不是吗。女人夸张笑容里的诱惑和无措感，不过是山河破碎的自我抵抗与挣扎，却令做丈夫的男人格外恼怒。他太清楚这个女人的聪明。而柜子对他而言，是个致命的悬念。他咬着牙床，回避她的注目，拿出电话打。他要对方给他马上买点肠胃药送来。女人在大衣柜边踱步，轻声慢语犹如对当年热恋的嘲讽：

"一日不见，如隔三揪——揪不是秋啊。但我是想给你惊喜的。没想到惹你这么不高兴。"

"我只是肠胃难受没心情。你来我高兴啊。"丈夫坐在沙发上，一手按摩着腹部，"一阵阵抽痛恶心，我可能发烧了。七点多还要去那什么政府酒店，做男人很累。"

女人坐在了男人身边。歪头看男人。男人伸手搭了一下她的肩，又开始按摩自己的腹部。

"你一直没有正眼看我啊。这黑裙，你说好看，我就买了。八九千呢，值得吗？"

"喜欢就值得。"男人看着窗外，说，"晚上我可能回来比较晚——那些官员你知道，都是一场二场连三场。"

"既然这么难受，就让曹副去好啦"

"涉及到投资转移，我不去，他不敢拍板。"

"哟你在出汗，痛得很厉害吗，"女人抚摸男人额头。夸张的殷切，流露出的嘲讽感，令男人不适。他偏开脑袋，说："一阵阵的。吃点药就好。"

"真没事？"女人笑，"那运动一下？以前你总叫它祖传偏方百病消。"

男人：别逗了。孩子和药，马上就进来。

女人以妖娆甜糯之姿，重重地坐进男人怀里。她开始拉拉链。

男人一把推开她，站了起来。

女人不为所动，依然保持燕语莺声："当年柳下惠……"

在大衣柜面前，男人愤怒焦躁得几乎崩盘，但他只能还以温柔：快去看看你宝贝儿子吧。

女人起身走动，她手拿黑色的喷筒，扶风摆柳在衣柜前来回走，突然，她对着大衣柜门喷射，深蓝色的玉米粉，纵横交错喷在柜门上，整个房间立刻蓝雾烟腾。丈夫目瞪口呆，随之他弹起身子，像要保护柜门，但他马上意识到没有意义，因此，他站直了，干瞪着女人。女人哂笑：

"綦志伟！你别再紧张出汗了。也许里面是空的。"

男人的困惑表情很到位。这个表情是真实的，他是希望柜子里的女人趁乱出去，但他心里没底，她是否身手敏捷，抓得住这闪电的天助机会。同样地，他之前一直寄望妻子没有发现柜子异样。现在，显然，一切都证明妻子的表情内涵的复杂而阴暗。

女人却引而不发。她不开柜门，但她的手在柜门上的蓝色粉末中，来回走马，又像是弹钢琴。男人几乎简直窒息，他感到柜子里的人，会被这样的弹索弄休克。

女人："说吧，怎么回事？"

丈夫："你疯了？！你看不出我病了？你以前从不这样！"

"对，以前！以前我会做三十七种男人所需的滋补靓汤；以前，你一不舒服，我就帮你艾灸、精油按摩、送烫煎药；你和儿子，就是我全部幸福生活的人质。只要你好他好，我赴汤蹈火零落成泥碾作尘，甚至粪土也心甘情愿。"

"唉我都知道，但你今天好好的发神经干吗？我是病人啊！"

"对，今天来了虹彩云。"女人对窗外挥手，满面是奚落感的夸张春色，让男人想狠狠揍她。女人说，"你现在装病晚了！下午 2 点，我就站在这个位置。请问綦总，你们自己合拼双人床，会比大床房，更好做体操吗？"

"这房间从来都是标房！小唐没有订到大床房，还被我骂了。不信你去问！"

"两双穿过的性感拖鞋，女款的也不见了哦，可能连腿还藏在衣柜里——你要不要亲自开门看看？"

"吃错药了你！"男人爆出了吼声，但他很快稳定了语气，"别发疯了，我很难受。一直反胃想吐，我要上卫生间。你去管儿子吧。我们再谈吧。"

"酒店人看护着呢。綦志伟，说真话把。我只想听一句实话。"

"这就是实话。我不知道服务员是不是给你开错了房间。这样吧，我们都冷静一下，你去看儿子，我去趟洗手间，我上吐下泻……"

女人挡住了他。

"你以为那个物理系的高才生是白读的吗？中午一进来，她就拍了精彩床照。卫生间里，那女人落下的两样东西，她也拍了——其实，推理搁置，不是傻，是给你个说实话的机会。很遗憾，你没有通过。"

男人两只手捧着腹部，仿佛胃绞痛难忍。

女人猛地拉开柜门，柜门空洞明亮。

女人略微一震，也有奇怪的轻松感。但她一笑而出，并摔上了房门。

十三

天空蓝得有点发紫。在人们看不见的深空，一定有清泉薄水在一遍遍涤荡天穹，只为那个时刻，那个丝缎般时刻的到来。也许它不是神祇过境、仙女西行，它只是让有的人，看到自己在天上的美的倒影，只是让有的人，看到自己真正的老家。

龙帝大酒店的S形的千米龙脊，已经被镀上香槟色的薄薄夕辉。西二郭湖泊整个水面，金箔闪烁。光头男人站在星光餐厅通往龙脊长廊的玻璃大门口。近千米长的宽展龙脊，的确是最好的观云地了，但因为饭点时刻，它飘带式的超长平台上人影寥寥，更显得那个五岁的孩子，在天地之间的细小孤单。自助海鲜餐厅里的食客，没有人发现大玻璃后墙外，旷世的奇云，在高天昭展。大餐厅内，灯光美食的香氛氤氲里，人们穿梭或蚁附于一盆盆新上的佳肴美味间。在人间，美食就是许多人最热切的天。不习惯看天的人很多，一辈子不抬头看天的人，也不少。人们低头于地面奔忙、饕餮、追逐、获得而心满意足。

小男孩面向西天，细小的两臂张大到极限，就像反张，十个指头，也大张如某种带吸盘的小动物之手。小小的身影，在用力拥抱，他似乎要把天上的各色云彩，全部揽抱到他的矮小的怀里。他可能是意识到了云太大太大，颓然垂下的小手，看起来像认输的云俘虏。

多次邂逅虹彩云的光头男人，也被今天这云天画面震撼到了。太磅礴了。

天边，西二郭湖的水面由金转棕，水库边的树梢和山峦，颜色黑棕庄重。大地的肃穆色，更映衬出西天高空上，流丽万端的虹彩云。宝蓝一泻的天幕上，柔姿绵延气象万千，那抹宝石般的瑰丽，因为过分超然与靡丽，有了收摄魂魄的迷幻感。光头男人觉得，这是他见过的磅礴也是最细腻的虹彩云。它简直就是高天里横过人间的仙锦魔缎，在天空自由飘扬。

也只有到了龙脊，天高地远，才能看清今天的虹彩云的全貌。它就像一前一后的两只迎风而飞的天鹅翅膀，前面的小，后面这扇漫天巨翅，从翅膀根的紧实到翅膀末飞羽的轻扬，颜色阶梯，在流丽渐变。翅膀根上，可能云层太厚，只有薄的边缘，被透着橙光的金绿色勾勒了轮廓，然后，整个飘飞的羽翅，在湖蓝、湛蓝、果绿、淡黄、粉紫、紫蓝、柠檬黄、金棕中，它在各色晕染魔变中，朔风飞翔，又犹如仙丝柔道在高空梦幻翻转；大翅膀渐渐拉长，但始终在色变中保持明丽的绚烂，有时候是天蓝、粉绿、缠绞着淡紫罗兰，有时候，整个底部陡然灰红又翻出清新的灰紫蓝，随后是柠檬黄转淡绿浅粉，最后，翅膀的亮度开始渐渐散淡，就在光头男人以为虹彩云就要谢幕之际，天空的巨翅从中间开始，就像高光核爆，腾涌出耀目的白金色，以它的亮黄金色为爆点，金粉绿、金橙、金黄、金红次第柔丽铺展，天空瞬间光色沸腾，极尽灿烂、光华炫目。这才是真正的高潮。一种浩瀚的呼唤，正普天而降。

小男孩仰天呆立，就像电击过的小布偶。光头男人走到了他身边。孩子已经泪流满面。光头把手搭在孩子小小的肩上，搂着他的小肩头。小男孩没有回看光头男人，他的眼睛只有天上的虹彩云，他泪花闪闪，就像在谛听云的呼唤。

餐厅的自动大玻璃门又开了，黑衣女人站在门口。

就像一份天人之约，她一抬眼，看到了万里长天上，最绚烂的绝世云彩。

她扔掉了手臂上的风衣，向他们走来。虹彩云的暮色仙光辉映着她的脸，天地之间，万物明丽万千。她就像走在 T 台上的模特，蓬松的发卷，随着弹性的步伐在脸边自信跳荡。当小男孩和她一对视，女人立刻俯身，平伸双臂，对高空的虹彩云，做了很不模特的大波浪身形。一脸泪痕的小男孩，因为激动，因为有了生命中最为重要见证人而再次泪如泉涌。他哭出了声。

女人展翅而去，贴脸了小男孩，把自己的手机递给他。

光头男人有点困惑，他一时不能理解这个捉奸的暴虐复仇者，怎么忽然如此若无其事、意气风发。918 房间里发生过什么？是丈夫成功地摆平了妻子？还是另一场恶战，正在酝酿中？本来，光头男人以为女人没空出现在这赏云的；现在看起来，容光焕发的女人，没有错过虹彩云的云约。她看起来似乎正在滋长恢复自我、修复生活破绽的能力。

光头男人退往身后的长椅，坐了下来。小男孩亢奋于各种拍照中。

女人绕着草坪一周，走到光头身边："看到了吗，我走过的这一块，和我家天台上种植的菜地差不多大。之前，人家告诉我，一家人，只要有席梦思那么大的一块菜地，就吃不完。我不信。我一口气种了两张半席梦思那么大的菜地。"

光头男人点头。

"地大也好，品种节奏都更好掌控了。完全不用去市场买菜。我儿子、先生吃到了最新鲜、最安全的有机蔬菜。因为吃不完，我每周，开车二十多公里，把新摘的蔬菜，送到我公公婆婆家，顺道送给我小姑子家。再多，我就送给左邻右舍，送给物业。"

光头男人隐约感到了沉重。他凝视着若无其事的女人。

女人则望着开始黯淡的天空。他才意识到，她平静正常的声音，其实很悦耳。

"他两三岁都不说话。我决定放弃工作。美国研究证实，农残与自闭症密切相关。我信任有机食品的治愈力，我相信食品是人类与大自然最深刻的连接。我没有种菜基础，但是，我从头学。我去水源最干净的农村菜地，买了 3 万块钱的泥土；拜了三位老菜农为师；我知道怎么清洁土壤。每次使用后，又怎么修复它们。我知道用鱼粪、厨余垃圾、香蕉蛋羹、灰烬、豆渣，自堆有机肥；我去购买加工处理过的鸡粪、牛粪。每天，两三个小时，我在天台上浇水、施肥、捉虫；周六、周日，除了陪伴儿子，我都在打理天台的绿色菜园。每个季节我的菜园都生机勃勃，芥菜、青椒、空心菜、油菜、莴苣、芫荽、西红柿、秋葵、丝瓜、豆角，还有迷迭香、薄荷、芝麻菜；"

女人声腔里有清美的齿音，渐渐失色的虹彩云余光，依然让她的微笑，柔暖和善。

"有一次，我公婆因为我送菜，耽误了他们的门球比赛而劝我，不要种那么多。我丈夫说，你们就知足吧，你媳妇是可以把火箭送上天的人，这样的人来给你们种菜送菜，你们是上辈子修了高速公路还是造了跨海大桥？"

女人一直笑着，就像说别人的段子，可是，光头男人感到了寒意。她春风明媚的脸上，第一颗泪珠越过睫毛后，其他的便一颗连一颗地掉了下来。她依然努力微笑。"我儿子爱吃我种的菜——不过，现在，他爸爸已经觉得农药与自闭症的关系，是专家扯淡。"

女人对着光头张开她的十指，手心，然后是手背。那个被人尊称为刘博的男人，看到了那双手，手指修长，但手心粗糙，手背至少有三个指头的指缝发黑。光头男人的恶心感略减，但还是不舒服。

"你该戴手套。"

女人说："两三天就要拔草。最难根除的是酢浆草和天胡荽。酢浆草看起来茎细好拔，但根系下面却留着透明大颗粒，在土壤深处，手指得插下去摸索到，才能清除；天胡荽的根，也是环绕纠缠。你只能铲起泥土，掰松，像清理蜘蛛网一样，才能拔除。戴了手套，手指就不再敏感灵活。插入指甲缝的土，可以剔出，但被污染的弧线是清洗不掉的。甲床边缘吃色了。如果场合需要，我会腾出时间去美甲，把它们遮掩住。不过，这些年，已经没有什么需要我的重要场合了。"

女人始终微笑着，隐约露出洁白的齿边，莫名令人酸楚。那些流淌的泪水，荒谬得像是别人在流泪。

光头男人很想安抚这个女人，就像拥抱那个小男孩；但是，女人的微笑又令他迟疑。他干咳了几声，说，呃，呃，我不是说你，而是，那个，很多女人，为了一个男人，把全世界关在门外，很蠢。就等于把自己关在牢里，男人回家，她就像被探监一样高兴。她不知道虹彩云，也不知道人间的紫灰裙子。

女人一下瞪大眼睛。

"你看到啦?!"

光头男人摇头。

"——你看到了!"

光头男人耸了耸肩，"我不一定懂你的意思，但我和他，"男人一指小男孩，"我们两个男人都认为，地上的任何裙子，都没有天上的虹彩云美——你愿意让你儿子——看到哪一样?"

女人终于言行一致地哭泣了。她放声痛哭。

光头也终于感到了女人的脆弱无依。咖啡厅的那个眼神，那个濒死患儿般无辜绝望的眼神，是孤苦真实的。女人哭得呛咳。她跪在地上咳着哭。

小男孩听到了妈妈的哭声。他急忙往回跑，他站在两个大人跟前，轮流审视着他们，眼光里生气又有点狐疑。女人看出了孩子的担心，她把双手平伸给光头，那个被人们尊称刘博的男人，把自己的手覆盖上去，他们互相牵住了对方的手。小男孩释然了。他扔下手机，略微羞涩地把自己的小手，也叠放上去。

女人说；"我知道封闭体系里的熵增与死亡；我更知道，抓住了胃就抓住了男人是个愚蠢笑话。我也知道所有的爱情，都会被操持家庭磨损……"

玻璃门那边，那位黑西装女主管身边，还站着一位着套装像律师一样的短发女子。她们是亲姐妹，她们都拿着手机，在给三个彼此握手的人拍照。

虹彩云已经全部转灰。

十四

SUV 白车开出了龙帝温泉大酒店的林荫道。时间是晚上八点二十。

光头说："你确定不去儿童医院了?"

女司机:"嗯。"

女司机说:"在儿童院候诊的时候,我就知道我儿子没问题了。"

"那好。你按我的导航开吧。"

女司机点头。小男孩不怎么看星空,他还是喜欢云天。他问:"明天,它还来不来?"

俩大人都没有回答他,他就打了一下男人的手臂,这个动作,把问题归属了。男人说,可能还来。小男孩一指驾驶者,说,她有一条很多颜色的裙子。

男人说噢。

那么多颜色从哪里来?

也只有男人接得住孩子跳跃的思维,他说:穿过薄云的太阳光发生了衍射,薄云里有均匀的细水珠——均匀的冰晶也可以——小冰晶的云是贝母云,我们说过的,它是高云族——反正它们都是均匀的小水珠或小冰晶,把太阳光藏着的赤橙黄绿青蓝紫色都散出来了。只要云很薄,很均匀,很自由……

小男孩说,妈妈的裙子,风吹到天上,也是虹彩云。

当然。所有的妈妈都是虹彩云。她下来给你种菜做饭,就变成雨水;她要做她自己,就又会飞上天变成虹彩云。只是呢,很多妈妈忘记自己是虹彩云,所以,就变成天天下雨天的雨水了。

二十分钟后的夜街头,就能看到超过芒果行道树很高的协和医院的鲜红的大招牌字。导航说,过红绿灯就进辅道。女人一看到了协和大招牌,就扭脸看光头。那个被人叫刘博的男人,在低头看新进来的微信,随之默然一笑。

女司机:"彩票中大奖了?"

男人念:"一,重婚罪:指在有合法配偶的情况下又与他人结婚或建立事实婚姻所构成的犯罪。二,离婚冷静期,过错方和非过错方,照样可以调整财产分割五五比例。过错方拿小头。"

女司机:"法律课?"

男人:"对,最后一课。再过三小时,有个女人也要变回虹彩云了。"

女司机忽然感到失落,自问自答般:"有多少虹彩云为别人变成了雨水。"

男人摇头:水云选择,不在婚姻,不在男人。全由女人自己决定。女人都是天空大地的养子。你儿子都知道,只有最轻盈、最自由的云,才可能变成虹彩云。

协和医院大门口，车子靠边，那个被人尊称为刘博的男人下车。车子启动而去。

行使了几步，车子停了。男人疑惑着走过去。

女人把一本驾照还给他。男人接过，再次挥手让行。他看着白色车子在芒果行道树的斑驳光影下远去，但是，二十米不到，车又靠边停下了，打着双闪。那个被人叫刘博的光头男人，跑了过去。

女人降下玻璃，说："他还有事。"

后排玻璃窗也降下。男人看着孩子。

小男孩说："我的书，什么时候给我？"

男人有点忘了。

"给云打分的。"男孩说。

"噢，《云彩手册》。让她把地址发我，买好了，我寄给你。"

"她刚刚不高兴了。"小男孩说，"还嗷了一声。"

女人扭身敲打小男孩的头。

光头走到驾驶座那边。过往的车灯里，女司机的脸上的泪痕在暗亮着。她僵直地看着远方迷离的灯光车流。男人伸手，拍了拍她的头顶："别连夜往回赶了，拐弯不让直行的人，夜里更危险，还带着孩子。"

女人点头，声音暗哑："其实，夜间开车我眼睛很花，但我，不知道去哪里好……"

女人又说："你现在去哪？"

男人说："去找一个该死的人道歉——你别回去了。"

男人又说，"到家都半夜了。"

每一辆过往的车灯，都让女人的新泪汩汩暗亮。

男人说，真的，别回去了。

女人："我在想，我是不是该去找我儿子最喜欢叫爸爸的那个人。"

男人倾身拍了拍车窗框："喂，小伙子，你有几个好爸爸？"

后座的小男孩伸长两只手臂并拢后，双剑合璧般，一起指向车外的光头男人。

那个被人尊称为刘博的男人，忍不住笑了。

他对着女司机说：别回去了。听话。

他声音很轻，后排的小男孩听不清他说了什么。

2023 年 4 月

谷雨之后是立夏

（载《收获》2023 年第 5 期）

两次别离

田　耳

徐昌发癌病再次复发那会，儿子启梁正应对下岗，两件事撞一块，一家三口未免乱了手脚。

启梁看上去是斯文孩子，读书用不上劲，初中毕业去了没门槛的技校，两年下来，车钳铣铆焊大概知道怎么回事，上手都能弄两下，去找工作才发现到处是门槛。找来找去，外面跑了几个月，才发现回县城顶父亲徐昌发的班才是最好选择。母亲王彩秀还说，也不算耽误时间，不出去跑跑，你哪知道家门口的好？

当时徐昌发刚过五十，身体按说不差，毕竟有以前当过海军的底子，只是腹股沟斜疝气味越来越重，工友躲闪他。为了启梁顶班，他找相熟的医生，递两条自己抽不起的好烟，开证明办理提前退休，这样启梁后一脚就进到机械厂，当上仓管员。那是九八年的事，全国刚暴发大水灾，救灾如火如荼，电视机里面每天都可歌可泣。启梁去守仓库，有一台电视做伴，清闲得让他怀疑是不是真的在上班。

次年徐昌发享受病退人员全面体检待遇，一查查出肝癌。检出了他倒比大多数人镇定，只是不由得感叹：人其实没有病，病都是单位让你享受的福利待遇。启梁觉着这是父亲为办病退挨了诅咒，转眼就应验。一通治疗，据说五年生存率接近百分之九十，随后几年徐昌发确实存活在这概率里。

转眼就到二〇〇三年，机械厂领导们开始酝酿第一批下岗名单。领导们头疼不已的是，前面几年厂子衰败是明摆着的事实，职工满腹埋怨，都说要走；现在真要下岗，他们又誓与本厂共存亡。启梁响应领导号召，主动递交下岗申请，这样买断工龄以外多赚一笔奖金。徐昌发是从同事嘴里听到这事的，病情突然恶化。当然，也可能是徐昌发身上的癌病掐着指算满五年，再次发作。他和大多数职工一样，以为下岗就是分流傻子留下聪明人分赃，若他知道晚几个月后买断工龄的钱都掏不出来，会不会为儿子果断的决定而流露一丝欣慰？

许多事情不可假设，事实上，徐昌发癌病复发与启梁主动下岗在时间点上发生重合。将徐昌发送去市肿瘤医院，二次化疗下来，他一个蛮开朗的人，精神也有崩溃迹象，时不时摆出一脸"给我一个痛快"的神情。启梁和母亲王彩秀商量着要不要把人送去省城，这时舅舅王同乐表态，说他见得多了，人都经不起几番折腾。五年前徐昌发查出病症，就只剩半条命，现在二次化疗，顶多只有四分之一的魂魄傍身。他还满含诚意地提醒，姐，人财两空的事情我也撞上好多回，帮这种人办事都是优惠价能让则让，亏我不少进项。王彩秀不吭声，王同乐再一次友情提醒：姐夫这种状况，早一点回县城才妥当。要是在省城、市里咽了气，尸体可不给送回，直接拉去火化，到手就一把灰。

说到这王同乐眼珠一凸，王彩秀脸皮一皱，仿佛一把灰就在眼皮底下。母子俩不知如何是好，王同乐的意见就很重要。以往王同乐就经常给他家拿主意，眼下，对于死人这事，他可谓专业人士，说话就更有分量。

王同乐绰号"卷王"，俚城有名的"把总"。"把总"可能是俚城独有的叫法，换到别的地方叫法很多，有叫"总管"，有叫"主事"，还有的地方叫"大了"。但这一行总归有些陌生，说白了，就是死人以后办丧，殓师、法师、丧歌班、响器班、后勤班、炊事班、金刚、杂工都要陆续入场，必须有一个人统管，将诸多事情井井有条地分配下去。这样的人便是把总。其实，"把总"在俚城人嘴里原本是个动词，话说到要谁来统揽全局，拿大主意，方言便是"请某某把总"，不知哪时这词固定在了丧事行当，成为名词，代指一项职业。当然，这职业冷僻了些，全县找下来，把总两个巴掌数不上来。毕竟，一天出几丧的情况非常少见，一次丧礼一个把总，这行当撑死就这么点就业容量。

至于他这绰号——那年月还没有"内卷"的说法，被别人叫成"卷王"，首先在于他姓王，其次头发自来卷，同时说话也稍有卷巴。说来也怪，虽然卷巴，王同乐却极擅长跟人打交道，算是小县城一张好嘴。启梁暗自分析过的，舅舅的一点小卷巴恰好放大了他能说会道的特性，让别人在一种反差当中留下尤为深刻的印象：卷巴里面，王同乐简直就是最能说的那一个。

卷王靠这张嘴讨饭谋生，启梁印象里，舅舅把总的身份也在带入自己的日常生活，隔三岔五到家中来，为父母出策谋事，为他一家"把总"，一桌吃饭他从来都坐对门靠墙的正位，再把话一说别人只能是听，摆明就是这一家的主心骨。

徐昌发虽当过兵，婚后被王彩秀驯得日渐没了脾气。当年徐昌发转业分配到地方，开始恋爱，那时恋爱都叫搞对象。按说徐昌发一个退伍兵，在婚姻市场应属于捡到篮里就是菜那种，搞到有工作的女人殊为不易，偏还挑剔。别人给他介绍几个低眉顺眼的，他都不动心。介绍人都有责任心，还要问一句他为什么哩，徐昌发总是说，呃，不够劲。直到遇见政府食堂里的王彩秀，针尖对麦芒，够劲了。两人认识不久就开始吵，倒也不想分开，便一起将吵架变成恋爱的主要形式。不光吵，起初徐昌发是有暴力倾向，脾气一上头，一看王彩秀就是个人形靶，随手一耳光，弧度丝滑，王彩秀隔三岔五地带彩。但王彩秀从不晓得害怕，眉毛一拧，牙一咬，脸一仰。徐昌发动手以后，王彩秀不害怕，就轮到他自己心里发毛，不光怵她一脸狠劲，也怕她搬来救兵。那时，卷王走上街，半条街的人都会跟他打招呼，街溜子小青皮抢着叫他，有的叫"卷大"，有的叫"卷王"，有的骨灰粉直接叫"卷爷"。卷王轻轻地把头一点，便是回应。所以卷王自己认为，说话并非天生带卷，而是跟人打招呼太多，舌头肌肉越来越厚导致。只要王彩秀打招呼，卷王不会坐视不管，一定会跟徐昌发探讨人生，要是想来一些肢体的接触，卷王简直不要亲自动手，许多小弟会抢着表忠心，替他铲事，卷王指头一戳，小弟就会像一群鬣狗冲过去，一旦形成合围，狮子老虎的肛门也要掏一掏。

徐昌发知道双拳难敌四手，一通乱拳下来，自己躺到医院都不知道跟谁要医药费。王彩秀知道徐昌发的顾虑，嘴角一撇，说弄你还用上我弟？果然，王彩秀从来都自己接招，有时候徐昌发下手把不到轻重，王彩秀一时爬不起来，不声不响躺两天，回过神气依然不怵，跟徐昌发接着较劲。时间一长，两人发现彼此算是一对冤家夫妻，怎么打也打不散，上面打了下面打，一次意外还把小孩弄出来了，两人一边拌嘴一边跑去登记结婚。婚后，徐昌发开始变得服帖，事事由王彩秀做主。没想到王彩秀不怕打，但日常处事经常没有主见，窝里再横，外面老是吃亏。此后，稍有困难的抉择，她就把卷王叫到家里。这时候徐昌发尤其懂得了逆来顺受，老婆不叫他讲话，他就把自己晾到一边，不操心。

转眼启梁出生、长大，七八岁，对这个舅舅形成初步印象：他是专门来家里吃肉的。那时家里的状况，大概是一周开一次荤，基本定在周六。舅舅定时赶来，拎一瓶散装酒，手不空，算不上吃白食。饭菜上桌，王彩秀不再是头疼的事要找弟弟打商量，家里琐屑小事，单位里同事间的龃龉，她都叨咕不尽。卷王自顾喝酒，满口吃肉，嘴角流油，任这姐姐搜肠刮肚说得一点不剩，才把骨头一吐，酒盅一搁，慢悠悠把她刚才一堆碎话归纳成几个点，仿佛是她的秘书，转眼再变成领导，嘱咐她最当紧要考虑的是……接下再到……卷王一开口，王彩秀就只顾点头，而徐昌发闷声喝酒，佯装不听，偶尔条件反射似的点头。启梁再大一点，进一步发现，父母对这舅舅已经有依赖，周六晚上那一顿说道，简直就是他们家把平淡日子一直延续下去的核心动力。

这情况一直持续到九几年，启梁成了半大小伙，桌上天天有肉，而卷王的知名度在小城之中继续飙升，应酬已然忙不过来，晚上出台似的赶好几桌。周六的夜晚，他没有任何理由把这宝贵时间只留给姐姐一家。

启梁仍记得，又一周六，菜上桌后，母亲顺手摆四副碗筷，经父亲提醒，收走一副。徐昌发很少打趣，这时嘴皮一抽，说留着也行呀，顺手加个酒杯。王彩秀便呸的一声。

现在，启梁让往事在头脑急遽地过一遍，再斜着眼瞥去：父亲仍躺病房里，一脸枯槁，盯着天花板像是盯着高邈的天空；舅舅拽着母亲去到走廊尽头，一只手罩在母亲的左边耳朵，把嘴凑上去，一会又放下。讲悄悄话，也是卷王的一大招牌动作，他可以任何时候跟任何人转眼间便显出过从甚密的样子。

他俩又往这边走。母亲脸上有释然表情，而舅舅随时都是一切尽在把控中的模样。走到启梁估摸的距离，便叫一声舅舅。卷王把目光搁到外甥身上。启梁平静地盯他数秒，再问：在你看来，我爸徐昌发是不是已经死掉了？

此时脸上的平静，完全是强自绷着的，启梁以前从不敢想象，敢跟舅舅这么说话。没想到突然说出来，又能怎样呢？启梁竟发现有一丢丢暗戳戳的爽。

卷王大是意外，与此同时他脸上还是挤出笑容予以掩饰，缓和气氛。稍后他反问，这话怎么说？

在你看来，我爸到底死了没有？

呃，哪能呢？

那就好……启梁缓一口气说，人死了是你说了算。但现在他没死，我作为儿子，要把他往更好的医院里送，没有必要征求你的意见，对不对？

卷王哪看不出来，这话启梁事先备好，脑袋里不知彩排了几遍。略一迟疑，王彩秀已经抢先叱骂一声：你是在跟谁说话？

……我爸还没死。启梁把母亲和舅舅同时罩在眼里，拿捏着一字一顿：我相信我爸会活下去。

启梁脸上暗自发狠，青筋却暴不出来，只是隐隐现出线条。卷王哪看不出来，这外甥突然长大，而且有脾气了。以前，一直拿他当小孩看待，说话吃饭喝酒都没感觉他坐在一旁。

既然启梁说了要让父亲活下去，卷王没法再提人必有一死。绝对正确的话，说出口也就成了废话。半大小子发飙，卷王知道一定要避其锋芒，这时手往姐姐肩头一搭，披着她往房间里走。到床前，卷王俯下身，一张嘴凑向徐昌发耳际。徐昌发持续半昏迷状态，卷王连叫几声，昌发，昌发……

徐昌发半透明的眼皮强自撑开，露出浑浊的眼球。

卷王又说，有些状况，看来是要跟你本人通气，你把最真实的想法摆出来……

这时启梁正往前走，王彩秀有如打篮球卡位一般贴过来，嘴一张，话语也是一字一顿清晰确凿地往外飙：让你舅把话讲完，行不行？王彩秀年轻时候经常在食堂维持秩序，卡人可是一把好手，嘴里还叨咕，娘亲舅大，没跟你讲过？

启梁一时不好动弹。稍后舅舅过来冲王彩秀使个眼神，余光回撤，撒在启梁脸上，显然跟徐昌发商量有了结果。

所以，母亲当即宣布，你爸也同意了回去……只有你一个不同意，这是三比一。

启梁哪肯认账，手指朝舅舅一戳，说既然他要算一票，那我们是不是多拉几个人投一投？

卷王一笑，说我这一票不作数，那也二比一。

我要不认这几比几呢？启梁继续冷笑。

用不着卷王亲自作答，徐昌发在后面暴咳，并艰难地吐出字音：启梁，你是不是要我现在就死？

那一次，启梁只能承受少数服从多数的事实，跟着一辆依维柯把父亲拉回偪城。车上，担架架在中间，卷王和启梁各坐一侧。这时候，车内逼仄，徐昌发喘气浊重，卷王嘴不会停下，仿佛要用话语将空间抻开一点。他跟启梁说，人都是要走的，是吧（说到这，他脑袋一勾腌一眼徐昌发），我看得太多，有经验，是不是？你呢还年轻，往往会主动逃避一些事实，但真到那时候，任何人都要统统承受，而且无一例外也都能够承受……

启梁靠窗，斜眼向外，这个钟点，视野里的一切沉沉入暮。夕阳跌坠，给一些云彩模糊地镀上金边。此外，他什么也不想说。

卷王手一探，长长的胳膊穿越担架搭上启梁左肩，启梁条件反射地将上半身拧动，要把那只手甩开。卷王头一低，叫了声昌发，又说你这个崽瞖脾气得很咧！徐昌发便用黏液迸裂的声音回应：你尽管修理他。

既然徐昌发自己选择回县城，到地不急回家，在县医院象征性待几天，挂好病历，此后再回家躺着，有状况联系医生上门，平时护工送药，多是吊瓶，用塑料箱装好，一箱一箱码到床尾。一瓶吊尽要更换，在场每个熟人都能够熟络地操作，而下面导管导出的尿液满袋了，只能是王彩秀和启梁更换。启梁在父亲身边一坐就是一天，发呆，看着瓶中水位起落，想象着一条小河正从父亲身体里潺潺流过。这场景，说是在治疗，启梁再瞟一眼父亲的神情，分明又是等死。他的癌病复发两回，虽然都救了过来，但每一次救回，再次面对，感觉分明不是之前那人。

照这么看，卷王前面预计的大体都是准确的。也正因如此，那段时日，卷王的到来似乎都裹挟着一股不祥的气息。启梁觉察到，舅舅来得越频繁，越是在催父亲早点上路。所以，当那次卷王又拉着王彩秀挪远了几步说悄悄话，启梁暗自贴近，正好顺着风向，带来一些声响。稍后，启梁用咳嗽声打断他俩的讲话，静待四道目光一齐堆聚到自己脸上，便说，人还没死，丧事不急着办。

卷王心里明了，有一就有二，这个外甥平时不声不响，现在已经盯上自己，时刻准备开干。

……呃，这个你不懂，发丧的事样样要往前赶。要不然，临事往往招呼不过来。卷王把高大的躯干挺直，手指逐枚屈起，说寿材要不要提前？寿衣是不是要备好？千年屋要不要打基？也有人是等爹妈入土再打基砌拱，但我们活的人是先起屋再住进去，还是住下来再起屋？那就是好日子不过，当上难民了。

这些话，卷王已经说得十二分娴熟，眼都不眨，上唇不碰下齿，一股脑地喷出来。歇一歇，看看外甥反应，又接着来：甚至，就连抬棺也有规矩，找谁要事先确定。一般来说我们家政有联系好的师傅，但有时候墓地在城郊村寨，本寨人会抢活，价码要抬一抬……都是要事先商定的，桩桩件件，哪一件弄不好都是麻烦。离开的人，上山归土，要好多人保驾护航……最后这一程，哪能不送好？

王彩秀把话接上，说你爸已经是这个样子，我们早有准备，是让他宽心，心一宽，反倒活得久一点……难道不是吗？

启梁两道目光拨开母亲，直奔舅舅而去，又问，看样子，我家这笔生意你是吃定了？

卷王既是把总，每天跟各种人打交道，处理各种麻烦事情是他的看家本事。外甥撕破脸，他尽量跟没事似的，微笑，稍后反问，你说说什么叫吃定了？

启梁这时候收不住，再次调高音量：我爸就算是死了，侔城也不是你一个把总，我找别人行不行？

……我知道你的意思了，呃，这问题提得好。卷王模仿着正式发言人的语气，语速放到最慢，屁股往后一撅，就有一张椅子。坐下以后，整理一下气息又说，启梁，我也不跟你拐弯抹角，你爸的事就是我的事。我不会赚你家一分钱，就像我不会赚自己的钱，那没有任何意义……这事一定办得妥当。

我是他儿子，这事情看样子是由我来决定。

未必……卷王忍不住提起嗓门说，这件事，除了我你还真找不到别人。

这话说得跟黑帮老大一样，帮人办办丧事，就能一手遮天了？

不是黑不黑白不白，我好歹干了这么多年。其他的家政，都知道你爸是我什么人，你去找他们，他们不会答应……说白了，也不敢答应。

好的，你是把总，我不请你父亲就上不了山？启梁还拿捏不稳撕破脸的表情，脸皮绷久了竟是有点累。

启梁，今天你冲我发火，我能理解，但你在侔城找不到另一个把总办这事，这是事实，是基本的事实。要不然，这就是直接打我一张老脸。你要理解，任何一个行当，无论高低贵贱，每个人都有自己的身份和位置；外人并不知道，同行都是一清二楚……

王彩秀在一旁吼叫起来，启梁，你这是跟你舅舅说话吗？

启梁脸一歪：妈，你是不是又要说，娘亲舅大……好大哟！

卷王伸手一按姐姐的肩头，说启梁这话憋了很久，今天说出来也好。你也不要老当他是孩子，二十多岁的人，是有自己的主张，你不听也不行。

……好大哟！王彩秀嘟囔，往后却又无话。她跟弟弟在一起时，话仿佛都在弟弟嘴里。

卷王又说，这事你们商量，我管多了也招人嫌。说罢转身往外面走，步子撇得带一股憋屈。

而王彩秀只能冲着卷王的背影接着嘟囔，招谁嫌呢，你还怕一个小孩？她一扭头看向儿子，又说，我不管了，你翅膀硬，你爸的事看来你一个人就能弄，对不对？

实话讲，卷王不光关心死人，更懂得照顾活人。再说，他干这行，关心死人就是要从关心活人开始，并不矛盾。

启梁下岗不久，王彩秀就跟他提：你舅舅发话，他那里业务越来越多，随时缺人，你可以随时过去，见天就上班。当时启梁一愣，随即问，跟他当把总？

王彩秀说，这可急不了。行行道道都要经验积累，安排事情才能妥当，没有十来年经历，当不了把总。

那是要我跟他学当殓师，捡骨分肉？

捡骨分肉你敢学？王彩秀说着眼一乜斜，嘴角挂笑。她很少在儿子面前绽露这样的表情，实在是启梁说话让她意外。

"捡骨分肉"，那是卷王当殓师时候的"成名作"。殓师无非是帮死者整理遗容，竟然搞出"成名作"，绝非易事。

卷王十七岁进到县电厂当技术工，爬杆架线，看似力气活，被人叫成"电老虎"，县里面算是顶好的职业。那时年轻人不晓得拼命赚钱，也没机会，混单位也就几十块工资，换现在的眼光看全都是穷人，打牌都打不起劲。同时，也因为年轻，荷尔蒙多巴胺力比多等种种生物化学成分在体内不停爆浆，没有多少释放的途径，只好逞勇斗狠。卷王那么大个头，在同事看来不打架简直浪费材料，一定要把他拥立为大哥。别人一口一个大哥，卷王倒真架不住，后面就帮小弟强出头，打伤了人劳教两年。出来以后算是失足青年，电厂再回不去，别的工作又难找，做生意哪来的本钱？后来跟城北一个老汉一块做殓师。或者说，失足青年找工作，丧葬行是大选项，他们是为死人服务，死人最有容人的雅量。

179

殓师是暗处的职业，不干活的时候，别人问到都不会讲。卷王入行不久，一不小心搞出了名气，殓师的身份再也藏不住。

　　话又说回到一九八三年，他当殓师才两年，有一天县公安局派活：秀城坡沟底有两个人等着收殓。显然，这活带有案情，本该是法医的工作，据说本县法医就俩人，都去驰援怀江市一起重大垮塌事故，所以只好把活派给殓师。县里数得着的殓师五六人，得知这消息，纷纷猜测现场肯定地狱一般难以收拾，法医才撂了挑子。他们不接单，有钱不赚，公安也不能抓人。卷王听说这事，趁年轻胆大且尚有好奇心，脑袋一抽，说要不我去？公安哪有别的选项？来两个人带着他一同往秀城坡沟底走。卷王平时喜欢看《水浒》，当天往沟底走的那一路，他总觉得身边这两人像是董超、薛霸。

　　那是四月，沟底树木森然，光线暗淡，阴生植物绿到发蓝。走深一点就有血腥气扑面。卷王第一次面对这种情况，场面未见气息先来，不是一般瘆人。但他暗自鼓劲：卷王你以前敢打伤别人，也坐过牢，现在有什么资格像小姑娘一样分泌出害怕的感觉哩？他由此发现，失足青年去做殓师，原本是有暗通款曲的地方。

　　再往前，带路的公安说到地方了，一看，哪见着尸体？

　　去的路上，公安当然把情况讲出来。一对男女正搞对象，男的姓肖女的姓季，女的爱好文学男的要当作家（据说是知道女的爱好文学，所以他要去当作家），这样两人自然就恋上了。男的本来是在打叶复烤厂上班，条件不错，为当作家竟假戏真做，辞职在家成天伏案爬格子，往外面一把一把寄稿还要父母添邮费，全都泥牛入海，退稿信和改稿意见都如同传说。这样一两年过后，男的就成为县里头茶余饭后的谈资，许多人断定这家伙精神出了问题。女方家长于是撺掇两人分手，话也说出来，男的不干，说当作家都要拼许多年，一部书写成了名扬天下，你操什么心哩？女人倒也相信，不信的话恋不了好几年。但女方家长干涉得厉害，还找男方家长谈判，少不了侮辱谩骂。那时候人都还有几分火性，讲究穷得有骨气，男方家长也要未来的作家了断这段恋爱，别拖累别人；真到功成名就，封官晋爵娶妻生子不迟。男的呢，倒是孝子，一开始想讲讲自己的态度，见父母态度日渐坚决，便不吱声，父母还以为他顺从。只是当年男女的恋爱大都一根筋，恋上一阵，满心满意都是非谁不可，心里再装不下另一个，逼急了不怕去死。两人藕断丝连，仍在来往，这过程中"非你不可""至死不渝"之类的话反复说起，客观上起到自我暗示并不断强化的作用，直到彼此中邪一般地信仰了爱情，终于决定一块去死。某天一早，两人约好往那道沟里钻……同样是殉情，搞法各不一样，电影演出来通常凄美，比如，男女找来无色无味的毒药，拌在酒里，喝醉后深情相拥，渐至软瘫如土委地，死了嘴角都还往上一扬，留给这世界一抹经久不息的笑容。而这一对男女，或许买不到可口的毒药，供销社里的甲胺磷敌敌畏实难下咽，终于横下心，把动静闹到最大。男的找朋友搞来一包炸药，去到沟底，两人将炸药抱紧像是簇拥着一个婴儿，再把导火索一点，之后一声巨响，漫天血光。

所以才有了卷王"捡骨分肉"的典故。之所以成为典故，实在是卷王不断跟人讲这一回经历。有什么办法，那一阵县城里的人谁都想近距离听听这一桩惨烈事件，专门备了酒把卷王请去，卷王只好投其所好，把自己变成一个说书人。他发现靠一张嘴皮也能换酒喝，然后深刻地发现，动手实在不如动嘴皮子。

……去的时候警察跟我说，男的瘦高，体重一百二十多，女的娇小，人送绰号小不点，也得有八十斤吧，按说两人加起来两百不止。这不光是体重，还是我当天的任务。举着炸弹，两人抱着炸弹，只能更粉身更碎骨，难道不是吗？那个场面，哎呀，真没法说，现在又吃着饭哩……反正那以后一个星期我见肉就吐。每一回说到这，卷王戛然止住，像说书先生走起了程式，目光再往桌上碗碟一瞟，拣出最大坨的肉，空中停滞数秒往嘴里一送……听他讲故事的人立时得来生理反应，各不一样，卷王看在眼里都正中下怀。卷王接着往下讲，同来的董超薛霸，只当监工，活是他一个人干，花了近两个小时，将周围一带身体组织相关的物件（许多哪还看出来是肉）都整理到一起，小部分看出属于谁，划拉两堆，眼估差不多重量。剩下混合的部分，就按男女各自体重，三比二分成两堆，打好包，公安同志带走，他的活算是完结。赚了多少？二十块钱，当年这能抵半月工资。听的人摆出羡慕状，卷王追问一句，给你赚好吗？听的人赶紧把头一摇，把酒杯举起，说还是卷王厉害。

酒再多喝两杯，情节往下还有发展。关于这对男女，县城的人都知道是殉情，因为女人的日记被公安查过的，有相关记录。但卷王在现场，搜集到的虽然都是块状，但碎裂的形状、大小明显有区别，一看一摸，知道爆炸当时一人离得近，一人稍远几步……卷王说，还能是什么？这男的真心要死，女的可能犹豫，可能是被胁迫，导火索点燃，女人定然想要挣脱，终于跑出去几步，仍然没躲开。话说出来，卷王又觉不妥似的，往下嘱咐一帮酒友，这事就到这里说说啊！要不然女方家里人知道，还不去报杀人案？他家一报案，我不就卷进去了吗……千万不能说！下一次，卷王依然会醉，这事依然要详细地讲，这是独家消息，最后这一发现仿佛才是故事高潮部分。一帮酒友又都是漏勺，很快这事情全城人都知道了，只是，那女方家里也一直没见着动静，可能正应了常言所说的"灯下黑"。

没有白干的脏活苦活，卷王不但赚钱还能独家发布消息。那时候所有人竖着耳朵等故事，一个小县城又很难有大事发生，殉情事件得到充分发酵，卷王也意外发现，自己竟然有了名气。名气这东西，无形无体，摸不着但看得见，首先是自己业务明显增多，去到死者家里干活，亲属们会在身背指指戳戳并窃窃私语：呃，就是他，捡骨分肉那个。

往后几年，县城丧葬行业暗自分化组合，从业者开始抱团，互相竞争，便也自然形成一个个话事人，即把总。卷王成为把总，完全是人心所向，就像当初电厂青工拥立他当大哥，冲着他一副大身板，现在是冲着他的名气。一晃就到了九十年代，卷王听说地方丧葬队伍注册成了家政公司，马上闻风而动，去工商局办手续，"乐润"成为小城第一家家政公司，接着别的团队跟进，这又算开了小城丧葬业风气之先。此后卷王一再地开风气之先，不是别人没想到，只是他们干事不声不响，卷王把同样的事情干下来，就成为整个行业的新闻事件，尽人皆知。说白了，想开风气，首先要有人气。

启梁也知道，舅舅早已是本地说话最有分量的把总。卷王搞起公司，许多员工仍跟他师徒相称，每年给他庆生的时候各种夸词，有的就说师傅是"把总中的把总"——这几乎是万能的夸法，别的行当也说"大师中的大师""作家中的作家"，诸如此类，表意简单粗暴，却又轻易让人听出一股气势。

启梁误以为跟着舅舅就是当殓师，王彩秀有必要澄清，说你舅舅几十号人的公司，样样事情都等着人做，你可以挑一件能做的。学徒三个月，过后跟别人一样关饷。

"关饷"是个老旧说法，启梁听得满耳生尘。他说，舅舅那一套我干不了，自己会去找事。

王彩秀不依不饶，揪着他袖子，切换语重心长的口气：启梁啊，有些事若是好，说也说不坏……我是你妈，不至于贬低你。你想自己找事，我先下个判断。你一个闷葫芦，没有跟人争抢的本事，现在又下岗，以后不论入哪一行，要没有一个抵实（可靠）的人帮你把舵，你自己很难生根立足……

妈，你说得没错……启梁㑊一㑊嘴皮，说我这年纪确实不见棺材不落泪。

王彩秀说，我把话先说到这里。

启梁买断工龄，到手四万七，加上主动申请的奖励差不多五万，当时还算是一笔钱。钱到手他一划拉，两万成了父亲医药费，另有三万就拿去投资，简单清晰，两头兼顾。

那几年，社会面还是一派生机勃勃的模样，每个人身边都有好几位亲友竞相创业，手里攥着"一般人我都不说的"项目，拉人往里面投钱，预期回报能讲得别人满眼金光闪闪。启梁知道手里这点钱攥不住，项目其实都并不了解，只有认人投钱。等朋友小戈拉他投，还没怎么介绍，启梁交代，手头就三万，够不够？小戈换一副泰山不让土壤河海不择细流的表情。启梁要他给个账号。小戈说，不急不急，那地方你跟我去看一眼。

项目是在俚城西北的高山苔地圈了上千亩，用来种植金银花，并说这地方土质稀有，看似贫瘠，却又富硒，以后种出金银花，品质必将改写行业天花板。当时非典刚过去不久，小戈颇有远见地说，现在人们有了钱搞各种邪怪，天上地下样样敢吃，这样的疫情，说不定隔不久就吃出来一回。吃出来的病，最终是要吃回去，吃什么？西药伤肝伤肾，只有中药才是终极选择。中药本身没问题，种植技术尤其重要，找到好土，古法追肥，纯天然无污染就是高端技术。你想想，现在囤黄金囤美元的人，到时候会囤药，最好的药材才是有钱人身份的象征。你想想，我们把药材种好，哪有不发财的道理？小戈讲得再好，启梁心态倒也收稳，钱横竖就三万，不可能把留给父亲治病的钱挪用。之后，他便等着小戈以最保守的估计分红，那也比单位上班好很多。小戈的账号没发来，启梁就取现金交给他，小戈大笔一挥写了收条，说回头再拿收条换合同。于是，这笔投资便成为启梁心底一份依托，得以安心在家照顾父亲。虽然断了工资，但在启梁心里头已有一份资产，眼一闭，看见漫山遍野金光闪闪银光灿灿的花朵。

那一阵卷王见天来看病榻上的徐昌发，当然主要出于亲情和病情，但启梁偏就看出催促父亲快死的意思。卷王便知道，启梁已然长大，一旦形成某种看法不会轻易改变，这是跟自己杠上了。虽然长一辈，但他知道要避年轻人的锋芒，不再往姐姐家里跑。

王彩秀电话打过去讨主意，姐弟俩一阵一阵聊，王彩秀脸上的皱纹才又一点一点舒展。启梁老远看出来，母亲跟舅舅电话是有一种专属的表情和状态，便也明白，舅舅不来，母亲六神无主的样子无处可藏。

翻过年头，徐昌发情况持续恶化。母子俩同时明白，这一回挨不过去了。

某天午后卷王再次出现，启梁老远看见舅舅，脑袋里顿时腾起四个字：卷土重来。

卷王进门避开外甥，启梁配合，彼此从容交错闪避。卷王直奔床上躺着的人，一看此时情形，霎时动容，眼皮一阵抽搐，嘴角窸窣有声，然后又咬紧。启梁隔着窗户看去，舅舅那意思，仿佛这是自己好一段时间没来造成的恶果。心头暗忖：上一辈人之间的情分，自己其实不懂。他们苦日子一块熬过来，互为支撑，彼此确乎生成微妙的依赖，并且享受这种依赖，只是这情感没法传递给下一辈。许多情感也像那些有形有体的东西，说消失就消失了，造成最大的结果，或许就叫代沟。

见卷王到来，徐昌发用力把两眼睁大，两人耳语好一阵，看着像是抱成了一团。

卷王这回来，便是打破某种魔咒，此后每天都来，要么跟徐昌发耳语，要么长久凝视他不知是醒是睡的模样。卷王再跟王彩秀商量事，表情有了急迫，说现在贴近年关，天气预报以后一个月会是几十年一遇的寒潮，死人肯定多，县里几家家政统统会忙不过来……所以，我必须盯紧一点，随时安排上。

王彩秀一如既往，弟弟一开口，她就只管点头。启梁再也不在母亲和舅舅面前吱声，父亲这件大事，自己只是个跑腿打下手的角色。自然而然地，卷王已经着手将徐昌发的丧事操办起来，趁徐昌发一息尚存，可以跟他打打商量，看自己的安排到底合不合他心意。当然，对于卷王的安排，徐昌发也总是点头。他已然习惯。

现在办丧事的都叫家政公司，这些公司将业务范围打印装框，悬挂在以前全是性病广告的角落，只一个电话，就有人上门承接业务。启梁记下那些家政的名字和电话号码，除了"乐润"，那是舅舅的公司。当然，最终启梁没有打任何一个电话，所以他也始终不能确定，那些公司一听是徐昌发的丧事，会不会真的退避三舍，像舅舅前面描述的那样。

徐昌发年底年初时候离去，和卷王预计的一样，但徐昌发发病再到复发，卷王已经预计了好几回。最后那几天徐昌发当然一直昏迷，偶尔睁眼，看看床畔的人，眼球前面已经罩起一层白翳，哪看得清楚，随口乱叫。有时候叫家里人名字，有时候会叫久不联系的一些亲友，有时候说出完全陌生的名字。有一晚，徐昌发又在嘟囔，王彩秀和启梁凑近了听，他是在说孙悟空、如来佛和林彪。为什么还有林彪，母子俩完全蒙掉，王彩秀回过神又给卷王打电话。卷王应是掐指一算，呃的一声，说就这三天吧！结果，凌晨时候徐昌发就断气。娘俩都在床畔迷糊着，徐昌发走得无声无息，具体哪一刻没确定，前后估了一刻钟的范围。要是卷王掐准一点，最后一口气能被娘俩接住。王彩秀整了整死去男人的面容，扭头说，你舅这一口兜大了，出去不要给人说。启梁也嘟囔，我有病啊，跟人说这个。

丧礼多是三天，以前也有五天、七天，因为路远迢迢，要给孝子贤孙留足赶回的时间。现在有了飞机，真心要回，当天能到；再说每个人越来越忙，闲工夫越来越少，丧礼一久指定冷清，便是对死者的怠慢。现在一概停三天两夜，如是晚上十二点走，也算一天；次日大葬夜，第三日一早出殡，掐头去尾就一天多。

徐昌发凌晨一两点离去，卷王来了以后便说，人人都会死，但昌发真是会死，挑凌晨时候，三天两夜给我留足。

卷王来的时候，已经打了几通电话，亲戚朋友，办事人员，该来的都来，从起水开始走丧葬程序。这是他们再熟悉不过的事情，稍后灵棚也在离家不远的一块空坪搭起来。管控鞭炮的通知早两年就下了，小县城照样放，除非有人报警，才要管一管，好在本地人没受到生命威胁断然不会想到拨打110。

卷王用了心要将这丧事弄好，头一天看不出差别，无非是督促手底下人把功夫做到位。次日到大葬夜，必须搞搞气氛，天再一亮，就要把亡者送上山，这可是他在人间最后的热闹。先前天气预报不准，都到年底了，这气温不算冷。卷王叫人多备火盆，还抱怨，若是天再冷一点，火盆一烧总有人来围，把话一聊瓜子一嗑，屁股就黏上了板凳。这不热不冷的，火盆留不住客。

按当时通行的搞法，大葬夜多是请草台班子，搭起高音喇叭，流行歌曲搭艳舞，艳舞是偶尔露点，每一回都像是意外滑脱的，这时妹子的表情还要配合，跳个舞附送演技，着实不易。既要热闹，少不了几段小品，简直是春晚造就的晚会通行模式，但小品把人搞笑并非易事。草台班的人往往学习东北二人转，男女搭配讲荤段子，台上掐掐摸摸。这样一搞，热闹是热闹，搞出来只能是尬笑，笑的时候背后泛起鸡皮疙瘩……就那几年，丧礼变成一种莫名其妙的聚会，死亡镀上一层俗艳气息。这情景以前没有，晚几年也看不见，徐昌发走的时候这种晚会正好大行其道。

八点钟，追悼会开始，徐昌发以前的领导，也就是机械厂厂长老朱来致悼词，肯定是把一份模板悼词换一换人名，顶多再修改几处字句。反正，只有在悼词里面，人们得以同呼吸共命运。追悼以后，默哀毕，晚会便有些迫不及待，蓬蓬勃勃搞起来。

卷王并不去请草台班子，他的乐润家政几十号人，响器班现成的，铜管乐队建制不齐，又到另外的家政公司借人，舞台上散成扇形前后两排，有了队列，陡然壮观。公司常备一男一女两个司仪，这一晚卷王打发他俩唱歌。也有伴舞，是公司里筛查一遍挑拣出来，几个还有身材的妇女，舞姿僵硬不碍事，衣服上的亮片足够亮眼。家政的人表演节目只能是串场，主要节目卷王去县剧团请。请的套餐，首先当然是有唱歌。专业就是专业，剧团歌手一开腔，便将那两个司仪甩开距离，只是伴舞没有另请，仍是那几个亮片大妈。除了唱歌，另有几段阳戏、傩堂戏和辰河高腔，重头是小品。其中一段小品名为《一床棉絮》，多年以前就是县里元旦晚会争议最大的节目，讲一对农村父子进城，找不到厕所，想要随地小便不幸被城管盯紧，一路跟随，等着罚款。这对父子急中生智，互为掩护，把两泡尿完美地灌进城管媳妇晾晒的一床棉絮里。故事简单，主要靠巧合推进，当年在县剧院演出被批低俗。但现在，丧礼现场演小品，高雅了定然格格不入，草台班又让人浑身芒刺。《一床棉絮》在这场合冒出来，虽被批过低俗，一对比草台班，倒算得有点雅。这段小品，现场不少人以前在剧场看过，并无多少印象；此时再看，竟是满目鲜活。所以，一段小品好与坏，主要看放没放对场合。

刚才领导念悼词时，卷王分明着一身中山装；晚会搞起以后，他又换上宝蓝色西装，面料像塑料，直接反光，加之缀满亮片，整个人基本变成一束光……却是有效果。他上台来报节目，人往台子中间一杵，不急吭声，台下顿时安静，场子瞬间攥住。启梁此时也定睛看去，舅舅那蓝西装垫了肩，向两边撑开，身板原本高大，此时又横着拉宽一截，有如鲜艳的甲胄。肩一宽，脖子细下来；脖子细下来，脑袋就大。启梁这时当然看出来，先前舅舅遣那两个司仪唱歌是有预谋，他自己备好当司仪。此时卷王脸颊上白粉底再洇开两团晕红颜色，是叫腮红，看着不乏滑稽、古板，但长期以来，小县城的人都是用那两坨腮红区分演员和观众，划定了台上台下。

启梁不知道舅舅会把自己搞成这副模样，若非看见，真是难以想象。本以为这是舅舅的常态，稍后他去灵棚后侧取线香黄纸，转过墙角家政炊事班的人也已忙开，有两人正好在谈论卷王此时的装扮。他俩一个刷生铁大锅，另一个将刚宰杀的前腿肉裁成细丝。一个说，王总穿成这样，老周（邹）你是见过？另一个说，我也是头一次见，我的个乖，真有点亮瞎狗眼。一个说，你的意思是好看呢，还是不好看？另一个说，丧堂上的事，哪有好不好看，热闹就是好。稍后又补一句，赶紧多看几眼，下次不知几时才见得着哟！两个人一起哧哧地笑，手上活也不停。再晚一些，生起柴火用剁椒和咸菜爆炒肉丝，做成浇头码在鲜米粉上头，款待守夜的宾朋。有的人去的地方多，吃过天南海北各种米粉，最上瘾的却是参加葬礼的夜晚守这一碗粉。

卷王是专业的把总，殓师的本职停掉了，司仪更不会当，但今晚不同往日，他这一番古怪扮相，反倒最直白呈现自己用心。卷王当司仪，又要区别于报幕员，临场发挥说几句，再说下一个节目是什么，由哪个家伙来表演，趁着那人走上台，他还有一番介绍，或者是县长的亲戚，或者跟县委书记没有任何关系。一开始台下众人不知道该不该笑，要不要笑，终于有一人放屁似的笑出来，一时堤坝开闸，大家也都跟着尽情倾泻笑声。

又一个小品，《痴汉坐公交》，两男一女共同举起一根直杆，模仿在公交上面晃来晃去，形体姿态是有一定技巧要求，一看又比草台班高出一截。小品结束，有人将一张椅子搁到舞台中央，转身走掉，椅子空空荡荡，舞台更显空旷。此时大喇叭无端泛起尖啸，管调音的高师傅蹿到台后，好一阵调试，尖啸一除，人的喧嚣也收拢。众人再往台上一看，何老七拎着一把二胡走向那张椅子。何老七个矮叠加了五短，今晚偏生换一身浅蓝长袍，走路便有些拖脚，台下又一阵笑开，简直比刚才的小品更有效果。许多人认得何老七，他在菊珍家政做事，响器班里待过，吹拉弹都能来几下，无一精通，最擅长滥竽充数，哪来的胆子上台搞独奏？再看他脸色，又不像是喝多。乐润家政的人知道，这一晚卷王发狠似的搞热闹，要比大多数丧礼更热闹，除了自己公司和县剧团，一帮老兄弟都被叫来帮衬，好比是打架时挎刀相助，人多力量大；或者，好比是电影字幕里的"友情客串"。何老七跟卷王从小玩到大，若不因为罗菊珍是他亲嫂子，指定投奔卷王麾下一起干。以他俩的关系，既然搞热闹，第一个要来。

何老七拉出一串声响，有点锯人。卷王趁这声音返场，自带关注度。他还拖一根立杆，话筒支在上面，一路刮擦台板。刚才，话筒都是拿在手里，凑到嘴边吹一吹再说话。前面一阵卷王是在搞热闹，现场已然活跃，此时他轻咳一声，台下也立时安静。这架势一弄，显然不是为了报节目，那又为的什么？众人看不出来何老七和卷王能够搭出怎样的节目。

卷王压沉了嗓音，一时普通话调得标准，当然也不带卷巴：现在快十点钟，过了这一晚，天一放亮，徐昌发，我的姐夫，就会到山上去住。昨天一早赶到他家，他已经走掉，来不及告别。我忽然想起来，和他认识二十多年，酒喝了不少，一直没肯叫他姐夫，都是叫他名字，昌发昌发。我这是为什么呢？以熟相欺，或者以为占了他便宜？昌发脾气好，从来无所谓怎么叫怎么应……你看我还是叫他昌发。他病了以后，我憋了劲想认真叫一声姐夫，却卡在喉咙里头出不来，最终也没把握好机会……卷王一身古怪扮相，话音却是肃然，面色已有苦楚，一切看上去如此格格不入。众目睽睽之下，偌大一个人，高高仰起一张脸，平时看着还算圆润，此时脸皮的褶皱明白无误，毫不掩饰地进入自己的情绪，又算怎么回事？卷王声音一停，何老七慢两拍才把二胡拉响，是一段苦曲，显然事先专门演练，板眼俱在。台下众人仍回不过神：此时这么开腔，不算悼词也类似。但是，刚才领导明明已经念过悼词，卷王报的默哀毕，没听说过悼词可以换人接着来——这不等于批评领导念得不好吗？若不是悼词，又能是什么？

卷王和何老七配合默契，琴声一断，嗓门又起：这么一个人，活了五十几岁，走的时候我们怀念他。一篇悼词念下来当然很好，话都是对，但是，这些话里找得出他模样吗？说真的，我没有听出来。我只是想，这一夜我们明明是在祭奠这个人，没有别的公干，没有别的要务，那我们可不可以围绕他，多说些什么？大家要知道，过了今晚我们还能聚起这么多人专门说起他吗？

卷王台上发问，台下没有回答。此时，卷王显然想要激发并带动起某种情绪，可惜大多数人根本没有学会呼应。启梁听见有人嘀咕，"聚起这么多人专门说起他"，喏，应该算追思吧？也有人轻声地应，对的，追思会，每个人都能讲几句那种。

追悼会和追思会能不能搞到一起开？以前没见过，没见过就不行吗？很多人都有这疑问，所以不知道要不要呼应，也不知如何呼应。一呼应，声响一出，极可能落单，兀自显眼；不呼应，台上两个人的冷清便是对所有人的胁迫，换来整场的尴尬。

卷王并不要人回答，自顾自追忆往事。看出来，他对说话是有自信，因为他是靠拉业务吃饭，舌头上讨生计，前后几十年，出口就能成章，大场面一次一次Hold住。他顺题发挥，忆回为何从不叫徐昌发姐夫。话又说到当年徐昌发跟王彩秀搞对象，他听人说徐昌发"偶尔也会把我姐碰一碰，他以为轻手轻脚，开开玩笑，换到我姐身上就有记号"。卷王不好插手去管，甚至不好提这事，见面的时候便直呼其名，当是一种威慑。再到两人结婚，卷王也习惯只叫名字，改不过来。这些不痛不痒的往事，自己记得清晰，台下众人平时看抗日神剧都直打哈欠，又如何接收得住卷王独有的感受？卷王此前肯定存了心，想把丧事现场整得跟脱口秀一样精彩，一俟开口，预想的效果根本没有。不过他风浪见得多，皮糙肉厚，迎着尴尬和冷场接着往下讲，声音不高不低，平仄尽量拉齐。偶尔，卷王眼光一挑，嘴角微翘，面色还阳，睨向台下。台下已然松散，多是围着火盆闲聊，用自己的声音密密匝匝盖住卷王的聒噪。卷王定力却超乎想象，好几次，启梁分明听出话音、语意双双划出落弧，耳朵便条件反射地竖起，等舅舅收尾，还想要不要鼓掌……卷王舌头一拧，又将另一件往事拽出来。与此同时，启梁身旁定然有人闷哼，和启梁发乎内心的闷哼撞一块，形成古怪的回响。不管卷王本人怎么来劲，这一夜，他的话音只能是无边无际的枯燥，以致启梁有了怀疑：舅舅正坚定地将乏味进行到底，这会不会带给他一种单枪匹马却敢与世界为敌的快感？这种怀疑还在枯燥声响中持续滚大，到后来，启梁甚至感觉舅舅并不是要引起他人注意，而是要让在场所有人忽略他，眼睁睁地将他忘掉——仿佛今晚上死的是他。

……关于昌发，这个闷驴子，虽然我讲他几天几夜没问题，但我不能把今夜宝贵的时间占用太多。接下来各位亲人好友，谁想说一说昌发，不能再犹豫，自己上来说一说……卷王好不容易讲完，却又发出邀请，便像课堂上老师点名，一时全场寂然，高音喇叭也配合着没有产生丝毫泛音。启梁心说，本来有人想来两句，气氛被你搞得这样凝滞，谁还好意思上台？

正嘀咕，偏就有人站起往台上走，启梁定睛一看，正是自己的妈。启梁只能一语双关地闷哼一声"妈呀"！

王彩秀上台之后发蒙的表情盖住丈夫离世的痛苦，一张嘴想飙塑料普通话，卷王赶紧提醒她切换方言。看这情形，不像事先有过彩排。母子同心，王彩秀发蒙时启梁便开始承受莫名的煎熬，只想母亲快点讲完。还好王彩秀嘴皮一动，下面便有呼应。王彩秀目光怔忡一会，从失忆中缓过来似的，再一开口说恋爱不久就挨徐昌发一顿打，本来想算了，还是弟弟提醒，搞对象就像驯马，一开始就能骑的只能是劣马，好马要亲自驯服。王彩秀一听似乎有道理，又听不出道理在

188

哪，牙一咬，带着报仇雪恨的心思跟徐昌发接着搞……说到这，台下掌声顿起，并且，鼓掌有如啦啦队一般整齐。

启梁大是诧异，怀疑刚才舅舅竟用长时间的沉闷将整个场子焐暖了，此时不管谁在台上讲，下面的人都不敢不配合。大家经历前面的沉闷，都已明白一个道理：不配合别人，就是尴尬了自己。

王彩秀毕竟处在悲痛中，台下虽有人喝彩，她强忍着悲痛说了有七八分钟，硬生生将话音一收，在另一阵瓢泼似的掌声中离去，完美诠释了何为全身而退。

全场气氛暗自饱满，不待卷王催促，机械厂几个工友直接往台上蹿去，卷王只能拦在台口，给他们排定次序。机械厂两百多号人少不了几张能说会道的嘴，摆哪里都能盘活全场。徐昌发在他们嘴里变得多姿多彩，每个人讲法都不一样，但是启梁一听又只能是父亲本人。一个看似再简单的人，活上几十年，随遭遇不断自我调整，也必然复杂多面，只在这样的场合，被他们瞎子摸象似的讲起来，多面性才如此立体可感，拼合起来才更成为一个全乎的人。

启梁听得认真，也始终隐约地紧张，因为认定自己应该上去讲一讲。自己的父亲，别人都讲，自己哪有一旁闲听的道理？眼睛往台上一挑，老觉得舅舅目光正盯向自己；再一看又不是，那几个工友一个比一个会讲，卷王当是给自己捧场，神情已然满足，这时候把启梁拎上台，他还未必放心。启梁想想父亲，此番远去再不回来，别的人都讲得那么活灵活现，自己真不开口，岂不是不孝？

启梁就这么翻江倒海地坐着，终于，屁股一抬，正要上台，卷王却又开腔。讲好话的，讲怪话的，昌发今天都不责怪了，我们每个人自以为说的是他，合起来才真正是他。卷王一抹眼角，鱼尾纹反光，陡然生动。又看看表，说晚上十点半，大家聚拢来绕一绕。

绕棺也是丧礼上的重头戏，隔一会儿就由孝子牵引，亲人自动梳理亲疏远近，排成队列，绕着亡者顺时针一匝一匝转。启梁便走在队伍前面，刚才怕说话紧张，这时没了说话机会一时不免失落。徐昌发遗容经过处理，嘴里还塞了东西将面颊撑开，看着比平时胖。启梁看看父亲，发现自己其实没什么可说，一边悲痛，一边暗自松口气。

绕棺直到十一点，咸菜肉丝浇头的米粉吃开，既是消夜，又是送客。大多数亲友肚皮把米粉一裹，就告辞回家，他们中的大多数稍微睡一会儿，凌晨还要赶来。到了凌晨，现场只有十余位至亲、好友。丧歌班四个人，每小时唱一堂，持续一刻钟左右。凌晨按时起棺，绕城一圈，鞭炮不间辍响了一个半小时，队伍行经的街区烟雾缭绕，路人驻足观望，沿途睡不着的也往街边挤。所有人都像是被抓了壮丁前来送葬。

……也就在那年，往后再过俩月，城管局专门增添人手，禁放鞭炮竟得到有力执行，此后再也找不出这全城夹道欢送的场面。这使得启梁对父亲那场丧事的记忆一直历历在目，而用卷王的话说，徐昌发死在了热闹的尾巴上。当然，这是后话了。

墓地买在城北藤梁坡，到地方，启梁一看墓坑挖得有一人深，要十来个人一块垂绳，将棺材缓缓放下。以往启梁参加过亲戚的葬礼，见过的墓坑都是浅浅地挖一下，有的仅半公尺，棺木几乎平放上去，再往上垒土。

徐昌发的葬礼有卷王操持，也算得上伲城的行业高标。启梁当时无感，后面入了丧葬行，才知道舅舅为父亲的葬礼操心非常多，而且大都在外行人看不见的地方。虽然明显增加了内容，事后一结算丧葬费用并没有显著增加。不用说，卷王往里头添了钱，本人坚持不认，只说以自己在这一行的地位，别人都是半卖半送，象征性收取。为了自家亲人的热闹，他不惜薅整个行业的羊毛。

丧事办完，卷王叫王彩秀再次转述：他的公司，启梁随时可来。薪金待遇，除了在公司领一份，私底下还有。反正，舅甥之间的账目来往，外人干涉不着。卷王还跟王彩秀说，你也知道，我那女儿被她妈带去湖北，几乎都断了来往。我会把启梁当自己孩子……其实一直也这么想，但他对我似乎有看法。

王彩秀不免感动，回头跟启梁讲起这事，启梁仍说自己去外面找事。王彩秀说，你的妹妹，王思婷，去了湖北再也回不来，懂不懂？启梁想了想，思婷的样貌已然模糊，又说，她回不回来跟我有什么关系？王彩秀眼睛一鼓，又说，你舅就一个女儿，他这一摊子其实没人接手……启梁哪又听不明白，只是弄出敷衍的声音，懒得跟母亲讨论。讨论一多，母亲就会误以为他已动心，就会继续劝说。他不明说，缓一缓神，手机上找来几个帖子发给母亲，都是反映日本的百年老字号纷纷遭到子孙嫌弃，长辈当成财富传下去，他们看着全是累赘。这些家有老字号的年轻人，宁愿去救助流浪的动物，或者去东京都拉人力车，或者直接躺平了思考人生，也拒绝继承家族企业……他的意思，金字招牌都招年轻人嫌弃，何况一家搞丧葬的公司。

王彩秀把帖子认真一看，竟已学会双击截屏，转发过来：札幌市一个叫沼川的小伙，放弃年入过亿的家族企业，独自隐匿于偏僻的夕张市，当一名入殓师。启梁一想，这么回复：这人肯定是有恋尸癖，但是，你俩基因强大，组合正常，让我避免了患有各种古怪嗜好的可能。王彩秀迟疑了一会，回一句：讲人话！

启梁在不死不活的单位里待几年，下岗时候怀揣一种天宽地阔的心情。自己已有一笔投资，再找一份职业，两条腿走路，总觉得往后日子会越来越好。至少，那时候他根本不会想着跟在舅舅身后混日子，成天跟死人打交道。

事实上，徐昌发去世那年启梁才发现，投资的金银花种错了地方。虽然品质不错，但囿于地形和气候，产量过低，低到品质完全忽略不计。头一年小戈咬牙掏了两千给启梁，次一年说是绝产，再往后小戈开始躲避启梁打来的每一个电话。启梁这才想起，先前老听人说，是好朋友就一定不要合伙做生意，这些说法都是无数血淋淋的事实堆砌出来，他原本用不着再试一次。

徐昌发去世以后，启梁确实到处找事，先后在酒吧里弹吉他，地方报社里做编辑，还去街边发小广告卖三产房，但每样工作坚持不了半年。出了单位才知道，拖欠工资的现象泛滥成灾，许多老板故意用实习压榨工时，新入职的工作不扛过最初的几个月根本见不着钱，只能贴钱干活，很难挨到真正赚钱那一天。

时间开始呈现加速度，启梁转眼三十，身上没有任何积蓄。女友换了两个，但他不能确定能否算是恋爱。不是恋爱又是什么呢？年轻且又潦倒时候，只要看清形势，不太挑剔，总能找到与这境遇匹配甚至吻合的异性抱团取暖，也仅此而已。过年回家，母亲唠叨，年复一年，还是一堆现话。

这个除夕，母子去外公家里团聚，返回时走路，地上有雪，启梁必须挽着母亲胳膊，这样一来王彩秀就感觉自己讲话儿子听得更真切一些。便又提到卷王，前不久他又发话，启梁还没找到合适工作，为什么不往我这里来？打狗名声丑，赚钱人不知……我们这可是正经生意，干了就会知道，其实受人尊重。

以前每次过年王彩秀一提这事，启梁都插话进来，另找话题。而这一次，他没有吭声。王彩秀眼底一亮。

王彩秀很久没有弄这么一桌硬菜，把卷王叫到家中，陪他喝酒的当然换成启梁。卷王说，昌发能喝，启梁也差不了。来之前，卷王知道这个外甥愿意来自己公司做事，知道这几年他在社会面吃够了苦头，有点儿走投无路的意思，心里说倒是好事，还想到见面时候不能面露讥诮。而启梁，知道前一阵的东奔西跑一场空也不算是白费，要不然哪能安心去到舅舅的家政公司干活？兜底有个去处，飘荡过后才会有感悟。他不免想起舅舅以前多次说起当上殓师的过程，说完了通常有一句总结：只有死人最能包容，管你是谁都不嫌弃。现在一想，还真是这样。

酒喝下几口，启开话题，卷王问启梁这次想清楚了？启梁脑袋坚定地一点。又问，想把自个往哪里放？启梁说，你看着办。

卷王不可能让启梁直接学自己做把总，虽然，启梁终究是要做把总，卷王也会给他一段曲折一些的过程。他问启梁有什么特长，启梁头一摇。又问有什么兴趣爱好，王彩秀就插话，说打牌，下军棋，下五子棋，看书……卷王说看不出来你爱好广泛啊，但是我们公司不搞少儿培训，也不是老年活动中心。这时王彩秀又记起，启梁会弹吉他。当年小戈帮他交了钱，俩人一块认一个姓乔的师傅学这个，学了年把时间，小戈只能弹几个基本和弦，启梁去了学校元旦晚会搞表演。卷王眼仁聚起一层薄光，说弹什么吉他，家里有吗？启梁就说和朋友凑钱买了一台电音吉他，带音响，平时放在朋友家里……卷王说，现在的年轻人，好歹都有一样本事，一定用得上。

次日启梁就接到电话，卷王说你就来我们公司的乐队。启梁知道那是一支铜管乐队，自己一把电音吉他混进去，还比不上滥竽充数哩——好歹人家手里拿的都是竽，看着齐整；吉他混进铜管乐队算哪回事？卷王"喊"的一声，无非是大家凑一起混口饭吃，哪有那么多讲究？我说把你放进来，他们就一定会配合。

启梁知道舅舅断然不会理解乐器之间的界限，他脑补了一下吉他混在铜管乐队的情形，不伦不类，暗自尴尬。犹豫过后，却又把牙一咬，铿锵地跟自己说，去就去！

刚去就领到一白一蓝两套礼服，还有扣脑袋上的大檐帽，从头管到脚，鞋子不发，自配黑色三接头。发衣服的是老顾，他说几年前是管四套，另有两套专门用于婚宴，颜色当然要红。但前几年红事白事有了严格的划分，红事找婚庆，白事归家政，井水不犯河水，铜管乐队也不能两边赶场。而且婚庆日益成为高消费，丧礼一直都属普通消费，所以，红事白事场上的铜管乐队也有了明显区分。婚庆公司里的乐队建制齐备，号、笛、管各有几根，还少不了萨克斯和圆号提升逼格。而他们乐队样样凑合，几把号几根管，两面鼓一对镲，但也有亮点：一个长得像舟舟的小伙小顾站在队列前面，举着铜制的指挥杆上下晃动，节奏自由，有时候跟整个乐队的演奏完全搭不上。当初老顾又要管后勤设备又要照顾小顾，分身乏术，卷王去他家瞄一眼，主动把小顾招来干活，没想歪打正着，且再次印证了卷王反复跟人推销的观点：人无好坏，看谁码牌。

正因为这支乐队不讲究，启梁才好扛一把吉他加入，而且发现别人都没有丝毫尴尬的体认……或许进入这个行当，首先就要阉割诸如"尴尬"之类不必要的情绪。由此看来，卷王对这行当的定义，简单粗暴却又异常准确：无非是大家凑一起混口饭吃。

这乐队平日里也有训练，一周碰不上两回。启梁发现队友们也只是把乐器折腾出声响，大多数人未必识谱。有可能是不识谱的师傅盲传瞎带，手把手教会徒弟，竟然都吃上了饭。他们不但不排斥电音吉他的加入，而且训练的时候，不管是《哭五更》《一江天》或者《祭灵台》，都怂恿启梁先弄出声音，然后他们跟节拍。训练只搞两周，第三周启梁开始上场，是木材站一位副站长的葬礼。木材站有堆场，改作灵堂，异常宽阔，舞台也比别家搭得专业，仿佛专为这支重塑的乐队登台亮相。乐队站位时，号手鼓手似不经意地将启梁簇拥到中间，由他占了C位。事实上启梁现场把握节奏的能力比别人更稳，从那以后C位固定留给了他，队友还当是给自己省力气。启梁用电吉他带起一支铜管乐队，并没有引发违和感，只是生理反应一直都有，头皮发麻，心底不安。在乐队待了半年，启梁跟队友看似配合熟练，但他知道自己时常陷入崩溃之中，但又不好怎么开口——卷王只会说，你干得很好，非常好，为什么不接着干？在卷王看来，所有一切都是既成事实，都那么理所当然，身心俱疲之类的感受，只是一个年轻人阅历不够丰厚，内心不够强大。卷王只会给启梁洗脑，打气加油，不会让他放弃。

王彩秀快退休的时候，骑单车撞了树，当时也感觉不重，去医院一拍片，骨折。她怀疑本来没有骨折，是被医院给拍出来的。启梁待在乐队正好日夜煎熬，母亲这一骨折，他暗呼可怜天下父母心，腿伤却来得正是时候。卷王说，只管去照顾你妈，请什么假咯。王彩秀嘴里念叨着以大局为重，我能照顾自己……但腿上打了石膏诸事不便，启梁照顾几日倒也见着真心实意。一想自己五十多岁也刚享上儿子的福，嘴里也就停止念叨。

两个月后，启梁不得不重返家政公司上班，借口吉他坏了正在维修，观望情况。如他预料的那样，他在的时候整支铜管乐队以他为核心，跟他节奏，现在没了他，人家照样弄出声响。看这情形，启梁如释重负，甚至怀疑自己曾经加入过他们。

卷王问乐队你不想干，换个什么事情？启梁这两个月早就想好，说要开车。反正，母亲和舅舅都劝他尽快拿照，于是先开车后拿照，老顾当他师傅，开去城郊摸几天方向盘，就算学成出师。这时启梁打算自己买一辆车。卷王说了，连人带车一起来，工资加租车费我一块给，你那边更划算。车是一台方头方脑的五菱微面，三手或是五手转过来，王彩秀掏两万，卷王将余款补齐，车归启梁用，分明是帮着外甥占自己便宜。所以，家政公司别的人顿生感慨：谁说王老板抠抠搜搜，那是他没给你当舅舅。有人进一步发挥：启梁拿卷王当舅，卷王拿启梁当崽。

乐润家政已经有两台车，一台归炊事班，一台后勤采买，现在多加了一辆，当然也是卷王一句话的事。加在哪儿？卷王不免惯性思维，既然启梁跟乐队熟，就把车给乐队用。前面启梁入伙，乐队完全不排斥，但这回安排车，他们却不买账。倒不是存心故意，只是客观事实摆着：这车只够放乐器，装不了人，而他们各自的乐器都轻便，随身携带也已习惯，用不着运送。再说，一支铜管乐队穿好制服，空手上街，不免怪异，就像旗手手里没有旗，仪仗队手里没枪。

……只有用不着的人，哪有用不着的车？卷王的名言随时创生，虽然名言多了彼此难免矛盾。他很快想到主意，有天叫启梁开车，两人去到肖家堨和陈西桥两片旧货市场，逛了二十余家店铺，淘来十张自动麻将桌，有的看来很新，价格只有三四折。卷王要启梁赶紧弄清内部构造，自己能修才好往外出租。启梁学过机械，麻将桌只要不出千结构都很简单，无非齿轮滑轨的组搭，他拆开一台很快搞清楚，再上网一搜直接找到常见故障的处理方案。此后，他用车拖着麻将桌赶丧礼。每场丧礼守两三个夜晚，麻将桌是聚人气的大法器，不能缺少。各家政公司都有整套人马，唱丧堂的弄响器的，搞炊事的还有卖力气的，干活便是打组合拳，唯独租赁麻将桌另算，主家自己去请或者把总打电话代找。既然家政对丧礼一包万全，为何单单把这一进项撇开？原因已不可考，反正，麻将桌的租赁事实上成为丧葬行业一大盲区。由此说来，卷王这一次灵机一动，一不小心又开了行业先河，此后别的家政也睡醒似的，跟着做。凭什么不做呢？这一项赚头不小，一台桌一天五十，十台桌满租一晚就有五百，一个月折成二十天，也有上万的进项。只是，麻将桌更新迭代太快，启梁的这批麻将桌款式稍嫌老旧，讲究一点的主顾不肯租，卷王还得打电话另找，照样是送生意，人家脸上还要挤出备胎的怨尤。

翻过年头，启梁将这批桌再一次送到旧货市场，再去购置最新款麻将桌，将生意进一步做稳。他现在胆子大了一点，知道投入才有产出，现在的人越来越讲档次，丧葬也不例外。

转眼启梁守麻将桌守了两年，钱赚得不多，但稳，这让他自己心里也稳。这时卷王跟他提起拉业务的事，说不能光租那几桌麻将，白天老是闲着不行啊，业务一定要去拉。启梁"嗯"一声。卷王又说，这是开口饭，有点难为你，但万事总要开头，你先跟我后头看着学。启梁又"嗯"一声。卷王本是要走，突然担心自己意思没讲透，最后免费送些鼓励才好。又说，开口饭也不一定是能说会道的才吃得下，我能够把乐润做大全靠一张嘴，人家何老七最怕跟人交道，说话就是受刑，同样也能出门拉业务，在他们菊珍家政何老七也经常冲到销冠懂不懂？启梁嘴上说知道，但销冠是啥听得糊涂，回头百度"销管"，发现应该是"销冠"。这些年新词怪词冒出来太多，隔几天不百度耳朵脑子都有了盲区。

启梁这两年对舅舅在饵城"业内"的影响力也有较多了解，他最大能耐，便是带出丧葬行当上门拉业务这股"歪风邪气"，造成越来越严重的"内卷"，导致家政公司里唱丧堂的拨响器的开车的做饭的慢慢都把正事当成副业搞，唯有上门拉到业务才是最紧要的工作。那时候，"内卷"一词并未出现，但王同乐早就得来个绰号"卷王"，也是冥冥中的定数。从此，入到丧葬行，干活出力自然拿到一份工资，去拉业务，行情是直接拿五个点。一场丧事时间有长短，几十号人投入其中，费用都在几万，五个点能顶一般人两个月工资。

拉这生意不能去早，如同收账都要过午。卷王刚开始把这事搞起来，还是十多年前，启梁读中专那会。饵城天热得早，各家各户都还没安空调（都还不知有空调这东西），午休一般出了家门找墙角抢树荫歇凉。这时候，卷王探知哪家有老人，有病人，活得八九不离十了，看好时间赶过去，似不经意打招呼。别人一搭话，他就顺理成章地凑近目标，把屁股搁一旁的地上。七拉八扯，话题最终会精准锁定他心里有数的那个人……直到把一桩桩生意搞定。

一招鲜吃遍天，丧葬行当也遵循这通用的法则。最初，卷王拉生意之前做好功课，精准突破，对方也不曾有防备之心——他们还没来得及意识到，这种事情也有人上门拉生意。卷王开了这头，此后其他丧葬班子（那时都没注册成为家政公司）纷纷效仿，如果不上门，生意定会有明显下滑。说白了，一旦拉生意成为常规性操作，所得也并非业务扩大效益翻倍，而是各自保持原有份额而已。毕竟，小小一座县城，每一年死者的数量相对恒定，再怎么折腾，都是为保份额而不断加大投入。若干年后人们知道这叫"内卷"，当时却没意识，折腾起来还感觉蛮有劲头。要说"内卷"纯属自找麻烦，倒也不是，在这过程中，每个灰不溜秋的从业者日益具备了职业操守，至少穿着打扮，开始个个讲究。

启梁刚进到乐润家政时，就知道上门拉业务是躲不过去的一道坎。这两年混乐队或者租麻将桌，启梁也听同事聊上门拉业务的事情。卷王将这局面造就出来，乐润家政的人白天也闲不住，四散开去，到处打听哪里有人快要死掉，听着像一堆瘟神，他们自得其乐。一开始跑这生意脚底灌铅，揿响人家门铃，头皮就发麻。多跑几趟，慢慢就习惯了，甚至得来一分豁达，对死亡的看待，和先前不一样了。那时候，卷王当然不晓得要做企业文化，但他手底下员工提前得来一份文化自信，好歹，老板是丧葬行首屈一指的人物，老早成为行当发展方向的规划者，成为行业规范的制订者。在公司里闲着的时候，启梁有意无意挑起这话题，同事告诉他，上门拉业务其实也有乐趣。又接着问，这生意毕竟不好开口，上门以后都有哪些切实可用的诀窍？同事往往虚晃一枪，说这问题我们哪有资格回答，你只要看你舅舅是怎么操作，我们学到他两三成功力就管用了。有同事顺口提起，当初卷王拉业务抢占先机，那一阵业务增长太快，公司就只这些人，生意一下子做不过来。生意拉都拉到手，卷王哪能白瞎？好几单都转包给菊珍家政。后被主顾发现，惹了一场大麻烦。卷王这才搞明白，生意接不过来，直接介绍别的家政去做，绝不能转包赚差价。他在公司例会上反复强调这个，其实是自身的教训，但这教训说出来，分明透着丝丝得意。

这些说法让启梁多少放宽心情，现在，真要上门，启梁跟在卷王身后，看着卷王一户一户揿动门铃，心仍会一紧，便又想起父亲病危的时候，舅舅每次到来都有如催命。自家人尚且有这份戒备，换作别家，面对上门拉丧葬业务，脸上挂起哪一款表情才合适？

一扇门拉开，门缝出现一颗光头，接着是脸。那人一怔，稍后挤出笑容，招呼卷王进去坐。进到里面，启梁看出来，这一家是主动打电话联系的生意，稍稍松口气。光头的父亲正躺在床上，那一脸病容，启梁看着自然熟悉。老者见到卷王，强撑着坐起来，密集的皱纹还稍稍绽开。卷王抢跑几步，动作自带戏剧性，却又恰到好处。他双手托住老者手肘，慢慢放平，像摊开一张揉皱的欠条。老者说，卷王，前几天感觉不行了，想打电话喊你来看时间，又有些不好意思……今年都叫你好多回。卷王说，你尽管叫，我随时来。我就是干这个的，不要打量。光头说，不打量，本来是要叫，我爸过一会自己缓了过来。卷王说，经常这样，老人心急，都说自己知道时间到了，其实我们来看一眼更有准度。老者说，你看我怎么样？卷王说，还是上次那句话回你，记得吗？老者说，你说的，"忘记多久，时日就长"，对吗？卷王拇指一撇，老隋，记得一字不差呀，你厉害……老者忽然有些难过，说我这就是忘不了嘛！卷王毫无顿挫地答，到你这年纪，话音记得越准，意思就忘得越快，你这一脸气色，照照镜子就是自我安慰。

启梁站一旁听得绕来绕去，再一看老者和光头爷俩面色一齐和缓，搞不清这是拉业务还是推托生意。

往后再敲开别的门，进到里面，主家大都客气，然后由卷王跟老者或者病人交谈。卷王倒也不是一律说好听的，对于躺床上抽风踢脚的人，卷王言语既有关怀又暗含催迫，时不时地，言语会突然变得直接、凌厉，告诉对方我这边全都准备好，就看你自己哪时想走。第一次听舅舅这样说话，启梁浑身一抽，这不是讨打吗？再一看对方脸上却是满意神情，仿佛这种交谈隐藏着一套古怪的言语法则，需要足够的经验和察言观色的天赋共同把握，启梁一时半会哪悟得着其中奥妙？

跟的次数慢慢增多，启梁也渐渐听出，卷王说话就是要带出某种情绪，让对方有所波动，时而紧一紧气氛，最终是要将话引向宽阔之处。显然，耍嘴皮也是技术活，轻重缓急都带分寸，并不容易。卷王也不忘随时点拨启梁，说在一个县城混事，最重要的就是攒聚口碑，一件事干上十年，每个人一看你这张脸就会条件反射想起你是干什么的，自然吃得着一口饱饭。所以，在这小城之中，攒聚一辈子的发不了家，打牌一辈子的也没有穷死，还有几个花花公子，年轻时候胡作非为，上了年纪，小姑娘主动上门来撩，仿佛是要拿他们打个卡，盖个戳，从此在小城社交场合才算建立名声。启梁听出来，舅舅讲的全是自己，把总做了这么多年，先是上门拉生意，现在许多生意主动找他来做。卷王积聚的名气让他自带一层包浆（启梁认为此处不好说是光泽），那些老者隔三岔五见他一面，跟他随意聊些事情，如同用附满茶垢的杯子倒上白开水，闻起来自带茶味，喝下去自有一种安慰。或者，这也算是临终关怀，却又混杂着卷王独特的业务能力。

还好，启梁一次一次进到别人家中，察看气色，言谈生死，基本没有遭遇想象中的难堪。这才确认：丧葬生意其实也和其他许多生意一样，一方有所需求，另一方可以提供，如是而已。真的告别，天各一方，死者家属在伤心之余也能把各样事情有条不紊地处理好。接触渐多，启梁从中咀嚼到以前从未感触的东西，生与死这些以往十分模糊的概念，有时候突然在头脑里异常清晰，一旦清晰，还伴之以亲切。

启梁跟在卷王后头一年多，才算出师，独自上门拉业务。此前他倾听并分析卷王讲话，渐渐摸出一些套路，归纳出一些法则，还在硬皮抄上记下来，以为自己已经掌握。一旦自己单独上门，与对方聊事，还有好一阵不得要领。其实讲话方式和技巧他是潜心学过来的，卷王翻来覆去那点人生道理，就那几句安慰的话语，卷王每一次出马都能管用。换成启梁，这些话已然听熟，似乎都含在自己嘴里，往外吐能做到流畅，却又老觉得哪地方不对劲。虽然对方很少打断他，但一顿话讲下来，启梁浑身僵硬，时不时背心沁一层汗，跟干了半天抬岩挖生土的苦活似的。

当时启梁正跟楼下理发店的小欣处对象。两人年纪都不小，这一回说好的认真对待。小欣倒是细心，自己看出来启梁拉这业务非常吃力。只要预感哪个主顾可能不太好相处，提前一天晚上，两人照例干那种快活事，启梁会忽然不在状态。启梁承认，这时像是回到学校一样，像是明天期末考试一样。小欣帮他分析原因，说你讲的话都是从舅舅嘴里扒来，这都没错，问题是你本人跟他完全不一样。你舅舅自由发挥，脱口而出，怎么说都捏着分寸；你不一样，是在模仿你舅舅，一句一句地背书，分寸呢把不准，这就紧张。启梁一想，大概是这么回事，问要怎么解决？小欣又说，那你要找找看跟你差不多，不太能讲的人，他们的现场经验肯定更适合你。

启梁脑子里一找，很快圈定公司里一两个闷人，主动要求跟去拉业务，人家也没法拒绝。他们已给启梁取了个绰号：小把总。

卷王能说，躺床上的人也愿意听他说，当然两相为宜；启梁本不擅长说话，强自开口喋喋不休，其实就是泄自己的元气，所以此前一直很累。经过调整，他改变了策略，嘴巴尽量不说，脸上绽露笑容，显出耐心，听对方说，听家属说，时而点点头，时而嗯啊有声回应一下。偶尔开口，一定是夸，见缝插针地夸，又不能夸张。这也蛮有效果，因为听能言者说道，或者自己能说要找好的听众，都是不同的人内置的不同需求。擅长说和懂得倾听，都是本事，都一样管用。有了这一定位，小欣正好派上用场，她给启梁设计贴切的发型，还提醒启梁既然拉业务一定要注意形象。启梁一直听王彩秀教诲，"吃饱穿暖"是指导思想，从来不觉得形象二字跟自己有什么关联。小欣帮他一弄，启梁再一照镜，发现自己竟也是人模狗样，此后对衣着发型自我的仪态发生兴趣，就像当初在卷王引导下对上门拉丧葬也得来古怪的兴趣……毕竟，启梁能算一个干一行便爱一行的人。启梁耗在镜子前面的时间一多，王彩秀看不惯了，认为小欣还没嫁过来，就开始改造启梁的性格。卷王帮着劝，跑业务注重形象，是好事，换成现在的说法，就叫职业道德。王彩秀接受新词的能力没那么快，卷王擅长讲道理：就是说，启梁现在要进到人家家里拉业务，必须穿得像样一点；好比你在食堂要把饭菜弄干净一点，一回事。这一说，王彩秀就不好吱声了。

接后，启梁确实体验到，自己打扮越有模样，去到主顾家里得来的效果越好……他从别人的表情态度还有端茶倒水的姿势里面都感受得到，甚至，躺床上的人态度也变得更好。启梁这时看得明白，快死的人也喜欢跟穿着讲究的人打交道。在他们看来，此时自己的形象，或许对应着即将到来的那场葬礼的规格档次。

乐润家政越搞越大，日常有五十几号人，乐队逐渐补齐了乐器，吹奏得出起伏有致的乐曲。碰到更大的场面，会邀别的家政公司帮衬，一两百人的阵仗随时拼凑出来。

跟大多数创业有成的老板一样，卷王越来越喜欢开会，周一是例会，周五是总结会，周末时不时把人紧急叫来交代事情，依然在开会。他也不懂规划主题，公司里有一张特别大的会议桌，环一圈二三十人，卷王往正位子一坐，人来得差不多就开始发言，上嘴皮不碰下唇，一个人包场，讲着讲着忘了自己到底要讲什么，眼皮往上翻，眼球四下乱转，仿佛话头丢在地上，丢在房间哪个角落……眼睛多转几匝，话头一次次神奇地续上。

有几回，卷王实在找不着话头，却一眼瞟见启梁，便顺嘴将他一夸，让自己稍稍缓过神。夸启梁，又总是那几句：你们看看，即便像启梁这样的闷驴子，现在也能出门拉业务，不是吗？而且，他在拉业务过程中结合实际情况，扬长避短，逐渐形成了自己独特的风格，不用多嘴，多听对方讲，多点头，同样有效。从我收到客户反馈的信息，有的人就认可启梁这种风格，葬礼过后还交上了朋友，拉他到家里吃饭。

这倒不是虚言，启梁摆出十二分耐心听人讲话，拉上了生意，并形成良性循环，他发现自己能掏出的耐心越来越多。说白了，耐心谁都有，能掏出多少，是要对应怎样的结果。启梁没想到自己还形成风格，卷王的夸赞让他内心翻涌一丝诡谲。确曾有死者家属拉他吃饭，起初他不好不去，去了当然是听对方滔滔不绝，然后自己不停眨巴着求知的眼睛默默吞下所有废话，其实心力交瘁咬牙强撑。后面再有邀请，他晓得拒绝，不能为一单业务无限追加售后服务。所以，他也有差评，有些死者家属终于发现，启梁只是跑业务，抓生意，而不是表面看上去"听人讲话有瘾"。启梁暗自好笑：我听方清平郭德纲都没瘾。

卷王还给这风格命名，叫成"垃圾桶风格"。启梁一听，完全就是自己最真实的感受。卷王要跟别的人解释，开口说话是本事，不说话又能与主顾交往下去，甚至交为朋友，并不是随便哪个人都能做到。总体而言，上门拉业务，能说会道肯定是捷径，只要将话说出来，就是在抢占先机，不停地缓解、调整、改善彼此的关系。若嘴巴笨拙，选择倾听对方说话，其实是将自己默认为一个垃圾桶，什么都能装下，这需要形象气质也考量心理素质。卷王最后总结陈词：这种垃圾桶风格，看似平常，实则非常不易，启梁做得不错。你们不会说话的要跟启梁看齐……当然更要学一学菊珍家政那个何老七，他简直将这种风格做到极致。学无止境，包括启梁，都应该继续向何老七取经，往后专业技能还有深入拓展的空间……

夸了一通，最后话风陡转，好比打靶时高中十环，却不是打在属于自己的靶面。

启梁经常见到何老七，谈不上熟悉，两个闷人哪有交谈。何老七虽在菊珍家政干活，闲来无事时常跟在卷王身后，像他的影子，像一条尾巴。卷王平时就话多，跟何老七在一块更是一刻不停，其实到一定年纪讲来讲去全是现话，回忆过去，过去也像咀嚼半天的槟榔渣，没有任何味道。何老七真可谓"听人讲话有瘾"，跟谁都好相处，尤其跟卷王在一起，一个说，一个听，一个说话滔滔不绝，一个脸上微笑凝结。看到这一情景的人，准会突然记起没用手机以前大家凑一块聊天的乐趣。现在哪有这回事，凑一块顶多也是互问互答。

卷王三十出头离的婚，此后一个人过。刚离的时候也想再找，好几年不见动静，四十多岁死了心，一直打单身。女儿思婷当年随母亲去了湖北，父女见不着面，过年时卷王赶几百里地去见她。起初，久别重逢还有拥抱和热泪盈眶，但异地分居久不见面，父女俩交流减少，感情不可避免地趋于平淡（这过程让人难过同时也让人轻松），近几年，几乎断了来往。

二〇一四年国庆节，思婷结婚，当天上午十点发消息，邀卷王中午十二点赶到六百里外的武汉赴宴。电话打来时启梁也在，卷王手机刚摔过一下，不按免提自带外扩，启梁听得清楚，这表妹多年未见，给父亲下一手逼角棋，完全无解。卷王一脸情绪看着失控，发现启梁在侧，强自忍住，叫启梁把车开往陈西桥。到地时，何老七立在桥头等待。这是佴城一些老人的习惯，等人在桥头，送人也送到桥头。卷王拽开车门，拱出巨大的身躯朝何老七靠拢，摇摇欲坠的样子。何老七个头小，站得笔直。卷王走过去，何老七一看这神情，赶紧将双手和身躯往前杵，犹如一副千斤顶。两个人四只手握在一块（他俩身高差得有二十厘米以上，要是个头差不多，指定会是拥抱），卷王稍稍稳住身体。卷王腾出一只手，做手势要启梁自行离开。启梁便离开，后视镜里看着何老七拖着卷王往前几步，背靠桥栏杆站稳。

那一刻，启梁脑袋一个忽闪，觉得何老七真像是舅舅的……妻子？情人？都不对，应该像是偷偷养着的小老婆。

事情要来总是一块来，翻过那年，启梁和小欣刚结过婚，卷王就查出癌，是肺癌。王彩秀和启梁陪他去的医院，拿到结果，晚期，王彩秀决定不必瞒他，她认为这个弟弟应该是也必然是她认识人里头最不怕死的。他跟死人打了几十年交道，靠死人过活，明里暗里也当自己是丧葬业权威及死亡专家，简直没有任何理由怕死。得知情况，卷王脸上稍一扭曲，双手往上抚，就像抹布一样抹去所有仓皇痕迹，露出浅浅的笑容……虽然，这时候微笑未免显得别扭。过了几天，他跟母子俩说，我是爱喝酒，烟偶尔顺别人一根，你们说，怎么得的是肺癌？王彩秀说，昌发抽烟多，喝酒差你一大截，却是肝癌。

……癌病真是不讲道理。卷王索性透露出些无奈，稍后又来一句，换成肝癌又会更好吗？

到某一天，卷王把启梁叫来，说，这些年我还是累了，要强制性休息。启梁并不相信，他跟在舅舅身后很长一段时日，纵是每天忙个不停，脸上总是享用的模样。他以为舅舅只爱热闹，只爱人堆里扎，一个人便不习惯，偏又单身这么多年（许多人都是这样的矛盾体却又浑然不觉）。这回卷王不含糊，把总的事情正式过手，整个公司移交给启梁，自己说休息便休息，那以后都不再来这公司。

启梁接手以后，大伙只须把"小把总"的"小"字去掉。

在这之前，公司的事卷王尽量让启梁处理。启梁管理乐润家政几十号人，基本镇得住，有些话多讲一遍，别人只能耷下脑袋照办。当然，平时在公司，卷王总是有意无意往启梁身后一站，把气场借给启梁。现在卷王说不来真不来，启梁说话感觉背后有些虚，跟员工交代事项，嗓门似乎要扯大一点。话一讲完，他又怀疑是自己内心对舅舅的依赖一时还消除不了。好在启梁已经干了几年，碰上的问题前面都已经碰到过，解决起来不至于无措。

王彩秀提醒启梁，现在你舅舅一个人住南坊弄，有空多去看看。启梁一想也是必须，去过几次，何老七都在。有时候两人在屋里聊天，说是聊天，永远是一个人动嘴一个人动耳，而且两个老男人经常就把肩头搭靠起来，尽量拉近嘴和耳的距离。启梁进去，把东西一放。卷王自顾自和何老七说话，要是两人靠在一起，不自觉地坐正身姿，拉开小小的距离。这让启梁觉着自己有些碍事，不尴不尬聊几句自行离开。王彩秀再要提醒，启梁便说舅舅现在可不孤独，有人天天搭伴。王彩秀就知道是何老七，感叹他俩关系这么好，怎么偏偏都是男的。启梁说他们不是同学吗，从小一块长大？王彩秀说，那么多同学，一块长大的也多啊，他俩好到这程度也是不容易。启梁说，都是男的，朋友同学也多，最后就他俩形影不离，也是自然选择的结果。王彩秀一笑，说是形影不离，其实有一两年你舅也故意疏远何老七，不想理他。启梁一想何老七那副顺从的模样，感觉奇怪，说他还敢招惹舅舅不高兴？王彩秀说，倒是因为我。他俩关系太好，互相串门吃饭，今天你家明天我家，我们两家都变成了亲戚一样。等我们都到二十来岁，要找对象，你舅怕他动我心思，故意疏远。启梁说，看样子何老七是真心，舅舅还对他有防备啊！王彩秀说，何老七人是没得说，你舅嫌他个太矮。他找媳妇老大难，你舅也帮忙，但不会搭上自家人。启梁一时好奇，说妈你当时对何老七怎么看？王彩秀说，我要是看得上他，今天还有你吗？

何老七跟卷王小学初中都是同学，何老七把卷王认作最好的朋友，卷王当他是小马仔。此后卷王读两年中专就进到电厂干活，何老七是跟随父亲进了县马车社赶马车。马车社在八十年代初就倒闭，何老七变成社会闲杂，打了多年零工，后来跟着嫂子混，也是吃丧葬饭，他负责开车。卷王坐班房出来，干上了殓师。进到一个行当，这对好友也算再续前缘，殊途同归。如果罗菊珍不是何老七亲嫂子，他是指定要鞍前马后跟卷王跑，像从前一样。虽然不在一块干，但后面卷王开启内卷模式，整个行当的人都要拉业务，何老七也不能独自幸免。起初，要何老七上门拉业务，他死的心都有。他闷声闷气过了半辈子，如何从头开始遭这活罪？罗菊珍有一套管理方法，业绩上墙，还搞末位淘汰。起初何老七不拉业务，也不怕淘汰，心里正想去处，卷王便及时表态我这里缺人开车。罗菊珍偏又要祖护家人，自己拉业务一把好手（她擅长哭丧，拉业务时哭腔一拖非常有效），便分一些给何老七，让他每一次在被淘汰的边缘徘徊，最后总是有惊无险地爬上岸。这份关爱使得何老七一张老脸挂不住，月月放榜时候看一看自己的业绩，不偏不倚永远排在倒数第二。同事当面不说，背后叫他"千年老二"，这绰号浑然天成，怨不了别人。嫂子罗菊珍只分他业绩，不会发相应的绩效，回到家，老婆也数落，说你嫂子赚死人钱，怕阴气聚得太重，专门找你背锅，阴气也找你分摊。

何老七受夹板气，日子着实难过。再跟卷王一块散步时候，何老七不经意也提一嘴自己的境遇。卷王听出何老七语带埋怨，这着实罕见，来了兴致，说这拉业务是我搞起来的，现在也撤不掉了，把你连累进来只能算是误伤，要我怎么帮你，尽管说。何老七只是埋怨，没想到还能有什么要求。卷王主动开口，说要么你就跟我后头，看我怎么说道，多看几回自然就会，你又不真的是哑巴。照这么说，何老七算是卷王带的第一个徒弟，但他们这层关系，不便以师徒相称，何老七也不吭声，以后白天无事就一个短信发过去，问卷王在哪。卷王总是回：你去陈西桥等我。何老七是勤快人，打定要学便每天不辍，往后跟了卷王一两个月，进到十几位主顾家中听他示范怎么打动对方，把身后事全盘交托过来。本想学技术，何老七越听越胆寒，越是知道拉这业务虽不算好营生，但跟当官、洗账、和事、铲仇、生三胞胎、泡县委书记独生女一样，需要天赋，倚赖异禀。何老七是有自知之明，开口讨吃这事，别说天赋异禀，马路上随便拽一个人都强过自己一大截。

何老七见势不好打起退堂鼓，卷王没师傅名分却已行教诲之实，讲话已然威严，可不准何老七随意开溜，还设身处地替他想招。卷王问，你嘴不能说，那么，挨人骂有没有问题？何老七把头一点，说只要不开口，打骂随便来。卷王说，打倒不至于，有些家伙说话难听，不好伺候，你只要挨过去，生意就接得下来。何老七说，有这样的事？卷王说，就像当秘书要先练吃耳光，你知道不？有的领导脾气暴，火头上时候手上有动作，秘书就把脸递过去……不会白挨，领导气消的时候，就会给秘书补偿。所以，有些家伙当秘书，专门想跟管不住手的领导，可不是有受虐倾向。何老七这时开窍，说这不就是活靶子？

卷王平时拉业务顺手，行业里的领军人物，但业绩是给人看，受罪自己消磨，许多业务必须承受人格侮辱。那以后，见生意他也不是一味吃进，一看是难伺候的家伙，业务便转赠给何老七，成与不成，先捞人情。何老七可不含糊，活靶要有活靶模样，低头奋脑去到别人家中。脾气不好的人也是看菜下饭，见到何老七这副模样，很容易就火力全开。管他怎么发挥，何老七从来神情不变，照单全收。最后对方舌头抽筋了，一看何老七还没闪人，补偿之心油然而生，把家中即将到来的丧事托付给这个非同一般的倾听者。

既然有效，何老七得来底气，将这发展成一己特长，或者说将自己日益打造成一只性能优良的垃圾桶，具有无限深度，容纳所有的阴损怪话。所谓特长必然形成品牌效益，随时间积累，小县城中脾气不好的主顾，家中有事，已经知道主动联系菊珍家政那个弥勒佛一般的业务员。当然，也有些脾气好的人，听人一讲这人，脑袋自动勾勒出形象，待家中即将有事，想要联系家政，何老七的形象便自动浮现脑海，陡然生动、清晰。电话一拨，便是找菊珍家政座机打去，指定找他，有的道出姓名，有的只说找你们公司那个闷声不响的……接线的都知道说谁。

卷王说何老七是"垃圾桶风格"的代表性人物，当着面说，何老七也是高兴。他已能将所有的话都默认为好话，业务接得越多他内心的老茧越厚。启梁形成风格，卷王时不时提醒他，你现在是认两个师傅。启梁说明白。卷王叹一口气，说不急着明白。生病以后，王彩秀时不时去卷王家里弄饭，打电话叫启梁也过来作陪。卷王已不能喝酒，家里还贮藏不少好酒，要启梁喝给他看，看启梁脸上的酒精反应，解自己的馋虫。时不时还提醒，夸张了夸张了，不要故意演给我看，顺其自然最好。还见缝插针给外甥一些人生道理，到他这地步，道理简直张口就来，比如说喝酒，他当把总也时不时有人送，而他总是将好酒藏住，哪瓶便宜就先喝哪瓶，"这是以前苦日子形成的习惯，实在要不得"。现在好酒还剩下两柜子，他却一滴也不能喝。吃饭时也经常提到何老七，也算讨论业务。卷王对何老七足够了解，看着启梁喝酒，时不时一阵感叹又滑向了何老七。他知道何老七并不是看上去那么皮实，这是要硬撑住。某年暑期，何老七读大学的儿子回来，不知从哪听说父亲拉业务的独特风格，不免心疼，要何老七收手不干，何老七哪肯答应？儿子孝顺，买了一套隐藏式耳机，插进耳朵眼别人看不见，效果很好，蓝牙放出歌曲，别人面对面咆哮也不会听见声音。儿子是想父亲拥有这款神器，可将特长做进一步发挥，垃圾桶也要当得登堂入室，登峰造极。何老七当然不会拒绝时新科技将自己武装起来，国家正提倡与时俱进，他知道用这神器就是响应号召。这以后，何老七带着儿子送的耳机出门拉生意，对方一旦发飙便用手机播放歌曲，避免垃圾话的侵扰，依然面露微笑，却只得来两种效果：或者被对方识破，或者对方对他的反应不满意。何老七这才搞明白，他以为面露微笑都是一样，实际上，听不听见对方讲话，做出的反应总有微妙的区别。只有真的听进别人讲话并承受住，才能真正赢得对方补偿性的回馈。

启梁脑补着那种微小的差异，卷王也憋不住摆一摆道理：何老七跟我讲这事，我也突然明白过来，人心深浅，最要真实以对，不能半点敷衍。

启梁说，一分钱一分货，当垃圾桶也不能造假。

呃，理解得对路。何老七跟我讲起这事，我还跟他总结，死猪耐烫，比不上活肉滚刀。何老七一听算是服我，他心里面的感触原本很多，我就打两个比方，他说全都概括下来。

那以后他再不用儿子送的耳机了？

必须的，活肉滚刀嘛。

别人看着卷王病情加重，有一阵他自我感觉有所恢复，要出去走走。到这时候不可能是世界这么大我想去看看，卷王心里清楚，只把本县地图翻出来一看。全县十一个乡镇，两百多个自然村落，竟有大半从未去过。这着实让他意外，活了一辈子的小县城，都是如此陌生，简直情何以堪。趁还能动，他找何老七商定，开车打卡，每个自然村走一遍，找到挂有村名的牌子，或者居委会的牌子，合个影。何老七几乎放下手头活计，当回司机，两人"云游"俚城。卷王早就用上微信，以前基本不发圈，现在见天发，九宫格填满，都是他和何老七的合照，或者是找村主任一块合影。卷王个高，本地人多是少数民族，普遍个头矮小，这些照片晒出来，启梁想到的是《格列佛游记》里面的小人国。亲友们每天翻到，这照片看着确实枯燥，但又一种坚韧不拔的气概，想想卷王此时境况，难免还被励志一把。

某天两人去到拉垅乡苔地，见到半座山的金银花稀稀拉拉生长着，卷王想起，这不正是启梁和朋友当年搞的那个项目？他多拍几张照片传给启梁。启梁一看也是满眼陌生，那地方他自己竟从未去过。稍后卷王还从村委打听到，这片金银花当年撂荒，现在被当地人管护起来，不能随意采摘，专供本地小学生勤工俭学。盛花期，本地小学生周末赶来，采下金银花晒干，多少换几个零花钱。所以，卷王认为启梁这一笔投资也没白瞎，启梁瞎打误撞当一回慈善家。

　　另一天，何老七开车刚出城北，见新开出一条路，沥青路面黑得发亮。卷王把车叫停，让何老七换自己开开，方向盘一打，轧了上去，路面润滑还跟车胎轻微撕扯，卷王暗呼轧新马路着实过瘾。

　　走不多远，卷王越看越熟悉，说这地方不就是秀城坡？

　　三十年一晃过去，城北一带搞开发，原有的道路大都抹掉重新规划修建。再往前走一截，路边拱出一个牌楼，匾额上题写两个隶体大字：爱谷。卷王站到牌楼前面，又想起来，这不正是自己当年捡骨分肉那地方？往里一走，牌楼后面是一处小园，看得出刚建成不久，却又凋敝不堪。小园中间立有一座雕塑，一男一女深情相拥。卷王看得蹊跷，说这是搞的什么名堂？

　　何老七回过神来说，只能是你当年收殓的那对情侣……是姓什么？

　　男的姓肖，女的姓季。卷王即使老痴也忘不了这一对。往前探两步，卷王眼光自下而上，这叫艺术加工吧？何老七也抬头细看，说，是你告诉我，那个女的才八十斤；你再看这个，简直跟女铅球运动员一样。

　　卷王感叹，偏还有人把塑像捏了出来。

　　何老七说，捏的？是雕的吧？

　　捏的。卷王指了男人脚跟上一处缺损，已有绿苔，轻轻一刮现出水泥碴口。

　　时间有的是，两人找干燥地方摆好屁股，慢悠悠地聊。卷王又有感叹，总是要到快死的时候，才真正闲得下来。何老七说，我是搭帮你一起休休假，这些年拼命干活，并没有赚到几个卵钱。

　　卷王问"爱谷"怎么回事，何老七也没听人说起，就在百度里查，果然有帖子将"爱谷"来龙去脉讲得一清二楚。这是搭帮俣城旅游业搞出来的人工景点，本是要卖门票。老板姓詹，卖水泥发家，现在也搞起多项经营，全面开发，想在旅游行当分一杯羹，到处找项目。手底下一个经理建议，以当年那对殉情男女为概念，搭建这么个"爱谷"，或许能够卖卖门票。经理还进一步解释，现在这社会，老头们年轻时候憋坏了，年纪大了不消停，年轻人却又喜欢摆出性冷淡的面目。当然他们也有恋爱，一言不合就分，一不小心又恋一回，分分合合搞闪击战。所以，詹老板有必要搞这样一个爱的小园，就像各种教育基地一样，专门宣扬从前的爱情，要让年轻人知道，那些死去活来粉身碎骨的爱情并非玄虚，来到这里可以眼见为实，甚至空气里仍有血腥和爆炸的气味。百货中百客，经理的煽动，字字句句往詹老板心里钻，他脑袋一拍决定干，还说，呃，血腥味和爆炸的气味，花点钱搞出来不就行了？

概念是好，当年小肖小季的亲属还在。他们搞不明白，自家伤心往事，凭什么成为詹老板赚钱的概念？亲属跑去公安局报案，放话要打一场官司。政府调解，项目先搁浅下来，一搁浅就回不了魂，用不多久，这个小园迅速荒颓衰败，塑像披上一层青苔。

何老七念完帖子，也有感叹：詹老板搞这么个项目，早该把你请去当代言人——至少当一当顾问。该请的人不请，该拜的神不拜，景点哪里搞得起来？

卷王说，瞎讲，这事跟我有毛关系？

两百多个自然村全部打卡，并不容易，却也及时，卷王能动的时候完成这个小小的壮举。七月过后卷王卧床不起，启梁开车送他去医院，医生检查后下了判断：最多三个月。医生可不是瞎说，有医疗器械测出的各种数据为证，不比卷王看别人一眼下的结论。卷王明白这道理，对自己一无所知的科学，他也充分信任，并说，再老的屠户用眼估猪，都比不得一台磅秤。

佴城夏天比冬天难熬，以前就有说法：有福六月死，无福六月生。这夏天气温勇攀高峰，七月中旬，人走在路上能看见热浪具体有形地浮动。家政公司用温度计测生意，乐润也是一样，进大门的一堵墙上挂了一支超大号水银温度计，温度高过三十五度或掉出零度，生意都会迅速好起来，屡试不爽。

卷王的起居，是王彩秀看护。前面她照顾徐昌发积累了经验，现在守着弟弟，嘴上时不时地夸：你比昌发省事，好料理。卷王受了表扬，想要表现更好，王彩秀又会及时提醒：有话直讲，不要硬挺。

八月过后，卷王用上了呼吸机，床头随时立起储气瓶，像多一个人守护。再到九月，这天一早，卷王把启梁叫到跟前，叫他通知思婷，可以过来了。启梁说，七月份说的，还有三个月哩。

……医生是说，最多三个月，那是最多，卷王蛮有把握地说，这种事情难道还有谁比我自己更清楚？

启梁把电话打给思婷，表妹的声音已然陌生。

……我怀孕了。启梁话没说完，表妹就插来一句。

启梁问怀几个月，那边稍有迟疑，回答说五个月。启梁说，五个月刚看得出动静，不妨碍出行吧？再说，毕竟你爸还是想见这最后一面。表妹又说，当然能走，只是我老公现在陪不了我，我一个人出行肯定是不太方便。启梁说，要不然我赶过来接你。表妹叹了口气，说用不着吧，订好机票发你信息，你接机就行。

隔两天启梁驾车去支线机场接思婷。多年未见的表妹从国内到达口出现，启梁目光自动铆定她肚皮。思婷似乎也有察觉，走近了痛快说，我不显怀。启梁把目光抬上来，当然还认得出表妹，又分明成了陌生人。忽然理解舅舅说过，既然隔得远，感情淡一点彼此反倒轻松。

　　带到家里，思婷坐到床前看着父亲，表情疑惑，稍后说，爸我看你气色还好。卷王尴尬，说应该是回光返照。思婷现在是医生，对待病人有经验，又来一句，回光返照的人一般都不知道回光返照。话说得拗口，意思倒清晰，卷王一时无言以对。

　　王彩秀看父女俩一块陷入沉默，问是不是要单独待一会。思婷说用不着。

　　卷王癌病多时，疼痛已是常态，在这常态之外气色也会有波动。思婷到来之后，王彩秀和启梁都看出来这波动显著加剧，并呈现出非常明显的规律性：每当气色一点点变好，卷王相应就紧张起来；一旦紧张，面容又逐渐灰颓；告诉他气色没前面好，表情反倒轻松；一旦放松，气色又有恢复迹象……如此交替，循环不已。娘俩都看出来，思婷的到来给了卷王不小压力。说是最后一面，思婷到来之后，卷王就一心想要兑现。影视剧里，亲人最后相见的情景大家都见惯不怪：床榻上的老者或是临终的病人，总在"最后一面"的进程中精准咽气，适时离去，如此一来，送别得以一次次仪式化地达到高潮。此刻回到现实，卷王这最后一面的最后一口气，哪是能够精准把控？其实，想一想也不奇怪：人这一辈子，那么多技能都是专门学习，反复演练，依然不能操控自如，那到最后一刻，怎样撒手人寰，如何辞别人世，也没有任何经验，谁又能把握得精准从容？卷王一直以死亡专家自居，这时候却不知如何一锤定音，显然自觉打脸。

　　王彩秀和启梁看出这层意思，便知道，只要思婷不走，分明就是催命。思婷难得回来一次，次日看卷王气色还是那样，就出门寻找十多年未见的闺密。王彩秀正好劝弟弟，既然死不了，不能霸蛮，要顺其自然。再说，你不能以为谁催着你死似的……卷王赶紧闷哼一声，懂了……

　　思婷在家待了三天，仍是启梁送她去机场。此后卷王情绪不再反复，既然一时死不了，卷王只得躺床上，翻找出一种以逸待劳的心情，将这病痛继续忍耐。再去问那个医生，他也不好再做判断，只是交代"随时可能走""做好准备"，正确的废话，却也只能如此。

　　卷王的昏迷时间越来越长，有时候睡一整天，醒来时问现在是哪一年。偶尔，他会跟王彩秀提到，要把思婷找来。王彩秀勾下头问他，这回你确定？卷王想了想，便摇头。他不确定。

　　启梁女儿挑这个炎夏出生，这时他已经全面接管乐润家政，里里外外都要操持。恰是旺季，推掉许多单生意，丧礼仍是做个没完。忙碌的间隙，找个安静地方跟老婆通电话，视频里看一看女儿两眼难以睁开的模样，暗自欢欣。视频经常被哀乐打扰，虽然不至于影响女儿的睡眠，启梁也一次次掐断。忽然有些怕感，不知道自己的职业以后会给女儿带来怎样的影响。幸好……他想，时日还长。

电话也经常拨给母亲，问舅舅情况怎么样，要不要过去看看。王彩秀总说，你好好工作，就是对你舅舅病情最大的安慰！声音很大，既讲给启梁，也让卷王听出后继有人。

业务一多，会也多，这一点启梁不自觉继承了卷王的风范，经常在公司聚起一大桌人交代事项，宣布新的规定。月初发放工资和奖金，启梁叫出纳提取现款，装进信封，再把人全都召集，逐个发放，听他们每人回一句"谢谢徐总"。他坚信，这一定是老板强过领导的地方，所有的单位，工资都直接打卡了。

会议室挂了不少锦旗，启梁一直觉得怪异。以前他就知道医生经常得锦旗，大都写有"救死扶伤""悬壶济世"或者"妙手仁心"，搞不懂家政公司怎么也挂锦旗。他这样推测：帮别人做丧事也是为人民服务范围之内，但这事没有太多技术难度，也算不上急人所难，相反算得是买方市场。拿人家酬劳，银货两讫，死者家属不挑些毛病已是万幸，哪有送锦旗的道理？启梁不但分析，还找人去到别的几家家政瞄一眼，回话说人家没挂锦旗，要挂也就稀稀拉拉一两面，不像我们可以裱墙。启梁知道，唯一的可能，是舅舅自己心血来潮挂上去的。他找公司几个老人证实，却都语焉不详。开会的时候，看着那些锦旗，不免显出矫情和滑稽，也辣眼睛。一天正开会，启梁忽然想到，既然现在自己说了算，为什么不把这些锦旗撤掉？这倒是很简单，动手一揆一面，两分钟撤完，想来除了手感顺滑还附赠解压功能。但他忍住，开完会叫公司两个年轻妹子，嘱咐她俩小心翼翼把锦旗摘下来，小心翼翼把旗帜叠好。

正待动手，几个老人赶过来阻止。尤其开车的老顾，嘴皮哆嗦几下，跟启梁说，启梁，你急什么，你舅舅毕竟还没走……

呃，好的。启梁问，你说说，这和他走不走有什么关系？

有句话说得好，人走茶凉……

他把公司交给我，明白讲过我可以按自己想法处理所有事务。

他是这样讲，但你是不是急了点？用得着这么迫不及待吗？

迫不及待……你是不是想说我盼着我舅快点去死？

启梁平时话不多，声量低，此时一开口火力十足，谁想来道德绑架，他就直接把话敞着讲，把天聊死。这几个老人马上明白，启梁看似一个闷人，其实暗藏一股狠劲。

锦旗一撤，公司里最大一面墙腾空，重新粉刷过后雪白一片，看上去未免过于空荡。这怎么看都是企业文化的重要阵地，定然弄点有新意的东西上去才行。

启梁把全公司肚里有点墨水的人凑一起，集思广益，看这墙上贴什么样的文字才好。他跟卷王不同，任何事都不白干，有悬赏，谁想出来奖五百。

赏额不高，反响倒也热闹：

"乐润家政，丧葬标杆！"

"护驾西行，交予乐润！"

"去天堂的路，有乐润陪伴，你不会寂寞！"

"乐润二十三年，上千人的口碑，将会加上你的口碑！"

......

启梁一看，眉头皱起，冲公司的秀才们说，我把锦旗撤下来，就是要有不一样的东西，你们不要老想从锦旗上扒词。谁说的丧葬标杆……是不是可以简称丧标，香港片里经常有耷着脑袋斜眼看人的丧标，是不是他？护驾西行……我的天，这也想得出来，难道我们是杀手公司？陪伴去天堂……只是帮人发丧，你们是不是也要跟着一起死？那我们别叫家政公司，叫殉葬公司好不好？每个人给自己的命码一个价格，我只抽水百分之十。

启梁骂得全场所有人笑声不断，只好停一停，接着问，上千人的口碑……这上千人哪来的？

提出这一条的是乐队的老付。他也是一开始就跟卷王打江山的老员工，见证了乐润家政的整个发展过程。他告诉启梁，这二十多年下来，他稍微估算一下，做过的丧事达到一千场以上。

……一千场以上，就成了上千人的口碑，照你这么说，那是死人夸我们好咯？你听得见？

下面又一通哄笑。老付这人平时看电视都爱接下茬，现在硬是一个字回不过来。

否了一通，启梁最后还指出，动不动就打感叹号，其实是你们要讲的意思没讲明白。

这一番说道，公司的人便都明白，给丧葬行业拿个标语，最容易歧义丛生。也都看出来，这个启梁貌似憨厚，其实远比卷王刁钻，说话跟打机关枪一样。

贴墙上的话并不容易想出来，大家不想充当启梁的话靶子，再不干斟字酌句的事，安心于丧葬事业。

别人都用不上，启梁只能自己找。有一天他隐约记起在一本书里看到一句话，把死亡说成是一种学习，意思是好，原句是什么当然记不起来。他试了多次，自己拼凑出这样的意思，感觉总没有原句来得好。是哪本书，他始终记不起来。他有淘书的习惯，地摊上三五块钱淘来一本，闲时随意地翻翻，翻开哪页看哪页，所以根本不记得这一句夹在哪一本书里头。之后几天，回家翻找几次，这句话毫无征兆地被启梁翻了出来：一直以来我以为自己在学习怎样生活，其实是在学习怎样死亡。而且还知道，这是达·芬奇讲出来的。启梁便有感叹，这些最有名气的人，总能把意思表达得最简单又最清晰。找出来也就定下来，启梁去广告店，叫人用深蓝色铝塑板割出字形，一个个粘到墙面。下面也有一个破折号，导出人名：莱奥纳多·达·芬奇。家政公司的人文化普遍不高，一看这名字竟是熟悉，知道是小时候画鸡蛋长大了画美女那个外国画家。公司为什么要贴这么两行字，一开始大家都有些蒙，进出公司时多看几遍，默念几遍，又纷纷说好，说这行字让我们公司显得比别的公司有文化。

字贴好不到半月，那天下午王彩秀电话打来，叫启梁赶紧过去。喘了口气又说，今天没活对吧？你舅舅说，把老顾老齐老付老周都叫一下。他好久不见，也想见一面。启梁不敢怠慢，把公司几个老人聚齐，开车赶过去。半路上顺手给了小欣一个电话，要她把女儿也抱过去。这时候，卷王最亲的人只有他们一家。

到地方，何老七先一步，倒不奇怪。再一看卷王的脸色，一层青灰在失血的脸皮底下洇开，嘴皮眼眶都像被谁勾了边框。来的人互递一下眼神，都是专业人士，都看出来这分明就是一副死相，估计横竖出不了今天。卷王清理着喉咙里的痰音，挣扎出一丝微笑，喷吐出每个人的名字。眼球上已结起一层白翳，看人倒不至于混淆，被叫到名字的赶紧把手递过去，感觉是捏着一把棉絮。来的人围床站立，这架势便是给要走的人接气送行。上次与思婷见面以后，卷王内心似乎一直怀揣怕感，面对最后的告别，竟像是小时候面对期末考试，有了怯场情绪。这种怯场，既是怕死，分明又是怕不死，死与不死，没法脆生生地一把拗断。果然，大家守候个把小时，卷王看似秒秒钟撒手而去，脸上表情不断涨潮，快喷发的时候，一口气又诡异地吊回来，脸上泛起一抹夕照般的血色。

……这是情绪卡住了，进退两难。何老七发话，还是散了吧，不要围着他。

公司几个老人都走了，启梁也叫小欣把哭个不停的女儿抱回去。何老七并不离去，退到屋外，拣一张几乎散架的靠背椅在过道上坐下来，垂头一口一口抽闷烟。在这等待中，启梁扭头看向窗外，灰绿色的窗框杠住何老七。启梁盯着窗框，何老七的悲伤在这光线和浮尘的映衬下，有了油画色调。这也是职业毛病，丧礼现场，忙中偷闲时，启梁会拿眼睛找谁还在悲伤，大多时候，他在热闹的灵堂里找不出一个真正悲伤的人。有些子女使劲干号，哭到兴头手机铃响起，电话一接，这人往往像拧水龙头一样关停了哭声。舅舅已到最后时刻，场面虽然稍嫌冷清，至少有人真正悲伤。想到这一层，启梁相信自己的悲伤也来得真切，再加上床对面神情呆滞的母亲，算来也有三人为了卷王一同悲伤了起来。

卷王那口气始终冷冷幽幽地吊着。

王彩秀就着冰箱里的菜做晚饭，快八点，弄出三菜一汤。王彩秀叫何老七进来一块吃饭，问他要不要喝点，他一笑。卷王在床上幽幽地说，加我个杯子。王彩秀扭头问，用不着这么急。何老七说，就加杯子，不加碗筷。三个人，四个酒杯，也不好碰响，喝得无声无息。王彩秀三两下吃好，去守卷王，启梁和何老七喝了两杯，王彩秀便过来劝何老七回去，时间确已不早。何老七凝视一会卷王的脸色，又看看时间，九点刚过，便说我先回去眯上两三小时，后面得有忙。

王彩秀也看出来，卷王是要给自己留足三天时间，娘俩在床两边等待子夜到来。过了十二点，钟声一响，卷王喉咙一抽又有声音。娘俩同时警醒，脑袋往床头一凑，卷王声音连贯起来。王彩秀凑近了没听清楚，换上启梁，卷王也配合着重复一遍，启梁大概听出来，舅舅是说枕头里掏一掏。启梁稍一迟疑，卷王竟要梗起脖颈，两人这才反应过来。启梁兜住卷王后脑勺轻轻往上抬，王彩秀伸手一掏，枕套里面是有东西，一拽就出来。是一个胶袋，里面装着纸，不用多想，除了遗嘱还能是别的什么？

卷王的遗嘱倒没有废话，一行一行分列清楚，更像是遗产清单。房产是留给思婷，公司让启梁接管，并不意外。还有一些琐碎，别人欠他几笔款项，陈年呆账，欠条都附在一块，能不能取回，看启梁能耐。还有几件什物别人取走，没写借条，但卷王都记下来。最下面一款，倒让启梁始料未及：他的丧礼，指定让何先训（何老七）来当把总，全面操办。

启梁目光秒变扫描仪，把这一款连刷三遍，喘气突然比舅舅还重。他将脸凑向卷王耳朵，不能再近，问他这又是怎么回事。卷王想说话，却只有痰音。启梁又问，舅舅，你的大事情我不帮你办，要找菊珍家政来办？卷王嘴睁大，痰音渐息。王彩秀瞬间泪奔。启梁伸手去探鼻息，头皮又是一紧，舅舅这回真的走了。扭头一看墙上挂钟，十二点刚过七分。

母子俩稍微平静一会，启梁声音带有歉疚，说刚才不是故意，没想到最后的一刻，舅舅还要留一个悬念。王彩秀就说，你舅舅倒不是想让你为难，是想找机会说一说，但这决定确实让他不好轻易开口……说白了，哪时候真的走，他也把握不住，没给自己留够说话的时间。两人将卷王遗容稍作整理，几张脸相对，卷王活时的模样很快变得模糊，遗容透着另一世界的气息。

启梁一边动手，一边还是要问，怎么会有这样的决定？当初我爸要走的时候，他说过这丧礼非他做不可，起初我也是不答应；现在他是不是……

王彩秀说，怎么会呢，他把公司传给你，然后死的时候报复你？三加二再减十？

启梁脑筋一转，又说，是不是前面那阵何老七天天跟他在一起，话也说，去哪也陪着，何老七顺便拉一把生意？

210

他俩都是搞家政，何老七拉你舅舅的生意，怎么开得了口？一辈子的感情搞不好就归零了哦……反正，何老七绝不是这样的人。

讨论无益，卷王遗嘱里为什么会有最后这一款，母子俩始终搞不明白。卷王经常说自己是死亡专家，最后把自己的死搞成一道谜。既然想不出来，王彩秀说，只有把何老七叫来……反正，我们都是要按你舅遗嘱办事，不是吗？

何老七正等着电话，很快赶来。遗体前面，王彩秀单刀直入开了腔，七哥，他在遗嘱里做了个决定，你应该知道？

我不知道。何老七把发蒙直白地挂脸上。

真不知道？

我是何老七。何老七把脸一抬。

这表情当然假不了，王彩秀又问，你知道他为什么写这一条吗？你俩在一块的时候，他有没有说到自己什么想法，或者是心愿？

何老七表情进一步沉重，努力回忆，末了还是把头一摇。他说这样的事，只要他提起，我哪能记不住？朋友不是这么当的，他肯定从没提过。

问来问去，仍是一桩悬案。几个活人在屋子里静默，死人在床上静躺，要不把遗嘱上的谜题破解，下一步的事情实在不好入手。

何老七憋一会，发红的鼻尖沁出一点点毛汗，才又开腔……会不会是这样：他把自己的大事让给我管，那么，应该是想由我出面，把县里几家家政公司全都找来，一块操办他的大事。这才是和他的地位相配套的规格。你们想，要让启梁牵头，肯定只是你们一家办理。想来想去，卷王的意思无非是在这里。

这个意思以前有没有跟你讲过？

没讲过，现在人走了，我只能是猜一猜。

那以前有哪个把总的大事情是让几家公司合着办的？

没有，真还没有。要有的话我何必猜来猜去，直接就是这个意思嘛！何老七咂了一口气，又说，但他是卷王，很多事情都是他先想出来，也是他先干出来。我敢说，有他开这个局，以后别的把总办大事，都会按这个规格来搞。

母子又互觑一眼，于情于理捋一把，何老七的解释倒无疑是通顺，卷王走的时候再领一把行业风气之先。不得不说，关系有亲疏，血也浓于水，但人与人之间到底谁最了解谁，看来只有天知道。

何老七又找了城中另外两家家政的老郑和老牟，他们都是第一时间接听电话，听说卷王走掉，各自"哦"的一声。说话时，何老七把遗嘱上的条款自动改一改，直接说，卷王希望我们几家一块把他的丧事搞起来。老郑老牟都痛快回应，说这是必须的，这就赶过来。

王彩秀已将卷王面容做了一番整理，何老七并不知道，走过去忍不住又有了一阵摆弄，让死者贴近自己记忆中的样子。他并不是殓师，但在这一行混得太久，相关的活计都能上手。启梁候在一旁，何老七问他丧礼预计是多大场面？启梁略一停顿，还是说既然七叔管事，你说了算。何老七正把卷王的嘴角捏得略微向上翘起，自己的嘴角不自觉也向上努，并说，既然四大家政凑齐，一块办事，这就已经足够热闹，用不着刻意搞出什么大场面。启梁点头称是。何老七话还没完：我记得清楚，那一年你爸走的时候，大葬夜你舅当主持，搞得尤其热闹……当时是不是感觉有点怪？启梁把那晚的事情从脑子里翻出来，一幕一幕格外清晰，说不但有点怪，简直是邪门。那天晚上七叔也上了台，拉二胡。

你舅叫我，我肯定要去。何老七又说，知道当时我有什么感觉？

你说。

我感觉卷王不是一般投入，简直完全投入……知道吗？当时我挨他近，老觉得他像是被什么附体一样。说句不该说的：那一晚，他像是提前给自己发了一回丧……

启梁内心一震，没想一些自以为非常隐秘的感触，竟然完全相通。但他不做回应。他现在当上把总，懂得如何控制自己的情绪。

稍后一会，老郑老牟都已赶到，启梁和母亲迎接，程式化地寒暄起来，商量接下来的事情怎么搞。乐润公司的人也来了一些，一场丧礼已然有条不紊地进行。启梁进一步收敛情绪，调出工作状态。他知道，舅舅的离去，固然悲伤，但操办丧礼只是自己的常态。要从悲伤中抽身，进入工作状态。只要进入工作状态，那这也只是职业生涯中寻常的一天。

（原载《野草》2023 年第 3 期）

无主题拜访

鲁　敏

1

手机备忘录里列了五个名字。周默打算最近一一拜访，其中有的只一面之缘，有的多年断了联系，有的关系上比较微妙，无可无不可的。对一个社交上从不主动甚至有点懦弱的人来说，这可是个不小的工程。

跟两天前的体检有点关系。

每年十月底十一月初都是体检季。秋风阵阵，绿叶子还在树梢沙沙作响，黄叶子已满地萎泥。在这样一种天生带有哲思气息的天气里，饿着肚子匆匆奔向医院。一个个诊室排队、等待，踩着前面一位的脚后跟，做出同样的规定动作，毫无保留地努力呈现或裸露。有些情况当场知晓，大部分不被告知。去往下一处，重新等待，身前身后是多次排队中反复出现的面孔，好比无法选择也无法避开的旅伴。可真像是整个的生命过程。周默在无聊中这样想。

终于查完，出得体检中心，踏上去到平层的下行扶梯，可能是疲惫所致，周默心中升腾起一种坠入地底无限深处乃至通往终点的错觉；对面扶梯相向而来的人们，手里捏着他们还没有展开的体检表，则愚昧无知地，仿佛要升向天堂一般，飘飘然与他这边下行扶梯上的人错肩而过。祝体检愉快。他在心里哼了一声。

手机一抖，又收到一条过分亲切的生日祝福："亲爱的周先生/女士，今天是一年中最特别的一天……"稍早在 B 超室和心电图室，也都收到了类似的机器推送。祝你生日快乐。他也向自己哼了一句。身份证上是个阴历日期，他从来不过这个日子，除了商家，唯一记得的只有母亲，而她老人家，早不在人间了。

就是两次无意义的哼哼之后，在自动扶梯依然裹着他，缓慢沉默地往地心深处滑动着的当儿，有个含含糊糊的念头冒了出来——是不是得做点什么，就当是给自己的一种仪式感，都五十岁了。属于他的时间随时会停止。想想接二连三离场的那些熟人，多直接的刺激啊，每次都像迎面劈来的电击，给他以心智上的濒死体验，继而又会生发出一种警示的、焕然的压迫，提请他要对接下来的生命阶段，来一些习惯乃至原则上的突破，做出尽可能的哪怕只是敝帚自珍的努力。

说实在的，他认为自己从没真正开心过，生活到处皱巴巴的，像摊在草地上的塑料布，哪儿哪儿都不平整，扯来扯去中，总是他去就着别人，他实在太不重要了……当然，以他的性格，绝不可能有翻天覆地之变，最多是把草地上的塑料布往他这头拉拉，不要再这么委屈，稍许活得自如一点，让自己开心一下，甚至能有点胆气？差不多就是这样一些个意思吧。至于做什么或怎么做，心里并没主意。

体检完就直接回家了，天黑都忘了开灯，直到妻子进门，周默没动也没问候。

"怎么着，下午就没去？"妻子打开灯，眼光像霰弹枪，散点打中各处的袜子、外套、皮带、车钥匙、指甲刀、牙线之类。沙发边扔着外卖盒，脚跷在茶几上，电脑屏幕正上演一个不雅场面。多年夫妻，她已不屑出恶声，只动作比较大地去准备晚餐。两个人其实也简单，饭菜端上来时，周默既没赞美也没感谢，这本是他长期抹在嘴边的"口蜜"。只管一声不吭夹了一堆菜聚在碗里，眼睛继续盯着电脑，是部惦记很久的剧集，就想放纵地一口气看下去。妻子翻翻眼皮，随即也把 iPad 支起来，一阵阵笑声里，她挂沉着的脸也松快下来。看来，这样还挺好。

晚饭后妻子下楼了，说一万步还差两千步。周默不语，总觉着她的万步执念只是个遮挡，主要为避开两人相对无言。

想起上个月猝死于自家浴室的魏主任，就比他大一岁。夫妻早就分房而睡，故魏妻直到早上起来才发现。周默和同事急忙赶过去，没想到魏主任的身体居然是粉红色的，肚皮白嫩，泛着油脂光，像个巨大的婴儿。他嘴角有一点呕吐物，手指甲抠得出血了，血迹里混着马桶底座的白色地胶。周默回家说起这个画面，妻子也为之唏嘘，隔一会儿，终于还是嘟囔道，其实我也想分房睡，你熬夜影响我，而我早醒，就想外放手机听听音频书。周默刚要开口，妻子长叹一声止住，叹息里带着复杂的愤怒与俯就。是的，没法往下讨论，一说，女儿小卫更要搬走了。家事的烦恼，就是这样，郁结越久，就越是付于无语。

小卫还是十一点多才回，身上混杂着麻辣烫、香水和夜色的味道，用她一贯的厌弃眼神瞪了他两眼，随即拍上房门。为了与多年男友莫名其妙地分手、闹着要出去租房等事，她们母女已互出恶声、不通话语。周默本是悬浮的中间派，但上个月，小卫又招呼都不打就辞掉工作，那可是带编的事业单位呀，妻子凭着多少年人脉好不容易搞定。周默只略微开头说了半句，小卫就恼怒大哭："什么狗屁稳定，什么狗屁前途，什么狗屁资历，你们想过我干得开心吗？"小卫从此连他也不搭理了。

这样的夜晚，无话，跟所有的夜晚一样——似乎根本没什么用武之地，让周默来落实他那不知是什么的想法或仪式。家这样的地方，都是内心戏。他们三个，相互太过了解，都拿彼此没辙，没有话要讲了。他居然期待起次日上班了。

周默有意在走廊里转了转，没有人，包括部门头头，留意到他昨天下午的无故缺席，或者就算留意了也不想计较。这种宽容是多大的漠视呀。周默心中怏怏。不是今天他太敏感，而是，一直这样的吧。对面的同事竖眉瞪眼地，正大骂某某股票机构。他总这样，赔了是代理的错，赚了则吹嘘自己的眼光。周默一直挺不喜此人，索性没搭腔，心里头甚至想，从此都不捧他的场……同事也没介意，仍在说个不休。细一瞧，原来人家是在对着微信语音。瞧瞧，谁眼里能"看到"他。当然，反过来说，他也一样看不到他们，不在乎他们。这种极其普遍的人际状态，与其说是叫他失望，不如说是叫他更感无措。如此情境之下，他能做什么，或不做什么。

中午在食堂排队，周默依然深陷于那种无处下手的迷惑，拒绝了油滴滴的烤肠，也拒绝了水煮鱼，标新立异似的，只端了两份素菜，并找到大厨。"可以提建议吗？少做油炸食物与大油大辣，少用加工食材，这是国家居民膳食建议里反复强调的，不等于是公理吗？"几个妻子模样的女同事——她们当然长得不像他的妻子，但从某个角度讲，又像是包括他在内的所有中年男士的妻子。她们面庞圆圆，健谈而有主张，穿羊毛开衫与阔腿裤，那像是妻子的秋季制服。正是她们，算是附和了周默几句，角度略有差异：一位妻子建议把调和油换成橄榄油，另一位妻子指出餐后水果最好不要反季节，还有一位妻子则提议不在食堂吃饭的话是不是可以把余额折成现钱返还。大厨煞有介事地，甚至可以说很有诚意地一一点头，活像是从明天起也要重新做人了。后面挤进一个添汤的小伙子，捂着嘴咳了两声，周默认为那咳嗽里有嘲笑之意。他对年青一代的侧目早都无所谓了，谁没年轻过，谁又不会老呢？他想着的只是，好歹，他说了几句从前不敢说的。

午餐没吃饱，心里也实在瞧不上这个太小的、鸡毛蒜皮都够不上的行动，而且可以想见，不论是他，还是"妻子们"说的，根本就不可能被采纳。向来都是这样的，明智的人根本就懒得理会、懒得较真，这就是外部世界运转如常的方式与原则。无名如他，像一枚鸡蛋，哪怕打破了头，也就是一只破鸡蛋而已。显然，在单位，跟家也差不多，一天接着一天的，当日无话，当夜无话。没有语言的生活，没有语言的人。他所起愿的自如或勇敢或随便什么的念头，恐怕只会是个无人知晓也不会有任何回响的空谷足音，以致一向当回事儿的午休都没有睡踏实。灯都关掉，窗帘全拉下，手机静音，不厚不薄的小被子盖好。脚一抖，突然醒了，发觉时间还早。两只手枕到脑后，拔剑四顾心茫然。本来挺好的下个小决心，怎么反而觉得分外苦涩了？自己真的是如此不存在吗？居然都没有地方来实践这份赤诚的余生的生命观。虽然起意时也没想着非要怎么样，但如果只是这样，不是他妈的更丧气、更悲哀了吗？

可能是午睡乍醒，加之急迫与不甘，突然有种痛楚的弥留之感。当然，这是一种想象中的戏剧性弥留，种种过往都在脑子里头拉片，天上一脚地下一脚，各种囫囵吞枣的人与事，从没解决的小疙瘩，拖泥带水的未尽事宜，以为早都忘了，其实还是记着。它们一直在暗中侵犯、腐蚀和塑造着他，使得他更加畏畏缩缩、弯腰驼背……实在不行，翻将出来，去做点什么或说点什么。当然了，他并没啥大恨、大怨或大恩，就算有稍许欠余，也是末微之事。末微里头挑大个儿，而且也不能太难为对方或自己。想了半天，脑子里浮出几张面孔，就这样吧，去找他们。起码，这是比较具体的动作，听起来也还不赖。他终于有点淡淡的高兴了。

对，就是这么来的——他手机备忘录里的那五个人名。

2

过去有三十年了，他还是一下子找到黄叔叔住的地方，可能人在羞耻的情形下，记忆反而牢固。他一路上都在想着当年的母亲，以及当时跟母亲赌气的情形。巷子有很多变化，气罐站和包子铺没了，多了一家连锁炸鸡店，理发店门面大了一倍，新式咖啡店门口撑着深绿防风大伞。黄叔叔所在小区的门口，两棵老梧桐只剩下一株。这让周默再次忆起母亲那遮遮掩掩的、夹杂着乞求的叮嘱，老远就指给他看那两株大梧桐树："记住没，下回如果迷路，直接找这两棵大树就可以。"周默当时念高二，个头已高出母亲，他往下扯扯帽子，盯着地面，宽大的枝叶投下稀疏晃动的阴影。他没应声，心中发狠：什么下回，我才不会再来，永远不。

他懂得，母亲跟这位小她五岁的黄叔叔有些什么。父亲过世了是没错，但他们这么快就来往，以他那童真的想法，既是对父亲更是对母亲的维护，无论如何没法接受。那黄叔叔乡音很重，身形粗鄙，左腿不知为何短了一点，多丢人哪。那次登门之后，他果真再没去过，总归能找到借口，后来甚至不找，就直通通拒绝：不想去。母亲也固执地，就一个人去，过夜。这让他更觉自己的弱与耻。压抑中酝酿了大半学期，他终于下定决心，有天半夜十二点多跑出门，老远寻着那两株大梧桐，上楼打门。被窝里匆匆起身的母亲，半掩的衬衣下，光溜溜的脖颈反射着浑浊的夜灯。他把怀里揣着的一块大板砖向后面刚刚露出个头的黄叔叔死命砸去，同时还留意着，两只脚绝不跨入他家门槛……不久升入高三，他住校备战高考，后来大学到外地，工作后自己租房，成家后买房，再后来，母亲过来同住以照料小卫。总之，黄叔叔这档子事儿，在他这里来看，从那个板砖之夜，就戛然而止了。母亲病重的最后两年，寄养在一家关怀医院，他从护士处得知，有位高低脚的男人每天都来探看，一坐老半天。母亲的葬礼上，他留意着，黄叔叔始终没有出现。这些年，尤其到秋季，到生日前后，他总是想起母亲，像所有孩子想念死去的妈妈一样，而这想念里，又总会不畅快、不甘心地绕不过那位再没见过的黄叔叔。

敲了几下，应门的是个戴眼镜的年轻人，其背后很快出现一个披头散发的胖妇，周默忙说出来意。妇人瞅他几眼，顺手一指朝北的小房间，嘴里漫应几句："儿子在这里复习考研。顺便地，我也照顾他。"听出来是跟黄叔叔一样的乡音。老家亲友，还是租客？不过从整个布置和拥挤情形看，都是这对母子的天下了。

再次敲门，拧开门把手。房间光线不足，大头小尾，窗户长而窄，窗帘层叠，用黄叔叔当年的比方说，房型像一把木头手枪。这比方是那回初次登门时说的，随即还十分慷慨地拿下主意："你以后过来，就睡这把手枪里，到我老了，这手枪和手枪匣子就直接送把你。"他一边说，一边得意地往外面努嘴，指向整个客厅和朝南的房间等处。突然想到这些，周默感到很不合适。

适应了一会儿，也是等对方在适应。床上斜倚着的老人无力地抬抬眼皮，面色木然。他不可能认出周默，正如周默也基本认不出他了。毕竟统共只见过两次，都在不良的情绪下。

周默报了母亲的名字，卧床者的眼皮重又抬了起来，嘴里一下蹦出周默的乳名。他怎么知道的，还叫得这么熟稔？多少年没人喊过了。周默没有应答，在窗前的椅子上坐下，有心拉开窗帘，随即一想，最多坐五分钟。其实也没什么特意要说的，只是想来看看，可又空着两只手。正踌躇间，老人开口了："晓得我要死啦？来收房啦？"仍是一口浓重的乡音。

周默一下子脸皮发涨，这可太误会了，虽然刚才一进门是想到往昔，可确实只有这些很少量的记忆。"没……没有！我并不知道……当年太不懂事了，你知道的，俄狄浦斯情结，就是作为儿子……谢谢你待我妈好，我知道，你其实一直跟她在一起。"周默匆匆解释，还掉了书袋，显得很呆，主要是急于压下黄叔叔的那个意思。不过事实摆在这里，他知道黄叔叔是个老单身汉，老家只一个远房姨娘，应当早就不在人世。实在考虑欠周，都没想到这一层。

得解释下，哪怕听上去怪里怪气。他从体检后的下行扶梯开始，一直交代到午休时冒出来的名单，而第一个来的，就是这里。没有说的是手机收到的阴历生日祝福，以及他很想念老母亲。

老人听到一半就笑了，皱纹中的五官被分割成许多层，看得出，那是一点都不相信的笑。他从床头摸索了一粒什么，扔进嘴里含着："别兜这些圈子，看来这回终于是听你妈的话了。我还以为你真有志气，再不踏进这门一步呢。"

"听妈妈什么？"周默更吃惊了。板砖之夜后，母亲再没有跟他提过黄叔叔半个字，后者就像灰尘一样，起码在他这里，被母亲擦拭得无影无踪。而最后两年，她又完全糊涂了，一应感知颠倒混乱，除了周默的阴历生日，别的一概不清不楚。听妈妈的话？她何曾有过什么特别的交代。

老人奋下眼皮，见周默一声不吭只顾等着，才不情愿似的勉强开口："我跟你母亲说好的，这房，总不能充公吧，当然留给你。有个条件，就是你得来一趟，得踏进我的家门。这条件不过分吧，只没想到，你真能拖到现在的，等我的最后一口气——"他大概是想冷笑，不过没成形，倒不小心把嘴里一直含着的东西咕咚咽了下去，随之呛咳，继而大口喝水。

周默这下是真的尴尬了。他就是再怎么说真话，老人也不会再信的。可是……房子？他感到一阵燥热与恼怒，恼怒中当然也有惊喜，随即是惭愧，忽而又想到善念上的因果。看看，只要他动了"真"念，便会有这样的福报。呸呸，多么庸俗的想法！不过，假如真能接手这套小房子，正好可让小卫搬到这边来住——妻子除了生气小卫与男友的分手及她的辞职，最恨的是她要在外租房，一则不愿另外花钱还两边开伙，更主要的是女孩独住显得不稳重，但如果是自家房子，就什么都顺畅了。再说，棋动一子，整盘皆活，小卫的新朋友与新工作，也会随之好转起来吧，包括妻子想要的分房而睡，其实也是他的理想……脑子里突然风火轮一般，一下子蹬踩出去老远。

门把手咯噔一响，散发妇人托杯茶水送了进来，脚步踏得很用力："哈哈，他一见有人来了就高兴，爱逗乐子，谁来都这么说，上门推针的护士、居委会小马、老工友，都说要把房子留给人家呢。说护士特别像他第一个女朋友。说小马扶他过马路，等于救过他的命。说以前抢了老工友一个调岗机会，人家可有两个小孩要养呢，而今拿房子来赔罪。一套一套现成儿的词，听上去可圆乎了。"

周默脸上的热涨，还有压在后脑勺的惊与喜与愧，哗一下全都退了。好不轻松！几乎如一种赦免："我真的信咧！我母亲在世时，跟黄叔叔交好多年，就怪我当年瞎捣乱……我这心里，可正在翻江倒海！亏好你进来提醒我，否则真要出大丑了。我也没出息的，一听到房子就没了脑子。"周默知道自己话有点多，像刚被从险境里拉出来的幸存者，一种后怕的、想要与人坦白的心理。

老人半抬起手冲散发妇人挥挥手，又有气无力地把手放回被单上，整个人像气球一样瘪了下去。他那失望又无聊的样子让周默也颇感不忍，妇人要是仁慈一点，该晚一会儿来送茶的。周默忽又感到，那妇人似有点争食之意，保不齐就是黄叔叔远房姨娘的后人呢，她肯定不会喜欢这样的玩笑。周默哑然，一边在脑子里搜刮，那么，这会儿再说些什么好呢？

床单下的瘪气球突然冒出一股气："可一个个的，也都信。人哪，总愿意信好事儿。不过这屋，最后总得找个人接下啊，你说他们，哪个能有你亲呢。"

周默没吭声，这应当仍是老人努力延续的逗趣，他不想再中圈套，客气地笑笑，只管喝茶，脑子里却又忍不住转悠：黄叔叔当初真跟妈妈聊过这个吗，而妈妈是不是也当真相信过呢？或者，这一直是妈妈暗中盘算的计划，想替儿子多挣一份实在的好处？他心里头忽轻忽重，很难平静，越发有种无可追及的愧痛与思念。

老人半闭着眼："我这辈子，只有过你妈一个。我高低脚，乡下人出身，小工人，她不嫌，还笑嘻嘻跟我学土话。跟她在一起，松快。她喜欢花香，随便走到哪里，闻到蔷薇、槐花、栀子花、桂花、蜡梅，哪怕手上提着重东西，也站下来，痴站好久辰光，拉都拉不走，说花开得这样泼洒，要多闻闻才不浪费。"周默像听他在说一个不熟悉的女人，"我只好也陪着站，给她拎东西，高低脚其实累的呀。再说，每次见面时间都很紧张，总归不踏实的。"他停了一会儿，"直到她住进关怀医院，才算结结实实陪了她两年。只是她不认得我，一直冲我喊你。"

怪不得，他刚才脱口而出的乳名，活脱脱是妈妈的口音与口气。妈妈最后两年，所有的都忘了，口中仍在念着他。哪怕只为这一声脱胎自妈妈的唤，此一趟上门，也是得到太多了。

"你，记恨我的吧？"周默问。

"那不至于，再说办法总比困难多，我们也没太耽误。你整天忙工作嘛，你妈只要能出来，就抱着小卫往我这里溜。你不知道吧，小卫在我这儿，可没少撒尿拉屎。"他往外努嘴，得意地指向客厅和朝南的房间，跟多年以前的动作一样，"小丫头片子嘴巴真甜，会讲话之后，一来就绕着我不住嘴地喊'黄爷爷''黄爷爷'。就只有她，喊过我'爷爷'。"

周默勉强笑着点点头。妈妈可真是好本事，从来没漏半个字。瞧瞧，人们在牙齿后面，都藏了些什么呀，哪怕是母亲与儿子。

周默抹了一把眼角。

好久没这样了，何况当着外人。这泪，也并非出自痛苦，而是一种迟钝的了结感。那许多年，妈妈与黄叔叔，他们好歹还是滴滴答答地在一起，在缝隙里挤挨相亲、彼此陪伴。他被瞒得死死的，在盲目的固执里一无所知。太好了，好在是这样，这甚至重新哺育和慰藉了他，让他还能接续上这条通往母亲的小道。都以为找不到了，都以为永远就没了。看看，他不算个好孩子，可妈妈一直就是这样宽待着他、照料着他的。

床上的老人看上去还有谈兴，重新把头转向窗户，继续半真半假地诱导："我就说过，像把木头手枪吧，将来给你用……"周默站了起来，微微弯腰道别。可以了，不能再多。他急于回到小区门口，站到那一株或是两株梧桐树下，重返妈妈那急切而乞求般的叮嘱：记住没，下回，直接找这两棵大树就可以。

3

去往言老师那边的路上，周默拐到便利店，提了几罐冰啤。他最喜欢抠动拉环的那半秒钟，泡沫克制又随意地溢出，正像往事一般。

其实那件事过去后，再无联系了。周默给这位言老师发去短信时，讲明是周小卫的爸爸，对方毫无动静。他又发去两个关键词：戴帽子、省三好生。终于回复来一个时间段，说办公室还是515。看来是想起来了。

不算很大的事，起码在妻子看来，是小事一桩。当时小卫上高二，逢上省优秀三好生评比。妻子是做人事工作的，有些门路，不知从哪条秘密通道"搞"到一个名额，说可以直接"戴帽子"到学校给小卫，不过申报还是要通过班主任言老师那里。后者完全不赞同这样的途径：学生们可都睁眼睛看着呢……妻子去谈过一次，未果。她承认自己太强硬了，遂派周默去软化，并反复叮嘱：这个，将来提前招录有用。是，当然，明白。

那一次见面，周默刻意准备一番，动用各种世故手段，暗示"有情后补"，甚至还表现出惧内、自私等特征。也不算撒谎。周默深知自己的缺陷，只要是妻子的吩咐，只要事关女儿，他就会成为一个毫无骨气的不折不扣的小人。为了拦住言老师插话，他采取自问自答的方式，把对方那部分也从各个角度一并说出。绵绵不断的语流，绝对把言老师给淹没了。还记得说完之后，言老师一言不发，沉思般地看着他，退让中带着怜悯，直接挥手送周默出门了。回家的路上，周默收到言老师一条没头没脑的短信，要用美好的方式去祝福，美好的祝福才能抵达孩子。反之呢？？

周默感到那两个问号很刺眼，立即把短信删了。一个月后，小卫如愿入选"省三好"。妻子照旧没表扬他："以为是你搞定的？我另外找人跟校长打了招呼。"次年招录政策有变，这战果没用上，小卫或别的哪个同学评上，都一样了。所以妻子一直觉得，此事，不仅是小事，也等于是没有的事。

走廊尽头就是515室，有个身影在廊尾抽烟。周默试探地招呼，那人忙扭身，掩饰住其实并无印象的辨认感，嘴里高声招呼周默入内，倒水让茶："周小卫同学，各方面都还好?”言老师热络但显得小心地开口，带着工作一天后的疲沓与莫名所以。是啊，这都毕业多少年了，家长何以会登门来，拜访这么一位早就翻篇儿的高中班主任呢?除非是出事了。

周默怕他多想，连忙点头，只点了一下就停住。女儿小卫，能算好吗?他可不就是，想来说说小卫的?

鼻腔里还充满着刚才在校园里一路走来的混杂气息，球鞋味、食堂味、书包味、厕所味、漂白粉味、塑胶跑道味。在教研室坐下，又添一层复印机、作业本、红墨水之类的味儿。并不是嗅觉的突然灵敏，而是对昔日的重现与投射。太久没有踏入学校了，仅仅是想象这些气味，就有种强烈的唤起，那些独属于家长对校园的经验，带着奔波、讨好与焦虑感的。大考之后，必有一场家长会，大家匆匆赶来，挤坐在自家孩子座位上，没有名字，只是谁谁谁的爸爸或妈妈。大概就是前几天，他在路上迎头碰见一个女人，双方都一愣，随即错肩而过。过后想了很久，哦，那是女儿初中同桌的妈妈，多少次的，他们一起挤坐在窄小的座位上，仰头听各科老师训话。看看她，现在都成什么样儿了，白发一大半，背部塌弯，完全是个老妇女。他们一个个的，都是这样老下去的，直至最后通往死亡之路。这就是做父母的命，都是甘愿的，也是享受的……养育之苦或天伦之乐，画面都是一样的。

当然，不是要跟言老师谈这些，他要说的是下半场，该着他和妻子收获的时候——小卫岔道了，从前那缠绕膝下的小欢豆、小心尖儿，那节节拔高的好孩子，怎么就成了现在这种横眉冷目、不通声气的样儿。是受她妈妈影响吗?妻子对他，向来就是看低。可妻子跟小卫也搭不上话呀。夫妻两个，到头来都一样，再怎么地热络趋前，到小卫那儿都一头撞着冰墙。不要讲眼勤手快、礼多人不怪、吃得苦中苦那些他们认为很重要的为人处世之道，哪怕就是好声好气叫她不要熬夜或是每天吃一个煮鸡蛋，她都会露出鄙夷不屑、忍无可忍的样子，好像只这一个细节，就暴露和代表着他们的老朽、令人讨厌的节俭、土掉渣的规训；而她，在所有这些日常秩序、行为价值乃至个人生命观上，是与他们彻底敌对的——到底哪里出了问题，在哪一步踩错了?怎么想都不明白，他想说说这些个!

怎么会找这位八竿子也打不着的言老师呢?说来有点滑稽，每每身陷百思不解的泥淖之中，反复浮现于脑门的，居然是当年言老师发来的那条短信，被他当即删去但始终记得，并像红灯似的闪烁着，越来越刺目，似乎这一切就是被言老师一语成谶的。因为没有采用美好的方式，祝福无效了，女儿的生活没有到达本该有的美好。

周默给言老师和自己都打开啤酒。差不多跟那回一样，他还是自问自答，就好像言老师特别惦记这个多年前的学生似的：后来读研了吗，选的什么方向，出国了没，在哪里高就，情感上有什么进展啊，下一步打算呢。他替言老师把所有方向都问到了，并详详细细、不避不让地一一作答。再不必掩饰、自欺或强颜，小卫而今就是处于一个趋向无名与失败的坠落轨迹。不如人意的妥协，勉强的左支右绌，不被告知的抛弃。深夜传来坏的消息，他和妻子坐拥着温暖的被子，愚蠢地假设与倒推。一切的一切，都在他心里头闷着，这小口子一拉，全都喷涌出来了。

言老师先眯着眼，后来睁大，不停地眨巴。

"从小到大，每样事情上，我们总希望她得到最好的不是吗？选学校、分班、植树小标兵、作文比赛、琴课考级、支教、做义工、实习、考编、年终评优……大部分是她妈，也有时是我，总归会托托人、找找关系、打打招呼，这是作为父母的本能和基本属性不是吗？想她好，想要帮她。每一样事都尽心尽力，巴望她能好一些。可你看看，她现在怎么这样，完全地不要好！言老师你那句话讲得对，都怪我们没有用美好的方式……"

这个逻辑真对吗？但周默情愿这么说，也一定要这么说，他想把担子压在自己身上，就到现在，他也舍不得责怪和否定女儿。世上没有种不好的庄稼，只有不会种的农夫，他特别信这话。替女儿难过，更替自己难过。还从没对第二个人吐露过这么详细的痛苦。可终于说出来了，而且是对着言老师。这算什么，对当年那则短信迟到的回复、无用的觉悟？随便吧。他在言老师面前，反正都是出丑的，也只有回到这里，他才可以原形毕露，才可以承认他在小卫身上所体现出的庸俗、短视、无能，以及由此而来的巨大痛苦。

趁着他喘歇，言老师举起啤酒伸过来碰碰："那个短信，是句名人名言，我备了好多条不重样的，轮换着给家长们发，班主任的一种交流技巧嘛。没想到，你到现在都记着，还想了这么多。其实小卫这样挺好，年轻人放空一下也是必要的，不工作或不谈恋爱，都是暂时的，哪有您说的那么严重。再说，什么叫'好'、什么叫'要好'？又不是集体做操，哪能动作都齐整？何况一代人跟一代人，从来都是不一样的。"言老师挺会劝人的，也可能是泛泛而谈，像名人名言一样，肚子里装着好几套。他看过来的目光，像是把周默当一个棋牌室老人。停了片刻，言老师问了一句："我说，小卫爸爸，最近，你自己碰到什么事了吗？"

周默让自己的眼神移到啤酒罐上，未着答词。对言老师的误听与误判，他无所谓。至于"小卫挺好呀"这种话，更没搭腔的必要。大街上的人，不相干的人，不挂在心上的人，从来都"挺好"。这位言老师，大概到现在也没能记起来小卫到底是他哪一届的学生吧。

言老师捋捋头发，仍在尽力，把话题稍微岔开一点："带小卫那个班时，我还没结婚。现在，我儿子也四岁多了，有了小孩才知道什么是家长。要搁现在，像'省三好'那事，我绝对不会打坝的，倒要羡慕小卫妈妈的本事呢，直接'戴帽子'下来，多好！人哪，就是一边过日子，一边学着过日子。刚工作那些年，别看我做老师，其实你们这些家长，反而是我的老师——关于怎么做家长的老师。我呀，学得不错，现在可比你们这些家长还像家长呢。"听上去像是个绕口令，"我最近正盘算着，让儿子学个乐器，一方面是考个级，将来不论上学还是工作啥的，有活动也能上台露个脸。听说传统民乐考级容易点儿？架子鼓呢，是不是更有派头，也适合男孩？小家伙胳膊腿儿圆滚滚的，准有劲。"他露出为人父者那种沉溺于浮想的笑，啜一口啤酒。

到耳中听到言老师这句很亲昵的家常话，周默再次确认，言老师根本就没明白他前面说的那些。看看天色，教研室外面已是夜色浓重了，校园里全然寂静，从窗口看到的半边操场空空荡荡，却又人影晃动、嬉笑喧闹，跑动着无数半大不小的孩子。他看到了小卫。他再看不到小卫。都过去了，属于小卫和他的共同旅程。嗯，言老师人不错，他会跟周默一样，成为一个尽心尽力地通往平庸、奔向痛苦埋伏的父亲。这接力棒一般的联想似有种近乎幽默的宽慰。周默在手机上慢吞吞地编辑，把当年那条短信，又发给了坐在对面的言老师，包括两个问号。没啥特别含义或用处，纯粹只是一个动作，动作就是全部，跟他跑这一趟学校一样。

4

黄叔叔、言老师，一下两位了。他们都不算熟，反而是容易的。不像文秋。

差不多有小半年了，他跟文秋每天都会在微信聊几句，就在午睡之前那十分钟的样子，包括他开名单的那个中午。这俨然已成为他们二人间的一个习惯，而所聊的，哪怕就是被妻子或道德纠察员突然扒开手机来看，怎么说呢，与其说是干干净净，不如说是十分无趣。比如，文秋会聊到她初中时喜欢的翁美玲，嘲笑某位外国元首的发型，或者小区里有人跳楼了之类，有一搭没一搭。正是这种啥也没有、啥也不是的勾连，最经不得细想，似有风雨彩虹之暗动，常常叫周默挺烦躁，恨不得拉黑了事，可一到午休躺下，又忍不住地，无论如何要跟她说上几句狗屁废话。这算什么？他真讨厌自己这么没性子，很少有男人能无色无味地拉扯这么久吧。那文秋也怪，居然也就干陪着拉扯。

他们是在系统内的羽毛球比赛上认识的，极随意的搭配下，他和她组成一对混双。而只要是竞技性赛事，哪怕这种市民健身性质的，也能拉动起同一战壕般的战友气氛，统一集训之外，他们还十分要强地，到外头找了两个体校学生，加时训练。那期间，他们往来频繁且亲密，同进出、同饮食不说，难免还相互搭手蹭上汗水，红肿处帮着按摩，洗澡后出来都光着脚丫顶一头湿发。谁都不是个木头人，怎么可能不感到那种生理上的黏合与引力？可为着比赛，哪个都不可能作死，倒也罢了。有意思的是，运动会一结束，两人却都一个紧急大刹，分道而行，再没约着见面了。显然，他们都对接下来的走向缺乏把握，只把未尽的余味，乔装成无聊的聊天，像一小撮淡而无味的盐，撒向漫长的午间。

周默把文秋列进了名单，逼迫自己，得给这事一个交代或了结。当然，他心里有点僭越之想，并认为这是老天爷最后一次怜悯性的馈赠。他与妻子之间的状况，老天爷必也看得一清二楚。周默这辈子都逞不了强、作不了恶，但也不可能白璧无瑕。他不是玉，是人。这个"可以有瑕"的尺度，不仅对他本人，同样适用于妻子、文秋，以及随便谁。这是他到这个岁数上，在男女事上的理解。

昨天的微信里，周默没有回应文秋关于流浪猫的一长串絮语，直接相邀：明天中午十一点半，木森餐厅 6 号包间一起吃便饭。

木森餐厅就在四季大酒店一楼，可进可退之处，含义一望而知。她果然愣了一会儿，随即似乎很高明地，发来两张流浪猫的照片。周默一咬牙，立即回复：我先删除你了，明天见面再加。随即当真删了，以免她往来拉锯。时间早就不在他们这边了，要不做点什么，要不就拉倒。

包间挺小，窗户朝向酒店内庭的假山枯水。周默进去只望了一圈景色，文秋就到了，跟以前训练时一样准时。她的头发还是随意披挂着，脖颈间隐隐地，仍是青苹果似的香水味儿，长裙子晃荡着，胸臀隐现。她也四十多了，坦然的瓷实身形，正是与年纪相称的自在感。周默今天特意穿上训练期间那件防风外套，她踏进门就认出了，开了一句玩笑。能感到，两人间的那股吸引力仍然在，如同苗壮的火苗，一见面就复燃而起。这是诚实与深沉的感知啊。

"你，到底怎么想的？"菜上齐了，服务员把门带上，周默直接开口相问。这问询里有足够的空间表达尊重，但潜在意思也很清晰。

文秋眨眨眼睛，没做出不必要的扭捏："就知道，总会到这一步的。"周默低下头，仔细挑拣掉肉片上沾着的两片薄姜，等待。她目光平视："我的想法，当然跟你一样。"言简意赅，意思是十分明白的。

"我已在网上订好了。"周默冲手机微抬下巴，右手略微指向楼上，没有说出"房间"两个字。

"我认识一个服装设计师，商业上很成功，一直做高端礼服定制。前几年因为家中有亲人生病，方向突然改了。"文秋没接话，倒讲起故事来。也好，一笔荡开，毕竟不是适合彰显的事情。"你猜改做什么？内衣，仍然是定制。"周默给她舀了一碗汤。说实话，他现在几乎都吃不下。没想到她也是这样简洁和敞亮，一锤子就落定了。他内心的激越并不是为着将要发生的幽媾，而是感慨于他与她，居然能达到这样同步的开诚布公。看看文秋，甚至比他更自然、更镇定，仍像以前午休时分一样，讲些冷不丁的无聊话题。女士定制内衣，这就跟流浪猫一样，叫他能说个啥呢？好在文秋擅长自说自话："你一定不会想到，没有定制内衣之前，乳腺癌术后患者，那些切掉乳房的女人，都是怎么搞的，就在里头塞卷纸、棉花、布团、吊水袋。当然，植义乳的也有，可据说老会移位，而且皮下没有肌肉了，到底撑不住啊。"

周默热了，把外套脱下，里头是件速干球衫。他平常刷牙时喜欢看着镜子，看自己胳膊上的肌肉像小老鼠一样蹿动。"我倒是有呢。"他说笑道，想显得跟她一样放松。

"嗯。我知道。"文秋嘴里咀嚼着，扫视一圈他的上半身，"我最喜欢的艾玛·汤普森，那个英国演员，你知道吗？六十多了，最近演一个老寡妇，伤感地请求一个小哥：'可以摸摸你的胸肌吗？'"周默配合地伸屈双臂，把胸前撑得鼓起来。看看，还是有点儿气氛了。"男人也会得乳腺癌的你知道吗？好在就算切除，也用不着定制内衣。设计非常难的，尤其是单侧切除后，留下来的那一边，腺体会转移性地发达，胸形会变大……"文秋不紧不慢地，又把话题倒回前面，"此外，还要考虑到面料的透气吸汗、柔软度、手感与重量、便于反复清洗等，又因为各人手术切除程度不同，就得一人一模，定做成本就总也下不来。好多人最后想想舍不得，就还是塞棉花、塞袜子、塞卷纸，凑合着十几年、几十年的。"

"要不是听你说，真从来都没想到这些呢。"她聊天总是这样，不仅冷僻，还显得过分认真。周默试着多接几句："也许将来会有大病救助或女性方向的基金会，倒是可以做一点资助。"

"对我来说还好，买得起，两三只轮换着，够用了。"

周默耳朵里滚了一下，如雷，起初没能有反应。可她吐字清晰，也没有纠正或进一步解释。听到的什么，就是什么。哦。哦。他在心里惊呼，同时端起杯子。杯子里幸好还有一口水，他又加做了几次吞咽动作。随便什么，能挡一挡自己的视线便好。放下杯子的时候，他不得不开口："完全看不出，不可能吧，你在逗……"

"所以我就说这个设计师真的厉害，细节上完全贴合，视觉和体感都特别好。夏天穿单衣，包括做运动什么的，完全无碍。别说你看不出，我自己个儿都快忘了。只一样，游泳不行，我试过，吸水，太重了会往下挂。"

下面该说什么，他真的吃不准，甚至有点害怕，还有着实不应该的恶心感，接下来可怎么弄。她这就算打招呼？打预防针？可这，打麻药也来不及的呀，他根本来不及做心理建设，这完全不在他的任何经验或设想范围之内。待会儿他该怎么亲热，就是关掉灯也是一样的，他还有没有能力去拥抱她、抚慰她？周默紧张地克制住结巴，还是说出了："请不要生气，实在太意外了，我怕，我恐怕我做不好……"

"当然，当然。肯定会怕的。"文秋反过来安慰，替他添茶，"怎么会生气，谢谢还来不及呢。谢谢你主动邀我出来，谢谢你前面的想法，以及现在的想法。谢谢你这样坦诚。"她冲他的手机微抬下巴，右手也往上面酒店指指，"待会儿退了。"周默张张嘴，其实也不知要说点什么，她摆手，"没有人能做好的。尤其是我，主要是我。除了医生、当时的护工还有这位设计师朋友，我不给任何人看我的胸，何况你。你，是我有感觉的人。"她想了一下，笑着补充，"可能我丈夫偷偷看过，但没让我知道。我们，反正早就是一对老兄妹了。"

"都是，夫妻到头都是老兄妹。"听她提到丈夫，周默勉强呼应，并终于把视线放平，重新看她露在桌面上方的身形。就算有了新的认知，还是没有找到异样之态，他依然觉得她是健美和自然的。裙子与定制内衣的下面，真是那么残酷吗？他想到常见的手术创面、刀疤、缝线、挂皮、紫红斑。她本可以不告诉他的，她可以继续悠游、吊胃口，或者高傲、假道学，起码有一百种方式来处理这个拒绝。她多么慷慨，一下子给出最大的秘密。

"要不是你今天来这么一下子，也没这机会跟你摊牌。要让我平白地去跟你讲这个，哪里开得了口。就得逼，像这样，事到临头，图穷匕见。哎，我问你——我只是感到惊奇，都隔这么久了，是什么原因，让你突然地来约我？我知道你的性格，一直都是肉肉的，能迈出这一大步，是家里有事、外头有事？"她温和地看他，随即又加一句，"不想说也没事，我不一定要知道。"

多好的女人哪。比起练球的时候，比起午休聊天的时候，比决定来这里之前，比刚刚知道真相的时候，他更加喜欢文秋了，或者说，自认识以来，这么久了，到此一刻，他才算真正认识到这是个怎样的女人。然而只能止于此，他超越不了自己的胆怯与能力。

文秋等了他一会儿，像在理解和陪伴他的沉默，最后停止了对谜底的期待："不管怎么说，挺好。这么长时间，我一直享受着自己对你的吸引，享受我还能喜欢着一个人，真高兴我多少还能这样，说明我还远远没死透呢。这就足够啦。哦，那个……"她见周默滑动手机，"别再添加好友，我们不适合再聊天了，不仅我，你也会不舒服的，就这样最好。"

文秋利落地站起："咱赶紧回吧，还能赶得上好好睡个午觉呢。"

5

当晚，周默熬了大半夜，连看两部剧情烂熟的老片子。中午的事，脑子里还是有点后劲儿。对于一场悬置太久、尚未命名的交往，这样收场，当然是稳妥的，甚至可以说是隽永和澄明的，可怎么也压不住心底的一阵阵恓惶。这还是老天爷的手笔吧，看准他就是干不了任何出格之事。借着电影里主人公的意外死亡，他擤了好几把鼻涕。妻子已睡了一程，起来小解，在走道上扭身看他几眼，打着哈欠又回卧室了。等周默看罢，收拾完电脑、茶水，正打算洗浴，妻子倒裹着睡衣出来了，直推着他往小书房走。

"才睡下，前面还听到打游戏呢。"妻子冲小卫的房间那边侧一下头，表示不要吵醒女儿。她拉张椅子，跟周默隔着书桌坐下。他发现她脖子里还裹了条厚围巾，这是要长谈吗？夫妻二人这样，还真有点怪异，已快凌晨一点了。

"你前几天，删除了一批人？"

哦，问这个。是，也是借着开会时有闲，把朋友圈系统地筛了一番，从严从重地，删掉若干。太爽快了，简直觉得手机都轻了几两，干净了几分。倒也没啥惊天动地的分野，主要是群太多，简直集天下之大俗，排队互夸，请人投票，粗鄙造作的视频，发红包抢红包，凌晨五点半倒鸡汤。早就烦透了，周默反正向来不大吭声，就此撤退走人。还有些偶然添加的，实则从无交际的各方贤良，留着本也无妨，可他们一至年节即群发祝福，红彤彤金灿灿，连个抬头都没有，大概也不知道周默是何许人也，删了也不会知道。再就是"非我同道"，这稍微复杂一些，他也当真地，通过关键词搜索，加上印象与判断，挨个儿处置，包括小学同学、多年球友、退休同事，还有年年寄山货的兄弟，帮过他忙的年轻人，相当部分，是多年交情，熟知彼此经历包括家人与家事，带着时日积淀下的老熟情谊，可正因为此，在一些问题上，看到他们在朋友圈说那样的话，转那样的东西，真太别扭了，比看到不相干的人更难受，好像突然间发现对方成了冷血动物，成了戏台上人，成了偏执狂，乃至成了刽子手。而料想对方看他，亦是如此。这千峦万嶂的遥不相及，真残酷。彼此不看已是最大的宽待与友善。当然也可以屏蔽，但既已至此，又有什么保全的意义，不如干脆点儿。好在就动动手指的事情，当面的话，他恐怕做不到这样决断。

"也就好玩，图个让自己舒心一点，谁会当真。"书房灯光太亮，他眼睛可能还红着。周默口中支吾着，心里颇感纳闷：妻子怎么发现的？

"好几个人来问我咋回事，还以为哪里得罪你。你说现在熟人朋友之间，还能有什么，不就相互点点赞嘛。"妻子怨怪，边皱着眉观察。他一直不喜欢她这样的神情，但多少年下来了，这就是她作为妻子的面孔。

是啊。赞、点赞、点赞之交，总有些大好人儿、大善人儿，不论任何人发任何玩意儿，都能看到他们在点赞，好像一直蹲在那里时刻准备着似的，周默真是瞧不上，可随后又恼羞，自己不也全天候蹲着，留意这些，比起点赞之人，他不是更加无聊嘛。照这样说，连自己个儿也要删了，湮灭于茫茫友圈。

"你就随便扯句玩笑，或者说我最近断网，眼睛也老花……"周默咬住嘴唇，不，不要这样虚头巴脑，"你要肯讲，就跟他们直说，说我觉得没劲，三观不合，眼不见心不烦。其实人与人的感觉是相互投射的，他们看不到我，也一样清净，该高兴才是。"

妻子抱着胳膊，不相信地依然等着什么的姿势。

"可以去睡了？"周默试探着。现在真是熬不了这么久，前面眼泪淌出来，人就开始困了。

"哼，倒有空操心人家的三观。小卫，就由她这样？"妻子加深谴责的意味。又来了，随便讲到什么，总要落到小卫身上。小卫是他们永远绕不开的礁石，或者也是最安全的礁石。妻子不愿往下探究他删除好友的内心动机，宁可这样潦草、生硬地转移话题。虽说也习惯了如此，可这回似乎特别失望。

"说实在的，我唯一能做主的，也就这手机里的朋友圈。至于小卫，"他一下子决定认怂，忍受着心里的锉痛，嘴上却脱口而出，"你说我能操心得了吗，她而今还听我的吗？其实，工作不工作、恋爱不恋爱的，小卫她实在……要放空，由她去吧。出人头地、成家立业什么的，那是我们认为的'好'，她有她认为的'好'。"他不自觉引用了言老师的一些说法，并不完全同意，但能怎么样？他不想再装得好像能有什么办法。

"这就是你，说的话？"妻子一把扯下围巾，拿在手上胡乱扇风。这大半年来，她经常这样，前一分钟还直喊手冷脚冷，突然地又会一身热汗，随便抓起什么就当扇子。她把围巾在手上团起，又散开，在使劲克制，也在使劲思考。周默羞惭不语，的确，他刚才的话听上去是挺差劲的，一年年的夫妻至今，如果说还能有什么共同的战斗堡垒，唯有小卫。可他，是要大撒把，单方面撤退了。

"你跑去找言老师，是抽的什么疯？"妻子突地发问，原来这才是底儿，"今天下午接到电话，我都傻了，老半天才想出他是谁。你猜怎么着，说是听你说的，我有器乐考级上的朋友，都一个圈子嘛，问能不能给他推荐个教古琴或架子鼓的老师，他想带着孩子两样都试一试。"

"他怎么抓住这句？我就随便说到当年小卫考级的事。他也不想想，多少年前的事了。"周默故意抱怨，不知道言老师是否还跟妻子说了别的。

"父母心嘛，能理解，我会处理。"妻子打断，更为审慎地从眼底瞟向他，"我只是不明白，你怎么会找言老师，去跟他聊小卫？"她又把胳膊抱起来，带着她一贯的仿佛是智力上的俯视，"真不知你这脑子是怎么转的，能不能做点靠谱的事？哪怕就是找她以前的同事、好朋友、同学，包括前男友，都还说得通。言老师，高二班主任，亏你想得起来，这哪儿跟哪儿。真的，我只要一想到你这脑子，就气得睡不着！这么多年，你倒是讲讲，你什么时候脑子好使过，你这脑子办成过一桩事情吗？"她集中炮火指责他的脑子，好像那是不在场的第三方。

"别气了，伤身体。我去冲把澡。"周默关了灯，推着她往书房外走。妻子能专门爬起来跟他谈脑子，已是了不起的关切了。真替她哀伤，她从来不明白他是怎么回事儿，也绝不会承认她什么也不明白。

6

有人给妻子送来两箱蟹。每到夏秋招新季，总会有人向妻子请教备考或面试的特别技巧，随后家里就会有这样的"飞来之物"。正是霜降之时，公蟹的膏肥起来了，妻子说给弟弟家一箱。她一直有娘家人思路，双亲过世后，弟弟就成了娘家，跑腿自然是周默。

妻弟家在新区，得穿过整个城。既是要跑这一趟，周默心里便做了一个小调整：把名单上的大学辅导员——那是屈指可数的真正赏识并高看过他的人，甚至让周默感到自信，踌躇满志，长达两三年。也罢，路太远，也怕让辅导员在晚年还败一个兴——换为妻弟。这跟前天凌晨时分妻子身穿睡衣抱着胳膊看他的眼神有一点关系，相当于一个微弱的自卫反击。

妻弟在大学做行政，却也打扮得很学者：螺纹高领衫，毛麻外套，一步三摇地到小区大门来拿蟹，眼神跟妻子一个样，既亲切又高傲，握握手就算是谢过兼道别的意思。周默逼着自己开口："里头冰水有点化了，我这正好粗布烂衫的，替你抱上去吧。"妻弟也顺口转弯："那正好陪我喝杯岩茶，才刚泡上。她们两个爬山去了。"

想到就要谈的话题，周默嗓子有点发干，真得喝杯茶。这个话题是不太友好的，尤其对他自己，再说，他还要克服在妻弟面前的某种心理劣势。这么多年，在他们一大家子面前，他总种低微之感。世俗的那些因素都是有的，他跟母亲一直生活在厂区，工人堆里打滚，包括考上的二本，分配的工作，所在行业的收入，外头的社会关系，无论从哪个角度看，周默都是高攀了妻子及她一大家子的。好在妻子从一开始就很坚定，正像人们常说的那样，被爱情迷了眼。

是的，妻子不顾一切地要跟他结婚，话都讲得硬撅撅的，带着无论好歹、速战速决的勇猛。其实并没必要这样，她父母虽则不大中意周默，但并未反对，且相当之配合，她们一家人简直在一夜之间就端出了整场婚礼的全部准备。周默啥都不用操心，直接掉进好运气的蜜罐子，被甜蜜蜜地整个封住了脑子。他没有意见，只是对这种高效略感困惑，而他所能想到的最坏结果，莫非是妻子已珠胎暗结，来不及了，甚至胎儿都不是他的？可他也没蠢到这个程度呀，热恋时，她的月事他都知道的。而婚后不久也就证明，是他想多了。实际上妻子怀孕很困难，他们打一结婚就踏上了不孕与求孕的漫长征途，丈母娘冲在前面，张罗着带他们四方求医，妻子心绪恶劣地整天煎药喝药，他则是头无用而疲惫的种马，且还要随时安慰妻子歇斯底里的发作……正是在他完全绝望的阶段，都打算就此放弃了，妻子的子宫却突然有了动静。

表面上看多好，苦头吃完了，甜头该来了，可周默能清楚地感知到三年漫长求孕期中一直笼罩着的某种气氛，那说不清是怨尤是决绝还是傲慢的阴影，不仅覆盖，而且深深扎根于妻子与他的关系中。在妻子及她一大家子面前，他永远置身于积习般的洼地之势……但周默可以承受、可以抵挡的，因为有小卫。小卫给他带来了一切。他这个人原先等于是不存在的，一无所有，小卫使他成为子之亲、妻之夫，有了三口之家这个庸常稳定的命运共同体，有了作为一个男人的复合角色，有了劳碌奉献的义务与权利，拥有了作为一个人的完整性。

妻子不会明白，小卫现今的冷漠与远离，对他的打击是最大的，这些年好不容易建立起来的价值感，又给撕扯得碎碎拉拉，连带着，作为命运共同体源起的婚姻都摇晃起来，摇晃中甚至挑动起那久远的迷惑——他不能不想到，或者说，他早就想到，一直在想，都想了二十多年了，当年那过分耀眼的新婚之光下，为何总有种灯下黑之感，是否有什么东西把他蒙蔽了，那会是什么？与其说是惧怕不如说是厌恶，是的，他厌恶这样的怀疑与推测。妻子说得不错，他的脑子从来没有好使过。

妻弟懒洋洋地冲北阳台努个嘴儿，周默把蟹盒搁过去。新泡的茶水有点苦味，他瞥一眼妻弟，那是一张看上去永远不会慌张的脸。"有件事，我想听句实话。"周默跟妻弟没什么私下交流，最多是家里聚餐时彼此让菜，"你姐，在我之前，是有过啥事儿吧？"话一出口，即感到惯势下的一丝懦弱，他咽下后半句更鲁莽的猜测：她应当有一个男友，甚至不孕症也与之直接相关。

妻弟不紧不慢咂了两口茶："你这……最近碰到什么事儿了？"这话听来多耳熟，前面也有人问过。真是的，都看准他是个没骨头的，非得碰到什么事，才有资格或勇气探问实情吗？不必自艾，且回到问题上。显然，妻弟用一个问题来替代另一个问题，差不多就是答复了。

周默坚持，恳请的语气："我也半百之人了，替我想想，还总是不知道，是不是太那个了。你放心，我没想怎么样，也不可能怎么样，这么多年都下来了。起码我感到，你家二老从一开始就不太……"

妻弟眼皮没抬，表情严正，显出点维护的样子："都不在了，不说他们。"他伸伸腿，顺着沙发靠背滑坐下去，"我就说我。我绝对不是，对你这个人本身有任何意见，而是——谁跟我姐结婚，我都没法接受。"他稍许停顿，随后舌头上滚过一个人名，先快后慢，"山儿。黎山。黎，山。那可是我发小，净天儿泡我家，我们仨等于从小玩到大。"虽已做好准备，周默心里还是一沉。黎山，是这两个字吧，从没听说过。当然，他跟妻子根本不谈这些，彼此都默认一个极其拟真又虚伪的前提：之前，现在，或将来，他们两个之间，是没有故事或事故需要讨论的。难道这么些年，他们一直保持联系？那小卫会不会是……怎么弄，这。他想起自己约见文秋时的自辩词：都是人，不是玉，不可能无瑕。还这么想吗？不对，这可不是瑕，是大豁口子了，他感到心脏都快裂开了。

"要不是山儿突然出事，哪会是咱俩坐这儿喝茶？当时爸妈正计划给他们张罗婚事呢，姐发现她怀上了，这等于双喜同临，我们全家都欢喜得迷迷倒倒，手忙脚乱地加速操办。眼看准备差不多了，山儿突然出事。你，可能看不出。"妻弟略抬眼皮，看了周默一眼，"我姐可绝对是爱情至上主义，跟山儿两个又实在太要好，当时就往窗户口蹿，往厨房间跑，拦不住地寻死，要去追山儿、陪山儿。太狠劲儿了，我和爸妈不休不眠看着她，跟阎王爷抢命。隔日流产了。两天两命，总算，不是三条命。"妻弟脸上突然起了一层荒坡野马的践踏感，跟他那一贯懒散的模样全然不同。看得出，此事之于他，同样是个难以触及的丧失。周默发觉自己并没生气，连此种情形下本来该有的被欺辱感也是淡淡的，心下甚至略感松动：不是大豁口。

妻弟摊开右手，盯着手掌，显得有点斟字酌句："你不见得信，但，是真的。不是哪个人有意要瞒你，是我们家里根本没办法再提到黎山。你就是不在眼跟前，我们也从来不提。他就等于是我们家的人哪。"妻弟还在看手，这叫周默感到抱歉，主要是为妻子，为当时还不是他妻子的那个女人，正因为这样，那个女人成了他的妻子。从本质上来说，黎山的"出事儿"也好，早夭的婴孩也好，蒙在鼓里的婚事也好，吃尽千辛万苦的不孕症也好，都是孤立的存在，这里头没有因果关系，没有谁欠着谁，谁欺负了谁，都是可怜人。这样看待和理解，对吗？他总得给自己选择一个角度。毁坏的已然毁坏，无法修复，也不必追溯。他与小卫这边，仍是安全的、囫囵的、可延续的。起码，他可以不必做出什么显在的反应或动作。

妻弟喝了几口茶，收拾起他的恍然，回到前面的好奇："那你也说说，这么多年了，怎么突然想起回头找补这事？"周默心中暗叹，哪有什么突然，只能说是一种命运的基本原理和运转规则。就像悬空走钢丝索的人，不走到安全处，是绝不可能扭头回看的，而这回头，真的就是只看看而已，那钢丝索的细弱欲裂处他毕竟已经走过去了呀，早知、迟知甚或始终未知，并无大的分别。

周默没吭声，只以一个庄严的线条抿紧嘴巴，头一次冲妻弟摇摇头。

7

从牌桌下来撤换到酒桌，大家的两只手空出来，五六条烟枪点起，白酒红酒，从耳边倾倒，放肆出咕咚咚的流泻声。包间里很快就烟火腾腾了，人脸在烟气中颤动，类似暑气骄阳下的那种重影错觉。

周默全无牌技，但乐于在边上坐着，看众人的投入情状，听他们骂骂咧咧、妙语连珠，觉得同事们都挺可爱、挺亲热。牌局结束，饭局开始，他的受难这才真正开始，主要是他不抽烟，且闻不得烟味儿，一会儿就会眼肿鼻塞、气短胸闷，这一两年还会勾带起偏头疼。此刻正是这样，得咬牙忍受从左太阳穴扩展到整个左脑门的一阵阵揪痛。对面墙上一左一右贴着两个禁止吸烟的标牌，大眼睛一样冲他扑闪。

借着上厕所，周默下楼去吸了几口新鲜空气，重新回来，反而更加难受。部门头头就坐在上首，带着凝聚力的笑容笼罩四野，像是一方封地之主。现在没有小金库了，都是大家找个由头轮流坐庄，久之也成了一桩约定俗成之事。不知别人怎么想，周默是不大喜欢。吃喝之事，最要紧的，就得是相遇、相知、相适，哪怕只一盘花生米、一碟小鱼干。而这种工作延长线般的情形，越是大鱼、大肉、大酒，越是让人感到一种并不和美的逼迫感。

头疼还有个原因，是今天他对自己十分之失望。

眼前的这位部门头头，正是他名单上的第五位，可他硬是一拖再拖，从上周拖到这周，从周二拖到周三，又拖到周五，这都拖到周末聚餐了。堪哀！自己真的是个不折不扣的软包蛋，他完全同意妻子、文秋、妻弟等所有人对他的看法。更可笑的是，他之所以要把天天打照面的部门头头放在名单上，就是想取一个战胜怯懦、刷新自我的象征意味。具体谈什么，反而是不重要的。为了多少像那么回事，他尽量地想，比如，跟头头友好地探讨一下，每一年、每一年、每一年，他的年度考核都是第三等次，他周默，是真有哪儿不如别人吗，能否指教一二。如果这个开不了口，那就虚一点，他想吁请头头取消班前会，为什么每天都要大家提前十分钟开会呢？还像幼儿园孩子那样，站成一圈，手背在后头，这多形式主义。无论如何都要开吗？那放上班时间，带薪开会——这两条当然都没有意义。意义不重要，他只是要自己做成这个。

可他为什么总是拖拖拖，单位这个场所难道有什么不一样吗？真是奇怪，某种被缚住手脚般的后揪感超出此前种种，就像蜗牛没办法爬出自己的壳。但无论如何，已到了名单中的最后一个，只要跟头头谈上一谈，就能对自己大声宣布完事儿了！然而，就是没有做到，他让整个白天都白白过去了，跟过去的每一天一样、乏味、缓慢、一无所成……不可纾解的挫败感使得他头痛加倍、胃口全无，连手机都不愿刷。时间是一百只蚂蚁，在左额头角上爬。

周默努力抬起肿胀的眼皮，环顾，瞥到桌子对过的庞姐。她也皱着眉，转着桌面儿没精打采地挑菜。看，好歹这里还有一位女士呢，一个个抽烟还这么凶，不晓得尊重女性吗？周默心中略一动，得了，就开口讲这个好了，听起来像是对着大家伙儿，可部门头头不正好在座吗？他可是老烟枪。平常绝不可能讲的，今天讲了，这就很可以了，顺势下驴，对自己有个交代。

他等着当下话题结束，以寻找合适空隙。可同事们实在太热闹、太快活了，你争我抢、话赶话地哈哈大笑，根本没有气口，这等于是要在一面水泥墙上徒手敲入钉子，周默总也找不到插嘴处。关键的，是他有种真正的恐惧，越是熟悉的、和气的日常局面，越是难以打破。好像大家都穿戴得齐齐整整，他突然站起来扒光衣服，并抛掷出不合时宜的石子。是的，他不得不承认这种古怪的倒挂，怎么地，就比找黄叔叔、言老师这样外面的人要难得多，比给文秋订房间、跟妻弟谈那种事情也难得多。

难就对了，越难越是要上，越难才越是压轴。他一横心，只管盯着手机上的时间，等八点整一到，像电台报时一样，不管不顾地立即站起，放大声量："哎，哎，我偏头疼实在太难受了，能不能，这包间里头，大家就不要抽烟了。"他听到自己不自然的嗓音，手臂带着表演性地指指禁烟标。只见所有人，不管是否捏着烟，都遽然住口，掉转头盯向他，于是他又加了一句："我刚刚去看了下，厕所过去有个大露台，实在不行，那里可以抽。"话一出口，他意识到更不合适了，要让人家去厕所方向。

哦。哦。哈。哈。烟气腾绕、酒意蓬勃的座中响起高高低低、含意不明的喉音。他一向都是随大流的，冷不丁这样直通通地煞风景，他们当然是太惊讶了。有人替他补救："看不出周默这么绅士风度呢，是替庞姐出头的吧。"

庞姐咯咯两声欢笑，高声爽气地否认："我家强子一天两包呢，我这早刀枪不入了。"周默一怔，记得她儿子跟小卫是同学，那小子都抽这么凶了吗？"你听听啊周默，跟人家庞姐学学。再说你可是堂堂男子汉呀，还是说你情愿做 Lady，我们抽烟前先要征得你的同意？""要说，抽烟也是权利。既然都是权利，是不是应当少数服从多数啊。举起手来数一数好了，哪位数学好一点的？"大家一阵欢笑，听得出是善意的。可真的都是好同事啊，有着世故的弹性与人情味，是不是就此过去呢？在他而言，只要说出口，此事就算达成了。

左首隔一个座位，机房的小轩，倒是当真掐掉烟头："其实抽烟对谁都不好，这回体检，我老婆都查出四个肺结节呢，说是我害的。""那有什么，我七个，排兵布阵似的，最大的六毫米！""我八毫米呢，小问题，都没到手术指标。"大家一时相互攀比起来，好像结节都成了什么现代化标配似的。说话间也有人加紧吸了两口扔下烟蒂。讲实话，到这个程度，周默心里真是满意了。

没料到部门头头还要总结，还要承上启下，可能是领袖气质人士的习惯。他动静很大地给自己的杯子满上，左手夹着大半根烟，冲席上挥一圈手，听凭其落灰，最终指到周默这里："那你好歹得走一个呀，敬大家一个满杯，我这杯也全下。然后所有人全掐，整晚禁烟。今夜我们都是周默！今夜我们都偏头疼！"真太幽默了，大家都快活地笑起来，等待着周默举杯同欢。

一种很糟糕的感觉恰恰在此时降临。周默酒量极差，一喝即倒，这是他公认的一个弱项，所以他从来只碰饮料，完了正好挨个儿开车送一圈人回家。不过，真要他喝半杯一杯，也不会死，甚至超不过满屋子烟雾的痛苦。只是……只是，为什么要用他这个不情愿换那个不情愿。同样的场合、同样的情形，忍着、憋着这么多年，今天只是说出口而已……而已呀。这么一想，感到不只是糟糕，乃至长年累月的隐郁都一起发作了，心里别扭得不行。而如果还要掩饰这一点的话，倒是在给他们长气焰，反过来更加地孤立和抛弃自己了。这完全不对了，跟他这一程的念想背道而驰，也是对前面几次拜访的自我践踏。

周默站起来，后膝盖把椅子顶开，椅脚摩擦过地面："何苦坏了大家的兴致，你们都不要是周默，只要我还是周默就行啦。诸位继续，该喝喝，该抽抽。我先撤。顺便讲一下，以后的饭局，我也要一概失陪了。请多包涵。"他一手拿起手机，一手抢起背包，也就出了包间。

他知道这一步小题大做，有点跑远了，对不住同事们的打岔嬉笑，也对不住部门头头，他已经算是好心好意。周默离开后的包间会是什么情况，下周上班会是什么情况，对他所谓工作层面、社交层面又会有如何的影响，根本不用理会，因为一定不会怎么样，蝴蝶翅膀，杯水飓风。人们并不在乎他，人们不会跟他当真，这是确定的，也是合适的。他和大部分的人，都是如此这般。

8

时间还早，得在街上晃几圈，免得回去妻子盘问。夜色清冷，如帷幕垂挂，行道树枝枝杈杈，似写意布景。往来车灯远了又近了地投射，舞台追光一般，打照着来来往往的路人和他们身后的故事。有点累了，便坐到广场边的路牙子上，位置很低，近距离地看着人们的腿和鞋。他们走得凌乱，也走得急促，看不到上面的脸，看不到他们的心肝、胸、屁股。只两条腿，一前一后，一步接一步地走着。走着，就是活着。周默真是看得呆了，入了迷。

到九点多才回家，冲洗一把，靠在沙发上，腿上搁本书，手上拿着手机，这个翻几页，那个刷两眼。妻子占据房间床头，也是差不多的情形。没有交谈，谈不上孤独，也不显得在等待。

今晚倒是早了一些，小卫进来时，手里拿了两杯奶茶，在他面前搁下一杯："买一赠一。"

虽则没头没脑，是罕有的"亲善"了。周默跟妻子让了一下，她在内里回说："刷过牙了。"那声音听起来颇愉悦。周默也刷过了，接过来发现是冰的，牙齿马上预警起来。老实讲，他很讨厌奶茶，甚至可以说，与二手烟和酒的排名不相上下，高糖加反式脂肪酸，害着多少人哪。稍一愣神，聚餐时的那个心态复燃起来，说吧，只是要说出来。他冲小卫正在关起的房门拒绝："赠的也别给我，不喝这垃圾玩意儿。"

小卫显然太惊讶了，周默什么时候拿话冲过她呀。房门重新拉开，她跑出来，直通通戳到沙发前："怎么就垃圾了，讲不讲道理？我这可是在哈着你。强子传那话，我还不信呢。你果然不对头。"

强子？哦，庞姐可真是大嘴巴。"对了，强子抽烟吗？"他还是疑心庞姐在酒席上是瞎扯，怎么可能呢，还一天两包。

"管人抽不抽烟！我们只是游戏搭子。"小卫马上就呛起来。她跟妻子就是这样闹翻的，两个人都太敏感，谈话中不能涉及任何一个适婚异性。

"那孩子我见过一回，个头倒是可以，但死胖，二百五十斤打不住。"妻子果然按捺不住，在里间评点起来。

"有完没完！真是一天都待不下去了！"小卫跺脚，拿走奶茶欲扔，却又停下，冲里屋，"可真有不收房租的呢，这回可得放我出去了吧。"她又扭脸对周默，虎着脸，"下这么大招，居然去找黄爷爷，都跟他说我啥了？可怜可厌的老姑娘贫困交加？"

妻子踢里踏拉从里间出来，推一张小圆软凳给小卫，她则坐到沙发另一边，惊中带喜："黄爷爷，是那个住二卫村的吧。嗐，打你妈过来带小卫我就知道。你也真够鬼的，还一直瞒得我死死的。"她冲小卫使了一个周默不太明白的眼色，转头向他，"你最近到底咋了，怎么净搞些莫名其妙的事？见言老师也就算了，"她瞟一眼小卫，打住，"还找我弟弟，你说你跟他能说上啥？他还死不肯讲，只说你不对头。"

不止，还有个文秋呢，周默心里小幅度得意了一下。想到妻弟所说的"爱情至上主义"，又替妻子与他的这一结合感到残缺与荒谬。随即又想着，今夕何夕呀，居然一家三口挤挨着坐在这里相互说话。他心里软塌下去，一下子十分伤感。

"也就打游戏的时候，强子跟我捎了一句话。"小卫是在跟妻子说，当周默不在场似的，"后来庞阿姨在边上高声插话，啰里啰唆地说部门聚餐，又讲什么肺结节啊、喝酒啊、抽烟啊什么的。强子嫌吵，把门拍上了。"小卫难得一口气讲这么些话，想是尽可能提供了她那边的信息。

周默能感到妻子明显坐直了，口气换成轻拿轻放："上次的体检报告出来了？是不是有情况？报告呢？"她马上就要去翻包。周默摆摆手，很不习惯这突兀的关切。妻子大概也感到了，又坐回原处，重新提高嗓门，带点申辩的意思："我也体检的，一到这个时候，各单位都搞体检嘛。你也没关心我对不对？有啥事就直说，不要作怪吓人。我就说呢，平白的干吗要删朋友圈好友。"她还是嘴硬，但听得出来声音有点干巴，"对噢，你体检那天，上午就直接回家的是吧？我到家时你连灯都没开，脚头还堆着外卖盒。"真惊讶，她向来都没正眼看过他，居然还记得这些细枝末节。女人多奇怪，是作为妻子的一种特异能力吗？

小卫把冰奶茶往妻子那边推推，后者这回没有顾忌她已刷牙，咕咚咕咚连喝几大口。她们之间的气氛，突然间亲昵和同甘共苦起来，为着一个被她们敏锐探测出来的、可能要发生、也许已经发生、但详情未知的不幸。看看，还是这种讨厌的推理，他就不可能是一个勇敢的、自觉更新的人，非得碰上大沟大坎，才能做出一些其实也算不上什么的事情吗？

很遗憾她们这样。更遗憾的是，他确实不是。

体检时在 CT 室，医生对刚刚出来的他嘟囔了一句："不要等报告出来了，马上去内科开个加强核磁共振，提前预约。"未及询问，医生已扭头冲门外高叫"下一位，进来"。另一位应声而入。医生无暇再顾，也可能是不愿多话。他只好离开，并开始了应对性的思考。不排除医生会有粗糙的误判，或从严的职业性谨慎，这已然是一个足够显著的推力——他发现自己有意识地接收并放大了这个信号，不知是出于什么古怪的心理，他愿意，或者说，倾向于选择这一无声的耳边惊雷，以震动浩茫的心事。即便只是一种可能性，他也想让自己处于致命的悬剑之下。此生已至大半程，他需要这把虚而未实的剑。

当然，体检结束后他没去挂号，没约核磁共振，只不急不慢地随着大家一起等报告，而报告来了之后，就一直搁在包里，两三天了，封口都还没撕开。稍早时坐在路牙子边上的时候，他也起过意，要不要拿出来睃上一眼。毕竟，算上聚餐饭桌上那一场微小但艰难的抗烟之争，他的行动都完成了。

可是很不愿意看，他不想用这个报告，来收尾和解释他最近这些天的变化。看不看无所谓，哪怕死不死的也无所谓。真正的问题不在报告上。

问题可能在他对偶然性的一种怨恨。倘若没有 CT 室医生所嘟囔的那么一句，哪来后面这一串的念想、胆气与行动？当然，他感激这个偶然，就这么小小一下子，他得到的可真太多了，以为只是掀开生活的一层膜，实际上，连带起了多少血肉筋骨。过往的劳苦与欢乐，念念追索的溢出或消亡，人们相互间恒温恒距的冷淡，冷淡中突然闪动的光亮。这么缥缈，也这么醇厚。他感激这一切，太感激了，以致更为憾恨。他只是偶然性提线之下的小小人偶。这说明他作为自我的那部分，是多么次要、多么被动、多么微弱。而这个渺小的人偶，才刚刚开始意识到自己，开始做自己，爱这样的自己，并企图踏上一个趋近自我和自由的进程……

　　周默愣在那里，他知道妻子在问他，小卫也显出等他回应的样子。他为她们的关心，以及这种关心中所流露出来的世俗情感，感到一阵甜丝丝的痛苦。生活还是这样，会时不时对他有所爱护，哪怕这种爱护仍旧是一种偏差或错觉。他觉得妻子多少是在意他的，只是他一直没有觉察，妻子也没有觉察。他们一家三口，是迷雾中盲目同行的亲人。瞧，他得大病临头才对，她们会很顺利地理解他的性情有变，并继续用从前的"老一套"来对待和看待他。他打一开始就不在意报告结果，只这会儿，他强烈希望体检指标全是好的，他愿意用真正的恶疾去换一个假的好报告。

　　他扭头避开背包所在的方向，可能的话，就让体检报告还搁在那里头，搁一个晚上，或半小时，哪怕只一小会儿。在这个延宕的短暂时间里，他希望她们，尤其是他自己，能忘了这码事，只把他近期的所为当作一种自然而然的变化与进化。还没完呢，或者说，这才刚刚开始。当然了，生活和生命本身并不会有任何不同，他脚下所踩的，仍是悬空的钢丝索，有细弱有粗壮，有随时会坠落的裂处……只管一步一步走着好了，老人一样，新人一样。

　　夜色中涌进桂花气味，这个季节最后一拨迟桂花之香，占领似的笼罩着他们几个。他把脸冲向妻子和小卫，用他能做到的方式皱皱眉，像以往一样，恼怒中带着无力的反驳："什么体检，都想到哪里去了，我就不能有点小脾气吗？"

（原载《万松浦》2023 年第 3 期）

北京化石

李宏伟

1

有一天，我的朋友王进觉得，他作为一个人生活得够了。没有厌世成分，只是好奇心起。他想，要是能换一种存在形态就好了。换成什么呢？飞过天空的鸟。游进水中的鱼。奔跑如风的兽。不，这些和人没有本质的差别。绿向远处的草。高举繁花的树。不，这些还不够极端。一滴水。一捧土。那样会失去独立。变成一块石头吧，一块独自存在的石头，迥异于截至目前的生命体验。

这样寻思之后，王进看着妻子吴欣。两人正在吃晚饭，王进突然停下来，吴欣马上察觉到。和所有妻子一样，她也停下手里的筷子，看着王进。和其他妻子不一样的是，她没有问王进"怎么啦"，她只是冲他笑了一下。

这一笑让王进有点担心，他问："要是我变成一块石头，你怎么办？"

"把你搬到窗户边，当望妻石用呗。"吴欣说得很轻巧。

"说正经的呢。"这个答案王进不放心。

"正经不是说的，等你真的变成，就知道了。"吴欣看他一眼，"不过你打算怎么变呢？"

就这样说定了。究竟怎么变，王进不确定。确定的是，他的好奇心更甚了。因此第二天意识到自己真的在不可逆转地石化时，他没有丝毫惊慌。"如果能够成为一尊石像，安静地坐在这里，注视着发生的一切，也不错。"他想。

想到这里，他抬头看一眼挂在墙上的钟，下午两点四十五。往常这个时间，如果没有去单位，他大概还躺在床上，沉浸在那些只要睡午觉就会前来浸泡他的梦里，今天因为需要将本季度的总结与下季度的计划做出来，连喝两杯咖啡才抑

238

制住睡意，才打起精神在各种数据与事项之间找出可以梳理到一起的连接点与延伸点，没想到事情就这样发生了。

伸出右脚，沿地板向前滑去，还好，目前只是到了脚踝，脚踝以上的部分还完全归他控制。好奇心一发不可遏制，王进想知道成为石头的脚什么分量。左脚伸到与右脚并排的位置，他小心翼翼地抬起右脚，似乎听到"咔嗒"一声，不是树枝折断而是树枝上面积压的落雪到一定程度弯垂抖落的声音，不过没有丝毫痛感。右脚放在左小腿上，不自禁地弯了一下腰，真有点儿沉。不至于承受不起，吃力却实实在在。

右脚慢慢缩回来，然后是左脚，两只脚并列在椅子下面。这样的石头究竟有多坚硬？好奇心再次从另一个方向冒出泡来。张望一圈，没有找到可以验证的东西。饼干显然不合适，只需要轻轻一拍就成为粉末，不需要出动如此异常的工具；图书更不具备可测试性，不管有多硬，脚掌都不是锥子，能够一下将几百页的书扎穿。签字笔倒不错，一脚踏破签字笔，脚底板的坚实足可证明，不过，这么小的着力面积，一不小心折了脚划不来。毕竟，硬度尚待确定。何况，血肉与石头能进行多大程度的无缝衔接，也未经验证。拉开抽屉，寻找合适的对象。还真有，眼镜盒、工资条、U盘、体检表、耳机等一大堆物什里面，滚出一个纸皮核桃。核桃瑟缩着身子，不知从什么时候开始就藏匿于此，但这一刻似乎才是它始终期盼与应该承担的。

拿出纸皮核桃，弯腰将它放在椅子侧面地板上，稍一侧身，双脚移过来与核桃并列。先向右脚传达抬起的指令，它离开地面悬在一两厘米高的上方，就是这样，脚踝还有一点牵扯的疼痛。王进伸出双手，从大腿抬着右脚，提到核桃上方，往下面一踩。"喀"，清脆的声音，纸皮核桃应声裂开，摸摸脚底摸摸脚面摸摸脚踝，一点事儿没有。

正为此得意，手机响起，是主任的微信，催促王进一定要赶在下午六点之前交上总结与计划，这样他才能有时间把部门所有人的归并到一起，提交上去。这条微信让王进有点儿丧气，不过也让他集中精神，给主任回一个"好"后，迅速把自己正在变成石头这件事抛诸脑后。

不到五点半，做好总结与计划，并且是在仔细核对两遍本季度的业绩与工作量，充分考虑之后，才确定下季度的业务指标，这样既能让业务增量在刚好的限度内满足公司的预期，又有余地面对一些可能变数的冲击，一切顺利的话，实现值比预定指标略有盈溢也未可知。

发给主任的邮件最后，王进写道："很抱歉，主任，从明天开始我得休年假。突然通知可能会给您添点儿麻烦，不过，我也是临时有些私事需要处理，不得不如此。"想象得到，主任见到这封邮件整张脸一定当即臭在电脑前。不过，以他对主任的了解，年假一定会被批准。再说，主任也没有什么不批准的理由。

果然，过了二十分钟，就收到主任回复的邮件。只有三个字：知道了。看到这三个字，王进松了一口气，总算不用面对公司的七嘴八舌去解释自己为什么会这个样子，为什么会行动不便。这口气一松，他突然意识到小腹有些紧绷，尿意袭来。是在这时候，他意识到石化又往前进了一步，已经沿着脚踝发展到小腿。

撩开裤腿看看，整只脚，包括已经石化的脚掌脚踝，看不出来丝毫异样，血管、皮肤、脚后跟的皲裂……种种肉身的特征应有尽有，几乎让他以为只是局部麻痹的错觉，可伸手一摸，没有血液流动的痕迹，用手机敲敲，已经石化的地方当当作响，没有石化的部分只是啪啪发声。更确凿的是，伸手摸过去，微凉的石头与有体温的肉身截然可辨，没有留出丝毫可以质疑的空间。

尿意压过怀疑，王进站起来，先是一阵摇晃，小腿的疼痛比起刚才敲打核桃时剧烈得多，不过尚在能够承受的范围。摇晃中略微试验，他惊喜地发现，只要保持身体的挺直，让小腿处石化部分与肉身部分完全对接，疼痛就能消除，就像是短路的线路在这样的时刻完全疏通一样。精神为之一振，至少能够避免这么快就尿在裤子上了。可实际问题马上浮现，他不可能站得笔直还能前行。

稍一寻思，这个问题被椅子解决。王进站直身体，双手扶住椅背把它挪过来，正对着书房的门，向前一推，双手撑住椅背，上半身提起下半身，像是往前一蹦，双脚始终保持直挺的态势落在地面。嗯，只是在一提一落时有些微的疼痛，不过完全能承受，当成一针清醒剂，一份小额的刺激也没有问题。就这样一步一挪，一步一蹦地，王进顺利地排空膀胱。出了卫生间，他有点儿得意，忍不住想：这样也不是什么大问题嘛。

这点儿得意让他想再做点儿什么，推着椅子进了餐厅。把椅子推到餐桌旁，侧绕过去坐下，盯着餐桌看上一会儿。吴欣早上出差走前准备的早餐仍然一动未动地放在桌上，削好的苹果搁在小碟子里，盛在桃花瓷碗里的豆浆表面结了一层膜，盘子里的红肠呈扇形摆放，盘子上面是一双竹筷，盘子旁边是装在没有系口的袋里的切片吐司面包，深黄色的杏子酱敞开瓶口，注视着这一切。看着安静摆放的食物，看着它们的器皿，就像看着一幅静物画，似乎有光芒从这些物品内部分泌出来。看上许久，王进伸出手来，拿起那个表面已经氧化的苹果，送进嘴里。

苹果在牙齿间发出清脆的声音，苹果汁顺着手指往下流，他转动手延缓果汁流动的速度，它从手指淌到手掌，从手掌淌到手背，眼看就从手背滴落下来，王进伸出舌头，于末端轻轻地吮吸一下。吃完苹果，一鼓作气，豆浆、红肠、面包，统统装进肚子。在此之前，王进和早上看着吴欣用餐一样没有饥饿感；在此之后，他也没有丝毫东西进了肚的填充感。仿佛这些食物两端都通向空无，一旦实体消失，即被取消一样失去存在，而不是做了转换。不过，这不重要，要的也不是填充感与饥饿感的消失，他只是想体验一下咀嚼和吞咽这两个动作，以及这两个动作与食物相关联的意义。

想象一下，王进对着已经消失的食物和仍然存在的餐具说，一块石头，一座石像，居然进食了。

接下来的这个夜晚过得顺理成章。没有饥饿感，没有再一次体验咀嚼与吞咽这样动作的需要，饮食成为不必考虑的问题。主任同意他明天开始休年假，意味着接下来的很多天都可以关上手机，不和外面的世界发生什么关系。这个晚上，王进只需要关注自己，只需要有时候从关注自己上面稍稍挪开一点，分散一下注意力。

王进不知道，石化什么时候能够结束，从逻辑上来说，毫无疑问是自己成为一块真正的石头，一块人形石头之后，这一切就结束了。至少从他的意识上来说，一切都结束了。无法确定的是，这个过程没有时间表，没有预先通知，不能提前做好准备。话说回来，就目前所知所信，从意识结束的角度而言，石化并不是什么新鲜事物，死亡那亘古不变的身影始终横在前方。死亡也从来没有预先通知，更没有让人做好准备一说。这么去想，多少是个安慰。转念再一想，如果把石化，把自己化成一块石头的过程等同于死亡，这也太经验化了。毕竟，死亡人人都可以说两句，成为一块石头听说过的可不多，有也只是在不可考的时间远处。

其他不说，死亡是一种抽象的到来，就算一个重病者，他或许能够感受力量或者生命正在一点点消失，但他抓不住死亡的物质形式。石化不一样，从脚趾脚底到脚背脚踝，再到现在的小腿，简直就像是凉水袭来，一寸寸吞噬，你能清楚感受到，身上的某个地方一瞬间就和你断了联系，没了关系。当然也不能完全说没有关系，那关系有点像一双脱不下来的鞋子，它和你的身体相关联，但它和你没关系，你不了解它。

等一等，王进忽然觉得，对于自己正在石化这件事情，他并没有以为的那么清楚。这件事什么时候发生的，已经无从追溯，但显然是吴欣走之后，她拖着行李箱，摁下电梯之后转身说"走了啊"的时候，他清楚记得自己是站在门边目送的，还在电梯关上之前，说了一句"向爸妈问声好"之后他就一直在整理电脑里的资料，为总结与计划做准备。等他发现双脚不是那么受控制，进而确定它们已经成为石头时，又过去了很长时间，吴欣早已发来微信——"要飞了"。石化的速度，也没规律可循，其进度当然也就无从预期。只不过，他每一次留意，就又向上移动几分。莫非和他的意识有关？如果不去想，就没什么变化。如果惦记着，就噌噌往上爬？

这么一想，再要去确定目前石化到何等地步，就有了点心理障碍。抬腿。行之无效。过了脚踝，大脑的这一指令就无法自行完成了。伸手拍一拍，还好，还是在小腿，而且似乎停留在下午吃那些东西之前的地方。

或者完全没有规律可循，或者还没有摸清其中的规律。王进得出结论，又自嘲地笑起来，上午发生的事情，下午就想找到其中的规律。再说，应该收起"有章可寻"这一经过长期职业生涯训练的应激反应。放任自流吧。

2

一周过去，吴欣出差回来，王进的石化仍只到膝关节。

吴欣打开家门走进来，看见王进坐在书桌前，目光落在电脑屏幕上的"蜘蛛纸牌"，有点意外地说："没去上班？"

王进嗯一声，没说什么，吴欣也没继续问下去。她从行李箱取出出差的衣物，分门别类放进洗衣筐后，走到王进面前，两人抱了抱，碰了碰嘴唇。然后吴欣说"我先洗个澡"，转身出去。王进试了试想站起来，但只能站到大腿小腿形成一百三四十度钝角的范围，再要使劲，就听见沉闷的磨损的声响，然后又站起来十来度的样子，再也无法推进。新的变化是，现在完全没了疼痛感。

浴室传来淙淙的放水声，然后是吴欣脱衣进入浴缸的声音，她每一次出差回来都会好好地泡上一泡，等她泡上一个多小时从浴室出来，满身的疲倦洗除殆尽。不过，今天吴欣似乎没有打算泡那么长时间，进入浴缸没多久，就听见她在喊王进。

"怎么啦？"王进问。他再试一次，还是只能站到一百三四十度，再次坐下。

"你过来啊！"吴欣声音中所含的娇柔王进当然听得懂，问题是现在他过不去，不是完全过不去，是过去还不如不。

"忙着呢。等你洗完再说吧。"王进提高声音。果然，吴欣没有再叫他。浴室很快传来哗哗水声，泡浴改沐浴了，没一会儿，吴欣径直披着浴巾走出来。她站在书房门口，看着王进，王进只好装作这一局的"蜘蛛纸牌"难度前所未有，让他恨不得用紧皱的眉头和目光将那张张碍事的纸牌挪开。

"这不像你的风格啊！"吴欣等了一会儿，看王进要钻进电脑似的，终于忍不住笑，"我走这几天你改吃素了？"

"没有！的确很忙嘛，我这一局要创纪录了，舍不得走开。搞定它再来搞定你啊！"

"那你能也创纪录地搞定我吗？"此情此景，这样的话怎么回答都是错，王进索性装作听不懂，继续专注地看着纸牌，寻思是把一张红 3 挪在黑 4 后面，看一看红 3 后面是否隐藏一张至关重要的牌呢，还是再发一轮牌。

"说点正事吧。"吴欣有点没辙，语气却更加娇柔。

"姑娘，你能把衣服穿上吗？这样说，再正的事都不正。"

"我偏不。我有浴巾，是你心中没有衣服。"这样说，吴欣还是把浴巾裹得更紧一些，走到书桌前。"这次忙完出差的事后，在家里住了一夜，爸妈身体都挺好的，让我们不要操心，把心思放在工作上就行了。"

"嗯。还有呢？"

"还有，还有……"吴欣又是一笑，"还有当然是让咱们要个娃了。我妈说得很实在，趁他们现在身体还好，还能帮上咱们的忙。再说，咱们也不小了，该要个娃了。再过几年，你老婆怀孕三十五，生娃三十六，娃生下来就直接六十三了。"

"你想好了？不再嚷嚷要做好准备才迎接孩子的到来？"

"我妈说，准备永远没有尽头，有什么条件就用什么条件带呗。"

"你妈说，你妈说，你都快变成妈宝了——你真想好了？先别点头……"王进斟酌着词语，却忽然感觉到石头的凉意正从膝盖往上进攻，血肉构成的部分正节节败退，仿佛到了什么关键时刻，催促着他体认、说出。于是，他双手离开电脑，环住吴欣的腰，"记得我前些日子问你，我变成一块石头的话，你怎么办吗？"

"石头？记得……望妻石啊……"吴欣停下来，盯住王进的双眼，"你想听我的正经话？哪儿有什么正经话……该怎么过就怎么过呗……"

不由自主地，王进心里或者身上什么地方，有石头落了地。与此同时，升到大腿一半的凉意消失，他搞不懂其中的机制，左手缩回，在膝盖上方几厘米与近髋关节两处，分别掐了一下，石头与肉体的感觉判然，另一块石头暂时落到地上。他没话找话地捡起先前那块石头："什么叫该怎么过？要是就你自己，大概是知道的。要是有了娃，可就……"

"有了娃怎么啦，日子就不过了？你要真变成石头，有个娃陪着我，不是正好？再说，娃和我一起陪着你，你可就是这个世界上最幸福的石头了。"

吴欣的逻辑听得王进一愣，一时间不知道该如何继续往下说。吴欣不给他机会再说，她拿起王进的左手，让他双手先前那样环住自己。刚刚环住，她又一只手把电脑往后面一推，掀开浴袍一下子坐到王进身上，然后浴袍一兜，把他裹在自己胸前。

如果不是担心腿脚不便带来的影响，这会是王进最美好的一次体验。即便如此，这一次依然让他历久难忘。吴欣驾驭一切，王进只需要并辔随行，跟从她的节奏起舞，听从她的鼓点进退。等到一切静息，吴欣软玉一样伏在他身上时，王进渐渐从她身上闻到强烈的母性气息，因此而有了强烈的预感。

接下来的一切果然是题中之义。有一天，吴欣下班后极其安静地走过来，站在王进身后，等他玩完一局"蜘蛛纸牌"，然后双手搭在他肩上，说："我怀孕了。"

王进并不意外，不过还是说了一句："这么准啊。"

"当然。你就是传说中的神枪手嘛！"吴欣说着，双手环抱王进的脑袋，俯下身来，几乎咬着他的耳朵说，"这两天我有些怀疑，昨天自己测了一下，今天又去医院测了一下。的确怀上了。咱们还真是幸运，我身边同学同事从说计划要孩子到怀上，怎么着都得三五个月，长的还有一两年，都自我怀疑了。"

说到这里，她真的咬了咬王进的耳朵："不过，如果咱们也要打持久战，就得你上了。"

"别，别，还是你上吧。你一上就一举中的。"王进嬉笑道，双手举起，捧住吴欣的脑袋，侧着脑袋与她接吻。

"美得你。"吻了一会儿，吴欣推开王进，"从今天开始，我要戒除男色，一心一意迎接小崽子的到来。"

话虽如此，并不意味着吴欣从此过上了和王进隔绝的生活。两个人的生活和之前几乎没有差别，吴欣上班走、下班回，都会和王进抱一下、亲一下，只不过全都是王进在椅子上坐着，她走过去。她也时常站在门口，和王进说说公司里的琐碎、手边正在做的项目。吴欣仿佛知悉了王进正在变成石头的一切，却压根不在乎。也可能，她完全把那当成托辞，但完全配合。随着时间的推进，话题自然密集地落在她腹中日渐成形的孩子身上。她不知道从什么地方知道了一大堆有关知识，整日向着这些知识提供的标准攀爬。产检早已纳入轨道，三个月、一个月、两周、一周，这种循序渐进的安排根据医生提示的日期，在台历上统统标示出来。

怀孕没多久，吴欣就把她妈接了过来，老人家就像一个完美的机器人，早已做好准备，只待一声令下。从到来的第一天起，吴欣她妈便接管了所有照顾吴欣的工作，并且承担了所有能够想得起的家务活。之所以说完美，是因为老太太不止一手接过上述事项，还没有通常的副作用：好打听、多嘴多舌。她的话并不少，不过只对着自己女儿。大概是得到了女儿的叮嘱，她从来不主动进入王进的书房，更不会追着王进聊他的工作、收入、未来计划等等。倒是吴欣，看王进这么长时间没有去上班，像个职业选手一样天天专注于"蜘蛛纸牌"，好奇地问过几句。王进语焉不详的回答没有引起她太多的兴趣，反过来安慰说："没关系，就算你失业了，咱们家的积蓄也够生活几年的，再不济，还有我呢，你老婆养家糊口也没问题。"

王进没有失业，他们单位提倡对员工心怀善意，除非你主动提出辞职，而且在领导的挽留下依然去意坚决，否则不会让谁走人。另一方面，善待员工是单位重要的考核指标之一，部门领导面对上级领导，上级领导面对总公司领导，谁都不愿意因为非得让谁走人而在上级那里显得自己无能，因此，休了这么长时间假，单位并没有什么反应，主任反而一再地问，是否出了什么事，需要单位或者他个人帮忙尽管说。因为王进始终不开手机，主任每一次发邮件都会发一个"加油"的符号，就像王进遇到了什么咬一咬牙就能挺过去的事情。

<h1 style="text-align:center">3</h1>

吴欣怀孕三十八周时，王进的石化终于到了髋关节，两条大腿基本上只在理论意义上由他控制。王进整日坐在电脑前，"蜘蛛纸牌"玩得炉火纯青，创下了1250分的高纪录。

吴欣最近到房间里来得更加频繁，所有的日常事情，所有的准备工作，都由她妈陪同和帮助，老人还择出了很多有趣舒心的事情和她聊，极大地缓解了她的产前焦虑，可是吴欣还是觉得，坐在王进旁边，看着他手指扫雷一样点动鼠标，心里就踏实许多。何况，孩子越来越活跃，有时候能隔着肚皮清楚看到小脚丫蹬在那里，她需要让王进看看。

这种时候，王进总是装着不经意的样子听着看着，偶尔他也伸出手，隔着肚皮抚摸孩子的脚丫，甚至挠挠。他很抱歉自己不能去医院陪同吴欣，一起等待孩子的到来。吴欣并不希望王进到医院去，她说那会让她紧张。况且，下周她爸就会来，有两位老人家照顾，她就很好了。说完这些，吴欣抚摸着肚子，满意地看着王进继续玩"蜘蛛纸牌"。有时候，王进会怀疑，也许对吴欣来说，自己是块石头这件事，在她听闻的那一刻就完成了。而他实际上，仍在过程中。

到了第四十周，有一天吴欣的妈妈陪同去产检后，独自一个人回来，她说医院让留在那里观察待产，如果明天还没有反应，可以考虑再回家来住。吴欣的妈妈说完，就离开王进的房间，并且关上他的房门。

这一夜王进就只听见各种声响了，吴欣爸妈因为外孙将要出生的兴奋，因为要为再次检查做好的种种准备，一晚上都没有停下脚步、停下说话，这些脚步和话语还因为意识到王进在家里，考虑到不给他造成太大的困扰而刻意压低，但正是这种若有若无、节奏跳跃的声音，像线团一样缠绕得王进透不过气来。

睡眠对王进而言，早已是一个纯粹的概念，这概念在时间的碾进下，越来越稀薄透明抽象虚无。到如今，他已经想不起这个概念的关联，不清楚人为什么非要在一定时间内闭上那么长时间的眼睛而进入与睁开眼睛时完全不同的状态，这简直是一种难以接受的浪费，到后来，更是难以想象——虽然他不再躺在床上睡觉的时间，并没有拿来做什么有价值的事情，而不过是一遍遍地挪动纸牌，像一只衰老的蜘蛛在显示屏上无力地爬动。

第二天一大早，吴欣妈妈的手机响起，接通之后，她匆忙说了两句，便告诉王进："阵痛了，我们得赶紧过去。"

说完，吴欣的爸妈拎起昨天收拾好的包，出门去了。

又过了很久，王进的意识才逐步由一块石头融解，退回到肉身部分。他坐在那里，不知道该干什么，这时候玩"蜘蛛纸牌"显然不合适，别的事情他不知道需要做什么、能做什么，石化以来第一次，王进隐隐约约讨厌自己现在的状态，"那个将要出生的小家伙，他或者她会是什么样子？有没有我的眉眼？有没有吴欣的笑容？手上胖乎乎地一圈圈肉吗？"他甚至好奇地想，这个孩子会不会比他来得更迅速，把他这冗长乏味的石化过程一步到位，"生下来就是一块石头？"

"如果你是一块石头，我们依然需要给你取个名字，让你和其他石头认识，让你拥有一块石头在这个世界立足所必须拥有的知识，我们依然会祈愿你健康、快乐。"

这样胡思乱想中，王进听见翅膀拍动的声音，还有鸟喙啄动的声音，他转动身子却找不到声音的来源，再凝神细听，是松散的啄动报纸的声音，可是他记得家里是没有报纸的。嗯，来自上方。他仰着头找，终于看到书架旁边原本为装空调留出的洞。因为客厅的立式空调能够惠及书房与卧室，壁挂空调就没有装，留出的洞用报纸堵住以防止蚊虫飞进来。现在那团报纸发出窸窣声，声音并不密集，像是小孩子出于简单的乐趣而试探性地捅，可见啄动的小鸟并不急迫。不过翅膀拍动的声音倒是始终持续，看来这小鸟并没有找到落脚的地方，只能依靠扇动翅膀保持身体平衡，才能一直啄下去。联系起来一想，王进有些迷惑，什么样的鸟会因为什么样的动力才能如此执著做着如此乏味的事情，而且对其中的乏味有着充分的自省？

这样迷惑着，又不由得有些期待，那只未知的鸟被想象成久未见面的朋友，一块石头天然的伙伴。听着报纸不紧不慢地响动，仿佛间似有若无地松动，他有点儿着急，不知道能怎样帮助它，站起来爬上书桌，把报纸扯开——这已经不可能做到，看看四周，也找不到什么足够长的东西可以拨动报纸。一本书。王进的目光落在书桌上厚厚的《绿野黑天鹅》上，右手抓起，扔一块瓦片那样朝着报纸抛上去，几乎在书离开手的一刹那，他就后悔起来，深感自己的莽撞。果然，书虽然碰着了报纸，并且把它往里磕进来不少，但外面的鸟也受惊不小，一阵翅膀扇动之后，没了任何声音，也许是停在某个地方，也许是干脆飞走了。

不知过了多久，王进的意识几乎再度向石头后退时，他隐约又听到声音响起，这次响得更加小心翼翼，试探意味更足。可是现在只有啄动的声音，没有翅膀拍动的声音，莫非不是小鸟，刚才的翅膀声只是幻觉？或者只是纯粹的风声，鼓荡报纸？没多久，狐疑与犹疑剥落掉，露出鲜嫩的实情。——报纸猛地向里面进了一大截，一声清脆的唧唧声推进来。王进明白了，刚才扔的那本书，撞击报纸的那一下，给墙洞挪出了一个空间，已经够这只小鸟立足，它不再需要扇动翅膀来保持身体平衡。现在它立足墙洞，专心致志地啄起来。

看来报纸的推进对小鸟同样鼓舞巨大，啄动声明显加快，有着一鼓作气拔掉墙上这个纸塞子的意思。小孩子手指的轻捅变成一颗钉子果断锋利地楔进，节奏越来越快，仿佛不是在啄报纸，而是在钻墙。这样猛烈的攻击没持续多长时间，报纸越来越松动，稳居墙洞的身子迅速变成摇摇晃晃的悬挂，终于啪嗒一声，纸团从墙洞被推进来，沿着墙壁滚动，跌在地板上，又向前滚两步，停在那里。

王进激动起来，不知道来的是谁，是什么模样。他屏息敛气盯着墙洞，双手攥得紧紧。"唧唧"，先是一阵欣悦的清脆声，像是庆祝像是招呼，从墙洞递进来。"进来吧。进来吧。"王进分不清自己是在喃喃还是交谈，或者只是心里默过这样的词句。一个脑袋，黑黑的，中间一丝翠绿，从墙洞伸进来，一对小巧的玛瑙眼睛和脑袋一起转动着，打量起这个房间。不知在寻思什么。然后它踱几步，干练的爪子抓在墙洞边沿，披着燕尾服的优雅身姿露出来，停在那里。

"已经这个季节了吗？"看见燕子，时间度量的微光闪过王进的眼前。已经有一只燕子到来。

燕子歪歪脑袋，目光落过来，王进举起自己的目光，迎上去接住。燕子似乎有些疑惑与迟疑，因而盯住王进看上很长的时间，它似乎在下判断。就这样胶着了许久，燕子终于下定决心，轻轻一跃，翅膀剪过屋里的空气，在房间里回旋了几番。它没有丝毫慌乱，因而没有感到房间的逼仄，闪避吊灯与书架更绰绰有余，它像是在一片自己的天空与原野翱翔。

王进的目光开始还追随着燕子的翩跹，后来因为它舒畅的起伏而跟不上，没过多久，他甚至不用眼睛，光凭着它细碎的剪动就能定位它的身影，又没过多久，他觉得闭上眼睛不只是追随燕子，而是和它比翼贴身，他就闭上了。奇妙的是，眼睛闭上后，他生出双重感觉，一方面他轻盈的身体随着燕子在房间里翻飞去回，一方面他轻飘的身体又直直地摆向远方。这旋绕与绳直交错的奇妙感觉让王进心醉，"我是一块石头，是一块可以在空中飘荡的石头"，他忍不住这样想，直到交错缠绕的感觉一下落在实处，落在自己身上。

再睁开眼睛，张开耳朵，燕子的踪迹已经失去。它在哪里？已经离开吗？还是根本就没来过？他忍不住又要怀疑，这怀疑刚刚酝酿又及时停歇，因为脑袋上的异样制止住了遐想。头上有东西，轻盈静止，但一定在那里。是燕子吗？王进不确定也无法确证，如果伸出手去，一定会惊走它。

是燕子。燕子用又一阵唧唧声证实自己，它坚硬的喙还梳理了几下王进的头发，然后很是满意地又发出一阵唧唧声。这时候，厅里的电话响起，燕子仿佛有些吃惊，王进感到它身子一矮，就见脆黑色的身影掠出墙洞。

"谁会在这个时候打电话？"王进当然不会去接，他只是在心里过了一下知道家里电话号码的有数几个人，寻思会是谁。想毕，他意识到什么，拿过桌上的手机，时隔数月之久，摁住开关。

手机屏幕上的亮光带出品牌的字母，王进却浑身一个激灵，右手一抖，手机掉在地上，滑出几米，落在一排书架的脚底。王进使劲拍打大腿，痛恨不适时到来的便意。怎么会如此不受控制，如此强烈？石化以来，他就不断以不动如山、安稳如钟规训自己，一举一动尽量向石头靠拢，尤其减少属人乃至属动物的习性。总还有几分之几的肉身，总还需要热量维持，进食在所难免，频率与数量都控制在最低限度，但排便仍然随之而来，便意依旧爱搞突袭。只是这懊恼的片刻，它却愈发强烈，肠胃仿佛洞悉一切似的，开始加速蠕动、输送，准备冲决而出。

手机同样没打算饶过王进，它挨着书架，唱起儿歌来，"袋鼠妈妈，袋鼠妈妈，有个袋袋，袋袋就是为了为了，保护乖乖"——这是吴欣前不久设置的专属铃声，她说了，这首歌是急急如律令。王进看着在地板上颤动着试图翻滚的手机，控制着自己残缺的肉身，要是……要是他有一双橡皮手就好了，就能无限伸长，一把抓过……轰隆一声，王进才发现，自己摔在了地板上。既然完成那属人部分的要求需要同样一番搏斗，那不如……王进咬咬牙，喝令自己，我要求你关闭，要求你加速，要求石头上升至腹部，至少不再受这循环的困扰。

喝令完，内部的轰响弃置一旁，王进用双肘撑住身体，向手机一下一下挪动。肉身带动石头有多费劲，两种物质的撕扯有多疼痛，完全顾不上，他现在就想按下按键，听到那端熟悉的声音带来焕然之新。越出时间度量的移动在偶有间隙随即更加欢快的歌声中终于到达召唤的起点。

"老公，咱们生了个儿子，11 点 24 分出生，49 公分高，6 斤 4 两重。"吴欣的声音微弱中夹杂着喘息，仿佛亲自唱到方才，或者刚刚浮出水面。留出足够的时间让王进消化这个信息，或者给自己攒出又一拨力量之后，她补充了一句，"是顺产。折腾了六个小时呢，这家伙。"

与之相伴的，是一阵拼命往外给出的笑声，仿佛潜水员的短暂道别。

王进说了一通自己都没记住的话之后，挂上电话，躺倒在地板上，想象着一个 6 斤 4 两，身高 49 公分的小男婴的模样，他是圈着腿呢，还是平躺着？他现在正在哭呢，还是已经在吃来到人世的第一顿奶？或者，他只是甜甜蜜蜜地呼呼大睡，毕竟对谁来说，这都不是一次轻松的到来，都足够让人筋疲力尽，需要好好睡上一觉，缓上一缓。

这样胡思乱想一阵后，王进察觉到失去了什么，他撑着地板坐起，意识到便意没了。先看爬过的沿途，并没有失禁的痕迹，莫非……他尝试提肛，失去了着力点。前后摸索一番，身体首次遵命，石化到了腹部。

"反客为主了吗？"王进分不清是惊是喜，就又听见唧唧声，再次抬起头来，看到两只燕子挤在墙洞那儿，一只嘴里叼着泥，一只嘴里叼着小树枝。

4

事实证明，儿子出生那天的"反客为主"只是暂时的，甚至更可能只是巧合下的一厢情愿。石化复归不可预测，就像虫豸喜好伏击。不过，这对王进构成的困扰有限。虽然，当属人的部分占据主导时，他偶尔会为完全得不到任何提示、估算不了后续耗费而沮丧，但这种沮丧乃至失望，多半都能以"等待是化石的准备""耐心是石头的根本"这类想法自我开解。何况，儿子的到来本身就是一种开解。

吴欣的体贴甚至超过怀孕期间。尽管替王进购买了轮椅，以方便他更自由地在几个房间内出入、穿梭，但吴欣和她的父母基本上不主动以儿子打扰王进。最多，他们会在自己认为合适的时刻，与儿子说话时提高音量，说一些类似"你想不想和爸爸说话呀""看到宝宝这么棒，爸爸一定非常高兴"这样的话，王进可以顺势来到外面，也可以听而不闻，继续待在自己的世界。而实际上，王进常常是在石头与人之间滑动，根本留意不到他们在说什么。

因此，儿子就如同他出生那天报信的燕子，在王进的世界倏然而来、倏然而去，留下一个个只能用点标记的时间印迹，并不能轻而易举地连接成时间线，并不能足够裕如地在其中产生起承转合的完整故事。更何况，王进现在的记忆时常交错，只循着画面存储，不再标注清晰的先后顺序。于是，在王进这里，可能上一刻儿子拿着绘本将他喊出去，奶声奶气地要求他讲，闭眼睁眼的下一刻，儿子又躺回到婴儿床上，正对着音乐转铃咯咯直乐。也可能，儿子刚刚背起书包，特意站到门口，冲王进挥手，说"爸爸再见"，接着就推开门，将小学毕业手册放在他的手里，并且翻到老师与同学评语那一页，念给他听。更多的画面只是画面，儿子表情生动、变化明显，但并无更多的关联，不做暗示与联想，仅仅是重叠，不断地重叠，单纯依靠反复与数量就足矣。

这些都是开解，因为其中有儿子的气息，更因为那种气息清晰地标注着王进现在已然隔膜的生命活力。这生命活力中丝毫没有让王进嫉妒的成分，谁会嫉妒自己的儿子呢？更何况，虽然隔膜，虽然向往石头的恒定，但那种生命的活力依然让王进感叹与赞美，那种脆弱与不息的结合，让他忍不住联想开来，当成石头与肉身结合的至高隐喻。哪怕是如此粗略的联想与代入，都足以开解他开释他，让他对目前的状态多一层领会。另一方面，儿子身上不时闪现的复刻自王进的举止、神情，也直击他不假思索的雄性动物的一面，以回环的方式予以开解。这是一种传递，王进忍不住感慨，当它交到下一棒时，上一棒就可以去死了，就可以踏踏实实地踏上变成石头的旅程了——变成什么都可以，都不重要。

与操心进程的烦恼得以开解相伴的，是石化过程经常被王进忘记。不妨说，身而为人与身而为石这两种状态经常被他混淆。很多时候，他产生自我意识的需要时，都要努力分辨自己是人还是石头。这个"是"，并不具备延展性，完全只与产生意识的当下相连。随后，他勉强认清楚并认可自己还是半人半石，这件事情也就这样放下了。一切仍旧，一切都在那个晚上，在餐桌旁被说定。

如此一来，究竟石化到什么地步便失去了重要性，而不再得到经常的关注与确定。有时候，他弯下腰，摸一摸脚底、脚趾、脚踝，拍一拍小腿、膝盖、大腿，掐一掐屁股，敲一敲小腹，它们透出一样温润的凉意，发出一样清脆的叩响，指甲滑过去，刮下一样似有若无的粉末。他就知道，这些地方不再属于他了。也可以说，它们永久属于他了。

有一天，残存的记忆作怪，王进对石头是否有性别心生疑虑。他能想到的办法就是在自己身上确证，于是，他耐心等到吴欣送儿子去上小学，家里一个人都没有。要站起来是不可能的，他双脚撑着轮椅横档，肩胛骨顶着椅背，终于脱去外面的裤子和内裤。目光扯过去，两腿相连处石头须丛中，尚能见到那没精打采蹲伏如雀的生殖器。它早在儿子出生的那天，主动成了石头，这是自然，这一点王进没有丝毫不能接受的。假如石头有性别，不管是他还是她，生殖器当然都是石头的。唯一的问题在于，它具体在什么时刻让渡成如此状态已无从考证，否则，他还可以让它留下最昂奋的身姿。如今，只能如此委顿，就像米开朗琪罗得意手笔大卫一样，明明是成年男子，只能吊着儿童的家伙什。

大卫那不成比例的私处让王进有点不甘心，他伸出右手握住它。唉，一块石头如何能够焐热，蓬勃肿胀？想到这里，他淌下了石化以来的第一行眼泪。幸好，他还有一双手，陪伴脑袋、陪伴眼睛、陪伴耳朵，可能还有心脏——谁管它呢，它愿意蹦跶就蹦跶吧——留在了人世的这一边。这样，他还能在吴欣面对镜子中那张日益脱水、皱缩的脸发出不能接受的哀叹时，还能在儿子强行挣脱她的怀抱，离她越来越远，她只能面对他流下眼泪时，伸出双手一遍遍抚摸她的脸，带给她聊胜于无的慰藉。

他还有怀抱，还有双唇与灵活得快要分岔的舌头，不过，他和吴欣从来都没想过，更再没有试过——他把她搂在怀里，他以一块不变的石头的身躯，去温暖她那向衰老稳步行进的身体。

5

天地灵气、日月精华外，石头需要别的滋养吗？王进对此并无答案。如果不这么保守，他得说，并不需要。虽然没有经过精密仪器的检测，但他知道，身上属石的那部分从不索取什么，它们在石化的那一刻，就交出了肉体的循环道路、营养的往来关隘，它们只是以原有的模样，呆在那里。所谓"灵气""精华"，不过是他循着旧辞章的想象，并无有现实的指引，不要求他分出丝毫的精力、片刻的时间。

可是属人的那部分并不随石头起舞，它们的泵并不消停，总在发出命令，要求王进进食，有时还得是美食，以为它们提供动力，乃至愉悦。王进对这样的命令并不排斥，谁让他开启这样的变化却又迟迟无法彻底完成呢？肉身易损，肉身贪婪，他有义务继续饲育。可问题在于，早在儿子出生的那一天，他就成了肉石拼接的貔貅，进的阀门敞开，出的开口锁闭，就算他再克制，就算他命令身体尽全力吸收，总还有残余，需要处理，无论是液体、固体，或别的什么形态。

答案显而易见，但王进很长时间无法接受——这过于返祖了。更重要的是，他完全无法自主，醉酒之人抠喉咙的那一套，服用催吐剂那一招，通通不管用。仿佛……仿佛括约肌上移至咽喉，而且从一开始就定下了自行其是。他唯一能做的，不过是尽量调整进食的时间与量，争取呕吐能有所呼应，但效果类似于"心诚则灵""信则有"。退而求其次，他尝试控制呕吐时的动静、声响，却总是败给残余肉身的任性。久而久之，王进只能加大事后的歉疚表示，希望得到家人的宽宥，但每个这样的回合都让他明白，这歉疚只通往自我蒙蔽。随着孩子的成长，吴欣父母回去了，这减缓了王进的压力，可减缓却是极其短暂的，随之就加倍奉还，因为儿子慢慢长大了。

小的时候，儿子对王进的呕吐行为充满好奇，有时甚至把那当成一种神奇能力，进行模仿，吴欣与王进会在劝阻的同时，告诉儿子那是因为爸爸病了，因此儿子倒也没有反感。真正给儿子留下心理阴影的，是他中学时，王进呕吐强烈发作那次。通常，王进三五天总会呕吐一次，但那次近十天都无反应，开始他还以为石化终于在继续推进，因此生出一劳永逸的期待。不料，那个周日的下午，胃部再次动荡起来。水火二军作战一般，闹得他的腹部咕咕作响，青蛙擂鼓般起伏不已，牵扯得胸腔与喉咙阵阵痉挛。即或如此，王进仍然不知道呕吐何时发生，烈度如何，儿子正在卫生间里，他只好枕戈待旦般坐在轮椅上，守在门口，微弱地期待着儿子早点出来，或者去超市的吴欣早点回来。

"啊，你如果等到日出/可以幸运地帮我拍照/啊，那是一个早晨/我们迷失的孩子再次回家——"儿子声音高亮，透门而出。他在和着手机，唱着一首王进很熟悉但现在无暇去记忆库里捕捉更多的歌曲。"对于这个世界/你相当的古怪……"嗡的一声，王进感觉体内有东西喷泉般直冲上来，冲进脑袋，力道不仅没有减弱，反而得以增强似的兜个来回，寻找着出口，他只好右手捂嘴，左手拍门。儿子意识到情况紧急，但仍旧没有停止聊天，继续与对方交流着他拿手的意大利面。但门好歹打开了，但打开门的同时也打开了王进嘴里的禁制，他根本来不及再往厕所里去，就如歌唱的巨鲸那样，喷洒了起来。食物的残渣、消化液体以及体内余存的相关信息，向上高高低低追赶，再大小不一、干湿不定地落下。双重的快感裹挟着王进，如果不是只有一个渠道，他必定会真正地歌唱以伴，仿佛那释放的不是能量的冗余、食物的赘疣，而是石化以来拖而不决的郁闷。

等到终于无物可出，只有机械性的反胃在体内往返，摩擦出干呕的回声，王进才稍稍回归现实，卫生间的门已经被他喷成了湿漉漉的涂鸦，儿子与他的衣服、手、脸以及他身下的轮椅，都溅落着糊状物。儿子抓在手里的手机同样未能幸免，连屏幕上那些流动的绿色的音符，都落着食物的残渣。儿子像一棵遭受暴风雨的小树，站在那里许久，抖也抖不掉浑身的狼藉，他张着嘴、瞪着眼，却并不向着王进，而是直接迈入了他头顶上的空无。王进在那一刻生出人所独有的敏锐，注意到了儿子正在加速离开他的世界，他试图挤出一丝微笑来缓解眼前的局面。那一丝微笑却适得其反，它让儿子醒悟过来，他直接拧开水龙头，冲洗掉手机屏幕上的呕吐物。然后，儿子看也不看王进一眼，从轮椅边挤了出去。

王进待在那里，食物过度发酵的气息愈发浓烈，越发让他迷离，他不知道自己是不是真的在通往石化的路上，或者一切都只是一场梦。有那么一刻，他惟有一个希望，无论是哪一种，都能加速通过目前的阶段，加速通往一个结局。醒过来，或者干脆彻彻底底地，成为一块冥顽之石。但与此同时，他又清楚，这一切都不由自己。没有谁会下令，没有谁能下令，他只能等。哪怕钥匙已插入门锁，哪怕吴欣将推门而入。

6

有一天，我的朋友王进觉得，他作为一个人生活得够了。没有厌世成分，只是好奇心起。他想，要是能换一种存在形态就好了。换成什么呢？飞过天空的鸟。游进水中的鱼。奔跑如风的兽。蠕动悠闲的虫。不，这些和人没有本质的差别。绿向远处的草。高举繁花的树。约束举止的荆棘。不，这些还不够极端。一滴水。一捧土。一朵云。那样会失去独立。变成一块石头吧，一块独自存在的石头，迥异于截至目前的生命体验。

这样寻思之后，王进看着妻子吴欣。两人正在吃晚饭，王进突然停下来，吴欣马上察觉到。和所有妻子一样，她也停下手里的筷子，看着王进。和其他妻子不一样的是，她没有问王进"怎么啦"，她只是冲他笑了一下。

这一笑让王进有点担心，他问："要是我变成一块石头，你怎么办？"

"把你搬到窗户边，当望妻石用呗。"吴欣说得很轻巧。

"说正经的呢。"这个答案王进不放心。

"正经不是说的。等你真的变成，就知道了。"吴欣看他一眼，"不过你打算怎么变呢？是一下子变成，还是一点一点来呢？"

就这样说定了。王进甚至来不及放下筷子，吞下嘴里的一粒牛肉，就在原地，坐在椅子上，化成一块石头。吴欣并没在第一时间意识到这一点，她只是感到一阵忽然的凉意，从王进那边漫过来，顺着看过去，仿佛有什么不一样了。"你怎么……"她不需要问完，王进不再生动的表情让她明白过来。

明白不意味着能够接受，更不意味着知道如何应对。吴欣呆坐了很久，仍旧不敢相信，她掐自己的腿，生疼；掐王进的身体，手疼。是不是该告诉家人、朋友，至少打个120或者110……她完全没了主意。说不定，这只是一场梦呢？等她明天早上醒来，将一如往常地发现王进已起床，正在厨房忙活早餐。说不定，这只是一个玩笑呢？等她回过味来，王进就报以一阵大笑。说不定……吴欣不愿意再设想了，不管怎么样，这三个字都明示，她应该往回退退，等等再说。

吴欣放下碗筷，收拾起桌上的盘子、碟子，剩菜倒在一起，再倒进垃圾袋。洗完碗筷收拾完厨房，她仍旧对杭椒牛肉粒、醋熘土豆丝、现切火腿片充满愤恨，再不想看到它们听到它们咀嚼它们，如果晚上不是这三道菜，说不定……又是这三个字，她叹了口气。从厨房看过去，王进坐在餐桌旁，除了更沉稳，和往常没有区别。虽然，往常在她洗碗时，他会站在厨房门口陪她说话，听她说几句他做的菜咋样。吴欣忽然间明白过来，今后这样的时光再不会有了，说不定……算了，她快步走到厅里，拿过王进手里的筷子，回到厨房，洗净、放好，再进到卫生间，必备的洗漱之后，回到卧室，重重关上门，反锁、打开、反锁、再打开……最终反锁，她怕王进半夜回到人的样子，发现她锁门而受伤，她更怕变成石头的王进到卧室，甚至上床。

心神不宁地刷了一会儿手机，吴欣撑不住变故的消耗，还是上床了事。这个夜晚对她来说特别浅，如同涉过水刚刚没过脚背的河床，她似乎在睡眠之中，又似乎在睡眠之上。梦倒是有的，鹅卵石甚至河沙那样，凌乱、硌人、不可胜数，每一个都与王进有关，仿佛它们都是风筝，飞在她的河床上，而线都在他手里。

有两个梦被吴欣记住了，并且在记住的那一刻，她就知道，再不会忘记，哪怕王进正敲响卧室的门。

其中一个梦里，王进变成了石头。不是她现在面对的那样，以一句话而说定而瞬间完成，而是一个冗长的没有尽头的过程。从两根大拇指开始，王进向着成为石头行进，拖拖拉拉，犹犹豫豫，速度不定，节奏不稳，可以一天完成一只手，可以两个月才完成一只脚趾。和晚上经历的一样，她并没有在一开始把王进变成石头当回事，甚至答应他，该怎么过还怎么过。比晚上经历的更稳定，她遵守诺言，在梦里不慌不忙。倒是王进，被这个过程本身过于消耗，丧失了耐心，进退不得，连变成石头这桩传奇，都被他搞得像是普通的病症，最多不过是瘫痪在床。

这个梦里应该有两套时间在同时运行，因为两个人居然还有空做爱，而且她变得需索无度，只要逮住空隙，就会爬上王进的身体，将那领先一步变成石头的器官纳入体内，那是一种她从未体会过的坚硬与冰冷，自然将她推送到人迹罕至的境地。好不容易从又一场欢爱中醒来，吴欣首先记起的是，王进突然获得了化石加速度，整张嘴包括牙齿，都焕发着大理石的光辉。随后，她感到下体冰凉，摸到了它的潮湿。有些回味，有些疑虑。天亮后，是不是真的能，该怎么过还怎么过？

另一个梦里，王进仍旧问了她——"要是我变成一块石头，你怎么办？"但接续这番话的，仅仅是两个人例行公事地行房。但接续行房的，却是她的怀孕与生产，并且生下来的，是一根擀面杖那样的石头，细长、黝黑、光亮。但他们仍旧认定那是两个人的孩子，并且没来由地决定，那是个男孩，是他们的儿子。儿子是石头，沉默、冰冷，可不妨碍成长，一根不断变大变长的擀面杖，倒也给他们带来了为人父母的喜悦与安慰。而且，这个梦掐在了儿子上学前及时醒来，避开了他们将石头引入社会而必须面对的挫折。

这个梦没有那么贪欢，王进与现实中差不多，不咸不淡地忙着，除了开头那次外，两个人再没有夫妻生活。大概正是因为这样，吴欣在这个梦里，时不时会从下体掉出来一些石子，数量不定，大小恒一如拇指，洁白扁平，犹如围棋里的白子。它们不分时机、场合地掉落，简言之，不受吴欣的控制，是一重噩梦里的又一重。当吴欣睁开眼时，它们仿佛仍然在掉落，堆满了整张床，以至于她感到下体冷而空，那感觉还在迅速往全身漫延。

带着这两个梦的残影，吴欣撑到了天亮，揉着眼睛走出卧室，王进安坐在餐桌旁的身影一下将昨天发生的事推上来。"你坐了一晚上？"吴欣知道很可笑，还是问出口。自然不会有回应，但这让她想起，昨天居然没有在王进石化之后和他说说话，说上几句，说不定他就变回人了呢。又是"说不定"……她要求自己停下，赶紧洗漱，按照梦里遗留的提示，该怎么过还怎么过。以后究竟怎么过，还想不清楚，至少今天至少上午，她得赶到公司，方案一直由她负责，向客户说明自然得她来，PPT前两天就做好了。靠这口气提着，洗漱完毕，煎好鸡蛋，拿出面包、牛奶，她走到餐桌旁。

王进保持着昨天的姿势，身子因放松而微微佝偻，右手搭在桌上，前伸的左手食指、中指间的错落与缝隙为放入一双筷子做好了准备。"早饭可没你的份儿。"吴欣开了句玩笑，这才敢看王进的脸，他还是……等等，吴欣觉得王进的脸部有了变化，不完全是昨天那样看似随意，事后又总让她觉得心思复杂的表情，现在，他整张脸都显得冷漠，尤其是嘴巴与眼角，就像……就像刚刚完成，不打算打磨的雕像。吴欣知道这个比喻的滑稽，但她没有办法形容得更准确。何况，形容给谁呢？她抓住王进的左手，绕到他的身后，双手伸到他的胸前，紧紧抱住，下巴放在他的头顶，死死抵住，流下无声的眼泪。要不是手机上例行的每日安排提醒闹钟打断，吴欣肯定会哭尽体内所有的水分。

饭是没法吃了——认为第二天早上就能够照常生活，这本身就是个错误，她再次迁怒于食物，将它们统统倒进垃圾袋。化好妆、着好衣是多年的职业习惯，不需要情绪的投入。临出门时，她想起那句轻巧的玩笑，试图拖动椅子，把王进安置在窗户边，变成石头一定改变了他的重量，根本不是她力所能及的，只好作罢。就这么一会儿，王进的样子又发生了变化，他更像石头了——不妨说，他更是石头了。仿佛如那个梦所示，变成石头是个过程，只不过不是梦里那样，由身体不同部分在时间里接力完成，而是石头的表面不断往深处逃去。对，就是逃。"你最好记得逃回来。"关上门之前，吴欣冲着王进嚷道。

整个上午，除了说明方案的那半个小时，吴欣的脑子里始终回荡着那句话，对着如在眼前的王进，一遍一遍地说。你最好记得逃回来。不然，哪怕是你逃到石头根里，逃到地心去，我都不会……后面的话她说不下去了。倒也不是难过，是她没有想明白，如果王进能够因一句话变成一块石头，早上为什么还会有那样的变化，需要变得比石头更像或更是石头吗？如果答案是肯定的话，尽头在哪里呢？他会不会最后完全失去王进的面貌、体型，变成一块普普通通的石头？如果是那样，他留在这个世界上最后的那一部分，将去哪里？有那样一部分吗？还是说，那本身就是通过石头暂留？……一堆问题没有答案，想来想去，吴欣忽然想知道，变成石头是不是只是王进制造的一场幻觉，他本人借此完成逃遁，如同古老的口口相传的那些戏法所示……

吴欣再也坐不住了，送走客户就请了假，往家里赶去。离家越近，她越紧张，似乎门背后有更大的变化在等着，而就在钥匙插入锁孔的瞬间，她分明听到一个男人的声音在喊——"停！"

7

　　我喊出"停"。事情的推进得以终止，石头与血肉的攻守宣告结束。变化辐射出的能量，对周边与他人的影响也随之消散。我的朋友王进在那一瞬间如同散了架，委顿在地板上，他索性躺下，四肢夸张地摊开。过了好久，终究熬不过我的目光，他撑着地板站起来，并且拍打着衣裤，似乎要赶走上面沾染的每一粒灰尘，拍着拍着，他到底忍不住，笑出声来，坐进椅子里。

　　"你干吗喊停我？我确实动了念头，但你知道我不是那个意思。无论快慢，只要继续，早晚都会完成。哪怕三年、五年、十年，哪怕一辈子……也说不定，只差一秒钟，再多一秒钟，我就完全到那边，成为真真正正的石头了。"初初回到彻底的单一的人，王进有些不知道怎么摆弄自己的身体，左手伸向电脑开关，右手伸向键盘，又都停在半途。

　　"有意思吗？"等他稍微自在一点，我问。

　　"还行。我总算理解了一点……"他又看过来，止住话头。随即，左手捅开电脑，开机后，找到"蜘蛛纸牌"，"怎么说呢？过渡是不可能完成的，一样事物不可能获得另一样事物的完整形态，不可能跨界居住在另一番意识或者无意识里，而不带过去这边的波澜。我怎么都想不到，石头会操心妻子、儿子；估计，石头更理解不了，人的血气如何起止吧。"

　　"当成拟态来理解呢？"

　　"算了吧。'拟'和'如'一样，都是词语游戏，各安其位就好。"王进陷入难得的沉思，沉思中出了声，"该怎么过还怎么过。"像是支撑下巴的手随肘的不小心滑开而晃动，吓自己一跳似的，惊恐与难为情在他脸上隐现。于是，王进走到窗户边，扯开窗帘，放进来白晃晃的光。"北京都成这样了！"他长叹一声，"真是可惜，这么多年在这个房间里，忙活这样一件事，完全错过了它的变化。"

　　"你拉上窗帘吧。"我说着，坐上他的书桌，"拉上窗帘，什么都来得及。"

　　"怎么可能，从来没听过，一根草能够是它原本占据的种子。"说是这么说，王进还是拉上窗帘，并且怕它不严实似的，再三将活动的一端往左扯动。扯完，他站在那里，过于郑重其事地盯着我，以至于屏息敛气。于是，我说——回。我说回，首先是我回。我从这具因为王进的一个念头临时交换而来的躯壳，回转。时光的附加一层层剥落。窗户外不可感知，窗户内不可言说。在我和王进之间，斗转星移。

　　不用再说什么，我只是"啪嗒"一声，跌落在王进的书桌上，我能感觉到自己的冰凉。王进走过来，走到我面前，走进他下定决心的那一天，走到他下定决心的那一刻之前。他右手伸过来，将我拿起，正要说话。忽然，敲门声起，一声连着两声连着三声，频密、急促，如同有火正在上面哔哔剥剥行进。

王进走出书房，上前，拉开门。门外站着吴欣，吴欣的旁边是她的行李箱。"怎么回来了？是落下什么东西了吗？"吴欣没有吱声，她拎着行李箱，进了屋，关上门，看着王进。看着看着，吴欣的目光由静而动，仿佛起了雾，仿佛响了枪。"你怎么啦？"王进的内心情不自禁地呼应着，他上前，想要将她抱住。吴欣右手伸出，在胸前做出停止的手势。王进脸上的微笑更重，目光里的火焰腾腾而起。他举起右手，摊开在她的面前，掌心里正是回到初始状态的我，一枚小小的有波纹起伏的卵石。

"你看——"王进说。他刚开了口，吴欣张大嘴，在原地呕吐起来。也不是呕吐，她只是身体如弓般扯动，嘴里发出呕吐的声音，从喉咙到胸腔到腹部，预演着呕吐的流程，但并没有什么喷涌而出。且慢，当这个流程推演到第六遍时，王进看到，一只尖尖的铁灰色的喙从吴欣的嘴里伸出，压住了她的舌头。随后，是圆溜溜的脑袋、青绿色的双眼、细长的脖子、匀称的身体，以及身体上覆盖的青绿为主，缀以斑斓的羽毛。每一片羽毛上，都自带清晨的吉光，与之相应的，是两根如同初冬梅枝的腿。

完成这一创造的吴欣惊魂未定，几乎无力站立，目睹这一创造的王进则目瞪口呆，仿佛丧失了呼吸。但我已无暇顾及他们，主动迎上去一般，我被那新生的青绿之鸟衔在嘴里，与它一道飞入书房，钻过那逼仄的墙洞，进入久违了的无遮蔽的天空之下。

王进片刻之前念叨的城市就在下面，我们往上飞得越高，越能得见它的全貌。我不作声地飞着，一面是呼啸的风，一面是濡湿的涎液，首先则是锯齿状的咬啮。我知道，青绿之鸟对我并无使命，它迟早会高歌，我将随之跌落。如果那时，下面是深阔渊面，我希望自己能打个滚，化成一尾玄色之鱼。

如果下面是滚滚尘埃，车水马龙，我希望自己向前滑动十数米。站起来时，我将是一个三十八岁的壮年男子。不介意的话，我该继续作为一个人生活了。

（原载《青年文学》2023 年 1 期）

李宏伟，1978 年 5 月生，四川江油人。毕业于中国人民大学哲学系，现为中国现代文学馆副馆长。著有《你是我所有的女性称谓》《信天翁要发芽》《国王与抒情诗》《灰衣简史》《引路人》《暗经验》《雨果的迷宫》等诗集与小说。曾获郁达夫小说奖、吴承恩长篇小说奖、十月文学奖、徐志摩诗歌奖等，作品入选收获文学榜、中国小说学会排行榜等。

对峙

徐　威

一

　　冬日清晨的些许凉意在阳光的照耀下逐渐褪去。屋外依旧有风。丁甲乙的目光跨越了数十个大小不一的低垂着的脑袋，穿过两扇巨大的透明玻璃窗，最终落在楼外的树枝上。这是四楼，能够看到大半个树顶。这是南国，尽管已经过了小寒，数不尽的树叶依然肥硕、碧绿。葱葱郁郁，风一吹，就是一阵阵绿浪。窗户紧闭，绿浪无声。丁甲乙双臂交叉挽在胸前，目视前方，陷入一种奇异的沉思：风吹过树叶时，是"哗哗哗"的声响，还是"唰唰唰"的声响？这个问题还没想清楚，丁甲乙又发现，前方的树叶，并不是一片一片地翻腾，而是一整枝一整枝地在摇曳。他凝视了一会，最后还是轻轻地走了过去。站在窗边，丁甲乙双手插兜，等风再来。

　　确实是一整枝一整枝地在摇曳，有时温柔，微微摇摆，半遮半掩，略带羞涩；有时放浪，每一根枝条都被风吹开，像是利斧飞快地劈开木材，刹那间露出形状各异的光斑，随后齐刷刷往一边压去。风稍一弱，枝条带着树叶又迅速弹回。像跳舞的姑娘和喝了酒跳舞的姑娘。一经确定，丁甲乙就觉得有些索然无味。他在转身的一瞬间，看到投影仪幕布上巨大的、精确到秒的红色数字时钟，正好进入九点。

　　在过去的半小时里，丁甲乙站在讲台上，将教室里的四十二位同学挨个观察了一遍，略为失望。不能看书，不能交谈，不能看手机，封闭的空间里时间近乎凝滞。丁甲乙始终觉得，考场里监考老师比考生更为煎熬。曾经他喜欢在教室里走来走去，轻轻地，缓慢地，一边观察学生的试卷，一边从讲台走到对面，绕个

258

圈，再绕个圈。被学生投诉两次后——说是丁甲乙影响了他们考试的心情和答题的状态——丁甲乙更多时候就站在教室的某一个角落，用目光替代脚步，从第一排看到最后一排，从左看到右，从后看到前，最后在某一个点上短暂停留。接着是又一轮的扫视，又一轮的空洞。

每次监考，丁甲乙都不由自主地想起几个并不相识的考生来。他们的名字丁甲乙并不记得，他们的样貌也已模糊不清。然而，他们身上的某些部分，为丁甲乙熬过众多漫长的凝滞时间起到了重要作用。是的，某些部分，比如头发。丁甲乙在考场上观察过数千个发型，但印象最为深刻的依然是那个娇小的女孩。四六级、成人自考还是研究生入学考试，丁甲乙已经记不大清，但那张精致而白皙的小脸，他几乎在每一场监考都会想起。并不是这张脸有多么美丽或者特别，而是这张小脸配上一头金黄色的超大爆炸头，实在是令人难忘。像是一张猫脸贴在了非洲雄狮的头上——每次想起这个比喻，丁甲乙都暗暗得意，感觉自己其实可以去做个作家。又比如腿毛，丁甲乙每次想起这个词，心里都会不由自主地再次失落。那是冬天，绝大部分人都穿上了厚厚的外套，把自己裹得严严实实。丁甲乙走进教室的第一时间，就发现了一条暗红色的篮球裤，看到了两条黝黑而健壮的小腿，以及小腿上茂盛的蜷曲的腿毛，它们相互交织，仿佛是漫无边际的热带丛林。那一场考试，丁甲乙的目光持续地被这两条腿吸引。穿短裤的小伙子时不时抬头望望丁甲乙，起初不以为然，随后迷惑不解，最后惶恐不安，提前了近一个小时交卷走人。丁甲乙收好他的试卷，走到教室门口，看到他已经走下楼梯。他感觉到遗憾，有一种怅然若失的忧伤。憋了一小时的话最终还是没能问出口，丁甲乙只好在心里默默地问了一句："你不冷吗？"

相比之下，此刻教室里的同学们实在是过于普通了，普通到丁甲乙看了一遍又一遍，还是没找出什么有意思的部分来。他们低着头，一只手按住试卷，另一只手唰唰地写着、画着。整个教室，只剩下翻试卷的声响、写字的声响，一点儿别的动静都没有。想到动静，丁甲乙又记起一件事情来。有一回，炎炎夏日，教室里有三个同学各带着一包抽纸来考试。一男两女，写几分钟，就抽出一张纸巾擦鼻涕。起初，丁甲乙还略表担心。到后面，他就完全沉迷在这三位同学的节奏中了。男生擤鼻涕的声音低沉而有力，不时还咳嗽几声。长头发女生咳得更频繁一些，但声音不如男生洪亮。她的纸巾不只擦鼻涕，有时还擦眼泪。红鼻子女生的鼻子应该有一边堵住了，发出的声音像是打鼾，随着她所用力气的大小与鼻孔的堵塞程度，演绎出了多种不同型号的鼾声。丁甲乙后来开始数他们所用纸巾的多少，暗暗给他们计数。丁甲乙观察了许久之后，认定红鼻子女生获胜的可能性更大一些。原因有二：一是这孩子鼻子都被擦红了，甚至都快擦伤了；二是丁甲乙发现，其余两位同学擦鼻子时都用两只手，他们放下笔，抽出纸巾，用两只手把它按在鼻子上，擦一下，对折，再擦，而这位红鼻子只用单手——她甚至都不需要抬头看，左手一伸，就能准确地抽出纸来。把纸巾按在鼻子上，吸气，鼻孔吐力，擤一下，大拇指和食指一捏、一擦，这张纸巾就完成了它的使命。她把纸巾往边上轻轻一抛，准确地扔进了桌上的塑料袋里，全套动作娴熟而流畅。令丁甲乙惊奇的是，整个过程她另一只手都在奋笔疾书。这是一场一个人的隐秘之赌，参赛者直至比赛结束，始终毫不知情。考试结束后，这三位同学各拎着一袋沾满鼻涕的纸巾离去，而丁甲乙在长舒一口气之后，觉得自己实在是无聊至极、恶心至极。

　　九点零三分零三十七秒，学院的督导出现在门口。他们戴着巡考胸牌，眼睛扫了一圈，随后向丁甲乙点点头。丁甲乙快步地往门口走去，接过他们手上的文件夹，在考场巡视表上填下：

　　　1 – 402、8：30 – 10：30、青少年发展与学习心理、闭卷、丁甲乙、王江江、是、是、是、无、正常。

　　时间一秒一秒地过去。丁甲乙站在讲台中央，双手插兜，面无表情。快十点了，还没有一个人提前交卷。丁甲乙不知该对他们的认真、细致表示钦佩，还是应该对他们的"学识"不足表示担忧。试卷丁甲乙已经看过多遍，甚至已经在心里交了一份答案。很难吗？丁甲乙想可能时代真的是不同了。想当年，他们读大学的时候，能九点半交卷的，绝不拖到九点四十分。而这几年，丁甲乙看到他们能十点三十分交卷的，绝不十点二十八分交。当然，他们中的相当一部分人，确实是做不出来——文科的题，开放性的题，甚至根本没有标准答案的题，还一片空白，这就更说不过去了。还有些人，答题纸都密密麻麻写满了，笔都放下了，坐那儿做啥呢？丁甲乙努力回忆，还是想不起来，他有多久没提前收工了。不过，他倒是又想起一个特立独行的女孩子来。已经是六七年前的事情了，那会儿他还在读研，不时替一些教授去监考，算是赚点外快。那场成人自考，考场里三十个人，从写字的速度和挠头的频率来判断，丁甲乙认为其中三分之一是"学霸"，三分之二是"学渣"。丁甲乙开始感觉到兴奋。一般而言，这种两极分化的群体，最容易让他提前收工。题不难，会的都会，做不出来或者感觉这一科没希望了，他们则果断放弃——都是成年人，成人自考也并非一考定终身。果然，开考一个小时，到了可以交卷的时间，他们先是陆陆续续，而后成群结队地交卷走人。丁甲乙唯一没预料到的是，一个女孩子——只填了准考证号、姓名和选择题，简答、论述一字未动，然后就停笔不写的女孩子——慢慢悠悠地把文具袋、准考证和身份证收得整整齐齐放在桌上之后，就坐在那儿看风景了。十点十分，整个考场就剩他们三个人了。有什么风景可看呢？丁甲乙很是疑惑。他问她："还有时间，怎么不写？"她摇了摇头，双手插兜，继续发呆。过了五分钟，丁甲乙又问："那要不要交卷？"她还是摇头。丁甲乙和另一位老师先是在讲台上看着她，站累了，索性就一前一后，坐在她周围，目视着她，一直到考试结束的铃声响起。这画面，丁甲乙至今想起来依然感觉到略为诡异。

十点十分，丁甲乙听到一串高跟鞋的声音由远而近，逐渐清晰。还有巡考来？五分钟之前，学校督导组的巡考已经来过一趟。丁甲乙转身看向门口，果然走进来两个女人。先进来的，染着一头暗红色的头发，身架高大。丁甲乙见到她，心跳略微加快。来的是教务处的李副处长，这意味着是教务处来巡考了，这意味着走在后面的可能就是战仙仙。丁甲乙迎上前去，果然在李副处长的身后看到了战仙仙。在见到丁甲乙的一刹那，她扭头就走。丁甲乙赶紧追了出去。

丁甲乙压着声音说："战仙仙，你站住！"

回应他的是愈加急促的高跟鞋的声音。

丁甲乙说："你听我解释好不好？"

战仙仙头也没回。

丁甲乙停住，说："袁教授约吃饭，你今晚要不要跟我一起去？"

战仙仙消失在拐角。

二

丁甲乙有些昏昏欲睡，尽管他在办公室用一次性纸杯泡了两杯雀巢咖啡，把它们一饮而尽后，又泡了一杯浓酽到发苦的绿茶，才带着试卷来到教室。明媚的阳光消失不见，天色阴沉，一幅冬雨将至的迹象。丁甲乙把外套的拉链拉到顶，把脖子包得严严实实，还是感觉到一丝冷意。它们从裤脚，袖口，脖子周遭，像一条条细若铁丝的蛇一样钻进来，匪寇侵占那些温暖而肥沃的大地一般，在他的身上肆意乱窜。

为了不在无所事事中更加萎靡，也为了不在静止不动中瑟瑟发抖，丁甲乙向第一排的女生借了支黑色签字笔，伏在讲台上，提前填写这一科的考场信息登记表，然后拿着签到表，走了下去，挨个让他们签字。以往，像这样的期末考试，其实并没有那么严格。现在，各种各样的检查，各种花样繁多、大同小异的表格是越来越多了。对此，丁甲乙有一万个不满，然而他也只能将这一万个不满拦截在心里。唯一感觉到这种检查与表格有意义的时候，就是此刻。丁甲乙可以光明正大地、慢慢悠悠地在每一个同学身边停留，让他们签字，检查他们的身份证、学生证，检查他们有没有忘记在试卷和答题纸上填写班级姓名和学号。对他来说，这是一场生硬而刻板的监考中最有趣的一个环节。当然，这种有趣只是相对而言。证件有什么好看的呢？无非就是姓名、性别、民族、出生时间、地址和身份证号。学生证上也不过是多了学号、每学期的注册印章和乘坐火车的往返区间与凭证，如此而已。但是，就这么一些枯燥的信息，也能让丁甲乙稍有波澜地度过二十分钟。许多时候，丁甲乙都为自己寻找"趣味"的强大能力而感到自豪，而后这种自豪在考试结束的那一刻总会转化为其他情绪，有时是可笑，有时是无奈，更多时候则是自我鄙夷。

每当在签到表上看不到一两个有意思的名字的时候，丁甲乙都会为自己骄傲一下。丁甲乙，丁甲乙，多好的名字。尤其是他在中国知网、万方数据库和维普期刊网上搜索自己的论文，根本不需要用学科分类去寻找自己的文章的时候，这种骄傲与自豪都油然而生。整个数据库，就他一个丁甲乙。在全国名字查重系统还没出现的时候，他一直坚信，他是中国唯一的丁甲乙，是这个地球上唯一的丁甲乙，是这个浩渺宇宙中唯一的丁甲乙。每念及此，他就有一种意气风发的豪情。这是一种说不出的豪迈，只有他一个人知道，他把这命名为隐秘的张扬。所以，后来他查到整个中国还有另外的一男一女也叫丁甲乙的时候，先是一怔，随后失落，很快又愤怒起来。然而，这愤怒该奔向何处？为何要手贱去搜自己的名字，他着实后悔。丁甲乙有一种被击败的感觉，像是被一只莫名出现的箭射穿身而过。

此刻，当他看到钱蔡心仪和皇甫军芽这两个四字名的时候，脑子终于活泛起来了。钱蔡心仪，丁甲乙站在讲台上细细揣摩。如果没猜错的话，这位同学爸爸姓钱，母亲姓蔡，而心仪二字，则是一把终身的、行走的、磨灭不去的爱情狗粮。皱了皱眉头，他还是觉得皇甫军芽更好听。皇甫军芽，复姓皇甫，这容易理解。军芽是什么意思？或许她是军人世家？至少她祖父可能是军人，是老革命。或许是他的儿子没能投身军营，他就把希望都放在孙女身上了，想着她成为军中细芽，苗壮成长，最后成为军中红花？这是一种美好的愿望，是革命传承，只是他可能没想到这孙女最终跑到中文系来读文学了。丁甲乙又仔细观察了一下皇甫军芽，戴着厚厚的一副近视眼镜，身高和体型好像都不大适合军营，大学生入伍的希望看起来挺渺茫。正当丁甲乙感觉到可惜的时候，皇甫军芽收拾好东西，站起身，拿着试卷向他走来。丁甲乙甚至来不及整理她的试卷，就紧跟着她走出了教室。在教室门口，丁甲乙问："你这个名字还挺少见，是不是有什么特殊的寓意？"皇甫军芽似乎有些习以为常，她笑了笑，露出两个虎牙。她说："老师，我爸爸叫皇甫大军，我妈妈叫刘芽。"

丁甲乙点了点头，尴尬一笑，转身回了教室。又是狗粮。现在的人取名字，都这么简单粗暴吗？能不能有点文化、有点追求？丁甲乙看了看黑板上的幕布投影，四点十分四十八秒。战仙仙肯定不会再来巡考了。他拉了张凳子，坐在讲台后面，神色疲惫。过了一会儿，他偷偷地从裤袋里掏出手机，打开微信，给战仙仙发微信："监考完我去接你。袁教授在望月轩摆满月酒。红包我准备好了。"丁甲乙犹豫了一下，然后还是点击发送。接着，几乎是一瞬间，他就看到一个红色的叹号。他望着满屏的红色叹号，感觉到一阵胸闷。

爱去不去！丁甲乙把手机往桌上试卷袋上一扔。

这已经是他这半年多来，第八次被战仙仙拉黑。一件事情，一而再，再而三，自然就变得顺手了。到现在，一言不合，战仙仙就拉黑他的电话和微信。起初，丁甲乙着急慌张，自己的电话打不通就借别人的打，或者直接去营业厅再买张新卡，又或者直接跑到战仙仙的住处敲门，敲不开就蹲守，直至见上面为止。一次，两次，三次，一个越来越习惯，一个越来越疲惫。这次被拉黑已经五天了。那天他们正在外面吃着火锅，聊起今年过年到底应该怎么安排，去深圳，还是回老家？丁甲乙说："回老家吧，我得带你去见见我妈，再说，我都两年没回家过年了。"战仙仙反问："你不应该得先去我家见见家长吗？"丁甲乙说："你爸妈我不是见过很多次了嘛，为什么非得在深圳过年？年前我们先过一趟深圳，拜个年，然后再回老家怎么样？你都还没见过我妈。"战仙仙放下筷子，擦了擦嘴，拎起包，起身就走。她以实际行动，表示她觉得这个方案很不怎么样。那天晚上，丁甲乙发了不少信息，换回的是一连串的红色叹号，发送失败，发送失败，发送失败……后来，丁甲乙一天发一条信息，并以此来判断今天自己是否被解封。

夸张一点说，如果不是早上袁教授发来晚上聚会的信息，丁甲乙甚至都忘了自己还有一个女朋友。这还是男女朋友吗？丁甲乙坐在讲台上，低垂着头，缩着脖子，感觉这个问题比哲学问题更无解。丁甲乙不喜欢冷战，不喜欢这样突然而漫长的停滞。整个世界好像都被悬置了起来。他明明身在这个世界内，明明在抓狂在愤怒在崩溃，却又像是局外人一样只能眼睁睁看着一切在发生，无能为力，毫无办法。他一次次进入其中，无能为力，毫无办法。怎么就变成了这个样子？丁甲乙答不上来。而眼下，更迫切需要解决的问题是，怎样让战仙仙和他一起出席今晚的满月酒。袁教授年近五十，喜得二宝，当然得去祝贺。更重要的是，一年多以前，正是袁教授和他太太为他们俩牵线搭桥的。

四点四十五分，考试结束的铃声响起。丁甲乙把试卷交回档案室后，一边走一边给战仙仙打电话。依旧是无法接通，丁甲乙去行政楼转了一圈，也没找着她。走出行政楼，丁甲乙再次遇到李副处长。丁甲乙赶紧喊了一声，问战仙仙哪儿去了。李副处长摇了摇头，表示不知道。丁甲乙说："李处，我手机没电了，要不您手机借我打一下她电话？"

电话接通了，丁甲乙往外走了几步，语速飞快地说："是我，有事，别挂。"

战仙仙没有出声。

丁甲乙说："今晚六点半袁教授在望月轩摆满月酒，要我们俩一起过去。"

丁甲乙说："你在哪？我刚去楼上找你也没见着。"

还是没有声响。

丁甲乙微微弓着身，用手掩着嘴："战仙仙，你到底什么意思？就不能吱个声吗？"

丁甲乙转身看了看李副处长，又往外走了两步，说："你究竟想要怎么样？能不能直接说？！你就是想折磨死我对吧？"

战仙仙依旧沉默。

丁甲乙说："你这是要分手还是怎样，啊？你吭一声！"

战仙仙挂掉了电话。

三

丁甲乙在地下车库绕了几圈，才终于在负二层的一个偏僻角落找到一个空车位。车位狭窄，倒了几次才入库。小心翼翼地侧着身子从车上挤出来后，丁甲乙长舒了一口气。晚上六点钟的天和商贸中心人潮汹涌，丁甲乙感觉自己此刻像是一只蚂蚁，被裹入其中，然后消失不见。商场一楼，丁甲乙站在周大福、周生生、周大生、六福珠宝几家商铺面前，一时之间陷入迷茫。他搞不清这几个名字为何如此相似，只好随意走进一间，问有没有适合给小孩子满月的礼品。

一个四十来岁略微丰满的导购员走了过来，她问："先生，您是想要买金的、银的还是玉的？"丁甲乙说："金的吧。"她很快地从柜子里取出一只金手镯，说："这款金元棍套箍儿卖得不错的，七点六克，足金的，您放心。"丁甲乙看了一眼标签，标价四千八百九十九。他说："还有其他的吗？"她又取出一只："这款带三个金珠，寓意福禄寿都圆满，也很好看的。"丁甲乙低下头又看了一眼标签，四点六克，标价三千六百六十六。他装着若无其事的样子："除了镯子，还有其他吗？"导购员飞快地又打量了一下丁甲乙："有的有的，这款如意金牛手链性价比也很高。"丁甲乙接过来一看，红绳手串，颇为喜庆，中间一个金色的牛头，背后刻着篆体"三多九如"四个字。丁甲乙左看右看琢磨了一阵，问："这个多少钱？"导购员说："这款是我们的新品，一千六百八十八，这几天我们店里正在做活动，满一千五可以给您九八折。"丁甲乙心里算了几下，也没算出九八折究竟是多少钱。丁甲乙放下手串，又往柜台上看了一阵，问："有五六百价位的吗？"导购员又取出一款，同样是红绳，绳子上孤零零地串着一颗金珠，珠子很小，没有任何图案。丁甲乙说："谢谢，我再看看吧。"

望月轩位于天和商贸中心顶楼。丁甲乙等了两轮，电梯门打开的时候，里面都已经挤满了人。他只好转身去找扶梯，孤身一人，一层一层往上走。丁甲乙上到五楼的时候，看到劲锅门口坐满了候餐的人。青年男女居多，情侣居多，他们手拉着手在亲密说话，他们靠在一起打游戏。这家刚开业不久的火锅店最近疯狂地在各个平台做宣传，发优惠券，送小礼品。于是他不可避免地又想起战仙仙。上一次，他们就是在这里不欢而散的。这次是真的要分手了吗？丁甲乙问自己，内心一团乱麻。他们也不是没闹过分手，两个人各提出过一次，不过最终还是和好了。丁甲乙不知道该如何挽回，这一点和往常一样。不同的是，丁甲乙发现此刻他并没有强烈地挽回她的想法。那就这样了？丁甲乙感觉到太阳穴和后脑勺传来一阵阵刺痛，像是中医院理疗室里带电的银针，插入他的皮肉里，一跳一跳地刺激着他的脑袋。眼下更着急的问题是，如何应对今晚的酒席？他还没想好如何应对袁教授的热忱关怀，比如战仙仙怎么没来，比如前几天他也问到的，你们到底什么时候结婚？所以，当他上到六楼，并没有直奔望月轩，而是找到洗手间，洗了把脸。他用手掌掬了一捧冷水，往脸上拍了又拍，然后抬头，望着镜子，看着水珠在他脸上缓缓滑下。这一刻，在水珠的映衬下，丁甲乙清晰地看到自己的脸颊在一天的监考之后，已经变得油腻起来。他掏出一张纸巾，用力地擦了又擦。

满月酒设在人和包间。袁教授的意思是这疫情也不知道什么时候才能结束，大家也都不方便出来大聚，就小范围简单庆贺一下吧。亲戚一桌，同事一桌，还有一桌丁甲乙看了一眼，都不认识。袁教授见到丁甲乙，第一句话果然是问战仙仙怎么没一起来。丁甲乙尴尬地笑了一下，说："她要加班，我就先过来了。"袁教授拍了拍丁甲乙，哈哈一笑："你小子可别给我打马虎眼，我可等着喝你们的喜酒。"丁甲乙说："我抓紧，抓紧。"这时候，袁教授的太太许老师带着月嫂走了过来。见月嫂抱着孩子，丁甲乙赶忙说："我看看小公主——呀，真是太可爱了，像妈妈多一点，皮肤真好，白白嫩嫩。"许老师说："丁博士，那你们还不赶紧生一个，国家都开放三胎了。我可跟你说，你们也都三十多了，还不赶紧，年纪大了可不好生，千万别学我，你都不知道我生这老二吃了多少苦……"丁甲乙哈哈一笑，从口袋里掏出一个红包，往宝宝的包被上一塞，说："小宝贝儿，满月快乐，健健康康，以后跟妈妈一样大美女哦！"袁教授挥了挥手："你搞这么客气做什么？拿回去拿回去！"丁甲乙退了两步："一点点小心意，这必须要的。袁教授，你们忙你们的，不用管我，我先坐过去了。"丁甲乙坐下以后，才发现自己额头上冒出了一层细汗。不知道是因为袁教授他们的询问与催促，还是因为他包的红包确实有点小而感到心虚——他原本打算再送一个金饰的，只是没想到五六百的手链实在是不大能送得出手。他从桌上抽了一张纸，擦了擦汗，如释重负。

这一桌，已经坐了四五个老师，多是袁教授他们学院的，丁甲乙并不大熟悉，只好笑着和他们点点头。丁甲乙唯一熟悉的只有叶之严，袁教授组织老乡聚会的时候一起喝过几次酒。他们三个都来自同一个省，但三个地方却都隔了数百公里。在省里，自然没什么好说，一旦踏出了省外，这又是无比亲密的乡谊了。叶之严给丁甲乙倒了杯水，一边给他烫餐具，一边问今年在哪里过年？丁甲乙说："还没具体定下来。你觉得学校今年可能会批外省的离校申请吗？"叶之严说："还不批就得发疯了，这都三年没回去过年了。再说，咱那儿又没有疫情，低风险地区，不批说不过去吧。"丁甲乙说："那你们回？"叶之严洗好碗筷，一边给他倒茶，一边说："确定了，回。我家老头子说想娃了。"丁甲乙又问："票买好了？"叶之严叹了口气说："没抢到。今年开车回吧，也方便一些。"丁甲乙怔了一下："一千多公里，你扛得住？"叶之严看着丁甲乙，一本正经地说："真正的勇士敢于直面惨淡的现实，然后把这一千多公里踩在脚下。"丁甲乙伸出大拇指，说："你牛。"他有一种说不清道不明的情绪，羡慕、向往、失落、悲伤，或许还有其他无法命名的，混在一起，最后分不出彼此。

七点多，袁教授简单说了几分钟，表达了谢意，然后大家就开始推杯换盏。叶之严要给丁甲乙倒酒，丁甲乙说开车来了，不喝了。叶之严说："谁没开车来呀？代驾嘛！"丁甲乙犹豫了一下，说："明天还有两场监考呢，还是不喝了，下次再约酒吧。"这时候，袁教授走了过来，给丁甲乙和叶之严各倒了一盅，说："怎么能不喝？不喝多就行。小叶，你和小丁，今晚一人两盅就好，总量控制。"丁甲乙瞄了一眼，二两的分酒器，两盅就是四两。他接过酒杯，心想"一盅就好"，然后起身先敬袁教授一杯，他说："祝贺袁教授！喜得千金，儿女双全，令人羡慕啊。"他一饮而尽，嘶了口气。他嘴巴张了张，想再说什么，终究是没说出口。叶之严也敬了一杯，然后三个人又一起碰了一杯。两杯酒下肚，叶之严搂着丁甲乙的肩膀，在他耳朵边说："你这家伙今晚有事啊，什么情况？"丁甲乙在这一刹那，感觉到喉咙一紧，眼泪就要夺眶而出。他迅速又端起一杯咽了下去，然后开始咳嗽，装作是被烈酒呛得眼眶发红。

丁甲乙有一种强烈的一吐为快的冲动。从战仙仙的拉黑，到买手链的窘迫，从鸡毛蒜皮的烦躁，到回家过年的无奈，丁甲乙有一大堆的话闷在心里，它们发酵已久，正试图喷薄而出。然而，话到嘴边，丁甲乙又忍住了。他强迫自己要冷静，要克制，要若无其事，要微笑，要保持形象，要做一个成熟的社会人。一来，这是袁教授宝贝闺女的满月酒，不合适；二来，桌上还有其他老师，他并不熟悉。三来，丁甲乙感觉和叶之严似乎并没有熟悉到这种能够掏心掏肺、倾诉所有的地步。他们是相隔甚远的老乡，是同一个学校的同事，是偶尔在酒局上碰面的酒友。除此之外，还是什么呢？朋友？算吗？丁甲乙说不上来。所以，丁甲乙用纸巾擦了擦眼角和嘴巴后，又喝了一口茶，然后故作严肃地对叶之严说："我警告你，我对你没兴趣啊，你别在我耳朵边上说话，鸡皮疙瘩都起来了。"

一盅酒下去，丁甲乙就没再喝了。叶之严劝了几次，丁甲乙都不肯再添酒。他对叶之严说再喝下去，明早监考，七点肯定起不来。事实上，他特别想大醉一场，想借着酒精的麻醉，把那一肚子的悲伤与愤懑倾泻而出，把那一脑子乱七八糟的情绪一扫而空，哪怕只是暂时的，哪怕第二天要难受得昏天暗地。他早已习惯如此。然而，此刻他不敢，他不能。他在脑海中不断背诵李白的《将进酒》："……五花马、千金裘，呼儿将出换美酒，与尔同销万古愁。"他一遍又一遍地默诵，想象自己化身诗酒仙李白，想象自己也和他一样豪迈爽朗，豪气万丈。然而，他只有一遍又一遍的忧伤，没有人生得意，没有天生我材，没有千金散尽，没有烹羊宰牛，没有三百杯，没有人为他倾耳听，没有人与他杯莫停，没有人与他同销万古愁。所以，他忍着，他默读完一遍，就再跟自己说一次：要冷静，要克制，要若无其事，要微笑，要积极参与桌上的闲聊，要及时回应别人的话题。他感觉疲惫。

近十点，酒局终于结束，主要是望月轩要打烊了。叶之严他们商量着去大排档进行下一场，喝点砂锅粥，再来点啤酒。丁甲乙摇了摇头，说不参加了，下次再约。天上又飘着小雨，整个夜幕都变得雾气蒙蒙。商场一楼地下车库的入口，丁甲乙双手插兜，又把运动服的帽子扣在脑袋上，等代驾来。有一次，他在地下车库等代驾，结果手机信号近乎无，两个人好不容易打通电话，没有传递到任何一句有效信息。代驾小哥从偌大的停车场不断寻找，从负一绕到负二，又从负二绕到负一，绕了几圈才找到他。夜色寒凉，等了五六分钟，丁甲乙已经打了好几个寒战，一个年轻的小哥才骑着小电动车跑了过来。一见面，代驾小哥就开始道歉，说："老板，实在不好意思，我刚开始做，不大熟悉。"丁甲乙原想说他几句，见他穿着雨衣，雨衣上湿答答一片，没再说什么。他们一前一后，从车行道走进地下车库，走了许久，才在负二楼找到车子。丁甲乙坐在副驾驶位上，一言不发。代驾小哥放好折叠电动车，关好后备厢，准备拉门上车。他打开门，说："老板，你这后视镜怎么碎了？"丁甲乙下车绕过来一看，脱口而出一句："FUCK！"

玻璃镜片已经全碎了，后视镜被剐出了数条深痕。丁甲乙伸手碰了一下，整个后视镜直接倒了下来，耷拉着吊在那儿。代驾小哥显然也没有遇到过这种情况，他慌张地解释："老板，这可不是我碰坏的。"丁甲乙没和他搭话，掏出手机，先拍了照片，然后打保险公司的电话。信号不好，打了几次没打通。几分钟后，丁甲乙走到负一楼，这才接通人工服务。保险说，现在是晚上，又下雨，事故挺多，忙不过来，过来勘查现场的话，至少也得一个小时以后了。保险又说，你加我微信，先拍照片给我看看。看了照片后，他说你得先报警，立个案，让警察带着你找物业，调监控，看看是哪辆车剐蹭的。丁甲乙回到负二楼，抬头看了看四周，没见着一个摄像头。他没有再打电话，而是转身问代驾小哥："敢开吗？"代驾小哥弱弱地说："我……尽力……我慢点。"丁甲乙挥了挥手，说："那走吧。"

深夜雨水中的道路，像极了生活的样子。丁甲乙向外望去，烟雨蒙蒙，那些闪烁的灯光像是被洇湿的各色墨点，如同雾里看花，模糊不清。"福无双至，祸不单行"，丁甲乙想起这句话的时候，又想起现在〇〇后大学生们很爱用的一个词："水逆"。那天他在课堂上随口问这是什么意思，引来了哄堂大笑，然后体会到了另一个曾经的流行词的伤害："老师，你 OUT 了！"丁甲乙从而又一次深切地感受到，自己确实已经不再年轻。雨仍在下，且越来越大。代驾小哥将车子缓慢地从地下车库开到程乙村，已经是深夜十一点多。这是一个郊区城中村，房子建得密密麻麻。房东们都在等着拆迁，然而拆迁还遥遥无期。好不容易在狭窄的路边找到一个停车位，只能侧方位停车。代驾小哥做了个深呼吸，探出头一边观察一边倒车，然后丁甲乙就听到右边后视镜与电线杆子碰撞的声音，接着是代驾小哥发颤的恐惧："老板，我……"丁甲乙盯着代驾小哥看，他年轻的脸庞上布满水珠，刘海完全湿透，紧贴着皮肉，眼眶似乎已经泛红。丁甲乙叹了一口气，说："你走吧。"代驾小哥这会儿真哭出来了，他的声音哽咽："老板，我赔给……"丁甲乙挥了挥手，说："别说了，把窗户关上，走！"他这会儿特别想问一下他的〇〇后学生们，是否还有新的网络流行词，专门用来形容一个人"水逆"到了极点。上楼的时候，他又想起，刚刚的代驾小哥可能知道，他的年纪看起来像个尚未毕业的大学生。

四

丁甲乙已经在这里住了五年。他刚住进来那会儿，楼下还有大把的停车位。他骑着自行车，经常看着有人横着车身停车，光明正大、得意扬扬地占据三个车位。等到他从二手车市场买回这辆二手北京 BJ40 越野车的时候，则必须有超高的车技、充足的耐心以及适当的运气才能在这安稳地穿梭、停驻了。

战仙仙不喜欢这里。用她的原话说，这里就是"十分典型的脏乱差"——有一回，她甚至气愤地说道："评选什么文明城市、卫生城市的时候，这个村必须暂时屏蔽掉，必须！"丁甲乙其实很理解她的不接受，这环境对她而言确实是过于陌生了。她只在热恋的时候，在这住过一段短暂的时间，更多时候，她还是住在自己的房子里。她好几次跟丁甲乙说："我就搞不懂了，你堂堂一个博士，一个大学老师，怎么就像是钉在这儿一样了呢？"丁甲乙每次只好笑哈哈地应对："这离学校近，吃夜宵也方便呀。"战仙仙这时通常就翻个白眼，说出下半句："我那儿离学校也近，你怎么不到那儿住去？"丁甲乙半开玩笑似的说："你那儿是高档小区，是豪宅，我就一屌丝，我可住不起。"一般，说到这儿，战仙仙就开始催促丁甲乙，该买房了，还租什么租。战仙仙给丁甲乙算了一笔账，把首付付了，公积金抵掉一部分，每个月就只需要不到四千月供："比你的房租只多一两千块钱，就可以有自己的家，这不香吗？"丁甲乙点头应是，说要找时间看看附近有什么合适的。但也只是说说了，丁甲乙从来没去看过。一次两次，三次四次，然后就吵了起来，于是丁甲乙第一次被战仙仙拉黑了。拉黑之前，战仙仙在微信给丁甲乙发了两条信息，第一条是"朽木不可雕也"，第二条是"夏虫不可语冰"。两句话后面，都有好几个叹号，以此显示她的愤怒。然而丁甲乙纳闷的、琢磨了很久也没搞明白的是——到底谁是夏虫。

爬上三楼，丁甲乙打开房门，开了灯，感觉到屋子里有些异样。他走了一圈，这才反应过来，整个屋子已经没有了战仙仙的痕迹。客厅里，书架下面的瑜伽垫不见了，书架最上面一层，三个紫砂壶还在，但壶里种着的铜钱草被拔掉了。丁甲乙把它们取下，里头只剩下花土。赵庄朱泥的西施、底槽清的子冶石瓢和黄金朱泥的秦权，这是他最爱的三个紫砂壶。有一天，它们偶然地引起了热恋期里战仙仙的兴趣："把盖子丢掉，种点铜钱草吧，肯定好看，你这屋子一点绿植都没有，别扭死了。"丁甲乙说："这三个都是全手工的，我都养了几年了，要不换其他几把？"战仙仙"哼"了一声，说："也就这几个好看些。"丁甲乙转身，把盖子小心翼翼地放在抽屉里，装作若无其事的样子说："那就种吧！"战仙仙那天兴致勃勃地说："这个红色的圆嘟嘟的就叫丁丁，黑乎乎的扁扁的就叫甲甲，黄色的高高的就叫乙乙——丁甲乙，我告诉你，回头你一定要把这三株铜钱草养好！"

看着这光秃秃的三个紫砂壶，丁甲乙感觉自己确实被完完全全地连根拔起了。他走进房间，床头柜上的瓶瓶罐罐没有了；他拉开衣柜，里头空了四分之三；他走进小书房，书桌上的音箱如今只留下一个鲜明的长方形印迹；他走进厨房，空气炸锅和小熊蒸蛋器不见了；他走进浴室，毛巾牙刷化妆品，也都不见踪影。丁甲乙又转了一圈，最后看到门背后的挂钩上挂着一串钥匙，钥匙上贴着一张黄色的小贴纸。他走前一看，上面写着八个小字："天高路远，无须再见"。

夹杂着鼻孔喷出的一股短促的带着轻蔑和鄙夷的气息，丁甲乙感觉自己好像无声地冷笑了一下。他撕下贴纸，在手里攥着，揉成一团，又环顾了一圈，然后掏出手机，给战仙仙打电话。他原以为接下来是再次听到"对不起，您拨打的电话暂时无法接通"，可没想到这一次竟然是"嘟——嘟——嘟"声。七八声响后，战仙仙接了电话。

"喂，你是什么意思？"

"分手。"

"呵，你够厉害的，比家政公司厉害多了，干干净净啊！"

"谢谢夸奖。"

"战仙仙，你这样有意思吗？"

"没意思。"

"我他妈的连一个体面的分手都不配是吗？你说拉黑就拉黑，你说挂电话就挂电话，你说分手就分手，你要消失就消失得一干二净，你把我当什么？！"

"我跟你道歉。对不起。"

"你觉得我要的是一个对不起吗？你说啊！"

"那我就没办法了。"

"你没办法？你不是有大把的办法来折磨我吗？"

"你在我这儿的东西，我明天会快递给你。"

"我不收。"

"随你。"

"战仙仙，你就要这么折腾是吗？安安稳稳地过日子，不行吗？"

战仙仙沉默了许久，丁甲乙屏住呼吸，而后听到她长叹了一声。

她然后一字一字地说："丁甲乙，你听着，这是你的安稳，不是我的，不是！"

丁甲乙感觉到大腿和臀部传来一阵刺骨寒意的时候，战仙仙已经挂掉电话许久了。丁甲乙艰难地从地上站起身来，知道这确实已经是最后的结局，他无法改变的结局。交往一年多之后，他重新回归单身。而在两个月前，他们还在为去哪一家摄影机构拍摄婚纱照而争执。然而，他感觉到一种沉重的同时，又感觉到一丝轻盈。他感觉到悲伤，感觉到愤懑，又有一丝无法言喻的解脱之感。他走进卫生间，脱去衣服，一丝不挂地站在花洒底下。水汽弥漫中，丁甲乙在镜子里看到自己正变得模糊不清。肉身也好，灵魂也好，在此刻，都正在以一种恒定的速度模糊着。丁甲乙在某一个瞬间，甚至以为自己很快就能抵达混沌之境。丁甲乙昂着头，让温热的水流冲击着他的脸庞，一动不动。他仿佛流泪了，又仿佛没有。他眯着眼睛，回想战仙仙后面一连串的火山爆发式的话语：

"丁甲乙，你太让我失望了。我一次又一次地觉得你会有所改变，哪怕只改变一点点，但我没有看到任何迹象。我看不到任何一丝丝可能的幸福。你可以继续你的佛系，但生活会陪着你佛系吗？我等不起了。我没有资本再耗下去，尤其是在一个毫无光亮的人身上耗下去，我不能再骗我自己。

"丁甲乙，我就搞不懂了，你堂堂一个博士，为什么总是一副畏畏缩缩、自卑到极点的样子？你在怕什么？

"丁甲乙，你就是个懦夫，你除了会逃避，会装作视而不见，你还会什么？是，生活哪有那么容易，谁他妈的过得不辛苦。你继续躲吧，躲到最后无处可躲的时候，我知道你还会把眼睛闭上。我知道你很享受这样的自欺欺人，你多擅长啊。

"丁甲乙，我现在应该为我自己感到庆幸。我根本无法想象，和你这么一个无趣的人，要怎么样度过这漫长的一生。

"丁甲乙，你人不坏，也没啥野心，只想求安稳。只是，真的太累了。就这样吧，一别两宽，各自保重吧。我祝你幸福。"

丁甲乙一动不动，任热水打在他的额头、脸颊和嘴唇上。狭小的卫生间里，水汽弥漫，白雾丛生。丁甲乙一遍又一遍地回想战仙仙最后的咆哮，如鲠在喉，如芒刺背。连呼吸都变得艰难——想到这儿，丁甲乙才感觉到气闷，赶紧打开了卫生间的门。一阵寒凉的空气涌了进来，丁甲乙打了个寒战。

五

丁甲乙顶着一个鸡窝头站在讲台上——虽然没见到，但他用手摸了摸，感觉那些头发确实在杂乱无章地翘起与塌下。丁甲乙醒来之后，才想起今天车子没法开上路。他穿好衣服，没来得及刷牙洗脸，冲下楼，扫了一辆共享单车，往学校飞奔而去。寒风呼啸，丁甲乙嘴中呼出的热气在短暂的一刹那就被吹得支离破碎，然后消失不见。

这一场考的是马克思主义基本原理。丁甲乙没有心思再去研究别人的发型、穿着，没有心思再去琢磨别人姓甚名谁。他颓然地站在讲台上，感觉自己神情忧郁。或许这是失恋者应有的姿态？很快，他又想到，他在这儿忧郁给谁看呢？给战仙仙？又或者给其他老师看到，然后转述给战仙仙？或许应该再忧郁一点，再悲伤一点，再颓废一点？丁甲乙感觉到恶心。这样的姿态又有什么意义呢？一场破裂的爱情，绝不会因为某一方的忧郁而起死回生。

丁甲乙再次回想战仙仙昨夜在电话里的话语，他不得不承认，战仙仙批评得对。失望。DISAPPOINT。失望。D－I－S－A－P－P－O－I－N－T。丁甲乙在心里一遍又一遍地拼写这个单词，又默默念了几遍，感觉这个单词的发音像针尖一样充满锋芒。他又想起希望。HOPE，H－O－P－E。这个单词充满温柔之气，像是母亲在孩子耳边轻轻地吹气。丁甲乙不无悲观地认为，人生就是这样，从希望走向失望，从温柔走向锋利。丁甲乙已经对自己失望很久了。这种内心的失望正逐渐走向具体，走向外在。战仙仙对他失望了，下一个呢？丁甲乙想到了母亲，想到了二哥，想到了大姐。他们对他失望了吗？

在很长的一段时间里，丁甲乙对于这个家庭而言，就是希望，唯一的希望。母亲常说："你和你哥哥姐姐不一样，和我们更不一样。"怎么个不一样，母亲没说，丁甲乙也没问。二哥因赌博被判一年半、大姐从广西离婚归来那一年，丁甲乙以优异的成绩考取邻省最负盛名的一所重点大学。母亲不懂什么是985，什么是211，她拿到通知书那一刻，只是号啕大哭。她把眼泪抹了又抹，一直抹不干净。她嘴里反复念叨着一句："老天爷，老天爷……"后来就是读研、读博，读得二哥常常在酒醉之后破口大骂："读个屁书，人家大学四年就出来赚钱了，这大脑袋七八年了还在交学费。"再后来，丁甲乙到了这所三四线城市的二本院校做老师。二哥问："人家都说博士就是老早时候的进士状元，毕业出来，工资起码一个月四五万，是不是？"丁甲乙摇了摇头。二哥又说："三万？两万？"丁甲乙还是摇头。"一万总有吧？"丁甲乙斟酌了一下，说："我现在才刚出来，职称都还没评上去……"二哥有些不耐烦，说："你就说有没有？"丁甲乙摇头。二哥说："那我问你，你能不能去镇政府把那张烈士证书要来？"丁甲乙说："我不知道。"二哥说："那你还读个屁书，还读这么多年！"丁甲乙不知该如何解释。毕业之后，丁甲乙开始发现，有很多东西是解释不清楚的。生活本身就是一个极其复杂的哲学问题，有人试图去解开谜底，但也只是徒劳无功。更多的人，走完了全程，也没发现问题的存在。这不像此刻正在进行的考试，问题清晰，答案唯一，A就是A，B就是B，正确就是正确，错误就是错误。

丁甲乙用眼神巡视了一圈，看到最右侧前排的男生笔直地把后背靠在后桌，眉头紧皱，嘴巴嘟嘟囔囔，一副沉思作答的样子。但刚刚丁甲乙分明看到了他在准备与后桌的同学搭话。这些套路，丁甲乙很是熟悉。以前，在各种月考、期中考、期末考的时候，坐在他前面的那个胖子都是这样从他嘴里讨要答案的。那会儿，只要胖子腰身坐直，往后一靠，丁甲乙很快就能听到一句细微而急促的话语："大脑袋，第三题，第三题！"丁甲乙走到那位同学身边，看了看他的试卷，没说话。他站在旁边，不再走动，直到那个同学重新伏身开始做题。这是一次无声的警告，显然，那个同学已经接收到了信号。丁甲乙这才背着手，缓慢地在教室里走了一圈。老实说，这些年，作弊的事情其实已经少了许多。道理很简单，作弊所要付出的代价越来越大。学生也都是聪明人，作弊一旦被抓，很可能就再也没法毕业，他们知道这其实划不来。丁甲乙上一次抓作弊，已经是五六年前的

272

事情了。一个穿短裙的女生，把手机藏在裙子里。丁甲乙从她身边走过后，她就从裙子里拿出手机，放在大腿上直接搜答案。丁甲乙连人带手机一起抓到之后，考场上另一个年纪大些的老师私底下和丁甲乙说："你也太猛了些，好在'人赃并获'，不然她反咬你一口性骚扰那就麻烦了。"丁甲乙回想了一下，他把那女生带到考务中心的时候，她确实以一种怨恨的眼神盯了他好一会儿。丁甲乙问："这对她影响很大？"那老师说："这是职业资格考试，这一抓，至少三年不能考了。"停了会儿，又说："不过这能怨谁，只能怨她自己不争气。"丁甲乙在某一个瞬间有一些过意不去，因为自己一刹那的本能，改变了一个人的部分命运。那老师又开玩笑说："听说抓到一个作弊的，有两百块奖励，你赚了。"丁甲乙很是吃惊，不知如何以对。他只好笑笑，心里更不是滋味。

十点零七分，第一个交卷的出现了。丁甲乙看了看他的试卷，感觉他在不及格的边缘疯狂试探。其中有一道判断题：事物是普遍联系的。这个同学洋洋洒洒写了一大段，最后得出结论：所以该观点是片面的。丁甲乙摇了摇头。他在考场记录表上，填下第一个交卷同学的交卷时间。过了一会儿，他又在一张草稿纸上写下：

　　事物是普遍联系的，这些联系的总和，叫作命运。

六

第六饭堂的饭菜以精致著称，丁甲乙平时来得很少。精致在丁甲乙这儿，约等于量少、价贵、不值得。更关键的是，丁甲乙也没觉得这里的饭菜有多好吃。上午的监考结束之后，一种全方位的疲惫降临在他身上——更确切地说，是"覆盖"。这种疲惫像是保鲜膜一般，把他紧紧包裹，以致他虚弱到甚至没有力气走远一点。丁甲乙点了一份烧腊、烧鸭双拼饭，吃了七八口，便再无任何胃口。他正准备端起盘子走人，这时，两位学生端着饭菜走了过来。他们喊了一声丁老师，丁甲乙这才认出，是他的学生。联系不多，丁甲乙甚至没记起他们的名字，他只好说："你们好啊。"高高瘦瘦的那个大胆地和丁甲乙开了个玩笑，说："丁老师，你今天的发型酷毙了。"另一个戴眼镜的更直接一些，他说："丁老师，下午究竟考啥呀？能不能透露一点点？"丁甲乙说："最后一次课的时候，已经给你们复习过了。"戴眼镜的轻哼了一声，略微不满地又如同撒娇一般地说："丁老师，您再精简精简嘛。"丁甲乙有些不自在，他说："反正都是上课重点讲过的内容，没什么好担心的，正常发挥就行。"高高瘦瘦那个这会儿喝了口汤，抬起头看着丁甲乙，笑笑地说："老师，人类的悲喜并不相通，人类的忧虑与恐惧也并不相通。"丁甲乙认真看了他一眼，然后跷起大拇指给他点了个赞，说："就冲你这句话，我感觉你都不会考得太差。"

丁甲乙下午在教室里看到这位同学的时候，再一次想起他的这句话，越想越觉得确实有那么一点道理。人类的情感，悲喜也好，忧惧也罢，并不相通。不通，隔也。凡事只要"隔"上那么一下，就麻烦了。在一种和谐的关系里，各方总是在努力地消除隔阂，互通有无，求同存异，和谐共处。但这只是一种理想状态。古人说，人心隔肚皮。古人还说，画虎画皮难画骨，知人知面不知心。他和战仙仙，隔了两层肚皮，所以不通，所以就有了种种分歧、争执和吵闹，所以终将擦肩而过，此后再无交集。可是，按照这个逻辑说下去，这个世界上谁还能与他"不隔"呢？没有。父母、兄弟、爱人、友人，其实都是"隔"的，更别提那些生活中数不尽的种种过客了。每个人天生就注定了孤独，注定了他与这个世界"格格不入"。想到这儿，他突然感觉人在生理特征上天然地就契合了某些最为经典的哲学命题。心灵相通可能吗？心有灵犀可能吗？感同身受可能吗？他又想到一句，"知我者，谓我心忧；不知我者，谓我何求"。只是，茫茫人海中，谁是"知我者"？

战仙仙不是。但战仙仙又有什么错？没有。追求一种自己喜欢的生活，向往一种更高品质的生活，这是每个人的天性，也是每个人的权利。战仙仙当然也不例外，她很清晰地知道自己想要什么，这一点丁甲乙其实很是羡慕。相比之下，他对于未来的种种设想，都显得虚幻而缥缈。在十多年前，他刚考上大学那会儿，他在日记本上写下：

我要过平淡的生活，而不是平庸的生活。

当时他觉得这话看似平和，实则霸气十足，着实是惊艳。他因为这句话，暗暗得意了许多年。现在回想，当初有多惊艳，如今就有多锋利。丁甲乙曾经也手握一副好牌，只是自己把它打得稀巴烂。在哪一步出了差错，丁甲乙也搞不清楚。牌局输了可以再来，生活过去了，就真的过去了，再没有洗牌重来的可能。丁甲乙仔细回忆了他与战仙仙的交往，心中一股愧疚之意终于缓缓升起。他终于直面了这一点，然而战仙仙不会再知晓。这一年多来，战仙仙付出了许多，而他则更像是一个被动的、委屈的孩子，总是以一副被逼迫前行的、不情不愿的姿态，在向战仙仙宣告她的行为有多么过分。努力工作，积极生活，这本就是丁甲乙自己应该做的事情，现在却好像全因战仙仙而变得面目狰狞。丁甲乙不知道自己为何在战仙仙面前变成这副模样。按年龄，他应该比她成熟；按学识，他应该比她理性、睿智；按性别，他是男人，也应该比她承受更多。然而，一切都恰恰相反。

在战仙仙面前，他总感觉到一种难以言表的压力。倘若真要细说，这压力可能是战仙仙身材高挑，相貌清丽，而他只能用平平无奇来形容；这压力可能是战仙仙住在云山壹号，而他在嘈杂的程乙村一租住就是五年；这压力可能是战仙仙开着一辆红色的宝马 X1，而他的二手北京 BJ40 越野车早已暗淡无光；这压力可能是战仙仙一套化妆品、一个包、一件大衣，就得他用半个月、一个月的工资去购买；这压力可能是他在世贸大厦顶楼请战仙仙吃一顿浪漫的烛光晚餐，然后自己在出租屋里偷偷啃上半个月的大馒头；这压力可能是战仙仙家里在深圳有两套房和一栋出租楼，而他工作多年至今一无所有……这一切，说起来都显得庸俗透顶，但又都是外人夸赞、羡慕的所在。他们说，你们真是郎才女貌，神仙伴侣，羡煞旁人。

丁甲乙也曾感觉到幸福，然而不知从什么时候起，这种幸福就变成了暗夜里的神伤。战仙仙时常对他说："你能不能在吃饱以外，多一点点情调？"一般说这话的时候，都是丁甲乙对战仙仙要去吃西餐、牛排、日本料理等表示拒绝的时候。丁甲乙觉得它们又贵又不好吃，花上小一千，肚子还填不饱。相比之下，丁甲乙还是觉得十来块钱一份的炒米丝、兰州拉面和各种盖浇饭性价比最高。而这些，是战仙仙宁愿啃面包，也不会去点的外卖。有的时候，丁甲乙也蜻蜓点水般地和几个朋友聊过这个话题。他们听了之后，一脸鄙视地对丁甲乙说："你就别在这儿'凡尔赛'了，得了便宜还卖乖，实在过分。"丁甲乙心里一股愤怒的小火苗霎时就燃烧起来了。他很想把啤酒杯往桌上这么一放，高声说："谁得了便宜还卖乖？我得了什么便宜了？我怎么过分了？"然而，他只尴尬一笑，跳过了这个话题。

所以，战仙仙给他买件大衣，他嘴上笑嘻嘻，心里却并不得意；战仙仙说要给他换个新的笔记本电脑，他直接表示拒绝。为此，战仙仙还与他吵过一架，说他矫情。这么一说，丁甲乙心中更加不是滋味，他说："我这叫矫情？你家不就是钱多嘛。"战仙仙丢下一句"不可理喻"后，又一次把他拉黑。再一次和战仙仙失联之后，丁甲乙也曾自我拷问："我错了吗？这样值得吗？"当他想到后者时，他感觉到这已经不是纯粹的爱情。过往的数十年里，他一直坚信，爱情根本没有值与不值的问题，只有爱与不爱的问题。这使他更觉忧伤，比战仙仙拉黑他还要忧伤。他不敢再往下想。

在很长的一段时间里——具体点说，是从小学到高中——他一直觉得母亲是懂他的。她一心想让丁甲乙好好读书，她说："万般皆下品，唯有读书高。读书是你改变命运的唯一的机会。你的命运掌握在你自己的手中，这是你自己的事情，我们任何人都没有办法帮你。"她从来没有以任何手段给他增添压力。她在他每一次取得奖状的时候，摸着他的脑袋，脸上露出欣慰的笑容。偶尔失利，她也从不恼火。她总说："你和我们都不一样。"许多年后，丁甲乙回想起这些话语，才诧异地发现，这些话语和一个从未上过一天学、面朝黄土背朝天的农村妇女是那么的不搭调。由此，丁甲乙才认定，母亲是一个有故事的人，只是她从未向他们说出。

另一个人的故事，丁甲乙一直好奇，也听到过种种说法，但他始终不知真相究竟如何。在丁甲乙出生那一年的秋天，阳光猛烈，万物暴躁。一个男人从山岗上飞奔回村，高呼了一阵，又操着家伙飞奔上山，最终长眠于此。这是丁甲乙的父亲，他当时兼任村里的护林员，每个月能得到十块钱工资。那场大火足足烧了三天，把大半个天空烤得通红。村里人都说，是老天爷实在看不下去了，给他们留了一条生路，这才降了一场雨下来。所以，他们在大火熄灭之后，带着香烛和猪头又进山去祭拜山神与天神。村里人又说，这场大火说不定就是丁甲乙的父亲引燃的，不然他怎么会为了这十块钱，飞奔数里路回来报信，把自己的命都拼在那儿。那时，二哥已经十五岁了，他红着眼睛，怒吼："你们放屁，我爸爸又不抽烟，身上从来不带火，怎么可能引燃山火？你们都错了，我爸爸是英雄，是你们的救命恩人，是烈士！你们要给他发奖状，发勋章，你们要给他盖国旗！"他去村里说，去镇里说，还想去县里说、省里说。他说了一遍又一遍，也没给父亲争到一个恒久的名誉。自此之后，二哥性情大变，他不再相信任何人，不再相信任何人世间的情谊。高三毕业那年夏天，丁甲乙郑重地问起当年的事情。丁甲乙说："二哥，我十八岁了，我有权利知道当年的事情，当年的真相。"二哥把白酒瓶中的最后一杯酒倒出，闷下，说："有什么好说的。都是扯淡，都是鸡巴毛。"

那些年里，二哥对很多事情都是一副无所谓的状态，包括他自己的前程。他辍学，打架，学会了抽烟、喝酒、赌博。母亲常常在夜里独自哭泣，被二哥听到之后，又是一阵咆哮。唯独在大姐的事情上，他表现得尤为决绝。那年，大姐从广东打工归来，带来一个矮小黝黑的广西男人。大姐说："我要嫁给他！"二哥说："你要敢走，走了就别再回来，就当没你这个人了。"大姐先是说，说着说着就哭，哭了几天，最后还是跟着男人走了。丁甲乙高考那年夏天，大姐独自一人回来了。还是哭，整天整夜地哭。直到一个深夜，二哥醉醺醺地踹开她的房门，说："你要再敢去找那个广西佬，我打断你的腿！"大姐原本在抽泣，而后号啕大哭，最后抱着二哥，哽咽不止。

七

下午的考场要比上午的大得多，这教室平时能坐一百多号人。丁甲乙背着手转了一圈，发现他教的这个班，答起题来并不如他们在课堂上表现得那样自如。他在课堂上花了三节课，给他们讲先锋小说，讲余华、格非、马原，讲先锋精神永不熄灭，但此刻他们愁眉苦脸、抓耳挠腮、冥思苦想的样子，仿佛丁甲乙是在另一个二次元时空给另一群人上了课，而他们对于先锋仍然一无所知。往年监考和改卷的时候，丁甲乙最喜欢看他们篡改文学史，每一次他都感觉自己的想象力实在是贫瘠得可怜。但今天，丁甲乙的注意力并不在这儿——尽管他看到有同学在试卷上把莫言命名为当代朦胧诗的代表人物，把《文化苦旅》当作余华的代表性作品，说高行健的《绝对信号》呈现了作家对于祖国大地与壮美河山无限深沉的热爱之情。他面无表情地转了一圈，最想看的是他们如何回答第一道论述题。这道题是他出的：

> 请结合个人经历，谈谈你对《人生》和《涂自强的个人悲伤》的理解。

丁甲乙仍然记得他在课堂上慷慨激昂地向同学们宣告："路遥最出名的作品是《平凡的世界》，但我认为他写得最好的小说是《人生》。"丁甲乙说："对于高加林而言，农村是一种命运，城市是另一种命运；刘巧珍是一种命运，黄亚萍是另一种命运。命运有无限的可能性，但命运落在每一个个体身上的时候，它又是唯一的。命运是不可逆的。这是高加林的痛苦所在。"丁甲乙说："时隔数十年之后，作者同样将关注点落在农村青年的出路问题上。小说中的涂自强，就是当年的高加林。他出身贫苦家庭，他努力上进，他终于依靠读书从大山深处走进了城市。他走上了高加林所想走的那一条路，但他最终还是一无所有。"接着，他用法国哲学家、社会学家布尔迪厄的文化资本理论，对这两个不同时代青年相似的悲剧命运做了冗长的文本细读和社会学分析，把同学们说得晕头转向。那节课的最后，丁甲乙神情严肃地看了看在座的每一位同学，他缓缓说："其实，我们每一个人都是高加林，都是涂自强。"这句话，丁甲乙不知他们是否听懂了。他只记得，那一整个下午，他都感觉到压抑。回到程乙村的出租屋里，他坐在电脑桌前，呆坐了半天。

那段时间里，母亲频繁地给他来电。她已经年过七旬，不会微信，不会发视频。她在电话里说："家里的三间房子必须要重建了。"这三间房子，是她和父亲一砖一瓦亲手建起来的，虽然用的是黄泥土坯砖，但其实还很坚固，数十年了没有任何倾斜和开裂的征兆。要怪就怪前几年那场百年一遇的大洪水。短短的三个小时，洪水在屋子里就比人还高了。村子里众多的老房子在雨水中消失不见，但这三间房子仍然屹立。几天之后，洪水退去，留下一地的红色泥浆，以及一条两米来高的水线。房子虽然没有倒，但被水浸泡多日之后，墙脚开始柔软起来。母亲那会儿每日都期盼着出大太阳，像三伏天那样的灼灼烈日。她想着，要晒一晒啊，多晒几天，晒干了，房子就踏实了，人也就踏实了。但这只是她的一厢情愿。在接下来的半年多里，房子里的石灰墙面开始出现细小的裂缝，越来越多，越来越大。二哥用手摸了摸墙脚，还用刀子划开看了一下，土砖依然是湿润润的。他把她和大姐接到他的平房里，这三间土房，正式成为了一个并不坚固的杂物聚集地。二哥觉得，当初直接塌了倒好了，国家还能赔点钱，现在这样半死不活吊在这儿，迟早要出事。修，还是不修，这是个问题。他们商量了一阵，没拿出主意来，后来也就不了了之了。母亲说："现在必须要做决定了。"这两年，新农村建设如火如荼，镇上发了通知，说是县里的政策，要把农村所有的危房、瓦片房、土坯房拆除。现在，摆在他们面前的就只有两条路：一是政府把它拆了，补一笔钱，把宅基地收回，归村集体所有，这三间房以及地基，从此和他们就再也没有任何关系了；二是自己把它拆了，政府也补一笔钱，不多，大概一万来块，宅基地还是自己的。这个选择附带的条件是，他们必须在一年之内，再在这块宅基地上把房子重新建起来，而且必须是水泥房，必须和村子里其他的房子一样，刷上乳黄色的外墙，楼顶盖上宝蓝色的琉璃瓦片。母亲说："你二哥的意思是拆了就拆了，我不同意。你虽然出去了，但总得留个根，你以后总得回来，哪怕一年就一次。回来了总得有个家啊，不然你上哪儿落脚去？"母亲说："这是我和你爸爸一手摞起来的屋子，拼了大半辈子，吃了那么多苦头。"母亲说："不能到头来一场空。"丁甲乙打电话给二哥。二哥说："要是重建，三间房，各两层，加上装修，得三十多万，你自己看着办。"二哥又说："要是重建，你拿二十五万回来，剩下我去偷去抢都不关你事了。"

母亲频繁来电的这段时间，战仙仙正催促着丁甲乙买房。战仙仙说："也不用多大，一百二十左右的三房就行了。早点买，早点装修，就作婚房。"战仙仙说："现在房价一万六，我估计还得涨，等到两万三万一平方米的时候，你就更买不起了。"战仙仙说："加上税费什么的，估计要两百万。丁甲乙，这是婚房，你来出首付，这不过分吧。以后的房贷，我们一起来还。"战仙仙说："算了，我也不逼你，你就拿二十万，剩下的首付我来，这样总可以了吧。"

手机发出振动和光亮的时候，丁甲乙才发现天已经完全地黑了下来。还是母亲的电话。丁甲乙接通之后，还没等她说话，直接说："妈，听你的。你让二哥把银行卡号发给我，我先给他转十万过去，剩下十五万，我过几天打给他。"挂了电话之后，他在微信上翻通信录，最终选定了三个人。他编了一条信息，感觉比写论文还要艰难。反复地更换词句，反复地斟酌语气，许久，他才把信息发送过去。之后，他把手机往桌上一扔，靠着椅背，后仰着头，长吸了一口气，然后一动不动。

八

　　四点三十分，考试结束。好几个学生跑过来说："丁老师，手下留情啊，我们'菜菜'，您一定要'捞捞'我们，'求求'了。"丁甲乙礼貌式地笑了笑，点了点头，表示他听懂了这几个期末阶段最新的流行词。他抱着试卷出门，在走廊转角遇见金教授。金教授背着一个双肩包，他笑呵呵地给丁甲乙飞了个眼色，说："交完试卷快下来，我在停车场等你，有好东西。"

　　丁甲乙在停车场再见到金教授的时候，他正坐在一辆崭新的橙色坦克300里面。金教授从驾驶室下来，把车门一甩，说："坦克300越野版征服者，帅不帅？"丁甲乙眼睛一亮，飞快地绕着车子转了一圈，然后拍了拍车身，说："真买到啦？"金教授点了根烟，神情淡然地说："找了个省城的朋友，打了个招呼，提前提车了。"很快，他就掩饰不住内心的骄傲了。他跟着丁甲乙一起围着车子转，一边转一边跟在他后头介绍说："2.0T，8挡手自一体，最大马力227匹，最大扭矩387N·m，最小离地间隙224mm，最大涉水深度700mm，最大爬坡度提升到了70%……"丁甲乙坐上驾驶室，摸着方向盘，说："金老师，论骚气还是得你排第一，选个橘色小钢炮，太炫了。"金教授也跟着坐上副驾驶位，说："这符合我气质，年轻嘛。"丁甲乙故作惊奇地说："我还没见过这么年轻的马上要退休的中文系教授！"金教授哈哈一笑："兜一圈？"丁甲乙说："必须的。去哪？"金教授说："虎啸岩，走起！"

　　这辆闪亮的橘色硬派越野，从教学楼出发，出了校门，沿着龙兴大道，向乌柳山方向飞驰而去。一个小时后，丁甲乙将车子开到虎啸岩山顶的平地上，下了车，对着广袤无垠的天空大喊了一声："爽！"丁甲乙说："老金，你他妈的简直就是人生赢家！全地形无死角的！"金教授又着腰说："你小子小心点说话，老金也是你叫的。"丁甲乙说："天高地阔，唯独你我，那些世俗规约，滚一边去吧。"丁甲乙接着又说，"老金，来，也给我一根。"

　　刚驱车爬上来的时候，天空已经开始摸黑。他们抽完一根烟，天色就完全暗了下来。丁甲乙找了块大石头，坐下，裹了裹外套，目视远方，说："老金，再给我一根。"老金又递了一根过来，顺着丁甲乙的方向往前看，说："大晚上，黑魆魆雾茫茫一片，你小子能看啥？装什么忧郁，说吧，遇到啥事了？"丁甲乙说："老金，跟你借的那五万，我没那么快能还给你。"金教授说："小事儿，我现在不急着用这五万。"丁甲乙说："可能一年、两年都还不了。"金教授说："你小子就为这个愁成这个鬼样子？"丁甲乙说："车上有酒吗？"金教授借着车子微弱的闪光，认认真真地又看了丁甲乙几眼，没有说话。他转身，打开后备厢，取了一瓶白酒。他说:"别人刚送我的五粮液,还没焐热呢,在这里给你喝,真是浪费了。"丁甲乙开了酒,对着瓶嘴吹。冷风中,他咽下一口,然后咳嗽个不停。好一会儿之后,他说:"老金,我和战仙仙吹了,就昨晚。这次是真吹了。"

金教授站在他身旁,拍了拍丁甲乙的肩膀,说:"真确定了,那就接受这个结果。"沉默了一会儿之后,他又问:"总得有个原因吧?"丁甲乙双手用力搓了搓脸,说:"具体是什么原因,我也说不上来。都是鸡毛蒜皮的日常,堆积多了,总会爆发。这一次,她把我拉黑,是因为我想带她回老家过年,见见我妈,而她坚持要让我跟她去深圳陪她父母过年。"他说:"老金,我都几年没回去过年了,你说我这要求过分吗?我们都要结婚了,我妈还没见过她,你觉得这样合理吗?"他又往嘴里灌了一口,说:"我们在一起实在是累,战仙仙累,我也累。"说到这儿,他转头看了一眼金教授,苦笑着说:"关键是,我们都觉得自己累得有道理。"金教授摇了摇头,说:"两个人在一起,哪有一路平顺,一点磕磕碰碰都没有的,关键是你们怎么去处理这些磕磕碰碰。"丁甲乙说:"有些磕磕碰碰当然正常,可全是磕磕碰碰的话,还有意义吗?"金教授遥望远方无穷夜色,几乎看不到什么灯光。他说:"意义这东西,是由你们自己判定的。你们觉得有,那就有,你们觉得它不存在了,它也就不存在了。"丁甲乙若有所思。他举起酒瓶,这次他喝得很猛,咕嘟咕嘟喝了好几口。他嘶了口气,说:"难啊。审美要合,三观要合,生活习惯要磨,品位趣味要磨。更难的还是那些无法调整的东西,比如钱,比如房子。"他说:"中国人老讲什么门当户对,以前我觉得就是扯淡,现在我知道它的道理了。这和马克思说的经济基础决定上层建筑,其实是一回事儿。"金教授说:"也不能这么悲观。这些东西,不都是自己要去拼出来的嘛。"丁甲乙冷笑了一下,说:"老金,说白了,我和战仙仙不合,就是经济基础悬殊。或许很多人羡慕,说什么少奋斗十年二十年,但我真的挺难受,说不出来的难受。我不知道你懂不懂……不懂也正常,我自己也越来越不懂。"

两个人都没再说话,只剩下坦克300双闪发出的吧嗒吧嗒的声响,在这山巅突兀地存在。过了好一会儿,金教授说:"走吧,别待在这儿了。要喝也找个暖和的地方,搞点吃的嘛,我陪你。"丁甲乙摇了摇头。他把双脚屈在身前,双手抱住,把下巴搭在膝盖上。他说:"这儿挺好。"金教授紧了紧衣领,说:"你不冷,也考虑考虑我行吗?"丁甲乙没接他的话,他自顾自地说:"老金,我是不是很失败?要什么,我就没有什么。课题课题没有,论文论文发不出,五六年了还只是个小讲师。房子房子没有任何踪影,爱情也转眼就一场空了。"他说:"老金,我真的是太羡慕你了。快六十了,长得跟我差不多,你咋保养的?"他说:"你太爽了。要事业有事业,要远方有远方。一退休就准备进藏,进藏也就算了,你还特地买辆坦克300,你咋就能这么潇洒呢?"他又喝了一口,说,"老金,我原来的梦想是买一辆路虎揽胜运动版，一百多万，酷炫极了。我记得我跟你说过的。反正是梦想，那就往最高处想嘛。后来，你知道我悲哀什么吗？我连想都不敢想了。做梦又不要钱，无本生意啊，但我他妈的就是不敢想了。我现在开那辆二手的破吉普，每次看到油价又上调一毛二我都觉得压抑。"他说："老金，我得谢谢你。你不嫌弃我，这一点，我永远记在心里。我还能用你的座驾过过越野的瘾，挺好。"他说："老金，读大学那会儿，我看到一个老师在讲台上侃侃而谈，儒雅而霸气，我感觉他浑身都发着光。我也想像他那样，我于是努力读研、读博。后来我也站在讲台上了，但没有一点光芒。毕业出来工作到现在，也已经不少年了。曾经，我不敢说自己才华横溢，但总觉得还是有那么一些的。现在，我总想起一个词，感觉重新认识了它——'理想主义的幻灭'，哈哈。"他说："老金，你昨天有没有监考？有一道题，太有意思了。我都能背出来了。我背给你听：'大学生吴某，来自山区，家庭经济困难。从小到大，他的学习成绩都十分优异。上大学后，他忽然感觉到心中茫然，学习没有动力，生活没有目标。有时候，他想到自己辍学在家务工的妹妹和年迈多病的父母，会十分憎恨自己的不努力。但是，他又找不到学习的动力和奋斗的目标，大学生活逐渐变得浑浑噩噩，得过且过，甚至经常去网吧打游戏'——哈哈，老金，我觉得这个吴某也可以叫作丁甲乙。"他说："老金，我觉得我还挺努力的，真的。我妈妈从小就跟我说，努力就会有回报的。这是对的，对吧？"

九

丁甲乙醒来的时候，感觉脑袋像是炮仗轰炸过了一遍。他晃了晃脑袋，完全想不起来是怎么回到自己家并躺在床上的。断片了。屋里的灯亮着，他在枕头旁摸到自己的手机，看到时间是凌晨三点二十八分。打开手机之后，看到的是金教授的几条信息。他口渴得厉害，点开语音，一边听，一边往客厅走去。热水壶里并没有热水，他翻箱倒柜，找到一瓶没开的瓶装可乐。也不知有没有过期，他一口气咕嘟咕嘟喝完之后，这才感觉到一阵凉意从肚子里翻涌而上。他打了个嗝，闻到酒精在胃里发酵了大半夜之后的恶臭。他捂着嘴巴，往卫生间飞奔而去，跪在马桶前呕吐不止。

许久之后，丁甲乙站在洗手台的镜子面前，看到自己脸色苍白，眼睛里布满了鲜红色的血丝，胡子在一夜之间仿佛就野蛮生长了起来。他打开热水器，快速地洗了个热水澡，又刮干净了胡子，终于缓过神来。他再一次打开微信，点开金教授的语音，这才听清楚，是金教授将他从虎啸岩拉了回来。金教授还说，回来的时候，门口放着两个大纸箱子，他已经帮他搬进屋子里来了。没找到剪刀，丁甲乙用一支签字笔将纸箱的透明胶戳开，里面果然是战仙仙给他寄来的物件。东西其实并不是特别多，十多本书，一套小茶具，几件衣服，一双运动鞋。丁甲乙踢了箱子一脚，不想再看到它们。过了一会儿，他又蹲下身来，将箱子里的物件一一取出，摆在客厅的地板上。"这是爱情遗物。"丁甲乙感觉自己又发明了一个莫名其妙的新词。

六点钟的时候，丁甲乙用电饭煲煮了锅白粥，喝下两碗，肚子里终于不再空空荡荡。他走进书房，打开电脑。邮箱里有数十个未读邮件，丁甲乙看了下，大多是学校要求年终要填写的各种空白表格，以及学生发来的毕业论文开题报告。他扫了几眼，犹豫着是否现在就点开看看，开始一天的工作。几秒钟后，他把网页关掉，打开酷狗音乐，放了一曲大悲咒。曲子的音质和往日并不大一样，丁甲乙琢磨了一会，才想起原来的音箱已经被战仙仙带走了。丁甲乙摇了摇头，从抽屉里取出一支檀香，点上，接着开始烧水。烧水的过程中，他在想，应该喝一泡什么茶，应该用哪一只紫砂壶。这样的生活，被战仙仙批评过多次。她说："你才三十出头，干吗把自己过得像个退休老头子一样？"丁甲乙说："这不也是生活一种嘛，还挺养生，不好吗？"战仙仙白了他了一眼，说："难闻死了。"丁甲乙说："围炉煮酒，红袖添香，多美啊。"战仙仙说："那你去找你的红袖吧。"丁甲乙抱着她说："你不就是嘛。"战仙仙挣开身子，说："滚！"

水沸了两遍，丁甲乙这才回过神来。他从书架上取下一把天青泥的秋水莲子壶，往里注了半壶水。丁甲乙感觉他需要一种温润的滋养，所以选了一款陈年熟普。一边温壶，一边撬茶。丁甲乙的动作很是轻缓，甚至有一种别样的温柔。他在这茶香中想起自己已经好些天没有安安静静地泡上一壶茶了。取了六克茶，洗了两遍，丁甲乙看着红艳明亮的茶汤流畅地从壶嘴里飞奔而出，在盏中激荡、旋转，冒出腾腾热气，感到这暖意同时弥漫在他心头。他端起这把已经养得油润至极的乌金盏，闻到一种熟悉的茶香。茶汤入喉，他感觉到自己像是一坨冻土，在一点一点地化开，在一点一点地温热起来。

一泡热茶将丁甲乙重新唤醒。这多少显得有些玄妙。丁甲乙闭上眼睛，在冬日的清晨，在这狭窄的书房里，在袅袅的檀香与茶气中，独自享受一种久别重逢的感动。三四年前，丁甲乙忽然就对茶感兴趣了。不是那些鸡汤式的、洗脑式的、营销式的矫情茶道，仅仅是茶。各种生普、熟普、岩茶、白茶、滇红、绿茶、单枞，挨个试了一遍，还是觉得普洱和岩茶更具韵味。然后是壶，紫泥、朱泥、段泥、红降坡等各类泥料，仿古、石瓢、德钟、西施、秦权、潘壶、掇只、掇球、汉瓦、秋水、莲子、宫灯等器型样式各异大小不一，却各有各的美学风格，都让他心痒痒。接着是杯子，汝窑、青瓷、建盏、钧瓷、羊脂玉、釉色多样，摆在一块，光彩繁复，眼花缭乱。然后是各种各样喝茶的辅助物件，比如茶则、壶承、杯垫、克称、茶针、香熏、茶宠……相比于喝酒，丁甲乙感觉独自品茗更具滋味。在这一方小天地里，他感觉自己忽然拥有了一种高雅，一种于他而言最为经济的高雅。当然，丁甲乙自知，他买的紫砂壶大多都只是精工半手壶，没有一把是全手工的；他喝的普洱，也不是那些知名山头的古树纯料，而更多是拼配茶；他的各种建盏和主人杯，大多都是在网上淘来的入门级产品。他每个月拿出工资的十二分之一或者十分之一，用以构建这并不奢华但也精致的茶水世界。他觉得自己实在是败家，难怪攒不到钱。但转眼，他又自我安慰："人哪，总得有个爱好吧。喝茶，总比抽烟喝酒好多了。"

丁甲乙时常看着这一个个紫砂壶一个个主人杯心生怜意。它们见缝插针地摆放在书架的边缘，如同散兵游勇，毫无队形可言。书架是网上买的便宜货，刷着黑漆的铁架子，木质的横板在层层书本的重压下大多都已经弯曲如弓。丁甲乙不知道他在哪一天醒来，会看到这两排书架重重坍塌，留下一地凌乱。这一幕，其实已经在他的梦里出现过多次。丁甲乙一直渴望一个相对大一点的书房——在多年前，他渴望的是一间超级大书房，能够精致地将他的这些宝贝书摆放得整整齐齐，摆放得从容不迫。随着年月的增长，这个书房在梦想之中一点点缩水。丁甲乙最为恐惧的是，有一天，他都不敢想象自己能有一个书房，不敢想象自己能有一个足够大的书桌。

丁甲乙又喝了一泡，感觉这款2002年的老熟茶韵味越来越足。唯一不足的是，这狭小的书房，这拥挤的书桌，与这泡老茶并不搭配。丁甲乙理想中的饮茶，应当从容不迫，优雅自在，而不是生怕自己动作大一点，就将茶杯打翻。现在这张狭小的书桌上，正前方是一堆书，书上架着一台笔记本电脑和一个鸡翅木的檀香盒；左边一堆活络油、驱风油、镇痛膏药和签字笔、回形针、小夹子等办公用品杂乱地混杂在一起；右边鼠标旁，一个直径二十来厘米的圆形紫砂茶盘和烧水壶小心翼翼地落在边缘——在几天前，茶盘后面是战仙仙买来的一个长方形音箱。在这张凌乱的书桌上，他细读了数百本书，整理了数百万字的文献，写下了十余篇文章。在这张凌乱的书桌上，他动作精细地泡过各种茶——不得不精细，稍不小心，就可能碰落某种挚爱之物。茶汤的腾腾热气还在缓缓上升。他想起刘禹锡的《陋室铭》，很快又苦涩起来，感觉自己并不配。他又想起刘震云的小说《一地鸡毛》，心想这个标题取得是真好。一地鸡毛，你用力拍打，迅猛出击，鸡毛飞得更高更远，然后又顽固地落在这一土地上；你轻轻地吹，轻轻地捏，轻轻地扫，它们又悄无声息地粘在你的头发上、皮肤上、衣服上。总而言之，你没有办法摆脱它们。

十

这是最后一天的监考。今天下午四点四十五分之后，学生交完卷，算是彻底
解放。一个学期宣告结束，他们将迫不及待地拉着行李箱，在校门口各奔东西，
各找各的欢乐。今天下午四点四十五分之后，丁甲乙要做的就是流水改卷，在教
务系统登录学生的平时成绩和期末成绩，做各种各样的期末表格，直到所有的教
学材料与档案上交封存，直到填写完各类繁杂的年终总结表格，这个学期的教学
才算是暂时告一段落。是的，仅仅是教学暂时告一段落。在别人羡慕的寒假里，
他得再一次投身于各种项目的申报表的填写之中——尽管每一次他都感觉自己在
浪费时间，在为他人做嫁衣。他得抓紧一切时间，在寒假这短暂的、有限的、稍
微自由的时间段里，静静心心地读几本书，写一两篇文章——尽管他写的文章好
多年一直在投稿始终没能刊发在理想的刊物上。

丁甲乙穿着一件风衣，着装打扮要比昨天精神许多。他双手插兜，仍然是站
在讲台上，用目光替代脚步，左右逡巡，上下扫视。他看到一个女孩子用保温杯
装着一大杯热气腾腾的豆浆，于是想起那年夏天的期末考——大多数人在桌上摆
着矿泉水或者碳酸饮料，只有一个肤色黝黑的男孩子在桌角放着一个超大的保温
壶。他写几段就喝上一口，惬意得不得了。丁甲乙装作漫不经心的样子侦查了几
次，确定里面装着的是冰镇可乐。那会儿，丁甲乙不得不感慨，年龄确实有代际
之分。都是保温杯，他们用来泡枸杞，○○后用来装冰镇可乐。感慨之余，他在
炎热的教室里汗流浃背，对这个学生保温壶里的冰镇可乐产生了多次隐秘的
渴望。

开考十分钟左右，教室里另一位监考老师凑了过来。一个今年刚毕业的古代
文学的年轻博士，他走到丁甲乙身边，挨着他的耳朵，小声说："师兄，你去后
面坐一下吧，我站前面就行。"丁甲乙点了点头，在讲台上又用目光巡视了一圈，
然后端着自己的保温杯，往教室后排走去。他在最后一排找了个空位坐下，背靠
着凳板，面无表情地望着前方。他看到年轻的师弟身姿笔挺地站在讲台上，像他
几年前的样子，脑袋转来转去，仿佛是一个程序固定的摄像头。丁甲乙想起这个
师弟刚入职时候与他喝酒的情形。那天，领导带着新入职的三位老师，摆了一
桌，喊上了丁甲乙作陪。在自我介绍的时候，赵博士说他毕业于西北的一个重点
大学，师从张得心教授。丁甲乙在他讲完之后，跟大家一样，给他鼓掌，表示欢
迎。领导之后给这三位新老师介绍在座的老教师，说到丁甲乙的时候，领导也介
绍了他的毕业院校，以及他的师承。领导说完，赵博士激动地站了起来，说：
"丁老师，我得叫您师兄哈，以后还请您多多指教。"丁甲乙那会儿正夹着一块卤

水鹅翅埋头在啃，他颇受惊吓地把鹅翅放回碗里，一脸疑问地说："这可从何说起？"赵博士端起一杯酒，走了过来，说："师兄，您的博导戚教授和我导师读硕士的时候都是跟着孙教授的，正宗的同门。只不过，我导师入门的时候，戚教授已经毕业好多年了。"丁甲乙说："哦哦。"赵博士继续说："这么算下来，戚教授我得叫师伯，我当然也得叫您师兄了。"丁甲乙又"哦"了几声，然后在似懂非懂中与他喝了两杯，从此多了一个师弟。

老实说，这师弟对丁甲乙不错。每逢酒局，他必然与丁甲乙亲近地凑在一块，师兄师兄地喊个不停。他礼貌而谦虚地在微信里向丁甲乙提各种问题，关于教学，关于项目，关于学术。有时候，他在半夜三更发来信息，说他带的班里有个女孩子深夜在向他哭诉，该怎么处理。有时候，他激情澎湃地向丁甲乙讲述他的学术计划，尽管他的学术领域和丁甲乙的完全不一样。丁甲乙有时候也给他一些建议，不涉及专业知识，只聊了一些学术规则与学术禁忌。丁甲乙后来坦诚且真挚地跟赵博士讲："师弟，这些东西，其实你最好还是不要告诉我，最好也不要跟别人说。"赵博士略为不解，但还是笑嘻嘻地说："没事儿，师兄，我就是想听听您的建议。"有时候，他也不无苦恼地跟丁甲乙吐槽论文怎么都发不出来，投了一篇又一篇，要么石沉大海毫无音信，要么等上三四个月又毫无理由地被退稿。赵博士说："师兄，我就纳闷了，我感觉我的文章写得也不差啊，怎么就这么坎坷呢？"丁甲乙不知该如何作答。他想起自己读博的时候，C刊一篇接着一篇发，工作之后，也是几年都不见成果。他说："慢慢熬吧，总会出来的。"这话，说给赵博士，更像是说给他自己。赵博士叹了口气，以表示他的忧伤。他说："师兄，你说我搞这先秦美学，到底有没有出路？感觉我们就是在炒冷饭。都已经炒了上千年了，早就煳了。"丁甲乙说："你古代文学是'炒冷饭'，我当代文学就是'吃快餐'。"赵博士哈哈一笑，觉得这话实在是颇为机巧。

有一次，丁甲乙问他为什么不留在原来的城市，不去北上广深，却偏偏选了这么一个三四线城市。话一说出，丁甲乙就有些后悔，感觉这毕竟有些伤人。要是能留在一流的高校，要是能留在一线的城市，谁愿意跑来这儿呢？城市和城市是不一样的，高校和高校也是不一样的。这其中的差别，堪比天地。论文投稿，人家看你的单位不过如此，很可能在第一眼就将稿子枪毙了；课题申报，有的学校人人都可申报，而某些学校却不得不接受限项的残酷；甚至是职称，普通学校的教授到了知名高校，都得降一级聘用。不过，赵博士似乎没听出这潜台词来，他笑呵呵地说："我当时就胡乱海投简历，谁要我，我就去哪。"丁甲乙对赵博士的直来直去表示羡慕，他拍了拍赵博士的肩膀说："师弟，你这自由身确实是逍遥游啊，我是羡慕不来。不过，平台还是很重要的。"说完，他还想隐晦地暗示一下赵博士要和师门打好关系，可是一想到他在酒桌上自来熟似的认自己做师兄，顿时又觉得这暗示其实毫无必要。在这方面，真正需要学习的或许应该是他自己。

丁甲乙坐在后排，喝着保温杯里的普洱茶，享受着前几天与他搭档监考的老师的待遇。这是前辈的待遇？丁甲乙感觉有些可笑。他看着赵博士，像是看到了多年前的自己。而当他将目光落在那些埋头奋笔疾书的同学身上，记忆顿时又返回到更为遥远的求学年代。一晃就是十几年，丁甲乙在此刻，感觉像是看到了一条完整的时间链条。在这间拥挤的教室里，他目前处于链条的末端。再往后的道路，他毫无底气。二十年后，他能像金教授一样圆满吗？在几年前，他肯定觉得自己不应该也不能立下这么一个有限的愿望。但此刻，他想起昨晚和金教授的对话，羞愧与恐慌同时涌上心头。他隐约想起，他对金教授说，只有这无尽山野，无尽星空，能让他感觉到些许安慰。说这话的时候，他像个诗人。他说："空空荡荡才是真。"他用力回想了许久，模糊的记忆里金教授对他说了挺长的一段话。完整的内容他记不起来了，他只想起了其中的一句："哪有什么天地之大，大与小，高与低，都在你心，全看你自己。"丁甲乙现在回味了一下，觉得金教授确实是一个好老师。丁甲乙接着想到，自己是否已经陷入了一种"执障"当中？这确实是一个需要好好反思的问题。

这一场考的是英文翻译，全校公选课。上午九点十三分的时候，两个头发花白的巡考来教室里转了一圈。这是学校的督导组，大多由各个院系退休的老教授组成，丁甲乙朝他们点了点头。十点零五分的时候，教务处的李副处长踩着高跟鞋也来了，与她一同来的，不再是战仙仙，而是一个长着络腮胡子却光着脑袋的中年男人。李副处长在门口看了看，然后向丁甲乙招了招手，示意他出来。一直走到楼梯口，李副处长才跟丁甲乙说话。李副处长说："丁博士，你和仙仙这是怎么了？闹别扭了？"丁甲乙说："她怎么了？"李副处长说："昨天请了一天假，今天早上过来，化了个大浓妆，但也没藏住黑眼圈和红肿的眼睛。丁博士，你老实说，你是不是欺负她了？"丁甲乙的心像是被一根线猛地拉扯了一下，与此同时，他感觉嘴角的肌肉也在不由自主地抽动，剧烈而频繁。丁甲乙低头看了看地板，沉默了几秒钟，然后抬起头，对李副处长说："李副处长，她和我分手了，就我借您电话的那天晚上。"李副处长问："你们这是闹一闹，还是来真的？"丁甲乙愣了一下，他不知道该如何回答。这个主动权在他手里吗？倘若这个主动权给他，由他来决定，他会把这一次当闹一闹还是当真？在短暂的一刹那，他脑海中闪现许多种可能，但他不知道任何一个答案，他只好对李副处长摇了摇头。李副处长见状，没再说什么，叹了口气，挥了挥手，示意他回去继续监考，然后转身下了楼。丁甲乙在楼梯口，听着高跟鞋"咯嗒咯嗒"的声响逐渐走向远处。"不如战仙仙的清脆。"当他脑海中非常自然地浮现这么一句话的时候，丁甲乙不知这到底意味着什么。他突然感觉嘴巴有些发苦。

十一

丁甲乙中午没有去饭堂吃饭。他在一楼的自动售卖机上买了一桶红烧牛肉面，在办公室里匆匆吃完。他没有和其他在办公室改卷、填表格的老师打招呼，独自一人，上了教学楼的顶楼。他转了一圈，找到一间没人的空教室，走了进去。黑板的左边，密密麻麻地写着各种化学公式。丁甲乙看不大懂，只觉得凌乱。黑板右边，则是一幅简笔画，画的是扎辫子、穿裙子的两个小人儿。她们相依着，头顶着头，一只手相牵，另一只手放在头顶，弯曲着摆出一个爱心的形状。

丁甲乙此刻承认，他稍稍平静下来的心又开始乱起来。起因就是李副处长的几句话。丁甲乙从来没想到，战仙仙会因为这次分手而把眼睛哭得红肿，甚至还请了一天的假。在交往的一年多里，丁甲乙从没听过她请假。在这一点上，战仙仙有着极强的原则性——生活就是生活，工作就是工作。那么，她还好吗？在昨天，发生了什么？痴痴地发了一天呆还是痛哭了一整天？她是把自己关在家里一个人落泪吗？还是与朋友一边视频一边哭诉？抑或她把电话打给了她的父母？还是一边删除他们过往的种种信息与痕迹，一边在无穷无尽地咒骂？或者是什么表情都没有，只是无尽的沉默与沉默？丁甲乙在此刻承认他确实太失败了，完全想象不出战仙仙失恋的神情。他甚至觉得有点恐慌。在这之前，战仙仙甚至从不在他面前落泪。每有争执，每有矛盾，她总是一声不吭地转身离去。在她冷酷而决绝的背影里，丁甲乙从来不知道，她的表情究竟是如何。

更重要的问题是，战仙仙的行为，是否意味着她仍然对这段感情有所依恋？换而言之，丁甲乙是否还有那么一丝丝的可能，重新将这段已经断裂的爱情延续下去，让它走得久远一点，再久远一点，甚至直到他们生命结束？丁甲乙假设这个问题是肯定的，那么，更关键的问题又来了：他还要不要去挽救？他自己是否真的对这段感情绝望了，认为已经没有任何继续下去的必要？与战仙仙再磨合一阵，一切可能都会走向新的道路。在这条道路上，他们将和谐、幸福地相处在一起。当然，挽救回来的感情也可能延续他们之前的老路，不断争吵，不断冷战，不断让对方更疲惫更心神不宁。究竟该做怎么样的选择，丁甲乙陷入了新一轮的困惑与迷茫之中。

他想给战仙仙打个电话。他给自己找了一个绝佳的理由——尽管分手了，但在听闻了战仙仙这样的状态之后，也不能就真的冷酷到底，显得自己毫无情义。丁甲乙觉得自己的心从来都不是那么坚硬。但他又很快推翻了这个理由，都分手了，还联系做什么呢？徒增悲痛吗？这个时候，一刀两断、干净利落才是最正确的处理方式。更何况，这一切都很有可能是丁甲乙在自作多情。丁甲乙又做出一个新的假设——倘若是战仙仙从别人口中，听到他在失恋后整日痛哭买醉，会给他打上一个电话，或者发来一条微信吗，哪怕不是温柔的安慰，而是又一次失望透顶的大骂？丁甲乙越想越觉得烦躁。他长久地盯着那块泾渭分明的黑板，眼神空洞而乏力。

一阵寒风从窗外吹来，窗帘飞起，打在他的身上。他摸出手机一看，已经是下午两点半。在这间空荡的教室里，丁甲乙独自一人呆坐了近两个小时，神情却像是在千军万马中摸爬滚打好不容易捡回一条命一样疲惫不堪。他用冰凉的手掌搓了搓脸，像是给自己洗了个冷水澡，并由此振奋些许精神。他此刻需要下楼，去资料室取上试卷，然后去教室，进行这个学期最后一场监考。他起身前，找到战仙仙的微信，里头依然是一连串刺眼的红色叹号，这些都是他被战仙仙拒绝接收的信息。他点开她的朋友圈，里面空空如也。他想给她再发一条信息，但手指始终没有勇气去点击键盘。他盯着手机，又呆了一阵，直到预备铃声响起，他才急匆匆地收起手机，往楼下奔去。

只不过是换了个教室，丁甲乙重新陷入一团乱麻之中，左冲右撞，寻不到光亮与出路。他找不到战仙仙，也没有找到丁甲乙，只有无穷无尽的各种颜色的线条，像刀剑，像绳索，像钢刺，将他团团围绕，将他紧紧束缚。这些刀剑、绳索、钢刺，威吓着他，震慑着他，让他寸步难行。所以，当一个女学生向他举起手，示意有情况的时候，他迟缓了好几秒钟，这才接收到信号，这才发现这个女学生脸色苍白，满头大汗。他快步向她走去，询问情况。女生眉头紧皱，声音细如蚕丝："老师，我来 M 了。"见丁甲乙不是很懂，她声音更轻地说："生理期，月经。我痛经。我想去趟洗手间。"丁甲乙点了点头，表示听懂了。他问："自己能走吗？"女生捂着肚子，摇了摇头。丁甲乙四周看了看，这才想起与他搭档的是一个男老师。他说："你先坐会儿，我给你喊个女老师过来。"他从隔壁教室喊来一个女老师，搀扶着她走进洗手间。当他在教室门口，看到这个女生，佝偻着身子，几乎全身都靠在女老师身上艰难地走动的时候，他的眼眶毫无征兆地在这一瞬间湿润了。他不知道为什么会如此。他想，无论如何，监考结束了，要给战仙仙打一个电话。

十二

下午五点三十分，丁甲乙背着双肩包走出了校门。校门口已经被各种私家车、网约车堵得水泄不通。到处都是学生。他们有的拉着行李箱，在四处张望；

有的成群结队，准备进城吃上一顿火锅或者烧烤，以此庆祝这漫长的考试周的结束。他艰难地在各种缝隙中穿梭，在与各种行李箱和双肩包的摩擦与碰撞中，终于走了出来。过了红绿灯，走上人行道，丁甲乙这才感觉世界稍微空旷了一些。天色阴沉，寒风依旧。走了几分钟，天上开始飘落蒙蒙细雨。

丁甲乙几次拿出手机，握在手里，最终又放回兜去。无论如何，他要给战仙仙打一个电话。可是，他还没想好，电话接通之后，他应该说些什么。他在想，是否应该先给李副处长打一个电话，先问问战仙仙如今究竟是什么情况。如果她有和李副处长聊过，就像他和金教授那样聊过，那就再好不过了。他刚才经过行政楼楼下的时候，没有看到战仙仙的车，也没有看到李副处长的车。万一此刻她们正在一起呢？丁甲乙纠结了一番，最终还是断了给李副处长打电话的念头。他看了看时间，已经是五点五十二分。

丁甲乙回到程乙村村口的时候，天色已经完全黑了下来，雨水虽然如细毛，但已经有连绵不绝之势。他没有打伞，任头发、衣服、背包在风中湿润。他站在村口的牌坊下，站了一阵，终于还是拿出手机，拨通了战仙仙的号码。

丁甲乙听到电话里发出"嘟——嘟——嘟"的声响。他感觉自己浑身在战栗。他缓缓地在原地转了个圈，又转了个圈，电话里依然是"嘟——嘟——嘟"的声响。手机没有被拉黑，但也没有被接通。丁甲乙把手机重新塞回口袋后，长舒了一口气。走了几步，他又停下，拨通另一个电话，让人明天过来把他的北京吉普拉去换后视镜。

他背着双肩包，快步往村里走去。在一家理发店门口，他看到新贴的一张红纸，上面用毛笔歪歪扭扭地写着："即日起，大人理发一律上调十元，学生理发一律二十五元"。

他走进去，一位五十多岁的女人迎了过来。

她把一条黑色的围布往丁甲乙脖子上一系，问："帅哥，剪个什么头发？"

丁甲乙摘下眼镜，想了一下，说："光头。谢谢！"

（原载《作品》2023 年第 8 期）

徐威，男，江西龙南人，1991 年生，中山大学文学博士，中国作家协会会员，中国文艺评论家协会会员，现任职于惠州学院文学与传媒学院。在《人民文学》《作品》《天涯》《诗刊》《中国诗歌》《当代作家评论》《当代文坛》《南方文坛》等发表作品小说、诗歌、评论四十余万字。著有《群像与个体——"90 后文学"论稿》《文学的轻与重》。

离离原上草

刘　汀

第一章　金

我梦见过一只纯金铸造的羊，每一根毛都闪闪发亮，仿佛三伏天正午时的阳光，能细针一样把人的眼睛缝起来。那羊尾大如锤，背上驮着一个孩子，那孩子看着像我，又不像我，他骑羊如骑马，正在跑过有劲风吹起的青黑草原。

只是，我始终无法确认这个梦做于何时，是八岁，还是十二岁，或者是十八岁。直到后来，我看见那张照片上的羊，才恍然明白，这个梦不是来自过去，而是来自未来——我终有一天会打造一只纯金的羊，可能只是小小的一只，但一定是纯金的，全身每一处都金光闪闪，让人不敢直视。

八岁那年，我开始把自己从人群中区分出来，我说的人群是那些一起捉虫子玩泥巴，一起春天摸鱼秋天捡麦穗的孩子。我发现自己总是想骑在什么动物身上跑一跑，比如猪，比如羊，比如牛，尤其是马。我特别想骑马但是不会骑马，而其他孩子不会骑马也不想骑马，他们更愿意抓两只蛐蛐关在草编的笼子里看它们互相咬斗。更多的时候，我骑在半截黄泥和麦秸垛成的墙头上，手握一根树枝，晃动身体就像我真的在马背上。

一天，我从村子前面的河沟玩得满身泥泞后回到家，一眼就看见院子里拴着一匹马。村子里的马都拴在生产队的马圈里，棕色的马，黑色的马，白色的马，有专人看守，我只有偶尔在路上才会见到它们。它们比我高很多，从身旁经过，我故意跟马靠得很近很近，它们的响鼻甚至把唾液喷到我光秃秃的头顶，耳中蹄声嘚嘚，我顿时感到全身酥麻，每一根筋都像被弹棉花的人狠狠弹了一下。我真想跃上马背，抽打着让它疯狂跑起来。但是这些马身上从来没有马鞍脚镫，而是

290

架着车套，拉着一辆装满庄稼捆的车，或者在田野里拖着犁耙、碌碡、石磙子，从地这头走到那头，又从那头走回这头。农用马从来不需要快速奔跑，它们的用处是持续地、年复一年地干农活，直到最后生病或老到不行，被主人卖掉宰杀，变成马肉干。

所以这是我第一次单独看见一匹完整的马。它红棕色的毛光洁油亮，马鬃长到直接垂到脖子下面，更关键的是，它背上有一副黑色的马鞍，两只铁马镫垂在圆鼓鼓的腹部，随着呼吸轻轻荡着。马笼头也不是村里的尼龙绳或麻绳，而是牛皮绳，用了许多年了，被扯得很细，随处都有蜷曲，但依然坚韧无比，能够随时拉动它嘴里的嚼子而让它从飞驰中停下来。

我悄悄靠近这匹棕红色的骏马，它的大眼睛看看我，左前蹄刨了两下，鼻腔喷出一股水汽，我脸上顿时感到湿漉漉的，那里面是一股嚼碎的青草味。它又看看我，眼神似乎充满鼓励，我解开了缰绳，拼命抬高一只脚，终于够到了左边的马镫，一纵劲儿，双手抓住了捆缚马鞍的牛皮绳，弓腰，唰地一下骑到了马鞍上。马背比我想象的要宽阔，骑在上面，立刻获得了一种全新的视野，我家变矮了，整个村子变清晰了。

我嘴里喊了一声"驾"，那匹马便轻轻跑了起来，四个蹄子敲出某种让人激动的节奏，仿佛村里农业大会战时宣传队的战鼓：咚咚咚，咚咚咚。

我不知去哪儿，马自会选择道路。于是我看见了平时站在地上看不到的东西，一片粼粼波光，那是村西头的木伦河。其实，我看见的根本不是河水，而是脑海中的倒影，但是我的确清晰地感觉到那就是它想去的地方。它很渴，它想喝水，并且想喝那微微浑浊的河水，而不是水井里打出来的清澈地下水。我双腿轻轻一夹，马立刻加快了脚步，我感到自己开始一起一伏地荡在一米多高的半空中，如果不是屁股下的马鞍也一下一下地蹭着身体，我几乎以为飞了起来。若干年后，当我已经是一个熟练的骑手，明白了各种马的区别和特点，才会知晓自己此刻骑的是一匹走马。走马并不擅长特别快速的奔跑，不适合作赛马，但是特别适宜跑长途，它们可以全程匀速奔跑，且四个蹄子有着一种精妙至极的节奏和配合，以至于马背上的人几乎感觉不到颠簸。它们是一艘浮动在陆地上的快船。

到了河边，那匹马嘶鸣了一声，低下头去喝水。一瞬间，我从荡漾的河水中看见了晃动的天空和人影，水波中，我发现自己不仅骑在马上，而且骑在云朵上。那云朵团团如山上的绵羊，阳光闪烁，那只羊浑身布满金光。然后，因为惯性，我顺着马脖子滑落到了河水里。

父亲和那个骑马而来的人一起把我捞了上来。刚才，骑马人发现院子里的马不见了，惊慌失措地跟着父亲一起寻找，他们顺着蹄印找到了河边，刚好看见我坠入水中。骑马有着高高的颧骨，眉毛浓黑，从很远的草原上来。有人托他捎了一句口信给父亲，让他去草原一趟，那里有人等他。

应该就是这天晚上，我梦见了那只纯金的羊。

我奇怪自己为何梦见羊而不是马，还有，我在水中看见的是一只绵羊，羊毛又浓又密，把整个身体裹成一团，短短的尾巴像一个大线锤，没有犄角，脸小小的，而梦里的羊则长着两只弯曲一样的犄角。

或者是十二岁那次。

从记事起，每年的秋天，父亲都会带着我去一两次乌拉盖草原，看望一个老额吉。我们没有马，只能步行去，要走一天一夜。凌晨三点多的时候，我们带上一包干粮、一包咸菜，还有父亲的烟口袋和烟袋锅，跨过后院的界墙，沿着村后的小道，翻越一座平缓但漫长的小山，然后一路往西北而去。晨曦来临时，我们和阳光一起踩碎冰凉的露水，看见那道名为乃林坝的梁坝从青蓝的天空中逐渐显现，它的轮廓，像是几根树枝摆在远方的天边。山顶有一小块一小块的白色，那是初秋的落雪，从这时起，这些雪一直到明年酷暑才会彻底融化，有的时候，甚至常年不化。大都是这个季节，我跟有些瘸腿的父亲步行几百里，越过乃林坝，去到那片长满苜蓿、碱草、针茅的草场。过坝后，有一个五六里地的平缓下坡，我们像是在往大地的深处走。等年纪渐大些，父亲会放任我在草地上奔跑，捉各种虫子，采下野果擦也不擦就塞进嘴里。偶尔，我因为跑得太快刹不住脚，从坡上滚下去。但也不用担心，总会有一个土坎或者一棵山杏树挡住我。每次倒在草地上，我都不舍得马上起来，想着如果能一直躺在这里就好了。

有一次，父亲把我从地上拎起，用眼袋轻敲我的脑袋，半感慨半无奈地说："一过乃林坝，你就活过来了。"我不太懂他的意思，好像我在坝前是个死人一样，不过他说得对，我的确一到坝顶，心跳就开始加速，浑身的肉都突突跳动——那也是我最想骑马的时候。

磕磕绊绊下到坝底，再走大半天，在一条河里喝过水，吃过硬邦邦的干粮之后，我的心情又会低沉下来。因为我知道，再有个把时辰，就要到那顶充满牛羊马粪味的蒙古包里，见那个双目失明、口齿不清的老额吉了。许多次，我都忍不住想，她那么老了，怎么能一直活着呢？村子里的老人我也见过很多，经常前一天还在街上边咳嗽边抽旱烟，第二天就死掉了。这个老太婆，从我三四岁一直活到现在，并且似乎一点儿也没有变得更老。我主要是害怕她用鸡爪一样的手摸我的脸，好像是十根骨头在摸我的骨头，让我觉得自己的身体随时会被捏碎。

我想挣脱，但是父亲在身后摁着我，说：别动。

老额吉嘴里嘟嘟囔囔，说着蒙古族话，我听得似懂非懂。我问父亲，老额吉说了什么，父亲告诉我，她说的是人有羊就能活，羊有草就能活，草有土就能活，土有水就能活。

我只喜欢一个时刻，那就是摸完我的脸之后，她总是把手伸进怀里，掏出一个纸包，那里面是已经放到邦硬的奶豆腐。她把奶豆腐递给我，突然用汉话说了一句："唉，羊生了马羔子，一点儿也不像啊。"

那块奶豆腐怕不是有十年了吧，比石头还硬，但是再硬也有一股香甜。我就用自己刚刚掉过一颗牙的嘴巴啃啊啃，咂摸着唾液里的那点儿奶味。

在几里地之外，我们就能看见那顶蒙古包，它孤零零地趴在小河湾旁边，再远一点儿是一座小山。当然，更吸引我注意的是山上的羊群，但是我从来没有走近去看。那时候，村里没有羊，我只远远地见过羊群，还没见过单独的一只羊，除了梦里那只。我知道羊有一个脑袋、四个蹄子、一身毛，可那脑袋、那蹄子、那毛究竟是怎样的，却模模糊糊。因此，我才会八岁的时候把水中倒映的云朵看成是羊吧？

在蒙古包里，运气好的年份，能吃到羊肉，啃到羊骨头。有时候，我抱着一截羊腿，有时候，我抱着一块羊蝎子，饥渴地把骨头缝里的筋肉都用指甲抠出来吃掉。那羊肉并不新鲜，有点儿发黑，父亲说这都是因各种缘故死掉的羊，然后分给牧民们的。吃过羊肉的手，我好几天都不会去洗，这样每次擦鼻涕的时候，都能闻到那股哈喇的羊肉味。

九岁那次来，我看见蒙古包外面的柱子上晾晒着一张羊皮。我摸了摸羊毛，并不像想象的那么软，但是把手伸进去，却又感觉那里面软极，像是毛茸茸的水。那年秋天，冷得早，老额吉摸我的时候，摸到了我起了冻疮的耳朵，我疼得龇牙咧嘴。回去时，她让父亲把那张羊皮卷起来背走，到家后找人熟了，做了一个皮帽子和一双皮手套。但是帽子和手套都是父亲的，不是给我的，因为父亲要戴着它们去挖宝石。是的，随着我渐渐长大，父亲对我将来娶妻生子要花钱的焦虑越来越重，他深知道自己没办法从田里种出这么多钱来，只能另寻出路。他跟村里的几个人听说草原上有宝石，那宝石荧光闪烁，挖一块就能顶一年的收成。

十二岁这年，我终于接触到了单个的活羊，并且看着它被杀死、剥皮剔肉，然后和一群人一起吃掉。

我们来这里，还不到秋天，是春末夏初。一路上，我都在疑惑，今年为何这么早要去乌拉盖？父亲跟我说，老额吉要不行了，去见她最后一面。

这时候，我多多少少明白，自己跟老额吉之间，一定有着某种渊源。只是，我不知道具体是什么，对可能的答案，我又期待又害怕。

我甚至能比父亲走得快一些了。父亲有条腿关节疼，走一两里路，就得坐下来捶一会儿。捶腿的时候，是父亲话最多的时刻，除了嘟囔自己的腿疼得厉害，还会说一些眼下年月的事儿。那是七十年代了，最困难的时候已经过去了，很多东西都在变化，虽然没有油水，但肚子里有食儿了。人们力气和心气正在恢复，连早晨去生产队领农具干活时的嚷嚷声，似乎都比之前要大。

父亲说，世上的水啊，不管是江河湖海，还是小河沟子，从来没有直着流的，拐的弯越多，水就越有劲儿。我懵懵懂懂地看着父亲，不说话，因为不知道说什么，村子里人人都只是想着一天三顿饭，他怎么会想河水呢？又停下来捶腿，父亲又说，你看这些草啊，今年长出来，被羊吃牛啃了，被风水雪压了，明年它还长出来。年年都长，从来不厌烦。他还是不懂，在十岁的脑袋里，草天生就是这样的，河也天生就是这样的。直到许多年后，我跟杨卓在小饭馆里喝酒，喝醉的杨卓突然念起一首诗："离离原上草，一岁一枯荣。野火烧不尽，春风吹又生。"他跟我解释这首诗，我才恍然间明白了父亲的话。

然后，我们看见了那顶蒙古包。我们来见老额吉的最后一面，但是等我们掀开门帘的时候，她已经咽气了。

蒙古包前面的木桩子上，拴着一只羊。那是一只山羊，毛色纯白，两只犄角像不久之后捅进它脖子里的匕首，下颔一缕胡子，假装自己看惯了草青草黄。我跑过去，想摸摸那羊。它突然咩咩叫起来，吓我一跳。我再次大着胆子去摸它，它不那么惊恐了，伸出舌头舔我的手。手脏兮兮的，有土，有擦鼻涕留下的污垢，有汗碱，后两种都带着咸味，让那只羊舔得很投入。羊舌头上布满细密如小米一样的颗粒，我忍着手掌的痒，用另一只手轻轻抚摸它。

后来，一阵又一阵的马蹄声嘚嘚而来，蒙古包周围聚集了十几个穿着长袍的蒙古人，还有四五个孩子，有的比我大，有的比我小。那些孩子叽叽喳喳，我有些胆怯。这时候一个明显更大的孩子，高颧骨，眼神炯炯，走上前来打招呼：嗨，那日松，你怎么一点儿也没长高。我恍然了一下，我明明叫青松，他怎么叫我那日松？这几个字在脑海深处水葫芦一样沉下去浮上来，就是没法用什么抓住它。这些孩子的面孔也是，我每年都会跟他们见一面，但总是分不清谁是谁，他们似乎长得都很像，都是蒙古族人的样子。除了我。

我再次和他们玩在了一起。

高个孩子问我：你爸对你好吗？他打你吗？

我点点头，又摇摇头。

你是谁，我问。

高个子的男孩略带惊讶地说：我是拉西啊，你真不记得我了？

我怔怔地不知该如何回答。

他们掏出一个布口袋，里面是十几个羊拐。羊拐撒在草地上，看谁撒的羊拐正面朝上的多，输的那个就要抓一只蚂蚁，用舌尖舔蚂蚁的屁股。拉西拉着我一起玩，我输了两次，舔了两次蚂蚁屁股，蚂蚁屁股酸酸的。另一个孩子舔的时候，找错了方向，舔到了蚂蚁嘴上的小牙齿，舌头很快就肿了。

正当我们对着那红肿的舌头好奇时，那只羊声嘶力竭地叫起来，孩子们一阵欢呼：杀羊喽，杀羊喽。

我们迅速围过去，一个穿青色蒙古袍的男人嘴叼刀子，把那只羊压在膝盖下，手里的一根皮绳正要捆住羊的四蹄。看见孩子围过来，他扔下皮绳，招呼他们来摁住这只羊：拉西，过来摁住它。

那是我爸，拉西说，不过不是我亲爸爸，你懂吧？拉西说。

我不懂。但是我和他们一起扑了过去。孩子们七手八脚地摁住那只山羊，我也凑上去，摁住它的两支犄角。

那人哈哈大笑，一瞬间就把刀子捅进了羊的脖子里。它的叫声微弱起来，但是呼吸还没有停止，可是喉咙已经破了洞，猛烈的喘息让脖子上的刀口一鼓一鼓的，发出扑哧的声音，像吃多了豆子时忍不住的那些屁。

几个小时后，我们每个人抱着一根骨头啃。我抬起满嘴的油污时，看见拉西盯着我，他手里的肉没怎么啃。

"还要吗？"他问我。

我想说不要了，可是却点了点头。

他把他的那块递给我，说："我还是不习惯吃羊肉，不过比以前好多了，以前我一吃就会吐。"

我无法理解，羊肉这么好的东西，怎么会有人不喜欢。

大人们去送老额吉了，把她还给长生天。孩子们吃饱喝足，身上沾着羊的血迹，开始往附近的那座小山坡上冲。我只跑了几步就跑不动了，感觉气不够用，可是那些孩子像兔子一样，几乎是跳着跑上去的。我不想认输，拼尽全力往上跑，等我终于气喘吁吁到了山顶，那些孩子又开始往山下跑了。这么跑了两圈之后，我的胃部剧烈地痉挛起来，先前吃下去的羊肉，全都呕了出来。

这天晚上，我发高烧了，一整夜都在迷迷糊糊的半睡半醒中。那只羊应该是在这时进入梦里的，它没有皮毛血肉，只是一副骨架发着耀眼的白光。我骑在这只羊身上，在一片黑色的草原上奔跑，遇到一条河，它跳入河里，我感到自己的身体一阵清凉。

这时，我醒过来了，汗流浃背，发现自己伏在父亲的肩头，他正在黑暗的夜里背着我行走。

我喊了声爸。

父亲惊喜地"啊"了一声，说松啊，你醒啦。吓死我了，我还以为老额吉要把你带回去了呢。

我挣扎着从父亲身上下来，说：爸，我能自己走。

父亲看着我走了两步，虽然脚步虚浮，但确实能迈动了。

我后来知道，傍晚的时候，父亲他们送完老额吉回来，发现我晕倒在草丛里。我发起高烧，而草原上没有退烧药，父亲怕耽误，让人骑马送了我们一段路，后面还有十几里，父亲只能背着我往回走。

我们搀扶着，我跟父亲说了刚才的梦。他久久没有说话，等我们上到乃林坝坝顶，他终于开了口。父亲告诉了我我和老额吉的关系，我是她的孙子，在我两岁的时候，她的儿子和儿媳，也就是我的亲生父母因为越境逃跑被打死了。他们走之前，把我托付给了他，他是他们的朋友。临走时，他们跟父亲说：每一年都带那日松去看看老额吉吧，让她从来没见过光明的心有点亮儿。

我又开始浑身发抖，但这次不是因为高烧，而是因为忽然感到悲伤而孤独。

哦，这次梦见的不是金羊，是一副羊的骨架。

那就是十八岁吧。这一年，我埋葬了父亲。

不对，应该是这一年，我把被埋葬的父亲挖出来，背着他回到家里，然后重新埋葬了他。

同样是秋天，田野刚刚荒芜，父亲又一次跟那几个人去一百多里地之外的草原去挖宝石。我十岁到十五岁的五年，父亲出去挖了五年宝石。有时带着一只油汪汪的烧鸡和一沓钱回来，但多数的时候，他两手空空。每年的春耕和秋收，他都准时回到家，中间的这段时间，便只有我孤身一人。收秋之后，他便又离开，直到大地上冻之后回来。

这次临走之前，父亲用烟袋敲着炕沿说：不去不行，再不弄点儿现钱，你这辈子都甭想娶上媳妇了。他托人给我介绍了个对象，是前院的葵花，但是我家太穷了，根本没钱娶她。她父亲说，如果明年春天再不能把我们那两间土坯房拆了，盖新房子，就把葵花嫁给别人。我不知道别人是谁。父亲已经有几年不去挖宝石了，他的腿瘸得更加厉害，很难走远路。但是那些一起挖宝石的人每年都会来找他，这一次，他答应了。

我也想跟父亲一起去挖宝石，但是父亲说：你不能走，你得在家喂鸡喂驴，还得把那些玉米粒从玉米棒子上搓下来，晒干装进口袋；把那些小米也从谷穗上搓下来，也装进口袋里，那是咱们一年的口粮。

我没说话。我心里头憋着一股气，我不想干农活，我想放羊。这时候，村里很多人家开始养羊。以前大家都是养牛养马，因为可以犁地拉车，现在却从蒙古族人那里买了羊，养在圈里，每天割草喂，春天卖羊毛羊绒，冬天卖整羊。村里的羊越来越多，就有了羊倌。我想当羊倌，但那个有经验的老羊倌活得好好的，哪里有机会？

父亲背着半尼龙口袋晒干的玉米面馒头，还有一把尖镐一把铁锹，跟三个搭伙的人出发了。才过一个星期，跟父亲同去的三个人急匆匆回来，说：你爸被埋在了坑洞里，我们挖了两天也没挖出来。

我不相信，四个人去，怎么就父亲一个埋在了里面？他们一起挖了这多年宝石，又怎么会被埋呢？

其中一个疤瘌头说：我们到了地方，打洞，往下挖，挖了七八米，只挖出一些零碎的宝石牙子，没有整块的宝石，就想放弃了。你爸不同意，他说再往下挖挖。我们都不敢下坑，因为那地方土层结构不稳定，少沙石，多黄土。你知道，黄土层特别容易塌，一塌一大片。你爸不听劝，还是要挖，说是不挖出……宝石来，就没钱给你娶媳妇。结果……他可是为你死的。

我听明白了，村里确实有人挖宝石埋在土里，但我心头半信半疑。我要去找父亲，让他们几个出一个人给我带路。三个人都不去，一个挽起裤脚，说自己的腿受了伤，那上面的确有几处烂疮。一个说自己老婆要生孩子了，他一时半会都不再出门。疤瘌头没说受伤或有事，他说的是：生死有命富贵在天，你要去自己去。

最后，我只能让他们给我画个地图，自己去。三个人听了，互相看了看，最后都盯着疤瘌头。疤瘌头说行，我们给你画个线路图，丑话说在前面，你爸没了，你自己再出事，可跟我们没关系。

那天晚上，我偷偷爬进葵花家的院子，趴在窗户下，但是我没听见葵花的声音。后来，我爬到柴堆，扯出一根柴火棍子，我知道，这都是葵花从山里捡回来的。我捡一根柴火，就当是葵花吧。那年月，大队已把一切能分的东西都分到了各家各户，只有山坡上的树啊草啊不好分，一直拖着，所以村里人都纷纷去山里砍树、拖柴火。管他呢，拖到家里就是自己的，大树不敢砍，就砍小树，劈树杈子，至少能留着当柴火烧。夏天的时候，牛羊上山吃树叶，冬天的时候，人们上山砍树枝，山越来越不像个山，像一块大石头。

第二天一早，我挂着那根棍子，扛着另一条尼龙袋子，开始去找父亲。

我沿着疤瘌头给的地图，走了一天一夜，越走越不对，村子越来越密，道路越来越宽，这哪儿是挖宝石的地方？后来我想明白了，疤瘌头给的图是假的，他们根本不想我去找父亲。我坐在路边想啊想，从记忆里寻找父亲每次出门的蛛丝马迹。我想起来，他提到最多的地方是纳兰泡子。

"纳兰泡子，那才是真正的宝地啊，地下一定埋着宝物。"对，他就是这么说的，说完猛吸一口烟袋。碰碰运气吧，我开始掉转方向，往纳兰泡子去。

三天后，我终于找到了那里，其实就在另一片草原，在乌拉盖草原的东边，多山少平地。等我到了那儿，一下就确定父亲肯定在这里了。我站在山头上，向西边看，能看见远处的青羊山余脉，仿佛一条龙的龙头，而龙尾正好延伸到脚下。南边一片平川，东边就是纳兰泡子，那是一汪水。这山和水的方位，父亲在家里用石头摆过，他说这是聚宝之形。

草原上遍地土坑，小的是地阳掏的，大的是挖宝石的人掏的。冬天，风把浮土和各种草籽吹进坑里，下雪时，这里会比别处积更厚的雪。第二年春天，每个坑里的草都比周围的长得更高，颜色深黑，远远就能看见。而那些新被人挖过的地方，青草倒伏，凹陷去一大块，远远看去，很明显。我一处挨着一处地找，那些坑洞都被填埋过，有的洞口只有乱糟糟的脚印、烧过的树枝，有的洞口有些零零碎碎的破瓦片、青砖。真奇怪，他们挖宝石怎么会挖出瓦片、青砖？

我找到那眼洞的时候，洞里的浮土上已经盖了一层枯草，我在枯草中发现了父亲的烟袋锅。他的黄铜烟袋，我一眼就能认出来，它没少敲在我脑门上。我知道父亲肯定在这里，心里一片凉，清楚他不可能活着了。刚出发的时候，我还抱着幻想，觉得没准父亲还有一口气，或者，他已经从另一边掏个洞逃出来了。

我开始挖——这时我才发现自己蠢，只带了一根柴火棍子，根本没带铁锨、镐头什么的。也不是我不带，家里仅有的几件铁具，父亲出来时就带走了，疤瘌头他们也没给带回去，或者带回去也不想给我。我只能用手扒，好在那些黄土里没什么沙石，很松软，半天的工夫，我的十个手指肚磨得只剩下薄薄的一层皮，里面的血一碰就能溅出来。

就在我筋疲力尽时，摸到了什么东西，仔细一看，也是一只手。我心里一颤，忘掉了劳累和疼痛，开始疯了般继续挖。一只完整的手，一条胳膊，两条胳膊，然后是一颗脑袋，没错了，就是父亲。花了差不多两个小时，我才把父亲完完整整地挖出来。他身体是硬的，双手高举，大张的嘴里塞满了黄土。我特别想哭，但是眼睛干干的，没有眼泪，只是嘴里抽噎着，好像全世界的气都不够喘。我找了一些干草，一点一点把父亲身上的黄土擦掉，用手指头把他嘴里的土也抠出来，我看见被烟熏的发黑发黄的牙，很多已经虫蛀了，黄泥陷在牙洞里。

整理到他的下半身时，摸到了一个硬邦邦的东西，我心里一惊，想，难道父亲临死的时候还想着干那件事？又觉得不对，再次摸了摸，不是肿胀的身体，是一个更坚硬的物件。我解开他的麻绳裤带，小心地伸手进去，把那个东西摸了出来。它是青绿色的，带着很深的锈，看模样像一只酒杯或者盛水的东西。杯子敞口，下面竟然是一只羊，有头有角，有眉有眼。

他们不是来挖宝石的吗，怎么挖出来一枚古董？我疑惑不解。

我小心地把杯子收好，虽然不认识它到底是什么，但是我知道这玩意肯定值钱，否则父亲不会临死时把它放在自己裤裆的暗袋里。这个暗袋，其实他连我都瞒着，是我有一次偶然间上茅房的时候看见他偷偷从里面掏钱出来才知道的。

父亲死了，我得想办法把他弄回去，我不能让他死在外面，虽然他不是我亲生父亲。

在挖父亲的过程里，我还挖出了他的一把铁锹。我找了几棵一人高的小树，用铁锹把它们连根挖起来，又把父亲身上的外套撕成布条，绑了一个简易木排。我把父亲捆在木排上，他的手依然是举着的，因为关节僵硬，我没法让他放下来，他只能永远是这个投降的姿势。我拖着木排在草地上艰难地行走着，像家里的驴子拉着犁耙耙地。好在这时候是秋天，草没有那么高那么深，而且已经失水枯黄，木排滑过的地方，草伏倒了，很难再站起来。

我和死去的父亲一起，在草原上拖出一条一米宽的道，那些倒伏的草，在我们经过后，很快又支棱起来。

这天晚上，我睡在一个山坳里，气温降低，空气清爽。天上有一个海碗一样大的月亮，照着我和父亲。我掏出那枚酒杯，白天显得灰沉沉的杯子，在月光下发出青绿之光。我搞不懂是何种原理，只是痴痴地看了半天。后来，我用一块石头磨它的锈，锈脱落，露出了金黄色。那是一只金杯。我用它到附近的溪流里舀水喝，恍恍惚惚，觉得这似乎不该是自己该干的事，但又似乎自己就应该这么干。我听到了那只羊的叫声。

我不可避免地梦见了金色的羊，只是，它是羊的身子，却是父亲的头颅，头颅上两支长长的犄角，像是他举着的两只手臂。

爸，我喃喃道，我来接你回家。

父亲张张嘴，发出咩咩的羊叫声。

我听懂了他的话，他在说：儿子，收好这只羊啊，你这一辈子都要靠它了。

我点点头说，爸，我知道了。也是咩咩的声音。并且，这个梦和其他梦不同的地方在于，我清清楚楚地知道自己正在做梦，仿佛灵魂出窍了，飘在半空中看着一切。

后来，我感觉到脸上特别痒，用手胡噜了一把，摸到了湿漉漉的眼泪，也摸到几只蚂蚁，我不知道这痒是哪个带来的。

太阳从远处的草甸上升起来，像一个煮熟的鸡蛋黄，如果谁有足够大的一双手，应该能一下捏碎它。父亲在木排上歪了，我把他扳正些，这时候发现他的后脑有一处塌陷。没有破，没有流血，但是那一块头骨已经碎了。我心里咯噔一下，这一路上都隐隐觉得不对的事情，似乎有了答案。

父亲不是因宝石洞塌陷死的，他是被人敲碎后脑勺而死的。

可是，他们为什么要害他呢？根本没有挖出宝石，就算挖出了宝石，也不是珍珠玛瑙那么值钱的东西只是一种石英石，看起来隐隐透明，只适合切开磨薄了做眼镜片。所以，他们一定是因为其他事杀了他。

为了这只羊形的酒杯？

我终于把父亲拖回了村子。我到村子时，那几个跟他一起去挖宝石的人都离开了，村里人说他们出去打工了。我心里想，他们可能是逃走了，并觉得后怕，如果父亲真是他们杀的，他们也可能会偷偷杀了我，没想到我掉转了方向。那时候，村里每年都有很多人出去打工，有的年底回来，有的多少年也不回来，村里人便说，他留在了外面。也可能是死了，没有人在意。所以，即便我和父亲都突然消失，大家也只会觉得我们是出去打工了。但也是那时候，越来越多的陌生人来到村里，卖的确良的衬衫和劳动部的裤子，还有一些半新半旧的解放鞋。"这可是从军队里淘出来的，老结实了，一双顶你们的布鞋好几双。"年轻人都以有一双解放鞋为荣耀，如果他还能走别的渠道弄到一顶解放帽，那可就更厉害了。出门的时候穿戴上，男青年都羡慕，女青年都叽叽喳喳凑到他身边来。

跟这几个人同时消失的，还有葵花。我去她家找她，他父亲说，葵花跟表姐去广州了，再也不会回来。我都不知道广州在哪儿。

那我们的婚事咋办？我天真地问。

她父亲哈哈大笑，说：你是真傻还是假傻，别说葵花不回来了，就算回来，我也不会让她嫁给你的。你爸打了一辈子光棍，我看你也得打一辈子光棍，这都是你爸干那些缺德事的报应。

我给了这个老东西一拳。

那之后许多年，我都没有再梦见金色的羊，甚至连羊也很少梦到。

第二章　红

三年来，在浩尔吐乡所在地的中心地村东头，每周四下午三点都会有一辆从林东镇发车，连通十几个村子的班车在嘎嘎声里停下，车门开启，一个戴着黑框眼镜的年轻人挎着一个黑皮公文包下车，快步走向离此处不到两百米的一个小院子。如果有人遇见他，会跟他打招呼，他们说的是同一句话："杨技术员，又去堵旗长了？旗长还是在开会？唉，旗长啊，每天有开不完的会。"他们的问候，更像是笑话，但是那个年轻人不以为意，总是笑笑，说："今天班车早到了五分十八秒。"没有人理解他为何把时间算得这么细，乡下的班车，别说早五分十八秒，就是早到一个小时，或者晚点一个半小时，也是常有的事儿。人们蹲在车站旁边的土堆上等车的时候，从来不会抱有哪趟车准点抵达的期望。"就像河滩的草啊，都是一起发芽的，可是长着长着，就再没有两棵一样高的啦。"所以，如果班车连着两天都准点到达，他们反而会惊奇，甚至要把这件事当成一件怪事四处传播一下。

杨技术员扶扶鼻梁上的眼镜，和他们错身而过。接着，一头猪或者几只鸡从他身边走过去。他看了那头猪或鸡一眼，心里头默默念叨着什么，继续走向小院。

到了院子门口，他停下脚，扭头进了隔壁。隔壁的院子更大，除了临街的四间房子，还有很多房间只有半边房顶，里面的墙也是半截的。这些房间不住人，而是关着猪狗牛羊鸡各种牲畜。门口一块木板，就是村子里常见的榆木，上面刻着字，字迹看起来写得很专业，铁画银钩，但是也能看出不是用真正的雕刻工具刻的，因为每个笔画上都留着毛刺，连涂在上面的红漆也不均匀，木板上一共九个字，最后两个字只有浅浅的红色，显然涂到这里，油漆不够了。

这九个字是：浩尔吐乡畜牧改良站。

杨技术员走进院子，挨个圈里看。他先看了马圈，那里拴着两匹马，一匹棕色，一匹褐色，它们一个是来钉马掌的，另一个是来完成特殊任务的。接着看猪圈，只有一头猪，是公猪。它是整个乡的猪皇帝，因为全乡的母猪发情的时候，都要赶到这里来找它配种，它的子孙遍布方圆百里。然后是一头驴，这是一头母驴，它还不知道自己接下来的命运即将和那匹马发生关系，正在那里咀嚼着青草。最后那个圈里，有四只羊。年轻人看其他动物时，眼神平静淡然，但是看到这四只羊，落寞立刻覆盖了整个面部。他甚至不由自主地叹口气，他知道，自己又失败了，并且不会再有机会。

那些问候的人这回说错了，他这次去镇上，并不是去堵旗长的，而是去人事局办理迁移档案和户口的手续。八年了，他终于要回家了。只是，他的离开完全没有八年前他一意孤行来内蒙古下乡的决绝，而是充满了失败感。那时候已经是上山下乡运动的末期，知青们大都想着法回城，他却逆流而动，成了最后一批下乡知青。

大概三年前，当那些跟他一起下乡的最后一批知青们一夜之间跑回城里，他却留了下来，因为他的宏愿还没实现，那也是他义无反顾来这里的动力——改良羊种。他大学里是学畜牧的，改良育种是他的专业，可是在大学的时候，因为条件，因为社会运动，他连改良都没真正参与过，育种就更不用说了。直到他来内蒙古插队，又阴差阳错地到了浩尔吐乡畜牧改良站，可以接触真正的猪狗牛羊鸡，可以随时观察它们，可以把一匹马或一只羊从刚出生养到大；甚至，他还偷偷地给它们进行杂交，以观察不同品种之间的优劣。

刚来的时候，他被分配到了生产队，每天跟着农民一起出工种田，根本没机会接触牛羊，更甭提改良的事儿了。应该是他到了这里的第二年，中心村集体仅有的几只羊中的一只怀了两只羔子，生产时难产，连经验最丰富的老羊倌也束手无策，告诉村支书秦中秋准备晚上吃羊肉，三只羊都得死。

他自告奋勇，要给这只羊接生。没人信他，他就说，如果大羊小羊有一个出问题，他都拿自己的工资来赔。那时候，一只羊要一百多块钱，他一个月的工资才八十块钱。死马当活马医，死羊当活羊救，老支书秦中秋点头同意了。

他其实毫无信心，但是必须试一试，只要试成功了，秦中秋就能同意他磨了大半年去乡里畜牧改良站的事。

结果，他真把两只羊羔都给接生下来了，只是其中一只两条前腿都断掉，活了十多天，死了。

他如愿从生产队去了畜牧改良站。

回忆跌跌撞撞，杨技术员对着羊圈发了会儿呆，那四只羊以为他是来添草料的，可是等了半天，什么都没吃到，便不满地咩咩叫起来。羊的叫声引起其他牲口的注意，也都闹出些不大不小的动静，驴嘶马叫猪哼哼，整个畜牧改良站一下热闹了。他的鼻翼，随着声音捕捉着牲口圈特殊的味道，那是活着的肉体和腐烂的杂草、粪便混合发酵的酸腐，他竟忍不住大口猛吸了几下。他感觉自己的肺部被这种气味充斥，然后身体的细胞开始吸收和分解它们，把牛的羊的驴的味道分别输送到大脑里，激活相关的脑细胞，让一些回忆片段浮现。黄昏的阳光从棚顶的缝隙漏下，他看见自己一只脚在光里，一只脚在暗影中，一时想不起该往哪个方向迈步。从明天开始，他再也听不到、闻不到这些了，伤感立刻涌上心头。他即将回到自己在天津的家，那是一栋楼房，有沙发、茶几，屋里充满肥皂水的香味。

他在广播里听说，内蒙古大学的旭日干教授，已经在培育世界上首例试管山羊，而他，却连一个良种都研究不出来。他回去，就是想考旭日干的研究生。

他的回忆被一声叫喊打断。

声音来自和畜牧改良站一墙之隔的院子，一个穿碎花褂子、扎一条大辫子的女孩，趴在墙头上喊他：卓哥，回来怎么不回家，我还以为今天的班车没上来呢。后来去车站问，人家说早就来了。

杨卓从暗影走到一天中最后的那点天光里，眼镜片把夕光反射出去一部分，但剩下的光仍让他眯着眼睛。他怔怔地看着那个女孩两秒钟，嘴角抽动了一下，喃喃出一个名字：端午。他还没想好怎么跟她说自己即将回城的事，也许，悄然消失更好些。

夕光彻底从村里离开，杨卓和端午回到隔壁的院子，走进屋里。炕桌上，摆着咸菜和炒鸡蛋，还有两碗荞麦面条。杨卓脱鞋上炕，问：秦支书呢？端午把筷子用手抹了一下，递给他，说：我爸被请去喝酒了。你不知道啊，最近请他喝酒的人越来越多了，真是奇怪。杨卓接过筷子，先用嘴巴舔了一下筷子头，然后去挑碗里的面。刚来的那一年，每当他看见村里人用手抹筷子、舔筷子头，就会本能地反胃，心里想这可太不卫生了。他接下筷子，总是会偷偷找纸巾擦擦，或者故意掉在地上，然后捡起来赶紧去水缸舀一水瓢水冲洗一下。但是现在，如果端午没有抹那一下，他竟会非常不习惯。

这傻丫头根本不知道，她爸之所以被越来越多的人请喝酒，是因为这个社会变了。他从广播里、从同学的来信里知道，国家正在搞市场经济，无数之前被压抑的东西正重新苏醒。他也仿佛从一场大梦中醒过来了。

饭后，端午收拾碗筷，他起身准备离开。

端午吃惊地问：你不在这睡？

杨卓说，嗯。

几年来，他一直借住在秦家的厢房里。

她委屈地看着他，手上的抹布滴着污水，把她的鞋面都打湿了。她想跟他说一件心事。

杨卓说，你自行车借我一下，我要去找青松。她知道青松，就是那个放羊小子，他经常来乡里找杨卓，两个人嘀嘀咕咕、神神秘秘，不知道具体搞什么事情。

她想问他这么晚了，为什么要去找青松，但是没有问出口。她知道，问也没有用。其实，他不留下来也算不上意外，从那天晚上开始，他便再也没有在她家住过了。

端午想嫁给杨卓，这在整个公社都不是秘密。在杨卓转到畜牧改良站的第一天，这件事就被端午给宣布了。那个初冬，杨卓背着自己的全部家当，叮叮当当走进改良站的集体宿舍，端午正在宿舍里打扫。她是被父亲秦中秋派来的。父亲告诉她，畜牧改良站要来一个下乡的大学生，没地方住，让她扫出一间屋子来。后来改良站扩建牲口棚，把宿舍扩没了，过了一年多，才重建起来，但大多数时候杨卓还是住在秦家的厢房里。

杨卓是骑着端午的自行车到我家的。

他到的时候，天已经黑透。我抱着一只碗，蹲在院子里的水井旁的石头上吃晚饭。那是一碗刚出锅的稀饭，我吃得急，稀里呼噜声四起，每吸溜一口，夜晚的黑暗就深一层。

自行车铃声从夜幕中传过来，我就猜到是杨卓，心跳立刻变快。这么晚，只有杨卓才会骑自行车来找我。我和杨卓之间有一个只有我们俩知晓的秘密，一个堪称伟大的计划。

我跳下石头，用最快的速度把稀饭喝完，杨卓刚好把自行车用一条腿支在面前。我们没有说话，也没有打招呼，一起进了屋。

我点起煤油灯。

杨卓说，青松，我要走了。

灯芯有些短，我找两根小木棍，夹住灯芯向外拔，光瞬间扩散开，但屋子的大部分仍然被重重叠叠的暗影笼罩着。

杨卓掏出一包东西，说：这是我这些年记下的所有笔记，我都抄了一份，也许……你将来能完成咱们的伟大计划。

我接过来，说：永远不再回来了？

杨卓吸了吸鼻子，说：我不知道。也许我还会回来的，毕竟……

我打断他，说：别回来，你走了之后就别回来了，马不能吃回头草，人不能走回头路。

杨卓说，可是有的路可能是绝路。

我说，人活着，哪条路不是绝路？走着走着，没准就成了活路呢。

杨卓呆了一下，过了一会儿，问：那只羊呢？

我说，你来得真是时候，它今晚可能产羔。

杨卓像是沉在水里很久的人，突然浮出水面，猛吸一口气，说：也许……这次就成了。

我说，如果这次成功了，你还走吗？

杨卓愣一下，说，我给你看样东西。

然后，他掏出一张照片，递给我。

我借着煤油灯的光，看见那张黑白照片上是一个人和一只羊的合影。我注意到了，那只羊跟我见过所有羊都不一样，看起来像是绵羊，但是比一般的绵羊高大，鼻梁隆起，耳朵大到下垂；尾巴肥大，像一把铁锹。

我抬起头：这羊可真高，快赶上一头驴了。

杨卓说：你知道吗，它比其他羊多两根肋骨，这是乌珠穆沁大尾羊，有 28 根肋骨，而其他羊只有 26 根。它是被上帝选中的羊。

我惊叹了一下，再次认真看了看照片上的羊。那羊也看着我，恍惚间，我觉得这只羊跟无数次梦见的那只很像。

杨卓说，它是以内蒙古细毛羊为母本，以肉用美利奴羊为父本杂交成的，也是我一直想改良出来的羊种。我们本地的羊在祖源上跟美利奴羊是同源的，而现在旗里的主要羊种是细毛羊，所以从理论上来说，我们能够杂交出自己的大尾羊。我听说山东和内蒙古一些地方已经开始培育推广了。如果这种大尾羊在咱们这里大面积推广，不但能减少对草场林地的消耗，而且将来一定会有很好的市场的。大尾羊生长周期短，公羊母羊几乎一样体型高大，既产毛，又产肉，商用价值极高。

我叹了口气，说：啥市场不市场的，有多少人能吃得起羊肉？现在人养羊，主要还是为了卖羊毛羊绒，换几块现钱。

杨卓说，不要急，你没感觉到吗，一切都在变化。我昨天去镇子上，看见开了很多新店铺，许多以前没有卖、不让卖的东西，都摆出来了。将来生活好一点，会有越来越多的人吃羊肉的，涮羊肉、羊汤火烧，还要穿羊毛衫、羊绒衫。

我拎起煤油灯，正了正灯罩，说，以后的事儿以后再说，我上了你的贼船，也只能闭着眼跟你往前走了。咱们去看看那只羊吧，我好像听见它叫了。

那个伟大的秘密计划是这样的：杨卓到了畜牧改良站后，一直想推广用新方法育羊种，为此多次去找畜牧局和旗长提建议，但是没有人重视他。因为那几年，在左旗西北部的山区里，发现了一个储量极大的铅锌矿，他们的精力全都放在开矿上。账很好算，矿机一响，黄金万两，整个国家正在开始大规模搞建设，对矿产资源的需求巨大，开矿不仅能快速增加财政收入，还能解决很多人就业。还有，左旗只是一个半农半牧区，畜牧业还是个小头，有什么必要花钱花精力去搞改良羊种？杨卓却是一根筋，非要把这事干成不可。政府部门不支持，他便自己干。他在整个旗里到处找，还去了几次草原，希望能找到两只适合杂交改良的试验羊。他找到一些，用钱买来，让我给他养着，等发情的时候，单独把这两只羊关在一起，让它们受孕。但是几年下来，新生的羊羔们还是跟大多数羊一样，不是他要的样子——它们没有28跟肋骨。他没有足够的条件去给这些羊做基因检测，每次选羊的时候只能通过一些生理特征去判断。去年，他找到了一只特别符合条件的种羊，有了一个大胆的主意。

他瞒着我，把我放牧的羊群里的种羊偷偷做了结扎，它再也不能使母羊受孕，于是，这群羊里便只剩下一只种羊。他想，如果这只种羊能让这一百多只母羊都受孕，也许，就会有一只羊生下符合标准的羊羔。他把他的命运和我的命运，都押在了这只羊身上。

这一年，母羊的受孕率很低，而且生出的羊羔孱弱无比，成活率不到五成。我和羊主人都搞不明白是怎么回事。在乡下，人们也弄不清这些科学上的道道，所有的矛头都只能对准我：别的村的羊受孕产羔都很正常，只有我们村里出问题，肯定是羊倌弄的。大伙又说不出怎么弄的，后来，想到了总是跟我一起出现的技术员杨卓。除了他还能有谁呢？一定是这个家伙给我们的羊吃了什么不该吃的东西，让它们怀不上羊羔，怀上了也流掉了。当然，村子里还流传着另一种更隐秘的说法——那是一个很古老的传言，说是如果放羊人是一个变态，他在寂寞时会对母羊发情，这种事一旦发生，整群羊就会怀不上羊羔或者流产。人们认为我做了这种龌龊的腌臜事儿。

我也隐隐约约地听说了这两种传闻，当然清楚这和自己无关，猜到是杨卓搞的鬼。我没有去跟他对质，更没有拆穿这件事，我和杨卓一样，都在等着最后的机会。再说，拆穿又有什么用？只能死不承认。

　　还有最后一只母羊没有产羔，这也是杨卓最看好的一只。按说，它应该在一周前就产羔了，却始终没动静。杨卓和我都确定，这只羊怀上的是一对双胞胎，这在改良中，可是难得的好消息。

　　我们拎着煤油灯走进院子西侧，那只羊没有跟其他羊一起关在羊圈里，而是独自在存放粮食和柴火的仓房。微弱跳动的灯光让它感到被拯救的希望，蠕动着叫了一声，声音里充满疲惫和祈求。灯悬在羊的头上，杨卓清楚地看见了它的样子。它侧身躺着，地上有一层薄薄的羊水泡过的湿土，看来确实要生了。对于给羊接生，无论是我还是杨卓，都已轻车熟路。

　　杨卓让我把灯拎得更高些，这样他能看见更大的范围，否则屋顶挂着的锄头、装杂物的筐会投下一片又一片的阴影。光芒上升，光芒也在地上扩散。杨卓摸着那只羊的肚子，缓缓移动手掌，细心感觉里面羊羔的位置。他摸到了头和蹄子，还有并不明显的身体。

　　那只羊开始抽搐和抖动，叫声也剧烈到沙哑，肌肉紧绷，弹着前腿。我们知道，它正在努力生下羊羔。杨卓开始用手在腹部向外推，他小心翼翼地调节着手的力度和位置，以免不小心折断羊羔的腿或者脖子。它们在向外蠕动，但是十分缓慢和艰难。

　　难产，毫无疑问。不过也算不上多意外，毕竟羊肚子里是一对羊羔，并且杨卓已经摸出它们的胎位并不很好。他已经帮它们摆正了一些，可是，这两只羊羔似乎太大了，总是靠在一起，没法把它们摆成一前一后方便顺产的姿势。

　　一个小时后，煤油灯灯油见底，光越来越微小，我们两个都折腾出一身汗，羊羔却仍然没有生出来。我们互相看了一眼，心下有了共同的预感：坏了，如果再生不出来，羊羔会死在母羊肚子里。那样，一切努力都将前功尽弃。

　　有酒吗？杨卓突然问。

　　我不知道他想做什么，疑惑他在这种情况下怎么会突然想喝酒。家里有半塑料桶酒，不到两斤。我拎着煤油灯，先加了一些煤油，然后把那半桶酒拎来。再进仓房时，看见杨卓手里握着一把刀，心里一惊。

　　没办法了，杨卓说。

　　你想干吗？我问。

　　只有最后一招了。杨卓夺过酒桶，用牙拧开盖子，咕咚咕咚灌了一大口，长喝一声。

　　接着，他又喝了一口酒，没咽下去，而是喷到了那把刀子上。那是杀羊的刀子。

空气中瞬间弥漫着一股酒味，飞散的酒精有一些落在煤油灯灯罩上，噼噼啪啪爆出一阵细小的蓝色火焰，屋里闪电一样亮了几下。那蓝色的光芒被羊眼反射过来，照到杨卓的眼镜片上，又折射到我的眼里。我感到一阵刺痛。

我知道，杨卓要剖腹取羔。

不，你不能这么干。我大喊。

青松，杨卓也喊了一声，我必须这么做，只有这样，我才能让这两只羊羔活着生出来。你也知道，如果再拖下去，这三只羊都会死的。

杨卓说得没错，小羊生不下，大羊也活不了。可这只羊是村里李会计家里的羊，如果难产死了，还算是个交代，如果被杨卓剖腹死了，责任就只能我一个人承担。

我身体开始微微颤抖，我很清楚，自己这时候已经劝不住杨卓了。我看见他握着刀子的手暴起了青筋，因为用力过猛而抖动着，刀尖晃出一小片影子。

我长吁一口气，拎起酒桶也喝了一大口酒，然后把煤油灯的灯芯调高了些，光芒瞬间繁盛许多。

我一手拎着灯，另一只手和膝盖分别压住羊头和前腿。杨卓则用膝盖压住羊后腿，手里的刀子小心地划开了羊的腹部。它开始声嘶力竭地叫起来，咩咩咩……那种叫声又像是在叫妈妈。我胸口沉闷，感到心跳如木棒子锤鼓般沉重密集，耳朵里除了羊叫声，还有一种刀尖划破皮肉的嘶嘶声。突然，胸口的堤坝被冲破，眼泪洪水般汹涌而出。

那只羊的叫声渐渐微弱，最后消失了。我能感觉到，刚才还在挣扎的羊的身体，瞬间像断掉的橡皮筋，软下来。

杨卓终于把两只羊羔取了出来，怔怔地看着它们。血在夜中是黑色的，比夜更黑。两只羊羔活着，过一会儿，把嘴里的黏液吐出，然后发出轻小的叫声。咩咩咩，咩咩咩……可惜，它们的母亲听不到，更不会回应了。按道理，这时候大羊会把它们身上的黏液舔干净，这样，它们就会长得更强壮。现在，只能由人来完成这个步骤。

我以为杨卓是累了所以待在那儿，便把灯放在旁边的架子上，找了一片破布，蹲下来准备去给两个小东西擦一下。我的手即将接触到羊羔的身体时顿住了，也明白了杨卓何以发愣。

那两只羊羔的身体连在一起，这是两只连体羊。

当啷一声，杨卓手里的刀子掉在地上，他开始号啕大哭。他的哭声里充满绝望，这绝望并不是来自这次的羊羔像以往那样仍未改良成功，恰恰相反，他看见羊羔的尾部、蹄子和头，都跟他设想的一模一样。他绝望于它们连在一起，像一

307

个怪物。没有人愿意在自己的草地上养一头怪物，那是不祥的。

我收回了手。

杨卓目露凶光，猛地掐住了两只羊羔的脖子。

羊羔的叫声越来越小，不知道过了多久，咩咩声消失了。煤油灯再次耗尽煤油，灯光减弱，但是仓房里却变得更亮了，因为朝阳正从窗外照进来。仓房地上，几乎是一片不忍看的惨状。两个颓废的人，像是被抽走了魂魄；两只背部相连的羊羔，黏液已经干了，致使它们的身体看起来像是裹了一层塑料；大羊开膛破肚，血肉和肠肝肚肺露在外面。

三只羊都成了红色的血羊，但是看起来并不恐怖，而是一种沉闷的安静。

杨卓先站起身，推开门，走掉了。

我没有拦他，我知道，杨卓这一去，再也不会回来了。

后来，我回到屋子里，发现了杨卓留下的东西：他的所有笔记抄本，一摞钱，还有一张纸。纸上写着几行字：对不起，这些钱拿去赔羊。帮我照顾好端午。

三天后，我带着三张羊皮去乡里找端午。一张大羊皮，两张小羊皮，每一张都皮毛干净，看不出一点儿污秽和血迹。

三十天后，我把端午娶进了自己家里，她腹中，正孕育着三个月大的孩子。

第三章　白

儿子小满五岁时，我决定出一趟远门。

娶了端午之后，我便不再放羊了，并且发誓将来再也不给别人放羊。我定下了一个目标，将来要养一千只羊，一千只杨卓说的那种乌珠穆沁大尾羊，高大如牛，尾大如锤，毛肉两利。杨卓第一次兴奋地跟我说这种羊的时候，用手比画着它的大小。我疑惑地问，可人们都喜欢吃羔羊肉吧？羔羊肉才嫩呀。嘁……他嘶了一口不屑的气，说：你真该读点儿书，不知道吧，古人说羊大为美。你没看见美字怎么写吗？就是大加上羊。说着，他用手指在地上写出美字，又补充道，而且，最好是尾巴大，你看，大字可不在羊角上，就在羊尾巴上。所以大尾羊就是世界上最美的羊。

我不太懂这些，但我相信他，方圆一百里，只有他能一眼分出羊的品种和齿岁，这一点，放了一辈子羊的老羊倌也比不过。他说得没错，世界正在一点一点变化，确实越来越多的人吃羊肉、穿羊绒衫羊毛衫了，连乡里的中心村，都开了一家羊汤馆，林东镇上的羊汤馆、羊肉铺就更多了。村里的人们，除了每天去田地里种谷子大都和新来的麦种，养羊的人也越来越多，但是，人们养的还是原来的细毛羊，有一些改良的品种，却不是乌珠穆沁大尾羊，没有 28 根肋骨。

我不养这种不够美的羊，我种树。我到村上，把西边的一片荒地承包了，种上海棠果树。种果树是因为林东镇开了个罐头厂，每年到秋天，会大批收购海棠果，做成海棠果罐头，据说还能卖到国外。我就想，只要我种出了果子，卖给罐头厂，也就赚到了钱。赚到足够的钱，我也就能去买羊了。我已经打听到，在几百里远的草原上，也就是东乌旗那里，正在大规模培育、推广这种大尾羊。我之所以能承包到地，是靠了端午的父亲，也就是我的岳父。他毕竟当着中心村的村支书，他找到我们村的村支书，跟他喝了一场酒，我就拿到了承包合同。他之所以帮我，不是因为看好我，知道我能成事，而是因为我在关键时刻娶了端午。那一年，杨卓不告而别，留下怀有身孕的端午，是我保住了他的面子。

我用三张羊皮，做了一个皮帽子给村支书，做了两个皮手套给端午。然后说：杨卓留下的事，都交给我吧，包括端午，只要她愿意，我就娶她。

她也没法不愿意，在那个年月，如果她未婚先孕，是会被人们骂死的。骂不死，她也没脸在乡里过活，她的孩子就成了野种。其实，从端午的角度看，我是她的同道人，整个乡里只有我和她跟杨卓走得最近。只不过，我比她知道的秘密多一个。我知道杨卓为什么不能娶她，甚至，我还知道杨卓为什么只跟她睡了一夜就不再碰她了。这也是我愿意替他娶端午的原因之一。

端午嫁到了我们村，性情变得稳重了，尤其是儿子出生之后。她仿佛看破了自己过去对杨卓的爱都只是剃头挑子一头热，另一头根本就是块榆木疙瘩。她成了一个和善、勤快的妇女，每天清晨起来给我做饭，白天跟我一起到刚栽了树苗的荒地上捡石头，夜里让小满叼着奶头睡觉。

果园附近没有水渠，我只能赶着马车，去四里地外的木伦河去拉水，上午两趟，下午两趟。水车到了，我把铁皮水桶推下车，她就背着儿子，一瓢一瓢地把水浇在干裂的泥土里，果树苗蔫头耷脑，满身不情愿的样子。冬天，我把捡的石头垒起来，一块挨着一块，等那些树苗高过小满，我已经在果园周围磊了矮矮的一圈石墙。

小满开始摇摇晃晃地在果园里走，他要摔倒的时候，总会有一棵树在手边撑住他。再大一点儿，这小子开始使劲摇晃还没长粗的树，我赶紧一把把他拎起来。

小满，你知道这是什么？我问他。

树，果树。他说。

不，爸爸告诉你，这一棵一棵的不是树，是一只一只的羊。将来，爸会把这一千棵树，变成一千只羊。

他哪里懂这些，连端午都搞不明白我为什么要这么执着地幻想着一千只羊。

她摇头说，我看你也是被杨卓给下了药了，谁家里能养起一千只羊呢？她说得没错，那时候，十里八乡羊最多的人家，也超不过五十只。

村里的羊已经不少啦，每家每户都有个十只八只的，聚到一起，就是一大群。到了夏天的时候，羊倌把它们赶到山上，根本没那么多草给它们吃。于是，它们就把坡上的山杏树的叶子啃掉，把草根啃掉，一年又一年，羊越来越多，山越来越秃。春天的时候，沙尘暴刮来的沙土，能堵上村里一半的烟筒。

就算有一千只羊，也没那么多草给它们吃啊。端午又说。她说得对。

但是我心里有计划，或者说，杨卓留下的笔记里有计划，他早就对这种情况有准备啦。最关键的是，我得养他说的那种乌珠穆沁大尾羊，而不是现在村里人养的笨绵羊和山羊。这些绵羊真是笨啊，有时候，你突然喊一声，它们竟然不会跑掉，而是被吓愣，直腾腾站在那里一动不动。那些山羊呢，出绒量很低，而且特别能吃，树皮和草根大都是被它们啃光的。绵羊矫情，吃草吃草尖，留着草根明年再长，山羊不管不顾，把草根全啃出来了。山坡越来越秃，沙化越来越重，主要是山羊越来越多有关。但是人们现在也只能养它们，靠那点毛、那点羊绒、那些羊肉换一些零花钱。种田是没有钱的，好不容易打出的粮食，到了秋天，大部分要送到公社交公粮。但人过日子，总得买点油盐酱醋，总得有个头痛脑热，总得有个婚丧嫁娶，这用的都是现钱。

第三年，果树落了果，第一茬果子涩，送人人都不吃。我就不摘它，让成千上万的果子落在地上，腐烂、发酵，最后一场雨一场雪就帮它们渗进土里。那段时间，我的果园弥漫着浓烈的发酵的酸味，引得路过的人和牲口都伸着脖子往里看。我在石头矮墙上堆满果林空地割来的草，只为让那些牛啊羊啊马啊把粪拉在墙下面，等牲口离去，我和端午把粪一颗一颗收集起来，埋在特制的土坑里，加上灶灰，加上落叶，加上各种草籽，沤一个冬天。等开春，再把它们翻出来，让太阳照上个十天半月的，等远远地看，粪坑上面飘浮着一层温热的腐气时，再把这特制的土肥添在每一株果树下。

只可惜，我天生不是种果子的料。

那些果子，第一年涩，第二年又酸又涩，第三年又酸又涩又苦。其实我就不是种任何东西的料，从小就分不清谷子苗和稗草，分不清青储和玉米，分不清大麦和小麦。这两种东西放到一起的时候，我能看出区别，但是一旦把它们分别拿出来让我认，便常常认错。还有，春天点豆籽，别人都是两步一点，每次点三两颗，我呢，倒是也能做到两步一点，可每次都掌握不好豆籽的量，要不是唰扔了一把，要么是就丢了一颗豆子。总之，凡是农田里的事儿，我什么都做不好。所以我才种果树，果树那么大，总不会栽错位置吧。

一切都照卖树苗的人跟我说的做，浇水，施肥，培土，剪枝，但是果子长出来，就是不甜。一开始，我和端午以为是那片地的土质有问题，但是不对啊，那片地上原来就有几棵果树，从我出生时就在，它的果子每年结得又多又好，吃起来甜甜的脆脆的。一定是哪儿出了问题，可是我就是找不到。我把果子运到罐头厂，人家尝了一口，咧着嘴吐出去，说：你这啥玩意，别说做罐头，喂猪都不吃。他没说错，那些卖不掉的水果，我拿去喂猪，它们果真尝尝就扭屁股哼哼着走了。

最后，我只能让那些水果烂在果园里，秋后的一段日子，村子西头弥漫着厚厚的一层水果腐烂的味道。真是奇怪啊，这些吃起来一点都不甜的水果，发酵之后的味道竟然是如此的香甜，好像是商店里卖的水果酒一样。可惜，那时候的我不懂这些，否则我就用它们来酿酒了。

我种果树，不过是想着能尽快赚点儿活钱，然后去买羊。我本来不就是个蒙古族人吗？虽然我长得不像，可我就是啊，所以我必须养一千只羊。

我岳父秦中秋失望极了，一开始，我能跟大了肚子的端午结婚，他还挺感激的，我保住了他的脸面，也保住了端午的名声。可是结婚之后，我的日子越过越差，连分到手头的几亩地也种不好，每天只想着羊的事儿。那些地里的活儿，都压在了端午身上，她早出晚归，拔草间苗，几年下来，就把腰累弯了，脸晒黑了。原来她长得苗条白净，虽然是乡里的姑娘，却像城里的女孩，现在，她是彻彻底底的农村丫头了。秦中秋在小满出生前从村委上退下来了，拎着一柄旱烟袋，走几步就咳出一口黄痰。真是奇怪，他当村支书的时候，那咳嗽声听起来特威严，特有气势，不管多闹的场合，他的咳嗽声一响起，立马安静了。可是他退下来的第二天，那咳嗽声就变轻了变虚了，跟别的老头的咳嗽没了差别。他再也不能在大街小巷、在村委会的办公室里、在随便谁家的炕头上找到那种土皇帝的感觉了，就只能回家来找。端午是他唯一的女儿，他当然只能住到我这里。本来呢，秦中秋在乡里有一处院子，那院子是我家的两倍大，砖瓦房，亮堂宽敞。他想让我和端午搬到那个村子里去，他一开始以为我肯定屁颠屁颠的，甚至得感恩戴德，没想到我当场拒绝了他。

我哪儿也不去。我说。我娶一个怀了种的媳妇还不算，还想让我当上门女婿？不可能。秦中秋脸都紫了，用旱烟袋指着我，光喘气，说不出话来。端午看看我，又看看她爸，刚要说话，肚子里的小东西踢了她一脚，她捂着肚子蹲在地上了。

其实，我不去是有原因的，他们那个村子不适合养羊。四周都是石头山，不但没有草场，甚至连长草的山坡都没有。不像我们村，村子西边木伦河流过的地方，有一片巨大的草场，而围绕着村子的南山西山北山，都有着七八里平缓的山坡，那些山坡上都有草，草不高，那也比不长草的石头山好啊。我要养羊，只能留在我们村里。秦中秋对这事一直很不满，每天都要念叨几遍。后来，我种的果园也不成功，家里的日子越来越艰难，他的身体也越来越差，再也不敢抽烟了，抽一口，就能咳半个小时，那根烟袋就换成了一根树枝做的拐杖。

秦中秋蹲在大门口的石头上，看着小满撵街上的两只芦花鸡。小满这名是他起的，这事我没反对，第一是叫啥名我无所谓，第二是他本来也不是我的种。他们老秦家，起名都是按节气，出生时离哪个节气最近，就起哪个节气的名字。

小满还穿着开裆裤，因为他随时随地可能拉屎撒尿，都四岁了，他还不知道去茅房里上厕所，有时候我怀疑他是故意拉在裤子里的，就为了埋汰我。秦中秋看着自己的外孙，眼神里充满复杂的浊泪，我猜想，他可能在后悔当年把杨卓弄到畜牧改良站，后悔让他住在自己家里，后悔没有早点儿拦住端午对他的喜欢——可是，那时候的杨卓，从没喜欢过端午啊，他甚至都很少搭理她。他们怎么就闹出了孩子呢？他想起一些事，这些事会隐隐地让他猜到一些什么，那是他不愿相信也不敢相信的东西，于是，他最后把一切都归为酒后乱性。那件事，最清楚的只有两个人，一个是我，一个是杨卓。杨卓回城之后，这里便只有我知道了。

我和端午之间有感情吗？这个问题很难回答。我从小就知道，人都是要娶媳妇或者嫁男人的，都是要养儿育女的，因为祖宗们从来都是这样，就像一个羊群里总得有一只公羊，一群母鸡里总得有一只公鸡，只有这样，这群羊这群鸡才不会越来越少，最终灭绝。从另一个方面讲，我从小跟光棍父亲相依为命，没有过母亲的疼爱，没有过别人家一家三口上山干活、一起赶集的温馨时刻，我就觉得，有老婆孩子热炕头应该是世界上最幸福的事儿。所以，我是肯定要娶媳妇生孩子的，那娶谁不是娶？谁的儿子不是儿子？对我来说，区别不大，何况端午对我也挺好的，做了一个媳妇能做的一切。结婚那天晚上，她肚子已经显形了，我摸着她微微鼓起来的小腹，控制着自己占有她的欲望。现在不是时候，我告诉自己。她闭着眼睛，脸上充满一种羞愧的红色，身体微微颤抖。我知道她在害怕，害怕我的手继续抚摸下去，害怕我不顾一切跟她同房，因为她没资格阻止我。如果我真的那样，她也只能承受。但我忍住了，我不是圣人，更不是禽兽。

最后，我紧紧握住了她的手，亲她的嘴。

端午，我说，你一辈子都是我媳妇了。

她眼睛里流出一滴泪来，使劲地搂住我的脖子，大声地哭。

我脑海里浮现了杨卓的脸，还有他跟我说他最大的秘密时的样子。他等着我吃惊甚至被吓到，但是我很平静。"咳，"我咳了一声，"草原上什么草没有呢？羊群里什么样的羊没有呢？都有，那世界上也就有各种各样的人吧。"

我没说错，就像后来我们接生出的那对连体的羊羔。连体的羊羔也是羊啊。

日子就这样过下来，小满出生之后的第二十天，端午成了我的女人。那天，她说了一句我得用一辈子琢磨的话：啊，原来这才是男人和女人啊。很久之后，我才想明白这句话的意思。也就是这句话，让我心里那本来淡得像雾、细得像头发丝式的不舒服彻底消散了。我知道，杨卓在她心里死掉了。

其实，我心里知道，她后悔过。她后悔自己受了杨卓的骗。但是她不知道我和杨卓之间还瞒着她一件说出来会要了她命的事儿。杨卓真是个可怕的家伙，我总是想起他给那只羊接生时的样子，把那两只羊羔掐死的样子，像一个冷血的屠夫，不，比屠夫更冷血。

虽然小满不是我亲儿子，但我对他挺好，跟亲儿子也差不多。他喜欢骑在我脖颈上，嘴里驾驾驾喊着，好像我是一匹马。有时候，我看着他，就好像看见了杨卓，虽然他的脸不像杨卓，更像端午。但他的眼睛简直和杨卓一模一样，以至于你第一眼看过去，就觉得那是个小杨卓。有几次，我喝醉的时候，甚至把他喊成杨卓了。大一点儿，他就问：爸爸，杨卓是谁啊？我还没回答，端午便高声说，谁也不是，一个王八蛋，谁再提他谁就没饭吃。

人可以不提杨卓，但人不能不吃饭。

这就是我的日子，这就是我的家庭，所以就算是为了出来透口气，我也得出趟远门了。

更重要的由头是，我打听到哪里能弄到杨卓说的那种大尾羊了，我得去把它从那片草原带回来，让它在我们这里繁衍生息。

果园产的果子不甜，果园就废了，可惜了我和端午花那么多力气把石头捡出去，挖树坑，栽树苗，培土施肥。就在我犯愁时，罐头厂的采购员开着一辆绿色的212吉普车来了。他们当然不是来买果子的，他们想买我承包果园的合同，也就是接下我的承包权。罐头厂开了一个我无法拒绝的价儿，刚好把我种水果这几年的亏空补上，我没得选，只能在转让合同上摁了手印。摁手印的时候，我心里总觉得这事有什么不对劲，可又说不清。在这之前，我听说他们已经把十里八乡的几十个果园给买下来了，因为他们种的果子都不甜。

我计算着，转让的钱能买三五只羊。这不够，远远不够，如果我去东乌旗买五只羊回来，四只母羊，一只公羊，就算这四只羊每年都能生两只羊羔，一年才八只；就算这八只都是母羊，也得两年后才能产羔；就算它们仍然都一年生俩羊羔，也才二十四只。何况，怎么可能一年生两茬羊羔或双胞胎呢？怎么可能都是母羊呢？怎么可能不出意外不生病呢？所以，按这个速度，我猴年马月才能养成一千只羊的羊群？

也就是说，我的钱远远不够，我至少应该一次买回二十只羊才行。那至少得两万块啊。我就算把所有的家当都卖了，也卖不出两万块。

晚上，我找出杨卓留下的那张照片看，恍惚中，照片上的羊咩地叫起来，然后一躬身，从上面跃到我前面。它的眼睛圆圆的，很像人们说的丹凤眼，我从没这么认真地看过一只羊的眼睛，竟然是如此的妩媚，如此的风情，像一个含情脉脉的女人。没错，羊的眼睛特别像女人的眼睛。

它仿佛在说：我等你把我娶回家，等了很久了。

我说：可是我去哪儿弄两万块钱呢？

它说：你有。

我说：我没有，我所有的钱都加起来，拢共一千四百二十块五毛。

它说：有些钱不是钱，可是值钱。

我说：啥值钱？我的心肝肚肺？我的血？就算我卖，也没人买啊。

它说：我值钱。

我说：你值钱？

它说：对。

忽然间，我想起了什么。那只羊消失了，我对着照片发呆，脑子里努力在寻找着那不断飘忽的念头。

终于，我抓住了它——那的确是一只羊。

那只金羊，我父亲临死前留下的金羊。原来，它是留着干这个用的。

爸，真没想到啊，你的命换来的这只羊，竟然来救我的命了。

那只羊我埋在院子里的杏树下，连端午都没告诉，因为我以为它是不祥之物。它带走了父亲的命，后来，还带走了跟父亲一起去挖宝石的几个人的命。它闪闪发光，却又全身血红，一只红色的金羊。现在，我要带着它去换那雪白的羊了。

应该是在父亲死的第二年，警察找到家里来，拿着一张照片，问我认不认识照片上的人。我一看，就是跟父亲一起去挖宝石，后来说是打工离开的人。我说认识，还说了挖宝石的事儿。警察说，他们根本不是挖宝石的，而是一伙儿盗墓贼。这是个盗墓团伙，这几个人在外面没饭吃，倒卖文物的时候被警察发现捉住，两个警察押解他们回来的时候，被他杀了。几个人偷了枪逃走，成了全国的通缉犯。

我脑子嗡的一下，一年前父亲的死顿时清楚了，父亲也是被他们害死的。

警察掏出纸和旱烟来，卷一支烟，叼上，发现自己没火。我赶紧从灶坑拿来火柴，"嗤"一声划着了，给他点烟。

他把烟口袋递给我，问我抽不抽。

我接过来，笨拙地卷了一根很粗的烟，也点着了。

烟在燃烧，烟在飘荡，我嘿嘿嘿笑了几声，觉得自己这辈子可真是赶上了不少事。

警察拍拍我肩膀，说：是这样，那几个盗墓贼，最后肯定会被捉住的。盗墓嘛，判个十年八年，还能放出来，但他们后来杀了警察，估计这辈子甭想出监狱了，枪毙都可能。我这次来，除了想看看他们会不会偷着跑回来，另外，还有一件更重要的事得查。

我不说话，烟头着得很快，我的手指已经感觉到了灼热，但是我没有丢掉。我想让那火再烧一会儿。

他们挖出来的物件里，还有一只金羊樽，没有着落。他们被捕后交代，这只金羊樽在你父亲手里。那可是国家一级文物，我们有责任找回来。

说完，他眯着眼盯着我看，眼神里试探的意思很明显。我就是这时候才知道那玩意叫樽的。

哼，我说，他们怎么可能说实话？我一直以为我爸他们是挖宝石的，你说这个……挖古墓的事，我还是第一次听说。还有，这几个人没交代吧，他们早就杀人了，我爸就是被他们埋在土里憋死的。后来，是我一个人到草原上把他挖出来，才埋进村里的坟地。他一个死人，哪有什么金羊银羊？就算有，你觉得他们几个人都杀了，还留着不拿走？

是，这个情况我们也考虑过，但是办案嘛，该有的流程还是得走，万一呢，是吧？

那警察打开公文包，从日记本上撕下一页，在上面写了个电话号码：你要想起啥情况，或者发现这几个家伙的蛛丝马迹，记得给我们打电话。

我接过来，说：一定一定。心里却想，狗屁，我们村里都没电话，我们乡里只有乡政府和派出所有电话，我给你打个毛。

等我把警察送走，我把那枚羊樽埋在了杏树根下，然后一个人蹲在墙头发呆，回想刚才他说的那些话，回想自己这近二十年的生活，回想父亲。

好像就是从那一天起，我决定将来一定要养一千只羊的。

第四章　黑

去东乌旗的路还算顺利，毕竟是单人独行，怎么着都方便。我先从村里步行到林东镇，从镇子上坐长途车，然后又倒了几趟车，就到了东乌旗旗政府所在地乌里雅斯太镇。这里是锡林郭勒大草原上的草原小镇，跟林东镇不太一样了，街上多是穿着蒙古袍子、骑着马哒哒跑过的蒙古族人，也偶尔有桑塔纳和212轿车驶过，把马惊得嘶鸣几声。

我到的时候，是一个黄昏，太阳直接从远处的大地上往下落，好像一枚鸡蛋从桌面上掉下去。这是真正的草原之城，四面看去，没有一点儿遮拦，最高的地方也不过是些长满青草的土坡，目光的尽头是天和地的连接处。我不知道那有多远，但是这是我第一次觉得自己的眼睛不够看。我记得小时候跟父亲去老额吉那里，总是不断地越过一座又一座山，我家附近的草原都是丘陵草原，从来没见过如此平坦宽阔的草场。怪不得是他们这里先培育出大批量的大尾羊呢，我想。有一瞬间，我竟然生出了留下来的冲动，在这样的地方养一千只羊，应该更容易吧？

空气中弥漫着牛羊粪和牛羊粪被焚烧之后的味道，让人觉得又呛人又清新。我从小就喜欢这种味，觉得它能清洗我的肺，所以在村里人都更愿意烧木柴的时候，我却四处去捡干牛粪干羊粪来烧。我从飘飘忽忽的青烟里闻出青草味。

我得找个小旅店住下，然后明天去他们这里的畜牧改良站打听，看看哪里能买到大尾羊，尤其是种羊。那枚金羊樽吊在我的裤裆里，每走一步，都会轻轻磕碰两条大腿的内侧，坐了两天车，大腿已经破皮了。但是我还是不敢把它拿出来，磕碰的疼痛在提醒我，它依然在那儿。这是我的全部希望。

街上小旅馆不多，大都是小饭馆兼作旅馆，前面两间房子，摆着桌椅，有人在吃饭喝酒；后面几间房间，并不是原初建起来的，而是在后墙掏了一个门洞，然后搭起来的厦子，比正房要低矮一些。我在前面吃了一碗羊汤面。这顿饭有点儿奢侈，本来我是只想吃一碗素面的，但是一进屋我就闻到了羊肉味。我吃过羊肉，可这里的羊肉似乎和以前吃的都不一样，那不是膻味，而是一种淡淡的香味。我就想，既然我要买大尾羊回去，总得先尝尝这种羊的肉有没有传说的那么好，于是就要了一碗羊汤面。

那个下巴的黑痣上长了一撮毛的伙计把面条端上来，满满一大碗，灰白色的杂面上堆着几大块羊肉。面是白面和荞麦面合在一起的杂面，羊肉有肥有瘦，肥的雪白，瘦的粉红，在水汽中颤颤巍巍。我一下就流出了口水，大口地吃起来。

第一块羊肉进到嘴里，我就知道这次来对了，我觉得自己这些年的等待也值了，将来，我肯定能养起一千只羊的羊群，如果老天爷眷顾，一万只都有可能。我不能说这是我吃到的最好吃的羊肉，因为它稍微老了一点儿，还有厨子煮的时候山花椒放多了，估计是这边的人喜欢这口味，但是它的肥瘦对比真是太好了，每咀嚼一次，那些肥肉中的油就会被牙齿挤压出来，瞬间渗到瘦肉的肉丝里，让那些瘦肉立刻得到滋润，而你的口腔也是被滋润的一部分。

一碗面连汤都不剩地吃完，身上出了一层薄汗，两腿内侧被羊樽磕破的地方让汗水一浸，疼得更深，但是我心里高兴极了。我跟老板要了一张铺。还是那个伙计把我领到后面住宿区，房顶有点儿矮，只比我高了一拃的样子，明知道我直起身也碰不到头，可还是不自觉地猫着腰往前走。

我推开一扇门，一股浓厚的羊臊味扑面而来，接着是昏黑，过了好半天，我的眼睛才慢慢看清屋里的样子。那是一铺大炕，地上歪七竖八的各种鞋子，炕上堆挤着隆起的打着补丁的棉被。棉被一头，露出毛发杂乱的脑袋，脑袋上一个个黑洞正打着呼噜。仔细一看，大炕上已经睡了七八个人，只剩下炕梢很小的一块地方。

伙计说，一块钱一晚上，只剩一个铺了，睡不睡？我点点头。

只是没有被子了，一共八条被子，有一条被隔壁借走了。伙计说。

我刚要问没被子怎么睡，他走到炕边，从一个人身上扯下一件羊皮大氅，骂骂咧咧道：妈的，盖一条被子还不够，有那么冷吗。那条被子下的人哆嗦了一下，没吱声。

你盖这个，这可是纯羊皮的，比棉被暖和多了。他说。

我接过他递过来的羊皮大氅，手一沉。真是好皮子，拎在手里沉甸甸的，像拎着半只羊。

这是什么羊皮的？我好奇地问。

我哪儿知道。伙计撂下一句话，推门走了。

等我蛞蝓着挤进炕梢躺下，才知道这儿为啥没人，因为炕是凉的，旁边的墙更凉。我的身体不由自主地躲着墙，靠向旁边的人，他想躲也没地方躲，我俩紧挨着。我发现，他在颤抖，像一只筛糠的筛子。我被他的抖动带得身体也一颤一颤。幸好肚子有一碗热面垫底，冷归冷，我还是很快睡着了。因为裤裆里吊着的那只羊，我的两腿不敢并拢，只能岔开睡，心里始终保持着一丝警惕。

迷迷糊糊中，感觉有一只手伸了过来，我立刻睁眼起身。发现是旁边那个人，正伸手扯我身上的羊皮大衣。

我刚要发火，听见她轻声说：哥，对不起，我太冷了。语调有些硬，牙齿还打着哆嗦。

竟然是个女人。

你不是有被子吗？我说。

我……我……她的手无意中搭在了我的手上，像一块铁匠炉里刚拿出来的铁，把我烫了一下。我心里顿时火大，想，你身上这么热乎，冷什么冷，还跟我抢大氅？接着很快反应过来，她是在发烧，所以才会觉得冷。我伸手摸摸她额头，果然是烫的。

我心想，这可怎么办？把大氅给她，我就没盖的东西了，现在虽然刚入冬，可是屋里没生炉子，没铺盖睡一宿可不是闹着玩的。可是不给她，她烧成这样，我又于心不忍。

我叹口气，说：你没吃药吗？

我没钱买药，我在这等我阿布（爸爸），他说五天回来，可这都十天了，还没见人影。我已经欠旅店好几天住店钱了。她的话从不断打战的牙齿缝隙挤出来，像是铁凿子从石头里凿出来的石头渣子，碎碎渣渣。这时候，我忽然看清了她的眼睛。真是奇怪啊，我在一个黑沉沉的屋子里，竟然看清了一对黑色的眼睛。我想，这只有一种可能，那就是她的眼睛比屋子黑多了，也亮多了。那好像是羊的眼睛。

我起身，把羊皮大氅盖在她身上，说：你先睡，我去给你买点儿药吧。

我到了前厅，已经打烊，伙计正在收拾桌子。我跟他打听了一下药店的位置，走出了小饭馆。乌里雅斯太镇的街上，羊粪焚烧后的味道变轻了，一种属于初冬才有的冷凝聚在空气里，我禁不住打了几个喷嚏，心下骂自己多管闲事。没想到药店的旁边就是畜牧改良站。我从赤脚医生那里拿了退烧药，急匆匆往回赶。我感觉自己快被冻透了。

回到饭馆，我用随身带着的装水的输液瓶灌了一瓶热水，拎到那个大通铺房间里。我轻声叫醒那个女人，让她吃了药，然后把输液瓶给她，让她抱着睡。我躺在她旁边，身体只盖着大氅的半边。我竟然听见自己的心怦怦的声音，嗨，原来人的心真是一下一下跳动的，我以前还真没感觉到过。那双眼睛在我脑海里看着我，好像我梦中的那只神秘的羊在看着我。这双眼睛所在的脸，是什么样的呢？我只看见模糊的一团影子。我像一个石匠，开始在脑子里对着这张脸凿削，但是我什么也去除不了，凿来凿去，那张脸依然是模糊的。

我又睡着了。

半夜，似乎是因为翻身，还是动了一下腿，左腿内侧的伤剧烈地痛了一下，我立刻醒来。我发现自己盖着被子，身子热乎乎的，还出了汗。天色已经亮起来，虽然窗子拉着厚厚的窗帘，屋里的光线仍然比夜里好多了。我终于看清，自己竟然和那个女人睡在一个被窝里，盖着同一条被子，被子上是那件羊毛大氅。我的身体紧紧贴着她的身体，她的身体已经不再发烫，但是由于出汗，显出微微的湿润，她的汗透过衣服浸到了我的身上，我像是靠着一块软乎乎的毛巾。她的身体可真软啊，我一动也不敢动，心里十分羞愧。我想，肯定是自己晚上睡觉冷了，不自觉地钻进了人家的被窝，太丢人了。我想轻轻钻出来，可是很快发现衣服的一角正压在她身下。就在我犹豫着不知该怎么办的时刻，她的身体转了过来，我只好假装仍然睡熟。她似乎睁开了眼睛，我等着她的叫喊或者给我一巴掌，但是并没有。我感觉到一只胳膊伸过来，把我肩膀的被子掖了掖。

她的这个动作，让我知道了并不是自己钻进了她的被窝，而是她主动给我盖上的被子。不知为什么，我心里忽然热起来，眼眶也热起来，有眼泪要往外冒，我紧紧闭着眼睛，怕真流出泪。这一刻，我感到无比幸福，这从未在端午那里感受过又像是我从来未曾体验过的母亲的怀抱的感觉。我听见她轻轻起身，穿上外套和鞋子。她似乎准备离开。

我真想睁开眼睛看看她，甚至抱着她哭一场，可是我不敢，我的眼睛闭得更紧了，整张脸几乎因为用力而颤抖。我想，她可能已经看出我窘迫，更知道我早已醒来。

我闻到了一股青草的气息，那是她的嘴巴发出的。那股气息在我耳边轻轻说了一句：哥，谢谢你，我叫萨日朗。

过了很久，我才睁开眼睛，用手一抹，满把的眼泪。

我特别恨自己的懦弱。我应该起来，告诉她自己的名字，问问她要去哪儿。我想干什么吗？不，不想，我早已结婚生子，虽然不是亲儿子，我不想搞什么乱七八糟的事情。可是我就是贪她的身体和温暖的被窝，贪她模糊的脸和黑得发亮的羊一样的眼睛。

萨日朗！

萨日朗！

萨日朗！

我脑海里这个名字不断响着。毫无疑问，这是个蒙古族的名字，她是个蒙古族姑娘。

起来后，我吞吞吐吐地跟伙计打听萨日朗的情况。

伙计摇头叹气说，她一大早就走了，没钱结住店钱和饭钱，留了一件小镯子，说是赶明再拿钱来赎。

可怜啊，她要去找她爹，她爹说不好已经没了。

我问他，萨日朗欠了多少店钱饭钱。

伙计说，一共五十六块七毛。

我掏出一百块钱，说这是我和她的，一起算了，让他把那个镯子给我。

伙计摇头说，我不能给你，人家回来找怎么办？

我一想也对，就说，你觉得这镯子值多少钱？

他把镯子拿出来看，也就是普普通通的银镯子，满打满算，值不了两百块钱。

我掏两百块钱给他，说，两天之内，如果萨日朗回来了，我就把镯子还给她。如果她没回来，这镯子就算是我买了，钱，他留着，将来哪天萨日朗再来就给她，如果一直不回，那就是他的了。

伙计愣了半天，想不明白我为什么要这么干。萨日朗回来则罢，如果一直不回来，他就白得了两百块钱。

他没有不同意的道理。

我把那个镯子装进兜里，心里多了些笃定，大踏步地向畜牧改良站走去。

畜牧站的人还不少，大都是四处来这里打听大尾羊的事儿的，看来这个品种已经成了牧民们最认可的品种。

排到我的时候，已经是中午。我说明了来意，那个改良员问我要几只羊。我说至少二十只，他吃了一惊，抬起头看着我。

你不是东乌旗的？他问。

不是，我是左旗的，离这好几百里地呢。

我还没见过一下要这么多羊的，我们这里主要是给东乌旗的牧民们改良、配种和调剂品种的，不对外旗县的人开放。你要买新羊种，得去你们自己的改良站啊。

我便跟他说了左旗的情况。

那人说，你们原来的畜牧员是不是杨卓？

我一听他认识杨卓，赶紧说对对对，就是杨卓。我就是从他那里知道大尾羊的。

畜牧员哦了一声，说，你先回去，等下班了，六点半，再来找我。

我一直待在畜牧改良站的门口没走，午饭买了两张烙饼，跟人家要了一碗水，就着吃了。快七点的时候，天已经黑透，那个畜牧员才晃荡着从院子里出来，胳膊下夹着黑皮包，腰里别的一串钥匙哗啦哗啦响。

我迎上去，问：中午也忘了您贵姓。

哦，我姓于，干钩于。他吸了下鼻子说。

于老师，您还没吃晚饭吧？咱们一起吃完饭，边吃边聊，行不？

他点点头，从怀里掏出半瓶酒来：我喜欢晚上喝两口。

我们找了个小饭馆，点了几笼烧卖、一只烧鸡，还有炒鸡蛋什么的。边吃边喝边聊。他跟我说起自己和杨卓的故事。

杨卓刚到浩尔吐乡畜牧站的时候，他们一起去市里进修，俩人住一个宿舍，混得不错。进修结束前有个结业考试，老于背不下那些知识，是杨卓帮他过的关。他自此欠了杨卓一个人情，但是后来，两人再也没机会见过面，偶尔通通信。

老于说，杨卓前几年考上研究生后，给他来过一封信，鼓励他也考。他一想自己连个进修考试都得别人帮着才能过，哪还敢想研究生的事儿，再说，老婆孩子一大堆，他也不可能抛家舍业去念书。杨卓已于去年毕业，他现在不做育种改良了，下海经商了，具体干什么没说。

我问他杨卓有没有跟他提过那个秘密计划，他摇摇头。

我跟他说了我和杨卓的计划。我说，于哥，你得帮我，帮我就是帮杨卓。

老于说：可是杨卓自己都忘了这事了，你还坚持？

我说：我干这个不是为了他，是为我自己。

老于眯起眼睛，琢磨了半天，说：你要想从东乌旗赶走二十只大尾羊，只有一个办法。

我端着酒杯，等他说是什么办法。

他跟我碰杯后，滋一声喝掉酒，说：其实母羊好办，你到牧民家去买就行了，大不了多出一点儿价儿，总能凑够二十只。最难的是种羊，我们旗里的种羊，都是改良站费了大力气培育的，是有定数，也是有名额的。东乌旗的牧民，根据羊群数量，五到十户一头种羊，自己还分不过来呢，不可能外卖。

他这么一说，我才明白这事确实有难度，不是说我有钱就能办成的。

于哥，你有啥好办法？我想，他之所以这么提，一定是有主意了。

他突然压低了声音，说：只有一个办法，你得在这待半年。到了冬天，正是我们畜牧改良站种羊培育期，你也知道，每一次种羊培育，都有不合格的品种，也就是有个淘汰率。到时候，我挑一个好羔子，偷偷抱给你，就跟站里说这个羊羔折了，蒙混过去。不过也有风险，第一个就是这个羔子小时候看是好种羊，可大了不行。第二个风险就是，你得把它养到至少两岁口，它才能配种，母羊才能怀羔子。这期间，但凡出一点问题死了，都竹篮子打水一场空。

我心里突突跳，觉得这几乎就是把一切都压上的豪赌。但是除此之外，我也别无选择。

行。我说，就这么办。那就麻烦于哥了，这两个月，我先去牧民家里挑羊。

他拍拍我肩膀，说，你跟杨卓确实挺像的，都有股子不达目的不罢休的劲儿。

接下来的日子，我仍在那家小店里住着。萨日朗竟然真的再没有出现过，伙计因为白得了两百块钱，所以对我格外好。他们杀羊吃肉，也会给我端两块骨头，还把我调到了另一间屋子，也是一铺大炕，阳面，住的人少一点儿，干净点儿。另外，在买羊这件事上，他也帮了不少忙。有本地的牧民来吃饭喝酒，他就有意无意地帮我打听谁买羊。这样，等到快过年的时候，我已经买够了二十只羊，价比市场价高了一成，因为我没法给现钱。我的钱，那只羊樽，还在裤裆里吊着，两条腿的内侧，已经磨出了茧子。我走路的时候，它就像一个钟摆，左一下右一下敲击着，那种节奏感让我对自己正在干的事越来越笃定。

老于那边的改良培育也开始了，年后初六，我请他吃饭，他告诉我，一个月后种羊羔子就产下来，我得尽快把买的羊凑成堆，等天一暖，地上的草芽一出来，就马上赶着回林东才行。所以，眼下最着急的事儿是把羊樽出手，换成现钱才行了。

这事儿只能去赤峰市，别处都不保险。这些天，我一直在偷偷打听怎么能把这件东西出手，有人说，值钱的玩意，只能到大城市去卖。他们说，那里有古玩市场，早些年被取缔了，这几年正在慢慢恢复。很多在"文革"时藏起来的物件，又纷纷露面。不少个体户、倒爷、商人赚了钱，也想着买些古董做投资；赔了钱的，又把家里藏着的玩意拿出来出货，换了钱好再去做买卖。当然，这些买卖都是在半明半暗的地摊上完成的。我打听到，倒卖古玩的人，主要集中在赤峰市红山区三道街老邮局门前和当时的白马塑像附近，每到周末，这些人就会聚集在此处，一边胆战心惊地互相试探交易，一边和警察和管理处的人周旋。

我倒了几趟长途汽车，到了赤峰市汽车站，然后步行到了洪山区，找到了老邮局。一进那条街，就能看见很多人抱着邮票簿在换邮票，有些人是真集邮，有些人只是借着集邮的幌子，在进行其他物件的买卖。我没有邮票簿，衣着和口音也和本地人有区别，所以转了半天，也没人搭理。大家都怕我是钓鱼的。

转悠了三天之后，终于有人来问话了，那是个看起来有六十岁的老头，穿一身蓝色中山装，风纪扣扣到了下巴那儿，脸上颧骨如刀斧刻出来的一般。

他走到我面前，说：小伙子，我盯了你两天了。

这几天，有人问我是不是有东西出手，我都摇摇头，说看看，看看。我拿不准自己裤裆里的羊樽值多少钱，想摸摸行市。但是哪有人跟你说呢？第一天下午，我买了两盒好烟，遇见人就递烟，顺势跟他们搭搭话。一开始，所有人都有点儿戒备，但聊着聊着，就来了兴致，一些市场的潜规则就慢慢漏出来了。第二天晚上，我还把几个人招呼到一起，喝了一场酒。酒桌上，一些平时不太说的话，一些平常不发的牢骚、不吹的牛逼，都冒了出来。

几天下来，我在不着四六的闲聊中，大致摸出了行情。我知道这只羊樽差不多值两万块，但我肯定要不上这么高的价，又急着出手，能卖到一万就不错。我知足，一万也够买羊的了。

所以，当老头走过来时，我想是时候了。

老头说，出货还是进货？

我看了看，说：出个黄货。

老头咧咧嘴，说：黄货，这没啥稀奇的，银行都能换。

我说，我这个不一样，诚心要，找个地方看看？

然后，递给他一根烟。

哟，过滤嘴啊。他龇了一下牙花子，把烟叼上。

做买卖，既要看价，更要看缘分，好东西就得出给有缘人。我给他点火。

他一挥手，意思是跟他走。

他把我领到一个小旅馆，竟然是我住的地儿。看来，他这两天确实在瞄着我。一想到这儿，我心里一惊，怕这是个陷阱。可事到如今，也没有其他路子，先硬着头皮上吧。

　　等我把那枚羊樽从裤裆里掏出来，老头的眼睛立刻闪起了亮儿。不过，他对我存放的地方十分嫌恶，说：你就不能放个干净点儿的地儿？

　　没办法，我说，除了这儿，哪儿都不保险。

　　我拎暖水壶，倒了一杯温水，把羊樽清洗了一遍，递给他。

　　他拿着端详了很久，说：你多少钱出？

　　两万，我说，一分也不能少。

　　嘶……他吸了一口气，说，你可真敢开牙。

　　停顿了一下，他伸出手，比了个八的手势。

　　我使劲摇头，五千？别做梦了，这东西卖两万都亏，我要不是急用钱，绝对不出。

　　老头说，最高一万，再高就算了。你不知道，现在出手很麻烦，中间人抽两三成，主要是风险太大了。

　　一万五，现钱。我说，各退一步，就当交个朋友。这话都是我这几天现学的。

　　他摇头：贵，不值。

　　可又不舍得把羊樽还给我，攥在手里头。我一使劲，拿过来，放在桌上，然后从床头掏出半瓶酒，拧开盖子，给羊樽里倒满酒。他不明所以。

　　随着酒杯满了，内壁渐渐显出另一只羊来，那只羊像是浮在酒中，轻轻荡漾着。

　　这回值不值？我问。

　　嘶……他又吸口气，掉落的那颗门牙成了风口。

　　一万，成就成，不成拉倒。他说。

　　我伸出手，成交。

　　明天早晨七点，还是这个地儿，我拿钱来取东西。他端起羊樽，晃了晃，把酒倒在了地上。

　　我离开小旅馆，转悠了半个小时，回来把房间退了，又到隔了一条街的另一家开了个房间。这天晚上，我没睡着，一直在担心出什么乱子，一会儿怕老头是个骗子，第二天带人把我东西给抢了；一会怕他是个钓鱼的，正睡着呢，警察冲进来把我捉了。所以，一整夜都穿着衣服，半开着窗子，万一有情况，我就直接跳窗子逃走。我之所以选这间房，就是因为窗子外面有一堵矮墙，所以虽然是二楼，但也能顺着墙溜到地面上，有个退路。

　　什么都没发生。

第二天七点，我到了昨天的小旅馆，敲门。老头一个人在屋里，拎着一个塑料袋。

他把塑料袋丢我面前，说：等你半天了，一万，你点点。

我打开，里面是一沓钱，我的手有些颤抖，努力控制着，这是我第一次见这么多钱。

我开始点钱，但其实数到五千多的时候，脑子就有些乱了，可我假装没事，继续数下去。一万，没错，都是硬刮刮的新票子。少几张我也认了，我心里想。

东西呢？老头这次递给我一支烟。

我接过来，把羊樽给他。

他接过去，仔细验了验货，说：是它。以后再有货，还找我，我就在这条街上。

我点点头，心里想，咱们一辈子都不会见面了。

回去的车两天一趟，我还得再住一天，正好想想怎么把这么多钱安全带回去。一个羊樽，能吊在裤裆里，可这一万块钱，没法放了，只能抱在怀里。但是抱着又有点太明显，谁都能看出你抱的是个重要物件。后来，我跟旅馆借了针线，撕了一条秋裤腿，把一摞钱缝在了秋衣的腰上，像一条腰带围着，又踏实又热乎。

这天晚上，我以为自己会再次梦见那只金色的羊，然后跟它做个告别，但是没有。我脑子里无数片段放电影一样轮番放映，快得我还没看清上一个，下一个就又过去了。我想让那个放映机停下来，哪怕只是几秒钟，好好看看其中的一个画面就行，但是它仿佛越转越快，而且整个天地都旋转起来。

怎么回事，我在想，这像是做梦又不像是。

我转了一下头，天地的旋转加速了，并且旋转中还加了倾斜，接着胃部翻滚，拼命地干呕起来，把昨天晚上吃的一碗面条吐出半碗。吐完后，稍微舒服了些，我一动也不敢动，心里想，这到底是怎么回事？我是中了癔症吗？我以前听人说起过，有人在睡觉时中了癔症，喘不过气来，自己憋死了。哦，这种又叫鬼压身。可从没听说鬼压身会天旋地转，会呕吐啊。这么僵僵地躺着一小会儿，身体的每个部分都开始想动一下，我不确定会不会再次眩晕、呕吐，只能先一点一点动动手指，然后是手掌手臂；又动动脚趾，然后是小腿大腿，都还好。我又轻轻转了一下头，眩晕感和呕吐感瞬间回来了。我明白了，我不能动头，只能平平地躺在床上。

我感觉自己已经流出了眼泪。这时候，我有些后悔了，我想也许我不该卖掉那只金羊樽，它可能是带着诅咒的。我卖掉它，那些诅咒就生效了。唯一让我感到好过一点的，就是腰里那根钱做的腰带了，我用手摸着它，看着窗外开始透亮，心跳渐渐平复，竟然不知不觉睡着了。我这时还不知道，这种难受的眩晕感，会跟我一辈子。

我只睡了短短的一个小时，这一次，却做了长长的梦。我梦见腰间的一圈钱渗进了肉里，变成了人们说的那种"蛇盘腰"，那一圈皮疹又疼又痒，而我的手却一点儿也动不了，这煎熬让我发出了惨叫。我顾不得眩晕，快速地坐起来，把外衣脱掉，把腰间的那一圈撤掉，让自己的身体裸露在冰冷的空气里……

等我醒来时，发现身上仍然穿着衣服，那一圈钱也仍然在哪里，我明白刚才的一切都是梦。那只羊的确没有来过。

我小心翼翼地动了下头，好像……并没有了昨夜的眩晕感。起身，洗了把脸，出来把房间退了，吃了两个对夹喝了一碗小米粥，我步行去汽车站。

今天必须得赶回去，我的羊在等我。

第五章　花

一个月后，我终于赶着自己买的十八只羊走在了回家的路上。

我的怀里，揣着那只老于给我偷出来的公羊羊羔。它看起来瘦弱至极，毛短而卷曲，站都站不稳。老于把它交给我的时候叮嘱说，这一路上，千万别受凉，最好给它喝羊奶，没有羊奶就买奶粉冲给它，只要安全回到家，它就能活下来。我一路都抱着它，甚至在它拉粪球的时候，我都亲手给它掀着尾巴。我给它起了个名字，叫黑子，因为它额头上有一小撮黑色的毛，其他地方都是白的。羊群里有一只母羊刚生完羊羔不久，还有奶，我就把黑子塞到它的奶子下面。一开始，母羊闻出它不是自己的羔子，很拒绝，但是黑子的嘴一叼上奶头，它立刻咩地叫了几声，不再弹腿。它们很快结成了半路母子。

前路漫漫，从东乌旗到左旗老家，有四五百里地，步行走起来也要七八天，赶着一群羊就更慢了，我要走过正在生长的草原，走过馒头一样的丘陵，还有许多村庄和田野。我蹚过几十条大大小小的河，遇见一些人，他们都好奇地问我从哪儿来到哪去，更有许多孩子追着硕大的羊尾巴看来看去。

这些尾巴大大的羊，看起来都差不多，但走着走着，它们之间的差别就显出来了。有的越走越精壮，有的越走越瘦，还有一只越走肚子越大，起初我以为它吃了有毒的东西，或者把什么玻璃碎片之类的吃进胃里了，后来发现不是，它怀了羊羔。我又喜又忧，喜的自然是多出来一只羊，忧的是怕这个羊羔在路上流掉，如果运气差，还可能会搭上母羊的一条命。那些越来越精壮的羊，总是在羊群的最前面，它们把路边刚露头的草芽啃光，后面的羊便没得吃，饿得咩咩叫。两只最精壮的羊常常不管不顾地往农田里跑，我只好抱着越来越沉的黑子去追

325

赶，有时候，实在追不动了，只能蹲在路边大声地咒骂那两只淘气的羊。过了一会儿，不知道是它们自己觉得没趣还是田里也没什么吃的，又回到了羊群里。时间一长，我发现这两个家伙其实挺恋群的，不管怎么跑，最后都会回到羊群里。

走了一个星期，还不到一半路，那些羊已经没有了叫声，每天只是默默地低头寻找着嫩绿的草芽，啃下一点儿是一点儿。我摸摸它们的脊背，透过一层羊毛，竟然能摸出硌棱棱的脊梁骨。我的羊瘦了，瘦得我心疼。

有一天，我赶着它们到一条小河边喝水。小河的拐弯处形成了水泊，水流安静，水面很平，我在水中看到了自己的脸。那是一张更瘦的脸，比羊还瘦，满脸杂乱的胡子，整个人看起来像个讨饭的。

走到第十天，天气突然冷起来，还下起零星的雨夹雪。下午四点多，我就把羊赶到一处山坳的几块巨石下，不敢再走。石头很大，基本上能挡住头顶的雪，可是挡不住风，羊和羊紧紧地挤在一起，我在最外面，心里忐忑。这两天，我总感觉有人跟着我和羊群。今天这种感觉尤其强烈。

一个多小时前，路过一个小村子，我把羊圈在一个死胡同，然后自己去旁边的旮旯拉了泡屎，起身的时候，瞅见了那个穿卡其布上衣的人影。那时候，天就阴得很重，风也要起来了，我匆匆忙忙赶着羊上路。第一片雪花落在脑门的时候，我忽然想起来，这个影子有些熟悉，他这几天一直若隐若现。他跟着我。很快，我确定他不是个偶然，一定是在故意跟着我，他在打我这群羊的主意。好在我这几天特别警醒，每天不等天黑就安营扎寨，大多都能在村子的边上找到一处废弃的院子。那些院子原来肯定是住人的，但是越来越多的人举家进城打工，或者搬到黑龙江那边去种大豆了，院子屋子就空出来了。有的屋门挂着一把生锈的锁，有的连锁都没有，可能这家人再也不打算回来了。我把羊赶进屋子里，然后睡在门口，这样很安全。

但是现在前不着村后不着店，只能在石头下将就一下，我得更加警醒才行。

雪下不大，可始终在飘着。夜里，风虽然稍微小了些，气温却更低了。我半个身子靠着外围的羊，还算暖和，另半个身子很快就冻僵，只能隔一会儿就换个方向。我靠寒冷抵御着困意，但是长时间的跋涉早已耗尽了身体里的能量，每块骨头每块肉都想歇着，只要有一点儿温热，眼皮就不自觉地黏在一起。突然，我听见了细微的动静，刚想起身，发现自己身上绑了绳子。我心里一惊，知道那个偷羊贼来了。我没有睁开眼睛，继续假装睡着。天黑，用眼睛看不见得比用耳朵听更准。接着，我又闻到了一股青草味，不对，不是青草，是麦苗的味道。我听见羊群开始蠕动，它们也一定闻到了麦苗的香味。我听见那只怀孕的母羊站起来了，它比其他羊更饿，也就更快被麦苗吸引，接着是其他羊。它们一边窸窸窣窣地嗅着地上零散的麦苗，一边走出了头顶的巨石。

这个偷羊贼可真贼啊，他竟然想到了这个办法，我的羊就这样乖乖地跟着他的麦苗离开了我。

等声音渐渐远了，我挪蹭着，找了一块锋利的石头，磨手上的绳子。绳子是麻绳，没那么结实，几分钟就磨断了，我撒开腿就追了出去。

冲出巨石下的时候，我看见了不远处的那群羊，它们稀稀拉拉地散成了一条线。那条线的最前面，有一个人影，背着一捆麦苗，仍在猫腰沿路撒着。我悄悄追上最后一只羊，从怀里掏出一块灰黑的东西来，给那只羊舔了舔，然后伏在地上。那只羊轻轻叫了一声，在安静的夜里，叫声显得十分突兀。那个黑影和羊都停了下来，他四处看看，没听见任何其他动静，以为只是羊偶尔的叫而已。他继续撒麦苗。但是那群羊听见的叫声跟他听见的是不同的，它们听见了另一种东西。我放下的那块黑家伙，是一块盐砖，就是用可以给牲口吃的盐做成的砖。这一路上，每到一处，我都会把它拿出来，让每只羊舔几下，它们早就被这种味道给拴住了。羊每天吃青草，喝喝水，体内缺盐，所以特别依赖这点儿为数不多的咸味，比吃草料还要上瘾。

那个影子猫着腰后退着撒麦苗，等他再抬起头时，看见面前没有一只羊，而是一个衣衫破旧、蓬头垢面的愤怒的人。

我一脚踹在他心窝，他闷哼一声，倒在了地上。我以为他晕过去了，或者疼得厉害，凑上去看，他却突然伸手掐住了我的脖子，继而翻身把我压住。我感觉立刻喘不上气来，拼命挣扎，终于摸到了一块石头，用尽力气砸向他的脑袋。我看见他的头被砸后猛烈地晃了一晃，立刻感到脖子松了，接着我看见他的眼睛开始变红，像个怪物，手里的石头再次猛烈砸向他的脑袋，他终于从我身上栽到地下，口鼻喷血，身体开始抽搐。

我害怕起来，觉得自己把他打死了。我起身的时候才发现，刚才那几下，都砸在了他的太阳穴和后脑上。

愣怔了一会儿，我清醒过来，快速地跑到那群正在争抢着舔食盐砖的羊那里，把已经小了一半的盐砖揣进怀里，又把黑子抱起来，吆喝着羊群上路。天色已经微微亮，路虽不如白天清楚，但隐约能看见了。

接下来的几天，我几乎是马不停蹄地赶路。我害怕那个人没死，又追上来，我也害怕他死了，警察通过线索查到我。我想马上回到家里。

当我赶着羊群翻过最高的一道山坝，看见一片熟悉的草原时，心里才终于安定下来。那是小时候父亲带我去过的那片草原，也是老额吉的蒙古包所在的草原。这里的青草已经有一拃高了，毯子一样铺满所能看见的任何地方。那些羊开始疯狂地啃食青草，连黑子也一下从我怀里跳到草地上，撒着欢。

半下午的时候，羊群吃饱了，也喝足了水，开始懒洋洋地趴在草地上休息。这是十多天以来难得的白天休息。我也躺在草地上，望着天上的云朵从北往南飘，不断变幻的云朵，化成了一个模糊的女人的样子，那是萨日朗。我想念她，想念那天夜里被窝的温热。唉，可惜我再也见不到她了。那个偷羊贼也许没有死，我又想，如果他死了，警察肯定会追过来的。也不一定，也可能他死了，但是没人发现，等发现的时候，谁还知道他是怎么死的呢？一个贼，死了很正常吧。最后，我才想到端午，想到我儿子。这小子又笨又调皮，我有时都会怀疑，他到底是不是杨卓的种，杨卓都研究生毕业了，可是这小子连算数都算不好，这一点，倒是还挺像我的。

这时，天空被一张脸遮住，我以为那还是云朵变的。但这张脸太真实了，有鼻子有眼睛，颧骨很高，还有很多麻子坑，一嘴的四黄素牙。不是云，是一个人。

嘿，我没看错吧。那张脸上的嘴说出了一句蹩脚的汉话。

我以为自己眼花了，但是很快发现不是，那张脸凑得更近了，眼睛里是惊喜的神色，我的肩膀也被一双大手摇动着。

我坐起来，那张脸也立起来。我认出是拉西，我小时候见过的那个拉西。他好像变了，又似乎一点没变，是个完完全全的蒙古族人的样子，哪哪儿都像。而我，却仍然像个汉人。多可笑，明明他才是汉人，我才是蒙古族人。

你怎么会在这里？拉西站起来，我也站起来。他竟比我高半个头，挂着一根套马杆。

这是你的羊？还没等我回答他，他就指着身边的羊群，用蒙古语问我，汉话他基本能听懂，只是说不好。

我之所以没回答，就是一时半会脑子还没转到蒙古语频道，我的蒙古语跟他的汉话差不多。

我告诉他这是我的羊，新品种，乌珠穆沁大尾羊。他羡慕地看着，然后一伸手就拽住了一只羊腿，看它的蹄子，看它的毛，看它的脑袋和耳朵，最后掀开它的尾巴，嘴里啧啧感叹。

我从东乌旗买的，走了十几天了，终于回来了。我说。这是你的草场吗？请让我的羊好好在这里吃一天草吧，它们这一路都没吃饱过。

拉西搂住我的肩膀，亲热地说：好的好的，你跟我去喝茶。我老婆烧的奶茶全世界最香最好喝。

我得看着羊群，我说。

他摆摆手说，不用，羊群不会跑远的，再说我的蒙古包就在半里地外。去吧，喝喝我老婆熬的奶茶，洗把脸，你看你的胡子都多长了。

反正马上到家了，我想，反正拉西不是坏人，就去喝口茶吧。他一说奶茶，我的嘴里就开始流涎水，怎么回事？

转过一个小山，就看见了拉西的蒙古包。他路上说，他们也才赶着勒勒车过来几天，前天才把蒙古包扎下来。

"我家的羊去年冬天死了一半，有的被狼掏了，有的得病死了，还有的因为暴风雪冻死了，我们那儿的草已经被羊啃光了根，快成沙漠了。再待下去，一只羊也留不下。我们就转场到了这里。"拉西说。

他说得没错，这一路走过来，我经过的草场都沙化严重。

"你还记得老额吉吗？"他问。

"怎么会不记得，她其实是我的……我父亲的熟人，当年就住在这片草原上。"他好像只知道我是被汉人抱养的蒙古人，不知道我和老额吉的具体关系。

"是的，我现在放牧的就是老额吉的草场，幸亏有老人留下的这块草场啊，要不然我的羊连这个春天都活不过。"

拉西说，老额吉去世后，这片草场一直是无主的，附近的牧民们，牛羊数量都有限，也不会到这里来放牧。所以，这一片草场的草，每年都能长到一人多高，秋天的时候，蒿草全都干爽，冬日里被风一吹就断了，再一吹就会滚成草球，越滚越大。因为没有放牧，这里野兔子泛滥，他来到这儿三天，就打了十几只兔子。"兔子肉吃不完，哪里能想，春天的兔子竟然一身膘啊。"拉西嘿嘿笑着说，"烤上一只，再喝点儿马奶酒，那可真是舒服，可惜，酒太难买了，要跑六七十里地到供销社去。"说着，他吧嗒吧嗒嘴，又继续道，"不过可以喝奶茶，我老婆熬的奶茶整个草原数第一。"这已经是他第三遍夸他老婆的奶茶了，夸得我更渴了。

还没进拉西的蒙古包，远远就看见包前有一缕炊烟升起，一个穿着蓝色袍子的女人，正在那里拍打勒勒车上的毡子，尘土像是一群羊，在空气中跳来跳去。

等我们走近，蓝色蒙古袍回过头来，我惊得目瞪口呆。那个人是萨日朗。

我张了张嘴，没能发出声音。她的眼神里也有惊讶，但是很快转过头去，继续拍打已经发黑发硬的毡布。我确信她也认出我来了。

拉西嘿嘿一笑，介绍说："我老婆，不，你们汉人的话说应该是未婚妻，我们还没有去苏木上领证。"

我印象里，曾经听说过拉西结婚，好像他还托人给我捎信，让我去喝酒。但是那时候，我刚刚开始种果树，又穷又忙，没有时间跑到草原上来。这会儿怎么又成了未婚妻？

拉西仿佛看出了我的疑虑，摸了一把下巴说："兄弟，一言难尽啊。"

那天晚上，拉西破天荒地杀了一只羊，一只病恹恹但始终还有点儿活气的羊。我拦着拉西，让他不要杀的工夫，萨日朗竟然已经利落地把刀子插进了那只羊的脖子，羊血流在一只铝盆里，黑红黑红的。她剥皮剔肉，竟然比男人还利索，十几分钟那只羊就炖到了锅里。

当我们吃着肉、喝着茶的时候，拉西感慨说：辛辛苦苦养了一年羊，狼吃了肉，病吃了肉，风雪吃了肉，别的不相干的人吃了肉，就我们没肉吃，骨头都啃不到。不公平，不公平，这只羊我必须杀了吃掉，我心里才舒服。我忍不住想起在东乌旗吃到的大尾羊的肉味。

我们说起一些往事，比如很小的时候，我跟随父亲到这里来看老额吉，跟拉西一起比赛爬小山丘的情形。我们还聊起我的身世和他的身世，感叹这世界的造化弄人：我本来是个蒙古人，却被一个汉人收养了；他本来是南方的喊人孤儿，却坐着一辆火车到了内蒙古，被蒙古族人收养了。我长得一点也不像蒙古族，他长得特别像蒙古族。说着说着，有那么一刻，我感觉其实我是他，他是我，我们的身份冥冥之中被老天爷置换了一下。唉，这时候，如果有酒就好了，再好喝的奶茶，也解不了忧愁。

就在这时，萨日朗突然推门进来，把一瓶酒递给我们。我抢过去接酒，我的手碰到了她的手，那种暖暖的感觉瞬间击穿了我，以至我喉咙有些哽咽。

"我到附近的邻居家借了一瓶酒。"萨日朗说。

"好老婆，好老婆。"拉西用嘴咬开瓶盖，顺手把碗里的奶茶喝了，往碗里倒酒。

"好老婆，一起来，这是我的兄弟。"拉西说。

我以为她会拒绝，没想到她真的坐下来，就在我的旁边。三个人端起碗，碰了一下，然后一口气喝掉半碗酒。

我忍不住摸摸胸口，她的那枚镯子，就藏在我内衣的口袋里。

那天晚上，我醉倒了。按说我的酒量和拉西的酒量，一瓶酒怎么会醉倒？第二天凌晨三四点，我突然醒来，发现拉西躺在身边。我想起来了，一瓶酒其实一大半都让我喝了，我抢着喝，他们两个人也不好意思拦着。拉西睡得很香，在他的呼噜声里，我还听见蒙古包外有牛马反刍的声音。

我轻轻起身，掀开帘子走出去。外面竟然是个大月亮，草原一片青黑，但是和天接壤的尽头，却浮着一层亮。蒙古包外的木桩上，拴着一匹马，还有两头牛趴在地上，不停地咀嚼着胃里反刍回来的青草。

然后，我看见了那辆满是裂纹的勒勒车。车厢里躺卧着一个人，盖着羊皮大氅。

哦，那是萨日朗。

我就这么静静地看着她，心里那种莫名的焦躁和烦恼突然消失了。能再遇见她，已经是我想象之外的缘分，难道我还奢求更多的东西吗？在拉西昨晚零零散散的叙述中，我知道，他几年前的确结婚了，可是第三年，他老婆就因为难产而死，留下一个儿子，他要放牧，管不了，送到了西乌旗市里姐姐那儿。

我想问他跟萨日朗是怎么认识，又是怎么在一起的，还想问问她到底找没找到父亲——这应该都是我碰到萨日朗之后的事儿，可是我问不出口。

我想起自己的羊群，心里一惊，正要走，就看见不远处隐隐一片白。走过去，看清了，我的羊和拉西的羊都在他们刚拉起的围栏里，只不过分成了两群，一群大尾巴，一群小尾巴。萨日朗躺着的勒勒车，正堵着围栏的缺口，她是一边在这里睡觉，一边看着羊群的。

我把围栏轻轻拉开一角，萨日朗动了一下，醒过来，刚要喊，认出是我。

她坐起来。

我得走了，我说，天黑前，我得把羊赶回去了。

我给你烧点儿茶，喝了暖暖身子。萨日朗说。

不用不用，我拦住她说，拉西还在睡，昨晚吃的羊肉还在肚子里，一点儿都不饿。

我伸手进怀，把那枚镯子掏出来，递给萨日朗。

她眼睛瞪得很大，瞳孔在微微亮起的晨光里，越发清黑，继而眼眶变红了。

拿着吧，我说，我都没想过还会再碰见你。

她正要接，我突然抓住她的手，把镯子戴在她手腕上。

她轻轻挣了一下，我没松劲儿，她便不动了。

我就这么握着她的手，那只手很粗，但是暖乎乎的。

这时，黑子突然轻轻叫了一声，我从迷惘中清醒过来，她趁机把手抽走了。

我留下了一只羊，一只母羊，就是那只怀孕的母羊，我让萨日朗跟拉西说，这是我给他们的结婚礼物。他昨天还羡慕我的乌珠穆沁大尾羊呢，希望他有好运气，这只羊能生下一只漂亮的公羊。如果真是公羊，明年我的羊下羔子，我可以再赶来几只母羊跟他换，这样不出几年，他就也养上乌珠穆沁大尾羊了。

萨日朗不说话。我想，她应该知道，这只羊更是送给她的吧？我实在想不出更好的告别了。她只是看着我，似乎想说话，可是什么都没说。

从拉西的草场回到村里的路，我感觉不到那是路，我的脚似乎已经麻木，只是机械地走。脑海里不断重温着和萨日朗相处的短暂时刻，小旅馆里大被同眠时的暖意，蒙古包前意外见面的惊喜，清晨离别时的欲言又止。我们之间什么都没有发生，但又好像一切已经过去，除了心里，世界上没再留下任何痕迹。

哦，那只母羊，希望你替我陪着她，给拉西一家带来好生活吧。

黑子已经不用再抱着，它四肢越来越有力，随着毛发渐渐变长，额头的那撮黑毛竟然越来越大，而且，身体的其他地方也长出深深浅浅的黑毛，它几乎成了一只黑白花的奶牛一样的羊。

它是我的希望。我想，此后的一生我可能无法再爱上什么了，除了这只花色的小羊。它身上的每一朵黑色之花，都标志着一只后代。我的羊群会因它而壮大，我的生活会因它而越过越好，我必须拼了命去追求这现实中的成功，只有这样，我才能填满内心的空落落。

我是和第二天的黄昏一起到达村子的。

当我赶着羊群上到村子西边最后一个山头，阳光刚好从我后脑勺落下去。

山的下面，有一个黑点在向上蠕动，看不清脸，但是我竟然认出了那是我儿子。

小满，我大喊了一声。

他听见了，也大喊着回应我："爸爸，爸爸。"

他怎么知道我今天回来呢？他怎么知道我这会儿刚好到村里呢？

在山坡的半腰，小满冲进羊群，把那些羊惊得四散。这小东西可真是淘啊，他竟然揪住最大的那只羊的耳朵，一抬腿跳上它的背，那只羊受了惊吓，拼命咩咩叫着往山下跑。黑白相间的黑子，跟着跳跃着跑下去，仿佛踩在一张满是弹簧的蹦床上。接着是其他羊，它们仿佛突然间集体疯了一样，都往山下跑。

哦，山下有一条河，河水正发着幽暗的光静静流淌。这群牲畜，还是比我更早地嗅到了河水清凉的气息。它们会喜欢上这里的青草与河水的，它们会在我的羊圈里扎根，一年又一年，生下新的羊羔，一茬又一茬，直到我换回一群金子打造的羊。

我把手指搓进口中，打出一个响彻高天的口哨，哨音打个旋儿，掠过正从嫩绿向青绿转变的草尖儿。我想好了，等这个秋天，我要进山里找一根又直又长又细的红柳木，做成鞭杆儿，再用最好的牛皮搓一根鞭子，鞭梢捆上红布条，甩出去就会有一个响亮的鞭哨，哨音钻进每只羊的骨头里。以后，这样将我的口哨和鞭哨中繁衍生息，一变二，二变四，跟着这片山野一起枯枯荣荣、黄黄绿绿。

我看见小满骑着羊，奔跑在平缓的山坡下，仿佛一个纵横沙场的大将军在巡视自己的战场。更远处，我看见了自家的房子，房顶上的烟筒正在冒烟。那股烟又浓又黑，一定是端午在烧火。她似乎永远学不会快速生火，每一次都把自己熏呛得流泪咳嗽。很快，那股烟变清了，也变轻了，在微暗的夜空中浮动着。

小满从羊身上栽了下去，但是很快又站起身来，吱哇乱叫着再次骑上去。然后，他和那只羊一起跳进了河里，激起一团水浪。就是在那一刻，我才真正认下这个没有血缘的儿子，我暗下决心，这辈子一定要好好教育他，让他成为一个真正的男子汉，成为人群中的领头羊。

（原载《鄂尔多斯》2022 年第 11、第 12 期合刊）

写给雷米杨的情歌

韩松落

这层面具之下，又是另一层面具。我永远也揭不完所有的脸孔。

——克劳德·康恩

"像西部片。"

落座，放下水杯，河澜急不可耐望向车窗外，一双手握住桌上的水杯，搓来搓去。窗外景象，确如他所说，"像西部片"。雪后的平原一片洁白，白到失去立体感，只能凭借淡淡的、狭长的阴影，看出原来的地形，这地形也是失真的，一切都变得柔缓，连人们接收它的感官也变得柔缓。偶有没被雪覆盖的陡坡和山岩，黑的部分格外黑，像斑驳的煤块，山岩之上，红日正在升起，天空从淡蓝变成微蓝，白杨树在雪地上投下纤细的长影。

"你是第一次看见雪吗？"秦芳明本来想刻薄两句，到底还是收回去了，年轻人浅薄的快乐，也算不得错。如果一定要追究，就显得自己老气横秋了。

他顺着河澜的目光望出去，红日，雪野，树影，感受却完全两样。车窗外看起来一片静白，没有温度感，甚至偏于温暖祥和，他却仿佛站在雪地里，雪花被近地的风刮着，从鞋帮和裤管之间那一寸空白，灌进鞋子里。他是真感受过雪的。雪对他而言，并不只是一幅明信片似的画面。他下意识地动了动身子，把裤管蹭下去一点，仿佛要遮住那一寸空白。

"不是第一次看雪，却是第一次看见这么没遮挡的雪。以前我爸爸带我们回家，都是赶着夏天去，说冬天太冷。"河澜又掏出手机来，拍个不停。一群乌鸦像是要配合他，从一片白杨树林子里飞起来，飞得非常有力，黑色的骤雨一样，在天空中画出紧绷的直线，转眼就不见了。河澜赶忙换了视频模式，拍了十几秒视频，等到乌鸦飞远了，这才把身子往后一塌，心满意足地靠在椅背上。

"这里坐着还好吧?"负责接待的小陆和秦芳明的助理小高从车厢那头走过来,小陆用眼神在秦芳明和河澜之间连了两道,像是要蹚出一条信号线,然后落在秦芳明这里,"要是走国道,就看不到这么好的风景了,说不定现在还在路上排长队。"

秦芳明并不在意坐动车,但小陆觉得自己作为主办方工作人员,有义务反复道歉,反复解释。因为雪,下了飞机,住机场酒店;因为雪,派不了车接,要一大早起来坐两小时动车。但因为大雪是不可抗力,小陆解释得异常自然,很难找到这么清爽明亮的理由了。

"幸亏最近演出少,"河澜说完,觉得不妥,又补上一句,"要是前半年,也拿不出这么几天时间做两场演出。"

"就当回家呗。"秦芳明也不在意,给了个更稳妥的理由。

"刷刷手机也就到了,您两位要是缺什么就跟我说。"小陆一边说着,一边挥手拦住推着售货车经过的列车员,从售货车上拿下几瓶水,两盒水果,放在秦芳明和河澜中间的小桌子上。电话响了,他接起电话,对两个人指指电话,就往车厢接头的地方走。

"出门的时候给你的快递你拆了吗?"助理小高一边帮着撕水果盒外面的保鲜膜,一边问秦芳明。

"忘了。"秦芳明站起来,探手到行李架上的包里,拿出一件薄薄的快递,照旧有点疑惑,小高跟他也一年多了,到现在还没看出来他的疑心病有多重。歌迷也好,品牌方也罢,寄来的东西,但凡是食物,哪怕是知道来历的,他都是看一眼就丢掉,至多拍张照片发个微博,配上"被你们爱着""泪目""感动"之类的字眼。不知道来历的,看都不看就丢掉,至于玩具和摆件,都要拆开看过,用德力西和优利德两种品牌的辐射检测仪测过,但终归还是不放心,转手就送人了。也不是没想过挂咸鱼卖掉,但周期太长了,又要在身边放很久,而且那些物品的特征太明显,没准就被人认出来是谁的号。

昨天这件快递,是出门的时候,在公司楼下的快递柜取出来的。秦芳明当时觉得小高有点多事,如果东西太大,还得回公司放,但一取出来,小高带着询问的语气念出收件人的名字,赵——玉——磊,秦芳明愣了一愣——那是他的本名。他接过快递,看地址,家乡寄出的,排除了法律文书的可能,捏了一下,似乎是一封信。他拆了快递信封,里面还有一个老式的牛皮纸信封,信封正面印着红框,红框里照旧写着他的本名。这一次,他没有拆,把信封放进包里的时候,想起在美剧里看到的细节,政治谋杀案的目击证人打开一封信,里面喷出一道烟雾,证人瞬间倒地。

玉磊同学，很多年没见了，你还好吗？

说是很多年不见，似乎也不对，毕竟我们留在家乡的同学，还能听到你的歌，看到你的消息。同学们都觉得很欣慰。

昨天在商场的服装店里，还听到你的一首歌，一听就是你的声音，我查了一下，是你最近几年的代表作，叫《塔拉》，我就站在原地不动，完整地听完了那首歌，这几天也一直在循环播放。

这首歌让我想起我们那时候的很多事。

"循环播放"……现在的人只说"循环"了，一说"循环播放"立刻就把自己归到古代人的范围里。那首歌写的也不是当年的事，不是写给任何人的。但他要觉得是，那就是吧。

秦芳明戴上耳机，在手机上找到《塔拉》，虽然是自己的歌，通过音乐 App 听来，倒像是重新听到：

> 他带你看，他的珍藏，
> 蜂蜜色的秘密时光，
> 他给你看，他的渴望，
> 雪豹一样神秘光芒。

"华语流行乐的化石"——综艺节目《歌手来了》给秦芳明贴过这么一个标签。和许多过气人物一样，秦芳明不喜欢被贴标签，总觉得自己是完整的，不应该只有一个突破点，直到他发现，这种标签能给自己续一口气。能续多久不好说，但终归能让媒体有话说，给观众增加记忆点，让演出商重新提起兴趣。这口气到期了怎么办？再找新的标签。都是这么一口气一口气过来的。

何况，他……的确算是化石。少年歌手，拼盘磁带，囚歌，广州音乐茶座，签约歌手，94 新生代，香港唱片公司，唱片业没落，彩铃，演出业的十年黄金时代，社会化民谣，唱歌综艺。三十多年时间，华语流行乐的关键节点，他多多少少都在场，或深或浅参与过。

出道的机缘来得非常偶然，对他来说，却是必然。那时候流行过一阵子少年歌手，确切一点说，是少女歌手——赵莉、田晰光、钱贝妮、程琳、朱晓琳、丁小青，接连出现，接连成名。少男歌手也有，始终没成气候——那时候的男女歌手是有模板的，一个邓丽君，一个刘文正，少女歌手通常要学邓丽君，少男歌手的声音条件却有点尴尬，学不了刘文正。

本地的电视台在歌唱比赛里拎出了他——因为他早熟。他的资质，其实不是唱歌，而是异常早熟。小时候在大院里组织游戏，学生时常主动跑老师办公室，不是为了当学生干部，是希望被老师记住，希望被众人爱和关注。自打报名参加电视台组织的歌唱比赛，他就一路战战兢兢却也异常老到地到处认老师，没有比赛的时候也经常到电视台去坐着，自称"实习"。起初，门卫让他打内线电话叫人出来接他，熟悉了以后，也不要人接了，由他径直走进去。

他隐隐约约看出一点，这个行业要的是不属孩子的孩子，披着少年画皮的成年人，可以是少年，但不能真是少年。那正是他这种人。

他央求父母为他买了件军大衣，因为电视台人手一件。化好了妆，换了演出服之后，人人都披着军大衣。军大衣是上一个时代的遗留，是抢军帽、穿黄大裆的升级版，又有一点行业中人的自矜。似乎穿上军大衣，就是在等待了，等待化妆室，等待演播间，等待上台演出，等待被召唤。军大衣是等待的制服。他熟练地穿上军大衣，熟练地把军大衣裹在演出服外面，并且不扣扣子，像每个穿军大衣的演员一样，即便是三九天气，即便是在户外。"冷不冷？""不冷。"每个穿着演出服、裹着军大衣的人，都被这么问过，"不冷"是有戏在身的人的特异功能和神秘特权。他一开始就洞悉这一切。

他也不明白，自己为什么会成为"他这种人"，父母亲都是普通干部，并没有特别世故和市侩，也没有经历过什么动荡。和他一样在场面上露面的小孩子，也并没有特别早慧、有知觉，进进出出都还要父母带着，像是父母的傀儡。唯独他不一样，他异常自信地觉得，世界上的事情都和自己有点关系。后来他发现，这个行业里，到了一定层面，多的是他这种人。

电视台不知道怎么用他，就偶尔请他在少儿节目里唱唱儿童歌曲。来来去去那么几首，多数是卡通片或者电影主题曲，有《小小少年》《乡间的小路》《雪孩子》《森林大帝》。适合少男的歌非常少，好在他没有彻底变声，女声的歌也能唱。用拼音标记的方式，学唱了几首日本卡通片歌曲之后，电视台一致认为他"能唱日语歌"，他就硬着头皮唱下去了。他也发现，"我要我要找我爸爸，去到哪里也要找我爸爸"，这样的歌词，用日语唱出来，少了很多尴尬。

电视台也仿照央视做春节联欢晚会，限于人力物力，做得荒腔走板，摄影、灯光、舞台调度，没有一样过关，有位观众写来批评信件，其中一句话迅速传遍全台："你们好像就是为了拍出一种在破仓库里唱歌跳舞的感觉。"1985年春节前夕，又是做联欢会的时候了，有位导演建议，现场晚会难做，批评多，不如做电视散文和电视音乐专题，选若干喜庆的散文诗、若干歌曲，录好了，配上画面放在一起——其实就是MTV合集。于是请了十几位歌手，五位来自北京，另外十位来自本地，唱了几十首歌，连唱带演，加上主持人的画面，算是祝贺新春。花的钱、投的人力物力一点都不少，但至少不像是在破仓库里拍的了。

他准备了几首刘文正唱过的歌，有《太阳一样》《耶利亚女郎》《春风吻上我的脸》，编导要他把歌词抄来看看，拿了歌词一看，苦笑着说："现在的孩子也太早熟了。"就这样否决了。后来换成《飞行船》《最高峰》和《飞翔，飞翔，我飞翔》。当地乐队扒带子配伴奏，没有专业的音乐录音棚，就在电台的录播间录音，小小一间房子，挤着几个人，录播间的暖气又格外热，个个满头大汗，但人人都觉得自己做的是了不得的事情。

那时候的他，经历了几场歌手大赛，若干电视节目录制，来来往往接触了些人，已经有了献身于名利场的准备。但名利场对他而言，还十分模糊，可供借鉴的，只有一本小说——西德尼·谢尔顿的《镜子里的陌生人》、一张报纸——《北京青年报》和一本杂志——《大众电影》。读了《镜子里的陌生人》，看到吉尔把中风的托比推到水里的情节，他竟然有点释然。人生一旦败坏，哪怕只是败坏了一点点，都不值得继续下去，应该彻底摧毁，自觉一点的，就该自我摧毁。后来看恐怖片，看到一队青年男女闯入禁地，有人受了伤，他也希望受伤的人尽快死去，不要拖累别人及整个故事。后来他有点诧异自己，少年时竟给自己打了这么狠辣的底。但到了他自己崩坏了，受伤了，他却还是死乞白赖地活着，佯装无事地挺着，从没想过会拖累谁的问题。

给他提供借鉴的，还有在电视台的某些时刻。有一天，他逃了课在电视台的办公室候着——其实也不是候着什么具体的事或人，就是让人看到自己在那里。突然间，一位女主持人冷着脸走了进来，把化妆包往桌子上一掷，坐了下来，待了两秒，侧着头，若有所思地往门口看了一眼，眼神并没有跟过去，而是失焦地落在后面，像落在身后的一双鞋。她把头转了回来，眼睛和眼神才合在了一起，呆了两秒，狠狠地拉开化妆包，拿出一个小镜子和一支眉笔，用力画起眉毛来，左画画，右画画，突然又停住了，把眉笔攥在手心里，笔尖攥折了，折的笔尖，带着轻微的声响，掉在桌上。他在一边看着，虽然不知道发生了什么，却似乎已经全部知道了。他屏住呼吸，像个躲在窗帘后的凶案目击者，明明自己也在危险边缘了，却并不想凶手赶紧走掉，而是希望凶手给还在吐着血泡沫的受害者补上两刀，早点结束这一切。

歌唱了，节目播了，城里讨论了一阵子，他在读的中学和附近其他几所中小学，都知道出了一个少年歌星，附近学校的学生，结伙成帮到他的学校门口等他放学。看到他出校门，也不说什么，就是挨着挤着，像一窝热切的小老鼠，还互相抱怨着"你挤我干吗"之类的。一种最初的情欲，荒莽的爱，没有成形的焦灼。热闹了一段，也就冷却了，校门口的小学生也不见了，毕竟是北方城市，投一颗石子，能漾出的涟漪有限。

但十五岁的少年从此就心不在焉了，他深切地意识到，要继续唱下去，要出专辑、上电视、上央视、走穴赚钱，就要离开这个地方。他攒着拍摄 MTV 时，留下的那几位大牌歌星的地址，时常给他们寄明信片，絮絮叨叨说些甜言蜜语，直到那些地址陆续失效。

他耐心地读完了高中，耐心地考到本地师范大学音乐系，耐心地练琴、练声，并且始终没有断了和电台、电视台的联系，偶然得到一点报酬，就用在买衣服、收拾头发和买磁带上。心里有点慌，因为周围的人，也逐渐追上了他的成熟。他的成熟，因为过早，这个时候就是烂熟了。他曾经觉得自己的十几年，活的是猫狗的年纪，一年顶人类七八年，然而到了某个顶点，就失去这个特权了，一年就是人类的一年，就算活成人类的八十岁，还是个小猫小狗样。

也许不是熟了、烂了，而是累了。在学校和电视台、广播电台、演出场所之间奔波，请假、逃课、撒谎，堆积起来的累；冬天的早上五点起床化妆，披着军大衣眼巴巴地等着，播录间总被占，彩排总被打乱，那种冷热交替，那种烦躁，一点点蔓延的、感冒一样的累；无法推脱的聚会，聚会上的酒，生猛的黄段子，一边说着"要保护嗓子"，一边又说"不喝就看不起我"，看到少年被呛得满脸通红，充满虐感的大笑，溺水一样漫上来的累；总是伸出指甲尖给人握的矜持女演员，评说时事满脸忧患却不肯把车马费分给同伴的男记者，和围绕在每个人身上的诡秘传说、诡秘关系，密密织出的累。

只要有三个月不那么累，就可以重生。再长一只手、一副肩膀，甚至一颗心，也不是不可能。这是少年的特异功能，这项特异功能恐怕此后难再有。对他来说，也只有大学那段时间，能让他反复重生。

三人共用一间琴房，时间表由几个人自己协商，他常常选下午的时间去练琴、练声。春天的下午，朝南的琴房热烘烘的，不知是谁，在墙角丢了一双舞鞋，慢慢被蒸出异味。好在窗外是一片果园，梨花开成雪堆，梨树树干却是焦黑的，蜜蜂嗡嗡地闹作一团，似乎那点微不足道的甜蜜也值得一抢。甜美、皎洁的花树下，堆满杂草、枯枝和垃圾，破损的黑胶鞋，被枯枝遮住一半，仿佛埋了一具尸体。塑料袋落满了土，要等一场雨冲掉土才能飞得起来。他只要直直地看出去，就看不到垃圾，只看得到梨花。他坐在琴凳上，弹着唱着，觉得自己又有了力气，跟着春天焕然一新。

每两周要上一次公开课，一个月一次小展演，尤其是小展演，每次都要当作正式演出。编排、彩排、找服装、化妆，这个演藏族姑娘，那个演解放军，这个演荷花仙子，那个演四小天鹅，古今中外一锅烩。所有人抱怨着、诉苦着，抱怨着服装太重太臭、道具间老鼠筑窝，却也掩饰不住兴奋。时不时还要排合唱，他偏爱的都是冷调子的歌和没法让舞台闹起来暖起来的歌——《牧羊姑娘》《海韵》，对面山上的姑娘，黄昏海边的姑娘，歌里的姑娘不回家，姑娘成天在山海间游荡，给人看见。

和艺术系有关的谣言，也代代相传一般，及时更新，及时添上新的面孔。某老师是色魔；某班花在附近歌舞厅伴舞，某酒店扫黄，抓到八个女郎，六个来自艺术系，由学校出面领回，名单也迅速流出。有了电视台见过的世面打底，他敢于戳破这些谣言："李东追不到明蓉，就把明蓉列到名单上，列到名单上又怎么样，还是追不到。"这是他的休憩之地，他得让这地方舒适干净点。

夏天的午后，午睡醒来的他们，睁不开眼睛，到处弥漫刺鼻的臭味，是厕所的下水道堵了，地下的污物像呕吐物一样泛了上来。头天翻墙出去看录像被抓的同学，被辅导员从各系喊了出来，他们拿着粗橡胶管，扛着大粪叉子，拎着塑料桶，去疏通下水道，人人脸上带着古怪的笑。其余同学带着些侥幸，趴在教学楼窗口围观，扛着大粪叉子的"劳改者们"，带着古怪的笑向围观的人挥手，围观者们于是欢呼起来，伴着口哨。但这不算什么，临时扛大粪叉子不算惨，总有一天，始终要扛着各种看不见的大粪叉子，而且无人喝彩。

也有在秋天追过落日，他和同学走在去食堂打饭的路上，看见落日慢慢坠下，突然热情迸发，丢下饭盆，骑着自行车，向着落日的方向去，似乎追到了落日，落日就不会成为落日。当落日终于无可挽回地坠入某个深渊，冷风突然袭来，他们丢下自行车，向着落日坠入的地方呼喊。

有种种微妙，种种妙不可言、心荡神驰、波光潋滟，也有种种狰狞，种种难堪，长夜难宁、石沉大海，鬼影一样流动的流言蜚语，角落里嘈嘈切切的声音。有夜晚，也有黑油一样的河水，带着腥味噗噗流动，河边的人影，会合又分开，河对岸有人放了两支小小的烟花，引起更大的期待，却又恬寂无声，没有下文，稍纵即逝的烟花是对所有人的亏欠。有房间，也有挂在墙壁上的波姬·小丝的照片，图钉松了，照片掉下一半，那一小块被照片遮蔽的墙壁，没有沾染灰尘，也没有被晒出旧痕。四年，只有那么四年，再也没有那么四年，金粉流离的四年，如同宝志和尚撕开的面孔后，偶然露出的观音面相。只是一瞬间，神异和骇怪相伴的一瞬，却也足够让人永志不忘。

所以，他们如果觉得他的哪首歌是为那段时间写的，为他们当中某个人或者全部人写的，也都没错。如果有人愿意认领，那就领走，有人心生疑窦，甚至发出控诉，那就控诉。没有那段时光，也就没有今天的他，没有那一次次春天的重生，他就真的坠入疲累地狱，从此不得超生。和他一起铸造过他的人，有指认、命名、诠释的一切权力。后来的人，即便是当真铸造过他，也没有这样的权力。

何况，有些歌也确实是在那段时间写的，也是为那段时间所写——《恋如青果》《枫树岗》《写给雷米杨的情歌》《雷米杨的黄金时代》。他不说，也不会承认，却期待有人认领。

你说你是在街头偶然听到我的歌声的，

你站在原地听完了歌好像是第一次听到啊。

你看看周围有没有人注意到你的失神啊，

你投入人潮消灭自己像消灭一座黄昏的沙堡。

上了接送的车，小陆就赶忙让司机开了音响，连了蓝牙，放出这首歌来。小陆转头对秦芳明说："您的歌里，我最喜欢这一首《写给雷米杨的情歌》，我有时候会念成'雷杨米'。"

"现在的年轻人还听这么老的歌吗？听老歌不是显老吗？"

"现在的歌也没什么好听的，除了听国风和一些电影主题曲，也就是听老歌了。"

"那倒也是，所以我们这些人还有一碗饭吃。"年轻人都不爱听这种丧气话，所以秦芳明常常要说这种话，有一种破罐子破摔而且知道自己纯粹是为显得破罐子破摔才说这种话的得意。

旁边的河澜问："您是在什么情况下写出这首歌的？"

这种问题倒是秦芳明很爱回答的，而且一提起来就滔滔不绝："那时候刚到广州，听了 Suzanne Vega 的 Tom's Diner 和 Dire Straits 的 Brothers in Arms，就想写首类似的歌，半说半唱这种，你听那句'你投入人潮消灭自己像消灭一座黄昏的沙堡'，和'轻轻地哼起的也许就是，写给——你——的——情——歌'，模仿的是 Brothers in Arms 里那句 And though they did hurt me so bad。第一版编曲和我要的不一样，广东歌坛那时候也有做摇滚和民谣的，但还是流行歌的样子，唱的时候就要特别强调旋律。还好，那时候有艾敬和李春波，大家知道了有城市民谣这么个东西，也愿意听，他们也就红了。我自己总觉得不像，2006 年我又做了一版，就用了一点点电吉他，后面铺了一点模仿管风琴音色的背景，管风琴的声音是在鼓浪屿的管风琴博物馆录的，不是在录音室录的，听不出来吧？这个版才是我想要的。你听的这个是在广东的时候做的。"

"那我听听 2006 版。"小陆说。

"Suzanne Vega 和 Dire Straits 都不错。"听到这两个名字，小陆一脸茫然，秦芳明就看出他其实是不怎么听音乐的，再提到这两个人的时候声音也疲沓了，刻意表现出失望的神情。小陆大概是听出来了，有点尴尬，现在听到有个 2006 版，就像获得了解救，手忙脚乱一阵找，一会儿，车上音响里放出了 2006 版，小陆松了一口气。

"尚雯婕昨天晚上发了首新歌，还没来得及听，你给放一下。"接连听了几首自己的歌，秦芳明有点腻了，让小陆换了歌。

小陆突然指指窗外："这是您的母校吧?"

"哦，是，没变。"

校门没有换，迎门的行政楼没有变，百年老校，变不了，至少门面不会变。建筑都是俄式的，方正，憨厚率直，灰调子，被雪盖着，格外有异域的感觉。几个年轻人，小心地踩着化了一半的雪，从大门走进去，像是走向荒野。秦芳明看了一眼，竟然不记得自己在这所学校的时候，有没有经历过这么大的雪，甚至连有没有下过雪，都有点糊涂了。可能是不喜欢雪，也不喜欢冬天，就自发地从记忆里抹掉了雪。他一向有这项本事，但后来他发现，这是活下去必须要有的本事。

小陆见他看得入神，以为他沉溺在往事里了，沉默了一会，又转头过来，捏着一摞宣传手册，给河澜和秦芳明各递了一本："这是咱们电影节的手册，咱们两场演出的节目表都在里面，您瞄一眼。"

听着这一声声的"咱们"，秦芳明倒是有点出神，他生活在这里的那些年，这里的人是不会用"咱们"来拉近乎的，这里的人都嘴笨，可能是荒野太多了，人都收不住心神。对这里的人来说，自来熟是外来物种，是异形，不是肉里长出来的，仿佛某种面具。也就是这几年，这里的人也开始用"咱们""您"，也开始喊"哥"了。秦芳明始终不习惯，觉得用这些词的家乡人都像是被外来物种上了身，一人头上有一个刚出壳的小异形。

秦芳明接过电影节手册，在手里晃了晃，并没有打开看。出场次序和演唱曲目是要提前商定的，但他不知道为什么，突然失去了兴趣，就说让他们随意安排。这种微小的排场是要争的，尤其是十几年不曾回乡，更是要争。但他突然厌倦了。手册到了手里，他其实想看看，自己家乡能搞出个什么样的电影节，自己又被排在了第几位，但终归按住了这一点好奇心。

秦芳明到了酒店，进了房间，才打开手册，看到几个熟人的名字，一些熟悉的歌或者舞。开幕式演出，自己是最后一个，"首映狂欢夜"，自己是倒数第二个。估计是这几年，"压轴"到底是最后一个还是倒数第二个的争论，反反复复，把人搞糊涂了，索性轮着来。和他换着压轴的颜雨宁，是这两年突然冒出来的一个歌手，抖音粉丝八百万的红人——自己还没有彻底被这样的红人压下去，也算可以了。

想起那封信，翻出来又看了一遍:

　　　　陈玲去了十一中，觉得教音乐没什么前途，后来就转了行政岗，现在是教务处主任。张斌龙在中学当了一段时间老师，后来调到区教育局了，2005

年到乡里当副乡长了，结果在那一待就是十年，前几年才调回来，也错过了继续升职的时机。王泽灵去了市歌舞团，后来辞职去北京了，就再没有消息，不知道有没有和你联系过。韩娟娟做生意了，她们家本来就是做生意的，盛亚商场有一层楼是她们家的，但是去年又看到他家的这层楼挂出来法拍了。我就还是在铁路学校，业余时间带带艺考班，也可以了，生活很安静。有时候也会忍不住回想我们那时候的日子。

微信叮咚一声，是河澜发来的照片——他窗外的雪景，冬天微绿的河，河两岸的冰雪，和披着雪的树。秦芳明有点不耐烦——自己又不是看不到，但瞬间就释然了——这孩子还真是没见过大雪。这兴奋是真的。

这些年，秦芳明很愿意在别人身上发现这些小瑕疵，这些一瞬间的真情流露，一瞬间的慌不择路，对他来说，类似于演坏了的戏、忘掉的台词、劈叉的声音、失控的剧组，是难得的让人喘口气的时机。结果，要什么就有什么，他瞬间就被海量的瑕疵包围了，但他还是会时不时被这种小瑕疵触动一下。于是，他也到窗前向外望了一望，也拿出手机来拍了一张照片，却没有往朋友圈和微博上发。

那时候不是这样。那时候，他还有些兴致。

当歌星，务必要去广州。在同学和相识的人里，他不是最早去广州的那一批。那时候的电视台还是好地方，和电视台有关联的人，舍不得去广州。野路子歌手，没有线索，没有引路人，也去不了广州。更何况，人们手里多半没有钱，去广州，至少要有买一张火车票的钱和半年的生活费。

大二的时候，有同学趁着暑假去了广州，开学之后半个多月才返校，给出的故事版本是：一到广州站，还在站前广场、行李放在地上，还在四下张望的时候，几个人一拥而上，抢走了行李，还在他的胸口和脸上揍了几拳。他失魂落魄地在车站附近游荡的时候，遇到一位大叔，大叔和他攀谈，知道了他的遭遇，收留了他两个月。这两个月，他去音乐茶座试唱，也毛遂自荐去了沙河顶的几家唱片公司，还去朝拜了星海音乐学院。在音乐茶座试唱了一个月，挣了一点钱才回家，老板觉得他唱得好，走的时候不让他走。两个月时间里，大叔"天天给我做饭"。

在他口中，广州光怪陆离，包括"花都特别大，篮球大的红花从树上掉下来，能把你的头给砸破""饭吃不惯，满地黑蠕蠕的虫子，天气又湿又热，一去就起疹子，痒得不得了""治安很差，到处都是黑社会流氓劫匪，一条路走过去，能把你抢三遍，晚上唱完歌，从音乐茶座出来，马上坐上出租车才安全一点"。

同学一片哗然，哗然于"广州乱得很"，也暗暗揣测自己一旦去了，有没有可能遇到愿意收留自己的好心人，全然没有听出这里面的不合常理之处。要到很久之后，秦芳明才慢慢明白一点，他同学的广州历险记背后，应该有另一个版本。他惊讶的是，从来没出过门的十八九岁的年轻人，一旦去了广州，就能自然而然地给出第一个版本的故事来，仿佛那是天生的能耐。他把这归功于广州，北方人去了广州，就要有这些能耐才行，没有也能长出来，这开着篮球一样大的红花的地方，是一个异世界。

后来的两年时间，他慢慢打听着，结识着，终于在电视台的老师那里得到若干线索。老师有个同学在广州做书商，从香港的八卦报纸和周刊上摘些东西，拼凑成各种秘闻周刊，非常畅销。老师跟那同学联系了，那同学听说有年轻老乡要来，很愿意做个接应人。又有老师说，自己的同学在某个乐队打鼓，也可以帮助推荐。

他毕业之后，并没有马上走，先在市电视台工作了大半年，考上了编制，算是搭了个窝，才去广州。他详细问过广州的花销，算算以前演出和在电视台工作攒的钱，也够抵挡半年了，没有告别，也没有纵身一跃的悲壮感——这件事已经在想象里发生过无数次了。他就带着一万块钱和全国粮票，向着那个遍地大红花的目的地出发了。

那时候，北方正是冬天，坐着火车南下，越往南，越绿。到了湖北，春天已经像模像样了，车窗外的大地上，成片的油菜花，夹杂着一块又一块明亮的水塘，水塘边一丛丛嫩红的草，大约是某种莙草。再往南，还是春天，车窗外的景象却已接近北方的夏天了，墨绿的树木，点点红花，路上没有人，非常安静，没有人看花，没有人惊讶。

因为有过在春天重生的经历，他对春天或者对貌似"春天"的一切事物有了不切实际的期望，觉得自己每到春天就能焕然一新。只要一个春天，他就能死而复生，涤尽满身烟尘，一个巨大的机遇，一起庞大的事件，一首爆红的歌，一场赌博，一次投机，都有可能是这个春天，就连那些形形色色的骰子，都有一种春天的旷远的味道。

在火车站没有被抢，没有丢失身份证，办理暂住证也还顺利，住的地方虽然老旧，但方便，隐隐能听见些市声。在接应老师的引荐下，也去音乐茶座试唱，他大约知道广州著名的音乐茶座是东方宾馆、中国大酒店、红珊瑚、红玫瑰、紫罗兰这些地方，这间茶座不在这最著名之列，装修也有些破败之相。茶座老板，是一位在任何场合都一身西装、头发油光锃亮的中年人，在穿短裤T恤的广州人里有点格格不入，后来才知道他是湖南人。

湖南老板起初并没对他的表演发表任何意见，平时也很少出现在茶座。唱到第三天，秦芳明看见他坐在台下，似笑非笑，下了舞台，过去跟他打招呼，他说："没有听见你说开场白呢。"他以为这"开场白"是唱歌前的开场词，就笑着说："今天已经说过了，你可能没听到。"一周后，湖南老板又来了，这次来得早，完整地看了他的演出，但打照面的时候照旧说："没有听见你的开场白呢。"

秦芳明骤然明白，这"开场白"可能是什么暗语，他不知是什么见不得光的事，有点恼了。第二天，秦芳明就去别的音乐茶座试唱，好在，吞吐量巨大的广州码头，有的是地方容得下他。这一次，他小心地留意了周围的环境，也请乐队师傅指给他看哪一位是老板本尊，老板是位穿短裤 T 恤的本地人，于是他唱下去了。广州老板没有要他说"开场白"，他始终也没弄清楚，湖南老板的"开场白"到底是什么。

没有那么容易，但也没有那么难。在音乐茶座唱了三个月，乐队的乐手拉他去北京录歌，火车去火车回，在棚里待了两天，在一张名为《悔恨千古》的"囚歌"专辑里，他唱了两首歌。

那时候，迟志强的那张《悔恨的泪》已经火了快三年了，传说卖出去三千万张，跟风出的"囚歌"专辑，足足有两三百张。眼看"囚歌"风头过去了，新的风头还没有来，大家就继续试着做，等新的风头。这张《悔恨千古》，其实也不尽是"囚歌"，不过是挂个名头，收了十二首伤情歌，请了两个大牌歌手，一男一女，唱了四五首，算是镇场子，其他的就交给不大出名的歌手唱，以便摊薄预算。

秦芳明唱了两首，一首崔健的《浪子归》，另一首是费玉清的《梦驼铃》，署的还是"赵玉磊"这个名字，其他歌手，有用真名的，也有用化名的。两位大牌歌手，也说好用化名，阿英、阿强之类，等到上市了，标的却还是他们常用的名字，就打电话来，吵了半个小时，最后也就罢了。

录音的时候，秦芳明对这两首歌算不算"囚歌"提出一点质疑，录音师有点不耐烦了："你就只当这两首歌，一个是劳改犯劳改了十年回来，不敢进家门；另一个是劳改犯在你们西北筛沙子，在沙丘上往家的方向看，看来看去看不见，就泪流满面。"这种解释未免离奇，却让秦芳明想起电视台的那些编导、摄像、录音师，既不拿他当孩子，又拿他当孩子，时常制造这种离奇的气氛诱导他。他能看穿他们的心思，却又愿意接受这种诱导——因为省事。他觉得自己随时能把自己扳回正道，随时可以深沉得起来。这种省事、敷衍、临时抱佛脚，都是有代价的，终有一天要显影。

录歌、出专辑想了很久了，最后却是以这种方式实现，秦芳明还是有些不甘心，这种不甘心，刚好和听到自己的录音作品的喜悦对冲。总算有了新经验，总算有了两首歌握在手里，而且落脚不过三四个月，也算有个交代了。也是这次新经验，让他明确地感受到"南方"和"北方"在音乐上的分歧。所谓"囚歌"，其实都是俄罗斯民谣传统下的歌，是过去时代的遗风，只有北方人才唱得出来、做得出来，南方人之所以不做"囚歌"，恐怕是因为在下大雪的地方生活过的人和没有见过雪的人，对这些歌的感受完全两样。从北京回来，他竟然有点想念北方了，不是北京那个北方，也不是家乡那个北方，而是所有的北方。

有了第一次，很快就有了第二次。第二次也是去北京录，录的也是拼盘，专辑名叫《错！错！错！》，他唱了四首：一首崔健的《错》；一首《美丽的错》，甲丁作词的一首歌，电视剧《野草坡》的插曲；一首苏芮的《你是唯一的错》；还有一首《错！错！错！》，其实是陆游的《钗头凤》，谱了曲，改头换面，加上感叹号，显得血泪淋漓。其余的几首歌，都有个"错"字在歌名里，也算是概念专辑了。

机会始终有，但都是零零碎碎的，录各种拼盘，给公司写司歌，给各种协会社团写会歌，偶然去广州"四乡"（广州附近的城镇）演出，也给大牌代唱。他也想过找一份白天上班的正式工作。那时候大学生少，找工作不难，甚至不难混到编制，但他觉得自己的目标并不是谋一个小学或者中学老师的职位，下南方的人，都是怀着一鸣惊人的愿望来的。更何况，整个南方，都正在一种心醉神迷的气氛中，人均冒险家，人人跃跃欲试，规规矩矩上班，是要被人笑话的。反而常有白领和学校的老师，在茶座和歌厅兼职，大家终归是要江湖再见的。

以前设想过的出头路数，被星探发现，唱片公司老板在音乐茶座听完歌直接到后台来签约，这些都没有发生。参加唱歌比赛，也是一条路，唱歌比赛要多少有多少，"红棉杯"羊城新歌新风新人大奖赛、"省港杯"歌唱大赛、"穗台杯"青年歌手电视大赛，还有各种KTV歌手大赛，有的成了品牌，有的只办了一届，就销声匿迹了。但在北方的电视台的经历，让他对这些比赛多少有点忌惮，类似一种创伤后遗症，总觉得那里面有无数说不清的关系，要有相当的靠山才能打通关节。而他要的还是一个传奇，干净利落的传奇，歌唱比赛不在传奇之列。

最后靠的不是传奇，还是人情。合作的乐手，把他推荐给了唱片公司企划部的老师。他带着自己录的小样，直接去了唱片公司，还怕老师们不会听小样，就直接弹着钢琴唱给他们听。他不敢参加歌唱比赛，却敢直接到唱片公司去展示自己，甚至敢于面对一群陌生人，不知深浅地说出"我会看总谱"，他起初觉得自己是在自信和不自信之间摇摆，后来慢慢领悟到，自己的自信和不自信是有选择的。

也还是没有那么畅快。断断续续商议、试唱、试录许多次，这期间，第一次见到SSL模拟录音台，第一次有人给配和声，第一次拍宣传照，第一次以"秘密新人"的身份接受采访，这样兜兜转转，直到一年后，才终于签约。也是这期间，公司还拿了几首他写的歌，去给别的歌手唱，虽不至于引来恶评，却也并没有大火，所以，他有点意外为什么公司会签他。他们也非常坦白地告诉他，在那漫长的考核期的后半段，正好艾敬和陈劲出了专辑，他们也想做一个城市民谣风格的歌手，他写的歌，曲风和他们比较接近。他心想，曲风接近，或许是因为他们都是北方人，都是在下大雪的地方长大。

后来他并没有按照城市民谣的路数来做，还是做成流行乐。专辑名叫《我怎么让你知道我心底的真》，里面有六首他自己写的歌，四首选来的歌（其中两首是编曲老师的作品），又放了一首主打歌伴奏曲，一共十一首。专辑出来后，三首主打陆续上了"广东新歌榜""岭南新歌榜""广州新音乐排行榜"。上了榜，公司才肯给一首歌拍 MTV。

他看出公司不是很有把握，没有进一步追加宣传费用的意思，自己跑了附近几个省的电台，自己到电视台要采访。南边的电台、电视台，作风和北方略有差异，但也大致相仿，终归没有难住他。他手边随时带着一个小笔记本，列着工作计划，写写画画，打过交道的人都说："倒不像歌手，像个白领。"

终于到了四处都能听到主打歌的时候，五万张、十万张，销量慢慢升上去。企划部老师为他庆功，吃了饭，喝了酒。从 KTV 出来，已经是深夜，他在街边站定，却看见街边一道栅栏后面的一座老洋房的花园里，有一棵从没见过的树，挑着一树巨大的红花，朵朵都有脸盆那么大。在夜色里，似乎每一朵花都龇牙咧嘴。他被这一树红花吓得酒也醒了，有一瞬间，他几乎觉得，自己是出现了幻觉，定定神望过去，那一树巨大的红花，还是笃定地开在那里，像虚焦的镜头变清晰了，倒不那么狰狞了。他突然想起当年那位闯广州的同学说的话，有些相信了他描绘的广州是真实存在的，自己一直没有遇到那个广州，或许只是侥幸，像游戏人物，开了另一条故事线，就避开了原有的线路，生长出一个平行宇宙，但原先那个宇宙，始终是存在的。

第二天他特意路过那里，那树红花还在，被一点雨雾罩着，反而有点零零落落的意思，不像夜里那么凶悍。附近的音像店，正放着他的歌："请让我，试着相信，好像生存必定要靠近水源，请让我，慢慢靠近，不要因为我是与忧伤同来就拒绝我。"

春天是来了，但和他想象的春天有点不一样，和他那年经历的春天也有点不一样。他不疲倦也不惊喜，更没有觉得自己焕然一新，他只是偶然觉得有点彩虹似的波光，像蛛网似的从自己脸上拦过去，痒酥酥的、似有若无地撩在身体深处某个器官上。也许是过敏呢？他想着。

"我有点感冒，嗓子痒痒的，怕影响明天演出，先回去休息了。"

坐在秦芳明旁边的歌手美树，站起来向大家告别，用眼神把全桌人扫过，像是在每个人脸上撩了一撩，这是经常上舞台的人的习惯做法。她的助理闻声从旁边的包厢赶过来，两个人迅速向着门口移过去，都不见脚移动，像是会某种神奇的武功，小陆慌忙追到门口，给他们调度车辆。

秦芳明瞬间有点恼怒，他已经把告别的话排演了许多遍，就是没有下决心说出来，毕竟，这里都是家乡人，就是这一犹豫，被美树抢了先，一旦错过这个离席的时机，就不知道下一个气口在哪里了。

"我陪美树姐一起回吧，就不用再安排车了。"

说话的是桌子那头的演员张洁洁，她趁着这个松动的气口站了起来，旁边包厢又跑出来她的助理，两个人又是一阵移形换影大法。秦芳明知道自己更加走不了了，这种酒桌上的气氛像一间玻璃房子，人越少，剩下的人越有义务撑着那间看不见的房子。

一会儿工夫，楼下一阵说话声和车声，车灯打在窗户玻璃上，随后又是一阵寂静，包厢里的人都没来由地觉出一种荒寒。马上有人举起杯来，没头没脑地说："咱们预祝电影节圆满成功，开幕式演出圆满成功。我们这种二线城市的电影节，跟一线电影节不能比，又因为疫情，从夏天推迟到冬天，九九八十一难，还能请到各位老师，那可是太荣幸了，我们电影节全靠各位老师给撑着了。也请不到什么好片子，这两年也没人拍片子了，至少咱的开幕式都是大咖。"

旁边包厢里又跑出一个人来，以为又是谁的助理，定睛一看，却是河澜。在动车上，他穿的是长羽绒服，这会儿脱了羽绒服，一身说唱歌手装扮，宽卫衣，肥裤子，脖子上圈着一个金色的耳机，有种现了原形的意思。河澜边走边大大咧咧地喊着："都走了吗？后面不是还有烤全羊？"

负责陪客的几位官员，一阵哈哈，招呼河澜坐下，一位略微年长的官员，周围人都喊他周部长的，用一种长辈的口吻对河澜说："委屈小河了，坐小包厢，啊，不过你也别在意，这桌都是前辈，你们年轻人坐在一起，也有共同语言。"

秦芳明不大喜欢河澜的歌，但又觉得，他有几首歌，用中国神话作为说唱的材料，加入佛乐和圣咏元素，倒是很有想法，内容也跟得上形式，有些歌词非常出挑，跟别的歌手一味重复"整条街我最狂我最大"比起来，的确高出一筹。秦芳明能看出来的，别人也能看出来，所以，前几年说唱红极一时的时候，河澜顺利借着说唱综艺出道，三个月的时间，抖音粉丝涨到三百万。就在那当口，有人发微博爆料说，他恋爱期间出轨，还配了几段他在酒吧里和别人暧昧嬉戏的视频。他虽然发了个声明，说那是他们恋爱之前的视频，并不是发生在恋爱期间——"那时候年轻心不定，不知轻重"——但没能抢得先声，就败下阵来，有一年没声没息，看着风声略微过去了点，才又活络起来，可说唱却凉了。他立刻改了曲风，抱上传统文化的大腿，走古风电子乐路线，半红不黑地扑腾着，却又碰上这拨新冠流行，演出稀少，演出报价折了一半不止。

这边的电影节之所以肯邀请他，大概是想取悦年轻观众，不能不点缀一点年轻人喜欢的玩意，加上地处偏远，不在旋涡中心，好也罢坏也罢，请来演出的人有道德瑕疵也罢，没有恶炒的价值，掀不起什么水花，反而有一种没着落的宽容。但轻蔑还是照旧轻蔑的，既瞧不起他的音乐风格，也瞧不起他的靠山不够硬，就安排他和助理坐一桌，还要大张旗鼓地点出来。老家官员的这种做派，秦芳明非常熟悉了。

河澜倒是真不在意，一种北京长大的孩子的不在意。这种不在意，秦芳明倒是欣赏的——因为他没有。正准备招手让河澜坐过来，他已经大大咧咧搬开椅子，坐到秦芳明旁边来，双手往两腿之间的椅面上一挂。大概是喝了几杯，开始倾吐衷肠了："秦叔叔，起初看到演出名单上有您，我就特别想来。您知道我爸爸跟您是一拨的，他老跟我说起您，等您得空，跟我讲讲你们那会儿的事，我爸爸不爱讲，但我就是想听。"

秦芳明笑着说："你爸爸也没少跟你说以前的事吧，你上《说唱青春》的时候，不是讲过你爸爸的事吗？不是还改了你爸爸的一首歌吗？"

河澜一笑："您也看了？还不都是节目组安排的，说我最大的炒作点就是我爸爸，改一首我爸的歌，能争取评委的关注，增加记忆点，他们也好写稿子。我那不是刚上道吗？得交点东西表表忠心不是，连夜改了一首，说不行，不能是不出名的歌，就得是当年烂大街的、听吐了的。别高估观众的记性，更别高估观众的品位，你不能比观众高太多，就只能高一寸。就又改了一首，那首把我改得哟，那么酸的歌让我怎么改？我爸他自己都不爱听那首。我也得改，还成了，他们评估观众还是有一套的。您看我那么改成吗？九十年代的歌，其实一点都不落伍，就看你怎么用。您那首《写给雷米杨的情歌》不就是中吗？那时候国内还没人那么写歌、唱歌的吧？我第一次听那首歌，跟听外国歌似的，心想，这也太先进了，太前卫了，太牛了。所以您多给我讲讲你们那时候的事——对了，我这一口一个你们那时候，您不生气吧？"

秦芳明没回答生气不生气，只说："那时候也不是没人那么写歌、唱歌，《女孩与四重奏》不就是？《寂寞让我如此美丽》也有点这个意思，张浅潜、舌头、左小，不都是那时候的？还有何静、杨炀、希莉娜依、曹崴，不知你听过没有。要是那个时代再坚持些日子，听歌的人就培养出来了，就敢放开手脚了。可惜了，网络歌一出来，彩铃一出来，就又回去了。不过，你听了以前的事又怎么样，要帮你爸爸写回忆录吗？我们都还没到写回忆录的年纪吧。"

河澜说："就是我爸爸成天失魂落魄的，好像经过那事儿，不能唱歌了，就等于是死了。所以我就想，把他经过的那时候的事拼出来。这以后，我遇到当年认识他的人，都多问着点，恨他的、喜欢他的我都问，这么多年了，恨的也恨不起来了，爱的也没多爱了，都是客观评价。"

"拼出来又能怎样？"

"拼出来……也不能怎么样。就好像……"

"就好像？"

"就好像，他过去的生活有间鬼屋，我想看看鬼屋里到底有什么。"

"你……还不知道鬼屋是什么样的吗？"秦芳明本来想说的是，你这几年的经历，不就等于进了鬼屋吗，幽灵总要以同样的方式敲两次门，敲过上一代人，也不会饶过下一代人，依然是同样的时机、同样的地点。但他还是硬生生地咽了回去。

"我这……啊！这还不能算，我想看看什么事情能让人心灰意懒成这样，我还没有心灰意懒。"

正说着，桌上有人说："又下雪了。"

一桌人都向窗外望过去，果然下着雪。窗外有一盏路灯，带灯罩，光线沿着灯罩，在窗玻璃上画出一条对角线，半明半暗的两个长三角形，暗处的雪隐没在黑暗里，明处的雪在光线里翻滚，像是从那条对角线上泼撒出来的。

"一下雪，就感觉快过年了，这一年过得太快了。"桌子那头有人说。

河澜嘴里随即噼里啪啦地模仿起鞭炮声来，这是说唱歌手的基本功。

秦芳明心想，有一种鬼，是鞭炮声也赶不走的。

秦芳明认识河澜的父亲何林杰，那是在他的音乐茶座时代，两人都在音乐茶座跑场子，常常打照面。

那时候，他们都已经看过几本《香港周刊》了，知道这叫"识于微时"，但这通常是要在发达了以后说出来的，那时候还不知道这算不算，只当是种寄托，以为将来有一天，能坦然地说出"识于微时"来。

都是北方人，都是科班出身，声音相似，形象相似，歌路相似，甚至连性格也像，只不过，秦芳明圆熟些，何林杰有棱角些。比如说场面话这方面。有些场子有主持人，有些地方没有，即便有主持人的场子，歌手一旦登了场，也要说几句吉利话，在歌与歌之间做个连缀，秦芳明十分厌恶说这些串词，但也悉心学习，常用的句子记了些，应对自如，甚至渐渐能和主持人打情骂俏，说几句脱口秀。

何林杰就不，冷着脸上台，冷着脸下台，唱完就走。意外的是，这竟然也成了风格，时常有人夸他"够酷"。秦芳明就有点后悔了，原来这样也可以。但取悦别人这件事，只要有了第一次，就会有第一百次，上台戴的第一个面具，就是下台前的所有面具，万万没有中途变脸一说。秦芳明只好一直笑下去说下去了。

但他们之间最相似的地方，只有秦芳明才能看出来，他们都是身在曹营心在汉，是永远的异乡人。何林杰的音乐启蒙，是大厂俱乐部吉他队，他对音乐的爱慕，是和大厂青年的友情搅拌在一起的，他不是一个人在唱歌，他从一开始就随身带着那些大厂青年的眼光、评判、笑骂、真心假意的嘲讽及醉酒的夜晚，他身边有个随用随取的后援组织，他必然接受不了南方听众的评估方式，他迟早要用北方的方式来唱歌。

秦芳明没有这种后援组织，自从十几岁战战兢兢地投身名利场，他就是独狼，没有人扳正他，他就渐渐接受了自己必将取悦别人的暗示。但他和何林杰的相似之处，就是唱了流行想做摇滚，唱了摇滚想做民谣，在这处想着那处，吃了五谷想六谷，这种永远的异乡人的妄念，始终没有被他消灭掉。他有点担心，不是何林杰比自己更快成名，而是担心他过早发现自己在这个世界上是有后援的，更快出营而去，更早拥有唱歌的自由。

秦芳明之前从没觉得这个问题如此迫切，直到何林杰出现在他面前，并且展示出和他那么多的相似之处。他只能继续期望，自己一旦遇到大学时代的那种春天，那种焕然一新的机遇，涤荡身心的时刻，自己也能有棱角起来，成为一群更广大的人中的一个，甚至可以成为世界上的所有人。

后来都签了唱片公司，秦芳明签在梦时代影音，何林杰签在金经典唱片，也都改了名字，那时候的艺名，都要像普通人会用的名字，略微出挑一点、艳一点就好，也不能出挑太多、艳太多，何林杰却改了个名字叫"何赫克"，完全不是歌手艺名的风格，秦芳明后来才知道，何林杰是在向古希腊神话里的英雄赫克托耳致敬——可惜是个悲剧英雄。

秦芳明出了第二张专辑的时候，何林杰才出第一张专辑，金经典唱片下了血本，给他拍了六首歌的 MTV，虽然其中两首歌的 MTV 是用另外几首歌的 MTV 的多余素材剪出来的，可到底也算是用了心思。秦芳明的第二张专辑，只拍了两首歌的 MTV，尽管这张专辑里，一口气出来五首有传唱度的歌。他就只能看着自己的歌，被专做卡拉 OK 大碟的公司配了泳装女郎的画面。

但是，那些泳装女郎还是惊到了他，都是从广东这地界上搜罗来的少女，可能是广东人或湖南人，也可能是北方人，个个来历不明，个个无名，却又个个美貌惊人，皓齿明眸、气息爽朗，比公司拍的 MTV 里所有的女演员都美、都妩媚。那种妩媚，得是相当充沛的自信才能撑得起来的。谁生的她们，她们怎么长大的，她们的妩媚平时都用在何处？她们应该也有春天吧，那种从里到外，把所有细胞都换掉的春天，出租屋也摧毁不了，五十一百的劳务费也打不垮。她们在那种境况里，又是什么感触？

"春天"这件东西，成就了秦芳明一生的迷思，他不停地找东西来喂养这种迷思，有时候是靠重温，有时候是靠强行体味别人的感触。一旦读取成功，就能让他想象出一条青草长堤，落花的大道，水边孩子的吵闹声，所有这些都被朦胧的金光笼罩，一旦这些形象接踵而至，他就又能活了，又停止那种快速的腐朽了。亲临青草长堤或者落花大道，都没有这效果。必须是某个瞬间，某些元素耦合出来的这个假想中的季节，才有这种焕新机制。"春天"成了他的能量库，无法言说，也不能交付给别人。

何林杰也会有这种能量库吗？是什么形式，什么味道？他觉得何林杰像另一个自己，他必然也有这样的季节，可能他的春天是秋天，他的青草是沙砾，他的焕然一新得凭借某种腐朽的事物，他的养料是肥料，他的一切都可能是他的对立面，但他必然也有一个春天。

开幕演出是在大剧院，门口铺设了红毯，在白雪地里格外醒目。秦芳明伸手按下车窗，往外看了一眼，没料到白雪竟这么晃眼，几乎睁不开眼，眼泪瞬间就出来了，又把车窗调上去了。

小陆转过头来，对秦芳明说："您是想看雪啊，明天早上我们带您去，有一块地方特别好。待会儿啊，咱们就从这个位置出来，就是左边这个门，里边是贵宾厅，就是咱们等一下要去的地方，咱们就在贵宾厅化妆。"如此这般交代了一番，又说："这儿您都熟，我就是给您提醒一下，到时候我就不带您了，有专门的工作人员来找您。天气有点冷，您就辛苦一下，好在是下午，今天也没风。"

的确都熟悉。贵宾厅装修豪华，化妆间同时也是休息室，门口贴了打印的标签，写着演员的名字，大牌的一人一间，其余的两三人一间。休息室里，除了沙发和按摩椅之外，镜子、台子乃至衣服架子一应俱全，显然不是临时改的，应该是经常做演出。这倒让秦芳明有点意外，十年前回乡演出，还在老剧院里，十几个人用一间化妆间，门一开，厕所味马上就进来了。

化妆师拎着化妆箱进来，含笑打过招呼，说了些仰慕的话，又拿出几张 CD 请他签名。都是规定动作，秦芳明也一一配合，相应做出惊喜、难以置信、欣然应允等表情，问过化妆师是哪里人，中午吃饭了没有，没有吃饭的话河澜那里有零食，并且提前主动提出："等会弄完了我们合个影。"

助理小高则窜进窜出，四下打探情况，一会儿又跑进来了，对秦芳明说："颜雨宁正在化妆室咆哮呢，楼道里都听得到。"秦芳明不想在化妆师面前显得八卦，但还是忍不住问了一句："为什么？"小高赶忙从头到尾交代一遍："说是中午接受了一个采访，采访的记者是省电视台的，结果采访完了，记者说自己还有个视频自媒体号，有二十万粉丝，采访的画面和声音，公家也要用，她自己的视频自媒体号也会用，还要颜雨宁给录两个ID。"秦芳明问："那他给录了没有？"小高："当时给录了，完了越想越生气，就说自己是被迫的。"秦芳明笑了："能强迫他什么呢？这个年头了，都是末路狂花了，还在乎这个。"

秦芳明梗着脖子，被化妆师摆布着，没有听见那咆哮声，却像是已经听到了这三十年密布着歇斯底里的号叫，和卡通巨兽一样的咆哮，还有各种各样老鸨子似的阴笑。他突然想起什么地方，有类似的场景，而且是新近发生的，努力想了一会儿才想起来，是那封信里的一段：

> 前几天读到维吉尼亚·伍尔夫的《普通读者》，里面有写斯威夫特和斯苔拉的那篇，斯苔拉死了，又过了很多年，斯威夫特老了，精神也不好，有时候会狂怒，然后又沉默下来。有一天，有人听到他在喃喃自语："我就是我。"看到这段，不知怎么就流泪了。想象着他坐在黑暗里，沉浸在自己的世界中，对着打扰他的人吼叫，然后又喃喃自语。有时候想起你，就会把你套到斯威夫特身上。我想到的你，都不是舞台上的你，而是舞台后的你，一个人坐在化妆室里，不想开灯，就想一个人坐一会儿。有人推开门，打开灯，你就怒吼了："你他妈的把门关上。"不知道这样假想好不好，但在我的假想中，你就是这样一个人，从我们的生活里失踪的一个人，亦真亦幻。虽然你一直在，虽然大街小巷都有你的歌。

他是从什么时候开始失踪的呢？大概是从换了唱片公司开始。

三年签约期满，秦芳明没有和梦时代唱片公司续约，转签了华妙唱片公司，老板是香港人，秦芳明是华妙唱片公司在内地签的第二个歌手。签了两个月，事先说好的唱片计划并没有开始，只是吃吃喝喝，四下兜风，突然有一天，老板打了电话，要他去他的"花园"——他们都这么称呼他的别墅，轻描淡写，似乎什么事也没有。那时候是下午四点，夏天的下午四点，天还是亮的，蓝到无辜，似乎不会给任何坏事做背景，他却隐隐约约觉得，刚到广州时，没有给音乐茶座的老板说的"开场白"，可能要补上了。

华妙和梦时代，完全两样。梦时代号称商业唱片公司，底子还是国有的音像出版社，国企做派，加上一点出版社的气质，部门设置也和图书出版社相仿，主编、副主编、发行部主任、资料室主任，互相之间的称呼也是老师。社长一年到头难得见到几次，平时来往稍多的多半是企划和制作部门。只不过进进出出的人时髦些，但那时候的时髦，其实也很有限。

最出格的一次，也不过是上海的大音像商过生日，提前给社长打电话，点名让梦时代的几个歌手去"拉一拉气氛",大约相当于唱堂会了。社长是国营单位的老好人,在"十七年电影"里演过海岛小民兵,念过大学,从编辑一步步走上去的,宁肯自己去烘托气氛,万万不肯让歌手去跑这个场子,他说:"要是正常演出,连夜坐卡车也得去,这种场合,这一去成什么了?"那边的音像商半开玩笑地丢下一句话:"我都把话说出去了,要是不来,咱们以后就不做这个朋友了。"秦芳明听说了,主动要求去唱这场。跟着社长去了,唱了,还收了红包,一行人被盛情招待着,又去杭州玩了几天,毫发无损地回来了,说起当初的如临大敌,都有点不好意思。

华妙唱片公司,不像公司,倒像个……家族。秦芳明第一次看到老板许嘉伟,以为是钱小豪,仔细再看,又比钱小豪粗糙很多,脸色也晦暗些,能看得出一点江湖痕迹,做派也是江湖人做派,和员工打得火热,吃饭喝酒都要员工陪着,"大哥""老板"乱叫。歌手不单要签唱片约,还要签影视经纪约,影视演出全部签掉。歌手录歌时,他会煲了汤让人送到录音室。

许老板在僻静的位置买了大屋,又在公司附近的大厦上置办了一层楼,既不像住处,也不像办公室。他时常喊员工去喝酒唱歌,除非他喝醉了,否则谁都不能走,然而他始终不醉。

许老板的别墅,秦芳明去过两次,地方宽敞,却疏于打理,说是"花园",其实只种了红、白、粉、紫几种颜色的九重葛,又点缀了几棵矮紫薇和鸡蛋花,地上铺了些百日草和蝴蝶兰,都是广东最常见的花草,花树之间的杂草,也没有清理,由着它们生长。这些杂树乱草开花的时候,也异常热闹,但终归像荒野里的花木,有点趣味,但也是野趣。

到了别墅,来开门的是个小伙子,秦芳明从没见过的一个人,大概是新换的,也不问秦芳明是谁,默不作声开了门,让秦芳明进来,又锁了门,不知道是什么门锁,咣的一声,像是古庙里的声音。

许老板在客厅里,站在落地窗前,不说话,背着光,看不清楚表情,沙发上坐着一个女郎,倒是在亮处,只穿了一条牛仔裤,上半身什么都没有,就那么静静坐着,看到有人来,整个身子弹了一下,扭头看向老板,露出一个询问的表情,许老板走了过来,穿着一件睡袍,睡袍带子在身侧垂着,睡袍里面什么也没穿。女郎走过来,在他面前站住,垂着头,用蓬松的头发顶在他的下巴上,一只手轻轻搭在他的腰上,他的呼吸全打在那些深褐色的卷发上,呼呼的,卷发顿时又热又湿,他感觉到了这点,就迅速屏住呼吸。他清楚地听到自己的脑子里,清脆的一声"啵",像开了一瓶酒。

那天他离开的时候,已经是深夜了,没有人送他,那个小伙子又幽幽地走出来,替他开了门,他打开自己的车门,坐到座位上,拉上车门,一下没关住,又拉了一把才关住了。打开车内灯，静静坐了一会儿，他才听到车外的虫鸣。

黄白线在车灯里交替着，路面在车灯里，是一种颗粒度很粗糙的青灰色，像是用最廉价的 DV 拍出来的。然而他的注意力全不在路上，交替的黄白线，反而倒带一样，让他回放刚刚经历的事，他慢慢觉得不对劲，觉得恶心。

他没有那么天真，到广州也六年多了，也有放纵，有将计就计，但当天经历的一切，还是让他觉得不对劲，整个场景里，不对劲的不只有那种混乱，还有一些细节，从混乱与混沌之中浮现了出来，像从沼泽泥潭里伸出来的惨白的手臂，挣扎着，也召唤着。

但许老板要的就是这种关系吧。性对他们来说不是必需，但又是必需的流程，是控制，但也是结盟，最原始的结盟。光有合约还不行，还得有这层结盟关系。

当天晚上，他反而睡得异常沉，似乎自己终于背叛了自己，终于不只是和世界的表皮维持一种体面又虚假的关系了，而是刺破了表皮，向着表皮之下的黏液伸出了根须。在模模糊糊进入睡眠的一瞬间，他还在想，他们会不会录像呢？

"还有多远？"

"平时也就二十分钟，今天得四十分钟吧。"

河澜问过司机，就安心往后一靠："今天这场子还可以，条件比我想的要好。您知道吗？我这人虽然干着这行，但不知道怎么的，老有些古怪的想法，站在台上，就希望哪里出点事儿，跳舞的裙子给扯了，大灯爆了，舞台塌了，我自己刷一下掉下去，观众哄堂大笑，又害怕又希望，是不是有点变态？"

秦芳明说："我也想说这场子还可以，你把我的话说了。"

河澜笑了："那您当我没说。我小时候，我爸爸经常就说，我老是抢别人话，天生的话痨，话痨怎么唱歌呢？还好有种唱歌方式特别适合我，叫说唱，配乐话痨。"沉默了一会儿，他又对秦芳明说："您知道我爸爸为什么不唱了吗？"

秦芳明是知道的，但他一直回避着，不肯去想更多更细，听了河澜这么一说，知道回避不了，就淡淡问了一句："不是受了伤？"

河澜说："受伤是受伤，但受的伤可太不一般了。"

秦芳明有些疑惑："嗯？"

河澜低着头，两只手的几根手指对来对去，像在打架，然后把手一撒，说："那天晚上是有演出的，演出完了，回酒店路上，他中途下了车，找地方去喝酒。你跟他认识，知道他是有这个习惯的，甭管在外地还是在家门口，演出完了，铁定找个地方喝一杯，还得是有演出的地方，有时候还上台去跟乐队一起演一段，这都是看外国摇滚乐队传记学的，以为这就特别率性。那天晚上正走着，就遇上歹徒了，五个人。但是那天遇上的歹徒，既没抢手机，也没抢钱，什么都没抢，几个人上来把他架住，先把他的卫衣帽子一掀，往路灯方向一扭，看了看他的脸，像是在认人。这当口，他也看清楚对方了，不认识，他就来劲了，上半身被架着，就跳着脚说：'嘿哥们，认错了吧？'那几个人不说话，从头到尾都没说话，其中一个手往上一抽，朝着他胸口来了三刀，不是左胸，不是心脏那边，是右胸，还有一刀是在肚子上，都不在要害上，所以后来他还是自己去的医院。但是后来就没法唱歌了。他说，这肯定是同行找的人，我问他，可能是谁找的？他说不知道，他说谁都有可能。哦对了，他说，那五个人里，还有人用了香水，一九九八年！拦路行凶的人用香水！"

秦芳明始终没说话，到了这里，接了一句："光知道是受了伤，不知道细节。"

河澜说："他们公司不让说，连受伤都不让说，不让媒体报道，也不给周围人说，住院的钱都是公司出的，五个同事轮换着照顾了一个月，但就是不让说。那时候你知道的，出了这种事是说不清的。受伤了？嘿，怎么受的伤？情杀？仇杀？毒贩子？欠债不还？什么都给你安上。开始瞒了一段，结果没瞒住，说实话，开始不瞒就好了，这么一瞒，更说不清。消息一传出去，果不其然，各种版本都出来了，最离奇的一个版本，谁都想不到，说他傍富婆，又跟富婆的女儿好上了，富婆的女儿的男朋友气不过，找人来给他点教训。他这才知道厉害。在这个圈子里混，连一个趔趄都不能打，第一次受伤害，痛吧？苦吧？哭不出来吧？还有第二次，第三次，比第一次挨刀还可怕。你有半步走不稳当，旁边盯着的，一个个跟秃鹫一样，立马就上来了。"

秦芳明说："当时的确传得沸沸扬扬，搁谁都受不了。"

河澜说："我爸这人你知道，挺混不吝的一个人，东北厂子里长大的，你也知道，出门背个绿书包，搁块砖，揣根钢管，书包就在脖子上挂着，脖子垂着，背弯着，书包在手里捧着，一不对劲就马上抽出家伙来，他跟我说过，那时候满街都是挂绿书包的小伙子。得亏跟着厂子里俱乐部的人玩，学了吉他，后来搞摇滚乐队，凭着弹吉他上了大学，不然就进局子了。他后来算过，他们当初一起混的人，只有一个，进去得早，出来得早，反而保全了，现在人还在，别的都不在了，枪毙的、混死的、抽死的、自杀的、病死的。这样长大的一个人，受了这个伤之后，人全变了，成天担心这担心那，有时候还哭，让人特别难受。"

说到"抽死的"，河澜做了个缩着脖子俯首抽烟的动作，秦芳明略微有点诧异，他们这个年代的人，怎么会知道这些，于是跟了一句："你爸跟你说得还挺详细。"

河澜说："他不跟我说跟谁说呢？唱不了歌，幸亏有点钱，早早在北京买了房子，伤好了以后，就在商场楼上觅了块地，后半辈子就干上吉他培训了，后来又拉了几个哥们儿，加上二胡培训、架子鼓培训，就敢叫音乐学校。开始没人去，就让我拉着同学去，当种子，用现在的话说就是托。慢慢慢慢到现在。"

秦芳明说："你也别到处说，别直播的时候播着播着说出来了。"

河澜说："现在还是不能说。平台上说这些事，马上给你咔嚓了；上了综艺更加不能说，比以前还不能说。刚出事的时候，还能现场还原，现在人们看到的就是瞎编的版本，毕竟都觉得经过时间考验了不是，人们更愿意当真了。这说明什么？说明人们爱信这个，人们爱信什么，什么就是真的。我在综艺上提起我爸来，怎么说的？"河澜换个坐姿，端着一点，刻意用了一种娘娘腔的声音说："我父亲热爱音乐，但因为身体原因，不能继续他的音乐理想，我想替他完成梦想。"

秦芳明笑了："就算一直唱下去，也干不了啥了，那一年是九几年？九八年，没过两年，都上网听歌了，谁都不买磁带、CD了，到了二〇〇三年，MP3播放器一降价，降到几百块钱，彻底没戏了。就各自扑腾吧。你爸要是没受伤，后来还是得心灰意懒地去教吉他。我都开了三年唱歌工作室，唱歌结合心理疏导，哈哈哈，心理疏导！光唱歌根本没人来，还得有实用功能。来学习的哪里知道，全场最有病的就是台上这人——我！"

河澜说："您净瞎说，您还犯得着赚这个钱？您就是闲不住。你知道我为啥跟你说这些？一来您跟我爸认识；二来您太像我爸了，方方面面都像，就是比我爸混得好。"

秦芳明说："也就那样吧，也没好到哪里去。好年月赚的钱，是留不下来的，因为都以为将来还能赚这么多，就使劲造。到头来一看，还是两手空空。"

秦芳明其实不能确定河澜为什么要跟他说这些，有点猜不透，河澜是知道，还是不知道。他觉得自己像个凶手，虽然知道所有人都被美剧普及了凶手会重返现场是大忌这个常识，轮到自己成了凶手，还是忍不住要到杀人现场看一看，至少要在门口张望一下。在犯罪现场的逡巡，三十岁的时候是风险，五十岁的时候是生趣。

正说着，司机提醒说："快到酒店了。"

河澜快速地对秦芳明说："明天早上，咱们早点起来看雪去。"

秦芳明说："小陆说了要带我们去。"

河澜说："估计他们也就是那么一说，刚才我听见他吩咐事呢，说我们今天演出太辛苦，让酒店给单独备早饭，十点半再喊我们下去吃饭，吃早饭。"

第二天一早，天还没亮，河澜就发微信喊秦芳明去看雪，说他在大众点评上找到一个地方，非常空旷，能看到日出。秦芳明犹豫了一下，还是答应了，不是怕影响河澜的兴致，而是想知道为什么单单要两个人出去，是想给他三刀呢，还是要把他推到河里，或者要在荒天野地里说出真相，然后把他丢在雪地里扬长而去？他竟有一种以身试险的期待。

在餐厅吃饭，下楼，河澜叫的车在门口，一辆七座车，和昨天送他们的车一模一样。上车，出城，不多时就到了城外，远远看见一片雪野，一片淳厚的白，在一大片白色中，有一片白杨树林，一条河，河边树上拴着一条小船，大概是夏天时候给人拍照用的。天已经有点亮了，太阳还没出来，四下里有各种蓝，灰白蓝、淡蓝、深蓝、墨蓝。

河澜下了车，又回头扶了秦芳明一把，下了路基，到了雪地里，深一脚浅一脚往前走，秦芳明跟在他身后，越发觉得一场审判就在前面。他有点怜惜那片白雪，想着少踩坏一点是一点，就踩着河澜的脚印往前走。

到了雪野中间，河澜站定了，望了一会儿，深呼一口气，转头对秦芳明说："来，要拍照不，我帮您拍照。"

那天晚上的事不是偶然，而是许许多多个夜晚堆积出来的。

许老板扳着指头算过。何林杰抢了原本属于秦芳明的《明亮明亮的眼睛》去唱，拿到当年全部重要音乐奖的最佳男歌手奖。抢一次不算，半年后又抢了一首《你是我的春日迟迟》。他还抢了秦芳明的电视剧角色，《北方记忆》里的张小林。最重要是，各处的演出，一旦请了何林杰，就不请秦芳明，演出公司的江老板说过："两个人处处都像，两个都请，不如请一个，多唱两首就是了。"又听到一段谣言，说秦芳明十五岁就出来跑场子，学历都是假的，是女客人帮着买的。不知是谁造的谣，可能是何林杰的公司放出来的，终归也算在何林杰身上。

许老板这才发现，他高估了自己，也误解了内地的唱片业。他本以为，内地娱乐业也和香港一样，一通百通，唱出来，就可以接广告、演电影，唱歌在前，宝山在后。做了几年才发现，内地的唱歌是唱歌，演电影是演电影，没有那两所大学的背景，连电影圈子的一个口子都豁不开。总算商讨到一个角色，又被何林杰夺走，不由得把所有失意都算在何林杰头上。

那两天，许老板的屋子里突然热闹起来，人来人往的。到了晚上，闲杂人都打发走了，许老板把他按在沙发上，拍拍他的膝盖，对他说："坐。"许老板坐在对面沙发上，打出去一个电话，说的是广东话，但秦芳明全都听得懂："唔使咁多人噶，两三个就够啦，又唔系李小龙，单嘢搞掂就由深圳翻香港，过咗关咪万事大吉咯。"

放下电话，许老板用手扶着额头，眼睛却在打量秦芳明，幽幽地开口了："最紧要还是你开心，你要是不开心，我再拨一个电话，他们掉头就上楼。"

仿佛一道空气墙在两个人中间，旁边大厦上的霓虹灯，一下红，一下绿，一下紫，一下黄，颜色轮番打到许老板脸上。远远传来一声汽车的鸣叫，紧接着又是一声海上的汽笛。

秦芳明数着霓虹灯的颜色，红，绿，紫，黄，又数了一遍，红，绿，紫，黄，开了口道："大家都要开心才好。"

许老板起身，过来拍拍秦芳明的肩膀说："兄弟同心啦。"

"三十多年了，我们的变化都很大，我经常有种感觉，觉得自己变成了另一个人，和那时候的我完全不一样的一个人，活了五十年，活出几生几世的感觉了。但有些事没有变，有些感觉也还是没有变，就是这些没有变的东西，让我还能爱惜自己。我想你也是这样吧。"

"看完了信我在黑暗中沉默了很久，我像个坏脾气的孩子不许别人打开灯啊，下一分钟又要登场就像无事发生过，轻轻地唱出的也许就是，写给你的情歌。"

"这些年你回过家吗？听说你把父母都接走了，那是不是再也不会回来了。"

"明亮明亮的眼睛，好像是星星，/明亮明亮的忧伤，穿透我心灵，/牵着回忆的是你的身影。"

"华妙娱乐向地震灾民捐款 300 万。"

"1 月 3 日，凤飞飞在香港去世。一个时代结束了。"

初升的红日，像是刚刚生出来的，湿润，憨厚，纯真，没有一点杂质，雪地上的幽蓝一点点退却。一层贴地的风吹过来，脚踝有点凉意。秦芳明弯下腰，把袜子往上拉了拉。

河澜脸上出现了欣然的表情，"太阳出来了"，仿佛太阳的起落需要他的解说。然而秦芳明并不觉得河澜制造的各种声音是多余的，可能正因为有他们在一边观照，说些废话，太阳才是人世间的太阳。

秦芳明说："你不想写首歌吗？"

河澜回答道："写啥啊，看看就好了。"

想象中的一切都没有发生。秦芳明终于确定，河澜不知道，由此也可以推导，何林杰也不知道，甚至可能完全没有想到。知道不知道又能怎样？死的人死了，失踪的人没有音信，疲惫的人了无生趣。这个世界正在一点一点变成一个无我世界。消融，消失，分崩离析，什么都没有，什么都剩不下。

红日的纯真状态，只有十分钟，十分钟过去，它的上半部分就变成了淡淡的金黄，一弯红色沉淀在底部。风停了，不那么冷了，一点倦意涌上来。秦芳明产生一种奇怪的感觉，似乎自己消失了，不存在了，自己看到的风景，是另一片风景看到的。

河澜慢慢坐下去，躺在雪地上，双手摊开。秦芳明也跟着他坐下去，一旦坐下，就仿佛在雪里扎了根，可以感觉到雪的暖意，他把手按在雪地上，印出一个深深的手印，然后对河澜说："你知道吗？我跟你爸爸聊过一次，聊得挺深，但就那么一次。"

秦芳明和何林杰有过一次深谈，是关于失踪者。

那是在 1996 年的"南方风云榜"颁奖结束后，秦芳明凭了第三张专辑《我是真的相信人世间》拿到最佳男歌手奖。这张专辑之所以用了这样一个名字，多半因为他第一张专辑里有个"真"字，卖得好，拿了奖。他们略微有点迷信，又觉得"真"字可以当作形象点，他的头三张专辑，收了五六首带"真"字的歌，专辑名字，也务必有个"真"字，宣传文案，一波比一波热烈："世间最真挚的声音""明月遇见清风，真挚的他刚好遇见你""我为你生，我为你真"。

何林杰获得提名，没有拿到奖。那两天时间里，两个人在台上台下打过许多次照面，颁奖结束，何林杰奖项落空，一起退场的时候，对秦芳明说："完了一起出去喝一杯？"

照例有庆功宴，还要一起唱卡拉 OK，但秦芳明竟有些盼望这"喝一杯"。庆功宴结束，就随意找了个理由，出了门，让服务生喊出另一个包厢里的何林杰，一起找了家有演出的酒吧，坐定之后，何林杰拿出手机来，指指关机键，秦芳明立刻会意，关了手机。何林杰叫服务生过来低语几句，他上台去唱了几首歌，又把秦芳明也推上台唱了几首。秦芳明下了舞台，正有几个人围着何林杰要签名，何林杰又拉他过去签名。

这突如其来的友谊，这随性出游，兴许可以成为一段佳话，秦芳明甚至已经想到了娱乐记者会怎么写这段交往。

"过几天我想回趟家。"何林杰说得平淡，但秦芳明却觉得一种亲密感在酝酿。

"回去看家人？"

"不，回家去找一个失踪的人。我有个邻居哥哥，比我大十岁，中专毕业就在厂里上班，人很帅，对我们都很好。他上了三年班，有一天留了一张纸条，离家出走了。他说他要走遍中国，走遍大地，走遍整个星球，让家里人不要找他。此后他再也没回来，也再没消息。这是十年前的事了。我想回去找找线索，看看能不能找到他。"

"能找到吗？"

"可能找不到。他走了之后没多久，城边的垃圾堆里发现一具尸体，像是男的，烧得焦黑，大家都怀疑是他，也不确定是不是他，案子到现在没破。但是我觉得不是他，这十年时间，不管我做什么，都会想起他来，好像能看到他在公路上走，在小镇子上走，在沙漠里走，在废墟里走。一想起这些画面，我就什么都做不下去了，情绪特别低落。我怀疑他真的一直在走，然后就像有一个发射塔，把他到处走的画面传给我，干扰我，让我觉得活着没什么意思。"

"那就找找试试，就当是了个心愿。"

太阳又升起来一点，阳光经雪地反射，让人睁不开眼睛，河澜闭着眼睛听着，说："他从来没有跟我讲过这件事。"

"这太怪异了，不太适合讲给亲近的人，亲极反疏。这种事就要讲给有一点点熟悉的人，讲完之后再也不见的人。"秦芳明没有告诉河澜的是，他们的确再也没有私下见过面，那次深聊半年之后，那个失踪者的画面也进入秦芳明的大脑之后，何林杰第一次抢了秦芳明的歌。

他突然想说点什么："你知道我有个老板，香港的，叫许嘉伟。"

"嗯？"

"后来死了。"

"哪一年死的？"

"2009 年。"

"怎么想起说这人？"

"当年的风云人物，突然就那么死了。"

"所有人都会死。"

（感谢李广平老师提供的背景资料和建议，感谢小 C 的修改意见，感谢杨小木的广东话对白翻译。）

（原载《天涯》2023 年 2 期）

韩松落，作家、影评人，现居兰州。主要著作有《怒河春醒》《我父亲的奇想之屋》等。